LA SONRISA ROBADA

A mi amigo Paco,
con un fuerte abrazo

[firma]

Segovia, 25-4-2014

JOSÉ ANTONIO ABELLA

LA SONRISA ROBADA

A José Fernández,
que ha vivido cada día
bajo el peso de esta historia.

La niña yace muerta en el colchón.
¡¿Cuántos se han acostado en él?!
¿Un pelotón, quizá una compañía?
Una chica convertida en mujer,
una mujer convertida en cadáver.
Todo se reduce a frases simples:
¡Nada se olvide! ¡No perdonemos!
¡Sangre por sangre, diente por diente! *

A. Solzhenitsyn

---

* Fragmento del poema «Noches de Prusia», escrito tras la experiencia de Alexander Solzhenitsyn durante la toma de Königsberg, cuando el futuro Premio Nobel era soldado voluntario del Ejército Rojo.

LA SONRISA ROBADA

En las primeras líneas de «Las Desdichas del Joven Werther», Goethe escribió:

He recogido con afán todo lo que he podido encontrar referente a la historia del desdichado Werther, y aquí os lo ofrezco, seguro de que me lo agradeceréis. Es imposible que no tengáis admiración y amor para su genio y carácter, lágrimas para su triste fin.

Con igual o mayor propiedad, puesto que las páginas que siguen proceden de circunstancias e investigaciones rigurosamente ciertas, hasta el límite posible del rigor y la certeza, esas mismas palabras podrían escribirse en el inicio de este libro:

He recogido con afán todo lo que he podido encontrar referente a la historia de la desdichada Edelgard Lambrecht, y aquí os lo ofrezco, seguro de que me lo agradeceréis. Es imposible que no tengáis admiración y amor para su genio y carácter, lágrimas para su triste fin.

I

EL VIAJE

LLueve sobre flensburg. Una lluvia obstinada, sin fisuras, como la que describe José Fernández en su viaje de 1953. José Fernández viajó a Flensburg para materializar un sueño. Yo he viajado a Flensburg..., no sé muy bien por qué, quizá por el mismo sueño. Pero poco se parecen ambos viajes. El mío, en un confortable avión de Lufthansa, ha durado algo menos de dos horas, Madrid-Hamburgo, y otro tanto, en tren, de Hamburgo a Flensburg. El viaje de José duró algo más de dos semanas, dos largas semanas para recorrer en autoestop las carreteras de Europa, durmiendo en gasolineras, en parques públicos, en oscuros zaguanes que le ofrecían un abrigo mínimo contra el frío del amanecer.

La noche se va tornando fresca y húmeda –escribe José el 7 de agosto, en Biarritz, encogido sobre el banco de la gasolinera donde ha decidido pasar la noche-. *Del mar cercano llega el ruido del oleaje y la brisa va trayendo como jirones sueltos de neblinas. Siento frío y humedad y mi sueño es entrecortado y ligero. Allá, contra el cielo casi negro del oeste, veo pasar la ráfaga intermitente del faro de Biarritz.*

Diez días más tarde, traspasa a pie la frontera de Bélgica. En el bar de una gasolinera compra cigarrillos y sigue su camino carretera adelante. Ningún coche se detiene a recogerlo. Le pesan las piernas. Las correas de la mochila se le clavan en los hombros. Pero nada le importa. Tiene una meta, un sueño. Y cada paso que da es un paso que le acerca a su destino. Así lo siente. Y así se lo repite en voz baja muchas veces, cada tres o cuatro pasos, como una idea fija que leyera en la línea blanca de la carretera. A veces, en los ratos que no pasa ningún coche, nota cómo se extiende, horizontal, el silencio de la tarde. Y cómo, en el silencio, resuena el murmullo de sus pisadas en la gravilla del arcén. Y cómo sus pensamientos se acomodan al ritmo de sus pisadas hasta perder el discurso y reducirse a las tres sílabas constantes que aletean en su boca como el corazón de un pájaro: E... del... gard..., dicen sus pasos y sus latidos. E... del... gard..., va repitiendo la gravilla del arcén hasta que el ruido de un motor le parece diferente y le hace girarse, caminar unos segundos hacia atrás, extender al mismo tiempo el pulgar de su mano derecha y su sonrisa. Pero ni un solo conductor responde a su señal. Y la tarde crece, y crece la realidad sobre el valle del Mosa, más cerrado y oscuro a cada paso.

Va anocheciendo –escribe ese día en su diario– y comprendo que ya no hay esperanzas; es preciso ir buscando algún lugar adecuado para pasar la noche. A la entrada de un pueblecito a donde he llegado, hay, al lado izquierdo de la carretera, un campo segado con montones de heno seco, que puede ser un buen sitio donde dormir. Hace un tiempo magnífico y creo que no hay ningún inconveniente en pasar la noche «à la belle étoile». Así es que me dispongo a «acampar» en este hermoso campo de heno desde donde se divisan los altos árboles que marcan el curso del caudaloso Mosa y, más allá, una cadena de altas montañas verdes.

Con las primeras sombras que avanzan enturbiando la luz, se va extendiendo una ligera y blanda neblina y noto que la hierba está húmeda. Pero el heno está seco y calentito. Extiendo sobre él un trozo de plástico, que es todo lo que tengo como «tienda de campaña», me siento sobre él y, sacando del macuto algunas vituallas, me dispongo a tomar una frugal cena «campestre». Consumido el pan y el queso, las galletas y el chocolate, me tumbo cara al cielo donde ya comienzan a aparecer las primeras estrellas. El vientecillo húmedo y suave acaricia mi cara. Oigo cantar no sé qué pájaros entre los árboles y observo cómo me miran al pasar algunas personas que van al pueblo a pie o en bicicleta.

Y así, mirando al cielo, que se oscurece por momentos, yo pienso y pienso y sueño y todo me parece irreal, increíble y me doy cuenta de que ya estoy más cerca, cada metro que avanzo es un metro más cerca... Y pienso en Edelgard con una fuerza casi dolorosa y más que nunca se hace patente el miedo ante el encuentro. Pero el miedo se desvanece ante la ansiedad y la ilusión y me pregunto si ella podrá imaginarse que en este momento yo pienso en ella mucho más cerca que antes...

Edelgard. Tres sílabas. Un nombre. Y todos los sueños del mundo encerrados como un pájaro en esa jaula de tres sílabas, en ese nombre que contiene todas sus esperanzas, sus temores, sus dudas.

La primera vez que sus labios pronunciaron esas tres sílabas, él tenía sólo veinte años. Y la fecha quedó en su memoria como un tatuaje, como uno de esos corazones atravesados por una flecha que los enamorados de entonces marcaban a punta de navaja en los árboles de los parques.

Mil novecientos cuarenta y nueve. Enero. Día veintiséis. Ésa es la fecha. Semanas antes, él había enviado su dirección a uno de los clubes de amigos por correspondencia que aparecían por aquellos años en los periódicos de todo el mundo, en la sección de juventud o junto a los anuncios por palabras. Él quería escribirse con chicos y chicas europeos, en francés, el renqueante francés aprendido en el instituto de Manzanares, su pueblo natal. No era éste un idioma que dominara a la perfección, pero le gustaba su sonoridad, su música. Y lo iría mejorando a través de las cartas. El francés, además, era el idioma de los librepensadores, el idioma de Voltaire. Ninguna otra lengua le parecía más adecuada para lanzarse a la pequeña aventura de abrirse al mundo.

En la España en blanco y negro del nacionalcatolicismo, aislada bajo la dictadura del General Franco, abrirse al mundo era el sueño de muchos adolescentes. Los Pirineos eran bastante más que una cadena montañosa o una frontera geológica. Eran una frontera espiritual reforzada con cerrojos carceleros y cuentas de rosario engarzadas en alambradas de espino. A este lado de la frontera, diluido ya el olor de la pólvora por los diez años transcurridos desde el final de la guerra, la vida seguía teniendo un hedor a caspa e incienso, a sacristía cerrada. Al otro lado estaban la alegría y el color, el aroma de la primavera.

Y algo de ese aroma le llega en la primera carta de Edelgard, que le produce «una impresión muy especial: escrita con una caligrafía ordenada y vertical, tiene un cierto tono casi misterioso, como sugerente, no sé, algo que no puedo explicar», escribe José Fernández minutos antes de transcribir la carta, traducida del francés, a las páginas de su diario.

Flensburg, 17 de enero de 1949

Señor,

Desde hace mucho tiempo deseaba intercambiar mis pensamientos con un joven español, pero, desgraciadamente, no tenía ninguna dirección. Entonces, he leído su anuncio deseando correspondencia y no puede Vd. figurarse mi gran alegría. ¡Me gustaría muchísimo tener correspondencia con Vd. y le ruego cordialmente que me escriba!

España me interesa mucho, me atrae misteriosa y magnéticamente. –¿Por qué?... Yo no lo sé; ¡sólo sé que me atrae España!

¡A fe mía, ahora veo que casi me había olvidado presentarme! Heme aquí: Edelgard Lambrecht, estudiante alemana de 22 años, esbelta, cabellos rubio oscuro, 1'69 m. de estatura. Soy gran amiga de la naturaleza, los animales, el arte –especialmente la música (toco el piano y el acordeón)–, la poesía, la escultura y la arquitectura, el deporte; me gustan el mar y los viajes, los países extranjeros y me interesa mucho la Medicina. En el instituto estudié la lengua francesa, pero debido a mi poca práctica, le ruego sea «indulgente» con mi francés. También sé el inglés y un poco de latín.

Flensburg no es mi ciudad natal; mi ciudad natal era Stettin, una bella y gran ciudad marítima y comercial del Este de Alemania, ahora separada...

Pero, para una primera carta, creo que ésta es ya bastante larga. Así pues, voy a terminarla ya.

¡En caso de que Vd. haya recibido ya muchas cartas y haya escrito a otras chicas, le ruego entregue esta carta a alguno de sus amigos que quiera tener correspondencia conmigo! En todo caso, le quedaría muy agradecida si se tomara la molestia de contestarme.

Acepte, señor, la seguridad de mis más distinguidos sentimientos. Hasta pronto el placer de leerle,

Suya,
Edelgard Lambrecht

Desde ese día en que leyera por primera vez el nombre de Edelgard, hasta el momento en que ahora lo pronuncia, tendido sobre el heno seco en las afueras de un pueblo cercano a la frontera franco-belga, han pasado cuatro años. Más de cuatro años. La noche anterior a emprender el viaje, para conciliar el sueño, José había efectuado el cálculo mental del tiempo transcurrido: Cuatro años, seis meses y diez días. Al anochecer del día siguiente tomaría en Atocha un tren con destino a Irún: veintidós horas de viaje. Y en Irún, si todo iba bien, seguiría en autoestop con destino Flensburg, en la frontera con Dinamarca. Ahora, tras doce días de viaje, tendido en el heno seco, cierra los ojos bajo un cielo neblinoso donde tiemblan estrellas negras:

En un sueño ligero han pasado algunas horas. Me despiertan la humedad y el frío. El silencio, la soledad total y la negrura me envuelven como en un ámbito vacío que me sobrecoge. Sólo se distingue, allí en lo alto, alguna estrella y me doy cuenta de que una niebla densa y pesada me envuelve. El impermeable de plástico y la manta están húmedos y el aire humedecido del Mosa es ahora frío. Me parece como si hubiera ya pasado toda la noche y estuviera ya próxima la aurora; miro el reloj a la luz de la linterna y apenas es la medianoche. Aún falta mucho tiempo para el nuevo día. Es preciso buscar un sitio más seco y más resguardado. Al incorporarme parece que la oscuridad crece conmigo y se levanta a mi alrededor; el silencio es impresionante; el suave susurro del viento en los árboles parece algo físico que pudiera tocarse extendiendo la mano en la negrura. Poco a poco, acostumbrados los ojos, voy distinguiendo las densas masas de las montañas que rodean el valle, las manchas esbeltas y más cercanas de los árboles y el bosque y, ya a mi alrededor, las diseminadas sombras de los montones de heno segado y hasta la silueta de una empalizada. Pero el silencio lo llena todo, como si todo fuera algo irreal, como si todo estuviera perdido, abandonado o muerto.

Me levanto por fin y, a la luz de la linterna, recojo las cosas y me doy cuenta de que todo está empapado de rocío y mi ropa mojada me hace tiritar. Cargo la mochila al hombro y, a través de la oscuridad, echo a andar camino del pueblo.

Y en el pueblo la misma oscuridad, el mismo silencio, el mismo abandono total de la vida, el mismo peso agobiador y triste de la noche y la niebla. Finalmente, en el espacio entre dos casas próximas hay un sitio seco y abrigado. Extiendo sobre el suelo el plástico y me tumbo nuevamente a dormir, cubierto por la pequeña manta y el impermeable. Apoyando la cabeza en el macuto, pronto el cansancio y el sueño vencen al frío y a la dureza del lecho.

El cansancio. El frío. Y un talismán de tres sílabas pronunciadas con la fe titubeante de quien necesita tocar la herida para ver la luz. Ése es el motor que impulsa el viaje de José.

¿Habrá alguien –me pregunto al inicio de mi propio viaje– capaz de comprender su amor a la antigua, tal vez un poco cursi, infectado de romanticismo? ¿Seré yo capaz de hacerlo comprender en un tiempo donde todos estamos de vuelta, inmunizados contra cualquier sentimiento que –como ya predijera Bécquer– no pueda ser traducido a cifras en un cheque bancario?

No lo sé. Las cartas de Edelgard tienen para mí un embrujo difícil de explicar. Tantas veces las he leído que sus palabras han acabado por confundirse con las mías. Ellas son el origen y el sustento de mi viaje. Durante toda una vida, no sólo en su camino a Flensburg, las palabras de Edelgard acompañaron a José. Pero ambos compartimos los genes de un romanticismo tardío y una adolescencia incurable y errática, que se agrava con los años.

—Quienes padecemos este mal –me dijo una vez José– estamos condenados a vagar por caminos inciertos, en la frontera brumosa y serpeante de lo sublime y lo ridículo.

Nunca como ahora, al inicio de mi viaje, he sentido el peso de tales palabras. Ninguna alambrada de espinos marca ambos territorios. Ningún cartel con letras rojas se anticipa a los peligros. Pero el abismo se encuentra, bajo la niebla, en ambos lados.

2

DIARIO DE UN SUEÑO

La luz de Flensburg es una claridad de lluvia detenida. Llovía sobre Flensburg cuando José llegó a su estación de ferrocarril en el verano de 1953, y llueve sobre Flensburg cuando llegamos María y yo a la misma estación, cincuenta y ocho años años después.

Llueve lenta y obstinadamente. El cielo tiene un color gris plomizo y el viento sopla frío del norte -escribía José Fernández el 21 de agosto. Y el 25 de agosto insiste-: *Han pasado tres días más con el sombrío techo gris de la lluvia en el cielo que solamente el sol, de vez en cuando, se atreve a romper pálidamente un momento. Y este viento incesante que va de un mar a otro agitando sin tregua las copas de los árboles.*

José escribe estas palabras frente al ventanal de un saloncito empapelado en rojo, en el 34 de Marienhölzungsweg, la calle de Edelgard. Algunos de esos árboles agitados por el viento que ve tras el ventanal son los mismos que ahora, cincuenta y ocho años más tarde, nos invitan a adentrarnos en la espesura del bosque de Marienhölzung, quinientos metros más allá de la que fuera su casa. Cuando María y yo lo recorremos, el suelo, inevitablemente, aparece empapado por la lluvia. Todo está solitario y silencioso. En una de las entradas del bosque hay un viejo torno de hierro oxidado que chirría cuando lo empujo. Pienso que las manos de Edelgard empujaron ese mismo torno muchas veces. Acaso también lo empujaron las manos de José:

¡Santo Dios, qué maravilloso bosque! -exclamaba él en su diario-. *¡Que sensación más extraordinaria me ha producido! Jamás en mi vida he visto árboles tan altos y majestuosos ni he sentido una emoción tan poderosa de encontrarme en lo que podría ser la catedral de la naturaleza. Aquel ambiente de silencio, de grandeza y de misterio no lo había encontrado hasta ahora en sitio alguno. ¡Creo que valdría la pena vivir en Flensburg sólo por tener la posibilidad de visitar a menudo este bosque!*

El bosque de Marienhölzung tiene, en efecto, árboles formidables, hayas y robles cuyas altas ramas tejen las nervaduras de una bóveda verde que oculta el cielo. El día, neblinoso, parece respirar en el aliento que surge de la tierra mojada mientras paseamos entre las columnas centenarias de esta «catedral de la naturaleza». Pienso en Edelgard, pienso intensamente en Edelgard y le digo a María que mañana tenemos que visitar el cementerio Friedenshügel, donde acaso podamos encontrar la placa que cubre sus cenizas.

María, sin palabras, asiente. Ha decidido acompañarme en este viaje y sabe que, para mí, todo lo relacionado con Edelgard es importante. Comprender mis motivos es asunto diferente. Yo tampoco los comprendo a la perfección. E incluso siento que hay algo enfermizo en esta búsqueda que me ha llevado hasta la frontera norte de Alemania. ¿Qué busco realmente...? Ni yo lo sé. Consultar los archivos de la ciudad o recorrer los escenarios donde transcurrió la vida de Edelgard Lambrecht son meras coartadas para un fin menos preciso y comprensible. Tales objetivos, aunque ciertos, son sólo una parte de algo más complejo y difícil de explicarme a mí mismo. Edelgard se ha convertido en una obsesión, en una voz incierta que me llama algunas noche en la mitad del sueño para decirme «¡ven!»

¡José, amado, ven! ¡Dulce sueño sé realidad de nuevo! –le escribía Edelgard a José Fernández en su penúltima carta–. *Quisiera ser un pájaro para poder volar a ti. Con todo mi corazón deseo estar siempre contigo. ¿No puedes sentir cuánto te quiero? ¡Ah, José mío..., ven y bésame..., di de nuevo las más hermosas palabras del mundo:* «*Je t'aime! Je t'aime beaucoup, chérie!*»

José, sin embargo, nunca volvió a Flensburg. Y en esa voz sin voz que percibo en medio de la noche hay un eco de aquel «¡ven!» suplicado en la distancia, algo difícil de explicar con palabras sensatas, vergonzante por lo absurdo, como si mi viaje fuera la respuesta a aquella súplica, un viaje vicario para encontrarme con un fantasma. Pero así lo siento. Como si algo de José viajara conmigo, como si el ahora y el ayer pudieran rozarse en un pliegue del tiempo, como si los cincuenta y ocho años transcurridos desde esa penúltima carta de Edelgard pudieran retornar al momento en que fue escrita.

Tengo la certeza de que muchos caminos han confluido en mí. En mi casa están las cartas manuscritas de Edelgard. En mi casa están sus fotos, un mechón de su cabello, un pequeño pañuelo que ella bordó y en el que aún se conserva una misteriosa fragancia.

No sé de dónde procede la llamada, la voz ineludible que me toca en la mitad de un sueño. Pero... ¿Quién responderá si yo no respondo? ¿Quién seguirá esa voz, débil como un hilo, antes de ser engullida por un silencio eterno y sin salida?

En un pliegue del tiempo, un hilo me ha rozado en medio de la noche. ¿No deberé seguirlo hasta donde me sea posible? ¿Será todo un error, una tentativa absurda y vana...? Son tantas las cosas que no sé y que deseo saber. Quizás el olvido sería el mejor epitafio para la desdichada vida de Edelgard Lambrecht, lo que ella más ansiaba. Pero yo siento que debo llegar hasta los límites accesibles del olvido, buscar la más pequeña huella que ella dejara en su frágil caminar por el mundo. Entre tantas dudas y tan pocas certezas, siento que su vida merece ser contada y que yo he sido elegido para contarla. Por eso estoy en Flensburg, para seguir el hilo que me rozó en la noche con la fuerza de un hechizo.

El hechizo de Edelgard comenzó para mí hace ya más de una década. Era noviembre, un frío noviembre del otoño segoviano. José Fernández exponía sus cuadros y esculturas en una oscura y destartalada sala del casino local, invitado por el poeta Luis Javier Moreno, amigo de ambos. Desde el primer momento, con esa afinidad súbita que brota a veces entre los seres humanos, José Fernández y yo nos sentimos viejos amigos. Él tenía entonces setenta y dos años, yo cuarenta y cuatro. Pero nos unían muchas cosas: la Medicina, la literatura, la pasión por las artes plásticas y, sobre todo, esa indefinible sensación de que nuestro encuentro era más bien un reencuentro, como si nos conociéramos de siempre.

—Lee este libro –me dijo al despedirnos–, creo que te gustará.

Y dejó en mis manos un ejemplar de «Edelgard: diario de un sueño», publicado nueve años antes.

Yo leí el libro. Y su lectura supuso para mí una conmoción. Así se lo explicaba a José en la carta que le envié a mediados de diciembre: «...una conmoción en el sentido médico del término: una conmoción cerebral. Durante varios días anduve medio obnubilado, entristecido, con la sensación extraña de pertenecer a una historia ajena, algo así como si yo mismo fuera el receptor de las cartas de Edelgard».

¿Pero qué había, qué hay en aquellas cartas para que el hechizo se prolongue más allá de su tiempo y su destinatario? ¿Cómo transmitir sin la menor fisura que la sensación de pertenecer a una historia que no me pertenece es tan rigurosamente cierta como el aire que respiro en este instante?

Tengo ante mí, ahora, todas las cartas manuscritas de Edelgard. Están encuadernadas en un librito con lomo de piel oscura y pastas enteladas de color crema. Al abrirlo, pegado al papel de aguas de la guarda, aparece un envoltorio transparente con un pañuelito finamente bordado y un mechón de cabello color cobre. A continuación hay tres fotos de Edelgard, aquéllas en las que está más hermosa y soñadora, las únicas en las que el mínimo esbozo de una sonrisa olvidada aparece en su semblante. Luego, una tras otra, todas sus cartas. En la segunda de ellas, fechada en Flensburg el 10 de febrero de 1949, Edelgard agradece la respuesta de José:

Es algo delicioso recibir una carta de tan lejos, porque nos trae el misterio de la distancia y de lo desconocido y construye un puente de mí a Vd... ¿Qué piensa de esto? Yo le ruego, amigo mío, que me escriba muchas cartas! ¿Le parece que no solamente contestemos a nuestras cartas, sino que nos escribamos a intervalos regulares? ¡Así no tendríamos que esperar tanto tiempo una respuesta y, por otra parte, hay que pensar que alguna carta podría perderse!

Y bien, ahora yo debería contar algo sobre mí y mi vida. ¿Qué es lo que desearía saber? ¿Debería hablarle de mi hermosa tierra del Este alemán, ahora separada; de mi «conocimiento con los rusos y polacos» (ellos nos expulsaron a mi hermana Sigrid y a mí, en mayo de 1946, de Stettin; perdimos todo: nuestra madre, nuestros dos hermanos y otros parientes próximos, la patria y los bienes; también nuestra salud sufrió mucho... Vd. ya comprenderá todo esto)? ¿Podría hablarle de mi hermana Sigrid, que tiene 19 años, de mi padre, de gran corazón, de mi nueva «patria» que no será nunca «mi patria», de mi punto de vista sobre el arte moderno tan a la moda, de mi amor por la música y la naturaleza, de mi interés por los deportes (me gustan los deportes náuticos y de invierno), de mis secretos proyectos de llegar a ser una escritora (ahora estoy estudiando el arte del estilo). He estudiado Medicina, pero el fin de la guerra acabó con mis estudios... Y bien, ¿de qué debo hablarle? Creo que todo le interesará grandemente, ¿o acaso me equivoco?...

Los entrecomillados («*ma connaisance avec les Russes et les Polonais*», «*ma patrie*») figuran de modo literal en el manuscrito de Edelgard. Y José no puede ignorar la carga de dolor que conllevan, pues a continuación de la carta escribe en su diario:

Aunque me ha producido una fuerte impresión y una gran pena todo eso que cuenta de su experiencia –¡qué terribles experiencias debieron ser!– de la guerra, esta carta me ha gustado mucho. No sé por qué, las cartas de esta chica, su manera de escribir, me producen una sensación indefinible, como si de ella emanara algo mágico o misterioso, algo fuera de lo corriente.

Ese algo que emana de las cartas de Edelgard, ese hechizo que José sentía y que yo siento, ¿es la verdadera causa de mi obsesión y de mi viaje? ¿Por eso estoy en

Flensburg, al otro lado del puente que ella menciona en esta segunda carta y que será una imagen repetida en cartas sucesivas? Un puente entre ella y José. Pero también mi único puente hacia ella.

En «Edelgard: diario de un sueño», su historia ha sido contada desde uno de los lados de ese puente, el lado de José. Y en ese lado todo está escrito. La vida entera de José Fernández («con sus minutos de brillo y horas de monotonía», llegué a escribirle en cierta ocasión) ha quedado registrada en sus diarios. Incluso alguna vez llegué a decirle que si se extinguiera la raza humana pero quedara su diario, un extraterrestre llegado de lejanas estrellas podría, al leerlo, hacerse perfecta idea de lo que era un ser humano... Pero en el otro lado del puente, el lado de Edelgard, ¿qué permanece sino este puñado de cartas que hay sobre mi mesa? ¿Y dónde quedaron las cartas de José? ¿Quién conoce lo que ella sentía, lo que sintió al recibir las últimas cartas que dejó sin respuesta, su vida de antes, su vida de después...? ¿Escribía ella un diario? ¿Lo escribía su hermana Sigrid?

¡Tantas preguntas y ninguna respuesta! Sólo un «ven» susurrado en medio de la noche. Sólo un hilo de voz en un pliegue del tiempo. Y mil páginas en blanco, al otro lado de un puente tendido entre dos corazones y dos épocas, bajo las mismas estrellas.

3

LA JAULA DE SEDA

Sobre los prados de Engelsby, al este de Flensburg, la luna tiene un halo de niebla. «Es el aliento del otoño», dice Edelgard. Pero la noche es suave todavía. Todavía el otoño no ha teñido de cobre –el color que tienen sus cabellos– las copas de los árboles. Todavía no hay vaho en las ventanas y sólo el halo de la luna se asoma a los cristales como el aliento de un niño.

De niña, también ella proyectaba su aliento en las ventanas heladas. En el vaho, con un dedo, dibujaba un pequeño círculo por donde espiaba la noche. A veces, en las noches de invierno, cuando su madre preparaba en la cocina la comida del día siguiente, todos los cristales se empañaban por el vapor de las cacerolas. Y el vaho lloraba. Ella se quedaba en suspenso, mirando al infinito a través de ese vaho que se iba condensando en pequeñas gotitas sobre los vidrios más altos, todas brillantes, todas inmóviles hasta que la tristeza crecía en una de ellas y la convertía en lágrima que rodaba, cristal abajo, por un reguero al que se unían otras gotas y otras lágrimas en un paisaje de ríos verticales, meandros caprichosos, pequeñas islas o enormes continentes atrapados en el marco de la ventana y el vidrio de los sueños.

Pero no hay vaho en esta noche tibia de septiembre. Sólo recuerdos. Sólo la luna que brilla en los cristales de la ventana, en la tarima del suelo, en los barrotes de su cama, «mi jaula de seda». Incluso sus ojos, apretados durante la tarde como dos bolas de cera, también brillan ahora. Sobre los prados de Engelsby, las estrellas parecen alfileres de diamante. Ella, Edelgard Lambrecht, desde hace ya largos minutos tiene los ojos clavados en esos alfileres clavados a sus ojos.

—¿Tú crees, Sigrid...? -pregunta, pero la pregunta muere en sus labios. Entre ella y Sigrid, además, las palabras son un puente innecesario. Se podría decir que sus vidas son una sola vida. Los mismos sueños, parecidas inquietudes, idénticos anhelos. Y el dolor. Ese mismo dolor que ambas comparten desde hace tantos años, desde los lúgubres sótanos de Stettin hasta esa habitación de su casa en Flensburg, invadida esta noche por la luna y las estrellas.

Acaso alguien, al otro lado del mapa, bajo la misma luna y las mismas estrellas, está respondiendo a su pregunta con el recuerdo de los versos más tristes: *¿Cómo serán tus ojos esta tarde?/* (...) *Tus ojos nunca vistos.*

Quien escribió tales versos, fechados en 1950, era un joven español que jugaba a ser poeta mientras cumplía en Ceuta su servicio militar. Un joven soldado que esperaba con ansiedad el minuto de licenciarse para recorrer ese mapa de Europa, alambrado de fronteras, y encontrarse con ella.

«*Mein Traum*», la llamaba.

Mi sueño.

¿Cuántos años han pasado desde entonces? ¿Cuántos sueños se han soñado y se han dejado de soñar? En la contabilidad de los calendarios han transcurrido veinte años. Él tenía entonces veintidós. Ella, veinticuatro. No eran ya dos niños pero las manos les temblaban ante las puertas del mundo, cuando las puertas del mundo eran las puertas de sus corazones, abiertas a un futuro en el que todos los caminos eran posibles.

Ahora, sobre su jaula de seda, el mundo agoniza con ella. A su lado, su hermana Sigrid, que ha velado sus pesadillas durante toda la tarde, se revuelve en el sillón donde se había quedado dormida con un libro entre las manos.

—¿Decías algo...?

—Nada importante... Me acordaba de José. Pero tú deberías acostarte... No me voy a morir esta noche.

Sigrid la recrimina:

—Edelgard, por favor, no digas esas cosas...

Edelgard, con frecuencia, dice cosas parecidas. O las decía, cuando los dedos de la muerte aún no apretaban la cera de sus ojos. Ahora, cuando más cercano y vivo siente el tacto de esos dedos, apenas tiene ya deseos de conjurar con palabras su caricia inevitable. Si es posible, si no hay una visita que le obligue a la cortesía del verbo –la señora Bugdoll, por ejemplo– pasa horas en silencio, sumida en pensamientos o ensueños que sólo su hermana conoce.

—He soñado con Stettin esta tarde... -un largo silencio se expande en la penumbra-. ¿Nunca has pensado, Sigrid, que aquello fue necesario, que nosotras éramos parte de la deuda contraída?

¿A qué deuda se refiere? ¿Y por qué ha mencionado a José minutos antes, cuyo nombre no se pronunciaba en esa casa desde hace quince años?

«He soñado con Stettin... Me acordaba de José...».

Stettin y José. Una ciudad. Un hombre. La ciudad, anexionada a Polonia en el reparto del botín de guerra, se llama ahora Szczecin. El hombre, crecido en la España de la dictadura franquista, se llama José Fernández. Ésos, finalmente, han sido los dos motores de su vida. Una ciudad y un hombre que a veces se confunden en su sueño, o dos sueños amalgamados en una misma ruina: su carne desolada.

Bien mirado, pienso, una ciudad y una persona no son cosas tan distintas. Por las avenidas de las ciudades y las arterias del cuerpo circula la misma savia espesa, el mismo tráfago de anhelos, frustraciones, promesas que alimentan el sentido o sinsentido de ser y seguir siendo. En el corazón de las ciudades y en el corazón de los hombres se concentra lo mejor de su arquitectura, mineral o humana, las altas catedrales levantadas hacia el cielo como oraciones de piedra, los viejos palacios donde duermen los sueños más hermosos. De igual modo, en los descampados de las ciudades y en los descampados del alma crecen, como residuos de vida, los mismos estercoleros salpicados de zapatos viejos y muñecas rotas.

La ciudad José y la persona Stettin dejaron idéntico regusto en el corazón de Edelgard. En ambas crecieron con idéntica fuerza los sueños y las ruinas. En ambas brilló la esperanza de la felicidad y de ambas fue arrojada por el manotazo de esa fuerza ignorada que algunos llaman azar y ella, destino.

Atraída por la luz, una polilla de las farolas bate frenéticamente sus alas contra el cristal de la ventana, golpeándose una y otra vez antes de desaparecer en la inmensidad de la noche.

Sigrid se ha levantado del sillón, donde ha dejado el libro, y arregla con unas palmadas el edredón y la almohada de Edelgard.

—No te fatigues –dice–. Te dejaré un vaso de leche en la mesilla antes de acostarme.

4

UNA CÁPSULA DE CIANURO

La luz de la mesilla está apagada. Hay en ella un vaso de leche y un frasquito de vidrio color ámbar, lleno de comprimidos blancos. Cuando el dolor se hace insoportable, Edelgard toma uno de esos comprimidos y lo mastica lentamente, dejando que la boca se le llene con esa explosión amarga que anticipa el alivio prometido. En alguna parte leyó que el 12 de abril de 1945, a la salida del último concierto que interpretó la Filarmónica de Berlín antes de la caída del *Reichstag,* las Juventudes Hitlerianas portaban cestillos de mimbre con ampollas de cianuro que ofrecían a los asistentes con su sonrisa más blanca. ¡Cómo le gustaría a ella, que ama la música con todo su corazón, poder cambiar esos amargos comprimidos por frágiles ampollas de cianuro que llevarse a los labios como los besos de una despedida! ¡Y qué dulce despedida si su hermana, atendiendo a su deseo, hubiera puesto en el gramófono un disco de Bach, la Pasión según San Mateo; o el Miserere de Allegri, secreto y sublime tesoro de los Papas, que sólo podía ser interpretado en la Capilla Sixtina!

—Quien muere con esa música en el alma –dijo Sigrid una vez– tiene en sus manos las llaves del Paraíso...

Ella, como Sigrid, como casi todas las chicas de Stettin y de Alemania, perteneció a la *Bund Deutscher Mädel* –BDM–, la rama femenina de las Juventudes Hitlerianas. Pero nunca tuvo en sus manos ni las llaves del Paraíso ni más cápsula de cianuro que el aroma de su ausencia en aquel frasco vacío que encontraron, veinticinco años atrás, en casa de los Rudel. De haberla tenido alguna vez, de no haber estado tan vacío aquel frasquito color ámbar, ella no estaría en su cama, inmóvil, clavada a las estrellas e imaginando que, al otro lado del mapa, si lograba alcanzar y desclavar el más brillante de esos alfileres, el corazón de un oscuro poeta despertaría al sentir un aguijonazo desprendido del cielo:

El corazón y la estrella están unidos por un puente de escalera –le había escrito a su joven poeta el penúltimo día de diciembre de 1949– *y el corazón parece preguntarse «¿Podré yo... ?» Y bien, querido corazón, debo decirte que, si se ama, no se pregunta, sino que se actúa; es decir que, si existe tan precioso puente entre dos seres, el corazón amante puede y, sí, debe atravesarlo para poder dar todo su amor a la estrella amada.*

Su vida, piensa ahora, ha sido un continuo ir y venir sobre puentes hundidos. Y recuerda los puentes sobre el

Oder, aplastados bajo el agua tras los bombardeos. Recuerda los puentes entre el corazón y la estrella, entre la realidad y los sueños, entre ella y José. Y el puente definitivo, aquél que quiso y que no pudo atravesar veinticinco años atrás, porque estaba Sigrid, porque aún estaban en el mundo su madre y sus hermanos, porque el frasco hallado en casa de los Rudel estaba vacío.

Vivía entonces en Stettin, su ciudad natal, más dolorosa en su recuerdo cuanto más felices son las evocaciones de su infancia en ella. «¿Por qué no podré estar ahora en mi hermosa patria? ¿Tendrán ya brotes las lilas y los almendros de nuestro jardín?», se había preguntado en la carta que le escribe a José el 6 de abril de 1949. El mes de abril... De todos los meses del año, abril y mayo son los que más ama y más detesta. En abril y mayo se llenan de flores los bosques nórdicos... Pero en abril de 1945 fue conquistada su ciudad, y entre abril y mayo de 1946 –las dos fechas se mencionan en sus cartas, sin especificar el día– fueron expulsadas de ella...

Edelgard amaba Stettin casi con la misma fuerza que ama Alemania:

¿Sabías que Alemania es el país de los poetas y los pensadores, de los hombres de ciencia? Y, ¿sabes que mi país es el país de las leyendas, de los románticos y de los fabulosos bosques? Los grandes escritores alemanes han inmortalizado estos bosques en sus poemas. (¡Ahora, muchas zonas de estos bosques están destruidas!) Los bosques invitan a la caza y al ensueño. Te envío un saludo primaveral de los bosques alemanes: ¡una anémona!

En muchas de las cartas de Edelgard hay pequeñas flores secas, cuidadosamente prendidas al papel. De niñas, tanto ella como Sigrid disfrutaban recogiendo flores en las praderas de Quistorp Park, frente al cementerio Nemitzer. Luego, con su pequeños ramilletes, la madre adornaba la mesa del comedor, o colocaba las flores en un jarroncito de porcelana verde que ponía sobre el piano.

Años después, ya en Flensburg, Edelgard y Sigrid seguían con la misma costumbre. Siempre hay un ramo de flores en su casa. Cuando José llegó a ella en agosto de 1953, las dos hermanas estaban en el hospital de Schleswig, treinta kilómetros al sur de Flensburg, recién operadas. Las mañanas, puesto que sólo están permitidas las visitas al hospital en horario de tarde, transcurren en casa.

Tres mañanas pasadas en este sillón rojo frente al gran ventanal, ante la mesa con el cenicero y el búcaro de flores... –escribe José.

Él, hijo de una tierra estepari, no puede dejar de sorprenderse ante los jardines verdes y floridos, que alegran los ojos a pesar de la lluvia y la grisura del cielo:

Todo a lo largo de la carretera hay pequeñas casitas con jardín y todos los jardines revientan de flores. Nosotros también llevamos flores para ellas. Es curioso observar que por aquí casi todo el mundo lleva siempre ramos de flores, como si fuera un rito obligado en las visitas.

La casa de su Stettin natal, a donde Edelgard ha regresado en el sueño de esta tarde, también tenía un jardín lleno de flores. Pero las flores aparecían secas en su sueño, frágiles flores de ceniza que se desmoronaban en sus dedos.

Desde el sillón donde leía, velando su descanso, Sigrid la ha visto estremecerse varias veces, contraer levemente la palma de las manos, clavar las uñas en el edredón. Y Sigrid sabe tan bien como ella el significado de ese estremecimiento.

5

EL PUENTE DE LAS ESTRELLAS

JULIO DE 1949. Tras superar los exámenes de Reválida, que le abrirán las puertas para estudiar Medicina, José comienza su servicio militar, siendo destinado primero a Madrid, después a Ceuta. Y si es cierto que la vida cuartelera le resulta «monótona y fea», también es cierto que encuentra en ella minutos de felicidad, especialmente tras la cena, cuando acaban las actividades y los reclutas deben ir a sus camas:

> *Éste es para mí el momento más agradable del día. Yo duermo en el dormitorio de los veteranos, que da a una pequeña terraza y, antes de meterme en la cama, salgo a ella, echo una manta en el suelo y me tumbo cara al cielo a mirar las estrellas. Son unos momentos maravillosos. Cara a un cielo de un azul suave en el que van apareciendo más y más estrellas, me siento invadido de una paz y una felicidad inten-*

sas, que afloran a mis labios en una íntima sonrisa. Dejo vagar el pensamiento en suaves evocaciones y sueños maravillosos. A veces pienso en Edelgard y pronuncio su nombre quedamente, modulando en silencio las sílabas: E... del... gard... Y entonces me parece reconocerla en una estrella lejana que brilla muy intensamente y, pensando en ella, construyo maravillosos castillos de ilusiones...*

Tendido en la terraza del cuartel, José camina por el puente de las estrellas. Una y otra vez lee las cartas que le llegan desde Flensburg con un temblor en las manos y un ronroneo en el corazón. Y mentalmente escribe a Edelgard largas y preciosas misivas que luego, transcritas al papel, ya no le parecen tan hermosas. Le escribe, por ejemplo, de esos minutos de felicidad robados a la monótona vida cuartelera. Y ella le responde –ahora en alemán, porque su conocimiento del francés no es muchas veces suficiente para expresar lo inexpresable– con las secretas razones que generan el temblor de sus manos y el ronroneo de su corazón.

Ja, lieber José... Sí, querido José, cuando al atardecer estés en la terraza contemplando las estrellas, debes pensar que yo soy esa clara estrella brillante de que me hablas. En esos momentos deja que tus pensamientos y tus ensueños vengan a mí sobre el brillante puente de las estrellas. Yo los esperaré y, cuando ya estén en mí, iré a sentarme al piano y mi música construirá otro puente sutil e invisible y te llevará mis pensamientos. Así estaremos siempre, a pesar de todas las distancias, en estrecha unión; seremos verdaderamente amigos y cada uno de nosotros percibirá las penas y las alegrías que el otro sienta y será como si en nuestros cuerpos hubiera una sola alma.

Dos cuerpos. Una sola alma. Varios meses después, ya en el cuartel de Ceuta, José comienza a leer «Cuerpos y Almas». Es un libro que no acaba de gustarle, pues lo encuentra «demasiado realista, excesivamente abundante en prolijas descripciones», pero él anhela llegar a ser un médico como el doctor Doutreval creado por la pluma de Maxence Van der Meersch, un médico fiel a sus principios, comprometido con el dolor humano.

Él es ya practicante, una profesión cuyo aprendizaje podía entonces comenzar tras el bachillerato elemental. Estudió por libre, en Manzanares, e hizo las prácticas en el Hospital Provincial de San Carlos. Pero ser practicante le parece poco. Quiere ser médico, un médico del que Edelgard pueda sentirse orgullosa. Sin embargo, para ello, debe primero hacer el servicio militar. Si al menos pudiera quedarse en un cuartel de Madrid... En Madrid hace la instrucción, jura bandera y consigue un destino provisional en el cuartel de Farmacia Militar. Está feliz. Parece que podrá hacer compatibles la mili y los estudios. En octubre de 1949 comienza a asistir a las clases de primer curso en la Facultad de Medicina. Pero a comienzos de 1950 es destinado, como practicante, al Hospital Militar O'Donnell, en Ceuta.

El sueño de ser médico comienza a desvanecerse. No le permiten examinarse si no asiste a las clases. Tampoco él puede permitirse el lujo de esperar los dos larguísimos años que duraba entonces el servicio militar. La economía familiar no da para tanto, su padre es un modesto albañil en un poblachón manchego. Y el sueño se desmorona. Mas esta circunstancia, que hiere su orgullo y que él siente como el primer gran fracaso de su vida, le acerca de algún modo a Edelgard. También ella quiso estudiar Medicina, también ella estuvo matriculada en el primer curso...

«He estudiado Medicina, pero el fin de la guerra acabó con mis estudios...», lee en la carta que tiene en sus manos, la segunda carta de Edelgard. Todas las cartas están cuidadosamente guardadas en una caja de hojalata que ha llevado a Ceuta como su pertenencia más valiosa.

Muchas tardes, cuando el hastío de la vida cuartelera se le hace insoportable, José acude a esa caja como otros reclutas acuden al kifi o a los prostíbulos de Jadú. Ceuta, a pesar de todo, es una ciudad alegre y bulliciosa que acaba despertando su interés y que le hará escribir algunas de las páginas más hermosas de su diario. Pero la mayor alegría sigue procediendo de las cartas de Edelgard, que sus padres le reenvían desde Manzanares. El 22 de mayo, por ejemplo, escribe en su diario:

> *¡Dios, Dios, qué maravillosa alegría! ¡Qué indescriptible alegría esta carta de Edelgard!*
>
> *Es una carta larga y exultante en la que se mezclan una repentina alegría de vivir y un oscuro pesimismo. La he leído una y otra vez y también yo he sentido deseos de cantar y gritar de puro gozo y de llorar también de triste desesperanza. ¡Pero es una carta preciosa! Dice así:*

Flensburg, 13 de mayo de 1950.

Mi querido corazón,

¡Ya está aquí la bella primavera! ¡Por fin, por fin ha llegado también a esta región de los mares nórdicos! La llanura chispea de sol; todo respira alegría.
Ese gran manzano del jardín está lleno de flores. Tiene un aspecto magnífico. En un nido sujeto a una de sus ramas ha venido a instalarse una pareja de estorninos. Papá estornino está en su posadero charloteando con su hembra, que está en el nido incubando los huevos. Pronto, cuando hayan salido los pequeños, no les faltará trabajo a los padres: habrá que traer comida para esta insaciable nidada.
Al pie del árbol se extiende un césped bordado por mil flores: margaritas, dientes de león, myosotis, primaveras (que nosotros llamamos «llavecitas del cielo») y muchas otras, se mezclan en la fresca verdura de la hierba. Ligeras mariposas revolotean de flor en flor. Las abejas zumban libando golosamente la dulce savia de toda esta maravilla floral.
A veces pienso que nunca he sentido tan profundamente la primavera. ¿Será que estoy encantada? ¡Ah, yo no sé lo que me está pasando! Un sentimiento insondable me hace regocijarme y llorar a un mismo tiempo y es tan intenso este sentimiento que tengo miedo de que un día pueda hacer estallar mi corazón. Desearía abrazar la primavera toda, quisiera envolverme con los rayos del sol, quisiera..., ¡ah, quisiera tantas cosas! ¿Sabes qué otra cosa me

gustaría? No, no puedes saberlo, porque mi deseo es un tanto extravagante: quisiera besar, besar, besar... ¿No es verdad que Edelgard está loca, completamente loca? ¡Oh, oh, la primavera! ¿O será el amor? ¡Y bien, la primavera es el amor y el amor es Dios y Dios es la Naturaleza!

¿He de decirte que no puedo resistirme a la llamada del sol de primavera? (¡Y me llama muy a menudo!) ¡Ah, sí, me dejo seducir por él con gran placer! Tomo mi gran sombrero de paja bajo el brazo y sigo la llamada del sol.

Recostado contra un muro de su cuartel en Ceuta, bajo el sol africano, José sonríe con las ocurrencias de Edelgard y con la alegría que emana de esta carta feliz, la misma que yo tengo ahora en mis manos. En su cabecera, prendida a una hendidura del papel, hay una flor blanca de seis pétalos, milagrosamente intacta a pesar de los muchísimos años transcurridos desde ese 13 de mayo de 1950 en que fue escrita. Se trata de una anémona nemorosa, pequeña flor que tapiza los bosques bálticos. Probablemente José no sabía su nombre botánico, pues no hay mención alguna en su diario, ni que el nombre común de esa florecilla, en alemán, es *windblume*, flor del viento. Tampoco Edelgard lo menciona, pero sin duda lo sabe. Y acaso por ello prosigue dicha carta con estas palabras:

Tan pronto estoy afuera, mi fiel compañero el viento ya está también aquí (pienso a veces que debe estar un poco enamorado de mí, porque allí don-

de yo estoy, él también está) para acompañarme, golpeándome suavemente. Le gustan especialmente mis cabellos y mis amplias faldas, pero, a veces, este amor es un poco impetuoso y tengo que regañar a este bromista, pues no conviene que levante demasiado mi falda. ¡Oh, oh, estos hombres! Alegre como el risueño paisaje que me rodea, empiezo a caminar. ¿Hacia dónde? No me preocupo demasiado de esto: mi único deseo es recorrer el bosque cercano y beber a copa llena esta belleza arrebatadora que la primavera ha extendido por todas partes. En muchos lugares el suelo del bosque parece un bello tapiz multicolor en el que voy recogiendo un ramo. Con flores en mi cabeza y en mi regazo, me siento luego apoyada contra un abedul y sueño y sueño rodeada de mariposas acariciantes... ¿No es verdad que te gustaría saber lo que sueño? ¡Oh, no, no, José: esto no te lo voy a revelar! ¡Los hombres no debéis saberlo todo!

Muchas veces pienso que deberá ser encantador vagabundear a través del bosque cogida de la mano contigo. Me escaparía de vez en cuando y no te sería fácil alcanzarme. Dime, José, ¿qué harías tú con esa desobediente Edelgard, cuando la alcanzaras?

Otra cosa maravillosa sería escuchar contigo un concierto de Ludwig van Beethoven o la ópera «Tristán e Isolda», de Wagner.

Sin embargo, querido José, todo esto son solamente sueños demasiado hermosos para que sean realidad algún día. Debes pensar siempre en estas palabras: el ser amado que tan ardientemente desea tu corazón, no te lo concederá el destino, pues un sueño es un sueño y la vida es la vida.

Tú me amas y desearías llegar a hacerme tuya enteramente, ¿no es cierto? ¡Ah, José...! Y bien, mi buen corazón, ¿no has considerado también que: 1º yo soy alemana, 2º no soy católica (para mí la Naturaleza es Dios) y que, 3º y lo más esencial: yo estoy enferma todavía? A menudo pienso que jamás perteneceré a ningún hombre, porque no lo deseo. Si yo no supiera con absoluta seguridad que un hombre que me ama y desea hacerme suya, lo desea y lo hace con todas las consecuencias, yo no seguiría nunca a ese hombre, pues soy muy orgullosa. Tengo que decirte todo esto, porque yo, como tú, amo la sinceridad y la lealtad.

¡Quisiera decirte una y otra vez que guardaré siempre tu precioso corazón y que en él existiré yo siempre para ti! Desearía que nunca te sintieras desilusionado por mí y es por ello que deberías repetirte siempre estas palabras: «No espero nada de Edelgard, nada en absoluto».

Hoy, José, tú me amas y yo te lo agradezco con todo mi corazón, pero un día, sin embargo, amarás a una encantadora joven española y pensarás en mí, la joven alemana, con una sonrisa soñadora. Pensarás en mí como se recuerda un bello sueño. ¡Únicamente tus poesías cantarán todavía entonces tu ansiedad y tu misterioso amor hacia mí! Y, sin embargo, hay una cosa de la que estoy completamente segura: ¡tú no me olvidarás jamás y una parte de tu corazón me pertenecerá por siempre!

La carta no puede sino emocionar hasta las lágrimas a José, que una y otra vez la lee recostado en su litera del cuartel, o en los ratos de sosiego de las noches de guardia en el hospital militar de Ceuta, en cuya enfermería escribe ahora:

¡Ah, Dios, cuántas cosas bellas, profundas, ciertas y terribles! Es cierto que los sueños son sólo sueños y la vida es siempre la vida: una realidad desilusionante y a veces cruel. O tal vez sea que nosotros nos empeñamos en idealizar la realidad... Pero sí, es absolutamente cierto y también yo estoy seguro de ello, como ella, que «jamás la olvidaré y que siempre le pertenecerá una parte de mi corazón».

Si el destino hace que tus palabras se cumplan y que estos sueños, estos anhelos de mi corazón no lleguen a realizarse, siempre habrá en lo más íntimo de mi alma un lugar consagrado a ti, a tu recuerdo maravilloso e irreal, a tu nombre, a tus cartas y a tus fotografías, que son mi único «tú»...

Y, sin embargo, le pido a Dios que no muera sin haber llegado a conocerte... ¡Sería tan maravilloso!

6

POLILLAS DE LA LUZ

Las cartas de Edelgard, casi todas publicadas en «Edelgard, diario de un sueño», constituyen en sí mismas una preciosa y romántica novela que no precisa de aditivo alguno para tocar el corazón de los lectores. José, sin embargo, creyó siempre que la historia de Edelgard debería reescribirse, y así lo manifiesta en sus diarios posteriores, agrupados bajo un título de hondo significado: «No es un sueño». Hacia 1984, por ejemplo, sin precisar la fecha, escribe:

> *Confío, a veces, en que, si de nuevo recupero algún día la «vena» literaria, es posible que intente organizar ese episodio de mi vida y mis viejos cuadernos en una novela.*

Veintidós años más tarde, en abril de 2006, dona una parte importante de su obra plástica a la Asociación de Enfermos de Parkinson de Segovia. Con motivo de la exposición organizada a tal efecto, él y Lolita, su esposa, pasan unos días en mi casa, ofreciéndome la oportunidad de compartir con ellos largos paseos y conversaciones que, ineludiblemente, acaban siempre en Edelgard. Yo, he de reconocerlo, me siento violento hablando de Edelgard ante Lolita.

—¿No estás harta –le pregunto a ella para quitar hierro a la herida– de que siempre hablemos de Edelgard.

—Estoy acostumbrada –me responde con su sonrisa sencilla y su habitual modestia.

Edelgard, pienso, ha debido de ser un eterno fantasma con el que ella se ha visto obligada a convivir toda una vida. Y así se lo digo.

—Estoy acostumbrada –repite Lolita, y añade–, casarme con Pepe fue como casarme con un viudo.

José no cambia el gesto. Trata de estar atento a la conversación pero no estoy seguro de que haya captado la respuesta de Lolita porque el oído derecho le falla desde los doce años, cuando uno de aquellos guardias civiles de la posguerra, brutos e impunes, le proninara una terrible bofetada que le reventó el tímpano.

Yo creo a Lolita, pero sigo cohibido para hacerle a José algunas preguntas en su presencia. Me parece una falta de delicadeza hacia ella, siempre tan delicada. Por eso procuro dar algún paseo a solas con José, con cualquier motivo, ir a comprar el periódico, sacar la basura...

Recuerdo perfectamente uno de estos paseos, de noche, en la alameda de la Fuencisla. Una y otra vez recorremos bajo la luz amarilla de las farolas, enjambrada de polillas, las tapias del convento que fundara San Juan de la Cruz, patrón de los poetas españoles.

—Pepe –le digo–, ¿por qué no volviste a Flensburg? ¿Fue porque ya te habías enamorado de Lolita?

Él guarda silencio, como si quisiera sopesar sus palabras:

—No fue eso. Lolita y yo éramos buenos amigos, pero nada más. Yo amaba a Edelgard. Sabía que era un sueño, pero amaba ese sueño. Sin embargo, tras mi viaje a Flensburg, algo muy frágil se rompió. Yo era consciente de lo difícil que era para mí vivir en Alemania. No dominaba el idioma, no tenía trabajo... Y estaba la enfermedad de Edelgard. Pero aun así, yo habría regresado, habría cumplido mi palabra si Edelgard me hubiera seguido escribiendo.

Ahora soy yo quien guarda silencio. Al mismo tiempo le creo y no le creo. En su diario, escrito desde la más absoluta sinceridad, no retocado *a posteriori* ni en una sola palabra, Lolita aparece como una inevitable cuña entre él y Edelgard. En Lolita está la risa, la frescura, la alegría de vivir... Sólo son amigos, es cierto, no hay entre ellos ni un beso ni una caricia, pero la semilla del amor ha prendido ya en sus corazones. Edelgard es un sueño, un imposible. Pero tanto Edelgard como José son prisioneros de ese sueño. Ella se lo ha dicho muchas veces en sus cartas. Ya en julio de 1949, cuando sólo han pasado siete meses desde el inicio de su correspondencia, ella le escribe:

Ah, José... José... Querido, querido José, no te enamores de mí; ama tu ideal, pero no te enamores de mí...

Pero José no puede resistirse al embrujo de sus cartas. Siente que en su alma va creciendo el amor como crecen los ríos tras las lluvias de primavera. Y es seguro que se lo dice a Edelgard en sus cartas, porque ella, poco después, el 18 de agosto, vuelve a insistirle:

¡Ah, José, querido José, sujeta tu corazón y no lo dejes escapar a Alemania!

Y cuando José, un año más tarde, le confiesa su amor sin reservas y le pide que se prometan «seria y formalmente en noviazgo», ella le transmite la alegría y desesperanza de su confuso corazón en esta preciosa carta:

Flensburg, 4 de noviembre de 1950

Mi querido José,
 He leído ya muchas veces tus cartas del 11 y del 22 de octubre y... y..., ¡ah, pienso que necesito leerlas a menudo para darme cuenta de toda la grandeza y de todo el don precioso de tu corazón! ¡José, querido, querido José..., gracias!
 ¡Quisiera saltar de alegría, quisiera llorar, quisiera correr a ti, quisiera huir a algún sitio solitario, Dios mío, no sé lo qué quisiera hacer, estoy tan confusa, mi corazón palpita impetuosamente!
 Sí, estoy confusa a pesar de que estuviera esperando en secreto una respuesta semejante de ti. ¿Cómo puedo agradecértelo? Tus palabras me han dado lo más hermoso que una mujer puede recibir del hombre amado. Esa grandeza de tu amor, de tus senti-

mientos, te honran y ennoblecen, especialmente porque no me conoces en persona.

Considerando todo esto, me pregunto sin embargo: «¿Por qué me ha hecho José tan precioso regalo, por qué me ha ofrecido todo su ser?» Naturalmente que conozco la respuesta: es porque me amas. Y, a pesar de todo, José..., ¿no será peligroso entregar lo más precioso que puede darse, a una persona a la que no se conoce en realidad? ¡Qué grande y profundo debe de ser tu amor! ¡Me siento como la princesa de un cuento maravilloso! Me siento feliz y triste al mismo tiempo, porque sé que no puedo aceptar ese don de tu ser, puesto que no me conoces. Si ahora mismo estuvieras delante de mí y te ofrecieras a mí por entero (es decir, si tú amaras mi persona real, con todos sus defectos), entonces yo podría aceptar, podría decirte... sí; pero, puesto que no estás ante mí, puesto que me amas como a una bella visión, como a un ser de ensueño, yo no puedo..., aunque mi corazón lo desea.

¡Ah, querido, estoy tan desesperada! ¿Por qué no puedo yo recibir esta felicidad que todo mi corazón desea tan ardientemente? ¿Por qué, por qué?... Y a pesar de todo, deseo creer en una providencia bienhechora, deseo creer en el milagro del amor.

Me escribes: «Hay una cosa que me atormenta: es la idea de que habrá que esperar todavía unos años, antes de que pudiera llegar hasta ti y hacerte mi esposa..., si tú así lo desearas». Ah, José, si es esto sólo lo que te atormenta, puedes considerarte feliz (yo tengo otros temores muy distintos) pues para un verdadero amor no existe el obstáculo de la distancia ni del tiempo.

Dime, José: ¿saben tus padres, tu hermana, tu hermano, que tú desearías casarte conmigo? ¿Qué piensan ellos de esto? ¿Les gustaría a ellos recibirme en su familia?

Ahora tengo que contestarte a algunas preguntas; lo haré, a pesar de que tú sabes bien las respuestas:

1ª Pregúntale a tu corazón y sabrás si te amo.

2ª Yo me casaría contigo en el caso de que pudiera darte la felicidad, la grande y verdadera felicidad para toda la vida (sabes que una vida es corta y maravillosa si se es feliz y, por el contrario, resulta larga y atormentada si se es desdichado), ¡únicamente en este caso!

3ª Creo que tú no me desilusionarás; ¿es qué tienes miedo de ello?

4ª No, no me gustaría que nos prometiésemos ya formalmente, pues tú eres aún tan joven y todavía conocerás muchas mujeres. Sí, conocerás muchas hermosas y buenas mujeres todavía y quizás podrás amar a alguna de ellas más que a mí y es por ello que todavía no puedo aceptar tu magnífico ofrecimiento. ¡Tú debes sentirte aún completamente libre! ¡Tu prometida...! ¡Qué idea tan deliciosa y seductora!

En el caso de que hubiera dicho: «Sí, querido, vamos a prometernos ya formalmente», ¿cómo puedes tú imaginarte, en ese caso, la realización de nuestro compromiso?

Antes de terminar con este tema, desearía decirte alguna cosa más. En el momento, querido José, en *que nos miremos por primera vez a los ojos, cuando nuestros labios se toquen por primera vez, entonces sabremos si estamos destinados el uno para el otro, para toda una vida, de verdad. Puede ser, sin embargo, que no nos veamos jamás: ¡Tú sabes, José, que hay muchos amores que nunca se cumplen, pese a que, muy a menudo, sean estos amores los más grandes, los más hermoso! Nuestra suerte, querido mío, está en las manos de Dios únicamente.*

De ésta y otras cartas hablamos José y yo bajo las estrellas, ajenos a las polillas nocturnas que revolotean en torno a las farolas del convento de San Juan de la Cruz, chocando una y otra vez contra sus cristales, apresadas por la luz. También José, apresado por la luz que emanaba de las cartas de Edelgard, chocó una y otra vez contra sus sueños, incapaz de comprender las dudas de Edelgard.

—Edelgard —me dijo— era mucho más inteligente que yo. Tenía además un don... Penetraba en el alma de las cosas, veía más allá de lo que todos vemos... Quizás el sufrimiento abrió sus ojos. No sé. En realidad yo sabía muy pocas cosas de ella, me bastaba con amarla.

—Si algo me llama la atención en sus cartas —le respondí— es precisamente eso, su clarividecia, su sensibilidad, y la capacidad para sobreponerse al sufrimiento... Los sucesos de Stettin debieron de ser terribles.

Los sucesos de Stettin se narran muy someramente en las cartas de Edelgard. Y eso es todo lo que José sabe. A poco de comenzar a escribirse, en una de sus primeras cartas, ella le dice:

Y ahora, te hablaré un poco de mi vida y mi familia: ya sabes que Stettin es mi ciudad natal. Allí lo perdí todo a causa de la guerra: mi joven y encantadora madre, mis dos queridos hermanos, mi patria. Mi madre, mis hermanos y otros parientes próximos murieron de tifus, de hambre y de dolor, en marzo de 1946, en Stettin. Fue un gran milagro que mi hermana y yo (también nosotras padecimos un grave tifus) escapáramos de aquel terror, pero nuestra salud ha sufrido mucho, nuestros músculos están muy debilitados. (Dios mío, a menudo me encuentro tan desesperada, que desearía estar con mi madre y mis hermanos. Ah, la vida es tan despiadadamente dura...). En abril de 1946 los rusos y los polacos nos expulsaron a mi hermana y a mí de Stettin. No teníamos a nadie, hasta que en junio encontramos a nuestro padre en Flensburg (mi padre había sido un oficial de la armada aérea). Sí, la suerte de mi familia es parecida a la suerte de Alemania..., no quiero pensar en ello, ¡no, no quiero! Mi padre, de 46 años, tiene un gran corazón: él es mi padre, mi hermano, mi amigo, todo al mismo tiempo. Mi hermana Sigrid, de 19 años, que es mi hermana, mi amiga y mi madrecita a la vez (debes saber que todo el mundo me toma por la hermana menor), estudia canto. ¿Estás satisfecho o deseas saber más cosas?

No, José no deseaba entonces saber más cosas. Como me confesaba en aquel paseo nocturno, le bastaba con su amor. Sólo más adelante, cuando el amor le hacía tanto daño como las dudas, cuando algún silencio de Edelgard sembraba de amargura su corazón, trató de hacer alguna indagación sobre la vida de Edelgard. Escribe para ello a un joven francés llamado Claude Mathière, que un año antes había viajado a Flensburg y visitado a la familia Lambrecht. La misma Edelgard se lo había comentado a José:

> *¿Sabes que el 1 y el 2 de septiembre hemos recibido la visita de un amigo de Jean? Pienso que ha sido un poco peligroso enviar a este amigo. ¡¡¡Nos ofreció un maravilloso ramo de rosas y dos encantadores recuerdos de París!!! Estuvo encantado con todo, con todo. Sigrid todavía siente nostalgia de él...*

El Jean mencionado en la carta es Jean Gamard, otro joven francés que intercambiaba correspondencia con José y con Sigrid. Pero ni la personalidad ni las cartas de Jean se parecen a las de José. Gracias a él, sin embargo, puede éste conseguir la dirección de Claude Mathière, a quien escribe en secreto, sin que Edelgard lo sepa.

—Recuerdo perfectamente el día en que recibí su respuesta -me dice José.

Yo conozco ya la respuesta, por estar escrita en su diario, pero aguardo el comentario que tiembla en su boca. Sin embargo, José calla. Es ya muy tarde y comienza a hacer frío. Un silencio helado resbala desde las Peñas Grajeras, como una invisible niebla que invadiera de pronto la alameda de la Fuencisla.

—Mañana seguimos -le digo-. Es ya tarde. Lolita y María estarán intranquilas.

De regreso a casa él me hace un comentario que también figura en alguno de sus diarios:

—Se debería escribir una novela con esta historia.

—Ya está escrita -le respondo-. Tu «Diario de un sueño» se lee como una novela.

—La historia de Edelgard no empieza ni termina en lo que yo escribí. Se debería ir más lejos, no sé cómo decirte...

Quizá no sabe cómo, pero sí sabe lo que quiere decirme, y yo me anticipo:

—Tú deberías escribirla.

—Muchas veces lo he pensado -me responde- pero ya no tengo fuerzas. He cumplido setenta y ocho años. Esa novela debería escribirla alguien más joven, acaso tú.

—Me gustaría, y también alguna vez lo he pensado -le confieso- pero es una historia demasiado compleja, creo que no sabría ni por dónde comenzar.

—Por el principio -me dice-, o por el final. Eso no importa. Lo importante es comenzar. Amar en las palabras lo que las palabras tienen del soplo divino que hizo caminar al barro. Y trabajar cada página como se esculpe una estatua.

7

MÚSICA Y «SEHNSUCHT»

Como se esculpe una estatua... Es probable que José no se haya dado cuenta, pero tal idea está sacada de las cartas de Edelgard, que a su vez la toma de Nietzsche como guía y aspiración de su inquietud literaria: «Trabajar una página de prosa como si fuera una estatua», le había escrito en abril de 1949.

Edelgard ama la literatura casi tanto como la música, y la música casi tanto como el silencio. Cree que el silencio está formado de diminutas notas musicales en las que palpitan, apenas perceptibles, los latidos de Dios. Por eso había exclamado en su carta precedente, escrita el 9 de marzo: «¡La música es Dios! ¡El arte es Dios!»

Tal efusión apasionada y sin matices es algo que José no llega a compreder entonces, se lo impide su rígida formación religiosa. Pero Dios es para Edelgard todo lo hermoso del mundo, y en esta convicción se acerca a José, cuya sólida fe católica se va deslizando lentamente hacia un panteísmo poético, primero, y hacia un agnosticismo sin salida, años después. Quizá por eso, por alguna puntualización o comentario de José, ella matiza en su siguiente carta:

La música es mi mejor camarada, me da alegría y me hace olvidar todos los pesares: ¡me guía hasta Dios! ¡Yo necesito vivir la música, el sol, la naturaleza, el mar, el amor...!

Pero todo era Dios para Edelgard ese 9 de marzo de 1949:

Me pregunta si me gustan los niños y los pájaros: sí, me gustan, me gustan mucho porque ellos son la vida, la alegría, la felicidad, la primavera..., ¡ellos son Dios!

Todo era Dios en esa carta que lleva en su encabezamiento una pequeña flor blanca que José no conoce. Y unos versos al final, más bien mediocres, de un olvidado poeta francés que tampoco José conoce: Georges Boutellau, nacido en Barbezieux a mediados del siglo XIX. La flor es una Galanthus nivalis, llamada popularmente «rompenieves» porque nace cuando todavía están nevados los bosques nórdicos, anunciando la inminente primavera. Y éste el poema de Georges Boutellau , que José no transcribe en su diario:

Être poète, c'est aimer
l'idéal rayyonant des choses,

> *le soleil, l'amour et les roses,*
> *tout qui naît pour embaumer.*
>
> *Être poète, c'est comprendre*
> *ce que le coeur a d'infini;*
> *plaindre le pauvre et le banni,*
> *avoir la main prête à se tendre.*
>
> *Être-poète, c'est souffrir*
> *d'une espérance inassouvuie;*
> *c'est donner mille fois sa vie,*
> *et pourtant n'en jamais mourir.*

No es un gran poema, sin duda. Está lleno de los buenos sentimientos que con frecuencia generan la mala poesía, pero Edelgard lo ha copiado con letra cuidadosa al final de la carta porque sus versos tienen un profundo sentido para ella, son como un decálogo de sus creencias y valores: el ideal brillante de las cosas, lo que tiene de infinito el corazón, tender la mano a los pobres y a los marginados, sufrir por una esperanza no realizada, dar mil veces la vida...

Todavía, en esta carta de marzo, Edelgard y José se tratan de usted, pero ya se están fortaleciendo los lazos que anudarán sus corazones con seda y esparto. De momento, sólo tratan de conocerse, hablan de sus ideas, de sus gustos:

> *Efectivamente* –dice Edelgard–, *ya debe Vd. conocerme muy bien, pues tiene razón: me gusta la música clásica, especialmente Beethoven, Liszt, Schubert,*

Schumann, Mozart, Grieg, Chopin, Tchaikowski y las óperas de Wagner, Verdi, Puccini. Sí, conozco la música de Korsakoff y creo que también he oído música española, pero no la recuerdo bien. En este momento estoy estudiando el «Liebestraum» (el «Sueño de amor») de Franz Liszt y la «Sonata nº XIV, la Mondscheinsonate» (la sonata «Claro de Luna») de Beethoven. ¿Conoce estas dos obras? Son magníficas y me gustan muchísimo. ¿Le gustan los valses de «Wien» de Johann Strauss? ¿Conoce la «Rêvérie» («Träumerei») de Robert Schumann, el «Largo» de Händel y la «Sinfonía Inacabada» de Schubert? Sí, la música es algo delicioso. Puede uno, escuchándola, soñar con la felicidad, con el amor...

No son fáciles las obras que Edelgard estudia en esos días, lo que muestra su nivel de preparación musical y el estado físico de sus manos, que irá deteriorándose lentamente en los años sucesivos. Ella dice que comenzó a estudiar piano desde los siete años, y eso me parece que también es una muestra del nivel cultural, económico y social de su familia.

Edelgard tenía siete años en 1933. Los cumplió el 30 de enero, precisamente el mismo día que Adolf Hitler era nombrado Canciller de Alemania. La casualidad, sin duda, hubo de tener su pequeña repercusión en el seno de la familia Lambrecht y en el ánimo de Edelgard. En adelante, todos sus cumpleaños serán días festivos por esa coincidencia con el *Tag der Machtergreifung*, o Día de la Toma del Poder, una de las fechas importantes del calendario nazi. Quizá en alguno de sus cumpleaños, es muy probable, Edelgard haya participado con sus coletas de cobre y su camisola de la *BDM,* la Liga de Muchachas Alemanas, en las conmemoraciones organizadas por las Juventudes Hitlerianas.

No es difícil imaginarla en la marea de manos infantiles que agitan hacia el cielo sus banderitas de papel, todas rojas y blancas, todas con la cruz gamada. O recorriendo con sus pequeñas manos saltarinas las teclas del piano de su casa, que sonaría en tales ocasiones con sabor a tarta de manzana y a velas encendidas. Tampoco resulta difícil imaginarla frente al piano años después, débil y enferma, ni sus esfuerzos para borrar de su memoria la desdichada coincidencia con el *Tag der Machtergreifung,* olvido que será más fácil a partir de 1949 porque, felizmente, la fecha en que ella ha recibido la primera carta de José se aproxima mucho a la fecha de su cumpleaños. Una carta de 1950 lo demuestra, cuando ella dice:

> *El 26 de enero (la carta que me escribiste en ese día la recibí justamente en el día de mi cumpleaños y así fue una alegría especial) yo te sentí muy, muy cerca de mí. Mientras tocaba el piano para ti, un soplo imperceptible hizo vacilar la luz de las velas y me pareció como si tu alma acariciara mis cabellos... Creo que he sentido todos tus pensamientos, toda tu «Sehnsucht», incluso durante mi sueño...*

«Sehnsucht» es una palabra que tanto Edelgard como José repiten con frecuencia en sus cartas, y que jamás traducen al francés o al español («el francés –dice

Edelgard– no tiene en su vocabulario traducción exacta para esta palabra tan hermosa y profunda; su significado aproximado sería: un deseo muy, muy ardiente»). Y ese deseo ardiente, esa «*Sehnsucht*» que fluye de sus corazones es también, para ella, el mejor bálsamo contra la memoria de sus días en Stettin, de los que fueron inmensamente felices y de los que fueron terriblemente desgraciados. Así, al finalizar 1949, Edelgard responde a una de las preguntas de José con una chispa de enojo que enseguida desaparece, diluida en el bálsamo del amor naciente:

> *Sí, ya he pensado en el primer aniversario de nuestra amistad (pero, José, ¿has podido pensar que yo olvidaría esto? ¡Ay, ay, amigo mío, eso me apena! ¿No nos gustaría encontrarnos en Roma o en Lucerna? El 26 de enero (el día en que me escribiste la primera carta), cuando Dios haya adornado de estrellas el cielo, encenderé cuatro velas y tocaré para ti la «Sonata nº XIV, Claro de Luna», de Beethoven, la «Andaluza» de Granados y la «Träumerei» de Schumann, y estas melodías volarán hasta ti llevándote mi alma. En cuanto a ti, desearía que bebieras una copa de buen vino español por nuestra amistad mientras contemplas mi foto «Träumerei». Sería hermoso, muy hermoso, si entonces pudieras escribirme una poesía!*

Siempre la música. La música como conjuro contra las penas y la distancia, la música como llave que abre para ellos el puente de las estrellas: Flensburg a un lado, un saloncito rojo con un piano de pared. Madrid en la otra orilla, un cuartel, una farmacia militar.

Tal día como hoy –escribe José–, el año pasado recibí la primera carta de Edelgard, a la que contesté inmediatamente, tras rehacer mi carta dos o tres veces, intentando corregir mi pésimo francés y mi desordenada caligrafía.

He pensado en ella durante todo el día y seguramente a estas horas, según me decía en su última carta, habrá encendido las cuatro velas y estará tocando en el piano, para mí, sus piezas favoritas... «et ces tons voleront à toi et t'apporteront mon âme...».

Ahora, aquí, en el silencio del dormitorio de la farmacia, mientras mis compañeros duermen, sentado ante la pequeña mesa donde estudio, pienso en Edelgard y siento como si en una música sin notas me llegara su alma misteriosa y lejana. Acabo de escribirle una larga carta en la que le digo cuánto supone ella para mí. Es una carta cálida y tal vez demasiado apasionada, pese a que no me he atrevido a decirle claramente que estoy enamorado de ella. Porque, ¿estoy realmente enamorado de ella?... ¿No será más bien, que estoy fascinado por un hermoso e ideal fantasma que han creado en mi imaginación sus cartas y sus fotografías? Le digo sinceramente lo que siento hacia ella y cómo sus cartas y su amistad son ahora para mí lo más bello y querido, mi felicidad y mi alegría.

Esa carta que José le escribe en el silencio de la noche –mientras ella, dos mil kilómetros al norte, toca al piano la «*Träumerei*» de Schumann– es la carta que Edelgard recibirá el día de su cumpleaños. José siente en el silencio una música callada que le llega de muy lejos, y el alma de Edelgard en esa música. Es una sensación dulce y extraña que yo mismo creo sentir ahora, mientras escribo estas palabras, sesenta años después. Entre los discos de María he encontrado la «*Träumerei*» de Schumann que Edelgard tocaba. Es una obra breve y melancólica, llena de poesía y de misterio. La escucho en silencio. Cierro los ojos. La vuelvo a escuchar en el silencio del mundo, y todo se me hace claro, transparente como el aire de la noche bajo las estrellas heladas.

Es invierno en Segovia, donde escribo. Y hace frío. Tiritan los cristales mientras escucho a Schumann y la tarde cae. Al otro lado de la ventana, el horizonte se ha teñido de rojo sin que yo me diera cuenta. Vuelan algunos cuervos sobre los álamos, y enseguida desaparecen. El tiempo se diluye bajo el puente de la primera estrella. Se desvanecen las distancias. Tengo ante mis ojos la carta con que Edelgard responde a la carta de José, que no tenía entonces un mal tocadiscos o un triste magnetófono, lujos imposibles para un pobre soldado en la España gris de 1950.

En mis oídos sigue sonando la «*Träumerei*» de Schumann. En las manos de José tiembla la carta que ahora leo:

Sí, ahora Flensburg duerme el sueño del invierno alemán, que es delicioso y milagroso como un cuento de hadas. Sobre la cúpula del cielo azulado reina el sol y sus hijos, los rayos de luz, adornan con in-

numerables diamantes el blanco vestido de nuestra villa. El aire claro y frágil como el cristal exhala el olor del invierno boreal. Las gaviotas vuelan majestuosamente alrededor de nuestras casas pidiéndonos comida. El invierno nórdico, ¡ah, es maravilloso y como de fábula! Me gustaría que pudieras ver alguna vez una puesta de sol aquí: el cielo flamea y florece en colores verdes, azules, rojos, violetas y amarillos tan increíblemente hermosos, que se imagina uno estar en un mundo encantado.

8

EL RUIDO DE LA RISA

EL DÍA 18 DE JULIO DE 1951, fiesta grande para la España del general Franco –que conmemora la rebelión militar de 1936, pomposamente llamada Glorioso Alzamiento Nacional–, José Fernández recibe una carta de París. Acaba de ser licenciado del servicio militar y ha regresado ya a la Península. Ese día está en Manzanares, en casa de sus padres. María, su madre, le sube al dormitorio el sobre que el cartero le acaba de traer aunque es día de fiesta, porque viene de París. Es la carta de Claude Mathière, la esperada respuesta del joven francés que un año antes, los días 1 y 2 de septiembre, ha visitado a Edelgard y Sigrid en su casa de Flensburg:

> *Durante la guerra* –lee José– *la señora Lambrecht y sus hijas vivían en Stettin y las tres fueron martirizadas por rusos y polacos durante su avance en Alemania. La señora Lambrecht murió y Sigrid y Edelgard fueron recogidas por la Cruz Roja Sueca*

y tardaron mucho tiempo en recuperarse de sus heridas. Desde su juventud, estas chicas han debido de sufrir mucho y presenciar cosas espantosas. Es por esto que tienen un aspecto un poco extraño y parecen avergonzadas por un poderoso complejo de inferioridad. Las dos emiten el ruido de la risa sin que los rasgos de su rostro cambien la expresión; su actitud es siempre rígida, como en sus fotos, y parecen afectadas por una enfermedad que no he podido adivinar. Eminentemente románticas, ambas aman mucho la música. Podría creerse que Edelgard vive en un mundo sobrenatural afectado de una cierta superstición. Seguramente usted no ignora su afición a interpretar los sueños y los presagios.

Jamás olvidará José la desazón causada por esa carta. Su lectura le deja perplejo. No ignoraba, puesto que Edelgard se lo ha mencionado varias veces, sin entrar en detalles, el mucho sufrimiento padecido por ella y por su hermana tras la caída de Stettin, pero lo que verdaderamente le ha impresionado es la descripción de Claude Mathière: «Las dos emiten el ruido de la risa sin que los rasgos de su rostro cambien la expresión». ¿Cómo es posible que una persona con la sensibilidad de Edelgard, con su amor a la naturaleza, a la música, a la vida... no pueda sonreír? Ciertamente, Edelgard estaba siempre seria en todas las fotos que ha recibido. Pero José atribuía esa seriedad a la timidez de su carácter. También él está serio en muchas fotos. Además, las cartas de Edelgard le habían transmitido tanta felicidad que cualquier otro detalle resultaba insignificante. Sin embargo, hace ya más de cinco meses que no tiene noticias de Edelgard. Y la última carta que ella le escribió, recibida el 9 de febrero y precedida por otros dos meses de silencio, le ha sumido en un estado de melancolía y confusión del que no logra salir. En este tiempo, en estos cinco meses eternos, ninguna de las tres cartas que él ha enviado a Flensburg ha obtenido respuesta. ¡Cómo le gustaría viajar a Flensburg! Pero ni tiene dinero para el viaje ni en la España del general Franco, aislada de la comunidad internacional en ese tiempo, resulta fácil obtener un pasaporte de salida. Por eso recabó la información de Claude Mathière, cuyas palabras lee una y otra vez en la casa de sus padres, como una y otra vez leyó en el hospital de Ceuta la anterior carta de Edelgard, sintiendo que a cada lectura se agrandaba la fosa que todavía siente en torno a su corazón:

Flensburg, 3 de febrero de 1951

¡Mi querido José!

Seguramente estarás ya esperando ansiosamente mi carta. Ah, José... Durante largo tiempo no he sabido qué hacer. Durante muchos días y noches he luchado por el esclarecimiento. Ahora ya sé mi camino: es el camino doloroso de la renunciación. Debo dejarte, José; yo no puedo llegar a ser tu mujer. Precisamente porque te quiero, es necesario que me vaya. ¡Es por tu felicidad, que no soy yo!

No, José, yo no soy tu felicidad; no soy la felicidad que tú buscas. Tal vez hoy todavía no lo compren-

das, no querrás comprenderlo, pero un día, cuando seas muy feliz, entonces lo sabrás. «Sí, efectivamente Edelgard tenía razón».

¡Créeme, José, que deseo para ti lo mejor! Ése es el motivo por el que debo dejarte. ¡Toma mi adiós por una operación necesaria! Como buen médico, sabes que, a menudo, es inevitable una operación, que es necesaria para librar al cuerpo y al alma del mal; que es necesario soportar el dolor de la operación para liberarse de un indecible sufrimiento inacabable e incluso quizás de la muerte. Las heridas curarán pronto y la vida será más hermosa que antes.

¡Sabe que, aunque me vaya, mi alma estará siempre contigo! Estará siempre contigo y te protegerá, te bendecirá y te guiará. ¡No olvides esto jamás y no olvides que te amo, corazón mío! ¡Pediré a Dios por tu prosperidad, tu felicidad, tu salud y tu realización!

Alcanzarás tus magníficos objetivos; lo sé porque te conozco bien. Tienes talentos maravillosos, eres más rico que un rey de cuento, yo te admiro mucho. Un día serás un buen médico, un poeta admirado, un gran hombre feliz, tendrás hijos, hijas, una mujer amante y amada, la gente te querrá y respetará. Un día..., sí, un día serás feliz y realizado y yo podré estar orgullosa de ti. Caminarás por un sendero lleno de sol y el sol penetrará a través de las nubes que de vez en cuando aparezcan... y siempre mi alma caminará contigo... tú la sentirás... amado...

Estaré siempre contigo, pero... no seré para ti la mujer Edelgard, sino un ser de ensueño. Me encontrarás en la música y en la poesía, en las flores, en el canto de los pájaros, me encontrarás en la espuma del mar, en los rayos del sol que te acaricien, en las estrellas y el perfume de la primavera, me encontrarás en las fábulas y en los sueños, me encontrarás en las esferas de las hadas, en el país de la «Sehnsucht», me sentirás en tu corazón, querido...

Puesto que hoy debo dejarte, puedo decirte las palabras que siempre has deseado escuchar: «¡Te quiero!» ¡Sí, te quiero, José, y te agradezco todo lo que me has dado! Tal vez tu amor ha sido lo más hermoso de mi vida. ¡Qué puro amor maravilloso! ¡Qué nobleza, delicadeza y bondad! Tus cartas..., ah..., por todas partes sentía tu amor... tu amor... qué delicioso sentimiento..., pero ¡ay! ¿por qué esto no puede ser...? ¡Gracias, amado, gracias por todo!

Gracias también por el pañuelo encantador, tu bello y afectuoso dibujo, tu foto querida, tu hermosa «Sinfonía» (ah..., José...), tus partituras preciosas que siempre tocaré pensando en ti y por las poesías de vuestro poeta romántico José Espronceda. (¡No puedes imaginarte qué feliz y orgullosa me sentiría si un día tuviera también un libro de poesías por José Fernández Arroyo!) Cada vez que tu pañuelo envuelva mis hombros tendré la embriagadora sensación de que... tú me caricias... José... ¡Me lo pondré a menudo! ¡Gracias, gracias mil veces!

¡Huye, ah, huye, dulce sueño! ¡No puede ser! ¡Huye, oh, huye...!

El tiempo se acaba y debo decir mi adiós. ¡Dios mío, hazme fuerte! ¡Qué desesperación dolorosa en mi pobre corazón... yo... ah... siento un inmenso dolor de dejarte... José... amado... abrázame por última vez... acaricia mis cabellos... murmura palabras tiernas, consoladoras... aprieta mi cabeza contra tu corazón... déjame que llore allí, que llore... hazme olvidar el mundo...

Ahora es preciso que me vaya. ¡Que el cielo te proteja y te bendiga! ¡Que este nuevo año de tu vida te dé mucho, mucho de bueno y hermoso, que te traiga éxitos, alegría, un corazón de mujer noble, amoroso, maravilloso y que te dé salud, que cumpla mucho de tus deseos, de tus sueños! ¡Que seas grande y feliz...! Yo te amo..., José...

Inclinando mi cabeza tomo tu mano querida y en ella pongo un cálido aliento para que no me olvides, para que siempre dejes que me pertenezca un rinconcito de tu corazón.

Adios.

Edelgard

P.D. Cuando esta carta llegue a tus manos queridas, tal vez ya haya abandonado Flensburg.

Cuando esta carta llegó a sus manos, cinco meses atrás, él todavía estaba en el hospital de Ceuta. Su lectura le conmociona, siente a su alrededor una fosa en la que todo se hunde, no comprende nada, está aturdido, ni se da cuenta de la clave contenida en la posdata: «...tal vez ya haya abandonado Flensburg». Edelgard, en la clarividencia de ese mundo sobrenatural que mencionaba Claude Mathière, ve mucho más lejos que su jovencísimo y enamorado y ciego poeta. ¿Qué significa abandonar Flensburg? No es ésta una pregunta que aparezca en el diario de José. En su desesperación, sólo él se siente abandonado. ¡Tanto tiempo esperando para finalmente recibir lo que ahora le parece la más amarga y súbita despedida! Sin embargo, lo temía. Ese adiós que le acongoja no era completamente inesperado. Incluso, cinco días antes de recibir esa última carta de Edelgard, coincidiendo con el día en que cumple 23 años, José escribe en su diario:

> *¡Ah, Dios santo, cuánto tiempo hace que no me escribe! ¡Ni siquiera para el aniversario de nuestra correspondencia! Esto es algo enteramente anormal que me hace presentir algo terrible...*

El día 17 de febrero, tras comprobar la exactitud de su presentimiento, su diario se transforma en un pozo de tinta:

> *¿Cómo describir la impresión terrible de esta carta? ¡Dios, Dios santo, es incomprensible! La he leído una y otra vez y cada vez las palabras ahondan más y más la fosa en la que parecía hundirse todo a mi alrededor y mi corazón se comprimía bajo el peso de una desoladora realidad: la increíble realidad de que Edelgard se iba de mi vida.*

Y unas líneas más abajo, como la triste y hermosa canción de Leo Marjane que viene de improviso a su memoria, el pozo de tinta refleja la hondura de su desesperación:

¡Edelgard, Edelgard, querida..., no me abandones!

Ahora la vida ha perdido para mí todo su sentido. ¿Por qué, querida, has tenido que dejarme?

Ahora comprendo bien el sentido de esa canción francesa:

> «Je suis seul ce soir
> avec mes rêves.
> ...J'ai perdu l'espoir
> de ton retour.
> Le jour tombe, ma joie s'achève
> et tout se brise dans mon coeur lourd...
> Et pour tant, je t'aime
> encore et pour toujours...!» *

Sí, es cierto: je t'aime encore et pour toujours, et pour toujours...

¡Oh, Dios mío, ¿será vedad que todo ha terminado?! No puedo creerlo, no puedo creerlo...

---

* *Estoy solo esta noche / con mis sueños. / He perdido la esperanza / de tu regreso. / El día termina, mi alegría se acaba / y todo se rompe en mi pesado corazón.../ ¡Y sin embargo, te amo / todavía y por siempre!*

9

ROSA DE POMERANIA

¿Será verdad que todo ha terminado? Ésa es también la pregunta que Edelgard y Sigrid Lambrecht se hacen la mañana del 27 de abril de 1945, cuando cinco soldados victoriosos las abandonan como dos muñecas rotas sobre los colchones de su dormitorio, impregnados ahora de un olor ácido y viscoso, a vómitos y esperma. Pero tampoco ellas pueden creerlo. Durante la noche, lo que ambas creían, e incluso deseaban, era que las violaciones acabarían con un tiro en la nuca. Y entonces, sí. Entonces, finalmente, todo habría terminado. Sin embargo, siguen vivas. El dolor que sienten lo confirma. Lo confirma la vergüenza que ha semillado sus corazones como un cáncer invisible. Lo confirma la segunda pregunta que se hacen en la mañana de ese 27 de abril, sin necesidad de palabras, sin mirarse a los ojos. Para responder a esa pregunta, necesitan bajar al sótano, donde su madre y su abuela, heridas, acaso muertas, permanecen desde la tarde anterior.

La tarde anterior siguió a la mañana en que las tropas rusas del general Zhúkov entraron en Stettin. Era el día 26 de abril de 1945. Edelgard tenía diecinueve años. Sigrid, dieciséis. Bajo el recibidor de su casa en Gutenbergstrasse, había un pequeño sótano que se utilizaba como leñera. Al llegar el otoño, su padre hacía traer un carro de leña seca con la que se alimentaba la chimenea en las tardes oscuras del invierno. ¿Cuántas novelas y poemas de amor no habían leído Edelgard y Sigrid al calor de aquella chimenea? Entre todas las novelas, «Werther» era la preferida de ambas. Y ambas esperaban, sabían, que alguien como el joven Werther aguardaba en algún rincón del mundo el minuto de declararles su amor eterno. Entre los poetas, también era Goethe el preferido de Edelgard. Hace al menos cuatro años que aprendió de memoria su poema *Heideröslein* –Rosa en el brezo–, que a veces interpreta al piano con música de Schubert. Y ese poema, precisamente ese poema, será el primero que traduzca cuatro años más tarde para su amigo José, transcrito en alemán y francés junto a la carta que le envía el 6 de abril de 1949, también un mes de abril...

> *Röslein wehrte sich und stach,*
> *half ihm doch kein Weh und Ach,*
> *musst' es eben leiden.* *

¿Podrá comprender su lejano amigo el oculto significado de tales versos? ¿Acaso lo comprendía ella cuan-

---

* La rosa se defendió y le pinchó; / de nada le sirvieron su dolor y gemidos, / no tuvo más remedio que sufrirlo.

do Sigrid los cantaba con su voz blanca en el *Lied* de Schubert?

Probablemente, no. Es casi seguro que ni ella ni él alcanzaran a entender la carga de angustia y desesperación contenida en esos versos inocentes, porque hay edades en las que el dolor siempre parece un patrimonio ajeno. Ella, con catorce años y recién iniciada la guerra, estaba infinitamente más interesada en las torturas de amor del joven Werther que en la enorme tortura de sangre y ruina que se extendía por Europa. Además, las tropas alemanas eran las tropas victoriosas. Y Alemania era el país de Goethe, el país de los poetas y de los filósofos. La guerra, finalmente, constituía un precio inevitable para hacer del mundo un lugar feliz. El imperio de los próximos mil años siempre estaría en deuda con aquellos jóvenes capaces de dar su vida para instaurar un orden nuevo en ese mundo caótico de sangres mezcladas e ideas sin ideales. En deuda con ellos y, sobre todo, en deuda con quien, salvando a Alemania, salvaba al mundo entero. Como se cantaba en el himno de las Juventudes Hitlerianas, como también ella cantaba en las concentraciones de la *Bund Deutscher Mädel*, «el mundo está en ruinas a causa de la guerra, pero no importa: nosotros lo construiremos de nuevo».

Todo, finalmente, llamaba al optimismo. Las canciones, los poemas recitados en las escuelas, todo era brillante como el sol de agosto. En las plazas, en los cines, en las fiestas campestres organizadas por la *BDM*, Edelgard y Sigrid eran las dos chicas más felices del universo. Sobre sus blusas blancas y chaquetillas color miel, sus largas coletas de cobre parecían esvásticas trenzadas en tallos de trigo. Cantaban, reían, enlazaban sus manos para formar grandes corros con sus compañeras de *Mädelschaft*, el equipo más pequeño de las agrupaciones locales. A veces, en las reuniones juveniles de los sábados por la tarde, Edelgard tocaba el piano en la sala que les había cedido el Ayuntamiento de Stettin, o cantaba junto a Sigrid, «el ruiseñor de la familia», como su padre le llamaba.

Su padre...

Él es mi padre, mi hermano, mi amigo, todo al mismo tiempo –había escrito Edelgard en una de sus primeras cartas.

En la que envía el 15 de noviembre de 1949, al tiempo que describe su situación en Flensburg, da detalles nuevos y sugerentes sobre él:

Considerando las condiciones de vida de la mayor parte de los refugiados alemanes, nosotros no podemos quejarnos, ya que hemos tenido suerte en lo que se refiere a nuestro alojamiento. Vivimos en dos bonitas habitaciones amuebladas en un piso perteneciente a dos ancianas señoras, situado en la parte más hermosa de Flensburg, muy cerca del bosque Marienhölzung. Como la vida de la mayor parte de los refugiados, nuestra vida también es penosa. Mi padre no tiene trabajo ya que, en primer lugar, es un refugiado (es decir, un expulsado del Este alemán); en segundo lugar, él era un oficial y, en tercer lugar, el fue... (quizás en otra ocasión te hable de esta her-

mosa y tercera circunstancia. Hoy te diré únicamente que mi padre es un idealista, un alemán de todo corazón!) Ahora, seguramente, te interesará saber de qué vivimos; pues bien, mi padre recibe una pensión de guerra y Sigrid y yo también la recibimos, ya que los rusos y los polacos fueron los culpables de nuestra grave enfermedad.

Esta carta te ha dado una profunda visión de mi vida interior y exterior, y esto significa mucho, ya que mi principio es no mostrar a nadie mis sufrimientos y mi corazón.

Edelgard habla siempre con devoción de su padre, pero en ninguna de las cartas que le escribe a José menciona su nombre. En una de ellas le ha dicho que era un oficial de la *Luftwaffe*, por lo que cuesta poco imaginarle volando a menudo en alguno de los muchos aviones que surcaban el cielo de Pomerania en los primeros días de la guerra. Tampoco cuesta imaginar a Edelgard y a Sigrid levantando sus manos y sus pañuelos al paso de una escuadrilla en la que quizá vuela su padre, o, si no él, cualquiera de los heroicos pilotos que acaso regresan en ese instante de algún arriesgado vuelo sobre la niebla de Inglaterra.

En esos primeros días de 1940, la vida era hermosa para las hermanas Lambrecht, como hermoso sería el mundo tras esa guerra dolorosa y necesaria, cuando los ideales que aleteaban en sus jóvenes corazones se hubieran extendido a lo largo y ancho del planeta como una floración inusitada. La vida las necesitaba. Necesitaba el empuje de sus corazones para mover la noche de la

Historia, igual que las pequeñas «rompenieves» que brotan de la tierra helada para anunciar la primavera en los bosques de Pomerania.

Pomerania... Esta sola palabra evoca en el alma de Edelgard Lambrecht las horas más felices. Y así será a lo largo de su desdichada vida, donde las horas felices serán sólo un recuerdo de su sonrisa perdida.

Acabada la guerra, desde su destierro en Flensburg, el 18 de agosto de 1949, le transcribe a su amigo español la siguiente estrofa de «nuestra canción de Pomerania»:

Wenn in stiller Stunde Träume mich umwehn,
bringen frohe Kunde Geister ungesehn,
reden von dem Lande meiner Heimat mir,
hellem Meeresstrande, düsterm Waldrevier. *

¿No es hermosa -prosigue Edelgard Lambrecht en la misma carta- *esta canción de nuestra magnífica patria, Pomerania? ¿Quieres que te hable un poco de ella? ¿Sí? Pues bien, escucha. (Ahora yo me represento con la imaginación que tú y yo estamos sentados en la terraza del jardín de nuestra casa en Stettin; los rayos del sol poniente hacen chispear el vino en nuestras copas, la tarde exhala romanticismo, el canto de infinitos pájaros vibra en el aire... ¡y tus ojos brillan y yo sé por qué!).*

Como una concha rodea una perla, así rodea mi patria el Este alemán. Sí, como una perla: así es mi

---

* *Cuando en la hora tranquila los sueños soplan a mi alrededor, /me traen la feliz noticia, invisibles espíritus, /me hablan del país de la patria mía, /de la luminosa costa, del sombrío borde del bosque.*

Pomerania, noble, preciosa, resplandeciente, con su belleza oculta a los ojos profanadores. Quizás tú –hijo del luminoso, floreciente y pródigo sur– no puedas imaginarte la belleza callada, contenida, áspera y tranquila de mi patria, pero creo que, si llegases a conocerla, te encantaría y ese encanto ya no te abandonaría nunca más. Pomerania significa los más hermosos bosques, las preciosas leyendas dichas en voz baja, los lagos maravillosamente cambiantes, las románticas praderas, los riachuelos que murmuran quedamente, los campos de frutales, los magníficos rebaños, las ricas aldeas y ciudades, los propietarios que cultivan sus tierras, el Oder grande y hermoso, el sencillamente magnífico mar Báltico con sus aguas suaves (tiene poca sal y ninguna marea), sus playas de arenas blancas y brillantes, sus dunas, sus bosques, sus islas de ensueño, sus escondidas y grandes bahías, su famoso ámbar... Pomerania quiere decir fecundidad y opulencia, quiere decir gentes reservadas, ásperas, de corazón que a pocas personas se abre, pero que luego sabe guardar y exigir una incondicional fidelidad. ¡Lástima que hayan destruido la fidelidad de estos puros y fuertes corazones! Nosotros llevamos en nuestros corazones el orgullo y la fidelidad alemanes, despreciamos la cobardía, la hipocresía y la deslealtad, y deberíamos despreciarnos a nosotros mismos si renegásemos de nuestros rectos sentimientos, de nuestro orgullo y de nuestra fidelidad; así, desde siempre, hemos dado a Alemania los mejores servidores del Estado y los mejores soldados, pero también sabios y artistas mundialmente famo-

sos. Puesto que por nuestras venas corre sangre sin mezcla, puesto que nuestros elementos vitales son la industria, el trabajo, la fidelidad, el valor, la fuerza, el orgullo y un invencible buen humor, es posible que volvamos a ser lo que fuimos y algún día lo seremos.

¿Lo serán? ¿Está en verdad segura Edelgard Lambrecht de sus palabras, segura de la fuerza de su sangre sin mezcla? ¿Las huellas de su educación nacionalsocialista, evidentes en estos párrafos, pertenecen todavía al camino de la realidad? ¿No encierra la última línea de su carta una evidente contradicción entre la duda de lo posible y la certeza de su deseo?

La duda y el deseo. Dos palabras entre las que su alma se estremece como una hoja de abedul, su árbol preferido.

«¿De ser una planta, qué planta te gustaría ser?», le pregunta José Fernández en una carta de 1949.

Si yo no fuera un ser humano –le responde ella el 26 de julio–, *desearía ser: 1º de los animales, una alondra; 2º de las plantas, un abedul; 3º de las cosas de la naturaleza: el mar, y 4º de las cosas de los hombres: un gran velero blanco.*

Una alondra en el cielo de Pomerania.
Un abedul tiritando bajo las estrellas.
Un gran velero blanco que naufraga, noche a noche, en el propio mar interior de sus recuerdos.

PRELUDIO

Con frecuencia, los recuerdos de Edelgard y Sigrid Lambrecht se refugian en los días felices de su infancia, pero muy raramente regresan al refugio de su casa en Stettin.

La casa, en el número 13 de Gutenbergstrasse, tiene un amplio jardín al frente, lleno de lilos y de almendros que revientan de flores en esta mañana primaveral y soleada. Pero la casa, que Edelgard menciona varias veces en sus cartas, no era realmente ya su casa. Había sido la casa de su abuela y el lugar donde nacieron Edelgard y Sigrid. Luego, dos años antes de que comenzara la guerra, la familia Lambrecht se mudó a un piso más pequeño pero más confortable, no muy lejos, en el 11 de Prutzstrasse, donde vivieron hasta que una de las innumerables bombas arrojadas sobre Stettin les obliga a desalojar el edificio, aunque consiguen salvar la mayor parte de sus pertenencias. Por eso regresan a su vieja casa en Gutenbergstrasse, milagrosamente intacta tras los intensos bombardeos del fin de la guerra.

La casa es fría. A pesar de la chimenea y del carro de leña encargado por su padre, una humedad helada penetra por los resquicios más pequeños en las noches largas del invierno báltico. El cargamento de leña se guardaba en un pequeño sótano excavado a la entrada de la casa. Y en este sótano, escondidas por su madre, Edelgard y Sigrid escucharán entre la bruma de la mañana el avance de los tanques rusos.

Ahora, al despertar el 26 de abril de 1945, el sótano está vacío. Los últimos troncos de leña ardieron en los primeros días de ese invierno gélido, cuando aún su madre se esforzaba en mantener encendida la chimenea y en que el viento no atravesara las ventanas sin cristales de la casa, reemplazados por cartones y por mantas desde que, un año antes –el 11 de abril–, bombarderos norteamericanos B-17 lanzaron 650 bombas explosivas y 1800 bombas de fósforo sobre los tejados de Stettin. Ahora, en el sótano, en el lugar de la leña, hay bidones y cubos de agua, unas mantas dobladas, velas. Ahora, la única leña que arde bajo la chapa de la cocina, para calentar una comida cada día más escasa, es la que ellas y sus hermanos extraían de los escombros de las casas hundidas. Ahora, en este mes de abril de 1945, el viento helado traspasa con igual facilidad las ventanas sin cristales y los ojos sin esperanza, definitivamente abiertos a la realidad de una derrota inminente, de la que nadie habla. Pero ni los más ciegos confían ya en la victoria.

El 23 de marzo han sido evacuados todos los hospitales de Stettin. De los casi trescientos mil habitantes que vivían en la ciudad al inicio de la guerra, poco más de quince mil quedan ahora, en la primavera de 1945. La mayoría huyó a Berlín al proseguir los bombardeos. La segunda quincena del último agosto, Stettin fue un infierno. Más de mil aviones de la *RAF* atronaban el cielo en sucesivas oleadas. Se bombardeaba sobre los escombros, convirtiendo a la ciudad en una inmensa hoguera que tardó muchos días en apagarse, dando paso a un desierto de cenizas y cascotes donde ya no cabe la menor esperanza.

Todo está perdido, las tropas rusas están casi a las puertas de Berlín y, sin embargo, a mediados de abril, Himmler dicta la siguiente orden:

Cualquier varón que habite una casa donde se despliegue la bandera blanca debe ser abatido. No debe perderse un solo segundo en ejecutar esta medida. Todo hombre mayor de catorce años será considerado responsable de sus actos.

¿Responsables de sus actos? Cuando la señora Lambrecht escuchó tales palabras en el noticiario radiofónico, no pudo sino recordar con dolor a sus hijos pequeños. ¿Quién es responsable de sus actos en medio de esta locura? ¿Lo es ella, que ha decidido aguardar en Stettin el final de la guerra? ¿Lo es su hija menor, Sigrid, empeñada en que Edelgard corrija su interpretación del Preludio en Fa menor de Beethoven mientras suena la sirena que anuncia el inicio de un bombardeo? ¿Lo es la pobre abuela, enferma y en cama desde hace meses, que da la razón a Sigrid e insiste en que sólo morimos cuando

Dios lo quiere...? Si su casa estaba allí, si su casa se mantenía en pie a pesar de los miles de toneladas de bombas arrojadas sobre Stettin, ellas no debían huir. Nada parecía más fácil que interpretar ese signo del destino. Allí estaba su casa y allí regresaría el padre apenas acabara la guerra. Permanecer en su casa era, de algún modo, permanecer en la esperanza. Mientras en la terraza del jardín hubiera una silla desde la que contemplar la puesta del sol, todavía le quedaba un resquicio al sueño del paraíso. Por ese mismo camino que emplea el sol de la tarde para despedirse del mundo, habían visto regresar a su padre muchas veces. Y allí las encontraría porque nada, en el fondo, había cambiado. O habían cambiado muchas cosas, pero ninguna de las esenciales. Ellas eran las mismas, sus ideales eran los mismos, su corazón era el mismo corazón. Lo demás era accesorio. Faltaban los cristales de las ventanas, los cuadros de las paredes, las fotos y los portarretratos que antes salpicaban cada repisa y cada mueble: el padre con su uniforme de gala; los dos hermanos pequeños, con sólo cuatro y diez años pero el brazo muy alto en aquella foto de 1941, durante el desfile de las Juventudes Hitlerianas; ellas con las casacas color miel, mirando al cielo frente al ayuntamiento de Stettin mientras cantaban, muy serias, *«Volk an 's Gewehr!»*, «El Pueblo a las Armas». También faltaban sus uniformes de la *BDM,* los uniformes de sus hermanos, incluso los uniformes de su padre. Pero los uniformes no hacen a las personas. Y si su madre había decidido deshacerse de todo aquello, era por una razón poderosa que ahora, en la mañana del 26 de abril, abrazadas en el sótano de su casa, comprenden mejor que nunca.

Por fortuna, sus hermanos no están allí. A mediados de marzo, un mes antes de que la señora Lambrecht escuchara en la radio el comunicado de Himmler, ya había decidido llevarlos a la granja de su primo Rudolf, veinte kilómetros al oeste de Stettin. Allí, al menos, no pasarían hambre. Y no serían un estorbo. Ayudarían al cuidado de las gallinas y los cerdos. El mayor sabía trabajar, lo había demostrado meses antes, cuando fue reclutado para cavar trincheras en el frente del Oder. Cada mañana, como casi todos los muchachos y muchachas de la *Hitlerjugend* y de la *BMD,* con el almuerzo en la mochila y la sonrisa en los labios, subía con sus hermanas a los camiones que los acercarían al frente, en dirección a Stargard, donde se preveía que pudiera producirse el ataque del Ejército Rojo. El pequeño era todavía demasiado niño para pertenecer a la *Hitlerjugend* o a la *Jungvolk,* integrada por chicos de diez a catorce años. Pero el mayor acababa de cumplir la edad mínima requerida para afiliarse a las Juventudes Hitlerianas, donde les inculcaban día tras día que todos eran necesarios para defender a la patria alemana, especialmente cuando las tropas soviéticas avanzaban hacia el Oder.

Ahora, traspasado el Oder, sólo queda esperar el minuto en que los primeros soldados rusos entren en Stettin. Y todo indica que ese minuto está más cerca de lo que jamás habían imaginado. Una angustia creciente invade el corazón de las hermanas Lambrecht en la noche del 25 al 26 de abril de 1945.

—No pasará nada –trata su madre de tranquilizarlas– y si pasa, no lloréis, mantened alta la cabeza, recordad siempre que sois alemanas.

¿Recuerda Edelgard esta advertencia cuando le escribe a José: «mi principio es no mostrar a nadie mis sufrimientos ni mi corazón»? En esa misma carta, tras un punto y seguido, ella le dice:

No, nadie debe saber nuestras penas, sino –pase lo que pase– una sonrisa. Pero no siempre resulta fácil sonreír y, a veces, cuando estoy sola, no puedo seguir sonriendo y las lágrimas ruedan de mis ojos. Luego me avergüenzo de mis lágrimas y las rechazo impetuosamente... ¡y pruebo a sonreír de nuevo!

Prueba a sonreír, pero no lo consigue. La carta de Claude Mathière no deja el menor resquicio para la duda. También ella, en otra carta, le ha respondido a José:

Te lamentas de que no tienes ninguna foto mía riendo (mi sonrisa sí la conoces). ¡Ah, José, se me ha olvidado reír y creo que nunca aprenderé de nuevo! Sí, sí: de la época entre los rusos y polacos...

La única sonrisa que José conoce es un leve brillo en la mirada de sus ojos, un rictus en sus labios. En todas las fotos está seria, soñadora y hermosa, pero seria. Y lo mismo sucede con Sigrid... También Jean Gamard, infinitamente más frío y realista que José, le hablaba de ello en una carta recibida en Ceuta:

En mi opinión (y no es culpa de ellas, que han visto mucho durante la guerra, créeme), ellas parecen ilu-

minadas, hipersensibles, fuera de la realidad tangible, demasiado imbuidas por un espiritualismo enfermizo, viviendo en el reino de los sueños y las ideas.

El reino de los sueños y las ideas. Sin duda, no le falta razón a Jean Gamard. Pero... ¿en qué otro reino pueden habitar, hay otro lugar en el mundo donde puedan seguir vivas?

II

EL SÓTANO

Amanece lentamente sobre las ruinas de Stettin. Durante la noche han escuchado cañonazos lejanos, silbidos de obuses, secas explosiones que precedían al silencio más negro. Pero han dormido. Encogidas bajo un rebujo de mantas, tiritando por el miedo más que por el frío, Edelgard y Sigrid Lambrecht han logrado sumergirse en el sueño y flotar sobre la niebla de las pesadillas. Muy cerca del amanecer, ha sido la bruma del mar quien las ha despertado, y sobre la bruma, un murmullo creciente que su madre no ha tardado en identificar.

—¡Deprisa, al sótano! –les ha ordenado.

—¿Y tú, mamá? ¿Y la abuela?

—Yo me quedaré aquí. Sé lo que debo hacer. No tengáis miedo ni por mí ni por la abuela.

Pero ellas tienen miedo, tienen un miedo atroz en ese oscuro sótano donde ahora, encogidas sobre una manta doblada y abrazadas con fuerza, como si quisieran estrujarse hasta desaparecer una en la otra, sienten que su temblor se ha transmitido al suelo, a las paredes, a la trampilla que su madre se ha apresurado a cubrir con una alfombra en cuanto ellas han bajado la escalera del sótano.

Los primeros soldados rusos acaban de entrar en Stettin. Una columna de hombres sucios y mal uniformados avanza por la calle, detrás de dos carros de combate con sendas estrellas rojas pintadas en las torretas. No hay resistencia, no hay nadie. Se diría que acaban de conquistar un cementerio. Pero no hay que fiarse ni de los cementerios, lo saben perfectamente. Donde huyen las tropas de la *Wehrmacht* o de las *Waffen-SS,* aún quedan niños capaces de lanzar una granada anticarro desde cualquier ventana. Se les ha entrenado para hacerlo. En estos últimos días de la guerra, han sido reclutados miles de niños poco mayores de diez años, los alevines más tiernos de la *Jungvolk* y de las Juventudes Hitlerianas. Y decenas de ellos, ataviados con uniformes que parecían robados a sus padres, han sido ametrallados sin miramientos en las ciudades conquistadas. Para un soldado, la granada que lanza un niño en nada se diferencia de la granada lanzada por un hombre.

Días antes, en Königsberg, el Ejército Rojo ha ensayado con éxito el procedimiento más seguro de asaltar una ciudad. Cuando se sospecha que en una casa puede haber un enemigo, basta con abrir su puerta unos centímetros y proyectar en el interior la bocanada de los lanzallamas. Lo mismo se ha hecho en sótanos y refugios de la población civil, donde tantos criminales nazis, cobardemente escondidos entre mujeres y niños, han sido eliminados con este método eficaz. «Si en un edificio queda tan sólo un alemán, acaba por salir atemorizado por el fuego, sin que haya que luchar por un piso o una escalera. Todos tienen muy claro que la toma de Königsberg se recordará en adelante como ejemplo clásico de cómo se debe asaltar una ciudad»*, deja escrito en su diario el teniente de artillería Nikolai Nikolayevich Inozemtsev.

Desde la ventana del saloncito rojo, por una rendija de los cartones que sustituyen a los cristales ausentes, la señora Lambrecht contempla el avance de la columna soviética y ve cómo, en el cruce de Pölitzerstrasse, una tanqueta se desgaja de ella para inspeccionar las bocacalles, junto a media docena de soldados. Éstos marchan despacio y en silencio, tras la tanqueta, mirando a uno y otro lado. Pero parecen contentos. Están sólo a ciento cincuenta kilómetros de Berlín. Presienten el final de la guerra y la euforia respira en sus pulmones. Ahora se detienen. Ella los ve detenerse frente a otra de las casas que resistieron a los bombardeos, una casa amarilla, de madera, con blancas celosías que adornan los aleros del tejado. Parece que han visto la sombra de un francotirador en la ventana, aunque sólo sea la sombra de un tiesto en el alféizar. La torreta del carro gira hacia la casa. Dos soldados se acercan a la entrada. Uno lleva una mochila metálica en la espalda. El otro dispara sobre la cerradura y da una patada en la puerta. En un instante, toda la casa está ardiendo. Aterrorizada, aunque sabe que nadie vive ya en la casa amarilla, la señora Lambrecht aprieta los puños sobre su pecho durante un segundo breve. En el segundo siguiente tiene una reacción extraña: hace años

---
* Antony Beevor. «Berlín. La caída, 1945». (Ed. Crítica. Barcelona, 2002)

que no está bien de salud y que sus facciones aparecen pálidas y serias, pero se mira en el espejo del aparador, se arregla el pelo, se pellizca las mejillas, se pinta los labios. Abre después el mueble y saca un bandeja, media docena de vasos, una elegante botella de vidrio de Bohemia en la que tiembla un líquido dorado. Y se dirige a la puerta de entrada antes de que llegue la columna de soldados a la altura de su casa.

En su refugio del sótano, Edelgard y Sigrid Lambrecht sienten sobre sus cabezas, en la tarima del recibidor, los pasos de su madre. Oyen el chirrido de la puerta que se abre, gritos que no comprenden, y la voz transparente de su progenitora:

—¡Buenos días, soldados! ¿Quieren beber algo...? Coñac bueno, coñac francés.

Ninguna de las hermanas Lambrecht puede creer lo que están escuchando. De no estar aterrorizadas, les daría la risa. Oyen nuevas voces en la calle, nuevos pasos en la puerta. Y más pasos. Risas. Risas de verdad.

—Coñac bueno, coñac francés -repite la madre-. Yo beberé primero, así...

—¿Tú sola? ¿Nadie en casa? -pregunta en alemán uno de los soldados, con fuerte acento polaco.

—Yo, sola. Coñac para los soldados -dice la señora Lambrecht.

—¿Tú contenta de nosotros aquí?

—Yo contenta de que acabe la guerra...

El soldado ha tomado uno de los vasos y lo acerca a su nariz. Bebe luego un sorbo pequeño, lo paladea, levanta el vaso hacia los camaradas que contemplan la escena y lo termina de un solo trago:

—¡Coñac bueno, coñac francés! -exclama con una risotada que finaliza entre aplausos.

En el sótano, Edelgard y Sigrid siguen abrazadas con fuerza. Se diría que sus cuerpos han acabado por fundirse en uno sólo, como dos siamesas unidas por el tórax. Todo lo que sucede sobre sus cabezas resulta confuso. Hay un guirigay de voces y de risas. Vasos que se entrechocan. Órdenes que surgen con voz potente y clara en un idioma incomprensible. Alguien anda en el salón. Oyen el ruido de un objeto que cae al suelo. Puertas. Pasos. La tapa del piano. Alguien aporrea las teclas durante un par de segundos a los que sigue una carcajada larga. Alguien sube la escalera hacia los dormitorios. Oyen, lejano, el grito de su abuela, enferma y encamada desde hace meses. Hay un silencio luego, hasta que la escalera cruje de nuevo ante unas botas que bajan y que, ahora, se detienen en el barullo del recibidor, sobre la alfombra que cubre la trampilla. Todo parece en orden. Pero las botas de los soldados tienen ojos en las suelas. Oyen golpes sobre la tarima hueca. Oyen palabras que no entienden y otras que desearían no entender.

—¿Vieja y tú solas? -repite quien habla en alemán con acento polaco-. ¿No hombres en casa?

—Yo sola con mi madre -insiste la señora Lambrecht, pero incluso desde el sótano se percibe un temblor en su voz.

—Casa, seis camas -dice el soldado.

—Tengo dos hijas y dos hijos pequeños, pero todos fuera.

Los corazones de Edelgard y Sigrid laten con un solo latido desbocado que les impide percibir el susurro de la alfombra, pero no el quejido de la trampilla del sótano ni la súplica desgarrada de su madre:

—¡Ahí sólo están mis hijas! ¡Sólo son unas niñas!

Un empujón brutal derriba a la mujer, que todavía sujetaba entre sus manos la bandeja con la botella vacía. Desde el sótano se ha escuchado con claridad el golpe seco, el vidrio roto en pedazos, las patadas que se estrellan en el estómago y la cabeza del cuerpo caído.

Un disparo de fusil ilumina la sombra protectora.

—¡Fuera! *Raus hier!* –grita alguien desde arriba. Pero ellas son incapaces de moverse. Finalmente, la fuerza de su abrazo las ha fundido en un solo ser inerte y monstruoso, dotado de cuatro piernas paralíticas, de cuatro brazos inmóviles.

—*Raus hier!* –clama la misma voz al tiempo que el haz de una linterna se clava en los cuatro enormes ojos del aterrorizado monstruo siamés.

Sobre la boca de la trampilla, sin dejar de apuntar con sus fusiles al rincón más oscuro del sótano, los soldados rusos intercambian media docena de palabras ininteligibles. Al cabo, uno de ellos, con el fusil en una mano y una linterna en la otra, baja cautelosamente las escaleras del sótano.

Sigrid, que ha escondido la cabeza en la cabellera de Edelgard, siente en el cuello la boca del fusil, todavía caliente.

—Por favor... –gime su hermana, y repite con un balbuceo la única palabra polaca que viene a sus labios–: *Prosze, prosze...*

El soldado no se inmuta. Ni un solo músculo se contrae bajo sus cejas.

—*Raus hier!* –vuelve a gritar, escindiendo con su bota las dos mitades abrazadas de aquel monstruo aturdido.

Edelgard y Sigrid se ponen de pie con la torpeza de un anciano. Están terriblemente asustadas. A la luz de la linterna, el temblor de sus faldas aletea en los ojos del soldado. El miedo atenaza sus cuerpos, incapaces de otro movimiento que no sea el espasmo de sus miembros y el galope de sus corazones.

Sin llegar tocarlas, el soldado desliza la luz de la linterna por los escotes de sus blusas. Un vaho frío de humedad y polvo tirita en el haz de luz. Con la punta del fusil, levanta lentamente la falda de Edelgard para iluminar de abajo arriba su entrepierna. Luego hace lo mismo con la falda de Sigrid. Probablemente, sólo quiere saber si tienen un arma escondida, porque ahora, con la bota de su pie derecho, está repitiendo parecida inspección sobre la manta donde se acurrucaba el indefenso monstruo siamés que no deja de temblar ante sus ojos.

—*Sie, hier!* –les ordena con voz ronca: ¡Vosotras, aquí!

Ellas no entienden. Sus ojos asustados no comprenden la simpleza de esa orden, ni el golpe de su bota desgastada, revestida en la caña con piel de oveja, señalando el suelo del sótano mientras grita nuevamente:

—*Sie, hier!*

Apenas ha pronunciado esas dos palabras, que componen probablemente la mitad de su vocabulario alemán, el soldado sube la escalera del sótano y se dirige a sus camaradas de armas en términos que ni Edelgard ni Sigrid alcanzan a comprender. Con los ojos en el suelo, tampoco alcanzan a ver la sonrisa que se dibuja en el rostro de los soldados. Uno de ellos, tras el intercambio de palabras y sonrisas, toma la linterna del que acaba de subir y baja con ella al sótano. De nuevo el haz de luz rasga la sombra protectora para clavarse en sus ojos, aunque esta vez la inspección de sus cuerpos es más rápida que la del sótano, en cuyo techo y paredes se dibuja una y otra vez el ojo amarillo de la linterna. Sin mediar palabra, el soldado sube la escalera y conversa brevemente con sus camaradas. Parece que todo está en orden, puesto que todos asienten con la cabeza. No hay armas ni explosivos, no hay ventanas, no hay otra salida que la trampilla del zaguán. Uno de ellos, el mismo que ha subido a inspeccionar los dormitorios, el que parece ser su jefe, abre un zurrón que lleva en bandolera y arroja un trozo de pan a la boca de las tinieblas.

En el suelo del sótano, en el recuadro de suelo iluminado por la boca de la trampilla, aquel trozo de pan tiene la luz dorada de un tesoro. Pero la luz se desvanece al instante, con el golpe de la portezuela cerrada de un empujón seco.

Sin embargo, no ha pasado medio minuto cuando la trampilla se abre de nuevo. Alguien había notado que, en el suelo del recibidor, el cuerpo inconsciente de la señora Lambrecht todavía respiraba. Uno de los soldados dirige hacia ella el cañón de su fusil, pero quien parece ser su jefe da una orden de signo distinto. El soldado, en lugar de disparar, se limita a reabrir la trampilla. Otro agarra por los pies el cuerpo caído y lo arrastra hasta la boca del sótano, donde un leve empellón es suficiente para hacerlo rodar, escaleras abajo, hacia el interior de la noche.

Y de nuevo, el golpe seco de la trampilla, las botas que suben a los dormitorios, los gritos de la abuela, las escaleras que parecen golpeadas por un saco de patatas, la trampilla que se abre por tercera vez, la abuela chillando como un cerdo en la matanza, su cuerpo cayendo sobre el cuerpo de la hija, la trampilla cerrada, la oscuridad absoluta, el terror que paraliza los miembros de Edelgard y Sigrid Lambrecht, el silencio. Todo ha sucedido demasiado deprisa para que acaben de comprenderlo. ¿Era su madre el primer bulto que ha rodado por la escalera, tras un pedazo de pan? ¿Era su abuela el bulto que chillaba, inerte ahora, sobre el cuerpo de su madre? ¿Y no están ambas muertas, y no están muertas ellas? ¿Sólo sus oídos están vivos?

Edelgard, finalmente, da unos pasos ciegos hacia los dos cuerpos caídos. Sigrid la sigue. Sobre sus cabezas, los rusos hablan en voz baja y eso añade una nueva inquietud a su zozobra. El bisbiseo de sus palabras es un misterio impenetrable, sin otra pista para su comprensión que el ruido sordo de la alfombra al deslizarse sobre la trampilla. Alguien, en efecto, ha vuelto a cubrir con la alfombra la entrada del sótano. En el minuto siguiente, arrodilladas junto a los cuerpos de su madre y de su abuela, las dos hermanas oyen ruido de muebles sobre el entarimado del recibidor, pero el único mueble del recibidor es un arcón viejo y pesado, donde se guardaban las botas de nieve en los días de invierno.

Los soldados acaban de cerrar la puerta de la calle. Se dejan de oír sus pasos. Las cadenas de los tanques y los motores de los camiones son ya un rumor imperceptible. En el silencio del sótano, Edelgard y Sigrid Lambrecht sólo escuchan el latido de sus corazones, la respiración quebradiza de su madre, el borboteo agónico de su abuela. Pero las cuatro están vivas.

—Encenderé una vela –dice Sigrid.

A tientas busca y encuentra el manojo de velas que hay en una repisa, sobre los bidones de agua que su padre ha previsto para caso de incendio. Mas es incapaz de dar con la caja de fósforos que debería estar junto a las velas. Le tiemblan las manos, y cuando éstas tropiezan finalmente con las cerillas, la caja cae en uno de los bidones y se queda flotando sobre el círculo de agua como un barco de papel en una noche sin luna.

—Se han mojado las cerillas –gime.

—No importa, trae la manta –le pide Edelgard–, es mejor que no las movamos.

Edelgard había comenzado a estudiar Medicina poco antes de que los bombardeos arrasaran los hospitales de Stettin. Sabe que, de tener algún hueso fracturado, moverlas podría tener consecuencias irreparables.

—Mamá –le dice al oído–, ¿puedes oírme?

—Abuela, ¿puedes oírnos tú?

Pero ni su madre ni su abuela responden, sólo un débil gemido parece acelerar la frecuencia de su respiración cuando Sigrid trata de arroparlas con la manta. Ni ella ni su hermana se han sentido jamás tan impotentes. Deberían ser capaces de hacer algo más que sorberse las lágrimas que les ruedan hasta la punta de la nariz. Hacer algo... En la ceguera del sótano, mientras busca a tientas los pies de su madre, la mano de Edelgard tropieza con el trozo de pan arrojado por los soldados.

El pan. ¿Qué significa ese pedazo de pan? Finalmente, es la respuesta a esa pregunta lo que les hará reaccionar. Edelgard es la primera en subir las escaleras del sótano y empujar la puerta de la trampilla, que apenas cede un centímetro a la esperanza. Por la rendija abierta, tapada por la alfombra, no pasa ni un hilo de luz. Sigrid acude en su ayuda, mas en vano forcejean las dos hermanas contra aquella portezuela del techo, de donde cae un polvo de fósforo y ceniza que les hace toser. Sus músculos son incapaces de mover el viejo arcón de roble que los soldados han puesto sobre la trampilla. El sótano, su refugio, se ha convertido en su prisión.

Vencidas por el desánimo, ya no consiguen ni llorar. El desánimo, la impotencia, el hambre... Al cabo, es Sigrid quien toma el pedazo de pan y quien lo parte en cuatro trozos antes de llevarlo a su boca. Es un pan de centeno, pesado, contundente. En otras circunstancias, ayer por ejemplo, ese trozo de pan habría sido el mejor de los manjares. Ahora, sin embargo, Edelgard y Sigrid lo mastican con hambre, pero sin ganas, sazonado de angustia.

Arrodilladas de nuevo sobre los cuerpos de su madre y de su abuela, sin un resquicio de claridad, desearían morir en ese instante. Dormirse junto a ellas y no despertar nunca. Penetrar en el sueño definitivo y encontrarse ante un paraíso de luz, o sumergirse en la nada más absoluta, les daría lo mismo. Simplemente, no estar donde ahora están. No masticar ese pan que su estómago reclama y su espíritu rechaza. No aguardar el minuto en que su madre o su abuela dejen de respirar. No aguardar el minuto en que los soldados regresen para abrir la trampilla de su cárcel o su tumba.

LILÍ MARLÉN

No existen palabras capaces de transmitir la angustia vivida por Edelgard y Sigrid Lambrecht durante las siete horas que precedieron a la apertura de la trampilla. Sólo un condenado a muerte que haya aguardado, en el insomnio de su última noche, el minuto del alba en que se descorren los cerrojos de su celda, podría entender la dimensión inabarcable de esa angustia. De haber tenido una soga que anudar a sus cuellos, es seguro que en aquel sótano y en esta página habría finalizado la historia de las hermanas Lambrecht. Por eso, cuando al cabo de siete horas se abrió la trampilla del sótano y una linterna iluminó sus rostros, el sentimiento experimentado por ellas tuvo un punto de felicidad incomprensible, como si la luz que hería sus ojos no fuera el rayo de una linterna, sino la trayectoria de una bala salvadora.

—Huele mal aquí -dice en un alemán medianamente correcto la persona que porta la linterna.

Su voz no se corresponde con la del soldado ruso que había inspeccionado el sótano siete horas antes. Y es cierto que huele mal. Huele a vómitos y a orines. Huele al olor de quienes, durante siete horas eternas, han esperado la muerte sin un retrete sucio ni una soga donde ahorcarse.

—¡Vosotras, arriba! —ordena la misma voz.

—Nuestra madre, nuestra abuela... —gime Edelgard.

—¿Ellas muertas?

—No, están vivas, nos necesitan.

El ojo de la linterna recorre la manta que cubre los cuerpos inertes de las dos mujeres, hasta detenerse en sus rostros y en el vaho entrecortado que sale de sus bocas, indicando que están vivas.

—¡Madre bien ahí! ¡Abuela bien ahí! ¡Vosotras arriba!

El haz de la linterna deja de iluminar el vaho de las respiraciones y se detiene en la escalera del sótano. Ellas siguen a la luz. Peldaño a peldaño, con el corazón más entumido que las piernas, abandonan lo que hubiera debido ser su tumba. Sigrid, al borde de la trampilla, está a punto de desmayarse, y habría caído al sótano, junto a los cuerpos de su madre y de su abuela, si un brazo de hierro no la hubiera sujetado:

—Vosotras muy flacas, por eso mareada.

Están en el recibidor de su casa, rodeadas por cinco hombres que las inspeccionan con curiosidad diversa, como si sopesaran con los ojos el estado de una fruta.

—Nosotros quedar aquí esta noche —dice el que habla en alemán, señalando la escalera que sube a los dormitorios—: Casa bonita y grande. Casa de fiestas. Y seis camas. ¡Cinco hombres y seis camas!

Uno de los soldados cierra de una patada la puerta de la trampilla. Es el mismo soldado que las descubrió en el sótano. Las dos hermanas lo reconocen únicamente por las botas revestidas de piel de oveja, puesto que ninguna de ellas ha conseguido levantar la vista del suelo todavía.

—Yo, polaco –dice su interlocutor–. Ellos no hablar alemán. Ellos, rusos. Y todos hambre de lobo. Vosotras también hambre. Nosotros cenar aquí. Vosotras también cenar. Vosotras muy flacas.

De repente están todos en el saloncito rojo. De repente, sobre el escritorio de su padre han aparecido siete latas de sardinas, una botella de vodka, una hogaza de pan. De repente uno de los cuatro soldados rusos comienza a aporrear el piano sin ton ni son, entonando a voz en grito una melodía que no concuerda ni en una sola nota con los sonidos arrancados al piano.

—¿Vosotras tocar piano? –pregunta el soldado polaco a instancias del que acaba de descorchar la botella de vodka.

—Yo toco el piano –responde Edelgard.

—Tú tocar, nosotros cantar –dice el soldado mientras embucha una sardina en la boca de la chica.

Edelgard siente una náusea irreprimible, pero traga la sardina. Ante el piano, sus manos parecen crías de pájaro, alondras asustadas. Siempre ha oído que la música tiene la virtud de amansar a las fieras. En sus manos está la oportunidad de producir un milagro. Y comienza a tocar la música más delicada que viene a su memoria, la «*Träumerei*» de Schumann que su padre le regaló en la Navidad de 1941, pero apenas ha tocado los primeros compases cuando oye protestar a uno de los soldados rusos.

—¡No música para dormir! –traduce el polaco–: ¡Música alegre! ¡Música rusa!

—¡*Polyushka!* –grita uno de los soldados rusos, el que más estrellas luce en la guerrera y el que empieza a cantar la primera estrofa de una canción desconocida para Edelgard.

—¿No saber *Polyushka?* –pregunta el polaco.

Edelgard niega con la cabeza.

—¿*Samovary?* –inquiere otro de los soldados, sin obtener respuesta.

—¡*Katyusha!* –vuelve a gritar el primero, pero Edelgard tampoco conoce ninguna canción llamada *Katyusha*.

—¡*Katyusha!* ¡*Katyusha...!* –insiste el ruso con cara de no comprender que alguien en el mundo no conozca *Katyusha*.

—No *Katyusha...* –gime Edelgard desde el piano, sosteniendo por primera vez la mirada de los soldados.

—¡No *Katiusha*, no *Samovary*, no *Poliushka...!* –exclama el polaco tras escupir al suelo–. ¡Vosotras flacas, vosotras no saber canciones rusas, vosotras chicas idiotas, vosotras malas putas!

El corazón de Edelgard bombea de pronto una sangre airada que colorea su rostro. Sin mediar otra palabra con los soldados, se gira hacia Sigrid y, acompañándose del piano, que ahora golpea en acordes rítmicos y secos, con la voz más rotunda que consigue sacar a su flaqueza, comienza a cantar la primera estrofa de Lilí Marlén:

> *Bajo la linterna,*
> *frente a mi cuartel,*
> *sé que tú me esperas,*
> *mi dulce amado bien...*

Al identificar la melodía, difundida en una u otra versión por todos los frentes de Europa, dos de los soldados rusos han comenzado a cantar en su propio idioma, pero quien parece ser su jefe se levanta de la mesa con evidente mal humor y estampa una sonora bofetada en la mejilla de Edelgard.

—Ésa no canción rusa –le hace traducir a su camarada polaco–. Ésa, canción alemana.

En el barullo del saloncito rojo se ha hecho un silencio que sólo Edelgard parece dispuesta a romper, porque sus manos regresan al piano y su voz a la canción:

> *Bajo la linterna,*
> *frente a mi cuartel...*

Una segunda bofetada estalla en su cara y le hace caer a los pies del piano. Sigrid se lanza al cuello del soldado ruso, pero sólo consigue que éste, agarrándola por el cabello, la levante del suelo con un solo brazo, obligándola a ponerse de puntillas y a dar cómicos pasitos que desatan la hilaridad de los bebedores de vodka.

—¡Ella bailarina...! –exclama el polaco dirigiéndose a Edelgard, por cuya nariz ha comenzado a manar un hilo de sangre.

El ruso afloja su brazo y parece que va a regresar a la mesa donde sus camaradas aplauden la escena, con el aceite de las sardinas engrasándoles el músculo de la risa. Pero al instante cambia de idea, se da la vuelta, vuelve a sujetar a Sigrid por el cabello y, de un tirón seco, hace saltar los botones de su blusa, arrancándole el sujetador y exhibiendo su presa ante el regocijo de los espectadores.

Edelgard intenta levantarse, pero las piernas apenas le responden y, para cuando lo consigue, ya otro de los soldados está repitiendo en ella lo que acaba de enseñarle su compañero de armas.

Sobre el escritorio de su padre, en el suelo del saloncito rojo, en la cama del dormitorio matrimonial, sobre las camas de sus hermanos y sobre sus propias camas, Edelgard y Sigrid Lambrecht son violadas una y otra vez por cada uno de esos cinco soldados que han combatido en Rusia y en Polonia, que hace cuatro días han cruzado la línea del Oder y que en otros cuatro días esperan llegar a Berlín para poner su bandera, como héroes victoriosos, sobre el frontispicio del *Reichstag*.

13

LA BENEVOLENCIA DE DIOS

Hay sucesos, en todas las familias, de los que nunca se habla. El silencio crea en torno a ellos un aura protectora, pues aunque la palabra es un bálsamo que alivia las heridas, raramente las cicatriza. Y rememorarlas también es revivirlas. Pasado el tiempo, mucho tiempo, aquello de lo que no se habla termina por no haber sucedido. Los hechos más terribles se confunden entonces con la niebla de los sueños, e incluso en la memoria de sus protagonistas acaban pareciendo acontecimientos ajenos. Sólo así resulta posible sobrevivir. Es como si Dios, en su benevolencia, hubiera creado el olvido para aliviar a los humanos del don de la memoria.

Acaso por todo ello, ni Edelgard ni Sigrid dejaron testimonio escrito y pormenorizado de las torturas vividas tras la caída de Stettin. Incluso me parece poco probable que su padre llegase a conocer con certeza las vejaciones y sufrimientos de sus hijas. Pero cuando, en una de nuestras primeras conversaciones segovianas, le pregunté a José si creía que Edelgard había sido violada, él me respondió que sí, que estaba seguro de ello.

¿Cómo se puede estar seguro de algo que no se sabe? Ningún juez daría a tal certeza la validez de una prueba. Mas yo también estoy seguro de que José no estaba equivocado. Él me apuntó cosas que no podía saber y que luego, al ser preguntadas a testigos presenciales, han resultado rigurosamente ciertas. Como la imposibilidad de Edelgard para sostenerse en pie por sus propios medios.

—En todas las fotos –observó José–, aparece siempre apoyada en algo.

Su apreciación es cierta, pero de eso no puede deducirse que fuera incapaz de sostenerse y caminar por sí misma, y así se lo dije.

Él asintió a mi réplica con un gesto mudo de concesión, como quien se sabe en posesión de una verdad que no puede probar. Pero años después, tras mi viaje a Flensburg, la señora Raschke, que de 1957 a 1964 vivió con su marido y dos hijos pequeños en la casa de los Lambrecht, me confirma que Edelgard necesitaba ayuda para levantarse y acostarse, que pasaba todo el día sentada, ya fuera en el jardín de la casa o en el interior de su dormitorio.

Extrapolar esta prueba testimonial a la convicción de José referente a las violaciones de Edelgard y Sigrid carece de rigor. Pero las escuetas palabras de Edelgard sobre los padecimientos vividos en Stettin deben ser leídas entre líneas, escuchando sus silencios. En sus cartas no puede dar otros detalles. La frena el dolor y se lo impide el orgullo. Sin embargo, tampoco desea mentir. Por eso, delicada siempre, en una de sus primeras cartas le envía a José el poema de Goethe «Rosa en el brezo», cuya intención y sentido no pueden ser más transparentes:

La rosa se defendió y le pinchó;
de nada le sirvieron su dolor y gemidos,
no tuvo más remedio que sufrirlo...

Enviarle ese poema a José, precisamente ese poema, es su forma de confesarle lo inconfesable, es darle las claves para que él, sin saberlo, sepa de antemano la herida en la que habita.

Cuando leo algunos de los testimonios escritos por muchas mujeres alemanas en relación al final de la guerra, un escalofrío me recorre la médula. Sus violaciones no fueron hechos aislados o inevitables *daños colaterales*, sino que respondieron a un programa sistemático de humillación y dominio, preconcebido y alentado por las arengas de los panfletos repartidos en el frente. Muchos miles de mujeres alemanas se quitaron la vida hacia el final de la guerra. Algunas eran adolescentes violadas diez o doce veces en el mismo día. Decenas de miles se contagiaron de sífilis y gonorrea. Hubo dos millones de embarazos a consecuencia de las violaciones sistemáticas. En la mayoría de estos casos, las mujeres decidieron que sus hijos no nacieran, muriendo a millares por septicemias y otras consecuencias de los abortos que con frecuencia ellas mismas se practicaban. Y, a pesar de todo, fueron más de ciento cincuenta mil los bebés «rusos» que vinieron al mundo en el primer año que sucedió a la guerra.

No han sido muchos, hasta hoy, los historiadores preocupados por sacar a la luz esta barbarie. El tema no resulta grato para nadie, y menos para los propios alemanes. Me lo decía Silke Roggenbrodt en su casa de Flensburg:

—Es una historia de la que nadie quiere hablar, se echó tierra sobre ella con las heridas sin cerrar.

A este respecto, quizás uno de los libros más explícitos e interesantes sea «Anónima: una mujer en Berlín». Su autora, protagonista en carne propia de la historia relatada, trata del tema con extensión y crudeza, pero también con cierto desenfado, incluso con algunas dosis de humor («más vale un ruso en la tripa que un americano en la cabeza»), como si las violaciones rutinarias acabaran siendo aceptadas a modo de tributo necesario por el aire respirado. Sin duda, no opinaban de igual modo los miles de mujeres que se quitaron la vida.

Edelgard y Sigrid Lambrecht decidieron vivir. ¿Pero había sitio en este mundo para ellas? El paréntesis contenido en una de las primeras cartas de Edelgard –«(Dios mío, a menudo me encuentro tan desesperada, que desearía estar con mi madre y mis hermanos. Ah, la vida es tan despiadadamente dura...)»- no parece una exageración retórica, sino la descripción exacta de un estado anímico que confirma la apreciación de Jean Gamard. Ellas han elegido «vivir en el reino de los sueños y las ideas» porque en ningún otro lugar del mundo encuentran el aire que les permita seguir vivas.

Su historia personal, por otra parte, es el reflejo de una historia colectiva. Edelgard, inteligente y lúcida, lo sabe perfectamente. Lo que a ellas les ha sucedido, les ha sucedido a millones de mujeres alemanas. Los detalles concretos e inverificables de sus padecimentos no son una ficción aventurada y gratuita, son detalles entresacados de realidades cercanas a las suyas, pinceladas individuales de la historia colectiva que es su historia. «Sí, la suerte de mi familia es parecida a la suerte de Alemania..., no quiero pensar en ello, ¡no, no quiero!», llega a escribir Edelgard en su carta de 6 de abril de 1949. Y lo mismo sucede con su propia historia, que es la historia de Alemania reducida al tamaño de una herida sin cerrar. Una herida tapada con tierra casi siempre, con el oscuro silencio de la tierra. La historia de Edelgard, sin embargo, aun siendo esencialmente igual a esos millones de historias, tiene algo que la hace diferente. No es la tierra quien tapa sus heridas, sino la luz. Es la luz, es el deslumbramiento de la luz que emana de su personalidad lo que oscurece la dimensión de sus penas.

No hay nada que no tenga sentido en la vida de una persona –escribe Edelgard en septiembre de 1950–. *Cada época, ya sea feliz o llena de tristeza, construye y enriquece al hombre, lo hace crecer y madurar. Ya sé, José, que a menudo no se quiere creer esto, que se llega a sentir uno desesperado, pero, sin embargo, es cierto que cada época tiene gran valor para nuestra vida, que tiene su sentido hasta lo que en el momento nos parece más sin sentido. Créeme, querido, a pesar de que yo he vivido un Terror, una época casi inhumana en el Stettin del año 1945 hasta el año 1946, no guardo ningún rencor a esta época que me quitó casi todo (hasta la salud), porque, por otro lado, me ha enseñado tanto.*

Cuesta entender este mensaje de esperanza en alguien que ha vivido el Terror con mayúscula, como Edelgard lo escribe, en alguien que ha perdido tanto. Cuesta entenderlo porque no siempre el precio de una enseñanza merece ser pagado. Y si, por el contrario, ha merecido la pena, si lo ganado compensa el peso de lo perdido, uno puede llegar a pensar que no era tan grave la pérdida ni tan honda la herida. Pero las pérdidas de Edelgard son definitivas e inabarcables:

Perdí a mi madre, mis hermanos, mi patria, mis bienes, mis estudios de Medicina y buena parte de mi salud...

Dar sentido a todo ello es, acaso, una forma de autoengaño, un sutil mecanismo de consuelo. Engarzar el ascua de sus torturas en el brillante anillo de los sueños.

Edelgard deseaba ser escritora. Y en varias de sus cartas, refiriéndose a la literatura, habla de «mi arte» como algo que ha sido fecundado por su dolor, una meta donde su dolor adquiere sentido.

Pienso a menudo que todos mis infortunios son una gracia, una benevolencia de la autoridad de Dios —escribe en noviembre de 1949—. *¿No pudiera ser que precisamente estos infortunios sean una maravillosa fecundación para mi arte? ¡Ah, no lo sé! Pero no quiero quejarme, sino entregar toda mi fuerza y todo mi amor a mi arte. Creo que todas las personas que llevan en sí el maravilloso legado del arte tienen que caminar por una senda erizada de espinas. Efectiva-*

mente, mi camino está erizado de muchas espinas y a veces me siento tan desesperada, que no sé si podré alcanzar el final de este camino, si soy digna de este divino don del arte ni si podré administrarlo bien. ¡Sí, oh sí!, el camino del arte es difícil y renunciador, obliga a dedicarse a él enteramente y a soportar con orgullo y dignidad todos los infortunios, pero ¡ah, José!, cuando se es joven, cuando todas las fibras del cuerpo desean ardientemente una vida feliz y sin espinas, no pueden comprenderse los penosos y extraños caminos del destino y todo nuestro ser se rebela contra tantas adversidades. ¿Es que las otras personas, las que no poseen el don del arte y no tienen que luchar tanto, son más felices? Pues bien, aunque esas personas sean más felices, no quisiera cambiar mi vida por una vida semejante a la suya. Todo sufrimiento y todas las penas dan al hombre un enriquecimiento y una profundidad maravillosos y por ello, pienso yo, ese hombre preferirá su dura vida a una vida sin preocupaciones ni dolores, pues una vida sin sufrimientos es tan sólo una vida superficial, es tan sólo media vida.

Aunque todavía soy tan joven, ya he visto y experimentado mucho y este enriquecimiento está en lo profundo de mi ser y allí fermenta y se agita y empuja para convertirse en forma y creación. Tengo gran necesidad de tranquilidad y soledad para poder crear y trabajar. No puedes figurarte cuánto me atormenta tener esta riqueza interior, sentir el deber de crear, de producir y no poder realizar este deseo impetuoso. Si no encuentro pronto la paz y la soledad que mi *cuerpo, mi alma y mi arte necesitan, no sé lo que podrá pasar, no sé cómo podré seguir viviendo!*

La carta escrita en septiembre de 1950 trataba de consolar a un José desesperanzado por su traslado a Ceuta y la pérdida de sus estudios. Pero no existe tal causa en ésta de 1949, con un José exultante por el inicio de su carrera de Medicina. Tales palabras son, sin duda, un consuelo para sí misma. El olvido facilita la vida, pero cuando el olvido es imposible, dar sentido a lo que ningún sentido tiene puede allanar el camino. Ya que no puede tapar con tierra sus heridas, las tapará con luz.

Porque las heridas siguen vivas y porque ella, a pesar de sus palabras, no se ha reconciliado con el pasado. Así, cuando en febrero de 1952 José le pregunta dónde querría ella vivir si llegaran a casarse, Edelgard responde:

En el caso de que llegara a ser tu mujer, yo viviría allí donde tú lo desearas, excepto en Francia, Inglaterra, Polonia, Rusia, Checoslovaquia y EE.UU.

Al comentar este detalle con Silke Roggenbrodt y con su amiga Helle Petersen, que ha vivido en los Estados Unidos muchos años, una leve e inevitable sonrisa aparece en sus ojos y en sus labios. Ya nadie sería capaz de escribir tales palabras. La tierra echada sobre las heridas sin cerrar no ha producido, finalmente, una gangrena. Incluso es posible que el olvido fuera para Alemania la mejor de las soluciones, probablemente la única.

Sin embargo, todos mis interlocutores alemanes están interesados en el tema. Y les llama poderosamente la atención que alguien llegado del otro extremo de Europa quiera escribir sobre él, investigar en los archivos de Flensburg, recopilar cualquier pequeña información referente a la familia Lambrecht antes de que el inexorable avance de los años haga imposible tal empeño.

La fuente, en primera persona, de mi amigo José, aun siendo esencial para iniciar la búsqueda que me ha llevado hasta Flensburg, no resulta muy útil para los pequeños detalles. A él, insisto, le bastaba con su amor. Su memoria, además, ha comenzado a flaquear y esto le produce una enorme congoja.

—No hay un viejo... -le digo en una de mis visitas a su casa, para consolarle, con palabras que García Márquez robó a Cicerón y que yo robo a García Márquez-, no hay un viejo que olvide dónde escondió su tesoro.

Él asiente, sin convicción. Y yo aprovecho para hacerle una de las preguntas cuya respuesta necesito para avanzar en esta difícil historia:

—¿Cómo se llamaba el padre de Edelgard?

—No lo recuerdo -me dice-, es más, creo que nunca lo he sabido.

—Pero tú estuviste con él varios días, en Flensburg. Comías y cenabas con él.

—Yo hablaba muy poco alemán, y no entendía una palabra. De todas formas... ¿Para qué quieres saberlo? ¿Qué importancia tiene cómo se llamara su padre?

—No vivimos solos en el mundo, José, nuestra historia es también la historia de quienes nos rodean.

Mi argumento parece convencerle, pero eso no le hace recordar el nombre que le pido.

—Edelgard te envió una foto de su padre, lo dice en una carta. Busca esa foto, por favor. Quizás en el reverso..., no sé, quizás en el reverso ella escribiera su nombre.

14

UNA CARTA IGNORADA

La foto del padre no aparece por parte alguna. Me consta que José la busca infructuosamente durante varios días. Aparecen fotos de su viaje a Flensburg, viejas fotos junto a su amigo Fernando Arrabal, una foto de Sigrid...

Yo sé que conocer ese nombre me facilitaría enormemente el trabajo de búsqueda. Cuando tecleo en *Google* la palabra «Lambrecht», el buscador me da casi cinco millones de entradas. Cuando tecleo «Edelgard Lambrecht», sólo diez. De esas diez, sólo algunas me interesan. Y las que me interesan no dicen nada que yo no sepa. Todas se refieren, brevemente, al diario de José.

Pero la foto del padre sigue sin aparecer. Y Edelgard no menciona ni tan siquiera las iniciales de su nombre. En una de sus cartas, le dice a José que su padre «había sido oficial de la armada aérea». Meses después, le escribe que quizás en otra ocasión le hable de cierta «hermosa circunstancia» relacionada con su progenitor. Más en ninguna de las cartas publicadas se vuelve a hablar de ello. ¿Acaso, me pregunto, además de algunas fotos se han perdido algunas cartas?

Me llama la atención, a este respecto, que Edelgard le pregunte a José si sus cartas le llegan «abiertas por alguna autoridad». Así es, en efecto, como le llegan, abiertas y revisadas por algún oscuro funcionario de la dictadura del general Franco. También las cartas escritas por José le llegan abiertas a Edelgard. ¿Abiertas en España, en Alemania, tal vez en ambos países? Eso es algo que intranquiliza a Edelgard, y sólo a finales de 1952, tras cuatro años de correspondencia, exclama con alivio:

Tus cartas ya no llegan abiertas. Está bien que mis cartas tampoco sean ya abiertas por ninguna autoridad.

Pero entre las cartas abiertas, y leídas y acaso censuradas, ¿se ha perdido alguna?

José no puede saberlo, y sólo se le ocurre ofrecerme los manuscritos originales, que acaso él no ha transcrito íntegramente en su diario, ni tan siquiera eso recuerda con exactitud. Pero yo rechazo su ofrecimiento como quien rechaza un tesoro. Me parece un regalo demasiado valioso. Las cartas están encuadernadas en un librito que él pone en mis manos y yo abro con emoción intensa, casi religiosa, como si me encontrase ante las reliquias de un hada. Pienso que, en el fondo, es más que una reliquia lo que el libro contiene. En sus páginas, en esas mismas páginas que Edelgard escribía con tinta azul y cuidada caligrafía, salpicadas de flores secas que no han perdido su color, hay mucho más que la ensoñación romántica de una princesa de cuento. En ellas está el alma de una persona. Un alma leve y frágil, suspendida entre dos mundos. Las manos me tiemblan cuando paso, lentamente, las páginas manuscritas. Pero me parece que son las páginas quienes tiemblan, quienes respiran y laten como si un soplo de viento las moviera.

Ya en mi casa me digo que soy idiota, que cómo he podido rechazar el regalo de esas cartas que José me ofrecía con un razonamiento que era, a su vez, otro regalo:

—Con nadie estarán mejor que contigo.

Y me viene a la cabeza una frase contenida en su respuesta a la primera de las misivas que yo le envié, hace ya más de once años:

Probablemente hayas acabado enamorándote también, un poco, de ese nombre sugestivo, que evoca cierta especie de magia. Cuando veas las fotos que conservo de ella, lo comprenderás mejor.

¿He acabado enamorándome de Edelgard, de su nombre sugestivo, de sus fotos? ¿Enamorándome al menos un poco, como presentía José? Al menos un poco, sí... ¿Cómo podría negarlo? Escribo estas palabras y me ruboriza pensar en el minuto que María las lea (enamorado de un fantasma, un poco). Me entran ganas de borrarlas, pero me digo que no, que no sería honesto sustraerme a la verdad, escribir del otro lado de un muro de cristal, con la asepsia del investigador que sujeta un tubo de ensayo con guantes de látex, como si el aliento de Edelgard no me hubiera tocado el alma hasta contagiarme su ahogo.

Como José me decía, sus fotos, las fotos que me miran fijamente mientras escribo estas palabras, me hacen comprender más allá de lo expresable. El corazón ve, sin duda, cosas que los ojos no ven. Pero también es cierto lo contrario. Entre ambas certezas está el camino a recorrer en esta historia, erizado de dificultades y de dudas. Y cualquier pequeño dato referente a la familia Lambrecht es un paso adelante en ese camino.

Conocer el nombre del padre de Edelgard era uno de los pasos esenciales, nombre que no figuraba en la transcripción de las cartas al diario ni tampoco en las cartas manuscritas. Sin embargo, una sorpresa grande surgió de éstas cuando, semanas después, acepté finalmente el regalo de José. ¡Edelgard no había olvidado referir la «hermosa circunstancia» que le anunciaba a José en una carta precedente, sino que era José quien se había olvidado de transcribirla! De la interesante y larga carta que Edelgard escribe el 23 de septiembre de 1950, José olvida, o no le parece oportuno, incluir dos páginas en su diario. En esas dos páginas se responde punto por punto a ocho preguntas efectuadas previamente por José. Y tres de esas ocho respuestas, las tres últimas, se realacionan directamente con el padre de Edelgard:

6ª No, no he hablado a mi padre de tus sentimientos hacia mí, ya que no me gusta hablar de esas cosas del corazón. Sin embargo pienso que presiente algo, ya que, cuando recibo una carta tuya o cuando hablo de ti, sonríe furtivamente.

7ª Mi padre es bondadoso, reservado, enérgico, orgulloso y audaz, fiel e idealista. En pocas palabras:

papá es el ideal de un alemán, de un prusiano, y eso me hace sentir feliz y orgullosa. A veces pienso que mi padre es demasiado bueno para este mundo, ya que, para socorrer a alguien –o para alegrar a alguien– lo da todo, se da a sí mismo. Desearía que le conocieras, ¡te gustaría! En sus manos, esas bellas y fuertes manos que hablan de su ser, hay siempre una caricia; generalmente su rostro es serio; su compostura, sus modales son los propios de un oficial alemán. Y algo que te alegrará mucho: le gustan los niños. Además ama de todo corazón a la naturaleza (también es un cazador apasionado) y a su patria. Podría hablar y hablar de mi padre. ¡Ah, él es magnífico!

8ª Papá recibió la Cruz de Hierro porque capturó un «aparato de radiotelegrafía»* con documentos y una «contracifra»* en Rusia, gracias a lo que nuestras tropas tuvieron grandes éxitos. Por méritos en combate contra aeroplanos enemigos, mi padre había sido elegido para recibir la Cruz de Caballero («Ritterkreuz»), pero ¡ay! ¡este final de la guerra lo impidió...!

Descubrir estos datos en una olvidada carta de Edelgard, me produjo una alegría cercana a la ebriedad, la borrachera del arqueólogo que encuentra un hacha de sílex en medio de un baldío.

La *Ritterkreuz*, o Cruz de Caballero de la Cruz de Hierro, era la distinción más apreciada de Alemania. Su concesión implicaba el reconocimiento unánime, la entrada en la élite social del universo nazi. Y si tan alto

---
* En español en el original.

galardón era otorgado a un piloto, ello suponía encontrarse frente a un héroe de guerra.

Quien derribaba un avión de un solo motor obtenía un punto, dos puntos por cada bimotor abatido, tres puntos por un cuatrimotor. En la tómbola del heroísmo o en la rifa de la locura, un piloto sólo podía ganar la Cruz de Caballero con una papeleta de ¡veinte puntos! Y se necesitaba, además, el requisito de haber ganado previamente una Cruz de Hierro de primera clase, que su padre poseería desde la campaña de Rusia, cuando logró hacerse con ese aparato de radiotelegrafía y con las claves para descifrar los documentos que Edelgard mencionaba en su carta.

¿Cómo era posible, me preguntaba, que José hubiera olvidado incluir algo tan significativo en su diario? José no era entonces el anciano que ahora duda sobre dónde se encuentra su tesoro. Y sin embargo, había olvidado transcribir estos párrafos de Edelgard que a mí me parecían esenciales, aunque siguieran sin proporcionarme el nombre de su padre.

La pista, sin embargo, era clara como una flecha roja en la bifurcación de un camino. Sólo había que seguirla, rebuscar en los muchos libros publicados sobre la historia de la *Luftwaffe*. Y a esa tarea me puse durante semanas, sin resultado alguno. Encontré largas listas de pilotos de caza, con el *ranking* de sus aviones abatidos. Pero sólo un Lambrecht aparecía en ellas, y no como vencedor de ningún combate, sino como un piloto muerto en combate aéreo bajo el cielo de Noruega, en 1942, así que no podía ser el padre de Edelgard. Aunque desalentado en el objetivo primero de mi búsqueda, me reconfortaba encontrarme con historias singulares, como la de Douglas Bader, que constituye por sí misma la más apasionante novela y en la que el ejército alemán da muestras de esa caballerosidad prusiana que ve Edelgard en su padre.

Douglas Bader era un piloto británico cuyo avión, durante un vuelo acrobático anterior a la guerra, perdió altura, rozó el suelo con un ala, y quedó convertido en un cepo de chatarra que le atrapó ambas piernas. La derecha hubo de serle amputada a la altura del muslo; la izquierda, por debajo de la rodilla.

Varios años después, al estallar la Segunda Guerra Mundial, Bader pidió regresar al servicio activo de la *RAF*. Pero era un minusválido, un lisiado que caminaba con dos piernas ortopédicas. Su tesón y su insistencia, sin embargo, lograron lo que parecía imposible: ser nuevamente aceptado como piloto de caza.

En los meses siguientes y contra todo pronóstico, Douglas Bader logró una treintena de victorias contra aviones enemigos. Era un héroe de guerra, un mito entre sus compañeros. Pero el 9 de agosto de 1941, su *Spitfire* chocó en vuelo con un *Messerschmitt 109* de la *Luftwaffe* y él trató de saltar en paracaídas sobre territorio enemigo, con la mala pata (nunca mejor dicho) de que una de sus dos piernas ortopédicas, la derecha, quedara enganchada en el fuselaje. Atrapado en el avión que caía, con medio cuerpo fuera de la carlinga, Bader accionó la anilla de su paracaídas y éste, al abrirse, dio tal tirón que las correas de la prótesis se rompieron, liberando su muñón y librándole a él de una muerte segura.

Capturar a un paracaidista sin piernas no debió ser difícil, ni tampoco pequeña la sorpresa. El general de la *Luftwaffe* Adolf Galland, enterado de tal circunstancia, envió su propio coche para que el prisionero Bader fuese llevado ante él. Y acto seguido telegrafió a las fuerzas británicas para pedir que les fuera enviada una prótesis de repuesto para Douglas Bader. La «Operación Pierna» acababa de comenzar. Un avion británico sobrevolaría territorio enemigo para lanzar en paracaídas una pierna ortopédica. Se establecería para ello un pasillo aéreo de protección, con el compromiso alemán de que el avión inglés no sería atacado. El propio Hermann Göring autorizó personalmente la operación. Y, en efecto, el 19 de agosto de 1941 un bombardero de la *RAF*, escoltado por dos cazas alemanes, lanzó en paracaídas una pierna ortopédica para Douglas Bader sobre la base de Saint Omer, en la Francia ocupada.

La historia, tan novelesca como verídica, no acaba ahí, pues ya con sus dos piernas ortopédicas en uso, Bader protagonizó múltiples intentos de fuga, lo que obligó a los alemanes a requisarle las prótesis, primero, y a encarcelarlo luego en el castillo de alta seguridad de Colditz, del que fue liberado por las tropas norteamericanas al finalizar la guerra.

¿El padre de Edelgard –me pregunto– conocería esta historia? ¿La conocería Edelgard? Y me respondo que probablemente no. Pero episodios con alguno de sus ingredientes –la osadía, el heroísmo, la caballerosidad...– no eran infrecuentes en cualquiera de ambos bandos, especialmente entre las fuerzas aéreas. ¿Estaría el padre de Edelgard –«el ideal de un alemán, de un prusiano»– relacionado con alguna historia semejante? ¿Por qué no?, me digo ahora. Nada es fortuito. Incluso el azar se rige por leyes que se nos escapan. Si Edelgard habla de su padre en esos términos, ha de ser por algo más que un desmedido amor filial. En otra carta había dicho: «él es mi padre, mi hermano, mi amigo».

Pero yo no tengo ni tan siquiera su nombre, y ése es ahora el eje de mi búsqueda. Si consigo arrojar algo de luz sobre su persona y su personalidad, será más fácil ver con claridad a Edelgard: su hija, su hermana, su amiga.

EL NOMBRE DEL PADRE

Me siento anclado a un punto muerto. Y desorientado, además. En mis muchas horas de búsqueda he dado con varios directorios antiguos de Stettin –*Stettiner Adressbuch*– en los que aparecen unas cuantas personas con el apellido Lambrecht. Me asombra el orden germánico de estos directorios, que contienen no sólo el nombre, la dirección y el teléfono, cuando éste existe, de cada cabeza de familia, sino también otros datos como su profesión o la propiedad de la vivienda. Pero es un orden que de nada me sirve, pues desconozco lo esencial, el nombre de la persona que busco. En el directorio de 1931, por ejemplo, aparecen cuatro mujeres y trece hombres con ese apellido. ¿Quién de ellos será el padre de Edelgard?, me pregunto. Y mi respuesta es simpre la misma. Mientras no sepa su nombre, nada puedo hacer. Pero José, por más que le pregunto, no lo recuerda. Mi insistencia no refresca su memoria e, incluso, me parece que sigo sin hacerle comprender la necesidad de saber ese nombre para poder avanzar en mi búsqueda.

Es cierto que también él, pasados los años, quiso conocer algo más sobre la vida y el destino de Edelgard Lambrecht. Pero esto es algo que ya sé y que no me sirve de gran ayuda. En abril de 1982, en el segundo, voluminoso y último tomo de sus diarios, agrupados bajo el significativo título de «No es un sueño», José escribió estos emotivos párrafos:

> *Hace unos días soñé dos veces en la misma noche con Edelgard. Fue un sueño suave, bello, triste y hermoso al mismo tiempo, del que desperté con un profundo sentimiento de remordimiento de conciencia y de tremenda nostalgia de aquel episodio tan bello y tan triste y tan lejano de mi vida. Esto me hizo volver a leer estos viejos cuadernos de mis diarios, del primero al último, como si de una novela enormemente apasionante se tratara. Durante dos o tres días seguidos no hice otra cosa que leer aquellos cuadernos –que tuve que rescatar de su escondite en el fondo de mi biblioteca– y las cartas de Edelgard y volver a contemplar largamente sus fotografías...*
>
> *Todo esto me sumió más aún en un curioso estado de ensoñación y en una tremenda nostalgia. Incluso después de tanto tiempo sin conseguir escribir poesía, escribí en esperanto tres poemas dedicados a Edelgard, tres poemas muy hermosos que, pese a la dificultad que suele presentar el esperanto para la poesía en consonante, me han salido bastante fluidos y casi como dictados por una voz interior.*

En consecuencia, llevo unos cuantos días plenamente poseído por el recuerdo y la evocación de Edelgard. Me gustaría inmensamente volver a saber de ella, saber qué ha sido de su vida, saber si vive todavía y dónde vive. He decidido intentar, como sea, saber qué ha sido de ella y, si es posible, encontrar su paradero y su dirección.

Por aquellos días, los diarios de José están repletos de amplísimas lagunas. Lleva una vida de tranquila y cotidiana felicidad que apenas le satisface. Y el sueño con Edelgard le trastoca.

—Al despertar —me dijo en uno de nuestros encuentros—, yo tenía la amarga sensación de que Edelgard había muerto y de que fue su espíritu quien vino a mi sueño.

Pero a estas alturas de su vida, a José le cuesta creer en los espíritus. No está seguro de nada, salvo de la impresión profunda que el sueño le ha causado. Por ello decide escribir al Ayuntamiento de Flensburg. Y desde el Ayuntamiento de Flensburg se le responde que Edelgard, en efecto, ha muerto: «*...am 19.9.1970 verstorben*». Fallecida el 19 de septiembre de 1970. Y un añadido final a la fría respuesta dice: «Frau Irma Bugdoll, Waldstr. 70, puede dar más noticias sobre la familia Lambrecht».

José nota cómo se cierra el nudo que tantos amaneceres ha sentido entre el corazón y la garganta. Durante muchos días, duda si escribir o no escribir a la señora Bugdoll. Lo hace, pero rompe la carta. «Se resiste uno a creer en la muerte —escribe—, en que la muerte pueda borrar ya para siempre a un ser amado». Siente que necesita hablar con Edelgard, correr de nuevo hacia ella por el brillante puente de las estrellas. Mas ¿dónde quedó ese puente...? Ahora, cuando ya no cree en nada, le gustaría creer en los espíritus,

> *creer que los espíritus no mueren y que son capaces de adentrarse en nuestros pensamientos. Me gustaría que el espíritu de Edelgard pudiera sentir que la amo todavía. Me gustaría que el espíritu de Edelgard se sintiera feliz con mi amor, allá en esa misteriosa región de los espíritus.*

Finalmente, José decide escribir a la señora Bugdoll, que el 30 de abril de 1983 le responde en una carta que las lágrimas apenas le permiten leer:

> *En su carta me dice que, efectivamente, Edelgard murió el 19 de septiembre de 1970; que su enfermedad fue empeorando poco a poco; que era una mujer muy amable que soportó hasta el fin su enfermedad con una gran resignación hacia su destino; que Sigrid también murió en 1974 y el Sr. Lambrecht en 1976. El padre de Edelgard parece que debió casarse de nuevo, ya que la Sra. Bugdoll me dice que la Sra. Lambrecht también murió en mayo de 1976. Así pues, toda la familia desaparecida en pocos años. ¿Qué otros recuerdos, aparte de éste que siempre permanecerá en mí, quedarán en el mundo, en otras gentes, de Edelgard y Sigrid?*

La pregunta contiene una infinita tristeza a la que José no da salida, ni tan siquiera el desahogo del diario que ha dejado de escribir. Le gustaría saber cómo fue la vida de Edelgard, cómo se desarrolló su enfermedad. Saber si fue feliz, si se hizo realidad alguno de sus sueños, si le pudo perdonar su promesa no cumplida. Pero no se siente con fuerzas de hacer indagaciones. De qué servirían, además. Quizá para poner un poco de paz en su corazón. O para que el íntimo sentimiento de culpa que le acompaña desde hace tantos años se vuelva todavía más insoportable.

En cualquier caso, lo que sabe José es todo lo que yo sé. Y comienza a parecerme imposible escribir la historia de Edelgard desde otros ojos que no sean sus ojos. Su diario es lo que tengo, y no encuentro sentido a reescribirlo, marear sus palabras, retorcerlas, rellenar sus lagunas con suposiciones más o menos afortunadas. Pienso que acercarme a la historia desde los ojos de Edelgard sería distinto, pero los ojos de Edelgard están en sus cartas, y poco más podría yo aportar a no ser que ella hubiera escrito otras cartas, o tal vez un diario que apareciera de pronto para mí, como un milagro. Porque un milagro sería encontrar otras fuentes documentales después de tanto tiempo, o el testimonio de alguna persona que hubiera conocido a la familia Lambrecht. ¡Si al menos José recordara el nombre del padre...! Sería el primer paso hacia adelante, el inicio de un camino donde la imaginación no tuviera que traicionar a la verdad.

Quizá, me digo, la carta de la señora Bugdoll contiene algún dato que José no consignó en su diario. Sé que esa carta, junto a los diarios manuscritos de José y gran parte de su correspondencia, está depositada en la Unidad de Estudios Biográficos de la Universidad de

Barcelona. Así que escribo a Anna Caballé, responsable de la Unidad, rogándole que me envíe una copia de la misma. Pero la carta, cuya copia me llega puntualmente, no contiene nada sustancialmente distinto a lo consignado por José, salvo que Edelgard «murió de un ataque al corazón».

Sigo en una vía sin salida. Tampoco la señora Bugdoll menciona el nombre del padre de Edelgard, las dos veces que se refiere a él dice, simplemente, «el señor Lambrecht».

Necesito salir del punto muerto en que me hallo. Viajaré a Flensburg, me digo. Pisaré las calles que Edelgard pisó. Buscaré su tumba y pondré mi mano sobre ella. Me entrevistaré con cualquiera que pueda darme un dato sobre la familia Lambrecht, el más pequeño dato es importante para contrarrestar el desaliento que planea sobre la tinta detenida.

Y entonces llega en mi ayuda Dieter Jensen.

Dieter y Wiebke Jensen viven al sur de Flensburg, en Jarplund. Yo les he propuesto intercambiar nuestras casas durante algunas semanas. Ellos viajarán a Segovia. María y yo viajaremos a Flensburg. Nos escribimos varios mensajes a través del correo electrónico. Yo quiero saber si su casa está lejos del archivo de Flensburg y ellos quieren saber por qué les hago esa pregunta. En mi respuesta, les cuento con brevedad la historia de Edelgard. Y ellos se prestan amablemente para colaborar en mi búsqueda. Entonces yo les hago mi primera petición. Hace varias semanas, también yo, como José muchos años antes, escribí al Ayuntamiento de Flensburg; pero no he recibido respuesta todavía. ¿Podrían ellos, en mi nombre, solicitar un certificado de defunción de Edelgard Lambrecht?

No han pasado diez días cuando Dieter Jensen me escribe para enviarme no sólo la copia del certificado, sino también una fotocopia de la esquela de Edelgard hallada en un viejo ejemplar del *Flensburger Tageblatt*.*

> Unfaßbar für uns ging meine geliebte Tochter und Schwester
>
> # Edelgard
>
> von uns. Sie folgte ihrer Mutter und ihren beiden Brüdern in den Frieden.
>
> In tiefem Schmerz:
> **Oskar Lambrecht**
> **und Sigrid**
>
> **Flensburg**, den 19. September 1970
> Ernst-Jessen-Weg 30
>
> Die Einäscherung fand in aller Stille statt.
> Bitte keine Beileidsbesuche

¡La esquela de Edelgard! Su nombre en letras grandes de periódico, como innecesaria demostración de que todo fue real, de que pasó por el mundo con su cuerpo

---

* Diario de Flensburg: «De modo incomprensible para nosotros, nuestra querida hija y hermana, Edelgard, siguió a su madre y a sus dos hermanos en la paz. Con profundo dolor, Oskar Lambrecht y Sigrid. Flensburg, 19 de septiembre de 1970. Ernst-Jessen-Weg, 30. La cremación se llevó a cabo en silencio. Por favor, no efectúen visitas de condolencia».

frágil pero cierto, no como el fantasma de un hada en los sueños de mi amigo José, contagiados a mí. El nombre de Edelgard, el de Sigrid... Y el nombre que necesitaba conocer: ¡Oskar! ¡Oskar Lambrecht!

En el certificado de defunción que Dieter Jensen me transcribe, figuran además otros valiosos datos relativos a su padre. El nombre completo, Oskar Friedrich Lambrecht. La fecha de nacimiento, 9 de julio de 1902. El lugar donde vino al mundo, una pequeña aldea cuyo nombre alemán era Mühltal y que ahora se llama Winiec, hoy en territorio de Polonia, cerca de Mogilno, en la parte occidental de lo que antes era Prusia.

A partir de ese momento, mi búsqueda se precipita con violencia por una ladera empinada y resbaladiza cuyo fondo no veo. De los trece nombres que encontraba en el directorio de Stettin de 1931, ya sé cuál corresponde al padre de Edelgard. Y rápidamente descubro que vivía, precisamente, en un número 13, en el 13 de Gutenbergstrasse. Su profesión, *Kaufmann*, comerciante u hombre de negocios. Su número de teléfono: 26878. Busco en los otros directorios que logré reunir y veo que idéntico nombre y domicilio figuran en el directorio de 1932, pero no así en el de 1934, año en el que Oskar Lambercht parece haberse mudado al 40 de Grünstrasse. Sin embargo, en la guía de 1935, su nombre desaparece por completo, y no volverá a aparecer hasta 1937, si bien en diferente calle –Prutzstrasse, 11- y con una profesión que de momento no comprendo: *Bezirksleiter,* algo así como líder de distrito.

¿Encontraré al padre de Edelgard en internet?, me pregunto. Y en seguida obtengo una respuesta... y una sorpresa. El nombre de Oskar Lambrecht aparece, sí, pero no en una relación de oficiales de la *Luftwaffe*, sino de las *SS*. Además, no era un simple soldado ni un modesto oficial, sino alguien que figura con el rango de *Obersturmbannführer*, equivalente a teniente coronel. ¡Teniente coronel!, me digo en voz alta. ¡No puedo creerlo! Varios miembros de las *SS* con ese mismo rango han pasado a las páginas más negras de la Historia: Rudolf Höss, por ejemplo, comandante del campo de concentración de Auschwitz, ahorcado en ese mismo campo en abril de 1947. O Adolf Eichmann, que tras la guerra consiguió refugiarse en Argentina, donde fue secuestrado en 1960 por un comando del Mossad que lo transladó a Israel para ser ahorcado tras un polémico juicio.

En los brumosos sedimentos de la memoria colectiva, solidificados por los medios de masas y las películas de Hollywood, haber sido miembro de las temidas *SS* -*Schutzstaffel*, Escuadras de Defensa- significa pertenecer a la más abyecta categoría de la especie humana. Y si alguien, además, ha sido un alto cargo de esa subespecie de lo humano, ningún paliativo, ninguna justificación, ningún argumento puede convencernos de que no estamos ante un ser abominable y deprabado, ante alguien que ha descendido hasta el último peldaño de la escala moral.

Mentalmente repaso una y otra vez la descripción que Edelgard hace de su padre:

Mi padre es bondadoso, reservado, enérgico, orgulloso y audaz, fiel e idealista.... Para socorrer a alguien –o para alegrar a alguien– lo da todo, se da a sí mismo... En sus manos, esas bellas y fuertes manos que hablan de su ser, hay siempre una caricia.... Y algo que te alegrará mucho: le gustan los niños.

¿Cómo se pueden escribir tales palabras de un abyecto oficial de las *SS*, sobre cuya conciencia deben de pesar crímenes horrendos?, me digo en un primer momento. ¿Pero todos los miembros de las *SS* eran iguales?, me pregunto en el minuto siguiente. ¿No habría entre ellos una sola persona justa, acaso confusa o engañada por el momento histórico que le tocó vivir?

En cualquier caso, lo primero es comprobar que ese dato, encontrado casi al azar, es del todo fiable. Vuelvo a la maraña de internet y, tras dos o tres horas de búsqueda, consigo en un foro de Polonia el enlace de descarga a dos listas completas de oficiales de las *SS*, la *SS-Dienstaltersliste* de 1934 y la de 1935.

Se trata de dos voluminosos listados compuestos por imágenes fotográficas procedentes de *NARA,* los archivos del Gobierno de Estados Unidos –*National Archives and Records Administration*–, y más concretamente de los documentos microfilmados en Alexandria, Virginia, donde se encuentra toda la documentación sobre las *SS* llevada a Norte América tras la guerra. Aunque el tiempo de búsqueda no ha sido escaso, me sorprende la relativa facilidad para dar con documentos que en otros tiempos me hubieran supuesto un largo y costoso viaje sobre el océano. No obstante, se trata de imágenes fotográficas procedentes de documentos microfilmados, no archivos de texto, en las que cuesta manejarse en la pantalla, por lo que decido imprimirlas. El listado de 1934 tiene 82 páginas. 154 páginas, el de 1935. Y cada página muestra unos 50 nombres. Pero no tardo en dar con el que busco, Oskar Lambrecht, que figura en la página 63 del primer documento y en la 75 del segundo. En ambas listas consta su número de afiliación a las *SS* (24.717) y al Partido Nacionalsocialista (430.323). También consta su destino, el *39 Standarte* –que en esos años se encontraba en Köslin, ciento sesenta kilómetros al noreste de Stettin– y su rango en tales fechas, *Sturmführer* en 1934 y *Untersturmführer* en 1935. Me extraña el prefijo de 1935 (*unter*, bajo) que equivaldría a un rango inferior. Pero compruebo más adelante que ambas denominaciones corresponden en realidad a una misma graduación que cambió de nombre a finales de 1934 y que equivale en los dos casos a subteniente, el nivel más modesto de la oficialidad de las *SS*. De ahí a *Obersturmbannführer*, teniente coronel, debía de quedar un buen trecho, y una excelente carrera en la pirámide jerárquica de la *Schutzstaffel,* acaso jalonada de atrocidades que no quiero imaginar pero que imagino sin querer, influido por decenas de documentales y cientos de películas. ¿Será posible que ese hombre «bondadoso, reservado, enérgico, orgulloso y audaz, fiel e idealista» sea también un criminal de guerra?

Necesito salir de dudas. En la limitada experiencia de mi propia vida, cada respuesta abre las puertas a dos preguntas nuevas. El bíblico Árbol de la Ciencia se ramifica y ramifica de este modo hacia lo alto, hasta formar una maraña donde cuesta distinguir la luz de la sombra, la sabiduría de la ignorancia, el bien del mal.

Si Oskar Lambrecht es responsable de crímenes brutales, ¿que crédito podré dar en adelante a las palabras de su hija?

Hay mucho de mi propio corazón en esta historia y la pregunta me perturba. Decido, por ello, hacer una consulta a los prestigiosos archivos del *International Tracing Service (ITS),* Servicio Internacional de Búsquedas situado en Bad Arolsen (Alemania), que cuenta con veintiséis kilómetros de documentación sobre las persecuciones y crímenes nazis, minuciosamente clasificada. Les escribo y me responden. Mi pregunta les extraña. Habitualmente reciben consultas de familiares de víctimas del horror nazi que buscan noticias de algún desaparecido. Pero yo no pregunto por ninguna víctima. Yo sólo quiero saber si Oskar Lambrecht, *Obersturmbannführer* de las *SS,* se halla directamente relacionado con algún crimen de guerra. Y así se lo especifico en un segundo mensaje, en el que explico más detenidamente los motivos de mi búsqueda y pregunto con palabras claras y concisas si consta en sus archivos cualquier relación del *Obersturmbannführer* Oskar Lambrecht con abusos, torturas o asesinatos cometidos durante el nazismo.

La pregunta resulta arriesgada pero necesaria, o así lo siento. Es como voltear en el aire una moneda. Si sale cara, puedo seguir hacia delante, porque hay espacio para la luz en la maraña de las dudas, espacio para la verdad en las palabras de Edelgard. Si sale cruz, la incertidumbre sobre sus palabras será tan intensa e ingrata que la mejor decisión, probablemente, será la de abandonar, la de enterrar esta historia en una de las innumerables fosas del olvido.

«GOTT MIT UNS»

En qué fosa se encuentra el cuerpo de la señora Lambrecht es algo que jamás, probablemente, llegaremos a saber. Ni su esposo ni sus hijas lo supieron nunca. Ellas, Edelgard y Sigrid, ni tan siquiera sospecharon durante sus días felices en Sttetin, coincidentes con el apogeo del nazismo, que alguna vez se harían tal pregunta. Finalmente, para ellas, tanta lucha y tanto trabajo habría valido la pena. Finalmente, el mundo sería un lugar seguro y luminoso tras el triunfo del *Reich*. Finalmente, su mundo despierta a la más negra pesadilla cuando cinco soldados del Ejército Rojo, al clarear el día 27 de abril de 1945, abandonan su casa en Gutenbergstrasse para regresar a los improvisados cuarteles levantados sobre las ruinas de Stettin.

Primero Sigrid, luego Edelgard, las dos hermanas se incorporan. Y ambas tienen que apoyarse en la pared, en el cabecero de la cama. Sus piernas apenas pueden sostenerlas en pie. Todavía, por los muslos de Edelgard rueda una gota de sangre. Sigrid busca sus zapatillas, pero sólo encuentra una. Las puertas de los armarios están abiertas, con toda la ropa tirada en el suelo de las habitaciones. Antes de irse, los soldados han desvalijado la casa. Se han llevado las cajitas nacaradas del tocador, la cubertería, los relojes... Incluso uno ha debido de cargar con el reloj de pared que había en el saloncito rojo, convertido ahora en una ciénaga.

—Tengo que lavarme –dice Sigrid.

Ni tan siquiera socorrer a su madre y a su abuela es tan urgente como la necesidad de arrancar la suciedad que impregna sus cuerpos. Se lavarían con lejía si con ello pudieran eliminar la inmundicia que sienten en la hondura de sus vísceras. Por fortuna, aún queda una pastilla de jabón en el cuarto de baño. Y un hilo de agua sigue manando de los grifos. Sus caras, frente al espejo del lavabo, les resultan de pronto tan extrañas que apenas se reconocen. Sigrid, inmóvil frente a su imagen, es la primera que rompe a llorar. Nada se rompe, sin embargo, en la máscara de cera que cubre su rostro. Es como si las lágrimas le llegaran de otro mundo a través de esos ojos extraños que la miran desde el espejo. Edelgard, restregándose las ojeras y las lágrimas, trata de separar ambas miradas:

—Vamos, Sigrid, aquí tienes el jabón...

—No somos nosotras...

—Sí que lo somos, y todo esto pasará, te lo aseguro.

Apenas han terminado de lavarse malamente, las dos hermanas descienden al sótano. Su madre permanece inconsciente, arropada en la manta, como ellas la dejaron, pero todavía respira. La abuela está mejor. Se ha despertado hacia el amanecer creyendo estar enterrada junto a un cuerpo que no ha sido capaz de reconocer en la tiniebla absoluta del sótano. Y ha gemido y ha gritado sin que nadie la escuchara.

—Tranquila, abuela, tranquila... -dice Edelgard, que se apresura a atender a su madre.

—¿Se va a morir? -pregunta Sigrid.

—Mamá es fuerte. Ha resistido esta noche y va a seguir resistiendo..., ¿verdad, mamá?

La señora Lambrecht, en efecto, es una mujer fuerte. Y joven, además. Acaba de cumplir cuarenta años y nadie diría que puede ser madre de dos hijas tan mayores. En los últimos años está débil y apenas sonríe, pero no ha llegado a perder su belleza. Muchas veces, por halagarla, el panadero Glashagen, que tiene su tahona en el entresuelo de su casa en Prutzstrasse, su otra casa, le ha dicho que parece más su hermana que su madre. Ahora, con la cara hinchada por las patadas recibidas, nadie podría calcular su edad ni piropear su belleza. Ahora es sólo un cadáver que respira ante la desolación de sus hijas.

—La subiremos al dormitorio -dice Edelgard-. Si tiene rota la columna, morirá de todos modos.

—¿Rota? ¿Mi hija...? -gime la abuela, que repentinamente parece haberse dado cuenta de a quién pertenece el bulto que yacía a su lado y que comienza a elevar el volumen de sus gemidos como si un perro la estuviera mordiendo el corazón.

—¡Calla, abuela, por favor! -le grita Sigrid.

Y la abuela calla. Y otro gemido, esta vez de la madre, cuando la arrastran escalera arriba, pone en los oídos de sus hijas una brizna de esperanza. Ya en la cama, parece que su madre mueve los ojos bajo los párpados cerrados, como si estuviera soñando.

—Mamá, mamá... –pero la madre no responde.

Hacia media mañana, con infinito esfuerzo y medio enloquecidas por sus quejas, Edelgard y Sigrid han logrado subir a su abuela al dormitorio. El hambre, además, retuerce los estómagos. Hace ya veinticuatro horas que no prueban más bocado que aquel trozo de pan arrojado al sótano por los soldados rusos. Pero en la despensa deben de quedar todavía algunas latas de carne, confitura de ciruela, patatas. No puede haber pan, eso es seguro. Comenzó a escasear desde hace ya varias semanas, cuando el suministro de víveres se fue viendo interrumpido tras el abandono en masa de Stettin. Y les faltó por completo desde que un obús impactó de lleno en la tahona del señor Glashagen. Su madre, desde entonces, ha ido racionando la comida... Y sin embargo, ahora, cuando miran, no queda nada: un tarro de confitura roto en el suelo, entre patatas caídas, unos ajos, medio paquete se sal. Los soldados también han vaciado la despensa.

Tratando de no cortarse con las esquirlas de vidrio, Edelgard y Sigrid recogen con el borde de un plato la confitura de ciruela. Luego agrupan en un saco las patatas esparcidas por el suelo, toman cuatro de las más pequeñas y se ponen a cocerlas sin pelar. Al cabo de unos minutos, cuando todavía están a medio hacer, le llevan una a su abuela y se ponen a comer las dos suyas, con una pizca de sal, en la misma cocina. Con el último bocado, Sigrid se acerca a la ventana para echar una ojeada al jardín. Es la única ventana de toda la casa que todavía conserva algún cristal sin romper.

—El manzano está lleno de brotes —dice, muy seria—. Este otoño tendremos una buena cosecha de manzanas.

Edelgard cree sonreír. Realmente le ha hecho gracia la seriedad con que su hermana ha pronosticado la próxima cosecha de manzanas, pero no se da cuenta de que su sonrisa interior ha perdido el camino hacia a sus labios.

Apenas han terminado de comerse las patatas, escuchan un quejido semejante al de una soga tensada, como los que producen los cabos de los veleros. El quejido de su madre. Y corren al dormitorio en penumbra. Un rayo de sol traspasa los cartones del ventanal que da a la carretera, por el que su madre vio llegar a la columna de soldados.

—¡Mamá...! —exclaman las dos hermanas con una sola voz.

La madre tiene los ojos abiertos, pero se diría que no ve nada, o que sólo ve fantasmas a los que trata de poner nombre.

—Oskar... —dice finalmente, con sílabas lentas que tiemblan en su labio partido.

—Mamá, mamita... —bisbisea Edelgard en su oído—, papá no está en casa.

—Oskar, Oskar... —insiste la madre.

—No está en casa, mamá. Pero enseguida va a venir. La guerra se termina, mamá. La guerra se acaba y todo volverá a ser como antes.

—¿Donde está papá? —se angustia la señora Lambrecht—. Tiene que venir enseguida, ¿no os dais cuenta? Tenemos que ir a Berlín.

—No podemos ir a Berlín, mamá.

—Tenemos que acompañarle. El *Führer* en persona le va a imponer la *Ritterkreuz*.

Edelgard calla. Sigrid calla. Es cierto que a su padre le ha sido concedida la *Ritterkreuz*, la cruz de Caballero de la Cruz de Hierro, pero esa cita en Berlín es la fantasía de un cerebro aturdido. Ni el *Führer*, ni Göring, ni cualquier otro jerarca del *Reich* de los mil años van a condecorar a su padre. En el mejor de los casos, si tiene suerte, le impondrá la *Ritterkreuz* algún oscuro general en algún oscuro refugio subterráneo. ¿Cuántos días hace ya que no ven un avión alemán sobre el cielo de Stettin? ¿Cuánto tiempo desde que no ven a su padre?

—La *Ritterkreuz*... -prosigue la madre-. ¿Es que no sabéis lo que significa eso?

La señora Lambrecht cierra los ojos y una sonrisa de placidez se dibuja en su rostro tumefacto.

—Parece que le está viendo -dice Sigrid.

Y acaso sí. Acaso esta viendo a su esposo con el uniforme de gala, almidonada la camisa, la barbilla muy alta para que la *Ritterkreuz* luzca en su cuello como luce el sol en la sonrisa de lo héroes.

—¿Está planchado el uniforme? -dice la madre, con los ojos de nuevo abiertos, súbitamente sobresaltada.

—Mamá, por favor -insiste Edelgard-, la guerra se acaba y papá no está en casa. ¿Es que ya no te acuerdas? Quemaste sus uniformes hace dos días. Y todas sus fotos.

—¿Quemados, los uniformes? -pregunta la madre, incrédula, tras una larga pausa en la que su semblante retorna a la realidad de su labio partido y sus pómulos hinchados.

—Llegaron ayer los rusos, ¿no lo recuerdas? Nos encerraron en el sótano.

La madre no lo recuerda. Una laguna de niebla se ha extendido entre el momento en que ella abría la puerta del aparador para buscar una botella de coñac y este momento en que sus hijas la están acosando con esas preguntas absurdas. Algo, sin embargo, debe de remover el agua turbia de su memoria, porque ha cerrado los ojos y dos lágrimas asoman en las comisuras de sus párpados.

—Gott mit uns... —murmura sin voz, sin aliento, sin que Edelgard ni Sigrid entiendan el porqué de esas palabras: «Dios con nosotros».

Las dos hermanas tienen un nudo en la garganta. Creen que su madre está delirando.

—Gott mit uns... —repite ella—. Las hebillas, las insignias, lo que no arde... Todo está junto al manzano, enterrado, bajo una piedra blanca.

Sólo entonces la entienden. *Gott mit uns,* Dios con nosotros, es la leyenda grabada en las hebillas de los cinturones de los soldados, sobre el águila de alas desplegadas que porta en sus garras la cruz gamada.

17

BOTÍN LEGÍTIMO

Poco a poco, mientras la mañana transcurre entre lágrimas mudas y largos silencios que sólo, desde las ruinas que aún humean en el centro de Stettin, son rotos por el motor de un camión o el disparo de un suicida, Edelgard y Sigrid se afanan en ordenar el revoltijo de ropas dejado por los soldados rusos al desvalijar la casa. Y en esa tarea se hallan cuando, en el fondo de un cajón vacío, aparece un viejo sobre de correos, franqueado con cuatro sellos de 1923. En su interior hay una postal del tiempo en que aún vivía su abuelo, escrita por su madre desde Berlín. Nada especial. Una postal con una imagen del teatro «Metropol» y unas pocas palabras anodinas sobre un «magnífico espectáculo de variedades». Pero lo que ha llamado la atención de Edelgard son los sellos de correos: ¡Cuatro vulgares sellos de correos con valor nominal de veinte millardos cada uno! ¡Ochenta millardos en total! ¡Ochenta mil millones de marcos para enviar una carta de Berlín a Stettin !

Edelgard, nacida en 1926, no puede recordar ese periodo de la historia de Alemania, cuando el dinero se utilizaba como combustible porque no valía nada. Lo recuerda en la memoria de sus padres, en el sobre de correos que ahora tiene entre las manos, en las lecciones del instituto, hinchadas de orgullo y patriotismo. «Un simple obrero –dijo cierta vez su profesor de Historia– llegaba a cobrar un billón de marcos por hora de trabajo. ¿Sabéis cuántos ceros tiene un billón? Doce ceros, doce ceros detrás del uno. ¿Y qué hacía el obrero con ese billón de marcos al llegar a su casa? ¡Encender la chimenea! ¡Ésa –clamaba el profesor– era la Alemania humillada que nuestros enemigos deseaban, no la gran Alemania temida y orgullosa que nos ha dado nuestro *Führer! Un barrendero de calles debe sentirse más orgulloso de ser ciudadano de este Reich que rey de un Estado extranjero.** ¡Sintámonos orgullosos de ser alemanes!»

Una lágrima rueda por la mejilla de Edelgard, que ahora se afana en recoger mudas y camisas, doblándolas cuidadosamente para guardarlas en el cajón, encima de la carta franqueada con sellos por valor de ochenta mil millones de marcos.

—¿En qué piensas? –le pregunta Sigrid en voz baja.

Sobre la cama, la madre parece dormida, y su respiración ha ido tomando un ritmo sosegado que alienta la confianza de ambas hermanas.

—Pensaba en el instituto, en el orgullo de ser alemanes.

---

* Adolf Hitler: Mi doctrina (IV parte, capítulo I. Los habitantes del Estado Racista: ciudadano, súbdito y extranjero).

Sigrid calla. Todo su orgullo se ha diluido en las escurriduras de la esponja que ha usado esa mañana para lavarse.

—¿Qué orgullo...? -dice finalmente.

Edelgard sigue a su tarea, sin levantar la vista de la ropa, y su respuesta más parece una evasiva:

—Estamos vivas, mamá y la abuela están vivas...

—¿Y nuestros hermanos, y papá...?

—También ellos están vivos...

—¿Cómo lo sabes?

—Lo sé, créeme.

—¿Lo sabes?

—Lo sé, Sigrid. Confía en mí.

Más que las palabras en sí mismas, el tono en que Edelgard las ha pronunciado transmite una confianza inusitada. ¿Cómo puede estar segura de lo que dice? Y sin embargo, lo está. La mayor de las hermanas Lambrecht posee un don extraño para profundizar en el misterio. Muchas noches, en la duermevela, tiene visiones extrañas. Sueños que no son sueños. Y algo, en lo más profundo de su corazón, le está diciendo que su padre y sus hermanos siguen vivos.

—Confía en mí -repite Edelgard, que ha terminado de recoger la habitación de los padres y ahora prosigue su tarea en el dormitorio de sus hermanos-. Papá está vivo. Ellos están vivos. Sólo tenemos que esperarlos.

Esperarlos. En esa única palabra se resumen todas sus expectativas. Luego, cuando todos estén juntos, cuando la pesadilla termine, será el momento de hacer cuentas con su orgullo. Ahora sólo queda esperar y subsistir. Confiar en que su madre y su abuela se recuperen. Hacer lo posible y lo imposible para que las ruinas de Stettin, de Alemania, de su mundo, no se agranden con la ruina de sus propios corazones.

—¿Le diremos a mamá lo que ha pasado? -pregunta Sigrid, y ella misma se responde-: Quizá no... A lo mejor ha sido una suerte que no se haya enterado de nada.

Edelgard está de acuerdo. Deben olvidar lo que ha pasado. Y nadie tiene que enterarse... Sería insoportable la vergüenza.

—¡Sigrid, Edelgard! -les llama su madre desde la habitación contigua.

Ellas acuden rápidamente a la llamada. Su madre necesita orinar y casi no tiene fuerzas para levantarse de la cama. Le duelen las piernas y la cabeza, nota en los riñones el mordisco de una sierra.

—¿Qué me ha pasado? -pregunta, confusa, aturdida. No pregunta lo que les ha pasado a sus hijas, sino a ella. Y esto, al menos, significa dos cosas.

Que no recuerda.

Que no las ve.

Si las viera, si viera esas miradas que parecen asomarse desde un pozo de niebla, sabría lo que ha pasado sin necesidad de pronunciar una palabra.

Su madre es delgada, como ellas. Consiguen ayudarla para levantarse de la cama e ir al retrete. Pero se marea, las piernas apenas la sostienen.

—Debes quedarte en la cama, mamá.

Y la madre obedece porque no tiene otra opción. Su mundo se ha convertido en un rectángulo de paredes blandas y huesos más blandos todavía, donde todo gira en cuanto abre los ojos, ajeno a su voluntad.

Durante tres días y tres noches apenas se mueve de la cama, lo mismo que la abuela. Al otro lado de ese mundo blando se oyen algunas veces ruidos de carros y camiones, disparos aislados, paredes que se desploman. Una mañana pasó un coche con un megáfono. Alguien gritaba por el altavoz consignas y órdenes destinadas a la población civil. Pero ni Edelgard ni Sigrid se atrevieron a pisar la calle. El tiempo se ha transformado para ellas en una masa viscosa y extensa como un lago. No podrían decir si son tres días o tres semanas lo que ha transcurrido desde la tarde en que los soldados las sacaron del sótano. En toda la casa no queda ni un solo reloj, todos se los llevaron los soldados. Sólo el saco de patatas sirve para medir el paso de los días. Cuanto más vacío, más tiempo ha transcurrido. Y así llegan a la mañana del cuarto día, en el que sólo quedan dos patatas para cuatro bocas.

Por fortuna, o porque finalmente sea cierto que Dios aprieta pero no ahoga, su madre y su abuela parecen haberse despertado esa mañana con los huesos más enteros y la mente más clara.

—¿Qué ha pasado? -pregunta esta vez la madre-. ¿Qué nos ha pasado?

—Vinieron soldados, soldados rusos. Nos encerraron en el sótano -explica Edelgard-, y tú te golpeaste en la cabeza. Por eso no recuerdas.

—¿Os han hecho algo? ¿Está bien la abuela?

—La abuela está bien. A nosotras nos encerraron en el sótano, ya te lo hemos contado varias veces. Luego nos robaron, revolvieron toda la casa. Se llevaron la cubertería, los relojes. Vaciaron la despensa.

—¿Sólo eso?

—¿Te parece poco? Nos han dejado sin nada..., unas patatas.

Tanto a Edelgard como a Sigrid les cuesta sostener la mirada de su madre. Pueden mentirla con palabras, pero saben que sus ojos las delatan. Y Sigrid rompe a llorar.

—Pero hija...

—Dos patatas, mamá -repite entre sollozos la hija pequeña-, sólo nos quedan dos patatas.

—Compraremos comida -dice la madre-, tengo dinero escondido. Y eso no pueden haberlo robado.

La mujer se incorpora de la cama y comienza a desenroscar uno de los remates del cabecero, una piña de latón del tamaño de medio puño. Los pies de la cama son tubos huecos de hierro pintado de negro.

—Aquí dentro hay dos mil marcos -dice-. Primero hay que buscar el hilo, está pegado por dentro.

Y en efecto, introduce un dedo en el tubo hueco y extrae un hilo fino del que comienza a tirar con suavidad. El segundo extremo del hilo está atado a una cuerda más fuerte y, cuando ésta aparece, tira de ella hasta que van saliendo pequeños fajos de billetes enrollados a la cuerda, que finaliza con un nudo en una moneda de diez *Pfennig*, de las que tienen un agujero en el centro de la esvástica, para evitar que los rollos de billetes puedan quedarse en el fondo del tubo.

Con cuidado, la señora Lambrecht extrae cincuenta marcos del primer rollo y vuelve a colocar en su sitio la ristra de billetes, sin olvidarse de enroscar la piña de latón. Se diría que también su propia cabeza ha vuelto a colocarse en el sitio de lucidez que siempre ha tenido.

—Iremos al mercado de Barnimstrasse –dice.

—Pero, mamá..., están los rusos –argumenta Edelgard.

—Por animales que sean, no van a disparar a tres mujeres.

—Esperemos un día –gime Sigrid–, no vamos a morirnos de hambre por un día.

El argumento de la hija pequeña parece convencer a la madre, que se dirige al cuarto de baño y no puede reprimir una exclamación al verse en el espejo del lavabo.

—¡Oh, Dios mío! ¿Me hice esto al caer por la escalera? Decidme si... –no termina la frase, tanto ella como sus hijas enmudecen al escuchar el ruido de un motor frente a la vivienda.

El motor se detiene. Sus corazones se detienen. De nuevo la incertidumbre. De nuevo la angustia. Alguien golpea en la puerta. Alguien grita palabras que no comprenden. No hay tiempo ni lugar donde esconderse. El mismo miedo que las paraliza es el que las impulsa a volar escaleras abajo. Descorren el cerrojo. Soldados rusos. Cuatro soldados que las apuntan con sus metralletas. Edelgard y Sigrid reconocen a uno de ellos, el más joven, el que menos hablaba, el que ahora les dice en un alemán apenas comprensible:

—¡Casa requisada, casa necesaria para ejército! ¡Vosotras no más aquí, vosotras fuera!

La madre quiere decir algo, pero el soldado se adelanta a cualquier argumento:

—¡Casa necesaria para ejército! ¡Vosotras fuera!

Tienen que irse. No hacen falta más explicaciones. Son las metralletas quienes hablan con gestos elocuentes. Uno de los soldados señala con el dedo uno de los tres relojes que lleva en la muñeca (relojes robados, sin duda, incluso uno de ellos tiene una pequeña esvástica en el segundero) y extiende sus manos abiertas en un gesto inconfundible. ¡Diez minutos! ¡Tienen diez minutos para recoger algo de ropa (el soldado agarra la solapa de su propio chaquetón) y salir por la puerta!

—Mi madre está enferma –gime la madre de Edelgard y Sigrid-, es muy mayor y apenas puede andar.

—¡Fuera! –insiste el soldado.

Fuera. Una sola palabra. Y la casa, su casa, que había resistido a los bombardeos y al fuego de la artillería, no es capaz de resistir al poder de esa palabra.

Madre e hijas suben dócilmente la escalera de los dormitorios. Tres soldados las acompañan. En la puerta de entrada, fumando el cigarrillo que acaba de encender con un mechero que también tiene una svástica grabada, se ha quedado el soldado más joven.

—¡Mirad cómo está mi madre! –se atreve a gritar la señora Lambrecht-. ¡Casi no puede andar!

—¡Madre fuera! ¡Tú fuera! ¡Chicas fuera! –grita de nuevo el soldado, empujándola con el fusil.

Está claro que no pueden oponerse. Acompañada por sus hijas, la señora Lambrecht se dispone a levantar y a vestir a la abuela:

—Vosotras poneos los abrigos y las botas nuevas –dice, como si fuesen a un oficio religioso o a un acto patriótico-. Y no olvidéis vuestra documentación y las cartillas de racionamiento.

Tienen diez minutos para cambiarse de ropa y recoger sus cosas. Los soldados vigilan cada uno de sus movimientos desde el quicio de las puertas. También ellos tienen diez minutos.

Diez minutos.

Sigrid es la primera en gritar. Edelgard no ha sido capaz de evitar la mano enorme que ha tapado su boca y que parece a punto de romperle la mandíbula. La madre, bajo una mano idéntica, siente cómo se le clavan los dientes en el labio partido, es arrastrada a su dormitorio entre los chillidos de la abuela, forcejea, golpea el aire, sigue oyendo a la abuela, oye también los gritos de la hija pequeña, que enseguida se transforman en gemidos inaudibles, en súplicas mudas.

Diez minutos.

Diez minutos pasan deprisa. Ni los relojes se detienen ni el mundo se detiene. Tampoco la sangre, la saliva, los fluidos oscuros y constantes que transmiten la vida y la venganza en un solo proceso, en una misma herida.

Al cabo de esos diez minutos nada ha cambiado, o el cambio es tan leve que a nadie le importa. ¿Qué transcendencia tienen unos arañazos, un golpe, un escozor entre las piernas? En el balance contable de la Historia son ceros a la izquierda de otros ceros. ¡Qué otra cosa pueden ser...! Sólo en el mes de enero de 1945, han muerto más de novecientos mil soldados. Alemanes la mitad. Del resto, la mayoría eran rusos. Soldados como éstos, para quienes la sangre caída y el semen derramado son dos caras distintas de una sola moneda. Y en esa moneda está su precio, lo que valen, lo que les inculcan las soflamas de sus líderes: «¡Matad! ¡Matad! No hay inocentes entre los alemanes... Obedeced las instrucciones de nuestro camarada Stalin. Destruid para siempre a la bestia fascista en su refugio. Mancillad el orgullo racial de las mujeres alemanas. Tomadlas como botín legítimo».*

Botín legítimo... ¿Es eso lo que son? ¿Y no deben estar agradecidas porque esos diez minutos de botín legítimo, por los que nadie pedirá cuentas, no hayan terminado con un tiro en la nuca? ¿Qué decía el soldado que acaba de violar a Edelgard mientras se abotonaba la bragueta? ¿Se acordaba tal vez de Odessa, de la carretera más transitada por las tropas del Ejército Rojo, donde habían sido alineados los cadáveres exhumados de 65.000 judíos víctimas de los nazis, separados cada doscientos metros por carteles que decían: «Mirad como tratan los alemanes a los ciudadanos soviéticos»**? ¿Se acordaba de su casa quemada, de la madre llorando, de un camarada muerto, de una hermana violada?

Ni Edelgard ni Sigrid podrían responder a estas preguntas. Ellas no hablan ruso, y nunca lo hablarán. Rusia, para ellas, será siempre un salivazo negro en el suelo de su dormitorio. O poco más. Una inmensa prolongación de la saliva que han escupido los soldados sobre las bragas arrancadas que ahora recogen precipitadamente, por vergüenza, porque las avergüenza dejar al pie de la cama el testimonio de su vejación, porque han pasado los diez minutos del plazo concedido, porque su madre –tras idéntica violencia en el cuarto contiguo– está ayudando a la abuela y haciendo las maletas sin quejarse, porque deben sentirse orgullosas de ser alemanas, porque

---

* Ilya Ehrenburg, 1945. Tomado de Hellmuth Guenther Dahms: "La Segunda Guerra Mundial" (Ed. Bruguera. Barcelona, 1972).
** Antony Beevor, op. cit.

están vivas, porque están vivas en un mundo muerto... Y porque el mundo, incluso muerto, sigue girando.

EL ANILLO DE LA CALAVERA

La respuesta del ITS, redactada en el idioma común a todas las burocracias del mundo, me llega al cabo de un mes: «No hay evidencia de la actividad del *Obersturmbannführer* de las *SS* Oskar Lambrecht durante la Guerra Mundial».

¿Qué significa exactamente eso? ¿Significa que no estuvo implicado en crímenes de guerra, como yo les preguntaba? ¿Que no tienen documento alguno que le inculpe en una acusación de tal tipo? ¿Eso significa que no hay evidencia? ¿Que no pueden afirmarlo, pero que tampoco lo descartan?

La respuesta, en cualquier caso, me produce cierto alivio. De estar implicado en algún crimen, me digo, su nombre estaría debidamente registrado en esos veintiséis kilómetros de archivos de Bad Arolsen.

No obstante, una a una y nombre a nombre reviso las dos listas de oficiales de las *SS* que logré descargar a mi ordenador: 1934 y 1935. En ambas, como ya había visto, Oskar Lambrecht figura como *Sturmführer* –subteniente– destinado en el *39 Standarte* con sede en Köslin. Pero en la segunda lista aparece un detalle al que no había prestado atención. Junto al nombre de Oskar Lambrecht, como junto a los nombres de casi todos sus compañeros de promoción, aparecen dos pequeñas circunferencias concéntricas, indicativas de que el oficial correspondiente ha sido distinguido con el *Totenkopfring* o Anillo de la Calavera, creado en 1934 por Heinrich Himmler y entregado a los oficiales merecedores de tal honor con el siguiente texto firmado por el propio *Reichsführer* de las *SS*:

El anillo representa nuestra lealtad al Führer, nuestra firme obediencia y nuestra fraternidad y camaradería. El Totenkopfring nos recuerda que debemos estar dispuestos a dar la vida por el pueblo alemán en cualquier momento. ¡Lleva el anillo con honor!

Si algún oficial dejaba de llevarlo con honor –y ese honor se perdía por cualquier falta militar o civil, no necesariamente grave–, el anillo debía ser devuelto. Lo mismo sucedía al morir sus poseedores. En este caso, los anillos eran enviados al castillo de Wewelsburg, destinado a convertirse en centro del nuevo mundo tras la victoria nazi. Allí se guardaban en el «Altar de los receptores del Anillo de la Calavera» *(Schrein des Inhabers des Totenkopfringes)*. De los catorce mil anillos concedidos por Himmler, ya a finales de 1944 habían llegado a ese altar más de ocho mil. Y sólo en enero de 1945 murieron más de cuatrocientos mil soldados alemanes. En la primavera de 1945, cuando ya ni el propio *Reichsführer* de las *SS* creía en la victoria, éste ordenó que los anillos del *Schrein des Inhabers des Totenkopfringes* fueran enterrados secretamente en alguno de los bosques cercanos al castillo de Wewelsburg, donde nadie hasta hoy los ha encontrado.

¡Y uno de los poseedores de tal anillo era el padre de Edelgard! Casi me cuesta creerlo...

Es ya muy tarde, altas horas de la noche, cuando recopilo estos datos. Una nube de plomo flota, pesada, en mi cabeza. Necesito descansar. María me lo dice: vas a enfermar si sigues trabajando a este ritmo. Pienso que algo parecido le decía Edelgard a José en la última de todas sus cartas:

> *¡No trabajes demasiado, José! ¡Ten un poco de cuidado de ti mismo! Piensa siempre que la salud es el más preciado tesoro. ¡Te lo pido con todo mi corazón!*

Me acuesto. Logro al fin dormirme entre una maraña de anillos con calaveras, runas celtas, hojas de roble. Y sin embargo no descanso. Una duda me asalta, de pronto, en medio de la noche. Mentalmente vuelvo a las listas de los *SS* de 1934 y 1935. ¿El Oskar Lambrecht que figura en ellas es realmente el padre de Edelgard? ¿No estaré cometiendo el error más burdo? ¿No podían existir en Alemania varias personas con el mismo nombre?

Las preguntas me roban el sueño. Pienso que mi error despejaría muchas incógnitas. La libertad, por ejemplo. La libertad del Oskar Lambrecht padre de Edelgard...

En 1946, cuando Edelgard y Sigrid encuentran en Flensburg a su progenitor, todos los oficiales alemanes están presos, no sólo los oficiales de las *SS*. Ni tan siquiera es preciso ser oficial para estar preso. La práctica totalidad del ejército alemán fue recluida en campos de prisioneros al acabar la guerra. En los documentales de la época, sólo se ve a mujeres en las calles, siempre con una maleta en la mano, siempre con un coche de bebé cargado de bultos. Pero no hay hombres, o los que hay son ancianos y niños.

He leído mucho en estos días. He leído que los prisioneros alemanes morían de hambre y disentería en los campos de concentración. A millares, no unos pocos casos anecdóticos. A decenas y a cientos de millares. En muchos de los inmensos campos no había ni barracones ni letrinas. Sólo alambradas de espino vigiladas día y noche por soldados con ametralladoras. Los supervivientes recuerdan que, para protegerse del frío, dormían en agujeros excavados en la tierra con sus propias manos. No tenían más agua que la lluvia y, cuando ésta faltaba, cuando la sed era insoportable, algunos bebían su propia orina. En tales condiciones, las epidemias no se hicieron esperar: el tifus, las diarreas líquidas e incoercibles que acaban en pocos días con la vida de un hombre. Las heces y los gérmenes se entremezclaban en los lodazales donde se hundían las botas de centenares de miles de soldados alemanes en aquella primavera fría y lluviosa. La historia es dura, y no está completamente escrita. A nadie le interesa que se escriba en sus detalles atroces. Quienes se han atrevido a escribirla han sido tachados de revisionistas o filonazis. El canadiense James Backe es uno de los pocos que se han arriesgado a investigar esa historia, y a contarla en su libro *«Other Losses»,* «Otras Pérdidas». Allí leo que el ejército norteamericano capturó en pocos días a más de cinco millones de soldados alemanes. Leo que la producción estadounidense de trigo, maíz y patatas batió en 1945 todos los récords, que los almacenes americanos en Europa reventaban de víveres mientras los prisioneros alemanes se morían de hambre. Leo que el Comité Internacional de la Cruz Roja tenía más de 100.000 toneladas de alimentos en Suiza, pero que los oficiales americanos impidieron su distribución a los campos de prisioneros, incluso hicieron regresar a dos trenes cargados. Leo que el campo de Rheinberg, horadado por miles de agujeros donde los reclusos se resguardaban del frío, fue allanado mediante grandes palas excavadoras que sepultaban sin miramientos a los soldados agonizantes. Leo que incluso hoy están prohibidas las excavaciones de estudio en ese campo. Y leo, finalmente, que los soldados alemanes muertos en los campos de prisioneros rozaron la aterradora cifra de un millón de personas, cuatro veces más que los muertos en Hiroshima y Nagasaki por las bombas atómicas.

Si para cualquier soldado que hubiera combatido en los ejércitos de Hitler era dura la lucha por la vida, para los odiados y temidos miembros de las *SS* resultaba todavía más difícil. Muchos, en esas primeras horas de la paz, cambiaron sus uniformes por los de los cadáveres que encontraban en su huida. Llevar un Anillo de la Calavera, o cualquier condecoración con el símbolo rúnico de las *SS,* podía ser considerado una sentencia de muerte. No obstante, una vez apresados, resultaba bastante sencillo dilucidar quién era y quién no era un *SS,* pues una marca común los delataba. En la parte interior del brazo izquierdo, a la altura de la axila, los *SS* llevaban tatuada la letra de su grupo sanguíneo. No fueron pocos quienes se quemaron con cigarros esa marca indeleble, pero cualquier quemadura o herida sospechosa era tomada como prueba irrefutable de su pertenencia al cuerpo de élite de Himmler, que había jurado fidelidad hasta la muerte a su *Führer* Adolf Hitler. Los nombres de los oficiales, además, estaban cuidadosamente anotados en listas bien editadas y bien distribuidas por la burocracia nazi, que podían encontrarse en cualquier cuartel u oficina del *III Reich*. Listas como las que pasan ahora ante mis ojos cerrados, datos y más datos que bullen en mi memoria en esta noche de agotamiento e insomnio.

¿Y el padre?, me pregunto. ¿Cómo es posible que en 1946 un alto oficial de las *SS* se encuentre en libertad. «En junio encontramos a nuestro padre en Flensburg», había escrito Edelgard. ¿No sería posible, en efecto, estar en un error, en el burdo error de haber confundido a dos personas de igual nombre?

Falta mucho para que amanezca cuando me levanto de la cama con intención de repasar por enésima vez las dos listas de los oficiales *SS* que tengo grabadas en mi ordenador. Pero no encuentro en ellas nada nuevo. ¿Estaré equivocado? ¿No habrá una duplicidad de nombres?, me vuelvo a preguntar. En alguno de los muchos foros sobre la II Guerra Mundial he leído que en las *SS-Dienstalterslisten* figuraban las fechas de nacimiento de los oficiales. Ese dato, sin embargo, no consta en las listas que yo tengo. De tenerlo, todo estaría claro, pues la fecha de nacimiento de Oskar Lambrecht le fue facilitada a Dieter Jensen en el Ayuntamiento de Flensburg. Debo resolver esta duda, ésa es mi única certeza. Para ello, decido hacer una consulta en los Estados Unidos. Podría dirigirme al *Bundesarchiv* de Berlín, pero manejarme en inglés me resulta más sencillo. Además, cualquier documentación relacionada con los nazis se encuentra con mayor facilidad en los archivos americanos. Allí fueron enviados aviones enteros cargados de documentación nazi, documentos que hasta la década de 1980, tras ser cuidadosamente microfilmados, no fueron devueltos a los archivos alemanes. Previo pago de las tasas correspondientes, envío mi consulta a un centro de investigación situado en Alexandria, estado de Virginia. Y a los pocos días recibo un DVD con los listados completos de los oficiales de las *SS*.

EL TRIUNFO DE LA LIBERTAD

No estaba en un error. En mis listas de 1934 y 1935 no figuraba la fecha de nacimiento de los oficiales. Pero ya en la lista de 1936 ese dato queda registrado con absoluta precisión. En la página 169 se indica que el *Untersturmführer* Oskar Lambrecht, nacido el 9 de julio de 1902, se encuentra destinado en la Sección XIII, que corresponde a Stettin.

Por lo tanto, no era un error. No había duplicidad alguna. La fecha de nacimiento de Oskar Lambrecht facilitada por el Ayuntamiento de Flensburg es también el 9 de julio de 1902. Lo esencial está ya claro. Así que sólo me queda consultar su último rango conocido en las *SS*. Para ello doy un salto en la cronología de las *Dienstalterslisten* y ya estoy en la última de ellas, fechada en octubre de 1944, sólo siete meses antes de acabar la guerra. Y el padre de Edelgard, en efecto, figura en esa lista como *Obersturmbannführer*, teniente coronel, rango alcanzado el 30 de enero de 1942. Junto a su nombre, además del Anillo de la Calavera, aparece impreso un nuevo símbolo distintivo: un pequeño círculo blanco que contiene un casco negro cruzado por dos espadas. Desconozco su significado, pero no tengo que indagar mucho para saberlo, pues en las dos últimas páginas de la *Dienstaltersliste* se encuentra una completa explicación de abreviaturas y símbolos. Y junto al casco negro figura esta leyenda: «*Verwundetenabzeichen in Schwarz*», insignia de herido en negro.

Busco en internet y enseguida descubro que esta distinción, en negro, se concedía a los soldados heridos una o dos veces. A los heridos tres o cuatro veces les correspondía idéntica distinción, pero en plata. Y en oro, a quienes habían sido heridos en cinco o más ocasiones.

Ninguna otra distinción figura en el historial de Oskar Lambrecht, cuyo palmarés resulta más bien escaso si se le compara con la mayoría de los oficiales reseñados en esa última lista. En la misma página 16 donde él figura, puede verse a oficiales con cinco y seis distinciones: Cruz de Hierro de primera y segunda clase, Cruz al Mérito de Guerra, Cruz de Alemania, Medalla al Valor en el Campo de Batalla... Él sólo tiene dos, y ninguna es la Cruz de Hierro, ni tan siquiera la de segunda clase. Sólo la insignia de herido más sencilla, en negro, y el Anillo de la Calavera que se concedió en bloque a todos los oficiales de su promoción, los antiguos, los que de verdad creían en el nacionalsocialismo antes de que millones de alemanes se apuntaran al carro de los triunfadores.

Dos condecoraciones en cualquier caso. Sólo dos condecoraciones de escaso mérito personal. Por cada respuesta, como siempre, surgen nuevas preguntas. ¿Acaso esta falta de brillo militar, me digo, es la razón de que su nombre no fuera investigado al terminar la guerra, la razón que justifica su libertad en 1946? Pero entonces, ¿por qué se inventa Edelgard esa historia novelesca del radiotransmisor capturado durante la campaña de Rusia, junto a los documentos y las claves para desencriptar los mensajes? Por esa hazaña, según Edelgard, su padre habría sido condecorado con la Cruz de Hierro que no figura en lista alguna, como tampoco figura su pertenencia a la *Luftwaffe.* ¿Estaba Edelgard engañada? ¿Mentía simplemente? ¿Mentía en esas dos páginas que José no incluye en su diario pero que yo tengo ante mis ojos como prueba irrefutable?

Edelgard, estoy seguro de ello, no podía ignorar el hecho cierto de que su padre era un alto oficial de las *SS,* no de la *Luftwaffe.* Pero él estaba en libertad mientras que la gran mayoría de sus camaradas se pudrirían en campos de prisioneros, en cárceles británicas o americanas, en *gulags* soviéticos... Edelgard, me digo, estaba encubriendo a su padre. No encuentro otra respuesta. Por eso no menciona su nombre en ninguna de sus cartas. Por eso miente.

En 1949, cuando se inicia la correspondencia entre José Fernández y Edelgard Lambrecht, la busca y captura de los *SS* que han logrado escapar de la justicia aliada es un hecho cotidiano... Su caza es un deporte practicado desde la legalidad y desde la ilegalidad, pero del que todos los cazadores se sienten orgullosos. Adolf Eichmann, capturado en Argentina muchos años después, representa el caso más conocido de esta cacería. Eichmann -también *SS-Obersturmbannführer-* figura en esa última lista de oficiales casi al lado de Oskar Lambrecht, sólo unos pocos puestos por delante, en la página anterior de la misma hoja. Y también él posee un escaso y poco brillante historial de medallas y galardones: el Anillo de la Calavera y la Cruz al Mérito de Guerra de segunda clase.

Su destino asignado, sin embargo, es bien distinto. Mientras Eichmann está destinado en la Oficina Principal de Seguridad del *Reich (RSi Hauptamt)*, el destino de Oskar Lambrecht es el Estado Mayor de las *SS* del distrito del Mar Báltico con sede en Stettin *(b. Stab Oa. Ostsee)*, exactamente las mismas abreviaturas consignadas a un nombre ilustre que, con enorme sorpresa, salta ante mis ojos mientras paso las páginas de la *SS-Dienstaltersliste* de 1944:

¡En la antepenúltima línea de la página 77, con idéntico rango de *Obersturmbannführer* y el mismo destino en el Estado Mayor de las *SS* del distrito del Mar Báltico con sede en Stettin, aparece Wernher von Braun, padre de las famosas bombas V2 y, más tarde, del programa espacial de la *NASA* !

La idea de relacionar al padre de Edelgard con Wernher von Braun resultaría sugerente para todo novelista, pero carezco de cualquier indicio que no sea la coincidencia de fechas, rango y destino. Probablemente, nunca llegaron a intercambiar un saludo. Para esos días, además, la base de investigación de cohetes de Peenemünde donde von Braun trabajaba, 130 kilómetros al noroeste de Stettin, ya había sido evacuada por miedo a que cayera en manos soviéticas. En una enorme operación de traslado, todas sus instalaciones fueron llevadas a los enormes túneles y salas excavados en las minas de Mittelwerk, montaña de Kohnstein, en el corazón de Alemania.

En mayo de 1945, poco después de que Hitler se suicidara, von Braun se entregó voluntariamente al ejército norteamericano, donde fue recibido con los brazos abiertos. Ninguna acusación recayó sobre él, a pesar de su responsabilidad directa en la suerte final de miles de trabajadores esclavos que dejaron sus vidas en los túneles de Mittelwerk. Por el contrario, su expediente en las *SS,* y todos los documentos que podrían haberle implicado en crímenes de guerra, fueron meticulosamente eliminados por el servicio de inteligencia norteamericano. Eliminados. Destruidos. Su nombre quedaba limpio, brillante como sus conocimientos sobre cohetes y misiles, reluciente como los servicios que debería prestar a la primera democracia del mundo moderno.

Imposible relacionar al brillante *SS-Obersturmbannführer* Wernher von Braun con el oscuro *SS-Obersturmbannführer* Oskar Lambrecht. Si alguna relación de semejanza encuentro entre sus vidas es que ambos, en 1946, estaban libres.

No sucedía lo mismo, sin embargo, con miles y miles de oficiales y soldados de las *SS*. El 13 de abril de 1946, por ejemplo, doce mil de ellos se disponían a pasar el Domingo de Pascua en el campo de prisioneros Stalag 13, cercano a Núremberg. En su ración diaria de alimentos había tres mil panecillos de los que, a cada uno –el cálculo matemático es bien sencillo–, correspondía una cuarta parte. Lo que ya no resultaba tan sencillo de saber aquel Domingo de Pascua, era que todos esos panecillos habían sido envenenados previamente con arsénico...

Responsable de tal acción, nunca juzgada, fue un comando judío que pretendía venganza según su vieja ley del ojo por ojo y diente por diente. Por fortuna para los prisioneros, un pequeño error de cálculo en la cantidad de arsénico, una pequeña equivocación en la dosis necesaria para matar simultáneamente a doce mil hombres, hizo que la tentativa de asesinato colectivo quedara, simplemente, en un enorme caso de intoxicación masiva.

Pero la caza de nazis acababa más frecuentemente con éxito, al menos las cacerías individuales que culminaban con un tiro en la cabeza y un cadáver anónimo flotando en cualquier río. Sin testigos. Sin juicio de ningún tipo... Los juicios son largos e impredecibles. Pueden faltar pruebas, puede haber declaraciones contradictorias. Además, la justicia es ciega. No ve. Y puede equivocarse. Para impedirlo, para prevenir sus errores, ningún método parecía mejor que un rápido y certero disparo en la nuca. Ésa era también para los nazis la justicia suprema, la que no duda, la que no tiembla.

Con la derrota de Alemania, finalmente, había llegado la paz. Se preparaba un largo y minucioso trabajo de desnazificación masiva. El triunfo de la libertad sobre «El triunfo de la voluntad». Mas el virus del nazismo, bajo diferentes nombres y banderas, bajo distintos credos y parecidas promesas, se había contagiado a este planeta mucho antes de que Hitler viera la luz del día... y las sombras que la luz siempre proyecta.

Ni el nazismo nació con Hitler ni se extinguió con él, consumido hasta las cenizas por las llamas de un bidón de gasolina. Bajo máscaras sutiles y en escenarios insospechados ¿quién no reconoce sus métodos en la espiral del tiempo, su metamorfosis de la mentira repetida hasta convertirse en certeza inamovible, su concienzuda manipulación de las conciencias, el canibalismo de los ideales sobre las ideas, la tergiversación de la Historia como cimiento y aval de tantas burdas historias?

Pienso que las cenizas de Hitler estarán contentas. Amasadas en un *golem* de gasolina, sangre y lodo, se mueven a su antojo por el mundo..., y a su antojo lo mueven.

20

VEN Y BÉSAME

Las referencias al nazismo en las cartas de Edelgard son escasas, al menos las referencias explícitas. Pero las referencias implícitas aparecen por doquier, de modo leve pero innegable.

Nacida en 1926, vivió desde su infancia el apogeo del nacionalsocialismo. Su padre era miembro de las *SS*. Su cumpleaños coincidía con el Día de la Toma del Poder, 30 de enero, *Tag der Machtergreifung*. También un *Tag der Machtergreifung* señalaría otro acontecimiento en su vida familiar: el 30 de enero de 1942 su padre ascendió al rango de *Obersturmbannführer*. Y ya antes, con esa habilidad de la burocracia nazi para enraizar las pequeñas historias personales en la gran historia del *Reich*, su padre había obtenido su primer nombramiento como oficial de las *SS* en otro día señalado: el 20 de abril de 1934, día en que Alemania celebraba el cuadragésimo quinto cumpleaños de Hitler.

Parece imposible que Edelgard o Sigrid olvidaran ese fecha. A las doce del mediodía repicaron todas las campanas de Alemania. Los edificios públicos estaban engalanados con banderas nacionales y guirnaldas de flores. En los escaparates de los comercios habían sido colocados bustos y fotografías del *Führer*. Las tropas de Asalto repartieron entre los pobres cestas de comida... ¡Y su padre había sido nombrado ese día oficial de las *SS*!

¿Cómo no entender la alegría de la familia Lambrecht? ¿Y cómo no entender la melancolía que rezuman las palabras de Edelgard cuando habla de su perdida Pomerania? ¿O la inflamación contenida en algunas de sus misivas? En agosto de 1950, por ejemplo, responde a una de las cartas que José le ha escrito desde el hospital O'Donell, en Ceuta:

¿Es bueno ese hospital de Ceuta? Me hablas de un joven legionario que está en él y que te cuenta cosas de mi país. Sí, conozco algo sobre esa división española que luchó en una parte del norte de Rusia; un amigo nuestro que, como oficial, luchó también en aquella parte de Rusia, habla de vez en cuando de esa división. Te ruego des mis más cordiales saludos a ese bravo hombre y le digas que Alemania volverá a ser algún día grande, radiante y feliz.

A pesar de todo, José, ¡estoy orgullosa de ser alemana! ¡Amo mi país con todas las fibras de mi corazón y con mil amores inmolaría mi vida por Alemania!

Dices que te gustaría saber qué pensamos sobre la muerte de nuestro «Führer» Adolf Hitler. Pues bien, no se sabe nada seguro, sin embargo, por lo que a mí respecta, pienso a menudo que no ha muerto. Algunas personas incluso afirman que vive en España o en América del Sur. ¿Cuál es la verdad? ¿No querrás enviarme ese artículo «Yo aseguro que Hitler vive»?

Edelgard piensa a menudo que Hitler no ha muerto... Y en ese pensamiento se adivina cierto consuelo que quiere reforzar con el artículo que en esa carta le pide a José. Dicha carta es una de las más erráticas y desordenadas en toda la correspondencia de Edelgard, que salta en sus páginas de uno a otro tema sin orden lógico, probablemente queriendo dar respuesta al caos especular que se adivina en la carta y las preguntas de José.

Y ahora, ¡a tu tema favorito! –exclama Edelgard a renglón seguido–: *«Sobre la religión, sobre la naturaleza eterna o no eterna y sobre Dios». ¡Yo ya había contado con recibir tu opinión! Naturalmente, tienes razón en muchas cosas; sin embargo, yo no puedo sino repetir las palabras de mi carta anterior, sobre lo cual he meditado durante mucho tiempo, querido Señor Profesor. Dios está para mí en todos los sitios, semejante al aire, quizás, como tú dices, pero puesto que Dios es Dios, no podemos verle ni conocerle. Para mí, la naturaleza y la vida son los dos magníficos reflejos de la Divinidad. Podría hablar y hablar sobre esto, pero no tendría con ello ninguna satisfacción ni ningún objeto: es la limitación del espíritu humano. El objetivo al que aspiramos es, pues, finalmente, Dios y así, no lo alcanzaremos jamás, pues como queda dicho, nosotros no podemos ver ni conocer ni comprender a Dios, el Eterno. Piensa siempre en estas palabras, José: «El sentimiento es todo, el nombre es solamente ruido y humo».*

Estas últimas palabras proceden del *Fausto* de Goethe, que Edelgard conoce a la perfección y que José acaba de leer con entusiasmo pocos días antes, sin que Edelgard se lo haya aconsejado. Ruido y humo. La coincidencia de su lectura reciente con las palabras de su amada no puede sino conmover a José, que conoce hace ya tiempo el don de Edelgard para tocar su corazón en la distancia, como si estuviera a su lado, respirando su propio aliento. José recuerda perfectamente las clases de Religión de su cercano bachillerato, y que algo parecido a eso se denominaba «comunión de los santos».

Él, que cada día se aleja unos pasos del nacionalcatolicismo inculcado en la escuela, siente una mano de niebla que le acaricia en la distancia, la comunión de las almas. Y cuando Edelgard le envía un bucle de su cabello, confiesa en su diario: «Ahora, mientras escribo, percibo su delicado aroma, como si fuera la mágica presencia de su espíritu a mi lado». Sentirá muchas veces esa presencia, un sentimiento inexplicable pero cierto, más real que las palabras incapaces de expresarlo, más tangible que los sueños. El sentimiento lo es todo, las cosas y sus nombres son sólo ruido y humo.

Todavía una cosa más –prosigue Edelgard–: *yo te escribía en mi carta que, si se deseaba nombrar a la Divinidad de un modo absoluto, se diría mejor*

«*Dios es el amor*» *que* «*Dios es la vida*». *Ahora tú te preguntas:* «*¿Es la vida una consecuencia del amor, o es el amor una consecuencia de la vida?*» *Por lo que a mí respecta, José, yo digo que todo ha nacido y nace del amor. El amor divino es la fuente eterna de todo, el origen de todo. Yo te ruego, José, que de ahora en adelante dejemos estos temas, pues hay demasiados malentendidos para tratar estos problemas, especialmente por carta.*

No le falta razón a Edelgard en este punto. La palabra es fuente de malentendidos, y profundizar en tales temas requeriría no ya una carta, incluso una carta agotadora, sino varios tratados de Filosofía. De ahí que corte por lo sano en un salto mortal que, implícitamente, regresa a las ideas sobre la vida inculcadas en la escuela nacionalsocialista.

¿Qué has querido decir con tu frase: «*¿Es que tu enfermedad podría transmitirse a los hijos?*» *¡Ah, José, no sé qué decir! ¿Cómo has podido hacerme una pregunta semejante? ¡No deberías haberlo hecho nunca, nunca! Esas palabras me han atormentado mucho y han hecho sufrir a mi corazón. No estoy enfadada contigo, no, oh no –estoy solamente muy, muy entristecida–. ¿Es ésa la confianza que tienes en mí? Dios mío, ¡ah!... ¿Crees tú, José, que yo llegaría a casarme si supiera que habría de dar una vida enferma a mis hijos? ¿Me crees capaz de tan poca responsabilidad? Quiero esperar que no es así, porque, de otro modo... Y bien, José, olvidemos este asunto. Ven y bésame...*

Ven y bésame... Que los malentendidos de las palabras queden sellados con un beso. Que el sentimiento, sí, lo sea todo. No el engañoso nombre de las cosas que sólo es ruido y humo. Pero la pregunta de Edelgard –«¿Crees tú, José, que yo llegaría a casarme si supiera que habría de dar una vida enferma a mis hijos?»– es más que ruido y humo. Ella, que ha crecido en el convencimiento de pertenecer a una raza superior, no concibe la irresponsabilidad de dar al mundo vidas enfermas. Está segura de que su enfermedad es producto de las terribles vejaciones y torturas sufridas en Stettin, del hambre, del tifus, del insoportable dolor que supuso para ella y para Sigrid ver morir a su madre y a sus dos hermanos pequeños. ¿Es que no había quedado suficientemente claro en toda su correspondencia? ¿Es que José no recuerda la carta que ella le envió unos meses antes, el 15 de noviembre de 1949:

> *En cuanto a mi enfermedad* –escribió entonces–, *ya sabes que las espantosas circunstancias en Stettin (debido a la invasión ruso polaca) fueron muy perjudiciales para mis músculos (así como también para los de Sigrid) y ahora falta algo en nuestros músculos que los médicos ignoran. Créeme, algunas veces me encuentro tan desesperada, que sólo desearía morir. Los médicos me dicen continuamente: «¡Tenga paciencia!» Sin embargo, José, tú lo sabes, la juventud no es paciente, sino que es impetuosa, apasionada y trata obstinadamente de atravesar cualquier barrera.*
>
> *Es posible que muy pronto tengan que operarnos a Sigrid y a mí. Sigrid y yo deseamos esta opera-*

ción, pero mi padre, los médicos y todo el mundo tienen miedo de ella porque scrá una opcración especialmente arriesgada: se trata de un trasplante de músculos. Hubo un célebre profesor en Berlín que, tomando músculos de los condenados a muerte, los trasplantaba en cuerpos de personas enfermas. Este profesor (a quien mi padre conocía mucho) fue condenado a muerte y ejecutado hace unos dos años, porque sus trasplantes fueron considerados como ¡¡¡«crímenes contra la humanidad»!!!

Ningún párrafo en los cinco años de correspondencia mantenida con José Fernández es tan significativo de la ideología que anida en el corazón de Edelgard Lambrecht. El profesor ejecutado, a quien su padre conocía mucho, es por fuerza uno de los cinco médicos ahorcados tras los juicios de Núremberg. Y uno de ellos, Karl Gebhardt, fue acusado de trasplantar músculos y huesos a prisioneros. ¿Era Karl Gebhardt, ahorcado el 2 de junio de 1948, ese profesor de Berlín amigo de su padre? Me formulo la pregunta con la convicción de que así es, pero también con la certeza de que mi único argumento para demostrarlo está en las palabras de Edelgard.

NÚREMBERG

El juicio a los doctores, oficialmente llamado «Los Estados Unidos de América contra Karl Brand et al.», fue el primero de los doce juicios de Núremberg y dio comienzo el 9 de diciembre de 1946. En el banquillo se sentaban veintitrés acusados, de los que algunos no eran médicos. Y entre éstos, los nombres más relevantes eran Karl Brandt, médico personal de Adolf Hitler, y Karl Gebhardt, médico del *Reichsführer* de las *SS* Heinrich Himmler.

En su discurso de apertura del proceso, el brigadier general aliado Telford Taylor hace un brillante alegato sobre la civilización en el que me llama la atención su referencia a una ley nazi: la «Ley de Defensa de los Animales» promulgada el 24 de noviembre de 1933, el mismo año de la subida de Hitler al poder.

Esta ley –dice el brigadier aliado– *establece explícitamente que está diseñada para prevenir la crueldad y la indiferencia del hombre hacia los animales y para despertar y desarrollar simpatía y comprensión hacia los animales como uno de los más altos valores morales de un pueblo. El alma del pueblo alemán debe aborrecer todo principio de mera utilidad que no tenga en cuenta los aspectos morales. La ley establece además que todas las operaciones o tratamientos que se asocian con el dolor o las lesiones, especialmente en los experimentos con el uso de frío, calor, o una infección, están prohibidas, y sólo puede admitirse en circunstancias excepcionales. Para todos estos casos se precisa una autorización especial por escrito del jefe del departamento, y los experimentadores tienen prohibido realizar experimentos de acuerdo a su libre y propio criterio. Los experimentos destinados a la enseñanza deben ser reducidos al mínimo. Las pruebas médico legales, las vacunaciones, la extracción de sangre con fines de diagnóstico y ensayos de vacunas preparadas de acuerdo con principios científicos bien establecidos están permitidas, pero los animales tienen que ser sacrificados inmediatamente y sin dolor después de tales experimentos. No se permite a los médicos efectuar prácticas en perros para aumentar su habilidad quirúrgica mediante tales prácticas. El Nacionalsocialismo considera que es un deber sagrado de la ciencia alemana disminuir al mínimo el dolor de los animales en los experimentos efectuados con ellos.*

El brigadier general Telford Taylor está a punto de finalizar su brillante discurso. Mira al tribunal, mira al banquillo de los acusados y dice lentamente:

Si los principios enunciados en esta ley se hubieran aplicado a los seres humanos, esta acusación nunca se habría presentado.

La acusación ha dividido los cargos que imputan a los acusados en tres grandes grupos: crímenes cometidos bajo la apariencia de investigación científica, crímenes de exterminio en masa, y eutanasia. En el primero de esos grupos, subdividido a su vez en distintos epígrafes, aparecen los experimentos realizados bajo la dirección del doctor Karl Gebhardt en el campo de concentración de Ravensbrück, situado a poco más de cien kilómetros de Stettin. La acusación señala que tales experimentos, efectuados en prisioneras, «quizá fueron los más bárbaros de todos». Por una parte, se hicieron pruebas de eficacia de sulfanilamida en heridas producidas artificialmente y artificialmente infectadas mediante cultivos de gangrena, tratando de emular las condiciones de las heridas de los soldados en el campo de batalla. Por otra, señala la acusación, «trasplantes de huesos de una persona a otra, y regeneración de nervios, músculos y huesos fueron también ensayados en las mujeres de Ravensbrück».

La palabra «sulfanilamida» tiene para mí, y supongo que para muchos niños de mi generación, ecos de una infancia de mocos colgando, pantalones cortos y rodillas siempre llenas de mataduras, sobre las que nuestras madres, para evitar que se infectaran, echaban polvos de «Azol», nombre comercial de la sulfanilamida. Pero ni nuestras madres ni nosotros sabíamos que esos milagrosos polvos blancos eran los mismos que cada soldado alemán llevaba en una cartera prendida a sus cinturones, junto a un paquete de gasas, unas aspirinas y, acaso, una foto de su madre o de su novia.

La sulfanilamida había sido descubierta en 1932 por el médico alemán Gerhard Domagk, que llegó a efectuar un ensayo en su propia hija, afectada por una infección estreptocócica. Por este descubrimiento, Gerhard Domagk fue galardonado con el Premio Nobel de Medicina en 1939, aunque el gobierno nazi le impidió recogerlo en represalia por la concesión, cuatro años antes, del Premio Nobel de la Paz al disidente Carl von Ossietzky, preso entonces en el campo de concentración de Esterwegen.

Sobre los trasplantes de músculos y huesos... ¿Qué decir? Además de la brutalidad imaginable en los métodos, nada se sabía entonces del rechazo producido por el sistema inmunitario, con lo que aquellos experimentos únicamente podían conducir a una dolorosa e inevitable agonía.

Cualquier consideración ética o moral sólo puede mostrar repugnancia y condena sobre tales prácticas, más injustificables cuanto más se conocen. La ignorancia fomentada y la carencia de escrúpulos, sin embargo, son muérdagos venenosos que crecen a sus anchas en el árbol de la ciencia. Para mi sorpresa, mientras documentaba este asunto, llega por casualidad a mis manos un ejemplar del diario *El País* que se hace eco de un artículo publicado en el *New York Times*. Lo que leo me deja estupefacto, consternado ante la hipocresía de la Historia:

Precisamente entre 1946 y 1948, desde que comenzó el juicio de «Los Estados Unidos de América contra Karl

Brand et al.» hasta que los cuerpos de los seis condenados a muerte se balancearon en las horcas de la prisión de Landsberg, en esas fechas, exactamente entre esas misma fechas, «médicos de la sanidad pública estadounidense infectaron deliberadamente a casi 700 guatemaltecos –prisioneros, enfermos mentales y soldados– con enfermedades venéreas en lo que pretendía ser un ensayo sobre la eficacia de la penicilina». Los entrecomillados corresponden a palabras textuales del artículo que publica el *New York Times*, edición del 1 de octubre de 2010, avalado por el estudio de Susan Reverby, profesora de la Universidad de Wellesley.

«A través de los Institutos Nacionales de Salud –sigo leyendo–, se pagó a prostitutas infectadas de sífilis para dormir con los reclusos, ya que las prisiones guatemaltecas permiten estas visitas. Cuando las prostitutas no lograban infectar a los hombres, se inocularon las bacterias a los presos mediante raspaduras efectuadas en los penes, cara o brazos, incluso en algunos casos se inyectaron mediante punciones espinales».

El escándalo desatado por la revelación de estos hechos –¡ocultos durante sesenta y cuatro años!– hizo que la Secretaria de Estado de los Estados Unidos, Hillary Clinton, y la Secretaria de Salud, Kathleen Sebelius, declarasen en nombre de su Gobierno: «Lamentamos profundamente que esto sucediera y pedimos disculpas a todas las personas que se vieron afectadas por tan abominables prácticas de investigación».

¿Es suficiente con pedir disculpas?, me pregunto. ¿No habrá ningún juicio similar al de «Los Estados Unidos de América contra Karl Brand et al.»? ¿Ningún fiscal recordará que la ley nazi de Defensa de los Animales hubiera sido una bendición para los presos y locos guatemaltecos afectados por «tan abominables prácticas»?

Estoy indignado. Lo que tengo en mis manos es un periódico de mi *ahora*, no del *ahora* histórico de hace setenta años. La hipocresía y la crueldad no eran sólo patrimonio nazi en aquellos años del siglo XX, terribles para la memoria del mundo. Tampoco lo fueron antes. Ni lo siguen siendo. El caso de Guatemala es uno entre cientos o entre miles. Pero ninguno justifica al otro. Todos son ejemplos de un pensamiento enfermo y contagioso. Entre Wernher von Braun, Karl Gebhardt, o los médicos norteamericanos responsables del caso guatemalteco, no hay apenas diferencia alguna. El primero miraba hacia otro lado para no ver la muerte y penalidades de miles de trabajadores esclavos, o la veía como un pequeño mal necesario para su objetivo final de enviar un cohete a la Luna, soñado desde su infancia. El segundo pensaba que los sacrificios de aquellas pobres reclusas del campo de Ravensbrück quedaban más que justificados por el sacrificio de millones de soldados alemanes en el frente de batalla, que acaso podrían beneficiarse de algún avance terapéutico derivado de sus experimentos. Los terceros, sin duda, pensarían algo parecido: ¿Qué valían la dignidad y las vidas de unos locos y criminales, guatemaltecos además, si con ellas se mejoraba la salud del poderoso ejército norteamericano?

Y ese pensamiento enfermo era también el pensamiento de Edelgard Lambrecht, que se sorprende con indignación porque los experimentos de Karl Gebhardt se considerasen «¡¡¡Crímenes contra la humanidad!!!» En muy pocas ocasiones emplea Edelgard tres símbolos de exclamación. Su indignación nace del convencimiento de estar en la verdad absoluta, inculcada en la familia, en la escuela, en todo lo que había sido su universo nacionalsocialista. Pero, al menos, no hay hipocresía en sus palabras. Y tanto ella como Sigrid están dispuestas a sufrir en sus propias carnes esos trasplantes de músculos que llevaron a la horca al amigo de su padre. No ven, o acaso no quieren ver, una diferencia substancial. Ellas desean ser sometidas a una operación que creen necesitar. Las prisioneras de Ravensbrück ni la deseaban ni la necesitaban. Ellas creen, desean creer, que sus dolores y su debilidad desaparecerán con la operación, que el trasplante de músculos les abrirá de nuevo las puertas de la vida. Las prisioneras de Ravensbrück saben, y desearían no saber, que sus operaciones sólo son la antesala de su tumba.

22

RUINAS

Estar muerta... Edelgard lo dice varias veces, con una amargura espesa que detiene su pluma en los puntos suspensivos donde mueren sus palabras, como ahogadas en pequeños pozos de tinta. Estar muerta. Dormirse una noche y no despertar ya nunca más. Es un deseo que no quiere desear, pero que ha echado raíces hondas en su corazón atormentado. Así, en esa misma carta del 15 de noviembre de 1949, donde anunciaba su próximo trasplante de músculos, Edelgard escribe:

> *Pienso a menudo que ya no podré volver a ser feliz. No, ya nada volverá a ser tan hermoso como fue en otro tiempo. Y todo mi ser se rebela contra este destino que me hace sufrir todo el mal y todas las penas que ser humano pueda padecer en este mundo. ¿Por qué, por qué será que el destino me atormenta tanto? Mi vida me parece como un sueño, sí, me parece como si no fuera mi propia vida lo que ahora*

estoy viviendo, como si yo no fuera yo. ¡Ah, cuanto me gustaría volver a ser una Edelgard feliz! ¡Quisiera estar con mi madre! Quisiera que los sueños de mis fiebres me hubieran llevado tan cerca de mi madre, de tal modo que ya no hubiera deseado despertarme de ellos... El amor y el deber hacia mi padre, que me necesita, ha conseguido traerme desde aquellas regiones peligrosas.

Aquellas regiones peligrosas son el territorio de enfermedad y postración en el que ha estado hace dos meses. En una breve carta anterior, escrita con un pulso en el que se percibe un temblor leve y constante, se lo ha dicho a José, quien se lamentaba de no recibir respuesta a sus misivas.

Sí, comprendo bien que esperes mi carta con gran impaciencia, ya que yo también conozco la tortura de la espera. Créeme, José, que estoy indescriptiblemente afligida por haberte hecho esperar tanto tiempo mi carta; hubiera querido evitarte esa tortura, pero, «Homo proponit, Deus disponit». Estas palabras te sonarán probablemente un poco enigmáticas, ¿no es así? Pues bien, no te resultarán tan enigmáticas cuando sepas que he estado muy enferma: he tenido una seria pleuresía que aún me causa dolores y molestias. No, todavía no me encuentro del todo restablecida y por eso sólo puedo escribirte unas líneas. Ya estaba muy inquieta por no poder escribirte y ahora estoy muy contenta de haber podido escribirte hoy, al menos, esta cartita.

(...) *¡Ah, José* –gime Edelgard unas pocas líneas más adelante–, *yo percibo tus pensamientos, siento tu corazón...! Y de todo corazón te pido que no te aflijas si tengo que terminar ya mi carta; siento nuevamente los dolores...*

En todo momento debes pensar que mis pensamientos están contigo y que...

Reza por tu
Edelgard

Las últimas palabras de esa pequeña carta parecen escritas con lágrimas, no con tinta. Nunca ella se ha despedido de un modo tan breve y triste, tan contenidamente doloroso. «Reza por tu Edelgard». ¿Rezaba José por ella? ¿Quedaba hueco para una oración en su fe tambaleante? Él me dice que sí cuando yo se lo pregunto, muchos años más tarde.

—Rezaba sin rezar. Cada uno de mis pensamientos era una súplica al Dios de mi infancia. Que Edelgard se cure, Dios mío, que no sufra... Y también mi madre rezaba –me dice–, ella rezaba con esa fe sencilla de las madres, rezaba por mí que era como rezar por Edelgard.

En la carta que sigue a esa pequeña carta, ella le ha confesado:

¿Sabes dónde me gustaría estar ahora? No, no puedes figurártelo, ya que mi deseo es tan extraño: me gustaría estar con... con tu madre: tranquilidad, bondad, cariño, sol..., todo lo que yo necesito, estoy segura de que lo encontraría junto a tu madre...

Cuando José transcribe en su diario esas palabras, no puede sino lamentarse:

> *¡Pobre Edelgard! ¡Cuánta contenida amargura y sufrimiento hay en su carta! ¡Cómo me gustaría poder estar cerca de ella para consolarla y darle un poco de esa paz que tan ardientemente desea y necesita...! ¡Cómo me gustaría que pudiera estar, como desea, en mi casa, junto a mi madre, curando con nuestro cariño su pobre corazón dolorido y enfermo...!*

La ausencia de su madre –«mi joven y encantadora madre»– pesa de modo constante en las cartas de Edelgard, que en la víspera de Nochevieja de 1949 escribe:

> *Tener una madre, ¡ah, es lo más hermoso y todo el que aún tiene a su madre debe dar gracias cada día y guardarla como la más preciada joya! ¿Hay algo más delicioso, más precioso que el amor de una madre? Este amor es lo más grande y lo más milagroso de todo y es por ello que no puede morir jamás. ¡Mi madre está muerta, sí, pero yo siento siempre su amor en mí y siento que este amor no deja de darme nuevo vigor!*

El vigor de su madre es algo que ni Edelgard ni Sigrid olvidan. A pesar de todo el sufrimiento vivido junto a ella, de la enfermedad, del hambre, de las horas en que ni tan siquiera las reconocía, de la locura que le robó el alma cuando vio morir a sus dos hijos pequeños, siempre la recuerdan como una mujer joven, esperanzada, valiente. Y siempre su recuerdo, aún en las horas más negras, tiene un rayo de luz. Es como si su madre llevara el sol en los ojos. Ahora, en este penúltimo día de diciembre, su recuerdo vuelve a Stettin, a la mañana en que su madre está haciendo las maletas sin quejarse de los golpes y las vejaciones, orgullosa de ser alemana, contenta de estar viva.

Es un día luminoso. Luce el sol en lo alto del cielo sin que una nube empañe la plenitud azul sobre el paisaje de ruinas. La calle está desierta. A la entrada de la casa hay una motocicleta con sidecar, embarrada desde las ruedas hasta el manillar. Cómo han podido llegar los cuatro soldados en esa única moto es algo que ni la señora Lambrecht ni sus hijas ni la abuela llegan a plantearse. Desde la puerta principal de la vivienda, los soldados observan sin un gesto la marcha de las cuatro mujeres, cargadas con una maleta que cambian de mano cada pocos pasos. De vez en cuando, se detienen para cambiar también de porteadora, pero no miran atrás. ¿A dónde ir? Lo han dudado un momento al salir, desorientadas, como si hubieran perdido las coordenadas de su ciudad y su mundo. Miran a la derecha, hacia el armazón de vigas quemadas de la casa amarilla, que parece estar esperando un soplo de viento para desvanecerse en cenizas. Su tiempo se confunde con su espacio. ¿A dónde ir, si no es hacia delante? La vida no regresa sobre sus pasos. Las cenizas están por todas partes. Es absurdo dudar cuando todo se ignora, y cuando todo da lo mismo. Es en ese instante cuando aflora la determinación de la madre:

—Iremos al piso del primo Rudolf –dice.

El primo Rudolf, con quien deberían estar sus dos hijos menores en aquellos momentos, posee un piso pequeño en el centro de Stettin, cerca del Mercado del Carbón. Habitualmente vive en la granja, y sólo se queda en la ciudad algunos días de feria, pues hace ya muchos años que decidió retirarse a la vida campestre y al cuidado de sus ocas y sus cerdos. La señora Lambrecht tiene una copia de las llaves y, muy de tarde en tarde, se acerca para comprobar si todo está bien en el piso del primo Rudolf. El año anterior, tras el bombardeo de agosto, la cubierta del edificio quedó seriamente dañada por la explosión que redujo a escombros la casa colindante. Pero la vivienda del primo, dos plantas por debajo del tejado, no sufrió más daños que las goteras y manchas de humedad producidas por la rotura de las cañerías, acrecentadas luego por las lluvias y nevadas del último invierno. No obstante, hace más de quince días que ni la señora Lambrecht ni sus hijas se han acercado a la casa del primo Rudolf, y cabe la posibilidad de que la artillería rusa haya alcanzado el edificio tras los intensos ataques del último mes. Éste es un pensamiento que ha debido pasar por sus cabezas, pero ninguna lo ha mencionado. La madre, sin embargo, hace un comentario que muestra ese temor sin ningún género de dudas:

—Los Rudel —dice— prometieron que jamás dejarían Stettin. Estoy completamente segura de que también ellos nos permitirían alojarnos en su casa.

—Mejor en casa del primo, los Rudel... —alega Edelgard sin terminar la frase.

—¿Los Rudel...? ¿Qué has querido decir?

—Me parece que su casa es menos segura que la del primo, sólo he querido decir eso.

—Y la de Rudolf está más cerca —concluye la abuela, que no para de mostrar su agotamiento a cada paso y en cada esquina.

Manfred Rudel y su mujer, Katharina, son viejos amigos de la familia Lambrecht. Él, que perdió una pierna cuando las tropas alemanas se retiraron a la línea Hindenburg, en marzo de 1917, no tenía ya ni facultades ni edad para defender al *Reich* de los mil años profetizado por el *Führer*. Sí que las tuvo, sin embargo, para alistarse en la *Volkssturm** cuando Stettin fue declarada fortaleza, es decir, cuando más alta era su debilidad y más baja la esperanza de resistir el asedio del Ejército Rojo. Para una ciudad, ser declarada *Festung* —fortaleza— significaba su defensa a toda costa y a costa de todos: niños, ancianos, inválidos... Como miembro de la *Volkssturm*, y como héroe experimentado en la Gran Guerra, Manfred Rudel arrastró durante varios días su pierna ortopédica por las calles de Stettin para pegar octavillas que amenazaban de muerte a los cobardes, a los desertores, a cualquiera que colocase una bandera blanca en su ventana.

El mismo día 20 de marzo, cuando se firmó la declaración de Sttetin como *Festung*, Edelgard y Sigrid le vieron acompañado por media docena de niños de las Juventudes Hitlerianas, no mayores de quince años, a las puertas del ayuntamiento. Y dos días más tarde, era

---

* Literalmente, «Tormenta del Pueblo». Milicia popular creada en los últimos días del *Tercer Reich* en un intento desesperado por frenar el avance de las tropas aliadas, compuesta mayoritariamente por viejos y por niños.

jueves, le volvieron a ver pegando una de esas hojas en las farolas de Friedrichstrasse. En esa ocasión Manfred Rudel también las vio a ellas, e incluso cruzó la calzada para saludarlas muy afectuosamente al tiempo que preguntaba por sus padres y sus hermanos. De su padre, hacía casi un mes que no tenían noticias. Sus hermanos, le dijeron, estaban en la granja de un pariente. Lo había decidido su madre porque la comida, en Stettin, comenzaba a escasear. Ahora mismo venían ellas del mercado con unas pocas patatas y media libra de mantequilla en la cesta, lo único que habían conseguido.

—Ha llegado la hora de darlo todo, incluso lo que escasea –respondió el señor Rudel con una expresión enigmática que ni Edelgard ni Sigrid supieron interpretar.

—El señor Rudel es un buen hombre –les dijo la madre poco después, cuando ellas refirieron el encuentro–. Si anda poniendo esos carteles es porque cree en Alemania, como nosotras creemos, como cree papá, pero sería incapaz de matar una mosca.

¿Qué significa creer en Alemania? ¿Creen ellas ahora...? A lo largo de Barnimstrasse y Hohenzollernstrasse las ruinas se suceden. Muchos edificios no son sino solares llenos de cascotes, con geométricas hileras de ladrillos que algunos se afanaron en apilar tras los bombardeos, en línea con los linderos de las fincas y, más todavía, en línea con el germánico imperativo del orden sobre el caos. Pero la mayor parte de las casas sigue en pie, o siguen en pie sus costillares descarnados, una larga sucesión de paredes sin tejados, sin pisos, sin habitaciones, salpicadas de huecos por donde sólo se asoma el cielo. Más que una ciudad, la fortaleza Stettin es ahora un esqueleto de ciudad. En las últimas semanas, la artillería rusa ha terminado a conciencia el trabajo de la aviación angloamericana. Ya no hay incendios, esos incendios voraces que iluminaban la noche hasta borrar las estrellas, pero hay muchos edificios que humean todavía. Humean los ladrillos, los cascotes amontonados en los patios, como si un enorme brasero subterráneo no acabara de apagarse. Curiosamente, en algunas de las ventanas ausentes, en alguno de los múltiples ojos que traspasa la luz solar de dentro a fuera, permanecen las cortinas. Y son esas cortinas, gasas leves que saludan a los soldados victoriosos como banderas blancas, los únicos testigos verosímiles de que alguien, alguna vez, en algún sueño, pudo habitar esas paredes.

¿Debería morir alguien por esas banderas o cortinas blancas en las ventanas vacías, alguien más?

En las calles, en las aceras y calzadas socavadas por las explosiones, apenas hay gente. Y a pesar de la *Volkssturm*, de la *Hitlerjugend* y de las patrióticas soflamas llamando a derramar la última gota de sangre por el *Reich*, ni un sólo disparo se escucha entre las ruinas de Stettin. Stettin no es Stalingrado, como tampoco lo será Berlín. Se diría que no existe un lugar en Alemania donde la copa del dolor no esté colmada. Un avispero de interrogantes zumba en cada oído. Entre infinitos miedos e infinitas dudas, una sola certeza sobrenada el vacío: todos están hartos de tanta guerra y tanta locura. Nadie defenderá una calle, una casa, una barricada improvisada malamente por una pandilla de niños y tullidos. No hay resistencia en Stettin. Y tampoco en Alemania. Los pocos desertores que aparecen colgados en los puentes o en las farolas no son sino la firma que ratifica el final de la demencia colectiva.

Las calles, en efecto, están casi desiertas. Tienen la tranquilidad de los cementerios. Ya no quedan, como sucedía al principio de las incursiones aéreas, curiosos que salgan a contemplar los efectos de las bombas, las montañas de escombros, los grandes socavones en el centro de la calzada, los alcantarillados y cañerías rotas que esparcen un dedo de fango en el adoquinado. Quienes están en la calle es porque no tienen otro sitio donde estar. Muy pocos, en cualquier caso. De los trescientos mil habitantes empadronados en Stettin al comienzo de la guerra, quedan ahora poco más de quince mil. Mujeres y niños es su mayor parte, encerrados en sus casas o en las ruinas de sus casas. En la calle, sólo puede verse a unos puñados de fantasmas cabizbajos que caminan en silencio a no se sabe dónde. Por las maletas, por los carritos de niño rebosantes de atillos y paquetes, se diría que van a la Estación Central, sin saber si habrá trenes o un destino para los trenes. Sin saber si habrá estación.

A la altura de la Escuela de la Emperatriz Augusta Victoria, donde Edelgard y Sigrid estudiaron, tanto la abuela como la madre se detienen para tomar aliento. El edificio, bombardeado hace tres años, conserva todavía el busto de la emperatriz en la hornacina de la tercera planta, sobre la puerta principal. Pero todo su interior es una ruina. La techumbre, completamente caída, y el armazón de vigas carbonizadas y negras columnas que un día sustentaron risas blancas, listas de reyes, poemas de Goethe aprendidos de memoria, conforman ahora un entramado caótico que asoma por los ventanales donde Edelgard y Sigrid tantas veces se asomaron. Edelgard quería estudiar Medicina, y ya había superado las pruebas para matricularse cuando el inicio de los bombardeos la obligó a posponer los estudios para el final de la guerra. Sigrid no tenía tan clara su vocación, pero ya había ingresado en el Liceo y acaso, como tantas veces, seguiría los pasos de su hermana.

Hace calor en Stettin. La primavera, apresurada, parece ya verano. El sol rebota de las ruinas a los innecesarios abrigos, pero los abrigos serán imprescindibles cuando llegue la noche y luego, más adelante, a cualquier hora, cuando los primeros fríos otoñales anuncien el gélido invierno báltico. Por fortuna, los tupidos árboles de Landgerichtstrasse parecen no haber sufrido el mordisco de las bombas. A su sombra, las cuatro mujeres descansan unos minutos en silencio, en un silencio que por primera vez en muchos días, maravilladas, les hace sorprenderse de la algarabía de los gorriones que anidan en la invisibilidad frondosa de las copas verdes. Han sobrevivido los árboles y han sobrevivido los pájaros. De alguna manera, no saben cómo, se las arreglan para alimentarse en los montones de escombros. Si se mira atentamente y hacia afuera, algo que no resulta fácil por la propensión de los ojos a perderse en la negrura interior del dolor propio, siempre se encuentra un pájaro posado en los cascotes, oteando su pequeño horizonte o hurgando con el pico, nerviosamente, donde sólo parece haber ceniza. Qué pueden encontrar allí es un misterio para Edelgard, que rompe por un instante el silencio mutuo para formular esa pregunta.

—Dios los alimenta –responde la abuela con tal seguridad que ni Edelgard ni Sigrid se atreven a expresar la más pequeña duda.

Pero ellas no están seguras. Si se mira atentamente, también es fácil descubrir ratas en las montañas de escombros, mucho más fácil. Y no es precisamente Dios quien alimenta a las ratas. Días atrás, el mismo día que hablaron con el señor Rudel en Friedrichstrasse, vieron como un par de chavales que no tendrían más de nueve o diez años alcanzaban de una pedrada certera a una de esas ratas grandes y gordas, que corría en esos instantes por la calzada con algo en la boca que parecía un dedo humano. De este pormenor, ni Edelgard ni Sigrid están seguras, porque se alejaron del lugar en el momento en que uno de los chicos cogió por el rabo el cadáver de la rata al tiempo que decía, y eso lo oyeron ambas con claridad:

—La llevaré a casa.

Para qué llevar a casa una rata grande y gorda, que acaso aún apretaba entre los dientes un dedo humano, es una pregunta que a ninguna de las hermanas Lambrecht les pareció ni les parece pertinente formular, sin duda porque su respuesta y la respuesta que su abuela acaba de darles no forman parte de una misma y universal verdad.

En cualquier caso, sería un placer especular sobre la alimentación evangélica de los gorriones a la sombra de los árboles de Landgerichtstrasse, y olvidarse de las ratas, de la propia incertidumbre, de la desolación exterior e interior, si el calor creciente de la mañana no trajera desde los montones de escombros ese olor irrespirable que acaba de producir la primera náusea en el estómago de Sigrid.

Las ruinas circundantes, no tan distintas de la ruina interior, producen una desolación inmensa, en efecto, pero nada semejante a la náusea del olor que, con la tibieza de los primeros días primaverales, se levanta como una niebla invisible y venenosa de los escombros convertidos en tumba. De entre todas las sensaciones amargas de este día, el olor es sin duda la más insoportable. Sin embargo, en la tristeza producida por tanta destrucción, es capaz de abrirse hueco la algarabía de los gorriones. De alguna manera, la tristeza es un sentimiento noble que reconduce los espíritus hacia el mundo de las ideas, hacia regiones interiores donde la belleza y el orden son todavía recuerdos queridos y afanes posibles. Pero el olor de los cadáveres que se descomponen lentamente bajo los escombros no entra en esa categoría, sino en el limo de las miserias infrahumanas, donde la náusea es incapaz de convertirse en vómito y se transforma en un estado permanente, en una fetidez insidiosa que todo lo impregna... La casa del primo Rudolf, por fortuna, no está lejos. Un átomo de esperanza empuja sus pasos cuando cruzan Paradeplatz. Pero las ruinas son cada vez más extensas. Y cuando llegan frente a la puerta del edificio se sienten consternadas. Como tantos otros de la ciudad, sus paredes sólo albergan el vacío de las viviendas desplomadas, y el mismo hedor.

—Iremos a casa de los Rudel –dice la madre con determinación.

Tampoco la casa de los Rudel está lejos, sólo un poco más allá de Königsplatz. Y hacia allí se encaminan, la vista en el suelo, ajenas al hecho de que las pocas gentes con las que tropiezan caminan en sentido contrario, probablemente todas en dirección a la Estación Central. También, a cada poco, se cruzan con soldados rusos que patrullan las calles. La mayoría son jóvenes, con caras redondas y rasgos mongoles. Algunos les dicen cosas que ellas no comprenden ni quieren comprender. Pero ninguno se les ha encarado hasta llegar a Königsplatz, donde un grupo más amplio de soldados está parando a todos los viandantes, obligándoles a guardar cola frente un improvisado control donde habrán de despojarse de sus abrigos y abrir las maletas o mostrar el contenido de los carricoches donde llevan sus pertenencias esenciales.

—Quitaos los pendientes, sin que se den cuenta –ordena la señora Lambrecht en un siseo que sus hijas obedecen al instante.

Pero Edelgard ha perdido uno de los pendientes, acaso cuando descansaban en el banco de Landgerichtstrasse. El otro pendiente, una pequeña bola de coral engarzada en oro, le será regalado a José Fernández en agosto de 1953. Sesenta años más tarde, cuando José me lo muestra, todavía se le enturbian los ojos por la emoción.

—Mi talismán... –murmura en voz muy baja, y añade en alemán unas palabras que no puedo comprender.

—Tranquilo... –le dice Lolita.

—Tranquila... –le dice a Edelgard su madre al tiempo que introduce los tres pendientes, junto a su propio anillo de boda, en uno de los pliegues de la bocamanga de su abrigo, donde no cree que los soldados vayan a buscar.

Según avanza la cola, se hace más evidente que el puesto de control de los soldados rusos parece más bien la almoneda de un buhonero. Al pie de las mesas que han debido de requisar en algún restaurante, se han ido acumulando las más variadas mercancías: relojes, candelabros de plata, alianzas de matrimonio que van engarzando en un cordón de zapatos... Incluso, junto a un montoncito de plumas estilográficas, puede verse una dentadura postiza con dos dientes de oro. Curiosamente, a nadie le requisan los fajos de billetes que algunos llevan encima, síntoma seguro de que el dinero no vale nada o de que los soldados para nada lo necesitan, pues todo es gratis para ellos. Y nadie se queja. Las cuentas están claras para un ejército que ha pagado con millones de muertos ese mísero botín.

Cuando les llega a ellas el turno, un soldado con gafitas redondas, el rostro tan afeitado y lustroso que no parece ruso, les hace abrir la maleta y esparcir su contenido sobre la mesa. Sólo hay ropa: enaguas, medias, faldas, mudas blancas... Y nada, salvo las medias y un frasco de perfume de la madre, despierta el interés del soldado, que se encoge de hombros y las deja marchar con un gesto de condescendencia y dos palabras, en alemán, que no aciertan interpretar:

—*Sie, Vorsicht!* –les dice: ¡Vosotras, cuidado!

¿Qué son esas palabras? ¿Una amenaza, un consejo? Nunca lo sabrán, pero el eco de esas dos palabras aún resuena en sus oídos cuando llegan a la calle de los Rudel, y no se apaga por la alegría de comprobar, ya en el portal de su casa, que sus mínimas joyas siguen en el pliegue de la bocamanga y, sobre todo, que el edificio permanece indemne, como si ninguna bomba, ningún muerto, ninguna guerra se hubiesen asomado a su puerta.

Edelgard Lambrecht en una foto que le envía a José en abril de 1950, cuando todavía su enfermedad respeta una levísima sonrisa. Al reverso pueden leerse, en alemán, estas palabras del poeta Hoffmann von Fallersleben (1798-1874): Was mir ein Augenblick genommen, Das bringt kein Frühling mir zurück. *(«Lo que duró un instante, ya no quiere brotar de nuevo en mí»).*

José Fernández en una de las fotos que envía a Edelgard en el inicio de su correspondencia. La foto está tomada en Madrid en enero de 1950. Un mes más tarde, José cumplirá 22 años.

Edelgard (Flensburg, 1949). Al reverso de la foto puede leerse: «Träumerei! Meinen lieben José!, Edelgard» *(¡Ensoñación! ¡A mi querido José!) Inspirándose en esta foto, José pintó un retrato al óleo que permaneció siempre en el salón de los Lambrecht.*

Danzig, 1945. Población civil huyendo de la ciudad.

Tropas soviéticas entrando en Mülhausen en marzo de 1945.

Stettin, hacia 1935. Uno de los puentes levadizos sobre el Oder destruidos posteriormente por los bombardeos. Al fondo, a la derecha, Jacobikirche. La vista resulta irreconocible en el Szczecin actual.

Edelgard en Flensburg. Imagen tomada en el mirador de Jüngersby, con el fiordo y la ciudad al fondo.

Sigrid Lambrecht, hacia 1950. La foto, regalada por ella a Dieter Pust, parece tomada en el 38 de Marienhölzungsweg. La blusa es la misma que viste Edelgard en la foto tomada en el mirador de Jüngersby.

23

LAS CARBONERAS

La cerradura del portal está forzada. También lo están las cerraduras del entresuelo y de la primera planta, donde se halla el piso de los Rudel. El silencio, sin embargo, parece ser el único habitante del edificio.

—Estoy agotada, no podría ni subir un peldaño -dice la abuela, y se sienta en un banco dispuesto junto a la portería-, os espero aquí.

Tanto la hija como las nietas aceptan. En realidad les parece imposible lo que ha podido aguantar la abuela, todavía con las magulladuras que se produjo al ser arrojada al sótano, al igual que su hija. Unos días antes, ambas parecían muertas. Y sólo un milagro, o la necesidad imperiosa de sobrevivir, explica su capacidad de sobreponerse a los acontecimientos de esa jornada terrible, la más negra de sus vidas.

—Está bien -dice la madre-, dejaremos contigo la maleta.

—No, yo la llevo -replica Edelgard-, si entran los soldados, no quiero que vean a la abuela con ella.

Detrás de sus hijas, la señora Lambrecht sube la escalera hasta la planta de los Rudel. Tiene la cara tumefacta y las rodillas le duelen en cada peldaño. La cerradura está forzada, pero ella llama con los nudillos antes de atreverse a entrar en la vivienda:

—¡Manfred, Katharina...! -su voz se dobla en los rincones del vestíbulo, avanza por el pasillo largo y oscuro, a cuyas paredes se asoman como fantasmas dos antiguos retratos de familia: los abuelos maternos, ancianos carcomidos de arrugas en el daguerrotipo color sepia que los muestra ante un trampantojo de columnas dóricas, y los padres del señor Rudel en la foto del día de su boda. Mas no sólo son fantasmas de familia quienes se asoman a los cristales de los retratos. Entre ambos, para sorpresa de la propia señora Lambrecht, hay una gran litografía en color del mismísimo *Führer*, prietos los labios bajo el bigote cuadrado, altiva la mandíbula y engominado el flequillo, nublados los ojos en el sol de esquirlas que irradia el cristal del cuadro, violentamente roto en su centro.

—No podemos quedarnos aquí, mamá. Si entran los rusos y ven este retrato, nos matarán.

—Lo quitaremos. Además, los rusos ya han entrado -dice la madre, bajo cuyos zapatos rechina un trozo de vidrio. Frente a ella, la oscuridad del pasillo se abre a la penumbra del comedor, atrancados los postigos del amplio ventanal con vistas a Königsplatz:

—¡Manfred, Katharina...!

Ni Manfred ni Katharina contestan. Y sin embargo, ambos han surgido de la penumbra, recostados en un sofá de color lila donde parecen dormir un sueño de cera, desmayada la cabeza de la señora Rudel sobre el hombro de su esposo, en cuya boca abierta zumba en ese instante una mosca verdinegra.

—¿Manfred? –pregunta la señora Lambrecht, pero sólo responde el zumbido esmeralda del insecto, que ahora vuela hacia la delgada luz de los postigos que ella se apresura a desatrancar en un acto reflejo, medio aturdida, empujada por el repentino olor a muerte que ha invadido sus pulmones.

Sobre la mesa del comedor, desprevenido ante el golpe de luz propinado por el ventanal abierto, hay un frasco de vidrio color ámbar, completamente vacío, etiquetado en letras góticas con la palabra «cianuro». Y en el sofá, ajenos a la luz que modela sin piedad la cera de sus cuerpos, el señor y la señora Rudel permanecen inmóviles, entregados a la felicidad de un sueño sin retorno.

—¿Qué hacemos? –pregunta Sigrid, secos los ojos, sin voz apenas.

Ni su hermana ni su madre, como ella, tienen voz. Como a ella, también se les ha secado la fuente de las lágrimas. Y tampoco saben qué hacer. Desde la calle, tamizado por las copas de los árboles que rozan con sus ramas el ventanal, les llega el sonido sordo de Königsplatz, sólo interrumpido por el piar de pájaros hambrientos y por los esporádicos gritos de algún soldado ruso en el control callejero.

—Creo –dice finalmente la madre– que no han robado nada debido a los cadáveres.

Pero ni Edelgard ni Sigrid parecen comprender de qué está hablando.

—No han robado nada, ¿no lo véis?

Sobre la mesa del salón, en efecto, además del frasco de cianuro, hay un reloj estilo imperio al que nadie parece haber dado cuerda en los últimos días. Tampoco están revueltas las estanterías, ni han sido vaciados los cajones, ni hay en el suelo otro rastro de violencia que las esquirlas de vidrio del retrato del *Führer*. Sin embargo, las cerraduras reventadas del edificio y las viviendas hacen pensar que, en efecto, los soldados rusos han entrado. De haber polvo en el suelo, ese polvo insidioso de los bombardeos que penetra sin resquicio y nada respeta, se verían en el suelo las huellas de sus botas. Pero la pulcritud en que todo se halla se diría que es la misma dispuesta por la señora Rudel para despedirse del mundo, con su casa como símbolo del nuevo orden universal desbaratado por la derrota, no por la guerra.

—Que no hayan robado nada –responde Edelgard– sólo significa una cosa, y es que regresarán para robarlo.

—Quizá les han intimidado los cadáveres.

—Mamá, por favor, no digas tonterías...

El rostro contraído de Edelgard es infinitamente más elocuente que sus palabras. Los dos ancianos abrazados por la muerte conforman una escena trágica y no exenta de belleza, pero suponer que tal imagen ha podido ablandar el corazón de los soldados rusos es algo que no entra en la cabeza de Edelgard. ¿Se ablandaron por sus lágrimas? ¿Les ablandaron los gritos y lágrimas de Sigrid, que cinco días antes tenía dieciséis años y ahora...? ¿Qué edad tiene ahora?

—Está bien –cede la madre–, pero antes déjame comprobar si en la despensa...

Hay comida en la despensa. Hay embutidos, hay patatas, hay latas de conserva, hay dos limones. Apresuradamente, las tres mujeres llenan los bolsillos de sus abrigos, luego abren la maleta y acomodan en ella todas las latas que pueden, unas patatas, los dos limones. La maleta pesa ahora enormemente, pero ya se disponen a salir con ella cuando, desde el ventanal del comedor, llegan ruidos y palabras que les hacen asomarse con precaución. En el portal del edificio de enfrente, número ocho, un grupo de soldados está sacando a empujones a una mujer de mediana edad, que protesta con indignación y parece resistirse hasta que uno de los rusos la golpea en la frente con la culata de su fusil. La mujer, que viste y calza abrigo y zapatos rojos, de tacón alto, cae al suelo, pero no ha perdido el conocimiento porque enseguida se levanta, ayudada por las patadas que el mismo soldado ha comenzado a propinarle.

—No podemos salir ahora –bisbisea la señora Lambrecht, apartando a sus hijas de la ventana en el momento que los soldados empujan de nuevo hacia el portal a la mujer del abrigo y los zapatos rojos.

—Pero tampoco podemos quedarnos, los soldados pueden volver de un momento a otro.

—Sólo espero que la abuela no haga ninguna tontería...

Pero la abuela, alertada por los gritos, ya está cruzando la calle en dirección al portal donde los soldados han metido a la mujer de rojo.

—¡Animales! –va diciendo–. Ni a un perro se le trata de ese modo...

Salen dos de los soldados y uno de ellos no puede reprimir una carcajada al ver a la anciana recriminándoles con el brazo en alto.

Oculta por la cortina, la madre de Edelgard y Sigrid contempla la escena con el corazón oprimido. Pero alguien más debe de estar observando la escena y el soldado se percata, porque deja de reírse y hace un amago de disparar con su fusil hacia alguna de las ventanas del edificio colindante. La señora Lambrecht no sabe lo que pasa:

—Tenemos que escondernos –dice–, arriba, en las carboneras...

Las carboneras del edificio están justo encima de la última planta, un quinto piso. Quizá los soldados no busquen allí, entre el carbón que ya no queda –porque todo se consumió hace dos inviernos– y los trastos viejos que no hayan sido quemados en las estufas de las viviendas. Por otra parte, es posible que también a ellos les moleste subir escaleras cuando el botín de guerra está al alcance de sus manos en las plantas más bajas. Buena o mala idea, lógica o descabellada, es la única que se le ocurre.

—¿Y la abuela? –pregunta Edelgard.

—La abuela está loca –dice la madre, desesperada–. Yo bajaré a buscarla. Pero vosotras subid a las carboneras. Arriba estaréis más seguras.

—Además, si nos encuentran en la última planta –puntualiza Sigrid sin un atisbo de ironía–, siempre nos podremos tirar por el hueco de la escalera.

Esta posibilidad, que en otro tiempo le hubiera supuesto una severa reprimenda, no es ahora contestada por su madre ni por su hermana. Se diría, incluso, que es precisamente tal puntualización lo que le hace a Edelgard tomar la maleta y comenzar la subida de los escalones sin pronunciar palabra. El edificio no tiene ascensor, y aunque lo tuviera, la falta de electricidad tras los bombardeos de la artillería rusa en las últimas semanas haría inútil cualquier intento de utilizarlo.

El corazón de las hermanas Lambrecht late como un tambor acelerado, menos por la escalera y por el peso de la maleta que por la angustia de ignorar lo que sucederá en unos instantes con su madre y con su abuela.

Llegadas a la cuarta planta, a pesar de la precipitación y de la angustia, Sigrid se da cuenta de un detalle que parece confirmar la teoría de los pisos altos como lugares seguros: las puertas de las viviendas del cuarto piso no han sido descerrajadas, y tampoco las del quinto. Por encima, en medio del pasillo que cruza de lado a lado para dar acceso a los trasteros y las carboneras, el armazón de una pequeña claraboya sin cristales sostiene la luz menguante de la tarde sobre el hueco de la escalera. Y bajo la claraboya, a cada lado del hueco, se estiran los dos brazos de un pasillo negro y espectral en cuyos extremos, como dedos alargados, aparecen finos haces de luz fría que atraviesan la techumbre agrietada. La oscuridad, sin embargo, es el alma del pasillo, agobiado por su estrechez y por las dos hileras de puertas bajas que lo flanquean, enfrentadas una a una y rotuladas con el número y mano de las viviendas correspondientes a cada trastero o carbonera. Ninguna de ellas carece de cerradura, pero hay cuatro que muestran, además, candados de seguridad engarzados a gruesas hembrillas. Uno a uno, Edelgard y Sigrid inspeccionan los rótulos de cada puerta, que parecen colocados de modo aleatorio, sin orden alguno: al Segundo A le sigue el Primero C, al Quinto B el Tercero D... Sólo en la puerta de los Rudel, curiosamente, puede verse un segundo rótulo con el nombre de sus propietarios. Pero ambas empujan esta puerta sin resultado alguno. Y lo mismo sucede con el resto de las puertas.

—Podemos quedarnos en el pasillo –sugiere Edelgard–. Si los rusos suben hasta aquí, estar dentro o fuera nos dará lo mismo.

—Si suben los rusos –responde Sigrid, pero no termina la frase porque una de las puertecillas contiguas a la de los Rudel se acaba de abrir en un delgado resquicio donde brilla en ese instante un ojo vertical, como la pupila de un gato.

—¿Quiénes sois? –pregunta en un susurro la dueña del ojo.

—¡Señora Schneeberger! –exclama Edelgard.

La señora Schneeberger, Andrea Schneeberger, vive en la misma planta que los Rudel. Fue presentada a los Lambrecht una tarde de hace al menos cinco años, en las primeras semanas de esta guerra que prometía ser un paseo triunfal. Pero Edelgard no la había vuelto a ver desde entonces y a ella misma le parece un milagro haber recordado su apellido.

—¿Quiénes sois? –insiste la señora Schneeberger.

—Nos presentaron los Rudel, ¿no se acuerda? Somos Edelgard y Sigrid Lambrecht.

El resquicio de la puerta se abre medio palmo, lo justo para que el rostro de la señora Schneeberger muestre el mapa de sus arrugas y las cuencas hundidas de sus ojos gatunos.

—¿Las hijas de Oskar Lambrecht...? Los Rudel se acuerdan a menudo de vuestro padre.

Una sonrisa afectuosa trata de abrirse paso en el rictus de Edelgard, pero ni el lugar ni las circunstancias resultan apropiados para dilatar con circunloquios su demanda de ayuda:

—Señora Schneeberger, no tenemos donde quedarnos. Los rusos nos han echado de nuestra casa.

—¡Esos malditos *ivanes*! -exclama la señora Schneeberger con indignación pero en voz baja, como si temiera ser oída por un fantasma-: Ayer mismo entraron en mi casa. Y no sé lo que me habrían hecho de ser más joven...

—¿Podemos pasar?

La anciana responde con un gesto seguido al instante por las dos hermanas, que se introducen en un recinto pequeño y de techo inclinado, sin más ventilación ni más luz que los resquicios de las ripias bajo algunas tejas ausentes.

—Ochenta años -prosigue la señora Schneeberger-, decidme si no es triste llegar a ochenta años para encontrarse con esto... Me robaron los relojes, las joyas, las mantas, la pluma estilográfica de mi difunto esposo...

Edelgard y Sigrid se han acurrucado en un rincón del trastero. Un pequeño tumulto de objetos inservibles ha comenzado a tomar cuerpo en el polvo y la penumbra. Hay una estufa de leña, cilíndrica, con el cuerpo agrietado. Un orinal tapado con una hoja de periódico. Una maleta sin asa, atada con cuerdas. Un patinete de niño colgado de una escarpia... Están angustiadas por conocer lo que ha pasado con su madre y con su abuela, pero no le dicen nada a la señora Schneeberger. Pasan los minutos lentamente, escuchando en silencio las quejas de la anciana, respondiendo con monosílabos a sus preguntas. Ningún ruido les llega desde la calle, ningún disparo, ningunas botas retumbando en el entarimado de la escalera. Los ojos se les cierran, como si no hubieran dormido desde hace una eternidad, o como si la eternidad fuera el horizonte de sus cuerpos flotando a la deriva, mecidos por las olas del agotamiento, acunados por la salmodia bisbiseante y quejumbrosa de la señora Schneeberger.

—¿Cómo os habéis quedado en Stettin, hijas mías? ¿No veis que aquí no queda nadie? –oyen decir aún, entre las veladuras del sueño.

Un sopor nebuloso y amargo las invade, como si el algodón de los sueños estuviera impregnado por cloroformo y yodo. Entre los párpados cerrados de Sigrid brota una lágrima solitaria. Edelgard, derrumbada sobre su hombro derecho, parece también sumergida en el sueño. Un túnel negro y estrecho, como los de la montaña rusa del «Lunapark» de Berlín, a donde fue de niña, avanza sin salida bajo sus párpados húmedos. Traviesas y puntales de madera requemada, semejantes a los de las minas, sujetan las paredes oscuras que se deslizan a gran velocidad por el interior de su cabeza, como si no fuera ella quien penetra las entrañas del túnel, sino las entrañas del túnel quienes la penetraran. A cada poco, fugazmente, entre muchas traviesas de madera y muchos metros de negrura, un destello de claridad fría ilumina ese túnel y su corazón se sobresalta hasta hacerle abrir los ojos. Por primera vez en su vida, en la lógica brumosa que antecede a la inconsciencia del sueño, la luz le parece más temible y peligrosa que la sombra.

24

YUNQUES EN LA NOCHE

Las calles eran más seguras que las casas. Ése es un testimonio que repiten con frecuencia las mujeres alemanas que vivieron aquellos días y no se suicidaron. En cualquier momento de la mañana, de la tarde o de la noche podía entrar en casa un grupo de soldados malolientes que gritaran las tres únicas palabras aprendidas de la lengua de Goethe: *Weib, kommen hier!* ¡Mujer, ven aquí!

Vaciar estanterías, rajar colchones o romper a culatazos de fusil las vitrinas de las alacenas eran simples aditamentos para poner música a las violaciones, especialmente cuando una botella de alcohol aparecía entre los objetos a requisar. Si la casa, además, era acomodada, reflejo de la burguesía opresora, con sillones tapizados o cuadros de antepasados en las paredes, la destrucción tenía además el sabor dulce de la venganza para aquellos campesinos llegados de las estepas de Asia, donde el único lujo era una piel de oveja en las noches de invierno. Y si las mujeres parecían limpias y eran jóvenes y estaban bien vestidas y olían a colonia o a jabón, las bofetadas y los golpes eran el pago merecido por unos privilegios que jamás vieron en sus hermanas o en sus madres. Sólo los niños pequeños parecían escapar a la brutalidad de los soldados rusos, y era frecuente verlos acercarse a éstos para recibir un pedazo de pan y una caricia en el pelo.

Para las mujeres, sí, las calles eran infinitamente más seguras que las casas. Ningún soldado las forzaría en medio de la acera. Ninguno entraría en los cubiles excavados bajo los escombros para robar un reloj y, de paso, violar a su dueña. Los colchones, por sucios y rajados que se encuentren, son siempre más confortables que un lecho de cascotes. Pero incluso para saber algo tan simple, tan meridianamente claro como esto, hace falta un aprendizaje previo. Y cuanto más refinada es la educación recibida, peor se aprenden las leyes de la selva.

En la calle, el riesgo mayor es una bala disparada a bocajarro en la cabeza. Mas no es éste el peor de los males, eso es algo que hasta quienes han recibido una educación refinada aprenden pronto. Por otra parte, se trata de un mal misericordioso, y fácil de evitar. Sólo hay que mirar al suelo, no llevar en la solapa una insignia delatora, alzar el puño si te piden que lo alces, cantar con voz clara si te piden que cantes.

En las calles, además, surgen oportunidades para llenar el estómago que jamás surgirían en el interior de una casa. Un caballo muerto, por ejemplo. O un soldado caritativo que decide cambiar media libra de manteca por un broche de plata. Incluso a veces, en la calle, la comida llega del cielo, como cuando un artillero, desde lo alto de un tanque, lanza al aire un puñado de caramelos para que las caras de los niños le recuerden el minuto en que también él fue niño, cuando el mundo era un lugar donde cabían las risas y los sueños. Nada de esto sucede en el interior de una casa. En la ley de la selva, nadie ajeno a tu persona o a tu jauría te llevará comida a la madriguera. Para que esto suceda, y a veces sucede, es preciso mirar al carnicero con ojos de cordera, sonreírle, llevarse un dedo blanco a los labios de cereza, susurrar en voz muy baja cuatro palabras dulces en una lengua extraña.

Pero cuando algo así no puede suceder, porque la sonrisa es rictus y los labios ceniza, o porque el hambre es menos riguroso que las convicciones, o porque se dan ambas circunstancias a la vez, la vida se convierte en simple resistencia bajo las ataduras de una esperanza imposible. Y eso les pasaba a Edelgard y a Sigrid.

Vencidas por el agotamiento, escuchan entre sueños la salmodia de la señora Schneeberger. En sus labios ahuesados aparecen su difunto marido, los hijos que no tuvo, la certeza de que pronto morirá. Pero una pregunta insistente se repite en su cantinela:

—¿Y vuestros padres?

—Nuestro padre está en el frente. Nuestra madre, no sabemos. Salió a buscar a nuestra abuela.

—Los Rudel hablan mucho de vuestro padre.

—Creo que ya no lo harán.

—¿Por qué dices eso, querida? Ellos le tienen un sincero aprecio. Dicen que es un oficial de confianza, y un patriota. ¿No podría él ayudarnos?

—Nuestro padre está en la guerra, señora Schneeberger.

—Todos estamos en la guerra. Sólo pregunto si podría él ayudarnos... Los Rudel me dijeron que está en el Alto Mando, en el Cuartel General de las *SS*. ¿No es así?

—Nuestro padre es un soldado, sólo un soldado. Y ni tan siquiera sabemos dónde estará ahora.

—Perdonadme, queridas. No he querido importunaros con mis preguntas. Además, como suele decirse, cuanto más alto estás, más dura es la caída... ¿Y de qué serviría? Creo que los *ivanes* no pactarán nada. Ni con un soldado, ni con un general, ni con el mismísimo *Führer*. Esto es el fin. Y podremos darle gracias a Dios si salimos con vida.

Las dos hermanas Lambrecht asienten en silencio. Edelgard, cerrados los ojos, recostada contra Sigrid, escucha el monólogo quejumbroso de la señora Schneeberger. En la consciencia brumosa de la duermevela, piensa que esa anciana no le gusta.

—Sois tan jóvenes -dice la anciana-. Tan jóvenes y tan guapas...

Cuando la señora Schneeberger, por fin, interrumpe su acoso de preguntas, un silencio de polvo helado se extiende por el trastero. Hace frío en esa noche de abril, y ni tan siquiera los tres bultos encogidos sobre su respiración y su miedo desprenden el calor necesario para que los músculos no tiriten en medio de las tinieblas. Hay minutos en los que las tres mujeres parecen dormidas. Pero enseguida se abre el ojo de gato de la señora Schneeberger, que parece sólo adormecida por el ronroneo de sus propias palabras pronunciadas en voz baja, como un bisbiseo en el que aparecen con frecuencia plegarias a los santos y citas bíblicas.

A media noche, un vientecillo helado se filtra por las rendijas del trastero. De alguna parte, en el tejado, llega el sonido de un cristal que repiquetea levemente, como si temblara, agarrado todavía al marco de alguna claraboya. Y de alguna otra parte de la noche, cada vez con mayor insistencia, comienzan a elevarse martilleos metálicos sin ritmo ni frecuencia predecible. A veces, un golpe seco, de yunque. Dos golpes. Silencio. Un repiqueteo. Otro silencio.

Alarmada en el sueño por estos martillazos de la oscuridad, Edelgard se despierta:

—Qué golpes son ésos –le pregunta a Sigrid en voz baja.

Pero Sigrid no lo sabe y los sonidos no cesan, sólo se apagan un instante para volver en el siguiente, o callan durante minutos para regresar a tiempo de interrumpir el sueño.

—No os preocupéis, hijas –dice la señora Schneeberger, deteniendo sus bisbiseos–, sólo es el viento en los radiadores.

Edelgard no comprende, pero parece que la respuesta de la anciana hubiera detenido el martillo del herrero insomne, porque los golpes parecen alejarse finalmente, empujados por el viento o vencidos por el sueño.

En la mañana, cuando comienza a clarear el día, la señora Schneeberger abre la puerta del trastero e invita a Edelgard y a Sigrid para que la acompañen por el pasillo de las carboneras, a cuyo fondo hay una tabla apoyada en la pared.

—Mirad, hijas –dice mientras retira la tabla para mostrar un pequeño boquete en el muro, al que las hermanas se asoman con una pizca de temor–, por aquí vacío el orinal y de ahí venía el ruido de anoche, ¿lo veis?

Lo que Edelgard y Sigrid ven es un patio interior con una montaña de escombros que casi llega a la altura del segundo piso, producida por el derrumbe completo de una casa. Las paredes medianeras con los edificios colindantes muestran una cuadrícula de papeles pintados, azules, rosas, amarillos, unos desflecados y otros intactos, como impúdicas casillas de un tablero de juego que desnudasen la intimidad de cada habitación a ojos extraños. Y en varias de esas casillas, agarrados a los muros o colgando de una cañería en una pirueta circense, como si trataran de trepar hacia el tejado, los radiadores de la calefacción que decía la señora Schneeberger: el viento en los radiadores.

Ésa era la explicación del martilleo nocturno que ni Edelgard ni Sigrid habían escuchado hasta esa noche. Un herrero insomne que, en su casa de Gutenbergstrasse, rodeada de árboles, apenas era un tintineo de ramas en los cartones de las ventanas, a cuyos resquicios se asomaba con un silbido leve que muy raramente desvelaba su sueño.

25

EL ARCHIVO DE FLENSBURG

En el certificado de defunción de Edelgard no figura el nombre de su madre. Tampoco en ninguna de sus cartas. Ni el de su madre ni el de sus dos hermanos muertos.

Quizá en Flensburg, me dije durante meses, pueda obtener esos datos; quizá en Flensburg podamos conocer a personas que conocieron a la familia Lambrecht. Es difícil, lo sé. Han pasado más de cuarenta años desde la muerte de Edelgard. Y cuarenta años es más que tiempo suficiente para que el olvido haya completado su trabajo. Pero tal vez, no sé... Quizá todavía, en Flensburg...

María y yo estamos ahora en Jarplund, al sur de Flensburg, en casa de los Jensen. Ellos están en nuestra casa de Segovia. Al llegar aquí, nuestra primera sorpresa fue ver una gran bandera de España en el jardín de la casa, ondeando al viento, izada en un alto mástil para darnos la bienvenida. El detalle nos hizo gracia y nos causó una emoción inevitable. A nadie, en España, se le ocurre tener en su jardín un mástil de seis metros para que ondee bandera alguna. En Alemania, sin embargo, no es un detalle infrecuente.

—¿Tu casa es la embajada de España en Flensburg? -bromeé con Dieter Jensen en mi rudimentario inglés.

—Por supuesto, mientras estéis vosotros en ella -replicó él a mi broma y mi sonrisa.

El detalle de la bandera no sería el único. Antes de viajar ellos a España, nos muestran una lista con la relación de sus mejores amigos, a los que podremos acudir si surge algún problema durante nuestra estancia en Alemania.

—Dos personas de esta lista -me dice Dieter Jensen- hablan español. Les encantará ayudaros si hace falta.

La primera de esas dos personas es el doctor Ulrich Reetz, pastor de la iglesia evangelista, amigo de un amigo de los Jensen. La segunda es Helle Petersen, que estuvo casada con un editor mejicano y habla un castellano casi perfecto, trufado de giros latinoamericanos.

Dos días más tarde, ya con los Jensen en nuestra casa de Segovia, suena el timbre de su casa en Jarplund. Hace un día de perros, con lluvia y fuerte viento azotando los cristales de las ventanas. Cuando abrimos la puerta, hay dos personas en el zaguán, sacudiéndose la lluvia. Una de ellas, el amigo común de nuestros anfitriones y del doctor Reetz, ha venido sólo para efectuar las presentaciones.

—El doctor Reetz -nos dice en inglés, tras los saludos de cortesía y los inevitables comentarios sobre la lluvia y el mal tiempo-, les ayudará en el archivo de Flensburg.

Su misión era presentarnos al doctor Reetz. Y sólo dos minutos después, tras rechazar amablemente el café que le ofrecemos, se despide de nosotros y de su amigo, que sí ha aceptado nuestro café.

El doctor Ulrich Reetz es un hombre alto y elegante, extremadamente cortés, un poco tímido, con el pelo blanco y una sonrisa en los ojos que transparenta sin velo alguno su alma de hombre bueno. Su español, bastante correcto, nos permite una conversación larga y matizada. Se confiesa como un lector apasionado de literatura española y parece muy interesado en conocer algunos pormenores de la historia que nos ha traído a Flensburg, aunque noto que su sentido de la prudencia le impide hacer más preguntas de las necesarias. Yo, que he llevado a Flensburg dos ejemplares del diario de José, le regalo uno de ellos:

—Creo que tras leer este libro –le digo–, comprenderá perfectamente las causas de nuestro viaje.

Él agradece mi regalo con sinceridad, como si ya percibiera en ese libro todas las respuestas a sus preguntas. Y enseguida congeniamos. Le doy más detalles de los que él me pide y le pregunto, con ciertas dudas a las que no es ajena su condición de pastor y mi desconocimiento de los modales alemanes, si podemos tutearnos. Él asiente, y la conversación se torna aún más cómoda y distendida. Al cabo de una hora, él mira su reloj.

—Quizá es ya tiempo de ir al archivo –nos dice.

Es tiempo, por supuesto. Y tanto María como yo estamos deseando consultar los documentos que puedan dar alguna luz a las muchas zonas sombrías que rodean la historia de Edelgard y de su familia.

Veinte minutos más tarde estamos ya frente al archivo del Ayuntamiento de Flensburg. Un empleado más bien bajito y moreno, que perfectamente podría encajar en el tópico hispano, nos atiende con cierta extrañeza, pues no es frecuente una visita procedente de tan lejos, y por dos personas que no hablan alemán. Tampoco él habla español, ni inglés, por lo que la mediación del doctor Reetz resulta imprescindible. En cualquier caso, a los pocos minutos, nos encontramos frente a las estanterías del archivo, repletas de tomos clasificados en el idioma común de los dígitos y los calendarios, con años y meses numéricamente ordenados.

La búsqueda resulta más sencilla de lo esperado. No han pasado dos horas cuando ya tenemos recopilada toda la información relativa a la familia Lambrecht. Fechas y lugares de nacimiento y defunción, últimos domicilios, trabajos, religión... Sin embargo, por ninguna parte aparece el nombre de la madre de Edelgard y Sigrid, sólo el nombre de la segunda esposa de Oskar Lambrecht, cuyo certificado de defunción –acaecida el 5 de febrero de 1976– indica que estaba casado con Ilse Margarete Irmgard Lambrecht: *Geb. Lambrecht.*

—¿Qué significa «*Geb.*»? –le pregunto a Ulrich.

—Es la abreviatura de «*geboren*», y significa: nacida, es decir su apellido de soltera.

Una luz repentina se abre en mi memoria. En mis muchas y tediosas horas de búsqueda, palos de ciego en la inmensa y espesa telaraña de internet, había dado con un documento relativo a cierta casa de Flensburg, situada en el número 2 de la calle Twedt. En tal documento se mencionaba que dicha casa había sido adquirida en

1954 por Oskar Lambecht y que en ella también vivían su hermano Alexander y la hija de éste, llamada Ilse. Así que mi primera reacción es la sorpresa.

—¡Caramba! Ilse Lambrecht... Parece que Oskar Lambrecht se casó con su sobrina... ¿No resulta un poco extraño? -le pregunto a Ulrich.

El doctor Reetz se encoge de hombros, está claro que no puede saberlo. Se ha hecho tarde, además. Imagino que él tiene otras cosas que hacer y le sugiero que María y yo podemos proseguir solos nuestra búsqueda en el archivo. Quedamos para tomar un café dos días más tarde. Él ha propuesto que tal vez podríamos hacer una visita al *Flensburger Tageblatt,* el periódico de mayor difusión en la ciudad. Piensa que la historia tiene interés y cree que, a través del periódico, quizá podamos contactar con personas que conocieron a los Lambrecht. Si nos parece una buena idea, él hará las gestiones.

María y yo nos quedamos en el archivo. Y no han pasado quince minutos cuando tenemos en las manos la información relativa a Ilse Margarete Irmgard Lambrecht, nacida en la ciudad alemana de Stolp, ahora perteneciente a Polonia, el 24 de abril de 1912, y fallecida en Flensburg el 7 de mayo de 1976. Ilse Lambrecht, hija de Alexander Lambrecht y viuda de su tío, Oskar Lambrecht.

No hay duda por tanto. El padre de Edelgard se casó en segundas nupcias con su sobrina, algo que tampoco nos llama especialmente la atención cuando vemos que la diferencia de edad era sólo de diez años...

—Quizá -sugiere María- fue una boda de interés, por algún problema de herencia que no conocemos.

La hipótesis resulta verosímil. En cualquier caso, parece seguro que Ilse Lambrecht fue el último miembro de la familia en morir, y de nuevo vienen a mi memoria las palabras de José: «...toda la familia desaparecida en pocos años».

Al salir del archivo, hay un poso de melancolía en nuestras gargantas.

—¿Qué habrá sido de sus cosas, de sus bienes, de las cartas de José, de los escritos de Edelgard?

Últimamente —dice Edelgard en una de sus primeras cartas, abril de 1949— *he escrito un cuento: «Die Königsgeige» (El violín del rey) y ello me ha proporcionado, además de mucho trabajo, una gran satisfacción. Estoy estudiando el arte poética y la técnica del estilo según la dura escuela de los viejos maestros, porque me gustaría alcanzar su bello lenguaje breve, claro, escueto, reservado, preciso y melodioso. «Trabajar una página de prosa como si fuera una estatua»; esta frase de nuestro gran filósofo y maestro Friedrich Nietzsche, es mi guía. Me gustaría escribir relatos, novelas, cuentos; me gustaría llevar alegría a los hombres. Pero todavía lucho buscando la forma que contenga la idea. Ciertamente, no es sólo maravilloso ser un buen escritor, sino también muy difícil y penoso, ¿no te parece?*

—¿Tendrá alguien «El violín del rey»? —susurro en voz tan baja que ni María me oye, apenas un aliento arrastrado por la lluvia que no nos abandona.

—¿Decías algo?

—Pensaba en nuestras cosas, en lo que vamos acumulando a lo largo de la vida, en nuestros libros, en nuestras fotos, en los pequeños objetos que sólo tienen sentido para nosotros mismos... ¿Qué sucede con todo ello cuando morimos? ¿Quién se encarga de seleccionar lo que irá al fuego, lo que merece ser conservado?

De noche, ya en Jarplund, sigo pensando en esas cosas. Pienso que Edelgard, como José, escribiría probablemente un diario. Que quizá alguien, en alguna parte, conserve ese diario o algún otro escrito suyo, como yo conservo sus cartas. Que no morimos del todo mientras viven nuestras palabras.

—Mañana deberíamos ir al cementerio -le digo a María-. Me gustaría visitar la tumba de Edelgard.

Ella asiente con un gesto, sin decir nada. Deja sobre la mesilla el libro que está leyendo y apaga la luz. Está cansada y enseguida se duerme. A mí me cuesta conciliar el sueño. Contra las ventanas del dormitorio golpea una lluvia horizontal e inmisericorde, azuzada por el viento de la noche.

Pienso en Edelgard. Pienso en Edelgard de una forma obsesiva y enfermiza. Pienso en sus fotografías, en la tristeza infinita de sus ojos, en las cicatrices que nunca cicatrizaron en su alma. Es como si la estuviera viendo con los ojos cerrados. La veo en su casa de Stettin, la veo acurrucada junto a Sigrid en el sótano de Gutenbergstrasse, en el trastero de la casa de los Rudel. La veo junto a su madre y sus hermanos, cuyos nombres desconozco. Y la veo de pie junto a mi sueño, empapada por la noche y por la lluvia, tiritando de frío en el cementerio de Flensburg.

FRIEDENSHÜGEL

Al oeste de Flensburg, y al sur del bosque de Marienhölzung, se halla el cementerio Friedenshügel, «Colina de la paz». A pesar de su nombre, el cementerio no se asienta sobre elevación alguna del terreno, sino sobre doscientas cincuenta hectáreas llanas y arboladas que son una invitación al paseo sosegado, un precioso parque lleno de flores y verdor, sin aglomeraciones de lápidas o nichos, sin laberintos de cruces.

Cuando aparcamos nuestro coche de alquiler ante sus puertas, por primera vez desde nuestra llegada a Flensburg, un sol acobardado se asoma en el cielo gris. Acaso por ello, todo nos parece más alegre en Friedenshügel. Los parterres, de un verde intenso, aparecen salpicados de flores rojas y amarillas. Aquí y allá, piedras lisas y redondas señalan tumbas sin lápidas. Y en las piedras, alguna inscripción, algún nombre, alguna fecha. Todo es sencillo y ordenado. Caminos de tierra bordean los parterres. Grandes árboles con los primeras pinceladas del otoño tamizan el cielo. Una alta chimenea de ladrillo rojo, resto acaso de un antiguo crematorio, proyecta su sombra negra sobre la glorieta de la capilla.

María saca de su bolso el plano del cementerio que imprimí poco antes de iniciar nuestro viaje. Buscamos la parcela 151, la urna cineraria número 11.619. Los datos, precisos, me los envió Dieter Jensen meses atrás. Gracias a él conocemos la ubicación del lugar donde reposan los restos de Edelgard, cercano a las oficinas del cementerio y a los urinarios públicos, lo que me causa un cierto desasosiego.

Pero el número 11.619 no aparece por sitio alguno. Una a una revisamos María y yo las pequeñas tumbas, correspondientes a urnas de cenizas, de las parcelas 142 a 157. Y en ninguna de las placas o piedras funerarias aparece tampoco el nombre de Edelgard. Desalentados, decidimos preguntar con bastante escepticismo en las oficinas del cementerio. Una joven regordeta y amable, pero que apenas habla unas palabras de inglés y ninguna de francés o de español, trata de entender mis preguntas. Le explico que venimos de España, que tratamos de encontrar cierta urna en la parcela 151, que la persona allí enterrada se llamaba Edelgard Lambrecht.

—¿Lambrecht o Lamprecht? -pregunta nuestra interlocutora, sentada frente a la pantalla de un ordenador que yo miro de reojo, viendo desfilar largas listas de nombres a medida que ella va tecleando el apellido que yo le deletreo.

—Lambrecht, Edelgard Lambrecht.

La larga lista de nombres se detiene. Ella señala uno de ellos, con el dedo pegado a la pantalla. Allí está el nombre, todos los nombres de la familia Lambrecht: Edelgard, Ilse, Oskar, Sigrid... Alfabéticamente ordenados, junto a las fechas de sus enterramientos y otros dígitos cuyo significado no comprendo, pero que la empleada del cementerio se afana en hacerme comprender. Finalmente, ella toma una cuartilla y escribe una fecha: 1996. No entiendo lo que me dice, pero sí lo que quiere decir el gesto de su mano, desplazada de una parte a otra del escritorio, primero con la palma hacia arriba, luego hacia debajo. En 1996 se levantaron las tumbas, todas las tumbas de la familia. En 1996, veinte años después de morir Ilse Lambrecht.

—Nada persiste pues, ni las cenizas —digo en español, para mí mismo.

La joven empleada del cementerio Friedenshügel no me entiende, pero sí ve la decepción en mi rostro. Vuelve a señalar la pantalla del ordenador. Vuelve a hacer el mismo gesto con la mano.

—Quizá quiere indicarnos —dice María—, que los restos han sido cambiados de lugar.

Un extraño entendimiento telepático parece haberse producido entre ellas, porque la empleada asiente con la cabeza sin entender una palabra de español. Se levanta de su silla giratoria y nos hace un gesto para que la sigamos. La seguimos. Entra en otro despacho, y nosotros con ella. Habla con alguien que parece su jefe y que nos mira fijamente durante un par de segundos, como para poner imagen a la consulta de su subalterna.

—Lambrecht —dice ella.

El hombre teclea el apellido en su ordenador, en una base de datos similar a la que habíamos visto. Un empleado más joven, ataviado con un mono verde, probablemente un jardinero, interviene en la conversación. Quien parece ser su jefe le indica unos números en la pantalla del ordenador y luego nos dice con un gesto que le sigamos. El jardinero repite el gesto con una sonrisa breve pero amable. Le seguimos al exterior de las oficinas. Cruzamos caminos y parterres. En un momento, el jardinero se dirige a mí en alemán, llamándome *Herr Lambrecht*. Hago un breve y fallido intento de sacarle de su error, pero el jardinero no habla inglés. Le muestro una de las fotografías de Edelgard que llevo conmigo y trato de explicarle que ésa era la persona cuya tumba buscamos. Él parece comprender. Hemos llegado a una zona de altos árboles, donde apenas hay alguna piedra que señale una tumba. Pero el jardinero conoce el lugar como si fuera el salón de su casa. Se detiene en un punto y hace el gesto de trazar un rectángulo preciso, señalando a la tierra musgosa, donde han comenzado a caer las hojas de los árboles.

—¿Lambrecht? –pregunto.

—*Ja. Hier. Die Familie Lambrecht* –dice él con seguridad absoluta, volviendo a señalar en el suelo un cuadrilátero de musgo y retirándose cortésmente al cabo de unos segundos, para dejarnos a María y a mí en la intimidad de nuestros pensamientos, en diálogo con ese pequeño trozo de bosque y de planeta donde duermen el sueño eterno las cenizas de Edelgard y Sigrid, de Ilse, de Oskar Lambrecht.

Estoy emocionado y no puedo evitarlo. María lo nota. También ella está emocionada y silenciosa. Ninguna piedra, ninguna lápida, ninguna inscripción señala el lugar donde las cenizas de Edelgard han pasado a formar parte de la tierra, del limo, del microscópico mundo de sales minerales que alimentan el musgo, las raíces de los árboles, la hierba jugosa que ha empezado a vestirse de rojo y amarillo en estos últimos días del verano.

Ningún pensamiento brillante, ninguna palabra dotada de sentido viene a mis labios, sólo tres sílabas que callo por pudor, sólo la necesidad instintiva de agacharme y poner mi mano sobre la tierra, como quien acaricia un cuerpo dormido.

María fotografía el lugar. El árbol más cercano es un haya. Un árbol grande, de tronco sano y poderoso, cuyas raíces penetran el vacío de los cuerpos y los sueños que yacen a nuestros pies. De un nudo de su tronco, a la altura de mis manos, salen unas ramitas jóvenes, con hojas todavía verdes. Corto con el mayor cuidado dos de esas pequeñas ramas. Una es para José. Cuando regresemos a España le hablaré de ese árbol grande y sano. Le diré que Edelgard duerme a la sombra de ese árbol, en el bosque más hermoso.

Ahora guardo las dos ramitas en un bolsillo cercano a mi corazón. Ahora busco una piedra, una piedra lisa y pequeña, como las piedras de los ríos, y la coloco en el centro del cuadrilátero señalado por el jardinero. Recuerdo la costumbre judía de llevar una piedra a la tumba de los seres queridos y me gustaría que todas las personas que han leído y se han emocionado con las cartas de Edelgard dejaran una piedra en ese lugar. Seguramente Edelgard, la aria Edelgard, crecida y educada en el nazismo militante, se escandalizaría de este deseo mío. O quizá no... El dolor nos humaniza, nos enseña a comprender el dolor ajeno. Y de nuevo vienen a mi memoria unas palabras de Edelgard, como si las hojas del haya donde su corazón vive las susurraran en mi oído:

Todo sufrimiento y todas las penas dan al hombre un enriquecimiento y una profundidad maravillosos y por ello, pienso yo, ese hombre preferirá su dura vida a una vida sin preocupaciones ni dolores, pues una vida sin sufrimientos es tan sólo una vida superficial, es tan sólo media vida.

¿Fue la vida de Edelgard una vida entera, una vida plena? ¿Lo fueron la vida de su madre y sus hermanos, de los que ni tan siquiera el nombre permanece? De Edelgard, al menos, queda un puñado de cartas que certifica su paso por el mundo, queda un cuadrilátero de musgo señalado por una piedra solitaria, bajo un árbol poderoso que protege su sueño. De ellos, nada queda. Sólo una mención desolada en las cartas de Edelgard:

Dios mío, a menudo me encuentro tan desesperada, que desearía estar con mi madre y mis hermanos.

Si por lo menos, me digo, pudiera encontrar sus nombres... Si la próxima vez que visite este lugar pudiera traerlos conmigo como quien lleva una margarita en los labios o un ramo de rosas a una tumba...

Descansa para siempre, pobre Edelgard. Descansa con Sigrid y con Ilse. Descansa con tu padre, a quien tanto admirabas y querías. Descansa en el limo que ahora eres, en el musgo que arropa tu sueño, en las hojas que alimentas y me hablan al oído con tu voz pequeña y frágil, transparente como el vidrio más fino, como el sonido de la copa que alzabas en tus sueños con José:

...los rayos del sol poniente hacen chispear el vino en nuestras copas, la tarde exhala romanticismo, el canto de infinitos pájaros vibra en el aire... ¡y tus ojos brillan y yo sé por qué!

GENTE DE POMERANIA

Conocer unos nombres, o inventarlos si hace falta, no debería ser problema para un novelista. Pero sí lo es para mí. Cuando una historia ha sido escrita por la vida mucho antes, escrita con lágrimas, con bilis, con la sangre oscura que se derrama en la noche, con el sudor helado que segrega la angustia en la orilla de la muerte, la invención de un sólo nombre me produce un enorme desasosiego. Se trata de un problema personal y no fácil de explicar, porque radica menos en el mundo de la razón que en el de las emociones. No dudo que es perfectamente posible y legítimo describir una tragedia real con nombres ficticios, pero siento que esta alternativa desvirtúa de algún modo la veracidad de los hechos. No sólo somos un cuerpo, o un cuerpo y un espíritu. También somos un nombre.

El nombre, de algún modo, certifica nuestro paso por el mundo. Cuando éste desaparece, nosotros desaparecemos en la infinitud anónima que yace bajo la tierra, convertidos en tierra y en olvido.

En el cementerio de Flensburg me prometí hacer cuanto estuviera en mi mano para rescatar del olvido los nombres de la madre y los hermanos de Edelgard y Sigrid, aunque estaba casi seguro de que sería una labor imposible. Por el contrario, estaba convencido de que ellos, como los archivos de Stettin, bombardeada repetidamente por los aviones angloamericanos y machacada de modo implacable por la artillería rusa, habían desaparecido de la faz de la Tierra. Pero no han transcurrido quince días de mi viaje a Flensburg cuando comienzo a recibir los mensajes que me conducirán al primero de los nombres buscados.

Fue un camino sinuoso, pero amable. La primera pista surgió en Flensburg. Dieter Jensen se había enterado casualmente de que se iba a celebrar en Flensburg un encuentro de antiguos refugiados de Pomerania. Y el encuentro coincidía con nuestra estancia allí. Pero ni sabía más ni podía enterarse de más, porque él y su esposa viajaban a España al día siguiente.

—Para mí –le dije–, sería muy importante asistir a ese encuentro.

Él asintió:

—Ya veremos lo que se puede hacer –dijo.

Al día siguiente, por la mañana, recibimos una llamada telefónica de Silke Roggenbrodt:

—El encuentro de la gente de Pomerania –me explicó en inglés– será el día once a las doce de la mañana, en el *Soldatenheim*, cerca de la Academia de Oficiales de Marina.

El día once, domingo, nos dirigimos María y yo hacia la Academia de Oficiales de Marina, situada en el extremo noreste del fiordo. Pero ni los escasos viandantes que nos cruzamos en las afueras de Flensburg ni los soldados que vigilaban la entrada de la Academia sabían dónde diablos se encontraba el dichoso *Soldatenheim*... Finalmente, tras no pocas idas, venidas, cansancio, titubeos y desaliento, logramos dar con el lugar. Y habíamos pasado ante su puerta varias veces, invisible a nuestros ojos hispanos por estar disfrazado precisamente de restaurante español... ¡tras la negra escultura de un toro ataviado, a modo de camiseta, con la bandera roja y gualda...! (María decidió hacer una foto que diera testimonio).

Dentro del *Soldatenheim* reinaba un ambiente ruidoso y animado. Un amplio salón lleno de ancianos sonrientes y parlanchines estaba ya dispuesto para la comida, en mesas para cuatro personas, asignadas según el orden indicado en una lista de la organización del encuentro. La edad media de los antiguos refugiados de Pomerania debía de sobrepasar los ochenta años. El evento, parecido a un banquete de boda y con el mismo aire festivo, no parecía el más apropiado para exponer el motivo de nuestra presencia. María, consciente del barullo imperante, decidió retirarse a un segundo plano y aguardar en un sillón de recepción el desenlace de mis gestiones. Pero yo estaba decidido a seguir. Las circunstancias no eran propicias, pero no tendría otras circunstancias. Así que me dirigí a uno de los organizadores, que no pareció entender en absoluto mis explicaciones y se limitaba a buscar en la lista de asistentes el apellido Lambrecht. Finalmente, me derivó a otra persona que hablaba un inglés más fluido e inteligible para mí.

—En este momento estoy muy ocupado –me dijo tras escucharme con atención y leer el pequeño dossier sobre la familia Lambrecht que yo había preparado–. ¿Puedo quedármelo?

—Por supuesto.

—Veré lo que se puede hacer –dijo a modo de despedida, tras entregarme una tarjeta de visita en la que pude leer su nombre y su cargo: *Wolfgang Kanstorf, Fregattenkapitän a. D.*

Esa misma noche le escribí un mensaje de correo electrónico al capitán de fragata retirado Wolfgang Kanstorf. Le agradecía su atención en el *Soldatenheim*, le pedía disculpas por lo inadecuado del momento y le volvía a explicar los motivos de mi interés en la familia Lambrecht. Pero ni esa noche ni al día siguiente tuve respuesta a mi mensaje. Sin embargo, dos días después la respuesta me llegó a través de Silke Roggenbrodt.

—Yo conozco a una cuñada del capitán Kanstorf –nos dijo Silke–, la esposa de su hermano. Ella me ha llamado hoy y me ha dicho que, durante la comida de la gente de Pomerania, su cuñado tomó el micrófono y preguntó si alguno de los presentes había conocido personalmente a Oskar Lambrecht o a cualquier miembro de su familia. Y resulta que había en la reunión una mujer, muy anciana, de noventa años o más, que había sido vecina de los Lambrecht cuando ellos vivían en Twedt 2. Yo he conversado con ella esta mañana, por teléfono. No es mucho lo que sabe. Me ha dicho que eran una familia muy reservada, que apenas hablaban con nadie. También me ha dicho que las dos hijas estaban inválidas.

—¿Inválidas, en silla de ruedas?

—Eso no se lo he preguntado. Ella me ha dicho que el señor Lambrecht tenía a una mujer contratada para atender a las chicas, y es posible que pueda conseguirme el nombre y la dirección de esa mujer.

Quince días más tarde, ya en España, recibo un mensaje de Silke Roggenbrodt. Se ha enterado del nombre y dirección de la mujer que ayudaba en casa de los Lambrecht:

Ayer hablé con la señora Raschke -me dice en su mensaje-. *Ella me explicó que, de joven, vivió con su marido y sus dos hijos pequeños en la casa de Oskar Lambrecht, en Twedt 2, para ayudar a la familia Lambrecht. Al principio, Sigrid podía caminar un poco, mientras que Edelgard debía ser ayudada. Más tarde, las dos hermanas no eran ya capaces de andar por sí mismas. Siempre estaban sentadas en la sala de estar o en la terraza, pero no utilizaban silla de ruedas. El señor Raschke las ayudaba por la noche a ir a la cama. Su jornada comenzaba tarde, a las once en punto de la mañana. Las dos hermanas eran muy cultas y educadas. Me dice que ambas tocaban el piano y que Sigrid tenía una voz maravillosa. La señora Raschke aprendió muchas cosas de ellas. Pero también tenía mucho trabajo.*

Silke Roggenbrodt me da detalles sobre la localidad donde ahora viven el señor y la señora Raschke, y sugiere que en mi próxima visita a Flensburg quizá debería hablar con ellos, pues mantuvieron una relación muy estrecha con la familia Lambrecht. También me dice que ha hablado con alguien llamado Dieter Pust, nombre que le ha facilitado precisamente la señora Raschke:

Hoy he hablado con el Dr. Dieter Pust. La señora Raschke me había dicho que frecuentaba a la familia Lambrecht cuando era un colegial. Él también procedía de Pomerania, y recibió alguna ayuda del señor Lambrecht. Las hijas, sobre todo Sigrid, le daban lecciones de idiomas. Tenía un buen trato con toda la familia. Creo que sería interesante que le escribieras. Él es, además, un historiador de la ciudad.

Y Silke me anota su dirección de correo electrónico. Es más de lo que podía esperar y mis dudas comienzan a transformarse en confianza:

—Parece que la visita al *Soldatenheim* está dando su fruto –le digo a María un minuto antes de ponerme a escribir al doctor Pust un largo mensaje en el que le explico las razones de mi interés, le pido su ayuda y me ofrezco para enviarle, si está interesado, un ejemplar de «Edelgard, diario de un sueño».

Al día siguiente tengo la respuesta de Dieter Pust en mi buzón de correo electrónico:

Estimado Sr. Abella:

Gracias por su carta. Estoy muy interesado en «Diario de un sueño». Por favor, le ruego que me lo envíe.

Durante algunos años, en los cincuenta, tuve mucho contacto con la familia Lambrecht. Especialmente con Sigrid. Ella fue mi sueño...

Si puedo ayudarle, lo haré con mucho gusto. Escríbame sus preguntas.

Aguardo su respuesta.

Beste Gruesse, gez. Dr. Dieter Pust

Mi respuesta no se hará esperar. Me ha resultado sorprendente y emotiva su confesión sobre Sigrid: «Ella fue mi sueño...». Esa misma tarde le envío por correo electrónico una de las fotografías de Sigrid que Edelgard incluyó en sus cartas a José. También preparo un paquete postal con «Edelgard: diario de un sueño». Y le formulo una de mis primeras preguntas: ¿Sabe usted el nombre de la madre y los hermanos de Edelgard y Sigrid, muertos en Stettin en 1946?

En las horas y días siguientes, mientras mi paquete viaja a Alemania y yo aguardo la respuesta del doctor Pust, hago algunas indagaciones en internet. Me entero así de que él es un conocido historiador, con bastantes obras publicadas sobre la historia de Flensburg. Incluso yo tengo en mi casa algunas páginas suyas, fotocopiadas de uno de los libros que pude consultar en la biblioteca de los Jensen... Y me da la impresión de que también la vida del doctor Pust merecería ser contada, impresión que se confirma cuando comienzo a recibir sus respuestas a mis mensajes.

Dieter Pust nació en 1939, sólo un mes antes de que comenzara la invasión de Polonia, en una pequeña aldea de Pomerania. Su padre, carpintero, fue hecho prisionero y llevado a Rusia en los meses finales de la guerra. En Pomerania, sin saber nada sobre él, quedaron una esposa, cinco hijos pequeños, dos abuelos... Cuando el doctor Pust volvió a tener noticias de su paradero, habían transcurrido más de cincuenta años: un mensaje de la Cruz Roja le decía que su padre había muerto en Kemerovo (Siberia) en enero de 1945.

Como Edelgard y Sigrid, como todos los alemanes de Pomerania, también la familia del doctor Pust fue expulsada de su casa y de su tierra. Él tenía sólo siete años cuando, tras un largo y penoso viaje, su familia fue realojada en un campo de refugiados cercano a Flensburg. Y quince años cuando, en 1954, Sigrid Lambrecht comenzó a darle clases de idiomas, concretamente de inglés.

Cuando yo tenía quince años, mi profesora de inglés en el instituto de Burgos me parecía la mujer más hermosa de la Tierra. Era hermosa, no la más hermosa de la Tierra, creo, pero sí la que me hizo sentir la primera y dulce herida de los amores imposibles. ¿Cómo no comprender al joven Dieter Pust, quien sesenta años después confiesa ante un desconocido que Sigrid fue su sueño?

Esta carta te lleva una foto de Sigrid. Y bien, ¿qué te parece? –le escribe Edelgard a José en julio de 1949–. *¿Estás satisfecho? ¿No es guapa mi hermana? ¿Te imaginabas así a Sigrid?*

Sigrid, con sus veinticinco años en flor, su sonrisa leve y su voz de ángel, podía ser el sueño de cualquier adolescente. Como Edelgard fue el sueño adolescente de mi amigo José, enfermo hasta su ancianidad de una adolescencia tardía e incurable. Y Sigrid será quien pronuncie para mí, a través de los recuerdos del doctor Pust, el nombre de su madre.

Los vínculos de Sigrid con su difunta madre fueron extremadamente profundos –me dice Dieter Pust–, *y el día 28 de septiembre siempre era un día muy especial.*

El 28 de septiembre de 1955, la madre de Edelgard y Sigrid debería haber cumplido cincuenta años. Ese día, Sigrid canta un fragmento de «El canto de la campana», emotivo poema de Schiller musicado por Andreas Romberg:

Ach! des Hauses zarte Bande
Sind gelöst auf immerdar,
Denn sie wohnt im Schattenlande...*

Escribo estas palabras escuchando la cantata de Romberg, y cuando suenan estos versos en voz de la soprano Barbara Schlick, una emoción intensa me sobrecoge. Sólo me hace falta cerrar los ojos para sentirme como un fantasma invisible en casa de los Lambrecht, escuchando la clara voz de Sigrid, con Edelgard al piano.

Ese día de septiembre de 1955, Dieter Pust escuchaba de labios de Sigrid no sólo la preciosa y emotiva cantata

---

* ¡Ah! Los tiernos lazos de la casa / se han roto para siempre, / pues ella vive en el país de las sombras...

de Andreas Romberg, sino también el nombre de su madre: Jenny, nacida Jenny Greif, a quien Edelgard y Sigrid vieron morir en Stettin «de tifus, de hambre y de dolor» a la edad de cuarenta años.

La revelación del doctor Pust es un tesoro para mí. Más de lo que él puede imaginarse. Pero lo que él no puede decirme, pues nunca llegó a saberlo, es el nombre de los dos hijos pequeños de Jenny Lambrecht, muertos junto a ella en la primavera de 1946.

¿Conoceré algún día esos dos nombres? La respuesta a esta pregunta me llegará dos semanas más tarde, gracias a la intervención providencial del pastor Ulrich Reetz, mi querido doctor Reetz, cuya sonrisa de hombre bueno será siempre para María y para mí uno de los mejores recuerdos de Flensburg:

He telefoneado –me escribe el doctor Reetz– *a un responsable del Archivo Central de la Iglesia Protestante en Alemania situado en Berlín. Me ha dicho que tienen también los archivos parroquiales de los territorios alemanes anteriores a la guerra (hoy polacos y rusos). En nuestro caso, los archivos de Stettin.*

Yo les he enviado todos los datos conocidos de la familia Lambrecht del archivo de Flensburg, y el encargado en Berlín me ha prometido buscar aquellos datos disponibles que nos faltan. Vamos a ver.

Ulrich, como yo meses atrás, también ha consultado las guías de Stettin correspondientes a los años comprendidos entre 1932 y 1943. Por tales guías, que recogen una valiosa información sobre los habitantes de cada calle y cada casa, ha descubierto que los diversos domicilios de la familia Lambrecht en Stettin pertenecían a la parroquia de San Pedro y San Pablo, dato que puede resultar de gran ayuda para localizar los registros de los archivos eclesiásticos. Así me lo explica en su mensaje, y sólo cinco días más tarde, el 5 de noviembre, me vuelve a escribir:

> *Hoy mismo he recibido la respuesta del Archivo Central de Berlín. ¡Tenemos suerte! Los nombres de los hermanos de Edelgard y Sigrid son:*
> *1) Axel Manfred Ekkehard Lambrecht, nacido el 3 de diciembre de 1930 y bautizado el 30 de enero de 1931.*
> *2) Klaus Eberhard Oskar Lambrecht, nacido el 25 de mayo de 1937 y bautizado el 10 de octubre de ese mismo año.*

¡Axel y Klaus!
¡Axel Manfred Ekkehard Lambrecht!
¡Klaus Eberhard Oskar Lambrecht!
Conocer al fin estos dos nombres supone para mí una inmensa alegría, no exenta de una gota de hiel... En marzo de 1946, cuando ambos murieron, Klaus no había cumplido los nueve años. Axel tenía quince, la misma edad en que yo soñaba con mi profesora de inglés y el futuro doctor Pust soñaba con Sigrid.

BOMBARDEOS

15 DE NOVIEMBRE DE 1940. No es la primera vez que aúllan las sirenas en la noche de Stettin, pero sí la primera vez que los aviones británicos lanzan sus bombas en el centro de la ciudad. Edelgard ha sido la primera en despertarse y encender la luz de la mesilla.

—¡Sigrid! –grita–. ¿Es que no oyes las sirenas?

Sigrid acaba de cumplir once años el mes anterior, y ni las sirenas ni las bombas la despiertan. Las dos hermanas comparten uno de los tres dormitorios interiores de la vivienda, en el 11 de Prutzstrasse, primera planta. La casa no es grande, y esto obliga a compartir esas habitaciones de techos altos y paredes frías que durante muchos meses no ven la luz del sol, especialmente las que dan al patio. En una de estas dos habitaciones interiores duermen Axel y Klaus, sus dos hermanos pequeños. En otra duermen ellas. En la tercera está el despacho de su padre, con un pequeño sofá-cama donde, algunas veces, duerme su prima Ilse.

Ilse, hija de su tío Alexander, trabaja a temporadas en alguna de las muchas oficinas de la industriosa ciudad de Stettin. Nació en Stolp, donde su padre desempeña el cargo de Secretario Judicial, pero Stolp le parece una ciudad pequeña y pueblerina, sin oportunidades para una chica como ella. Stettin, por el contrario, es una urbe industrial y bulliciosa donde jamás falta trabajo. Por eso estaba con ellos tantas veces, hasta que encontró un pequeño apartamento en Falkenwalderstrasse, a la altura del cine Scala, que le permite llevar una vida independiente. En cualquier caso, Ilse es una chica trabajadora que siempre ayuda en las tareas domésticas a su tía, bastante ocupada con la crianza de sus dos hijos pequeños, y no es raro que siga quedándose algunas noches en el despacho de su tío.

Desde que comenzó la guerra, además, Oskar Lambrecht apenas para en casa. Ahora está en Polonia, y ni tan siquiera pudo disfrutar de unos días de permiso para el cumpleaños de Sigrid, el seis de octubre. Telefoneó, sin embargo. El timbre del aparato no sonó hasta primera hora de la noche, cuando ya nadie esperaba la llamada:

—¿Dos ocho cero uno cuatro de Stettin? -preguntó una voz juvenil, pero cansada-. Conferencia del *Sturmführer* Oskar Lambrecht, esperen por favor.

—Jenny, cariño... ¿Qué tal va todo en casa? ¿Está Sigrid levantada?

—Se acaba de acostar pero la llamo ahora... -el grito feliz de Jenny Lambrecht iluminó la penumbra del pasillo-: ¡Sigrid... Es papá, corre!

En un segundo corrieron al teléfono Sigrid y Edelgard, y en el minuto siguiente también Axel y el pequeño Klaus, en brazos de la prima Ilse, se habían arremolinado junto al aparato.

—¿Papá...?

—Mi pajarito —la voz del *Sturmführer* Oskar Lambrecht sonó como un susurro al otro lado de la noche—, ¡feliz cumpleaños! Siento mucho no haber podido estar hoy contigo...

—¿Y mañana, papá? ¿Podrás venir mañana?

—No cariño, tampoco mañana podrá ser. Pero te prometo ir a darte mi regalo en cuanto pueda. Tengo guardada para ti una cajita llena de besos.

—¿Llena de besos...?

—Llena de besos y de música... Anda, pajarito, dile a mamá que se ponga.

Jenny Lambrecht tomó con nerviosismo el auricular del teléfono:

—¿Oskar..., va todo bien?

—Sí, cariño. Todo va como era de esperar. Creo que en dos o tres semanas podré ir a veros... ¿Qué tal los niños?

—Bien. Deseando verte, ya se lo has oído a Sigrid. El domingo estuvimos viendo el desfile de la *Hitlerjugend* en Königsplatz... ¿Sabes que Edelgard se ha echado un novio?

—¡Mamá, por favor!

—Es una broma, cariño, sólo quiero que papá esté al día de las noticias...

—¿Un novio...? —la voz del padre comenzó a desvanecerse en un chisporroteo de nieve eléctrica—. Creo que esto se va a cortar, un beso...

Y el beso, en efecto, quedó roto por el pitido agudo de la línea cortada. Desde entonces no han vuelto a tener noticias. Pero tampoco ha llegado ninguna carta de las *SS* lamentando la heroica muerte en combate del *Sturmführer* Oskar Lambrecht. Además, todavía es el tiempo del optimismo patriótico. La producción industrial sigue en aumento. Los desfiles se suceden en las calles. La radio, día a día, sigue anunciando a los cuatro vientos las victorias de Alemania. Y sólo algunas noches son las sirenas de los refugios quienes extienden la noticia de que no siempre la guerra se desarrolla en escenarios ajenos, al otro lado de las pantallas de los noticiarios cinematográficos.

Noches como ésta del 15 de noviembre, apagadas las luces de las casas y las calles, acelerados los corazones en la carrera por alcanzar, escaleras abajo, cualquier oscuro refugio en el laberinto de túneles y sótanos de Stettin.

Desde finales del siglo XIX, la familia Schneemann, de apellido medio judío y sangre medio aria, es propietaria del edificio en cuya primera planta vive la familia Lambrecht. En otro tiempo, no hace mucho, el sótano de Prutzstrasse 11 estuvo lleno de fruta, de latas de conservas, de paquetes de café. Pero en noviembre de 1940 sólo quedan sacos de harina. Ya en 1899, los hermanos Marc y Waldemar Schneeman poseían, respectivamente, una panadería y una tienda de ultramarinos en la planta baja. Todavía en 1934 podía leerse sobre la puerta el rótulo «Waldemar Schneemann, tienda de comestibles». Tras la muerte de éste, su herencia quedó repartida entre sus hijos Wilhelm y Rudolf, correspondiéndole al primero la casa de Prutzstrasse y al segundo, un edificio de similares características en el 20 de Kochstrasse, del que también su padre era propietario. De igual modo se repartieron los hijos de Waldemar Schneemann la panadería y la tienda de ultramarinos de Prutzstrasse. Quedó ésta en manos de Wilhelm, mientras que la panadería pasó por sucesivos arrendatarios hasta que, en 1936, se hicieron cargo de ella el maestro panadero Hans Glashagen y su esposa Gertrud, que serán quienes la regenten hasta el final de la guerra. Pero la tienda de ultramarinos comenzó un lento declive al que no fueron ajenas las restricciones impuestas por la guerra. El sótano, que antes servía de almacén de comestibles, es ahora parte de la panadería, por lo que siempre suele haber en él grandes sacos de harina y algunas banastas con hogazas y barras que esparcen por el aire su aroma dulce de pan tierno.

—No hay refugio en Stettin mejor preparado para la adversidad —suele decir la viuda Ziemann, que vive en la última planta de la casa pero es la primera en llegar al sótano cuando suenan las sirenas.

Y la viuda Ziemann, en efecto, está ya en el sótano cuando llega la familia Lambrecht. También están allí el señor Hoffmann, secretario de aduanas, la anciana señora Richter, también viuda, y la familia Glashagen al completo. En otro tiempo, nadie entre los presentes habría dudado de la afirmación de la señora Ziemann. Ahora, sin embargo, cualquiera de los muchos refugios construidos en Stettin desde el inicio de la guerra reúne mejores condiciones para afrontar la adversidad que el sótano de Prutzstrasse 11. De todos ellos, aunque todavía inacabado, el más grande y uno de los mejor preparados será sin duda el situado bajo la Estación Central, con una red de túneles y salas capaces de alojar a miles de personas.

—He oído que por muchas bombas que caigan sobre él -dice Gertrud Glashagen-, aunque la estación se derrumbara y las marquesinas de los andenes y los raíles de las vías se retorcieran como un puñado de lombrices, ese refugio permanecería indemne.

—¿No querrá que nos vayamos allí en este momento? -pregunta la viuda Ziemann-. ¿O es que tiene usted miedo a que le robemos un poco de harina?

Una sonrisa tibia se extiende por el sótano. Quizás el refugio de la Estación Central permaneciera indemne como afirma la señora Glashagen, pero todos saben que, cuando suenan las sirenas, el agujero más cercano es también el más seguro. Además, todos intuyen que no hay refugio suficientemente sólido como para protegerse de otros hundimientos, como el derrumbe del ánimo cuando hay que enfrentarse a un exterior de cascotes y cenizas. Callan sin embargo. El más leve temor a la derrota es síntoma indiscutible de traición. Y «Alemania vence en todos los frentes», como rezan las pancartas desplegadas en los edificios más notables de Stettin y del *Reich*. Incluso la Torre Eiffel -todos lo pudieron ver en los noticiarios cinematográficos- exhibe una gran pancarta con ese mismo mensaje: *«Deutschland siegt an allen Fronten»*. En todos los frentes. Alemania vence y vencerá en todos los frentes porque ninguna otra nación en el mundo tiene un líder como Hitler, entregado en cuerpo y alma al pueblo alemán con la misma intensidad que el pueblo alemán le ha entregado sus cuerpos y sus almas.

Durante unos segundos, tintinean los vasos apilados en una de las baldas. Es la primera explosión, percibida en el silencio del sótano como un breve parpadeo de la luz. La bombilla, que cuelga desnuda de su cable, parece ejercer un efecto hipnótico sobre todos los presentes, cuyas miradas convergen en ella como si en las oscilaciones de su filamento incandescente estuviera el oráculo de sus destinos. En la segunda explosión, la luz se apaga por completo.

—¡Tranquilos, tranquilos! –grita el panadero–. Ahora mismo enciendo una vela...

En la oscuridad absoluta del sótano se percibe el sonido quejumbroso del banco donde estaba sentado el señor Glashagen, sus pies tropezando en otros pies, algo que cae y, finalmente el resplandor del fósforo y una vela encendida.

Una tercera explosión, y una cuarta, y otras que se pierden en la distancia de la noche y el galope de los corazones, estrechan las gargantas y ensanchan el silencio del sótano, tembloroso de sombras por la luz de la vela.

—Parece que ya no se oye nada... –gime la viuda Ziemann.

Pero nadie se mueve y nadie responde. Se diría que el aire del sótano, polvoriento de harina, ha sedimentado en una sábana de sueño que arropara los bultos acurrucados o tendidos en los bancos.

Jenny Lambrecht mira su reloj de pulsera. Hace ya más de media hora que no se escuchan explosiones. Excepto Edelgard, todos sus hijos dormitan. Axel y Klaus han buscado acomodo en los flancos de la prima Ilse, que dormía esa noche en la casa de sus tíos. Ilse, en el sótano, con sus rubias coletas, sus pechos rotundos y un niño a cada costado tiene todo el aspecto de una joven matrona sacada de un cuadro costumbrista. Sigrid, los brazos sobre la mesa y la cabeza sobre los brazos, parece sumida en un sueño profundo y repentino del que no logra sacarla la sirena que anuncia el fin de la incursión aérea. Son las cinco horas y diecisiete minutos del viernes, 15 de noviembre de 1940. Todavía es noche cerrada cuando los inquilinos del 11 de Prutzstasse abandonan el sótano del edificio, que no parece haber sufrido daños durante el bombardeo.

—Es hora de encender el horno –dice el señor Glasshagen, acostumbrado a madrugar para que no le falte a su clientela el pan caliente y los bollos suizos del desayuno.

Ordenadamente, todos los inquilinos abandonan el sótano del panadero y suben hacia sus casas sin más comentarios que un mutuo buenas noches. Ninguno ha querido abrir la puerta del portal para asomarse a la calle, que parece tranquila en cualquier caso. Incluso las bombillas de la escalera se han encendido de pronto, como si nada hubiera sucedido.

ADOQUINES ARDIENDO

Ningún edificio de Prutzstrasse ha sido alcanzado por el bombardeo de la noche. Pero otras calles céntricas de Stettin no han corrido la misma suerte. Algunos edificios de Elizabethstrasse, Stoltingstrasse, Mühlenbergstrasse y Graudenzerstrasse han sido alcanzados, aunque los daños no son cuantiosos globalmente. Y ello da lugar al optimismo. Los bombardeos, sin embargo, acaban de comenzar. Noche tras noche, a todo lo largo y ancho de Alemania, en un programa sistemático de destrucción, los aviones británicos y estadounidenses irán lanzando miles, decenas de miles, centenares de miles de toneladas de bombas hasta el fin de la guerra. Ciudades como Emden, Bremen, Lübeck o Hamburgo serán las primeras en sentir el temblor de los edificios derrumbados. Stettin, uno de los principales puertos de Alemania, será también uno de los primeros objetivos de los bombardeos aliados, cuando aún toda la nación confiaba en la victoria. En la noche del 19 al 20 de septiembre de

1941, se produjo la primera gran fisura en el optimismo de sus ciudadanos. El bombardeo duró tres largas horas, de dos a cinco de la madrugada. Con las primeras luces comenzó a verse la magnitud del daño: casas enteras desplomadas como castillos de naipes, enormes cráteres convertidos en pozos de lodo por la rotura de las redes de agua y alcantarillado, incendios por doquier, como el de los grandes almacenes de farmacia Dedrohaus, en Nemitzstrasse, o el de la fábrica de gas de Zabelsdorf, cuyas llamas iluminaron la noche y oscurecieron el amanecer. Muy cerca de la casa de Edelgard, en Berliner Tor, el edificio de los transportes urbanos de Stettin quedó completamente destrozado. También la escuela para niñas de la Emperatriz Augusta Victoria, donde Sigrid estudiaba, ha sido destruida.

El Museo de Historia de Szczecin conserva una valiosa documentación fotográfica que muestra los efectos de este bombardeo de septiembre de 1941, que sólo sería el preámbulo de la destrucción de Stettin.

Setenta años más tarde, en septiembre de 2011, hablamos María y yo con Silke Roggenbrodt de los bombardeos sobre Alemania.

—Yo tengo una amiga —nos dice Silke— que sobrevivió al bombardeo de Dresde. Cuando lo recuerda, todavía se pone a llorar. Es algo que no ha logrado superar a pesar del tiempo, y jamás ha vuelto a Dresde. Dice que no lo soportaría.

Dresde, como Hiroshima, se ha convertido en símbolo de la destrucción humana, tanto de la capacidad de destrucción que tiene el ser humano como del poder de destruir lo que de humano tiene nuestro ser.

Entre los días 13 y 15 de febrero de 1945, a menos de tres meses de finalizar la guerra, la preciosa y monumental ciudad de Dresde, llamada hasta entonces la «Florencia del Elba», sin áreas industriales o militares de relevancia para el curso de la guerra, se convirtió en un extraño objetivo para la aviación aliada.

Hacia las cinco y media de la tarde del 13 de febrero, martes de carnaval, mientras niños disfrazados de piratas o bailarinas jugaban en las calles de Dresde, 254 bombarderos Lancaster de la *Royal Air Force* despegaban del aeropuerto de Swinderby, al este de Inglaterra. Portaban 500 toneladas de bombas y 375 toneladas de dispositivos incendiarios, correspondientes a 200.000 bidones rellenos por un gel de caucho y fósforo blanco. A las diez y cuarto de la noche, tras un vuelo de mil doscientos kilómetros, arrojaron la primera bomba sobre el centro Dresde. Y en los ocho minutos siguientes, todas las restantes. Las bombas, equipadas con detonadores retardados en treinta segundos, no explotaban con el primer impacto sobre los tejados, sino cuando ya habían atravesado por su velocidad y su peso los pisos altos, en la planta baja de los edificios. Algunas pesaban dos toneladas y eran capaces de destruir una manzana entera de viviendas. Sobre los escombros, en los tejados hundidos, en los huecos de las escaleras, en los patios de las casas o en mitad de las calles, los dispositivos incendiarios completaban la devastación iniciada por los explosivos. El casco antiguo de Dresde se convirtió de pronto en una inmensa hoguera visible a cien kilómetros.

Con los hombres jóvenes en el frente, los equipos de bomberos y de rescate estaban compuestos en su mayoría por viejos y por adolescentes de las Juventudes Hitlerianas, insuficientes e incapaces para sofocar las llamas. Además, el Alto Mando aliado tenía previsto un segundo ataque que anulara cualquier intento de socorro... Tres horas después del primer y terrible bombardeo, mientras los supervivientes se afanaban en salir de los refugios hundidos, atender a los heridos o tratar de apagar las llamas de la gente que ardía, una nueva formación de bombarderos sobrevolaba el cielo encendido de Dresde. Era la una y veintitrés minutos de la noche. Más de quinientos aviones Lancaster, casi el doble que los que componían la primera oleada, habían salido desde sus bases británicas hacia aquel punto rojo del horizonte, visible desde el aire a más de quinientos kilómetros. Portaban 650.000 nuevas bombas incendiarias que dejaron caer sobre la hoguera de Dresde.

Quienes sobrevivieron al bombardeo, como la amiga de Silke, cuentan que hasta las marquesinas de chapa y los adoquines del pavimento ardieron aquella noche, impregnados de fósforo. Una devastadora tormenta de fuego levantó en las calles y avenidas vientos huracanados que succionaban hacia el vórtice del gigantesco incendio cualquier objeto no amarrado con cadenas: carritos de niño, motocicletas, cadáveres, cuerpos de hombres y mujeres que en vano trataban de luchar contra el vendaval de llamas, agarrándose a postes o farolas cuyo contacto quemaba. En el interior de aquel infierno, la temperatura derretía el vidrio y los metales. Miles de personas refugiadas en túneles o sótanos se asfixiaron por la falta de oxígeno. Otras, calcinadas, habían tratado en vano de apagar sus ardientes salpicaduras de fósforo blanco, ignorando que éste no se apaga, sólo se extiende. Incluso los que se arrojaban a las fuentes públicas veían cómo el gel que impregnaba sus ropas seguía ardiendo a pesar del agua. Sólo aquéllos que se cubrían con tierra o arena podían sofocar las llamas por unos instantes, pues aquel líquido gelatinoso de caucho y fósforo volvía a incendiarse por sí mismo al contacto con el oxígeno del aire.

Y sin embargo, aún no habían concluido los bombardeos. A las doce y diecisiete minutos de ese día, 14 de febrero, bajo un pálido sol que apenas lograba traspasar las nubes de humo, 316 bombarderos estadounidenses B-17 –*Flying fortresses,* fortalezas volantes– reemplazaron a los Lancaster británicos. En quince minutos, 475 toneladas de bombas y 136.000 nuevos bidones incendiarios cayeron sobre la ciudad arrasada. Y todavía en la mañana del día siguiente, 15 de febrero, otros 211 *Flying fortresses* volverían a lanzar 460 toneladas de bombas sobre los escombros de Dresde.

En las calles, o en lo que de ellas quedaba, montañas de cadáveres se fueron apilando en las jornadas sucesivas. En muchos refugios, nadie había sobrevivido. En otros, los supervivientes habrían preferido haber muerto. La desolación era completa y no existen palabras que logren describirla en la medida exacta del horror. Pero se conservan bastantes fotografías de estas horas robadas al infierno. Refugios calcinados. Pilas de cadáveres. Campos de ruinas. En una de esas imágenes puedo ver el cadáver de una joven madre, reclinada sobre un cochecito donde dos bebés gemelos duermen el sueño de la eternidad, arropados por el polvo y la ceniza. Detrás, sentados en dos bancos de madera, aparecen tres cadáveres grotescos, desencajadas las mandíbulas en una mueca carbonizada. A la derecha, intacta e inútil, la estufilla eléctrica que habían encendido en su refugio para defenderse del frío de febrero. Y caído a los pies, también intacto, un reloj despertador que acaso sonó hasta que se le acabó la cuerda, metáfora cruel del sueño eterno.

En mayor o menor medida, no siempre menor, escenas como ésta se repitieron a lo largo y ancho de Alemania, también en Stettin, donde Edelgard confiesa repetidamente que hubiera preferido descansar para siempre, junto a su madre y sus hermanos...

Sólo en la noche del 20 de abril de 1943, coincidiendo con el cumpleaños del *Führer*, bombarderos británicos lanzaron sobre Stettin 782 toneladas de bombas explosivas e incendiarias que arrasaron más de mil edificios, entre ellos el tribunal de distrito de Elisabethstrasse, el hotel Preussenhof, el cine Scala, junto al que vivía Ilse, el hospital infantil de Turnerstrasse y el complejo hospitalario municipal de Apfelalle, donde estaba por aquel entonces ingresada la abuela de Edelgard y Sigrid... Cuatrocientos mil metros cuadrados de ciudad quedaron convertidos en gigantescas escombreras. Pero el infierno sólo acababa de comenzar... En la noche del 5 al 6 de enero de 1944, noche de los Reyes Magos, 348 cuatrimotores Lancaster británicos arrojan 1258 toneladas de bombas sobre Stettin. Poco después, el 11 de abril, bombarderos norteamericanos B-17 lanzan sobre la ciudad 650 bombas explosivas y 1800 bombas de fósforo. En mayo, nuevamente los B-17 de la *USAF* arrojan otras 1700 bombas sobre la capital de Pomerania. Y lo peor está por llegar. En la noche del 16 al 17 de agosto de ese mismo año, durante 22 minutos apocalípticos, 461 Lancaster dejan caer sobre Stettin 3200 bombas. Unas cien mil personas perdieron sus hogares en este bombardeo, y aunque no se sabe con certeza la cifra de víctimas, sí hay constancia de que no había ataúdes para tantos muertos, la mayoría de los cuales fueron enterrados en fosas comunes. Pero aún faltaba el último gran acto en el escenario de la destrucción. En la noche de 29 al 30 de agosto de 1944, 402 pesados bombarderos Lancaster volaban de nuevo hacia Stettin... En pocos minutos, los más de mil grandes incendios producidos por este bombardeo desarrollaron una tormenta de fuego similar a la de Dresde, con temperaturas de mil grados y vientos huracanados de 200 kilómetros por hora. Como en Dresde, algunos supervivientes recuerdan que ardía el adoquinado de las calles, y que hasta las aguas del Oder fluían por momentos cubiertas de llamas.

Según la fría y laxa veracidad de las estadísticas, unos 600.000 civiles murieron en Alemania a consecuencia de los bombardeos angloamericanos. Unos 60.000 civiles angloamericanos murieron a consecuencia de los bombardeos alemanes. La diferencia sólo es evidente para el fácil y engañoso cálculo estadístico, porque no se puede anotar en un libro de registro contable ni medir en una balanza de precisión la inmensidad imponderable del horror. Seis cadáveres no pesan necesariamente más que uno, ni sesenta más que diez, ni 600.000 más que 60.000. El horror escapa a las leyes de la Física y al juego de las Matemáticas. El horror es una categoría moral donde sucumbe o sobrevive lo esencial del ser humano, lo que nos marca como entes dotados de razón y sentimientos.

Observo la fotografía de la joven madre muerta sobre el cochecito con los cadáveres de sus dos hijos... Observo la famosa fotografía de Churchill, Roosevelt y Stalin, sonrientes en la conferencia de Yalta, sólo dos días antes del bombardeo de Dresde... Un hilo sutil, pero evidente, une ambas imágenes. Tan sutil como la diferencia entre el peso moral de uno y seis cadáveres, de diez y de sesenta. Así lo pienso. Así lo quiero pensar. Un hilo leve y frágil del que pende, como un condenado en la horca, el peso de nuestra alma. No encuentro otra forma de explicar lo que siento. En ese hilo sutil están anclados los sueños de la humanidad, nuestra razón de ser, nuestro futuro, nuestro mundo.

30

INDICIOS

Conocer el nombre y apellido de soltera de la madre de Edelgard y Sigrid me va a permitir otros pequeños descubrimientos que, como teselas halladas al borde de un camino, van conformando un mosaico cuya presencia se intuye al final de la noche, saliendo de la tierra.

En los directorios de Stettin que había ido reuniendo, concretamente en los correspondientes a la década de 1924 a 1934, aparecía el nombre de Ida Greif en el 13 de Gutenbergstrasse. Mas era un nombre que nada me decía, salvo lo reseñado en el directorio: que Ida Greif era viuda y que vivía en el mismo edificio que los Lambrecht, del que era propietaria. Por ello, hasta saber que el nombre de soltera de la señora Lambrecht era Jenny Greif, no podía imaginar algo que ahora me resulta evidente. Ida Greif, nacida Neubauer, era la madre de Jenny, la abuela de Edelgard.

Este hallazgo, en sí mismo, no parece importante. Sólo dice lo que dice. Que el comerciante u hombre de negocios Oskar Lambrecht, casado en 1926 con Jenny Greif, comenzó su vida familiar en casa de su suegra, ya viuda en el día de su boda. Pero la situación económica del joven matrimonio, no demasiado boyante, también puede deducirse de este hecho...

Tesela a tesela, el mosaico se va recomponiendo. Y el azar es quien regala alguna de esas teselas recogidas en el borde de los caminos. El azar de ir pasando las páginas del voluminoso *Stettiner Adressbuch* de 1931, me hace tropezar con el apartado *Festsäle* (sala de fiestas, salón de baile) en la sección comercial de la guía, página 693. Y en ese apartado figura el nombre de *Ida Greif, Gutenbergstrasse 13, teléfono 26878.*

¿Una sala de fiestas...? ¿No habrá un error en el directorio? Compruebo el de 1932 y obtengo el mismo resultado: una sala de fiestas o salón de baile regentado por Ida Greif.

En una de sus cartas, Edelgard menciona que aprendió a tocar el piano a la edad de siete años. Ni en la casa de mis padres ni en la de mis abuelos –trabajadores del campo y las canteras– hubo nunca un piano, ése era un lujo de familias acomodadas. Por ello, en la primera lectura de sus cartas, pensé que Edelgard debía de pertenecer a una familia con recursos económicos suficientes para poder permitirse la tenencia de un piano. Poco podía imaginar entonces que Edelgard había crecido en un salón de baile... ¿Y Jenny, su madre? ¿Tocaría también el piano, cantaría con una voz tan hermosa como la de Sigrid?

En las fincas colindantes de Gutenbergstrasse, había también sendos establecimientos dedicados a la misma función. Uno de ellos, *Königsberg Festsaal,* abrió sus puertas antes del comienzo de la Primera Guerra Mundial y seguía funcionando al final de la Segunda. Esto lo supe hace ya tiempo, en cuanto descubrí el nombre y domicilio de Oskar Lambrecht. Incluso hallé en internet tres viejas fotografías de estos establecimientos, más parecidos a merenderos de verano que a salones de variedades. Las fotos, en efecto, muestran un amplio jardín lleno de mesas y de sillas cuidadosamente ordenadas bajo una red de farolillos de verbena, con un escaso público de damas ensombreradas y caballeros de igual guisa, sentados frente a un escenario donde canta una corista en cuyo vestido se adivinan gasas negras y lentejuelas de azabache.

En un ambiente semejante debieron de crecer Edelgard y Sigrid, al menos hasta 1934, año en el que ya no se menciona el *Festsaal* de Ida Greif en el directorio de Stettin. En ese año, la abuela Ida cambia de domicilio y aparece registrada en el 16 de Jageteuffelstrasse.

También en internet pude hallar un excelente plano de Stettin de 1936. Busco en ese plano y veo que el 16 de Jageteuffelstrasse corresponde a una de las dependencias del complejo hospitalario de la ciudad, destruido en el curso de la guerra por los bombardeos aliados el 20 de abril 1943.

¿Estaba enferma Ida Greif? Parece probable, al menos así parece indicarlo este cambio de domicilio y las informaciones obtenidas por el pastor Ulrich Reetz en el Archivo Central de la Iglesia Protestante, con sede en

Berlín. Según estos informes, Edelgard fue bautizada en la iglesia de San Pedro y San Pablo, pero Sigrid, Axel y Klaus fueron bautizados en el domicilio. La hipótesis de una abuela enferma, que no puede acudir a la iglesia, me parece verosímil.

Salvo Klaus, el pequeño, todos los hermanos Lambrecht nacieron en el 13 de Gutenbergstrasse mientras vivía allí su abuela Ida, que representaba a los herederos de la familia Greif como propietarios de la casa. Luego, hacia finales de 1933 o principios de 1934, coincidiendo con el auge del nazismo, la propiedad pasa a manos del Banco de Comercio y Bienes Raíces, que cede la casa al *NSDAP* para establecer en ella la sede del *Ortsgruppe* (grupo local) de Grünhof, uno de los barrios de Stettin.

En esa fecha, 1934, ya Oskar Lambrecht ha sido nombrado *Sturmführer* de las *SS,* aunque en la guía de direcciones de Stettin sigue figurando como *Kaufmann,* comerciante u hombre de negocios. ¿*Kaufmann* o *Sturmführer?*, me pregunto. Pero no tardo demasiado en descubrir que no hay contradicción en esa dualidad laboral, puesto que en aquellos primeros años del nazismo el servicio en las *SS* era voluntario y sin remuneración económica alguna.

¿Intervino Oskar Lambrecht en la venta y cesión de la casa de su suegra para sede del grupo nazi de Grünhof? No podría aducir pruebas, pero tampoco me atrevo a descartarlo. En cualquier caso, hay constancia de que en ese año de 1934 él y su familia habitan provisionalmente una vivienda en el número 40 de Grünstrasse, un edificio municipal, propiedad del Ayuntamiento de Stettin, donde residen funcionarios diversos y con diversas responsabilidades. En la lista de oficiales de las *SS* de ese año, donde se recoge el nombramiento de Oskar Lambrecht como *Sturmführer,* subteniente, figura también su destino: el *39 Standarte* con sede en Köslin, ciudad equidistante entre Stettin y Stolp.

En Stolp viven su hermano Alexander y la hija de éste, Ilse. Y allí vivirán también poco después, por un breve periodo, Oskar y su familia. En el *Adressbuch* de Stolp de 1936 figura su residencia en el número 12 de la plaza Bismark, una de las más céntricas y concurridas de la ciudad. Por primera vez, junto a su nombre, figura también una profesión distinta a la de *Kaufmann* que se indicaba en todas las guías precedentes: Oskar Lambrecht, *Bezirksobmann,* Presidente de Distrito. Su carrera en las *SS* y en el complejísimo entramado del Partido Nacionalsocialista está dando sus primeros frutos. Un año después, y con el parecido cargo de *Bezirksleiter,* Líder de Distrito, aparece nuevamente registrado en el *Stettiner Adressbuch* de 1937, residiendo ya en el número 11 de Prutzstrasse, donde su familia sufrirá más adelante los primeros bombardeos efectuados sobre la capital de Pomerania.

Hasta aquí los fríos datos que puede aportar una guía de direcciones y teléfonos.

Ilse, la sobrina de Oskar Lambrecht que figura en el directorio de Stolp de 1936, es la misma persona que José menciona en su diario con muy pocas palabras:

Pasa la comida en silencio. La prima de Edelgard (una señora de unos cuarenta años que se ocupa de la casa), el Sr. Lambrecht y yo comemos abstraídos.

También Edelgard se muestra parca en palabras para hablar de su prima, que sólo una vez aparece, por obligación y de pasada, en una de sus últimas cartas:

P.S. Recibe muchos saludos afectuosos de mi padre, de Sigrid, de mi prima y de Dixie. ¡Ellos dicen también que debes volver en Navidad!

Dixie es la perrita de Sigrid, un cachorrito lanudo y simpático que su padre le regaló después de su última operación, en julio de 1953. Cuando José viajó a Flensburg, en agosto de ese año, también Edelgard había sido operada, y ambas hermanas convalecían aún en el hospital de Schleswig. En una de las fotos que Oskar Lambrecht le tomó a José, éste aparece con Dixie, contemplando el fiordo de Flensburg desde el mirador de Duborg Skole, en la parte alta de la ciudad. Y un retrato en primer plano de la perrita vuelve a aparecer en otra de las fotos que Edelgard envía a José, con esta nota al dorso:

¡Ven a acariciarme!,
Dixie.

Sin embargo, ninguna foto, ni una palabra más acerca de Ilse. ¿Por qué este vacío?, me pregunto. ¿Celos acaso de su prima, con la que Oskar Lambrecht acabaría contrayendo matrimonio tras la muerte de Edelgard y Sigrid?

«Las chicas desaprobaron siempre la relación entre Ilse y su padre», me comentó Dieter Pust en uno de sus mensajes, sin entrar en más detalles.

¿Era ésa la causa del silencio sobre su prima? Probablemente.

La boda entre el tío y la sobrina se celebró el 23 de enero de 1975. Él tenía entonces setenta y dos años, diez más que su sobrina. Un año después de la boda, el 5 de febrero de 1976, moría Oskar. Y sólo tres meses más tarde, el 7 de mayo, Ilse Margarete Irmgard Lambrecht, su sobrina y esposa, se llevaba a la tumba lo que a mí me parece una triste y profunda y trágica y desconocida historia de amor.

De domicilio a domicilio y muerte a muerte, en busca de datos para ordenar el caos, mi pensamiento regresa a la casa de Gutenbergstrasse, epicentro también de otra desconocida tragedia. Situada en una zona tranquila pero céntrica, en el límite de los nobles edificios decimonónicos de Stettin con las pequeñas viviendas populares, de una planta y amplio jardín, la casa reunía excelentes condiciones para sede de uno de los treinta grupos locales del Partido Nacionalsocialista. En fotos de la época, podemos ver casas como ésta, destinadas a idéntica finalidad. Y en las fotos, jóvenes nazis practicando deportes, cantando himnos patrióticos o posando frente al fotógrafo con la barbilla erguida y el brazo en alto.

No obstante, el destino de la casa como sede de una agrupación local del Partido Nazi finaliza antes de 1943, fecha en la que el *Ortsgruppe* de Grünhof ya se ha mudado al número 80 de Pölitzerstrasse. Y es en 1943, coincidiendo con los bombardeos más intensos sufridos por Stettin, que afectan a la calle y al piso donde vivían, cuando Oskar Lambrecht decide que su familia se mude a su antigua casa, más segura para afrontar los bombardeos porque ningún edificio de cuatro plantas se desplomaría sobre su sótano en el caso de ser alcanzada.

A esa casa, y no a la de Prutzstrasse, es adonde regresan los recuerdos de Edelgard una y otra vez. Esa casa, la casa de su abuela Ida, la casa de su madre, tiene un amplio jardín lleno de lilas y de almendros que revientan de flores en los primeros días de primavera. Se lo dice a José en una de sus cartas. Es una casa alegre y luminosa, pero fría en invierno. El dañado piso de Prutzstrasse, por el contrario, era cálido pero sombrío. Tenía calefacción pero le faltaba sol, le faltaban árboles, le faltaba una terraza donde brindar con las copas en alto por la alegría de vivir. Ésa es la casa de donde fueron expulsadas para siempre en la terrible mañana del primero de mayo de 1945, festejado por las tropas rusas con un trago extra de vodka.

Ahora, en la noche de ese primero de mayo, Edelgard y Sigrid sólo pueden festejar que siguen vivas en una ciudad donde hasta las piedras parecen proclamar el triunfo de la muerte, como en una maldición bíblica. Pero es la señora Schneeberger –¡como si ellas no lo hubieran visto con sus ojos!– quien se encarga de recordárselo en la salmodia que ha comenzado a bisbisear para sí misma, como quien roe un hueso de aceituna:

—No quedará piedra sobre piedra. Todo será destruido... El que esté en la azotea no baje a llevarse nada de su casa; y el que esté en el campo no regrese para buscar su capa. ¡Ay de las que estén preñadas o criando aquellos días...!*

---
* Mateo 24, 2, 17-19

¿Estarán ellas preñadas?, se pregunta Edelgard en la duermevela. ¿Por qué rumia esa cita del Evangelio la señora Schneeberger? ¿Por qué añade un tormento a sus tormentos? No le gusta esa anciana. No le gusta la insistencia con la que ha preguntado por su padre. Sabe demasiado sobre él y sobre ellas. Es demasiado peligroso permanecer en su guarida. Si habla, si los soldados rusos le hacen hablar... ¿Qué será de ellas? ¿Qué será de la esposa y de las hijas de un alto oficial de las *SS*...? Mejor hubiera sido quedarse junto a los cadáveres de los Rudel. Los cadáveres no hablan, no bisbisean salmodias bíblicas...

—Los que estén en Judea que huyan a los montes; el que esté en la azotea no baje a llevarse nada de su casa; y el que esté en el campo no regrese para buscar su capa... –repite una y otra vez la señora Schneeberger.

Su madre bajó a la calle, regresó para buscar a la abuela y no han vuelto a saber de ellas, como si se diera cumplimiento de este modo a los versículos que la señora Schneeberger intercala entre los yunques de la noche.

Antes del amanecer, cuando la anciana parece haberse quedado dormida, o al menos cuando su bíblica salmodia se ha transmutado en una respiración silbante y quejumbrosa, Edelgard acerca sus labios al oído de su hermana:

—No podemos quedarnos aquí –le susurra–. Sabe demasiado de nosotras, de papá. Y hace demasiadas preguntas. Habla mucho y nos delatará. Queriendo o sin querer, nos delatará.

Sigrid está de acuerdo:

—Cuando sea de día nos iremos –dice–. Ahora procura descansar.

Edelgard obedece. Cierra los ojos. El frío de la madrugada tirita en sus costados. Las solapas del abrigo, que aprieta con las manos en torno a su nariz y su cuello, tienen un olor azufroso, como el polvo de los escombros o la ceniza que levanta en remolinos el viento de la noche.

31

UN ZAPATO ROJO

Encontrar a su madre y a su abuela. Ningún otro deseo ocupa ahora el corazón de las hermanas Lambrecht. Por eso, en cuanto la señora Schneeberger les muestra de dónde procedían los ruidos que desvelaron su descanso casi tanto como sus salmodias apocalípticas, Edelgard y Sigrid –tras tomar algo del embutido que cogieron en casa de los Rudel y que comparten con la anciana–, se apresuran a bajar a la calle.

—¿Le importaría que dejásemos aquí la maleta por unas pocas horas? –preguntan a la señora Schneeberger.

—Por supuesto que no –responde la anciana–, la cuidaré como a mi vida.

Edelgard y Sigrid bajan las escaleras lentamente, para no hacer ruido, como si en las mirillas de los pisos vacíos durmieran ojos invisibles capaces de espiar sus pasos. La calle está desierta cuando salen del portal. Frente a ellas, en la otra acera, ven un pequeño bulto de color rojo en el suelo. Es un zapato de mujer, un solitario zapato de tacón alto que les recuerda la escena presenciada la tarde anterior, cuando la mujer del portal número ocho fue derribada a patadas por los soldados rusos.

¿Qué les diría para que se cebaran con ella de ese modo?, se preguntan en silencio. ¿Y por qué tendría su abuela que cruzar la calle para amonestar a los soldados con el brazo en alto? Pero la incógnita que ni se atreven a formular se halla en ese zapato solitario. ¿Qué hace un zapato de tacón en una acera, qué pudo haber pasado para que la mujer no lo recogiera tras ser golpeada y empujada hacia el portal?

Edelgard, desde el otro lado de la calle, parada, mira ese zapato abandonado como si tratara de leer en él una respuesta.

—Debemos irnos... -dice Sigrid. Pero ya Edelgard está cruzando la calzada y abre con resolución la puerta del portal número ocho.

Un mismo corazón late, encogido, en el silencio de ambas hermanas.

—En el portal no hay nada -dice Edelgard en el minuto siguiente, pero es una respuesta que no hace sino acrecentar su congoja y la de Sigrid.

De haber encontrado el cuerpo de la mujer en el portal, desbaratado e inmóvil como una muñeca rota, su zapato encajaría en la lógica terrible de la muerte, pero su presencia en la acera es un rojo interrogante que se abre a las suposiciones más negras y a la certeza de que la muerte no es la peor de las respuestas.

—Quizá quede alguien en el edificio. Quizá alguien pudo ver lo que pasó.

Con este pensamiento en la boca suben a la primera planta y llaman puerta por puerta. En la segunda planta les abre un hombre viejo, tan anciano al menos como la señora Schneeberger.

—No vi nada porque casi estoy ciego, pero tengo buen oído —dice el anciano—. Escuché golpes y gritos en el portal. Oí a alguien, una mujer que parecía vieja y que gritaba, gritaba mucho. «¡Animales, animales, ni a los perros se les trata de este modo!». Luego llegó otra mujer y parece que los *ivanes* se las llevaron a todas.

—¿Sabe a dónde las llevaron?

—¿Cómo voy a saberlo? A la cárcel, supongo. O las pegarían un tiro en una esquina. Preguntad a algún soldado dónde llevan a los detenidos...

Eso es lo que se disponen a hacer Edelgard y Sigrid, horrorizadas ante la idea de encontrar en alguna esquina los cuerpos de su madre y de su abuela con un tiro en la cabeza. Salen a la calle y se dirigen hacia Königsplatz, donde fueron ayer registradas en el control de los soldados rusos. Pero no han llegado a la primera esquina cuando ven aparecer a su madre con su abuela:

—¡Dios mío, mamá...! ¿Qué os ha pasado? ¿Por qué no volvisteis anoche?

Jenny Lambrecht se abraza a sus hijas:

—Nos detuvieron —dice—, pero la abuela estaba agotada. No podía dar un paso más y nos dejaron quedarnos en un portal. Era ya el toque de queda y un soldado nos dijo que si salíamos a la calle nos podían pegar un tiro. Un buen chico... Gracias a él estamos vivas. Gracias a él y gracias a Dios.

Sigrid se ha puesto a llorar. La alegría no es suficiente para borrar la angustia acumulada en estas horas, que tampoco se expulsa por completo diluida en el llanto. La abuela sigue agotada, y ha buscado el apoyo en una farola donde hay pegado un aviso escrito a máquina:

Debido a los duros trabajos de reconstrucción de Szczecin, se requiere la ayuda de todos los polacos y de cualquier persona que aquí resida temporal o permanentemente. Espero la unidad de todos. Cada uno puede ofrecerse a las autoridades y empresas públicas, a la milicia popular o al departamento de bomberos. La información y las listas de inscripción están disponibles en la sede del Gobierno Provincial de la calle Chrobrego (Hakenterrasse) junto al Oder. También las cocinas comunitarias están abiertas.

El aviso, repartido por las carreteras y cruces importantes de la ciudad, está redactado en polaco y no se dirige a la población alemana, sino a los primeros colonos polacos que están llegando a Szczecin, apenas unos días después de su rendición.

—Toda la ciudad –dice la madre, y asiente la abuela- se está llenando de carteles en polaco. En algunos edificios hay banderas de Polonia. También hemos oído que se ha nombrado a un alcalde polaco.

El alcalde polaco es Piotr Zaremba, la persona que firma el aviso que las cuatro mujeres son incapaces de leer. Tampoco saben ellas todavía que la ciudad es un reclamo para muchos polacos que se han quedado sin hogar, o que simplemente buscan en las casas abandonadas por los alemanes una fuente rápida de riqueza. En las próximas semanas, la rapiña se convertirá en una plaga bíblica como la que anunciaba la salmodia nocturna de la señora Schneeberger.

—¿Van a entregar Stettin a Polonia? -se lamenta Edelgard, sin obtener respuesta.

—¿Y qué haremos nosotras, a dónde iremos? -pregunta Sigrid.

—Esta noche he pensado mucho -dice la madre-, y nos quedaremos en casa de los Rudel.

—¿Con los muertos? ¿Con el retrato del *Führer*?

—Es una buena casa, y no tenemos otra. Quemaremos el retrato. Enterraremos a los muertos.

—Pero volverán los soldados.

—Que vuelvan. Que se lleven lo que quieran. Les diremos la verdad, que ésa no es nuestra casa. Que la puerta estaba forzada. Que había dos muertos y que nosotras los enterramos. Que no tenemos otro sitio dónde ir.

—Está bien -asiente Edelgard-. Tampoco tenemos otras opciones. Pero me preocupa la señora Schneeberger, mamá. Pasamos la noche con ella, arriba, en las carboneras. Sabe mucho de nosotras, de papá. Y podría denunciarnos.

—¿Denunciar qué? Nosotras no hemos matado a nadie -dice la madre-. Y conozco bien a la señora Schneeberger.

La decisión está tomada. Las cuatro regresan a casa de los Rudel y abren todas las ventanas para que el olor a muerte se disipe. Con un viejo ejemplar del *Pommersche Zeitung* encienden la cocina y se apresuran a quemar el retrato de Hitler. Luego vuelcan y envuelven el cadáver de la señora Rudel en una manta y hacen lo mismo con el cadáver de su esposo. Al lado, entre la acera y el solar en ruinas contiguo al edificio, la señora Lambrecht había descubierto uno de los cráteres abierto por los bombardeos, con dos palmos de lodo en el fondo. Llevar allí los dos cadáveres y cubrirlos con tierra y con cascotes no le parecía una tarea imposible, pero se lo empieza a parecer a medida que arrastran el primero de ellos por el pasillo de la casa. Bajarlo por las escaleras resulta menos difícil, aunque el estómago se les descompone por el continuo golpear de la cabeza en los peldaños, como un mazo que ellas son incapaces de sostener en alto.

Ya en la calle, la tarde sigue tranquila, igual que en la mañana. Desde una de las ventanas, la abuela trata de contemplar el trabajo de su hija y de sus nietas, pero apenas puede ver nada porque todo sucede a los pies mismos de la casa. Nadie más parece observar la escena. Salvo ellas, la calle está desierta. Se respira una paz extraña y silenciosa, en la que ni tan siquiera cantan los pájaros. Los cañonazos de la artillería rusa que día y noche martillaban sus tímpanos son ya sólo un recuerdo. Tampoco hay sirenas que anuncien la inminencia de un ataque aéreo, ni se estremecen los corazones con el bramido sordo de los bombarderos en formación, nublando el cielo. Sólo el ruido leve de la manta arrastrada por la acera, y el golpe sordo del cuerpo volcado sobre el socavón, donde el agua embarrada se apodera enseguida del bulto caído, como si lo engullera la tierra. Ni tan siquiera sería necesario arrojar unos cascotes, pero lo hacen tras repetir idéntico proceso con el cuerpo de la señora Rudel, unos pocos escombros, algo de tierra, un par de tablas que la casualidad –para consternación de las tres mujeres– superpone en forma de cruz.

—Es un signo –dice Edelgard–, deberíamos al menos rezar una oración.

Lo hacen. Durante unos segundos rezan en silencio al borde del cráter. Luego arrojan otras tablas y otros cascotes para deshacer la cruz, demasiado llamativa para sus miradas porque saben lo que reposa bajo ella. Y regresan a la casa de los Rudel sin el peso de sus cuerpos pero con otro peso invisible y, si cabe, más difícil de sobrellevar.

Hacia el atardecer, Jenny Lambrecht descubre en uno de los armarios una radio de galena muy parecida a la que ella misma guardaba en su casa. Las cuatro mujeres están agotadas. Y las cuatro se han derrumbado en los sillones y el sofá donde horas antes yacían el señor y la señora Rudel.

En la penumbra del anochecer, Jenny conecta la toma de tierra de la radio a una cañería, se coloca los auriculares y orienta la antena de nido del aparato hasta que logra sintonizar una emisora conocida. No hay luz eléctrica en la casa, pero las viejas radios de galena no precisan de electricidad.

Son las nueve y media de la noche del día 1 de mayo de 1945. En la radio están sonando los lúgubres compases de la Séptima Sinfonía de Bruckner cuando una voz quebrada anuncia que se va a dar «una grave e importante noticia»:

Nuestro Führer, Adolf Hitler, combatiendo contra el bolchevismo hasta su último aliento, cayó por Alemania esta tarde en su cuartel general de la Cancillería del Reich. El 30 de abril, el Führer designó al gran almirante Dönitz para ocupar su lugar. El gran almirante y sucesor del Führer va a hablar a continuación al pueblo alemán».

Jenny Lambrecht no puede contener las lágrimas:
—El *Führer* ha muerto –gime–, lo acaban de anunciar en radio Hamburgo.
Edelgard y Sigrid se aprestan a colocar sus oídos en los auriculares, una a cada lado de su madre.

Hombres y mujeres alemanes, soldados de las fuerzas armadas: nuestro Führer, Adolf Hitler, ha caído. El pueblo alemán se inclina, en el más profundo respeto y dolor.

Es la voz del almirante Karl Dönitz, que tiene su cuartel general en Flensburg. Ni por un instante pueden imaginar ambas hermanas que hacia allí se está dirigiendo su padre en esos instantes, ni que allí se desarrollará en los años sucesivos la historia de sus vidas. Sólo escuchan en los auriculares palabras que se emborronan en sus mentes, consternadas ante una muerte que les parecía imposible...

El final de su lucha, del inquebrantable camino de su vida, culmina con su heroica muerte en la capital del Reich. Sólo vivió para servir a Alemania.

Su combate contra el tempestuoso bolchevismo no solo marcó a Europa, sino también a todo el mundo civilizado.

Como su madre, Edelgard y Sigrid también están llorosas, también ellas creen que la lucha de Hitler y de Alemania era la lucha del mundo civilizado. En los auriculares de la radio de galena, la voz del almirante Dönitz suena lejana y trascendente, como lejanos y trascendentes eran los sueños que ambas alimentaron desde su infancia, cuando en la escuela se les inculcaba la responsabilidad contraída por el mero hecho de ser alemanas. El heroísmo no era una opción, sino un deber. «No es necesario que vivas –se les había dicho–, pero sí lo es que cumplas tu deber hacia tu patria». Lo que ellas no saben, porque la radio no lo está diciendo, es que la «muerte heroica» de su *Führer* ha consistido en pegarse un tiro en la cabeza y en pedir que su cadáver y el de Eva Braun –que acababa de ingerir una cápsula de cianuro– fuesen inmediatamente incinerados para impedir las vejaciones que han sufrido los cuerpos de Mussolini y Clara Petacci, colgados por los pies en una gasolinera de Milán, escupidos y apedreados por el mismo pueblo que antes los vitoreaba. Tampoco dice la radio que este comunicado, recibido en el bunker de la Cancillería pocas horas antes de su boda con Eva Braun, sumió a Hitler en un profundo abatimiento. Ni que los cuerpos de ambos –como hicieron ellas con los cadáveres de los Rudel– fueron arrojados a uno de los cráteres producidos por los obuses de la artillería rusa en el jardín de la Cancillería, donde fueron rociados y quemados apresuradamente con un bidón de gasolina, sin ceremonia alguna.

Lo que el pueblo alemán ha conseguido en esta guerra y lo que ha soportado nuestra patria es único en la Historia -sigue diciendo el almirante Dönitz.

Pero ni Edelgard ni Sigrid pueden ya escucharle, ahogadas en lágrimas. Su mundo se desmorona. Todo aquello en lo que habían creído es ya un puñado de cenizas.

Mantened el orden y la disciplina, tanto en las ciudades como en el campo. Permaneced en vuestros puestos y cumplid cada uno con su trabajo. Sólo así seremos capaces de mitigar los sufrimientos que vendrán, para evitar el colapso total. Si ponemos en esto todo nuestro empeño, Dios, después de tanto sufrimiento y sacrificio, no se olvidará de nosotros.

¿Se ha olvidado Dios de ellas? Ésa es una de las infinitas preguntas que no se atreverían a responder en esos instantes. Se conformarían con saber si están vivos su padre y sus hermanos, si ellas mismas están vivas o sólo se hacen la ilusión de estarlo en esa noche oscura que ha caído de pronto sobre su mundo.

—En el cajón del aparador hay velas –dice la madre-, y he visto que en la despensa queda comida. Dios no se ha olvidado de nosotras.

32

EL COMISARIO

Hace ya varios años que la madre de Edelgard y Sigrid no está bien. Pero se diría que la caída de Stettin ha sido para ella un revulsivo y que sus últimas energías se han agrupado en un puñado de días, cuando más las necesita. Recuperar a sus hijos, Klaus y Axel, es ahora su objetivo. Pero no sabe cómo hacerlo. Los dos chicos deberían estar en la granja del primo Rudolf, a donde decidió llevarlos a mediados de febrero. Pensó entonces que la granja era un lugar más seguro que Stettin. Allí no serían reclutados por la *Volkssturm* para lanzar una granada anticarro al paso de los tanques rusos. Y tendrían comida. Y ni tan siquiera era probable que la granja, al amparo del bosque, fuera descubierta por las tropas enemigas. Sin embargo, no está segura. Sus pensamientos se contradicen un día sí y otro también. No quiere imaginarse lo que puede suceder si el ejército soviético descubre la granja, o si alguna patrulla del propio ejército alemán pasa por allí y decide que Rudolf y sus hijos, al menos el mayor de ellos, son merecedores del castigo que se aplica a los desertores y a los cobardes.

En cualquier caso, ir a la granja resulta impensable en esos días. Todas las salidas de Stettin están controladas por soldados rusos y milicias polacas. Resulta más fácil entrar que salir. La ciudad necesita urgentemente mano de obra para comenzar las tareas de reparación, que se limitan de momento a despejar las calles de escombros y a tratar de ir recuperando lentamente los tendidos eléctricos y el suministro de agua. Desde el Este siguen llegando colonos polacos, alentados por el nuevo gobierno municipal de Piotr Zaremba. Pero del Oeste también comienzan a regresar los antiguos habitantes alemanes, deseosos de recuperar sus casas y sus bienes.

Deseosa también de volver a su casa está la señora Schneeberger, que deja su escondite en las carboneras del edificio pocas horas después de que las cuatro mujeres de la familia Lambrecht se aposenten en casa de los Rudel. Al día siguiente, un comisario político acompañado de dos milicianos polacos se presenta en el edificio. Sólo quieren saber cuántas viviendas están habitadas y cuántas libres.

—Ésta no es nuestra casa –se apresura a explicarle la señora Lambrecht–. Nosotras vivíamos en Gutenbergstrasse, pero fuimos desalojadas por las tropas soviéticas. Aquí vivían dos amigos de la familia que ya no están, el señor y la señora Rudel.

—¿Y dónde están ahora esos amigos? –pregunta el comisario.

—Están muertos. Encontramos sus cadáveres al llegar y los enterramos como pudimos en el solar de al lado.

—¿Muertos, los dos?
—Los dos, sí señor. Se habían suicidado.
—Está bien –dice el comisario–, pueden quedarse aquí de momento, pero deben darme sus nombres y pasar a registrarse cuanto antes en las oficinas del Gobierno, no lo olviden.

La señora Lambrecht y sus hijas sienten un atisbo de felicidad, como si su confesión al comisario les hubiera quitado un peso de encima. Pero no han pasado veinticuatro horas cuando dos milicianos vuelven a la casa:

—¿Jenny Lambrecht? –preguntan.
—Sí, yo soy.
—Debe usted acompañarnos a las oficinas del Gobierno, y traiga consigo todos sus documentos.
—¿Ahora?
—Sí, ahora –dice uno de los milicianos sin más explicaciones.
—Nosotras vamos contigo –exclama Sigrid.
—No. Vosotras os quedáis con la abuela.
—Sigrid se queda con la abuela y yo voy contigo –concluye Edelgard, sin que los milicianos pongan problemas a que sean dos mujeres quienes les acompañen.

Las oficinas del Gobierno donde Jenny Lambrecht era requerida son, en realidad, los mismos calabozos que utilizaba la *Gestapo* para interrogar a los detenidos. En una antesala fría, malamente iluminada por una ventana enrejada y sin cristales, aguardan varias mujeres sentadas sobre un banco corrido. Allí deberá esperar Edelgard a que termine el interrogatorio de su madre, llevada a otra dependencia con gruesos muros de hormigón de los que no escapan ni los susurros ni los gritos. Al cabo de una hora de incertidumbre, un miliciano conduce a Edelgard a esa misma habitación, donde ya no está su madre.

—¿Dónde está mi madre? -pregunta Edelgard, asustada.

Frente a ella, del otro lado de un escritorio metálico, con mordeduras de óxido en las esquinas, hay un hombre seco, vestido con uniforme polaco pero que habla un alemán correcto, sin apenas acento.

—Las preguntas, señorita, se las haré yo, si le parece.

—Perdone -se disculpa Edelgard-, sólo estoy preocupada por mi madre.

—¿Tiene motivos para estar preocupada?

La pregunta, o el tono con que ha sido formulada, sobrecoge a Edelgard. El comisario no es ningún patán, no se corresponde con el tipo de humano embrutecido de los soldados que las violaron días antes. Ella se da perfecta cuenta de que se halla ante un hombre más refinado e inteligente, lo que le hace infinitamente más peligroso.

—Ella no está bien de salud -responde finalmente-, usted lo habrá visto.

El comisario no dice una palabra. Simplemente se levanta de su silla, da una vuelta en torno al escritorio y a la detenida, se detiene a su espalda, contempla su cuello delgado y sus cabellos de cobre, enciende un cigarrillo y vuelve a sentarse.

—¿Militaba usted en el Partido Nacionalsocialista?

—No señor, sólo en la *BDM*. Era obligatorio.

—Lo sé, lo sé... -dice el comisario en tono indulgente, pasando a tutearla-. ¿Y tu madre? ¿Militaba tu madre en el Partido Nacionalsocialista?

—No, mi madre no militó nunca -responde Edelgard con aplomo.

—¿Tampoco tu padre?

—Mi padre, sí. Mi padre era militante.

—¿Sólo militante?

—Mi padre es oficial de la *Luftwaffe*.

—¿De la *Luftwaffe*...?

—Sí señor, eso he dicho.

El comisario abre la guía de teléfonos de Stettin y busca con parsimonia entre sus páginas.

—Lambrecht, Oskar. Prutzstrasse, 11. *Gauamtsleiter* -dice, deteniéndose en cada sílaba.

Edelgard calla.

-*Gauamtsleiter* -repite el comisario-. ¿Es tu padre miembro de las *SS*?

—Lo es, sí señor.

El comisario se levanta de nuevo y vuelve a situarse a la espalda de Edelgard.

—¿No acabas de decirme, querida -así lo dice, querida-, que es oficial de la *Luftwaffe*?

—Lo es, sí señor, de la *Luftwaffe* y de las *SS*.

—Odio la violencia -susurra el comisario, que ha tomado una silla y se sienta junto a Edelgard, muy cerca-. Odio la violencia casi tanto como la mentira...

—Yo... -se dispone a decir ella cuando una sonora bofetada estalla en su rostro.

—¿No es tu padre *Obersturmbannführer* de las *SS*?

—Sí, lo es -responde Edelgard llorando-. Pero su puesto no está ahora en las *SS*. Hace ya mucho que lo dejó para ir al frente... Él es un oficial de la *Luftwaffe*.

—¿Y dónde está él ahora, me lo puedes decir?

—No lo sé, no tenemos noticias de él desde hace meses.

—Ya, desde hace meses -repite el comisario al tiempo que una segunda bofetada cruza el rostro de Edelgard-. ¿No está tu padre escondido con tus hermanos...? Porque tú tienes dos hermanos, ¿no es cierto?

—Mis hermanos están en una granja, porque mi madre no quería que fuesen reclutados por la *Volkssturm*... -gime Edelgard-. Pero mi padre no está con ellos, se lo juro.

—Bien, bien... Lo averiguaremos enseguida -concluye el comisario, levantándose de la silla y dirigiéndose con la mirada al miliciano que ha presenciado el interrogatorio desde la puerta, sin mediar palabra-. Puede llevar a esta mujer con su madre, camarada.

El camarada del comisario toma a Edelgard por el brazo y la conduce a través de pasillos largos y tenebrosos, medio derruidos en alguno de sus tramos, jalonados de puertas con mirillas y cerrojos.

—Tú y yo podríamos tener un encuentro agradable -le dice.

—Antes muerta -responde ella con los últimos restos de su orgullo.

—No tengo objeciones, siempre me han gustado las mujeres sumisas, y yo me encargo de calentarlas si están frías -replica el miliciano sin aspecto de estar bromeando, clavándole en el brazo sus uñas negras.

Edelgard siente una náusea irreprimible. Si ése es el mundo en el que ha de vivir en adelante, preferiría estar muerta. Y si palabras como ésas han sido escupidas a la cara de otros detenidos, en los aún cercanos días de la *Gestapo,* preferiría no haber nacido.

—Descansa y ponte guapa, vida mía —exclama el miliciano mientras descorre el cerrojo del calabozo húmedo y oscuro donde está su madre, junto a otras mujeres silenciosas que ni levantan la vista para ver a su nueva compañera, encogidas por el frío.

—¡Edelgard, mi niña! -gime la madre, abrazada a su hija-. ¿Qué te han hecho, te han golpeado?

—Estoy bien, no te preocupes.

Mas la madre no puede sino estar terriblemente preocupada, acaso pensando que todo aquello no es sino el inicio de lo que está por venir:

—¿Qué te han preguntado, qué les has dicho?

—Querían saber dónde está papá. Y sólo les he dicho la verdad, que no lo sabemos.

—¿Y no te han preguntado por los niños?

—Sólo querían saber si papá estaba escondido con ellos. ¿No lo está, verdad?

—Papá está en el frente. Pero no sé dónde. Y ahora prefiero no saberlo.

El abrazo de madre e hija se interrumpe porque alguien ha descorrido el cerrojo y una voz, desde la puerta, grita que es hora de salir al patio para hacer el ejercicio de cada día.

En el patio está lloviendo. Una fina lluvia que empapa las ropas de todas las mujeres y que se evapora de sus cuerpos por el ejercicio, obligadas a no quedarse quietas ni a formar grupos, como fantasmas de niebla.

De lo que sucede luego, de lo que sucederá en las jornadas sucesivas, hasta la mañana en que su madre y ella sean sacadas de los calabozos de Stettin, Edelgard preferirá no hablar jamás. Y las pocas veces en las que tangencialmente lo hace, sus palabras están suavizadas por un aura de perdón y olvido, como en aquella carta en la que le decía a José:

Créeme, querido, a pesar de que yo he vivido un Terror, una época casi inhumana en el Stettin del año 1945 hasta el año 1946, no guardo ningún rencor a esta época que me quitó casi todo (hasta la salud), porque, por otro lado, me ha enseñado tanto.

33

UN EXTRAÑO MAL

Durante mucho tiempo, la enfermedad de Edelgard y Sigrid fue un misterio para mí. Para José, lo fue toda la vida.

Para él, como para mí, las palabras de Edelgard no dejaban resquicio a duda alguna. Su enfermedad se debía a los muchos sufrimientos que los soldados rusos y polacos les infligieron a ella y a su hermana. Poner nombre a esa enfermedad, sin embargo, me resultaba más complejo. Un padecimiento cuyo síntoma cardinal es la pérdida de la sonrisa me inducía a pensar en una enfermedad del alma. Pero las enfermedades del alma no se tratan con trasplantes de músculos.

Una y otra vez acudían a mis oídos las palabras de Claude Mathière, el joven francés que visitó en Flensburg a las hermanas Lambrecht: «Las dos emiten el ruido de la risa sin que los rasgos de su rostro cambien la expresión». Tales palabras torturaron a José durante años. Para mí, sin llegar a ser una tortura, sí se habían convertido en una obsesión que me hacía barajar múltiples hipótesis diagnósticas. Descartada la enfermedad psicosomática, aunque algún componente anímico hubiera en su origen y en sus condicionantes, los síntomas apuntaban hacia un padecimiento neuromuscular, o a la secuela neurológica de una enfermedad tóxica o infecciosa.

Pensé en la sífilis. Era una hipótesis inevitable. Tras las violaciones sistemáticas, la sífilis fue una epidemia en Alemania durante aquellos años terribles, y sus primeros síntomas pueden pasar inadvertidos, especialmente para las mujeres. Recordé que mi profesor de Patología Médica en la universidad de Valladolid llamaba a la sífilis «la gran simuladora», citando con voz cavernosa a William Osler: «La sífilis imita cualquier patología. Es la única enfermedad que es necesario conocer».

Las manifestaciones neurológicas de la sífilis, en efecto, podían tener cierto parecido en cuanto a la debilidad y atrofia muscular, a la parálisis progresiva... Pero ningún médico eficiente hubiera dejado de valorar esta posibilidad, y tanto Edelgard como Sigrid Lambrecht habían sido tratadas por uno de los mejores médicos alemanes de aquellos años, el profesor Gerhard Küntscher, de quien Edelgard habla siempre con auténtica admiración, por ejemplo en su carta del 4 de noviembre de 1951:

Dentro de unos días dejaré nuevamente Flensburg para someterme a una cuarta y seria operación: un trasplante de músculos en la parte superior de la espalda. (Sigrid acaba de salir de esta operación.

Todavía no se encuentra muy bien, pero confío en que se restablecerá pronto, de modo que pueda volver a Flensburg. Pienso, José, que Sigrid se alegraría mucho si recibiera ahora una afectuosa carta de Jean). No debes tener miedo, pues mi profesor es uno de los mejores cirujanos alemanes: es el Profesor Küntscher, quien hace unas semanas, en el Congreso Internacional de Cirujanos de París obtuvo el primer premio por su «fijación de la médula ósea».

Lo que Edelgard denomina de tal modo, es en realidad una técnica de inmovilización de fracturas de huesos largos mediante dispositivos intramedulares que todavía hoy se denominan «clavos de Küntscher». La técnica, utilizada durante la guerra tanto en soldados alemanes como en prisioneros aliados, demostró pronto su eficacia. Y acaso esto libró a su descubridor de la justicia de los vencedores, quedando su pasado nazi en el olvido durante más de medio siglo, hasta que el Ayuntamiento de Flensburg se planteó la conveniencia de mantener o eliminar su nombre de una calle.

¿Pero qué enfermedad podía ser tratada mediante trasplantes de músculos, y en el año 1951, cuando poco o nada se sabía sobre la medicación inmunosupresora para evitar los mecanismos del rechazo? ¿Qué trasplante podía aliviar el dolor de sus piernas y sus brazos, recuperar su sonrisa?

Los trasplantes de Edelgard y Sigrid –parece lógico suponerlo– debieron ser en realidad auto trasplantes, pues ya los experimentos que llevaron a la horca a Karl Gebhardt, el amigo de su padre, habían probado de modo fehaciente el desenlace trágico de cualquier trasplante de músculos entre personas distintas.

La cuestión, en cualquier caso, superaba mis conocimientos médicos, por lo que ya en los primeros meses de mi investigación decidí recabar ayuda de dos profesionales de confianza, la doctora Mónica Lalanda, especialista en urgencias, y el doctor Juan Antonio Alonso, traumatólogo. La elección no pudo ser más afortunada, pues a su cualificación profesional se unían diversas virtudes que no dan las facultades de Medicina. *Quod natura non dat, Salmantica non prestat.* Y es que tanto Mónica como Juan Antonio, además de su cercanía y amabilidad, comparten su amor por los libros, por la Historia, por la conversación tranquila... Y son matrimonio, lo que facilita contrastar dos opiniones en una sola consulta.

Recuerdo que en nuestra primera conversación sobre Edelgard, yo les regalé un ejemplar del libro de José, y que su respuesta, en labios de Mónica, no se hizo esperar:

Querido Jose Antonio:

¡Me acabé ya el libro y estoy fascinada! Ahora entiendo la pasión con la que estás trabajando en Edelgard. Realmente me siento afortunada de poder aportar un pequeñísimo granito de arena.

He entresacado del libro todos los datos médicos, las descripciones físicas de Edelgard así como las actividades que realiza. Me llama mucho la atención que su enfermedad parece cursar en brotes pues en algunas cartas describe largos paseos, capacidad de arrodillarse, posibilidad de recoger flores o la capacidad de tocar el piano durante horas seguidas y en otras ni siquiera puede escribir. Al final de la carta del 15 de noviembre de 1949 ¿se podría entender que la incapacidad de sonreír es también intermitente? (O quizás es una metáfora...).

A propósito, la carta con fecha 3 de abril de 1950, en la cual ella cuenta que no le responde la mano... ¿Se nota en la letra? ¿Es más tórpida, más lenta, distinta? Interesa también saber el grafismo de la carta del 26 de enero de 1952, tras sufrir una infección o quizás rechazo a uno de los trasplantes. Si no se nota en la letra, el problema es probablemente del brazo a nivel proximal, más que de la muñeca o la mano. Menciona varias veces problemas con el hombro derecho (pero curiosamente en una foto aparece tocando la guitarra).

Parece que esta enfermedad afecta a la vista también de manera intermitente, pues hace mención dos veces a ello. Sufre así mismo una «pleuresía» (19 de octubre) de la que tarda en recuperarse, pues sigue comentando «fiebres» a finales de noviembre. ¿Puede el proceso estar afectando aunque sea levemente a los músculos respiratorios? ¿Sabemos cual fue la causa de su temprana muerte?

Por cierto, el cirujano que la trata es un todo terreno al que se le reconoce la primera embolectomía satisfactoria como uno de sus méritos.

Impresionante.
Un abrazo,
          Mónica

La rápida respuesta de Mónica Lalanda supone para mí una inyección de ánimo, especialmente notable porque aún no se ha producido en ese momento mi viaje a Flensburg, siendo ella y Juan Antonio las primeras personas distintas a mi esposa y a José que me ofrecen su ayuda. Por ello, apenas leer su minucioso y entusiasta mensaje, me pongo a la tarea de escribirla:

Querida Mónica:

Me alegra y tranquiliza tu fascinación. No todos los lectores de ese libro han sentido lo mismo, y eso me hacía temer que acaso no comprendieras mi entusiasmo.

La letra de Edelgard es siempre cuidada. Su carta de 3 de abril del 50 está escrita en una cartulina pequeña, del tamaño de una postal, y su letra es más apretada y «lenta» que la de otras cartas, pero no parece la letra de un enfermo con problemas en las manos. Tampoco se notan cambios muy aparentes en la carta de 26 de enero de 1952. Sin embargo, la carta del 26 de febrero está enteramente escrita a máquina, como explica José en su diario. Meses después, en la carta de 10 de julio de 1952, ella misma también se refiere a ello. Pero yo no creo que su problema esencial estuviera en los movimientos finos de las manos, pues el 20 de enero del 53 ella menciona las obras que tocará al piano para él. Edelgard es orgullosa y perfeccionista, no tocaría si no pudiera hacerlo bien.

La foto con la guitarra... Ahora no recuerdo ni en qué carta se menciona, pero tengo la foto delante y parece que Edelgard está posando. No estoy seguro de que toque la guitarra, nunca lo dice.

Con respecto al párrafo que mencionas de la sonrisa, yo lo entiendo como una metáfora y no tengo dudas al respecto. En ninguna de las fotos que envía a José en estos años, y son bastantes, aparece sonriendo, ni la más leve sonrisa. A este respecto, es esencial y terrible el párrafo de Claude Mathière: «Las dos emiten el ruido de la risa sin que su rostro cambie de expresión».

Por cierto, ambas hermanas mueren casi a la misma edad. Sigrid muere cuatro años más tarde, pero era tres años más joven que Edelgard. En el certificado que tengo no aparece la causa de la defunción. Pero he podido conseguir la carta de una mujer que cuidó a Edelgard en sus últimos meses, y en ella se dice que murió de un ataque al corazón. En cualquier caso, me parece seguro que ambas hermanas tienen el mismo mal. Edelgard lo achaca con certeza a lo que sufrieron en Stettin. El único que menciona la palabra «torturas» es Claude Mathière. Pero yo, después de lo mucho que he leído sobre la actuación del ejército ruso en aquellos días, estoy seguro de que la palabra es correcta. No obstante, el que las torturas fueran la causa de la enfermedad me parece poco probable, salvo en el correlato psicológico que acompaña a toda patología. Al final del mensaje te adjunto el fragmento de un poema de Alexander Solzhenitsyn que, de momento, figura como cita y encabezamiento de las páginas que estoy escribiendo.

Bien, sé que seguirás y seguiréis pensando en este asunto, algo que os agradezco muchísimo porque, entre otras cosas, me siento menos solo en este difícil reto.
Un fuerte abrazo,
José Antonio

En los días siguientes se intensifica el intercambio de mensajes con Mónica y su marido. En uno de ellos se hace mención a un tratamiento con «Ephinal forte», medicamento inyectable a base de vitamina E que había producido más problemas que beneficios a Edelgard y a Sigrid.

Te decía lo de los cambios en la letra –me escribe Mónica– no sólo por la localización del problema muscular sino por si su enfermedad cursara en brotes, como hacen a veces las enfermedades desmielinizantes.
Es curioso que ella dice que «ahora falta algo en nuestros músculos que los médicos ignoran». Hoy, charlando Juan Antonio y yo durante la comida, considerábamos la posibilidad de que Edelgard tuviera alguna enfermedad con connotaciones sociales negativas que le harían ser muy reticente a la hora de hablar de la causa de su enfermedad. El abanico de diagnóstico diferencial es amplio pero quizás las pistas que nos dan los tratamientos recibidos sean incluso más interesantes que la descripción de síntomas. Es particularmente llamativo el tratamiento intramuscular de «Ephynal». He encontrado un estudio en el que usaron estas inyecciones junto con

cirugía «para descomprimir los nervios» en 1950 en la revista Medicina para tratar... ¡lepra!

Bueno, cuando nos vayamos centrando un poco te contamos. Ahora mismo barajamos demasiadas posibilidades que habrá que ir acotando. Esto es un reto médico que pocas veces uno tiene oportunidad de resolver.

La posibilidad de una dolencia con connotaciones sociales negativas ya había sido valorada por mí cuando pensé en la sífilis, pero la hipótesis de la lepra me parece completamente desencaminada, y así se lo hago saber en mi respuesta:

La indicación del «Ephinal» es muy interesante –descompresión de nervios (o de músculos)–, pero una enfermedad como la lepra me parece del todo improbable. Yo más bien creo que si Edelgard no menciona el nombre de su enfermedad es porque ni ella ni sus médicos lo saben. Por otra parte, ella siempre está pensando en curarse. Y en su cuerpo, que José ve y acaricia, no hay ningún estigma raro.

La respuesta de la doctora Lalanda, en la misma línea argumental de mi mensaje, me lleva a los días que José visitó a Edelgard en el hospital de Schleswig, donde convalecía junto a Sigrid de su última operación:

Efectivamente –me dice–, la lepra no es una opción. Lo de las lesiones cutáneas no es tan significativo (pues la lepra puede cursar con lesiones dérmicas mí-

nimas) pero leo que la afectación de la cara afecta a los ojos y la frente, mas por alguna razón siempre «perdona» los músculos de la parte inferior de la cara.

Entiendo que los tres días que se ven en el hospital siempre está Sigrid presente en la cama de al lado, ¿no? José sólo le ve la cara y las manos o yo así lo entiendo por el texto. Pero sí, tienes razón que es del todo improbable.

En las semanas sucesivas, vamos intercambiando nuevos mensajes con hipótesis diagnósticas diversas. Yo menciono las terribles condiciones de vida en Stettin, el tifus, el abuso probado de insecticidas como el DDT, capaz por sí solo de generar problemas neurológicos... Pero un aspecto de la enfermedad se va imponiendo con aplastante evidencia: Edelgard y Sigrid sufren idénticos síntomas e idéntico tratamiento, y ambas murieron casi a la misma edad. No es descartable, por lo tanto, que ambas sufran una enfermedad genética. También José lo había llegado a pensar, y se lo había preguntado a Edelgard en aquella carta de agosto de 1950, escrita desde el hospital de Ceuta, que tanto le había dolido a ella:

¿Qué has querido decir con tu frase: «¿Es que tu enfermedad podría transmitirse a los hijos?»? ¡Ah, José, no sé qué decir! ¿Cómo has podido hacerme una pregunta semejante?

Edelgard, que había estudiado Medicina y que ya sería médico en 1950 si el inicio de la guerra no hubira interrumpido sus estudios, no llega ni a plantearse tal posiblidad. Pero no sabe, sin embargo, el nombre de su mal.

Hoy no quiero hablar de mi extraña enfermedad... ¿Lo comprendes, verdad? –le escribe a José el 30 diciembre 1949.

Extraña enfermedad. Extraña por infrecuente, por desconocida. Ni Edelgard conoce su nombre al inicio de la correspondencia con José ni lo sabe cinco años después, cuando éste se halla a su lado en el hospital de Schleswig.

34

EL INFORME WIESNER

Sobrevivir en Szczecin a lo largo de 1945 y 1946 no hubo de ser fácil para nadie, y mucho menos para la esposa y los hijos de un *Obersturmbannführer* de las SS.

A finales de mayo, junto a la administración polaca de la ciudad se estableció en paralelo una administración alemana presidida por el comunista Erich Wiesner, antes perseguido y encarcelado en las cárceles nazis. Este nombramiento de un alcalde alemán por parte de la Comandancia Militar Soviética, aunque fuera comunista, dio nuevas esperanzas a la población alemana, que a principios de junio superó la cifra de 40.000 habitantes, más del doble de los que habían permanecido en Stettin al final de la guerra. Pero pronto esas esperanzas se diluyeron en la nada. El 6 de junio, Weisner solicita al gobierno soviético el reconocimiento oficial de Stettin como una ciudad de Alemania. Pero no ha terminado ese mes cuando el comandante soviético responde que la administración alemana de Stettin queda disuelta y que la ciudad será, definitivamente, «entregada a los polacos». Ni tan siquiera los comunistas alemanes de esa efímera administración podrán quedarse en Stettin. Ser alemán es un estigma que no desaparece por el hecho de ser comunista o haber sido prisionero de la *Gestapo*. Algo muy similar a lo que, poco antes, suponía ser judío en la Alemania nazi.

Hacerse una idea clara de lo que significaba ser alemán en aquellas circunstancias no resulta fácil hoy en día, pero comprender las causas de la decisión soviética es algo de claridad meridiana: Stalin quería un puerto en una zona templada del Báltico, donde sus barcos no tuvieran que enfrentrase al mar helado durante el invierno. Y Königsberg, histórica capital de Prusia Oriental, ofrecía condiciones perfectas para este fin. Poco importaba que Prusia Oriental fuese un territorio destinado inicialmente a formar parte del nuevo estado polaco. Lo que por el norte se le quitaba a Polonia, le sería dado por el sur. Sólo hacía falta desviar un poco hacia el oeste la línea Oder-Neisse y cambiar algunos nombres en el mapa de Europa. Stettin sería Szczecin, y Königsberg, la patria de Kant, sería en adelante Kaliningrado.

Pero las decisiones tomadas sobre un plano tienen repercusiones inconmensurables en la vida de millones de personas. En un plano, una ciudad es poco más que un punto negro marcado con un nombre. En un plano, las personas no existen. Para entender lo que significaba ser alemán en el nuevo Szczecin polaco, no encuentro mejores palabras que las firmadas por el propio Erich

Wiesner el 20 de mayo de 1945, en un informe presentado por los comunistas alemanes al Mando soviético:

Nosotros, comunistas que trabajamos en la alcaldía de la ciudad de Stettin, miembros del partido que, en su mayoría, hubimos de soportar cárceles y campos de concentración durante el terror nazi, nos vemos obligados a llamar su atención sobre las intolerables condiciones que sufre la población. La serie de violaciones a mujeres y niñas no remite, ni tan siquiera en los barrios donde viven los alemanes o en los lugares donde éstos trabajan. Hay casos en los que incluso niñas de diez años y mujeres de setenta se han visto afectadas. Prosiguen, además, los saqueos de sus viviendas. Se suceden los arrestos y detenciones por cualquier causa y sin ninguna justificación válida, tanto de personas que se dirigen a sus trabajos como de aquellas que simplemente pasean por la calle.

Por abusos de este tipo, hay demoras en la reconstrucción prevista de instalaciones básicas –como abastecimiento de agua, etc.- que podrían haberse evitado.

El suministro de comida a la población es totalmente insuficiente y se dirige de forma inexorable hacia la catástrofe. Durante los 24 días transcurridos desde la ocupación de Stettin, el 26 de abril, sólo ha sido posible proporcionar a cada habitante 300 gramos de pan, 125 gramos de guisantes, 500 gramos de carne únicamente para un pequeño número de trabajadores esenciales y, en los últimos días, a una parte de la población, un litro de sopa caliente.

Nuestros niños pequeños se están muriendo porque no podemos darles leche en cantidad suficiente, pues las vacas que inicialmente nos proporcionaron nos han sido confiscadas.

Muchos pacientes afectados por enfermedades graves no pueden ser tratados, puesto que no hay médicos ni medicamentos disponibles.

La producción de los campos y huertas del entorno está perdida y amenaza con seguir así, pues carecemos de plantones para la siembra y esto nos impide cualquier actuación.

(...)

El estado en que nos hallamos resulta incomprensible para nosotros y sólo es causa de una incertidumbre total, especialmente cuando escuchamos a los refugiados que llegan de Pomerania Occidental, Mecklemburgo, Rügen y Berlín que la situación es considerablemente mejor en esas áreas –también bajo ocupación soviética–. Estos repatriados sólo tienen palabras de elogio para el buen entendimiento entre el Ejército Rojo y la población local, igual que para el apoyo y la atención que reciben de los mandos soviéticos. De forma voluntaria y sin ser molestados, se les facilita a ellos y a sus pertenencias un transporte de regreso de 200 kilómetros, sólo para ser víctimas de robos y violaciones cuando, finalmente, llegan a sus casas en Stettin.

Ésta es la situación a la que deben enfrentarse Edelgard y su madre a la salida de los calabozos, si bien, apenas llegar a la casa de los Rudel, se encuentran de lleno con una alegría inmensa que suavizará en gran medida la crudeza de aquellos días: Axel y Klaus han regresado y están sanos y salvos. Este inesperado reencuentro que tan felices las hace, hasta el punto de borrar en un instante la amargura de los días pasados en el calabozo, sólo ha sido posible por los renglones torcidos con los que Dios escribe la historia del mundo.

—Nos trajeron los soldados rusos –dice Axel, y eso lo explica todo.

Tras la detención e interrogatorios a los que su madre y su hermanas fueron sometidas, una patrulla del Ejército Rojo llegó a la granja donde se encontraban los niños, y donde probablemente esperaban encontrar escondido a su padre. Pero allí sólo estaban ellos y el primo Rudolf, que también fue llevado a Stettin y del que no han vuelto ni volverán a tener noticias.

Ésa es la historia, en suma. Y ni Edelgard ni su madre se detienen a preguntar más detalles porque otras importantes circunstancias han cambiado desde su detención. Ya no están ellos solos en el piso de los Rudel. Y tampoco el edificio es el desierto de puertas cerradas que encontraron a su llegada. A una de las plantas superiores han regresado sus antiguos propietarios alemanes, mientras que los pisos de la señora Schneeberger y de los Rudel han sido ocupados por sendas familias polacas, provistas en ambos casos de un permiso expedido por la «Oficina de Vivienda».

En el caso de la señora Schneeberger, a quien Sigrid no dirige la palabra desde que Edelgard y su madre fueron detenidas, no hay problemas de espacio. Pero en la casa de los Rudel, ahora con seis miembros de la familia

Lambrecht y una familia polaca de cuatro personas –con trastos y enseres que recogen días tras día de aquí y allá, transformando las habitaciones en almacenes de chatarra–, la situación es insostenible. La barrera del idioma, para colmo, impide cualquier posibilidad de comunicación entre ellos. Y cuando surge algún problema que los gestos y gruñidos mutuos no consiguen solventar, los polacos esgrimen su permiso de la «Oficina de Vivienda» y claman a voz en grito que Szczecin es una ciudad polaca:

—*Szczecin jest miastem polskim!*

La situación se torna día tras día más insoportable, tanto en la casa como en la ciudad.

En la casa, el hijo mayor de la familia polaca, que no tendrá más de diecisiete años, ha comenzado a hacerle insinuaciones procaces a Sigrid, que le responde con la más completa indiferencia. Una tarde de domingo, el muchacho se ha propasado en sus gestos y ha recibido una bofetada de Sigrid, lo que ha desencadenado un tremendo rifirrafe entre las dos familias.

Pero esto no es nada si se compara con la situación en la calle, especialmente durante las noches, cuando hasta los lobos temerían salir de sus guaridas. El hambre ha transformado en animales a los hombres. Bandas de salteadores y asesinos entran y salen a su antojo de las casas que se mantienen en pie, arramplando con todo aquello de valor que ha subsistido a las bombas y a la marcha de sus moradores.

Y sin embargo, los alemanes siguen regresando a Stettin. A principios de julio, cuando ya la ciudad se encontraba únicamente bajo el gobierno de la administración polaca, cerca de 80.000 alemanes habían regresado a sus hogares, desaparecidos en muchos casos. Los que hallaban sus casas en pie, aunque expoliadas y vacías, podían sentirse afortunados frente los que sólo se encontraban ante un montón de ruinas. Mas no siempre las casas eran más seguras que las ruinas. Una casa bien conservada era una invitación constante a los saqueos y a las violaciones, tanto por parte de soldados rusos como de civiles polacos que, camuflados entre los colonos que sólo buscaban un techo y un trabajo con el que ganarse la vida, llegaban con el único fin de enriquecerse mediante el pillaje.

Hacia finales del verano, Axel y Klaus traen una noticia esperanzadora. Habían ido a ver si encontraban algunas manzanas en el jardín de la antigua casa de la abuela Ida, en Gutenberstrasse, y se han encontrado con que la vivienda está vacía. Los vecinos de al lado, donde se hallaba el restaurante Königsberg, les han reconocido y les han dicho que la casa está así desde hace varios días, cuando los soldados se fueron sin explicación alguna.

Jenny Lambrecht, a pesar de la debilidad que ha ido creciendo con el hambre de estos meses, no se lo piensa dos veces:

—Vosotras quedaos aquí con la abuela –les dice a Edelgard y a Sigrid–, los niños y yo nos iremos ahora a nuestra antigua casa y pasaremos allí la noche. Si todo va bien, mañana pediremos un permiso en la «Oficina de Vivienda».

Aunque la casa siguiera siendo suya, que ya ni lo saben, el cambio de domicilio exige necesariamente un permiso municipal. Éste era un requisito obligatorio desde mayo, cuando aún Erich Wiesner presidía el gobierno local, fecha en la que también se derogaba la propiedad de todas las viviendas de Stettin, que habían pasado a formar parte del patrimonio comunitario.

La casa de la abuela Ida, en efecto, está vacía cuando llega Jenny Lambrecht con sus dos hijos varones. Todo en ella está sucio y destartalado, rotos los baldosines de la cocina, arrancadas inexplicablemente algunas puertas, incluso se han encendido hogueras en el suelo del baño. Pero siente que es su casa y todavía, en algún armario, aparece ropa suya y de sus hijas. También encuentra, escondidos en uno de los pies del cabecero de su cama, los billetes enrollados cuya existencia ni llegó a ser sospechada por los soldados rusos. De ser posible un atisbo de felicidad en medio de tanta desolación, se diría que Jenny Lambrecht es feliz por un instante. Además, nadie les molesta durante esa primera noche por lo que, a la mañana siguiente, se dirige a la «Oficina de Vivienda» y, sin saber muy bien cómo ha podido conseguirlo, obtiene el permiso para que la casa pueda ser habitada de nuevo por los seis miembros de la familia.

Cuando llega con el documento en la mano a la antigua casa de los Rudel, la alegría se le escapa por los ojos en forma de lágrimas.

—Volvemos a nuestra casa –dice-, y en ella aguardaremos el regreso de papá.

35

FRAU EWERS

Tres meses antes de que José inicie su viaje a Alemania, recibe en Madrid la visita de Else Ewers, la masajista que trata a Edelgard en Flensburg. La señora Ewers, católica fervorosa, está viajando en peregrinación hacia Fátima, pero no quiere dejar pasar la oportunidad de entrevistarse con José. Le trae una tarjeta y un regalo de Edelgard. Es el día 7 de mayo de 1953. Al día siguiente, en el hotel donde se aloja la señora Ewers, José le entrega un paquete para Edelgard, en el que va un cuadro al óleo con el retrato que le ha pintado a partir de una de sus fotografías. De regreso a la pensión donde vive, José escribe en su diario unas páginas que serán esenciales para desentrañar el misterio de la enfermedad de Edelgard, por la descripción de algunos síntomas referidos por la señora Ewers:

Esta noche he despedido a Frau Ewers en el hotel. Hemos pasado casi toda la tarde juntos, paseando por los barrios típicos de Madrid y tomando vino en las viejas tascas del Arco de Cuchilleros. Unas horas huidas demasiado rápidamente y llenas del continuo recuerdo y la intensa evocación de Edelgard cuya inmaterial presencia, efectivamente, me parecía percibir con una intensidad poderosa. Anoche, cuando llegó con los demás viajeros, también tuvimos una larga conversación en el hotel.

Me ha hablado mucho de Edelgard. Pero la conversación con ella no era del todo satisfactoria. La Sra. Ewers habla un francés con un marcado acento alemán e incluso salpicado de palabras y frases alemanas, que se me escapaban, por lo que, a veces me resultaba un poco difícil comprenderla bien. La Sra. Ewers debe de tener alrededor de los 55 ó 60 años y tiene unas manos nudosas y duras propias de su profesión de masajista; su pelo fosco y gris tocado con su sombrerito y sus ojos grisazulados en su rostro de rasgos enérgicos, le confieren un aspecto inconfundiblemente germano. Ella es quien da a Edelgard los masajes y los baños para reactivar sus músculos enfermos. Me ha contado que tanto ella como Sigrid tienen los músculos semiatrofiados como consecuencia de los sufrimientos que pasaron al terminar la guerra y los horrores que tuvieron que soportar. Edelgard está enferma, en extremo delicada y casi sin esperanzas de que pueda llegar a recuperar enteramente la salud, ya que sus músculos están seriamente dañados de manera irreversible. Puede andar un poco y al hacerlo, los músculos enfermos le hacen adoptar una postura ligeramente rígida e *inclinada hacia atrás. Tiene que escribir sobre las rodillas, sentada en un sillón. Su boca no puede sonreír y sólo manifiesta la risa por el ruido. Me habla de su extremada sensibilidad y su penetrante psicología y su poder de evocación un poco clarividente. Me dice que es muy elegante y más guapa de lo que la representan sus fotografías y de su miedo a nuestro encuentro, a que me desilusione y pueda dejar de quererla al encontrarla tan enferma y frágil y delicada... Y todas estas cosas que me cuenta me llenan de una extrañísima sensación de ansiedad y de ternura casi dolorosa, algo que siento físicamente en el corazón y siento un poderoso impulso de ir hacia ella, una terrible impaciencia de poder aliviarla de algún modo con mi cariño, siento una maravillosa ternura llena de intensa evocación. Algo que me hace despreciar todos los temores y acudir a ella para hacerla feliz.*

Anoche, cuando me entregó su carta en el hotel, sentí cómo me invadía una emoción interior. La carta contenía un pañuelito de bolsillo (para el bolsillo superior de la chaqueta) de seda, bordado con mis iniciales y orlado de una labor de ganchillo, hecho por ella... Y todo trascendía a su perfume habitual, al perfume suave y delicado de sus cartas. La tarjeta decía así:

Flensburg, 28 de abril de 1953.

¡Mi querido José!

Todo lo que siento por ti te lo envío junto con esa pequeña labor de ganchillo. ¡Debes llevarlo siempre contigo, pues está lleno de buenos deseos! Ah, José, deseo ardientemente que mis manos puedan poner ese pañuelo en el bolsillo izquierdo de tu chaqueta, justo encima de tu corazón...

Me gustaría ir a ti con la Sra. Ewers... y ser feliz, José...

Con toda mi ternura,
Tu Edelgard

Sentado en una butaca del hall, mientras la Sra. Ewers cenaba, yo la leía y releía y aspiraba su delicioso perfume que prestaba al ensueño una sugerente realidad. Abstraído de todo, pensaba en ella con tal intensidad que me parecía sentir junto a mí la misteriosa irradiación de su presencia física. ¡Dios mío, qué maravilloso sería si este verano consiguiera llegar hasta ella! ¡Es absolutamente preciso que pueda llegar!

AZAR Y DESTINO

Llegar. Llegar a tiempo de salvarla y de salvar su amor, que ha empezado a escaparse de su alma sin apenas darse cuenta. A los ojos de José, Edelgard está envuelta por un halo de oro y niebla. Su amor es algo mágico, tiene el aliento de las grandes historias que marcan toda una vida y sobreviven al paso del tiempo. Él lo sabe. Tiene en las manos un tesoro, un ídolo de oro y niebla que no sabe cómo guardar. Porque la niebla es sólo eso, niebla. Y el oro es polvo de oro que se escurre, como la niebla, entre sus dedos.

En su diario, junto al nombre de Edelgard, comienza a aparecer tímidamente el nombre de Lolita, que sólo es una amiga en esos días, una buena amiga. Sin embargo, se siente tan a gusto junto a ella... La ha conocido en la academia de idiomas, donde los dos asisten a clases de alemán, llevados ambos por una misma causa que Lolita denomina «azar» y que José, sin estar seguro, prefiere llamar «destino».

—Yo me matriculé en alemán porque ya no quedaban plazas de inglés- me confiesa Lolita.

—Mi alemán era muy rudimentario, y necesitaba perfeccionarlo para viajar a Alemania y encontrarme con Edelgard -me dice José.

—En cualquier caso, os conocisteis gracias a Edelgard... -les digo, y ambos asienten con una sonrisa dubitativa, como si jamás hubieran pensado que Edelgard fue causa de su unión.

En los minutos que siguen a las clases de alemán, en los primeros paseos hasta la boca del metro y en los primeros cafés tomados juntos, José le habla a Lolita de Edelgard, de su enfermedad, de sus torturas en Stettin, de la muerte de su madre y sus hermanos. Le dice que necesita ir a verla, viajar a los confines de Alemania. Le dice que la ama, que no puede soportar por más tiempo la distancia que separa sus corazones. Y Lolita le anima a que lo haga, incluso le prestará algún dinero para afrontar los gastos de ese viaje que ahora, traspasada la frontera de Bélgica, en la bruma del amanecer que envuelve el valle del Mosa, se aproxima a su final.

José ha dormido malamente entre el heno segado de un campo envuelto en niebla. Se ha refugiado del frío entre las paredes de dos casas próximas. Y amanece el nuevo día, 18 de agosto de 1953:

Todo está silencioso y envuelto en una luz neutra y agrisada: la niebla tamiza la luz del amanecer y difumina el entorno. Son las seis de la mañana. Noto al levantarme los músculos entumecidos y los miembros torpes y doloridos y me pongo a dar saltos y a hacer un poco de gimnasia para recuperar nuevo vigor. Después, sentado nuevamente en el «revuelto lecho», tomo un ligero desayuno rociado con un buen trago de agua que el relente de la noche ha refrescado más de la cuenta en la cantimplora.

Por fin, todo listo de nuevo, con el día recién estrenado, me pongo en camino carretera adelante rumbo a la frontera alemana.

El día va creciendo, pero la niebla sigue densa y pesada. A menos de cinco metros no se distingue nada; es como ir marchando por el interior de una nube. Pasan algunos coches a esta hora temprana y es una aparición súbita y fantasmal: en un instante surgen de la niebla las luces amarillas de los faros y un segundo más tarde se pierden en la niebla las luces rojas traseras dejando al pasar el fugaz y sordo zumbido del motor.

Más tarde la niebla se va aclarando y ya puede verse, detrás de las montañas, al otro lado del río, la claridad levemente rosada del sol. Pero los coches no paran: aprietan el acelerador y pasan a mi lado ignorándome con el más absoluto desprecio. Empiezo a pensar que el autoestop es absolutamente imposible en Bélgica. Pienso si no habrá aquí alguna ley o alguna orden que prohiba coger autoestopistas, porque resulta difícil pensar que todos los belgas que llevan automóvil sean tan poco generosos y tan... poco considerados.

Son ya cerca de las 10 de la mañana y he debido dejar atrás cerca de 15 kilómetros. Me duelen los hombros del peso del macuto y estoy un poco cansado y convencido ya de que no hay nada que hacer: el autoestop es cosa negada en Bélgica. ¿Por qué será esto así? ¿Es posible que el porcentaje de personas generosas sea tan bajo aquí entre los automovilistas? ¿Qué extrañas razones podrán tener los belgas para negar a los jóvenes esta pequeña ayuda, que nada les cuesta, por otra parte? Han debido cruzarme ya más de doscientos coches y ¡ni siquiera una mirada o un gesto de excusa! Se ve que el remordimiento les hace fingir que no me han visto.

No queda otro remedio que seguir andando hasta Dinant y allí tomar un tren o un autobús hasta Aachen. Pero aún deben faltar unos ocho kilómetros hasta Dinant. Así que, ¡ánimo con ellos!

Llego al fin a Dinant cuando son las once y cuarto y se han quedado atrás más de veinticinco kilómetros «a golpe de calcetín», como suele decirse. Estoy cansado y me duelen un poco los pies, pero son los hombros lo que más me molesta, con el peso del macuto y el tirón de las correas. Atravieso la ciudad, grande y hermosa, siguiendo siempre la carretera que corre paralela al río Mosa y al fin llego a la estación. Cambio dinero en un banco próximo y saco un billete hasta Lieja.

Es un viaje soso y sin interés en el que el mayor placer es ver que el macuto va en la rejilla de equipajes y no colgando de mis hombros. Hago cambio de tren en Namur y al fin, a las 4 de la tarde estoy en Aachen, ya en tierras alemanas. Se nota inmediatamente la diferencia: me es muy difícil, casi imposible, entender a la gente. Salgo de la estación y, de pronto, me encuentro perdido en medio de una ciudad más extraña que ninguna, porque ya ni el idioma me es tan familiar.

Mi escaso conocimiento del alemán (sobre todo hablado) me permite expresar algunas cosas y preguntar otras, pero no me resulta tan fácil comprender la respuesta. Pero he podido comprender a ese guardia cuando me ha explicado que «die Strasse nach Düsseldorf» está «die zweite nach rechts».

He encontrado efectivamente la carretera hacia Düsseldorf y después de atravesar casi toda la ciudad caminando, logro salir a las afueras cuando ya son más de las cinco y media.

Afortunadamente, al cabo de un rato de espera, un coche se detiene y me lleva directamente hasta Düsseldorf. Pero durante el camino es preciso hablar algo y mi amable conductor no habla francés y yo no sé una palabra de inglés. Así pues, tengo que apelar a todos los recursos posibles para explicarle quién soy, de dónde vengo y cuál es la finalidad de mi viaje y demás cosas que le gusta conocer a la buena gente que nos lleva en sus coches. Y, vaya, creo que de una manera u otra lo he conseguido.

Mientras el coche avanza en la tarde gris y amenazante yo pienso: «Y bien, ¡ya estoy en Alemania! Parece mentira. ¿Es posible que sea yo éste que viaja en este coche? ¿Es cierto que estoy cada vez más cerca de lo que durante cinco años me ha parecido un sueño irrealizable...?»

Mi amable alemán me dice adiós en una calle de Düsseldorf en la que ya están encendidos los rótulos luminosos de las tiendas y los bares. Y allí me quedo de nuevo perdido y desamparado. Y de nuevo la tortura de las preguntas y las respuestas casi incomprensibles. Siguiendo unas y otras indicaciones, la autorruta hacia Hannover no aparece y empieza a caer la tarde y una fina llovizna y yo sigo maquinalmente andando calle adelante, sintiendo el viento fresco en mis piernas y en mis brazos desnudos y el terrible tirón de la mochila en mis pobres hombros. Estoy cansado y es preciso encontrar un sitio donde pasar la noche. Pregunto. Nadie puede indicarme un hotel por aquí. Es preciso ir al centro de la ciudad. ¿Hacia dónde? ¡Hacia allí! Y sigue el caminar desalentado bajo la lluvia que se va haciendo persistente y el cansancio y la soledad que se van convirtiendo en una infinita desolación. Pero, ¿qué hacer? No hay más remedio que tomar las cosas como se van presentando y trato de reavivar el paso, recolocando el tiro de las correas en otras partes de los hombros.

Avanzo por aquella calle infinita, cansadamente, pero con ánimo más sereno y confiado. Siento detrás otros pasos, también como cansados o desalentados. Es un hombre de edad avanzada que camina detrás de mí con su cartera en la mano y su gesto ensimismado y ausente. Le pregunto lo mismo: que dónde puedo encontrar un hotel o un sitio donde poder dormir «nicht sehr teuer» (no muy caro). Él me responde algo. Cree que lo entiendo todo perfectamente, pero me parece comprender que repite lo mismo que los otros: que por aquí no hay nada, que en el centro... Desconcertado, sigo andando a su paso y, como puedo, le explico que soy estudiante español, que voy hacia Flensburg y que no me sobra el dinero. Él vuelve a decirme cosas, como si yo lo entendiera todo, con su voz suave y como cansada. Y algo he entendido o he intuido más bien y continúo andando a su paso, en silencio. Y he aquí que este hombrecillo se detiene ante una casa y abre una puerta y me invita a entrar y me dice que deje ahí el macuto y que me siente en uno de esos sillones y descanse. Luego me invita a cenar café con pan y mantequilla y un huevo cocido y me cede la mitad de su enorme lecho. Y mientras cenamos me cuenta cosas, lentamente, como si lo entendiera todo, y su voz suena triste y amarga y con dolorosos recuerdos. Y comprendo palabras como «mi esposa», «mi hijo», «la guerra» y «la muerte»...

Así paso la noche, mi primera noche en Alemania, durmiendo en un grande y mullido lecho, junto a un hombrecito solitario y triste, mientras se oye fuera, en la calle, el ruido de la lluvia que golpea contra la ventana.

A la mañana siguiente, cuando me levanto, este hombrecito tiene ya preparado el desayuno: un buen tazón de café aromático y caliente y unos panecillos recientes que me saben a gloria untados con esta rica mantequilla. No quiere cobrarme su generosa hospitalidad, pero yo le insisto en que acepte mi modesto regalo de cinco marcos y finalmente acepta protestando porque le parece demasiado.

Me acompaña a la plaza donde paran los grandes camioneros que hacen los largos viajes y pregunta a unos y a otros. Desgraciadamente no hay nada para Flensburg. Finalmente nos despedimos: tiene que ir a su trabajo. Le doy las gracias con todo el corazón y el hombrecito me estrecha la mano y me dice cosas con gesto emocionado. ¿Pensará también en su hijo, quizá muerto en la guerra? Le veo marchar un poco inclinado, con su paso arrastrado, con su sombrero negro y su cartera en la mano y noto cómo un sentimiento de honda ternura me conmueve el corazón.

El viaje se aproxima a su final. José tiene el dinero justo, pero no puede prestarse por más tiempo al azar de las carreteras porque en septiembre debe regresar a su trabajo, a su mal pagado y agobiante trabajo, en el Hospital de San Carlos. Cruzar Europa en autoestop, además de ser la opción más barata, le parecía la más hermosa y seductora: viajar en las alas de los sueños, llevado por la generosidad. Pero su tiempo se agota, por lo que decide tomar un tren hacia Flensburg esa misma noche, el primer tren directo que parta de Düsseldorf.

Tras llegar a la estación y comprar su billete, José pasa el resto de la mañana y buena parte de la tarde sentado en una placita soleada y tranquila, redactando las páginas que transcribirá luego a su diario. Sabe que su destino se va a decidir en las próximas horas, y está inquieto. También el destino de Edelgard se decide en ese encuentro. Y todo está por escribir, como la historia del hombre tras soplar Dios en el barro. El oro y la niebla. El peso de la realidad y de los sueños que él anota en su diario sin cambiar una letra, con la pluma de un poeta y la precisión de un notario.

LA VOZ DE JOSÉ

¡Flensburg, 20 de agosto de 1953! *El tren corría esta noche a gran velocidad. Gentes extrañas compartían conmigo el departamento; gentes que no hablaban y que pronto dormían con la cabeza oscilando apoyada contra el respaldo. Los kilómetros iban quedando rápidamente atrás, en la noche. Cada momento estaba más lejos de mi país y cada kilómetro me acercaba más a la realidad de mi sueño. Este sentimiento real, de indudable certeza, me producía inquietud y miedo...*
 Pronto yo también fui quedándome dormido. Al despertar ya estaba amaneciendo un día plomizo de gris niebla y tristeza diluida. Los pensamientos, las ensoñaciones, los recuerdos y hasta los temores iban languideciéndose al compás de las ruedas. Por lo interior del sentimiento había también entrado la neblina lánguida de la mañana exterior. Pero, a veces, sentía alzarse un momento la oleada misteriosa

de la inquietud, la zozobra y el miedo. Pero también crecían la ansiedad y el ensueño.

Iban pasando grandes ciudades, pequeños pueblos con sus casas de tejados picudos, anchos ríos de pesadas aguas martirizadas de barcos. Hamburgo con su puerto inmenso lleno de interminables grúas y buques y barcos infinitos y sus enormes edificios anchos y macizos. Paisajes siempre verdes y húmedos, campos de heno y de centeno, praderas y pastos con vacas pensativas mirando obstinadamente un punto fijo, campesinos hacinando el heno y el pasto seco para el invierno... Y todo me era extraño y diferente y al mismo tiempo familiar, idéntico y siempre conocido.

Gentes de uniforme llegaban al departamento y hablaban. Había que mostrar los pasaportes, los billetes, los papeles... Estaba ya cerca de la frontera de Dinamarca y también el punto de mi destino estaba cada vez más próximo. Los pensamientos, el miedo, la inquietud, la ansiedad, subían, crecían en mi interior y sentía en todo mi ser un temblor inexplicable. Quedaba ya muy poco de viaje y el tren iba reduciendo paulatinamente su marcha. «FLENSBURG», decían ya los letreros con grandes letras azules y todo me parecía irreal, pero, inexorablemente, el tren se detuvo en la estación. Flensburg al fin. En el andén había gente, no mucha en realidad. ¿Me espera a mí alguna de estas personas? Era, pues, el final, y había que descender y entrar en la realidad. Un hombre me mira atentamente y se me acerca: «¿José?», y mi nombre suena en su voz con un acento extraño a *pesar de la leve sonrisa. Enseguida lo reconozco: es el padre de Edelgard. El apretón de manos suple a la palabra que soy incapaz de pronunciar.*

Vamos a casa. En el camino trata de hacerme comprender, hablando lentamente, que Edelgard no está en casa, que está en Schleswig, en el hospital donde fue operada hace pocos días, que Sigrid está también con ella, operada hace cinco semanas...

Ya estoy aquí, en el mismo sueño. Edelgard no está. Aún no ha llegado la hora del despertar. Ésta es su casa. Sí, éste es el sitio del sueño. Todo es igual. Pero ella no está. Sigrid tampoco. Pero hoy no es posible ir a visitarlas; hay que esperar a mañana.

Y ésta es su casa y aquí la siento poderosamente. En este sillón rojo donde estoy sentado, ella ha estado sentada. Sus manos han tocado esta tela roja que tocan las mías. Su cuerpo ha ocupado este mismo espacio que ahora ocupa el mío. Y ése es el piano donde ella habrá tocado algunas veces pensando en mí. En toda esta habitación, en toda la casa siento poderosamente su presencia todavía irreal y hay un extraño sentimiento que me turba. Pienso en ella continuamente y me parece verla pasar como una aparición y levantar la tapa del piano para tocar esa música, que es el ambiente de su vida irreal y fantástica, fuera de lo existente; su misterioso mundo de refugio y escape.

Llega lentamente la noche, al fin, tras una larga tarde de espera sentado en este sillón rojo siguiendo su imagen y su recuerdo entre las volutas de un permanente cigarrillo. ¿Es posible que todo esto sea verdad? En esta mesa donde ahora como, en esta silla donde me siento, en esta misma taza donde tomo el té, ella ha estado, ha existido su cuerpo real cuyas misteriosas vibraciones parece percibir el mío. Pero todavía permanece en el sueño... Es muy difícil este sentimiento, es absolutamente inexpresable para mi pobre lenguaje.

Después de cenar voy con su padre a un café. Hay con nosotros conocidos suyos, gentes amigas que me miran con curiosidad y me hablan como se habla a un extranjero. Pero no los comprendo bien y mi inexplicable inquietud hace que no pueda expresar más claramente mis pensamientos, aunque digan cortésmente que hablo bien el alemán. Se bebe cerveza y licores; se habla y se ríe. Todos hablan y ríen y yo pienso que ella no puede reír y este pensamiento me produce pesar y amargura.

Regresamos a casa y su padre me dice que tengo que dormir en la cama de Edelgard, que ella lo quiere así. Ésta es su habitación, compartida con Sigrid... Y éstas son sus camas, las camas donde pasan sus noches refugiadas en su mundo ideal. Es una habitación grande y espaciosa que tiene las paredes empapeladas de suaves y claros colores. El espejo, el armario, el tocador, las mesitas de noche... En todo esto siento como misteriosas emanaciones de su ser real.

Es preciso que yo duerma en su cama. Así lo ha pedido ella. En esta cama de madera clara, cubierta con este muelle y cálido edredón. Es difícil expresar lo que ahora siento. Es como una profanación de algo ideal y puro por encima de cualquier realidad. O es como la realización de un amor irreal y fantástico con un ser fantástico e irreal.

Pero, sí, todo esto es la realidad que va cobrando su inmediata y cierta corporeidad. La fantasía va quedando rápidamente diluida en una serie continua de apresurados e inexpresables sentimientos.

Su cama es blanda y tibia, pero ella sigue aún dentro del sueño y todavía podría creerse que esto no es la verdadera realidad.

Flensburg, 21 de agosto. *El nuevo día trae el encuentro con la vida. Paso la mañana en larga espera. Tras la ventana del salón rojo llueve lenta y obstinadamente. El cielo tiene un color gris plomizo y el viento sopla frío del norte.*

Pasa la comida en silencio. La prima de Edelgard (una señora de unos cuarenta años que se ocupa de la casa), el Sr. Lambrecht y yo comemos abstraídos. Pronto llega la hora de partir. El coche está ya en la puerta y se acerca el verdadero despertar del sueño, el momento largamente esperado y temido.

Vamos camino de Schleswig. La carretera nos acerca con una inevitable rapidez. El paisaje está verde, bañado en la grisura del cielo y de la lluvia pertinaz. Y yo miro abstraído el limpiaparabrisas en su constante vaivén que parece limpiar también los extraños temores de mi espíritu.

Todo a lo largo de la carretera hay pequeñas casitas con jardín y todos los jardines revientan de flo-

res. Nosotros también llevamos flores para ellas. Es curioso observar que por aquí casi todo el mundo lleva siempre ramos de flores, como si fuera un rito obligado en las visitas. A pesar de la lluvia, todo es hermoso y casi alegre.

Llegamos a Schleswig. Las cosas se suceden demasiado deprisa. Una extraña y profunda emoción me tiene ajenamente ensimismado en veloces pensamientos. Pienso continuamente en ella, que al fin voy a ver, y es como si percibiera también sus pensamientos. Es el despertar. Es la temida y ansiada realidad.

Estamos ya subiendo la escalera. Son sólo minutos, segundos. El padre de Edelgard abre la puerta de la habitación número 10, entra y la puerta queda abierta y un gesto me invita a entrar. Y entonces siento poderosamente el miedo y deseo rápidamente que un brusco despertar me muestre que todo ha sido un sueño... Quisiera huir... Pero es preciso entrar... Unos pasos más y...

En la habitación hay dos camas iguales: Sigrid a la izquierda, Edelgard a la derecha... Las reconozco inmediatamente y noto cómo sus ojos impresionantes, inquietantes, fijos en mí, me miran tal vez con la misma sorpresa e incredulidad que yo las miro a ellas. Es imposible. No puede describirse esta impresión: el lenguaje no tiene giros ni expresiones capaces en mis manos impotentes. Pero todo queda más allá del poder de la palabra.

Lentamente avanzo hasta el borde de la cama. Tomo su mano y la estrecho fuertemente entre las mías. *Nuestras miradas fijas, como soldadas en una única y común mirada, quieren decirlo todo. Las palabras se me escapan, es imposible, incluso la voz se ha apagado en mi garganta... Largamente, su mano entre las mías, nos miramos y por un largo momento lo demás no existe. Pero la realidad se cristaliza lentamente. Sigrid... En la cama de al lado también me mira fijamente y me observa. Estrecho también su mano. Sus ojos son tremendamente penetrantes. Allí está toda la vida de ellas: sus ojos reflejan una fuerza milagrosa; todo lo demás es frágil.*

Confusos sentimientos se revuelven en lo interior de mi espíritu. La realidad, como siempre, es destructora y despiadada y algo frágil se quiebra levemente. Es un despertar no triste ni desilusionante, sino acaso desconsolador. Pero el sueño lucha por no desvanecerse y absorber con dulzura esta incontestable realidad.

Hablan, se dicen cosas que no entiendo. Se me ofrece una silla junto a Edelgard. Todavía no me es posible articular una sola palabra. La impresión ha sido para mí un poco anonadante. Pero no puedo apartar mis ojos de los suyos. Parece que sólo así soy capaz de expresar lo que siento y ella lo comprende. ¿Qué se dice? ¿Qué dice ella? ¿Qué debo yo decir?... Es imposible decir nada. Pasan las cosas demasiado deprisa y mi corazón está turbado.

Hemos quedado solos ahora, con Sigrid en la cama de al lado. Ella me pregunta cosas, dice algo. Pero a veces no es fácil entenderse con nuestro francés intermediario. Ella domina el francés mejor que yo, pero lo habla con un acento alemán al que todavía no estoy acostumbrado. Pero, en realidad, mejor es no decir nada. Tomo su mano entre las mías y la acaricio en silencio, sé que ella está leyendo en mis ojos este confuso sentimiento de ternura, cariño, compasión y miedo que turba mi espíritu. Dice, con voz tímida de niña desamparada, que mis ojos son claros y mis manos hermosas. Yo miro sus ojos grandes, fijos, oscuros, como perdidos en la profundidad de las cosas, su frente abombada y brillante, sus ojeras, sus mejillas redondas, sus labios pequeños, infantiles, su pequeña barbilla, su pelo rojizo sobre lo blanco de la almohada... Me parece una niña, una criatura débil y delicada. Sus manos son pequeñas, delgadas y huesosas, inquietadoramente pálidas y frías y las acaricio insistente, delicadamente, apasionadamente, con una infinita ternura que poco a poco me va invadiendo, inundando todo mi ser como una oleada y siento unos deseos infinitos de amarla, de protegerla, de hacerla feliz...

Sonrío levemente mirándola. Ella expresa con sus ojos y con un gesto apenas perceptible de su boca lo que es su imposible sonrisa, también llena de ternura y comprensión. Y yo sigo creyendo en el sueño. La realidad va quedando vencida por este maravilloso sentimiento de ternura, protección y cariño que me invade cada vez con más certeza y más intensidad. Y comprendo no solamente cuánto ha debido sufrir, sino cuánto debe sufrir siempre. Es tan delicada, tan frágil y enferma que me parece una flor que pudiera quebrarse de un momento a otro.

¡Cuántos pensamientos veloces y diferentes se suceden! Sólo puedo pensar... La palabra ha desaparecido de mí. Pero siento que ella comprende en mi silencio, en mis caricias, en mi sonrisa y lee en el fondo de mis ojos este poderoso sentimiento que me invade. Y beso sus manos repetidamente, con toda mi ternura, y refugio en ellas mi rostro y acaricio con mis labios su piel delicada y sé que en cada uno de mis tímidos besos va la más pura expresión de mi amor, que no puedo expresar de otra manera. Y noto cómo ella parece estremecerse íntimamente...

Ya es imposible abandonar el sueño. Me encuentro ineludiblemente ligado a esta realidad que yo mismo he querido vencer. Es preciso el heroísmo.

38

UNA CANCIÓN DE AMOR

Es preciso el heroísmo. Cuatro palabras exactas y terribles que Edelgard no ha sabido leer en los ojos de José. De haberlas leído aquella tarde, todo habría terminado. Todo, en un instante y para siempre, aquella misma noche.

—Que no vuelva -habría dicho-. Que no traspase esa puerta. Que no vele mi cadáver. Que ni siquiera llegue a enterarse de mi muerte.

¿Pero cómo poner fin a su vida? ¿Cómo lograr que una mano piadosa disuelva una cápsula de cianuro en el vaso que aguarda en la mesilla, junto a su cama blanca? Lo habría logrado en cualquier caso. De haber leído esas cuatro palabras, habría logrado detener su corazón, ahogarse con sus propias lágrimas derramadas hacia adentro.

—Que no vuelva. Que no vuelvan los sueños. Que no vuelva la dicha más pequeña ni haya sitio nunca más a la esperanza.

Y es que el orgullo, lo aprendió de niña, puede ser más poderoso que el amor y más importante que la vida.

No hace un año, en una carta apasionada, él le ha confesado que tiene un único deseo: consolidar su porvenir a fin de casarse con ella. «¿Quieres ser mi.mujer?», le escribe. Y ella, en una carta lúcida y hermosa, le ha contestado con unos versos que no puede quitarse de la cabeza y que José traduce de este modo:

Duerme en todo una canción
que hace cantar al mundo...*

«¿Conoces tú esa palabra mágica que hace cantar al mundo?» –le pregunta ella en esa carta, que prosigue unas líneas después interrogándose a sí misma:

Algunas veces me pregunto: «¿Cómo es posible que me ames tanto y que mis cartas te hagan sentirte en otro mundo más hermoso?» Pero no encuentro una respuesta satisfactoria. ¿Por qué me amas, José? Yo no tengo nada más que un corazón ardiente lleno de anhelos, lleno de amor y lleno de ansiedad; no puedo hacer otra cosa que amar el sol, las flores, la música... y a ti; no soy más que un inquieto peregrino entre los mundos; no me conoces en persona y... he

---

* *Schläft ein Lied in allen Dingen*
Die da träumen fort und fort
Und die Welt hebt an zu singen
Triffst du nur das Zauberwort.

Duerme una canción en cada cosa,
en todo lo que sueña sin cesar.
Si das con la palabra misteriosa,
el mundo entero comienza a cantar.

(Joseph von Eichendorff, 1788-1857.
Traducción del autor).

perdido mi salud. Así pues, José, ¿me amarías incluso aunque jamás recuperara mi salud? ¡No! ¿Podrías ser feliz aunque no pudiera darte nunca un hijo? ¡No! He aquí por qué no deseo que te sientas como mi prometido y pienses en nuestro matrimonio.

«Yo te amo y, si tú también me amas sinceramente, estoy dispuesto a todo» -estas palabras, repetidas por Edelgard, son lo poco que nos queda de las cartas de José, irremisiblemente perdidas-. *¡Ah!, estas palabras son tan maravillosas y nobles, querido. Pero la vida no es un dulce sueño, sino la vida, que tiene más espinas que rosas. Yo te quiero, sí, pero precisamente porque te quiero, jamás me casaría contigo antes de estar curada, de modo que pudiera ser la madre de tus hijos. ¡No, José, yo nunca haría eso; mi conciencia, mi amor y mi orgullo me lo impedirían! No me preguntes, José, me atormentarías mucho con ello. ¿En qué acabará todo esto? ¡Estoy indeciblemente desesperada!* «Y bien, tal vez algún día ocurra un milagro y todo será bueno». *¡Mi amado José, yo te agradezco con todo mi corazón tu firme fe en mi salud!*

Mi conciencia, mi amor y mi orgullo... ¿No son claras las palabras de Edelgard? ¿No han sido siempre claras? ¿No llegó a escribirle a José que debían romper para siempre su relación, que ella no era su felicidad, que estaba enferma, que debía alejarse de él, irse precisamente por lo mucho que le amaba?

Y, sin embargo, él está allí, ante su cuerpo doliente, en ese triste hospital de Schleswig donde nunca hubiera ella querido que la viera. ¿Por qué no satisfizo su ruego de no visitarla todavía...? No hace ni dos meses desde que se lo pidió:

> ...*me alegro indescriptiblemente por tu visita. Pero, me alegraría más si pudieras retrasar unas semanas tu viaje. ¿Por qué? Porque no me gustaría mucho estar en el hospital durante tu estancia en Flensburg. En mi última carta te hablaba de unas inyecciones de Ephynal fuerte que nos han causado inflamaciones en los muslos. A consecuencia de estas inflamaciones seguramente tendré que sufrir una operación. Sigrid ya fue operada el día 4 de julio...*

¿Es que los hombres no se dan cuenta de algo tan sencillo de entender por cualquier mujer, ni tan siquiera los poetas? ¿Es que no comprende que ella no quiere ser vista en ese estado, y menos por él? ¿Es que no le importa? ¿Acaso está José tan seguro de su amor que se siente con fuerza para superar las pruebas más difíciles? ¿Tiene él en sus labios la palabra que hace cantar al mundo? ¿O es que el destino ha esperado el momento más propicio para que la realidad le abra los ojos, para que se abran sus manos y el polvo de oro que guardaba en ellas desaparezca en el viento de la noche, arrastrado por la lluvia que no cesa...?

> *Flensburg, 25 de agosto de 1953. Han pasado tres días más con el sombrío techo gris de la lluvia en el cielo que solamente el sol, de vez en cuando, se atreve a romper pálidamente un momento. Y este*

viento incesante que va de un mar a otro agitando sin tregua las copas de los árboles.

Tres mañanas pasadas en este sillón rojo frente al gran ventanal, ante la mesa con el cenicero y el búcaro de flores, frente al diván rojo con la gran muñeca, el negro piano, la terca lluvia chorreando en el cristal y la abstracción del largo y sinuoso pensamiento enredado en el humo del fiel cigarrillo que tan bien acompaña y diluye las evocaciones de la soledad. Y dilatados pensamientos y recuerdos... Y todo esto, que ya me es tan familiar como si de siempre hubiera pertenecido a mi vida y tan extraño como si jamás hubiera de llegar a identificarme con ello.

Tres tardes más pasadas con ella en la habitación del hospital, con la silenciosa presencia de Sigrid que de vez en cuando suspira largamente mientras suspende la lectura...

Largos silencios con las manos unidas en una intensa y profunda comunicación; intermitentes conversaciones de preguntas y respuestas tras las que vuelven los silencios cargados de profundas meditaciones y de nuevo la misma pregunta: «Was denkts du?», «à quoi penses tu?»... ¡Pero es tan difícil explicar un pensamiento...! En una ocasión ella me ha dicho: «Si yo muero un día, quiero que este anillo, que era de mi madre y ha sido siempre mi talismán, sea para ti». Y yo le he dicho luego: «Y si yo muero, todos los cuadernos de mis diarios, que están llenos de tu nombre, te serán enviados...». Y ella dice, como en un suspiro: «Entonces yo ya no querría vivir más...». Y yo me siento emocionado y siento un nudo en mi *garganta; no sé si he conseguido que mis lágrimas no asomen a los ojos. Apoyo mi cabeza sobre su pecho al tiempo que acaricio tiernamente su rostro, su frente, sus mejillas suaves y delicadas como las de una niña. Ella acaricia mi cabeza, mi pelo, como una madre. Sus dedos, su mano fragilísima y fina roza mi cara, mis ojos, mis labios... Luego son sus labios que se posan sobre mis ojos, largamente, sobre mis labios... Y así estamos, el uno junto al otro, largo tiempo, silenciosamente, partícipes de una felicidad como yo no hubiera podido llegar a sospechar que existiera.*

Sigrid vuelve a dejar la lectura y mira cómo se va oscureciendo la tarde en el gran ventanal que da al jardín, y suspira. El cielo está gris plomizo, sigue la blanda lluvia y se oyen los cánticos de las hermanas que cantan las oraciones de la tarde... ¡Un maravilloso momento para morir!, pienso yo, mientras siento en mis labios los labios tiernos, suaves y estremecidos de Edelgard...

Así han pasado estas tres tardes, en breves conversaciones, en largas, incansables caricias, en largos, incansables besos de sus pequeños labios insaciables, en íntimos y tiernos abrazos en los que todas las palabras de amor eran innecesarias.

(Pero..., detrás de todo, también de vez en cuando, se hacía presente en algún rincón del corazón el nombre y el recuerdo de Lolita...)

Así han pasado estas tres tardes maravillosamente felices en las que yo he llegado a sentir su propia felicidad y a comprender perfectamente ese gesto apenas existente de su sonrisa que ilumina sus ojos con una luz misteriosa.

La tarde en que José escribe estas palabras no es día de visita en el hospital, y Oskar Lambrecht le acompaña en un largo paseo por Flensburg, le muestra el bosque de Marienhölzung, le toma algunas fotos y, sobre todo, hace gestiones con algunos camioneros para facilitar su regreso a España. Al día siguiente, 26 de agosto, José se despide de Edelgard en el hospital de Schleswig:

Era nuestra última tarde: mañana tengo que regresar; ya hay un camión que me llevará directamente hasta la frontera francesa.

Hoy he prolongado todo lo posible mi visita, hasta la hora del último autobús. Hemos hablado de muchas cosas. «Un día –le he dicho–, volveré junto a ti y traeré un anillo para ponerlo en tu mano...». «Y entonces, yo seré tu esposa...». Y yo le decía lenta y repetidamente que sí con la cabeza y con mi sonrisa. «Oh, eso será maravilloso!» y luego añadía: «¡Ah, cuánto me gustaría tener un hijo tuyo...!» Y de nuevo nos hemos besado interminablemente y los «je t'aime, je t'aime tellement!» pasaban de boca a boca quedando sellados con tiernos y apasionados besos. Y de nuevo he sentido la indecible dulzura de abandonar mi cabeza sobre su pecho, junto a su rostro, y de sentir sus labios suaves posarse sobre mis párpados, y otra vez los largos silencios estrechando su cuerpo delgado y frágil entre mis brazos, y las caricias de nuestras manos que tantas cosas eran ca-

paces de decir, y las profundas miradas largas, penetrantes... Las horas han transcurrido lentas y llenas de dulce felicidad, de profunda y verdadera felicidad y de una suave melancolía. Yo creo que ella era feliz y su miedo había desaparecido. Y yo sentía mi corazón lleno de paz, de ternura y de un inmenso deseo de protección y de un profundo cariño.

Pero, al fin, llegó el momento, el instante final de la inevitable separación: una despedida larga y difícil y dolorosa. Un beso también largo y cariñoso a Sigrid. Y por fin el último beso y la última caricia y el último y simultáneo «je t'aime!» Era preciso partir... ¿Hasta cuándo?... ¿Quién puede saberlo...?

Una «Schwester» y una enfermera vienen a despedirme hasta la parada del autobús. Y, finalmente, otra vez solo en el autobús de regreso a Flensburg, lleno de impresiones, de sensaciones, de sentimientos, de recuerdos y pensamientos incesantes...

Durante todo el camino de regreso reviven estos últimos momentos pasados con ella y aún me parece sentir en mis labios la impresión de sus besos sedientos, ansiosos, apasionados, insaciables...

Pero ya, ¿hasta cuándo? ¿Qué giro habrá de tomar todo esto? Yo estoy sincera y firmemente dispuesto a todo; estoy decidido a casarme con ella, pase lo que pase, en cuanto me sea posible. Estoy decidido a ahorrar un poco de dinero, a perfeccionar mi conocimiento del alemán y a venirme a Alemania e intentar encontrar aquí algún trabajo que me permita vivir y casarme. Estoy firmemente decidido a cumplir mi promesa. Pero me asalta el recuerdo de

Lolita. ¿Qué dirá ella?... Siento unos locos deseos de verla... Yo estoy seguro de que lo comprenderá... ¿Lo comprenderá...?

39

LA DECISIÓN DE JOSÉ

Lolita, en Madrid, espera con ansiedad la llegada de José. Ella deseaba que él hiciera ese viaje, lo quería sin quererlo, porque también tenía miedo... Todavía no ha surgido entre ellos una palabra de amor, pero sí muchos silencios de amor. Y Edelgard está en esos silencios con una presencia constante y dolorosa. Lolita ama a José, aunque nunca se lo haya dicho. Entre ambos ha crecido un sentimiento que rebosa la copa transparente de la amistad, más transparente, si cabe, en manos de Lolita.

Tengo ahora en las manos un ejemplar de su diario: «Los Cuadernos de Lolita». Se trata de un librito pequeño y artesano, editado en una mínima edición de diez ejemplares destinados a sus hijos y a sus amigos más íntimos. Lo abro, leo de nuevo sus primeras páginas y me doy cuenta de que Edelgard es una presencia constante en ellas, y una barrera que impide la expresión inocente, libre de culpa, del amor no pronunciado en los labios de Lolita:

Y me dan ganas de decirte, de gritarte: «Pero yo no soy un fantasma de papel y tinta, una carta cada mes: yo soy sangre y carne, lo mismo que tú, yo te necesito y tú me necesitas...».

¿Lo comprenderá...?, se preguntaba José en su última línea escrita en Flensburg. ¿Comprenderá Lolita su decisión de casarse con Edelgard?

Entre él y Lolita, los silencios han abierto fosos que sólo las miradas son capaces de salvar. Lolita sufre en silencio, pero no ignora el sufrimiento de José ni los muchos sufrimiento de Edelgard. Su angustia es una parte pequeña de la angustia de Edelgard. Su dolor, aun siendo mucho, es sólo un dolor del alma. Puede correr, puede reír, puede subir a una montaña y levantar sus manos hacia el sol... Pero ambas portan una misma semilla que las une. Siente que el sufrimiento las hermana, y así lo escribe en su diario, semanas antes de que José inicie su viaje a Flensburg:

¡Pobre Edelgard! Has entrado en mi vida sin conocerte, a través de cientos de kilómetros, como entra el sol en los párpados cerrados. Y ahora te he tomado cariño, mi pequeña y dulce hermanita. ¡Eres tan seria, tan profundamente fija dentro de ti! Algo me extrañó en tu mirada cuando vi tu foto por primera vez, en tus labios cerrados, en aquella escritura un poco apretada, ceñida, como quieta y sin movimiento. Eso que yo interpretaba como algo distinto a la realidad. Comprendo ahora el ansia de vuelo de tu alma, ese deseo de salir fuera de tu cuerpo paraliza-

do, agarrotado tal vez en irreconciliables movimientos. Te comprendo y te amo, mi pequeña hermana, porque eres buena, tan buena como no cabe pensarlo en tu caso. Y yo, te tenía envidia...

¡Pobre Edelgard –añade Lolita unas líneas más adelante–, *que no puedes reír y acaso hasta el besar te sea doloroso! ¡Pobre pequeña Edelgard, mi lejana y querida hermanita! ¡Cómo debes sorprenderte cuando nos oigas quejarnos, tontamente, sin razón, a nosotros, que todo lo tenemos!*

Pero esa hermandad espiritual con Edelgard no puede hacerle olvidar su amor no pronunciado, ni borrar el temor a que el viaje de José a Flensburg lo aparte para siempre de su vida. Lolita, en Madrid, espera con ansiedad su regreso. Ya ha pasado casi un mes desde el día en que se fue. Ha recibido dos postales desde entonces, pero escritas con palabras que no dicen nada. La espera se le hace interminable. Pero al fin, el 2 de septiembre...

Al fin, ha llegado. Y...

Tácitamente, sabíamos lo que habría de ocurrir. Palabra por palabra yo suponía cuanto había de decirme, como si ya lo hubiera escuchado antes. Y, sin embargo... Es demasiado doloroso tener que renunciar, así, calladamente, sin hacer un esfuerzo, sin un movimiento, sin querer tronchar siquiera una ramita, ni una flor, ni una hoja. Si algún día vuelvo a leer todo esto, sabré si he sabido o no perder. Ahora, sinceramente, no lo sé. «¿Qué harías tú en mi caso?», me ha propuesto. Yo no le he querido responder di-

rectamente para no darle lugar a acogerse a mi respuesta. «Es distinto. Yo soy una mujer y tú eres un hombre».

Yo sabía, por intuición, que su impresión ante la realidad allí, no podría ser buena. Sabía que necesitaría de todo su corazón para sobreponerse a la penosa impresión que fatalmente habría de producirle. Sabía que en su interior no dejaría de librarse una lucha de encontradas emociones y también que tendría que ser leal a sí mismo y a sus hermosos y profundos sentimientos.

Pero también creo que, aunque tal vez no sea ya el mismo enamoramiento de antes lo que siente por Edelgard, toda su ternura se ha volcado sobre el pequeño ser, ese débil pájaro de alas rotas, yacente silenciosa y quieta sobre la almohada. Y su reacción natural, noble y espontánea, no podía ser torcida por el egoísmo. Verdaderamente, estoy muy contenta de haber conocido a un hombre bueno, real y profundamente bueno. Si hubiera obrado de otra forma, me hubiese decepcionado. Es así como le quiero y no puede ser de otra manera.

La decisión, por lo tanto, está tomada. Y es una decisión firme, acaso más acorde al heroísmo que al amor. Entre Lolita y José, confiesa éste en su diario, *«se va afianzando un hermoso y sincero sentimiento de amistad y cariño y comprensión, que nos hace sentirnos felices de estar juntos, sin ningún otro compromiso que roce o menoscabe nuestra relación de pura y verdadera amistad».*

Pero Edelgard no está contestando a sus cartas. Desde su regreso a España le ha escrito ya tres veces, sin obtener respuesta. Su silencio le preocupa. Necesita saber lo que ella piensa después de su encuentro... Finalmente, el 8 de octubre, recibe la deseada carta, que comienza con un párrafo escrito en español, bajo una verde ramita de brezo que todavía hoy conserva sus diminutas flores rosadas:

Schleswig, 27 de septiembre de 1953.

¡Mi queridísimo José!

¡Gracias, muchas gracias por tus tres cartas! Han puesto una infinita alegría y una deliciosa paz en mi corazón. ¡Ah, alma mía, siempre tus cartas me hacen tan feliz! Cada palabra es cariño y tu cariño llena maravillosamente mi vida... Como tú, yo también pienso continuamente en ti. No puedo olvidar, nunca, tus ojos, tu sonrisa, tu boca, tu ternura, tus manos, tus caricias, tu bondad. No puedo olvidar las horas que nos han dado un tesoro tan precioso. ¡José, amado, ven! ¡Dulce sueño, sé realidad de nuevo!

Quisiera ser un pájaro para poder volar a ti. Con todo mi corazón deseo estar siempre contigo. ¿No puedes sentir cuánto te quiero? ¡Ah, José mío..., ven... y bésame..., dime de nuevo las más hermosas palabras del mundo: «Je t'aime! Je t'aime beaucoup, chérie!».

¡No sabes cuánto te necesito! Cuando has estado conmigo yo era casi completamente feliz; me sentía llena de fuerza y llena de paz y completamente li-

berada. Ahora deseo ardientemente: «¡¡Que José esté siempre conmigo!! Pero, qué lástima, has tenido que dejarme demasiado pronto. Y otra vez estaba sola. ¿Realmente sola? ¡Oh, no! Tu amor, tu alma están siempre en mí y tu cariño guarda milagrosamente mi vida. Siento tu presencia más de lo que puedes figurarte. Tan pronto como sonrío o suspiro: «José...» y cierro los ojos, me parece como si me tomaras en tus brazos y luego todo es bueno. ¡Es inefablemente hermoso! Siempre vuelvo a recuperar mi valor y mi equilibrio psíquico en tus brazos protectores, aun cuando me encuentre profundamente desesperada.

Y en verdad que a menudo estoy bastante desesperada. Todavía sigo en el hospital. El 5 de septiembre el Prof. Küntscher ha vuelto a operar, una vez más, nuestros muslos a Sigrid y a mí, ya que todavía se encuentra en ellos aceite de las inyecciones de «Ephynal forte» y, como ese aceite destruye el tejido muscular de nuestros muslos, es posible que tenga que operarnos otra vez..., si es que no ocurre un milagro. ¡Y yo deseo creer en este milagro con todas mis fuerzas! ¡Que se curen pronto nuestros muslos!

Por otra parte, después de operarnos a Sigrid y a mí, el 5 de septiembre, el profesor Küntscher partió hacia España y Portugal para participar en un congreso de cirujanos. Al Prof. Küntscher le gusta mucho tu patria; me ha traído de ella un saludo lleno de sol. Querido, querido José, ¡cómo me hubiera gustado ir con él! ¡Te amo tanto!

¿Has hablado de mí a tus padres, a tu hermana, a tu hermano? ¿Les has hablado de nuestro amor?

¿Qué han dicho ellos? ¿Crees que ellos también podrán quererme? ¿Estarán ellos de acuerdo con tu deseo de poder venirte para siempre a Alemania?

Seguramente, tu familia se habrá sentido muy contenta, cuando te hayan visto de nuevo sano y salvo en Manzanares. Yo también me encuentro tranquila, al saber que tu regreso ha sido tan bueno. ¿Tuviste algunas dificultades aduaneras? Por ejemplo, por mi pequeño pendiente...

¡Que ese pequeño pendiente de mi infancia te proteja y te guíe el camino de un porvenir próspero lleno de felicidad, amor y de cumplimientos! ¿Será ese NUESTRO porvenir, José? Con todo mi corazón deseo que mi pendiente te dé valor, la fuerza y la seguridad de que yo te amo, de que creo en ti. ¡Un día todo será bueno para ti, José!

Una vez más quisiera agradecerte los encantadores regalos que con tanto amor nos has hecho a Sigrid y a mí. Cada día volvemos a alegrarnos con ellos. Y cuando los miro, sé que nuestro encuentro no ha sido un sueño, como algunas veces llego a pensar.

¿Cómo se encuentra Bambi? Acaríciale de mi parte y susúrrale al oído: «Muy pronto tú y yo volveremos a Edelgard ... !» ¡Ah, qué hermoso sería vuestro regreso!

Llena de ternura beso tus párpados y soy con toda mi alma
    Tu Edelgard

P.D. Recibe muchos saludos afectuosos de mi padre, Sigrid, de mi prima y de Dixie. ¡Ellos dicen también que debes volver en Navidad!

Bambi es un pequeño muñeco de peluche que todavía hoy, sesenta años después de estas palabras, descansa en una de las estanterías del salón de la casa de Lolita y de José. Su pelo, raído por el tiempo, le da un aspecto triste y desesperanzado, como si su corazón de trapo añorase los días de su infancia en Flensburg, ya olvidado para siempre el minuto en que debería haber regresado, con José, a la llamada de Edelgard.

40

DIAGNÓSTICO

Por el tiempo en que releía «Los Cuadernos de Lolita», recibo en mi buzón de correo electrónico un mensaje de Mónica Lalanda y Juan Antonio Alonso. Me dicen que andan «dándole vueltas a un posible diagnóstico que cumpliría casi al 100 % con las descripciones de signos y síntomas de Edelgard y su hermana».

El mensaje me inquieta, pues añaden que el diagnóstico es algo decepcionante, poco literario. Les telefoneo y no me dan pistas. Quedamos para comer en un restaurante vegetariano, dos días más tarde. Y dos días más tarde ellos acuden al restaurante con un pequeño ordenador en el que nos muestran a María y a mí el vídeo de una paciente que me recuerda a las fotos de Edelgard en su mirada un poco perdida, en la rigidez del gesto, en la sonrisa ausente... El vídeo explica que la paciente, en efecto, no puede sonreír, y que ése es precisamente uno de los síntomas cardinales de una enfermedad extraña, denominada «distrofia facioescápulohumeral» o «enfermedad de Landouzy-Dèjerine», una dolencia de carácter genético y transmisión autosómica dominante.

—Autosómica dominante... ¿Qué significa eso? pregunta María.

—Quiere eso decir que, para estar afectado, sólo es necesario que uno de los padres la padezca, y que cada hijo tiene un 50 % de posibilidades de heredar la enfermedad.

—Pero en las cartas de Edelgard —digo, expresando mis dudas— no se menciona en ningún momento que alguno de sus padres estuviera enfermo.

—El padre —responde Mónica— probablemente no estaba enfermo. Pero su madre podía ser bastante joven al morir, y esa enfermedad no empieza a dar sus primeros síntomas hasta la adolescencia, en la segunda década de la vida, más tarde a veces, y con distinta intensidad según las personas.

Yo, que no sabía entonces la edad a la que murió la madre de Edelgard, ni tan siquiera su nombre, nada podía pues alegar para rebatir los argumentos de Mónica, apoyados además por los de Juan Antonio:

—Los síntomas coinciden punto por punto con los de Edelgard y su hermana. Y es muy significativo algo que cuenta la masajista... —se detiene un momento, duda en el nombre.

—Frau Ewers —le digo.

—...algo que cuenta Frau Ewers sobre la postura de Edelgard, y sobre que sólo podía escribir sobre sus rodillas, porque uno de los síntomas peculiares de esta distrofia es que se afectan mucho menos los músculos distales que los proximales...

—Es decir —aclara Mónica—, que Edelgard podía probablemente escribir o tocar el piano, pero lo que no podía era levantar los brazos. Por eso tiene que escribir sobre las rodillas.

—Sobre el tema de los padres —prosigue Juan Antonio—, es incluso posible que ninguno llegara a padecer la enfermedad, porque en esta patología se da a veces el fenómeno de «mosaicismo de líneas germinales», que no sé si recuerdas de las clases de Genética...

—No recuerdo...

—Quiere decir que, algunas veces, el gen afectado sólo está presente en los óvulos o en los espermatozoides, en cuyo caso la enfermedad se transmite, pero no se padece...

—¿Y el trasplante de músculos? —pregunto.

—Ésa es otra historia, y bien interesante —me dice Juan Antonio—. El profesor Küntscher era un visionario, un avanzado a su tiempo. Ya sabes que todavía hoy seguimos usando sus clavos intramedulares. No es extraño que intentara un trasplante de músculos, o más bien una translocación tendinosa, el cambio de la inserción de un músculo sano a otro enfermo. Eso es algo que hacemos hoy en día con cierta frecuencia. En cualquier caso, el tratamiento quirúrgico más usado en la distrofia facioescápulohumeral es la elevación y fijación de la escápula a la parte más alta de la parrilla costal, para facilitar el levantamiento de los brazos. Y la propia Edelgard refiere que le van a hacer un trasplante de músculos precisamente ahí, en la parte superior de la espalda.

—No sé... —le digo—. A mí me parece que lo que hicieron con Edelgard y con su hermana fue un ensañamiento terapéutico. ¡En sus cartas se contabilizan hasta seis operaciones...!

—Ya sabes -sonríe Juan Antonio- que los traumatólogos, como los cirujanos, somos un poco carniceros.

—A lo mejor por eso yo soy vegetariano -bromeo, y mi broma se ve refrendada por la impresionante *tempura* de verduras que la camarera del restaurante me sirve en ese instante.

—En fin..., sentimos que el diagnóstico no sea muy literario, y de distinto origen a lo que Edelgard pensaba -concluye Mónica con gesto de aflicción, a modo de disculpa.

—Lo importante es la verdad, o acercarse a ella -le digo-. Además, pienso que el sufrimiento padecido en Stettin pudo actuar, sino como causa, sí como desencadenante. En una enfermedad debilitante, el hambre y la tortura no ayudan mucho.

—Eso es innegable, sin duda... Pero no sé, una relación directa entre la causa y el efecto parecería más rotunda, más novelesca.

—No estés segura... -le respondo, y añado el tópico manido de que la realidad siempre supera a la ficción.

—Una causa genética -interviene María- también puede ser muy literaria y desasosegante, especialmente en alguien de ideología nazi.

—Eso es cierto, y puede llevar lejos... Cuando os hablaba antes del ensañamiento terapéutico, algo que me parece evidente en esta historia, pensaba también en los médicos nazis, en los experimentos de trasplantes de músculos a prisioneros que la misma Edelgard menciona en sus cartas. Es como si ella y su hermana revivieran en sus carnes todo ese horror. En una carta dice algo así como que la historia de su familia es parecida a la historia de Alemania. Y ella está viviendo en su cuerpo lo peor de esa historia. E incluso no lo rechaza. Llega a decir que no cambiaría su vida por otras vidas más fáciles y felices, pero también más vacías. Es algo así como una redención...

—Redención..., ¡vaya palabra! -exclama Mónica.

—Sí, es cierto, pero me parece apropiada. Y una enfermedad genética también puede ser muy apropiada para que se entienda lo que quiero decir en mi novela...

Meses después de esta comida en el restaurante vegetariano de Segovia, ya en Flensburg, recordaré con precisión todo lo que Mónica y Juan Antonio me enseñaron de la enfermedad de Edelgard.

Mi novela, lo sé muy bien ahora, después de tantas páginas, no es solamente mía, ni tan siquiera de Edelgard y de José, cuyas palabras transcribo con la sensación de que son ellos quienes las dictan en mi oído. Mi novela es también la novela de cuantos me están ayudando, como Mónica y Juan Antonio, como María, como Dieter Jensen, como el pastor Reetz y el doctor Pust, como Silke, como Hellen...

En Alemania, todos ellos me preguntan por la causa de esa extraña enfermedad que roba la sonrisa. Es una enfermedad genética, les digo, pero mi respuesta no les parece del todo convincente. En mayor o menor medida, todos son herederos de una guerra terrible, todos tienen un familiar que luchó en ella, que murió en ella, que perdió la sonrisa durante años...

Aunque la causa genética sea clara, el desencadenante del hambre y del horror padecido por Edelgard y Sigrid me sigue pareciendo innegable. Pero la cuestión no está cerrada. Yo me inclino a pensar, igual que Mónica, que el padre de Edelgard no padecía la enfermedad. Los testimonios del doctor Pust son definitivos a este respecto. Por lo tanto, salvo un caso de «mosaicismo de líneas germinales», la enfermedad de Edelgard y Sigrid hubo de ser transmitida por su madre: Jenny Greif, cuyo nombre me hace regresar al 13 de Gutenbergstrasse y a uno de los mayores interrogantes de esta historia...

En 1939, al inicio de la guerra, había en Stettin cerca de 300.000 habitantes. Pero cuando las tropas rusas del general Zúhkov entraron en la ciudad, quedaban allí poco más de 15.000 personas. La inmensa mayoría, descontados los muertos en los bombardeos –estimados en 46.000– había huido o había sido evacuada. Esa inmensa mayoría es casi un cuarto de millón de personas. Entre los 15.000 restantes está la familia del *Obersturmbannführer* Oskar Lambrecht, que sin duda contaba con medios económicos e información de primera mano sobre el curso de la guerra.

¿Cómo es posible, me pregunté durante mucho tiempo, que la familia Lambrecht no fuera evacuada? ¿Qué forzó a Jenny Lambrecht y a sus cuatro hijos para seguir en el infierno de Stettin...? Allí estaba su hogar, me respondí al comenzar el relato de esta historia. Allí regresaría su padre al acabar la guerra. Permanecer en su casa era, de algún modo, permanecer en la esperanza... Pero todas las respuestas imaginadas, aún siendo verosímiles, no me resultaban convincentes. Algo más debía de atarles a Stettin, lazos con la fuerza necesaria para afrontar la incertidumbre que proyectaba sobre ellos, como un gigante ciego contra el sol de la tarde, las sombras más largas y más negras.

41

LA PATRIA NO PERDONA

Una respuesta comienza a tomar cuerpo en la nebulosa de mis preguntas. De repente lo veo claro. Y la claridad se agranda cuando el pastor Reetz me envía la relación de los padrinos que figuran en los documentos de bautismo de los hijos de Oskar Lambrecht y Jenny Greif. Edelgard fue apadrinada por cuatro personas, tres de ellas tenían el apellido de la madre –y una es Ida Greif, la abuela–, pero ninguno de los padrinos lleva el apellido Lambrecht. Tampoco el apellido del padre figura entre las cinco personas que apadrinan a Sigrid, nacida y bautizada tres años después que su hermana.

La deducción parece clara: la familia de Oskar Lambrecht no vivía en Stettin, o su relación con los Greif era tan mala que les impedía asistir al bautismo de las hijas de Oskar y Jenny, o ambas cosas a la vez. Esta tercera hipótesis me parece bastante verosímil, y acaso no le sean ajenas las circunstancias deducidas de dos fechas que figuran en los certificados de matrimonio y bautismo que he recibido: Oskar Lambrecht y Jenny Greif se casaron en la iglesia de San Pedro y San Pablo de Stettin el día 21 de enero de 1926. Y la pequeña Edelgard Ingeborg Irmgard vino al mundo en Stettin el 30 de enero de 1926, sólo nueve días después de la boda de sus padres.

Estas circunstancias, que podrían quedar en insano cotilleo de patio vecinal, arrojan alguna luz y alguna sombra sobre la relación entre Oskar y Jenny. Por otra parte, los datos referentes al bautismo de sus cuatro hijos siembran dudas sobre la aceptación de Jenny Greif en el seno de la familia de su marido, pero prueban de modo fiable que al menos cuatro miembros de la familia de Jenny vivían en Stettin antes de 1930.

¿Alguno de estos miembros llevaba en sus genes la enfermedad que luego heredarían Edelgard y Sigrid? ¿Lo sospechaban Oscar o su familia? Es probable que nunca lo sepamos con certeza, aunque resulta significativo que todos los bautismos, salvo el de Edelgard, se realizaran en el domicilio. Y también es significativo que Ida Greif, la abuela, residiera desde 1934 en dependencias del hospital municipal de Stettin.

Tal conjunción de circunstancias alumbra la hipótesis que explica por qué, entre las doscientas mil personas que decidieron abandonar Stettin, no se hallaba la familia de Edelgard: huir de una ciudad hostigada día y noche por los bombardeos no resulta tan sencillo si algún familiar enfermo, y muy cercano, debe ser abandonado a su suerte en esas terribles circunstancias.

Por esa vía camina la respuesta que buscaba y que aún no tengo. El hospital municipal de Stettin, donde la abuela Ida residió desde 1934 a 1943, fue alcanzado por el bombardeo efectuado en la noche del 20 de abril de este último año. Pero eso no significa que Ida Greif muriera aquella noche. Y si logró sobrevivir en uno de los muchos refugios que horadaban y siguen horadando el subsuelo de Stettin, parece probable que Jenny volviera a asumir el cuidado de su madre.

No tengo datos que lo avalen. Tampoco existen directorios de Stettin posteriores a 1943. Y Edelgard es extremadamente parca en palabras al hablar de su familia. ¿Pudo su abuela ser trasladada a otro hospital tras el bombardeo de abril? Es posible, aunque no me parece probable. Los recursos sanitarios debían destinarse a los heridos de guerra más que a los enfermos crónicos. En cualquier caso, además, el 23 de marzo de 1945 fueron evacuados todos los hospitales de Stettin. Pero en ese momento ya no era fácil huir de la ciudad, y mucho menos con un familiar enfermo o inválido.

En esos días, y desde varios meses antes, la estación central de Stettin era un hervidero de refugiados procedentes del Este alemán, donde avanzaba sin tregua el Ejército Rojo. Los trenes llegaban abarrotados y salían abarrotados. En el vestíbulo de la estación se apilaban montañas de maletas que no siempre volvían a sus dueños, agotados por la espera de un tren que los sacara del infierno. Y la escena se repetía en todas las ciudades de Alemania. Estaciones repletas de gentes que huyen hacia no saben dónde, largas colas de personas aguardando el cazo de sopa caliente que la chicas de la *BDM* se afanan por dosificar, para que alcance a todos.

También Edelgard y Sigrid, como integrantes de la «Liga de Muchachas Alemanas», han sido reclutadas para atender a esa legión de refugiados en la estación central de Stettin. Edelgard, que había comenzado a estudiar Medicina, atiende como puede a los heridos y a los enfermos que llegan a la estación. Son dolencias de diagnóstico sencillo: frío, hambre, desesperación. Una mañana, apenas llegar a la estación con su uniforme de la *BDM* recién planchado por su madre, presenciará una escena que jamás podrá olvidar. En el revuelo de equipajes alzados hacia las puertas y ventanillas de los vagones atestados, se abrió una maleta y de su interior cayó al suelo el cadáver de un niño de pocos meses. La escena, de un horror en apariencia incomprensible, resulta sin embargo muy fácil de entender por Edelgard, que escucha cada mañana historias semejantes:

Una mujer ha dado a luz en una aldea que dista varios kilómetros de la estación de ferrocarril más cercana. Su marido está en el frente, no sabe dónde, acaso muerto. Sólo sabe que las tropas rusas avanzan por el Este. Casi todos los días, ante las puertas de su granja, ve pasar a gentes que huyen y que cuentan cosas horribles, asesinatos de viejos y de niños, violaciones sistemáticas... También la mujer decide huir antes de que lleguen los soldados rusos. En una maleta guarda algo de ropa y de comida. Lo único valioso es su hijo, al que envuelve en la manta de la cuna. Es invierno todavía. La tierra está helada y el camino es largo. Necesitaría un caballo, pero sólo tiene algunos cerdos y una vaca a la que ordeña por última vez. Deja a los animales en la granja, abierta la puerta del establo. Toma la maleta y toma al niño. Sabe que no será fácil. Son cuatro días de marcha hasta llegar a Stettin, donde espera poder coger un tren hacia la salvación. El frío es intenso y las noches parecen no acabar nunca. En las cunetas, cubiertos de nieve, ve algunos bultos con forma humana. Pernocta donde puede, en cabañas derruidas, en apriscos de ovejas. El niño empieza a tener fiebre después de la primera noche, y no sobrevivirá a la tercera. ¿Qué hacer con él? ¿Dejarlo en el camino para que se lo coman los perros hambrientos? ¿Sepultarlo en esa tierra helada? Si pudiera, es lo que haría, pero no tiene un pico para romper el hielo ni lágrimas suficientes para ablandar la tierra. Sólo tiene una maleta. Saca algunas ropas y mete al niño. Todavía le queda una larga jornada para llegar a la estación. En ocasiones, cuando se toma un respiro en su caminar, abre la maleta para ver al pequeño, dormido en su manta. La maleta es ataúd y cuna. Ya ni está segura de si está muerto. Podría cantarle una nana o ponerlo al pecho si le quedara leche. Pero sólo tiene esa maleta que arrastra por los caminos y que se abrirá de improviso en la estación de Stettin, con el cadáver de un niño que cae entre un bosque de manos alzadas hacia las ventanillas de un tren atestado de personas con historias como la suya, o más terribles todavía.

Relatos semejantes son los que escuchan Edelgard y Sigrid y todas las chicas de la *BDM* en la estación de Stettin. Se habla de cadáveres clavados a las puertas de sus casas, de niñas torturadas, de viejos apaleados hasta la muerte, de madres violadas y ejecutadas ante la mirada de sus hijos. Y al horror generado por soldados rusos y polacos se une el horror causado por soldados alemanes contra soldados alemanes.

Una tarde, al regresar a su casa, Edelgard y Sigrid ven tres cadáveres ahorcados en los árboles de Paradeplatz. Llevan el uniforme de la *Wehrmacht* y son muy jóvenes, casi unos niños. Alguien ha vomitado bajo el péndulo de sus cuerpos, tal vez es el propio vómito de alguno de aquellos tres chicos minutos antes de ser ahorcado. Pero nadie se detiene a contemplar el tétrico espectáculo. Tampoco ellas. Apenas una mirada furtiva al cartel que cuelga en cada uno de sus cuellos: «Estoy aquí por cobarde. Soy un desertor. La patria no perdona».

Horrorizadas, llegan a casa con lágrimas en los ojos. Aquellos tres soldados tenían pocos años más que Axel, su hermano mayor, que aún no ha regresado de su trabajo en la *Volkssturm*, cavar inútiles trincheras para frenar el avance de la artillería rusa.

—Todo eso es horrible —les dice la madre—, pero la Patria no necesita a los cobardes.

Mensajes como ése se repiten día y noche por la radio y los periódicos. Así, en el *Pommersche Zeitung* del 1 de febrero, el *Gauleiter** Franz Schwede ha proclamado en letras grandes y claras que cada habitante de Pomerania es un soldado, y que los cobardes no tienen derecho a la vida:

> *¡Los soviéticos quieren conquistar nuestro país! ¡Pero la tierra de Pomerania está en lucha! Las hordas bolcheviques quieren destruir nuestras ciudades, aldeas y granjas, quieren deshonrar a nuestras esposas e hijos, a nuestras madres y hermanas.*

---

* Jefe del *NSDAP* en cada estado o región alemana, con dependencia directa y única de Hitler.

¡Nunca lo permitiremos! ¡Cada hombre de Pomerania es un soldado! ¡Hemos jurado combatir hasta la muerte por nuestro Führer! ¡A él nos aferramos con firmeza en nuestra tierra de Pomerania, en nuestros pueblos y ciudades!

¡No cederemos sin lucha una pulgada de suelo! Los ejemplos han demostrado que nadie está indefenso contra los bolcheviques si no pierde su valor. Si nuestros corazones tienen fe, empuñaremos las armas con frialdad de hielo para romper el avance de la marea roja.

Nuestro deber más sagrado es defender nuestra patria hasta la última gota de sangre. La Wehrmacht, la Volkssturm y el Partido conforman la punta de lanza. Detrás está todo el pueblo.

Llamo a todos los hombres a la lucha. Nadie abandonará su puesto sin el permiso de sus superiores. El deber de todos los hombres y jóvenes de Pomerania es combatir. En nuestra comunidad, los cobardes son miserables que no tienen derecho a la vida.

¡Éstas son las pruebas a través de las cuales Adolf Hitler nos llevará a la victoria!

¡Viva el Führer! ¡Larga vida a nuestro Reich y a nuestro pueblo!

¿Leyeron esta proclama los soldados que se balancean en los árboles de Paradeplatz, o los que semanas después, ya con el Ejército Rojo a las puertas de Stettin, se balancearán en las farolas de Grosse Lastadie, al otro lado del río?

—Los soldados -gime Sigrid, encarándose a su madre- eran poco mayores que Axel. Y yo también tengo miedo, mamá.

—Todos tenemos miedo, hijita -dice la madre-, también papá tiene miedo, y la abuela, y Edelgard, y yo. La diferencia entre un cobarde y un valiente no es el miedo, sino la forma de comportarse ante él.

—¡Yo no tengo miedo! -exclama el pequeño Klaus, que cumplirá ocho años dentro de un mes, en mayo.

—Tú te meas todavía por la noche -le dice Sigrid sin maldad-, y mañana te van a llevar a la granja del primo Rudolf.

—Yo no tengo miedo -insiste Klaus-, yo quiero ser un soldado como papá.

—Pues como no tienes miedo -le dice la madre-, irás con Axel a la granja y defenderás a las ocas y a los cerditos, para que nadie los robe. Y si tu hermana sigue teniendo miedo, la mandaré contigo a la granja y tú la defenderás.

Klaus asiente, orgulloso, y se cuadra ante su madre con un saludo militar.

—El miedo es una serpiente si retrocedes, y un gusano si lo pisas... -concluye la abuela Ida, que apenas puede moverse de la silla donde permanece sentada todo el día.

Si los bombardeos no hubieran dañado la casa de Prutzstrasse, es casi seguro que ahora no estarían en la antigua casa de la abuela, donde tanto tiempo imaginaron ser felices. El piso de Pruzstrasse era más confortable y más caliente, pero también más alto: tres alturas de escalera sin ascensor si se contaba la planta baja ocupada por la panadería del señor Glashagen. Por el contrario, el antiguo *Festsaal* de Ida Greif en Gutenbergstrasse fue siempre un edificio bajo, con menos escaleras, mucho más apropiado para alguien que se mueve con la torpeza de un inválido. Posee además un amplio jardín con almendros y con lilos, antaño repleto de mesas, y todavía conserva el pequeño escenario donde Jenny Greif cantaba al piano para distraer a los comensales y despertar algún amor apasionado y efímero, como el que llevó a Oskar Lambrecht al altar. El Banco de Comercio y Bienes Raíces que adquirió y cedió el *Festsaal* de Ida Greif al *Ortsgruppe* de Grünhof, vendió de nuevo la propiedad al mesonero Willi Lohf, que no dudó ni un segundo en cedérsela al *Gauamtsleiter* Oskar Lambrecht cuando éste la necesitó para realojar a su familia, incluida su antigua propietaria.

Todos sus hijos, además, preferían vivir en la casa con jardín de Gutenbergstrasse. Excepto el pequeño Klaus, todos habían nacido allí y allí habían gozado de una infancia feliz. En las noches de invierno, las estrellas titilaban entre las ramas de los árboles como en una interminable navidad. Y a principios de primavera, cuando florecían los almendros, los linderos de la finca parecían las fronteras del paraíso.

Ésa, probablemente, es una de las respuestas que yo buscaba, la causa que forzó a la familia Lambrecht a seguir en Stettin cuando el noventa por ciento de la población había elegido el camino de la huida. Jenny Lambrecht no podía consentir que su madre, anciana e inválida, quedase abandonada a su suerte en el caos de Stettin. Allí, en el lugar donde un día conocieron la felicidad, esperarían junto a la abuela Ida el final de la guerra y el regreso del padre. Allí, en las fronteras del paraíso, en la invisible línea que separa las fronteras del paraíso y las fronteras del infierno.

42

PEQUEÑOS MISTERIOS

La palabrería hueca del *Gauleiter* de Pomerania, como la de todos los tiranos, resultaría grotesca si no estuviera escrita con pólvora y subrayada con sangre. «Nunca sigáis a una bandera ni creáis el discurso de un iluminado», les dije cierta vez a mis hijos. Son palabras que me vienen de improviso a la memoria, pensando que jamás se las dijeron a Edelgard ni a Sigrid. Ellas creyeron en banderas, en patrias, en ideologías que negaban el derecho a las ideas. La proclama del *Gauleiter* tenía sentido para ellas. Ni un centímetro de suelo alemán se entregaría sin lucha. Los cobardes no eran dignos de tener derecho a la vida.

Pero las palabras huecas de Franz Schwede, *Gauleiter* de Pomerania desde 1934, deberían haberse trenzado en una soga alrededor de su propio cuello, puesto que él mismo, cuando la marea roja amenazaba las puertas de Stettin, decidió que ni la última gota de su sangre, ni la primera, mancharían la alfombra de su despacho ni su sagrada tierra de Pomerania. Huir al último lugar seguro de Alemania se convirtió en su objetivo. Y el último lugar seguro de Alemania, donde se negociaría la rendición del *Reich*, era el territorio de Schleswig-Holstein, en la frontera con Dinamarca.

El 4 de marzo de 1945, sólo un mes después de su proclama y casi dos meses antes de la caída de Stettin, el *Gauleiter* Franz Schwede se las arregló para tomar un barco con destino a Sassnitz, en la isla de Rügen. Desde allí logró llegar a Schleswig-Holstein, donde pronto sería detenido y encarcelado por las tropas británicas. En un primer juicio fue condenado a diez años de prisión, y a otros diez en un segundo. Pero fue indultado en 1956. Murió a los setenta y dos años en la ciudad de Coburg, en la que había sido alcalde y fundador del Partido Nazi.

Como Franz Schwede, también Oskar Lambrecht se había refugiado en Schleswig-Holstein, pero, sorprendentemente, jamás fue condenado ni estuvo nunca detenido.

—Al final de la guerra —nos dice Silke Roggenbrodt durante nuestra primera visita a Flensburg—, muchos nazis se escondieron en aldeas y granjas de Schleswig-Holstein. En Flensburg estuvo el último gobierno nazi de Alemania...

—El gobierno del almirante Dönitz —intervengo de modo inoportuno, sólo para no dar la impresión de ser un completo ignorante de la historia de Alemania.

—Sí, el gobierno de Dönitz, que duró sólo veintitrés días —dice Silke mirándome a los ojos, como tratando de sondear hasta dónde llegan en realidad mis conocimientos históricos.

—¿Crees tú que el padre de Edelgard tendría algún pequeño papel en ese gobierno?

—En el gobierno, propiamente, creo que no. En tal caso, sería alguien conocido y yo no he tenido hasta hoy noticia de su nombre.

Aunque Silke no recuerda su nombre, Oskar Lambrecht no fue un completo desconocido durante su vida en Flensburg. Al contrario, fue un destacado defensor de los refugiados procedentes del Este de Alemania, llegando incluso a ser presidente en Schleswig-Holstein de la *KvD* («Asociación de Alemanes Expulsados»), concejal del Ayuntamiento de Flensburg en 1952 y candidato al *Bundestag* en las elecciones de 1961 por el *GDP* *.

En el obituario publicado por el *Flensburger Tageblatt* a raíz de su muerte, acaecida el 5 de febrero de 1976, pueden leerse algunos de sus méritos, entre los que por supuesto no se menciona su temprana afiliación al *NSDAP*, su rango de *Obersturmbannführer* en las *SS* ni el cargo de *Gauamtsleiter* que figura en el directorio de Stettin de 1943. Sí se dice, por el contrario, que combatió durante toda la guerra, y que su último grado fue el de *Hauptmann* -capitán-, dos peldaños por debajo de *Obersturmbannführer*.

—¿Un simple error? -me pregunto en voz alta, sin que Silke pueda responderme.

Meses más tarde será Dieter Pust quien me responda. No se trataba de un error del periódico. El doctor Pust me dice que Oskar Lambrecht cobraba, en efecto, una

---

* *Gesamtdeutsche Partei* o «Partido de toda Alemania», resultante de la fusión del *DP*, *GB* y *BHE* («Partido Alemán», «Bloque de toda Alemania» y «Unión de los Desplazados y Desposeídos»).

pensión de jubilación como capitán del ejército. Pero él sabe como yo, mejor que yo, que su graduación era la de *Obersturmbannführer*, y su extrañeza por esta discrepancia a la baja en la jerarquía militar no es menor que la mía.

El obituario del *Flensburger Tageblatt* da también alguna pista sobre una pregunta que me he venido haciendo desde que conocí el rango del padre de Edelgard en las *SS:*

—¿Cómo es posible que alguien con el historial de Oskar Lambrecht no fuera detenido y encarcelado? ¿Cómo es posible que viviera en libertad mientras la mayoría de los oficiales de las *SS* se pudrían en los campos de concentración de los aliados para prisioneros de guerra?

La reseña necrológica del *Flensburger* dice literalmente que desde 1945 a 1948 Oskar Lambrecht «trabajó en la agricultura». ¿En la agricultura..., un teniente coronel de las *SS*, un alto funcionario del Partido Nacionalsocialista?

Quizá, leyendo más allá de las palabras, podría deducirse que Oskar Lambrecht fue uno de esos oficiales nazis escondidos en aldeas y granjas de Schleswig-Holstein al final de la guerra. Es una hipótesis que resulta verosímil y que explicaría por qué el padre de Edelgard no fue encarcelado. Pero ese «trabajó en la agricultura» no lo explica todo. En junio de 1946, cuando padre e hijas se reencuentran en Flensburg, Oskar Lambrecht no está escondido. Y en julio estará ya viviendo en el 38 de Marienhölzungsweg, donde Edelgard escribe su primera carta a José, en la última planta de un edificio desde cuya terraza puede verse casi toda la ciudad. En esa terraza están tomadas algunas de las fotos que envía a José, y por esas fotos pudimos María y yo localizar con exactitud la vivienda ocupada por los Lambrecht desde 1946 a 1952, en uno de los barrios residenciales más altos y tranquilos de Flensburg.

En tales fotos hay un detalle que puede pasar desapercibido a los ojos de los hombres, pero que no escapa a la mirada de las mujeres. María lo había notado y Silke, cuando ve las fotos, es lo primero que dice:

—Edelgard viste ropas caras, demasiado elegantes para ser las de una chica refugiada.

En la foto que está mirando Silke en ese instante, Edelgard se halla frente al fiordo de Flensburg, visto desde un mirador de Jürgensby cercano a la *Goethe Schule*. Y el vestido que lleva, en efecto, no es el de una chica refugiada. La foto está tomada en verano. Una chaquetilla corta, de popelín estampado con diminutos lunares blancos, cubre una blusa cerrada de muselina, con mangas abombadas que transparentan sus antebrazos y se cierran sobre las muñecas en un fruncido de pequeños volantes. La falda, larga y plisada, del mismo popelín estampado que la chaquetilla, arranca de un fajín ancho y ceñido, en cintura de avispa, del que surgen con naturalidad y caída perfecta los pliegues del plisado.

—Es un vestido que ahora parece un poco antiguo –añade Silke-, pero que en aquellos años debía de ser muy elegante.

María y yo estamos de acuerdo. No parece, desde luego, el vestido de alguien que lo ha perdido todo, como Edelgard escribe en varias de sus cartas. Tampoco parece natural que los refugiados dispongan de automóvil propio, y eso es lo que parece deducirse del diario de José: «El coche está ya en la puerta... Vamos camino de Schleswig... Yo miro abstraído el limpiaparabrisas en su constante vaivén...». Mas en su diario no se dice que ese coche sea propiedad del padre de Edelgard, una cuestión que me parece interesante para conocer la situación económica de la familia Lambrecht en los primeros años de la posguerra.

—José –le digo en el primero de nuestros encuentros tras mi viaje a Flensburg-, ¿tú recuerdas cómo era el coche en el que el padre de Edelgard te llevó a Schleswig?

—Ni idea –me responde José-, sólo recuerdo que llovía.

—¿Pero era un coche particular, un taxi, un autobús?

—Llovía. Tengo la imagen del limpiaparabrisas, de la lluvia resbalando por las ventanillas. Supongo que se trataba de su coche, pero no te lo puedo asegurar.

Veo a José nervioso por su mala memoria y trato de tranquilizarle. Han transcurrido más de seis décadas y él tiene ya 83 años, pero su cabeza funciona razonablemente bien:

—¿Qué importancia tiene un detalle así?

—La tiene –le digo-. Le hablo de los vestidos caros de Edelgard, de la penuria de los refugiados, de lo extraño que sería para uno de ellos la posesión de un automóvil.

Semanas más tarde, cuando se va consolidando mi correspondencia con el historiador Dieter Pust, éste me dice que Oskar Lambrecht poseía en aquellos años un vehículo de la marca Mercedes, concretamente del modelo 170-S. Este modelo, que alcancé a conocer siendo muy niño, tenía un gran morro aguzado hacia delante como el hocico de un perro, con dos enormes guardabarros en las ruedas delanteras que parecían toboganes. Incluso, muy vagamente, recuerdo haberme deslizado alguna vez por uno de esos guardabarros convertido en tobogán. Entonces, cuando yo era un niño en la España de Franco, éstos eran coches de ricos, y no creo que fuese muy distinto en Alemania.

También me dice el doctor Pust que Oskar Lambrecht fumaba cigarillos de lujo de la misma marca, Mercedes, completamente desconocidos en España. Y añade que siempre iba elegantemente trajeado, que en su opinión fue siempre un gran señor, habitualmente reservado, que le impresionó su participación pública, incluido su trabajo en el Ayuntamiento de Flensburg.

El misterio que rodea la vida de Oskar Lambrecht crece para mí como una mancha de aceite en una página en blanco, quizá jamás escrita, o acaso borrada. En 1949, Edelgard escribe que su padre es un refugiado y que no tiene trabajo. Por el doctor Pust sé que cobraba una pensión como capitán, pero parece que no fue nunca capitán. Edelgard dice que era un oficial de las fuerzas aéreas, pero en realidad había sido teniente coronel de las *SS*. También dice que había sido galardonado con la Cruz de Hierro por méritos de guerra, pero los únicos galardones que figuran en los listados de las *SS* son una medalla de herido y un Anillo de la Calavera... Pequeños misterios que se unen en el gran misterio de su libertad.

Cuando le planteé la historia a Dieter Jensen, él también se extrañó, y sin duda su extrañeza fue mayor por el hecho de que su padre, un modesto soldado del servicio de guardacostas, fue también un prisionero de guerra, capturado por las tropas norteamericanas y llevado a un campo de concentración en los Estados Unidos, donde pasó dos años. Acaso por ello, estas circunstancias paralelas a la historia de Edelgard son las que más le interesan y, sin que yo se lo pida, se ofrece para hacer una gestión en los archivos de Schleswig, donde se guarda toda la documentación existente sobre los nazis en Schleswig-Holstein y sobre los procesos de desnazificación efectuados allí por los británicos.

Durante un par de semanas aguardo el resultado de su gestión con inquietud creciente, pero el mensaje que finalmente recibo no hace sino agrandarla:

En mi último correo te hablé de un contacto en el Landesarchiv de Schleswig-Holstein –me escribe Dieter Jensen–. *Mas no hay buenas noticias sobre Oskar Lambrecht. Buscaron informaciones sobre su tiempo en el Tercer Reich, pero sólo encontraron la ficha con su nombre. Me dijeron que es algo misterioso. Parece ser que alguien, en el pasado, eliminó esa documentación... ¡Lo siento!*

TRAGEDIA EN EL MAR

¿QUÉ HACER...? Sin duda, eso es lo que se preguntaba en Stettin la familia de Oskar Lambrecht y lo que yo me pregunto seis décadas después.

El misterio se ensancha, y sólo una respuesta parece clara. ¿Quién, salvo él o sus allegados, podía tener interés en que desaparecieran los documentos relativos a su historial en el *Tercer Reich*? Otras posibilidades me resultan inverosímiles. En el caso de Wernher von Braun, con quien Oskar Lambrecht compartió graduación y destino en las *SS,* los interesados en borrar su pasado nazi eran los propios responsables del gobierno de los Estados Unidos. Pero la historia del padre de Edelgard, o lo que de su historia permanece, no parece tener entidad suficiente para desplegar razones de Estado. Sólo él, movido por la supervivencia, o él y su familia, o él y su participación en la vida política local, podían tener razones para ocultar su pasado en las *SS*.

Pero ¿qué pormenores de ese pasado necesitaban ser borrados? El Servicio Internacional de Búsqueda sobre el Holocausto de Bad Arolsen me había respondido meses antes que «No hay evidencia de la actividad del *Obersturmbannführer* de las *SS* Oskar Lambrecht durante la Guerra Mundial». La misma respuesta, pienso ahora, le podrían haber dado en los archivos de Schleswig a Dieter Jensen: que no tienen evidencia de la actividad del *Obersturmbannführer* de las *SS* Oskar Lambrecht durante la Guerra Mundial. ¡Y claro que no la tienen! ¡Sólo tienen un nombre en una ficha..., y la evidencia de un expediente desaparecido!

No sé si el asunto tendrá importancia, si merecerá o no merecerá la pena el esfuerzo de sacar a la luz el pasado del padre de Edelgard, pero decido completar la gestión efectuada tiempo atrás en los archivos del gobierno de Estados Unidos ubicados en Alexandria, Virginia. Y si anteriormente necesitaba sólo confirmar su nombre y su rango en las listas de oficiales de las *SS*, ahora necesito saber cualquier detalle que esclarezca los misterios crecidos en torno a su persona. Saber, por ejemplo, a qué se dedicaba en el complejo entramado de las *SS*. Saber cuáles eran sus fuentes de ingresos. Y saber el lugar donde él estaba cuando se produjo la capitulación de Stettin, anunciada por el servicio de propaganda del Ejército Rojo en el siguiente llamamiento destinado a la población:

¡Alemanes!
El 26 de abril, cuando ya el Ejército Rojo estaba a las puertas de Stettin, vino de la ciudad un sacerdote

con bandera blanca para transmitir al Mando ruso el mensaje de su capitulación.

¡La ciudad de Stettin se rindió sin luchar!

Gracias a ello, los habitantes y la guarnición de la ciudad se salvaron de la inevitable destrucción que habría traído el enfrentamiento con nuestras fuerzas.

Gracias a ello, las gentes y la guarnición de la ciudad se libraron del sacrificio sin sentido causado por la guerra.

Gracias a ello, llegó para su población el fin de la guerra. Pero no es el fin de Stettin. Su población puede ahora abandonar los oscuros sótanos e ir tranquilamente a su trabajo.

La guerra ha tenido para la ciudad de Stettin un final favorable. En la ciudad se ha salvado todo aquello que resulta necesario para una vida normal y pacífica. ¿Pero qué circunstancias han conducido a este buen resultado?

La población y la guarnición de Stettin evaluaron la situación correctamente. Los soldados del 368º Regimiento, de la 281ª División de Infantería, del 1er Regimiento de la Fortaleza y de otras unidades han dicho abiertamente que no quieren ser la causa de la muerte de mujeres y niños. El pueblo dijo a los soldados que rindiéndose protegerían a la ciudad de una destrucción sin sentido. Bajo estas circunstancias, el Teniente General dio la orden de no defender la ciudad.

Así, la ciudad se salvó. La población de Stettin -capital de Pomerania- ha dado un ejemplo a otras ciudades.

¡Alemanes! ¡Seguid el ejemplo de la población de Stettin! Pedid a vuestras tropas que detengan una resistencia que no tiene sentido y que sólo produce, forzosamente, más destrucción y más víctimas innecesarias.

¿Dónde estaba Oskar Lambrecht el día que las tropas rusas entraban en Stettin? ¿Estaría allí o estaría en el frente? ¿Habría huido, como hizo el *Gauleiter* de Pomerania? ¿Habría sido capaz de abandonar a su familia? ¿Pensaría también él, como afirmaba el comunicado ruso, que era absurdo e inútil resistir?

La ciudad, en efecto, se había rendido sin luchar, o sin esa lucha calle a calle y casa a casa que pregonaban los responsables de la *Volkssturm*. Pero no era ni medianamente cierto que quedara en ella todo lo necesario para una vida normal y pacífica. No quedaban hombres, por ejemplo. O los pocos que quedaban eran viejos y niños, además de algunos soldados desarmados que se escondían como fantasmas entre las ruinas, deseosos de intercambiar sus uniformes con la ropa civil de algún cadáver. Tampoco quedaban víveres suficientes, porque la ciudad estaba desabastecida desde que comenzó el cerco soviético. Sólo abundaba la carne humana putrefacta, enterrada en los escombros de los edificios derruidos. Y las ratas que se alimentaban de esa carne.

Ésa era la ciudad que se había salvado, una ciudad muerta, con más de la mitad de sus edificios en ruinas, con más del noventa por ciento de su población huida hacia el Oeste, donde aún se vislumbraba una última esperanza: la de ser sometidos por cualquier otro ejército que no fuera el soviético.

Durante el año anterior, cuando todavía estaban abiertos algunos de los diecinueve cines que había en Stettin antes de la guerra –el Alhambra, el Capitol, el Scala, el Tívoli, el Titania...– se proyectó hasta la saciedad en los noticiarios patrióticos que precedían a las películas un escalofriante reportaje sobre los crímenes rusos en Nemmersdorf, pequeña población de Prusia, en la frontera con Lituania, que al comienzo de la guerra contaba con poco más de 600 habitantes.

En octubre de 1944, el día 21, la localidad fue tomada por el ejército ruso tras doblegar una fuerte resistencia de las tropas alemanas, que reconquistarían el lugar días más tarde. Y lo que allí se encontraron estas tropas sigue produciendo náuseas a pesar del tiempo transcurrido. Decenas de hombres, mujeres y niños habían sido asesinados. Casi todas las mujeres fueron violadas, al margen de su edad. Se hallaron los cuerpos de algunas de ellas clavados a las puertas de un granero. Algunos niños tenían los cráneos aplastados. Para qué seguir... Los periodistas, fotógrafos y reporteros de cine que cubrieron la noticia estaban consternados. Y el Ministerio de Propaganda de Goebbels aprovechó los hechos, probablemente aumentándolos en número y bestialidad, para fomentar la resistencia de la población frente al ejército ruso. No hubo sala de cine en toda Alemania que no proyectara las imágenes de Nemmersdorf. En una pared filmada por «El noticiero alemán», podía leerse la siguiente pintada: «Protege a nuestras mujeres y niños de la bestia roja». Por todos los medios del Ministerio de Propaganda se instaba a la resistencia, queriendo transformar el miedo en rabia y la rabia en espíritu de lucha.

Pero el resultado fue justamente lo contrario. Las gentes de los territorios alemanes amenazados por el avance soviético, movidas por el terror, trataron a toda costa de abandonar sus ciudades, aldeas y granjas en un masivo e incierto éxodo hacia el Oeste. Los vehículos a motor habían sido requisados para el ejército, y en los caminos helados o embarrados eran habituales largas caravanas de civiles llevando fardos y maletas en carros de bueyes o caballos, en cochecitos de niños, en sus hombros y manos. A veces, debido a los puentes destruidos o a las carreteras cortadas por los tanques soviéticos, tenían que atravesar ríos helados, o ensenadas en las que las ruedas de los carros amenazaban con romper el hielo y condenarlos a una muerte segura, como les sucedió a quienes trataban de llegar al puerto de Danzig desde la barra arenosa de su bahía, atravesando la helada laguna del Vístula.

Historias como éstas eran las que se contaban a media voz en los andenes de las estaciones o en los puertos donde muchedumbres angustiadas luchaban por tomar un tren o subirse a un barco salvador. A veces, en los trenes atestados, que poco se diferenciaban de los que hasta pocos meses antes habían transportado a judíos y otros prisioneros a los campos de concentración, aparecían personas muertas por falta de oxígeno. Y tampoco los barcos estaban exentos de tragedias.

La más terrible de todas, la que ostenta el triste y olvidado récord de ser la mayor tragedia naval de todos los tiempos –que sin duda estaría en el pensamiento de Edelgard y Sigrid cuando finalmente pudieron tomar el barco que las sacaría de Stettin–, fue la del trasatlántico «Wilhelm Gustloff».

Acabado de construir en 1938, el «Wilhelm Gustloff» era uno de los barcos de recreo más grandes y modernos del mundo, destinado a realizar cruceros de vacaciones para los trabajadores alemanes dentro del programa nazi *KdF: Kraft durch Freude*, «Fuerza por la Alegría». Con 208 metros de eslora y capacidad para casi 1500 pasajeros, era sin duda la joya del programa. Toda su cubierta estaba libre de obstáculos para facilitar el paseo y las actividades al aire libre. La totalidad de las cabinas para el pasaje tenía vistas al exterior y eran todas ellas de las mismas dimensiones, incluidas las de la tripulación, pues el barco había sido diseñado para ser un barco sin diferencia de clases y convertirse de este modo, ante Alemania y ante el mundo, en hito propagandístico del *Tercer Reich*. Además, un crucero de cinco días costaba el módico precio de 45 marcos, así que la demanda de pasajes era inmensa.

Durante el año y medio que el «Wilhelm Gustloff» desempeñó la actividad para la que había sido construido, efectuó cincuenta cruceros turísticos. Madeira, Italia o los fiordos noruegos fueron algunas de sus metas. Mas en 1939, con el inicio de la guerra, el «Wilhelm Gustloff» y la mayoría de los barcos de crucero del programa *KdF* (algunos con nombres tan hispanos como «Goya» o «Sierra de Córdoba») se convertirán en buques hospital. Como indicativo de su nueva función, a lo largo del casco se le pinta una banda verde, y sendas cruces rojas en cada lado de la chimenea. Pero esta nueva función sólo se mantendrá un año, porque en 1940 será transformado en cuartel flotante y barco de transporte de tropas. Las cruces rojas y la banda verde del casco desaparecen. El color blanco del trasatlántico de recreo será reemplazado por el gris de los buques de guerra. Y con este aspecto llega al 30 de enero de 1945, duodécimo aniversario de la llegada de Hitler al poder y día en que Edelgard cumple diecinueve años. En el puerto de Gotenhafen, veinte kilómetros al norte de Danzig, se ha congregado una multitud ansiosa por escapar del avance soviético. Sesenta mil personas con sus maletas y sus fardos, con sus cochecitos de niños, con el recuerdo de Nemmersdorf grabado en sus oídos y retinas por la insistencia de los noticiarios, con la angustia de los caminos y del hielo que ha engullido a los carros en la laguna helada del Vístula.

Hace frío, los termómetros han bajado catorce grados por debajo del cero. El «Wilhelm Gustloff» partirá al anochecer con destino a un puerto seguro en Dinamarca. Su singladura forma parte de la recién iniciada «Operación Aníbal», que tiene por objetivo transportar al oeste de Alemania a dos millones de refugiados. El antiguo trasatlántico de recreo se va llenando de soldados heridos, de enfermeras, de mujeres y niños. A primeras horas de la mañana, tres mil refugiados ocupan ya el barco. Pero una masa angustiada se apiña en torno a las pasarelas. Hay madres que lanzan a sus hijos hacia los brazos de quienes ya están a bordo. Algunos bebés caen al agua helada, entre el casco y el muelle. El caos es completo. Hacia el mediodía, más de nueve mil refugiados han logrado subir al barco. Y poco después se da la orden de zarpar. Una ventisca de nieve y granizo azota a los refugiados que abarrotan la cubierta. Las aguas de la bahía están heladas. Un destructor escolta y abre paso al «Wilhelm Gustloff» mientras por sus altavoces se dan instrucciones sobre el uso de los chalecos salvavidas, insuficientes para tanta gente. La noche cae deprisa en el invierno del Báltico y enseguida la oscuridad es completa. El barco navega sin luz para no llamar la atención de los submarinos soviéticos. Hacia las nueve de la noche, el capitán ordena encender las luces para evitar la colisión con una flotilla de dragaminas. Y ése es el momento en que el «Wilhelm Gustloff» es avistado por un submarino soviético, que lanza tres torpedos certeros contra su casco. En poco más de media hora, el trasatlántico se hunde por completo. Los refugiados que disponían de chaleco salvavidas gritan desesperados entre las olas gélidas y la oscuridad completa. Poco más de mil doscientos pueden ser rescatados por otros barcos que transitan la misma ruta, desde los que se divisa un panorama desolador con las primeras luces del alba. A donde quiera que se mire pueden verse centenares de cadáveres flotando en las olas negras con sus rojos chalecos salvavidas, que sólo han logrado prolongar su agonía en el agua helada. Casi nueve mil personas perdieron la vida en el hundimiento del «Wilhelm Gustloff», cifra que supera más de cinco veces a las víctimas del «Titanic».

Tres meses más tarde, en la misma ruta y casi idénticas circunstancias, el buque hospital «Goya» se llevará consigo a otras siete mil personas, y sin embargo nadie quiere quedarse en tierra, nadie quiere enfrentarse al terror de la invasión soviética. La propaganda de Goebbels ha sido demoledora. Y aunque todavía se escucha por la radio que el Führer tiene armas milagrosas que permitirán ganar la guerra en el último momento, el último momento ha llegado y nadie en su sano juicio cree ya en los milagros.

44

PREGUNTAS EN EL HOSPITAL

Mientras llegan los documentos que he pedido a los archivos de los EE.UU., decido escribir una carta al Registro Civil de Szczecin. Quiero saber si tienen datos sobre las fechas exactas de la muerte de la madre y hermanos de Edelgard, así como del lugar donde ésta se produjo. La verdad es que tengo muy pocas esperanzas de obtener respuesta, incluso me parece muy improbable que tales datos quedaran registrados en el caos que era Stettin en 1946. Pero la respuesta, para mi sorpresa, no se hace esperar. Y a los pocos días recibo un breve pero amable mensaje procedente de la oficina del Registro de Szczecin:

Cordialmente le informamos que tenemos los datos que nos solicita, relativos a 1946. Las personas por las que usted se interesa fallecieron en el Hospital de Enfermedades Infecciosas de la calle Arkonska, número 4, en Szczecin.

Jening Lambercht, nacida el 28/09/1905, murió el 18/03/1946.
Aksel Lamberdt, nacido el 03/12/1939, murió el 15/03/1946.
Klaus Lamberd, nacido el 29/05/1937, murió el 17/03/1946

Sinceramente,
Eliza Maszało

Me llaman la atención los errores ortográficos en los nombres y apellidos, que muy probablemente la señorita Maszało ha transcrito del documento original sin cambiar una letra. También hay un error en la fecha de nacimiento de Axel, nacido nueve años antes. En los datos, sin duda anotados a mano y con letra apresurada, puedo intuir las prisas y el agobio de la persona encargada de apuntar cada día centenares de muertos a consecuencia del tifus y del hambre. Pero, sobre todo, lo que me impresiona en esa fría transcripción del documento son las fechas de las muertes, la terrible proximidad de las fechas.

Jenny Lambrecht murió un día después que su hijo Klaus y tres días después que su hijo Axel. Cuando éste nació, Jenny tenía veinticinco años. Quince años después lo vio morir, como dos días más tarde vería morir al pequeño Klaus, que sólo tenía nueve años. ¿Cómo seguir viva después de eso? ¿Cómo no entender a Edelgard cuando le escribía a José que su madre había muerto «de tifus, de hambre y de dolor»?

En la gran biblioteca universal contenida en la telaraña de internet, leo que el hospital de enfermedades infecciosas de la calle Arkonska tenía sólo cinco salas para alojar a centenares de ingresados, y que en aquellos primeros meses de la posguerra, salvo enfermos, escaseaba de todo, incluso faltaba el agua corriente, que debía ser llevada en bidones a las salas y a la enfermería... No es mucho mayor la información que logro obtener, pero sólo necesito cerrar los ojos para ver la escena y sentir cómo una lágrima quiere abrirse paso entre los barrotes de mis pestañas. La sala está atestada de enfermos y un olor a yodo y podredumbre impregna el aire. Sé que a los nuevos enfermos que llegan cada día se les rociaba abundantemente con polvos de DDT proporcionados por las tropas aliadas en un vano intento de acabar con los piojos que transmiten el tifus. Incluso llegué a pensar durante algún tiempo si no sería la toxicidad neurológica del DDT la responsable de la enfermedad compartida por Edelgard y Sigrid. Ahora sé que no, sé que su enfermedad les estaba destinada desde el momento de su concepción, pero sé también que el tifus, el hambre y las torturas sufridas en Stettin hubieron de ser, por fuerza, uno de los desencadenantes de su mal.

El Mal, con mayúscula, el mal supremo que les abriría las puertas del infierno ya había decidido su destino en el minuto de nacer, sin que nadie en torno a la felicidad de sus cunas llegase a sospecharlo. Su historia, como Edelgard escribe a José, acabará siendo un reflejo de la historia de Alemania. El huevo de la serpiente había sido incubado por el calor colectivo. Y su veneno se había extendido como una suave mancha de inconsciencia que impregnó cada poro de la piel y el alma del *Reich.* ¿Piensa en ello ahora Jenny Lambrecht? ¿Piensa que la destrucción de Stettin, de Hamburgo, de Berlín... son distintas de la destrucción de Stalingrado o de Varsovia? ¿Piensa que su dolor no es el mismo dolor de las madres judías que llevaban en brazos a sus hijos en la noche del 12 de febrero de 1940?

Esa noche, la del 12 al 13 de febrero de 1940, mil trescientos judíos de Stettin fueron sacados de sus camas por las *SS.* Era el primer gran ensayo de deportación masiva de judíos alemanes, precedida dos años antes por la expulsión de los judíos polacos que vivían en el territorio del *Reich.* Una maleta, un reloj y un anillo de boda eran los únicos bienes que pudieron llevar consigo los judíos de Stettin. El resto, incluidas sus viviendas, les fue expropiado mediante un documento de cesión que los cabezas de familia se vieron obligados a firmar a punta de pistola. Su destino, incierto para ellos en esas horas de la noche, era la estación de ferrocarril de Stettin, donde fueron agrupados para ser conducidos a Lublin, setecientos kilómetros al Este, en la Polonia ocupada. Se quería hacer de Stettin la primera ciudad de Pomerania limpia de judíos. Desde la estación de Lublin, los mil trescientos judíos iniciaron una marcha a pie hacia tres aldeas situadas a una distancia de entre veintiséis y treinta kilómetros. La temperatura era de veintidós grados bajo cero y el camino estaba completamente cubierto de nieve... En el juicio a Eichmann —también *Obersturmbannführer* de las *SS*—, se dijo que esta marcha duró catorce horas, que setenta y dos personas cayeron en el camino y que la mayoría de ellas murieron congeladas, incluida una madre con su hijo de tres años, al que había tratado de arropar con su propio abrigo.

¿Piensa en estas cosas, ahora, Jenny Lambrecht, mientras ve cómo sus hijos agonizan en el improvisado hospital de la calle Arkonska? ¿Piensa Edelgard en el paralelismo entre esta historia y las historias que ha oído contar a los refugiados de Prusia en la estación de Stettin? ¿Se pregunta, como yo me pregunto, si participó su padre en esta deportación?

Quizá no.

Quizá la venda moral que puso el nazismo sobre sus ojos le impidió ver, como a tantos alemanes, la dimensión de unas atrocidades que sólo pudo concebir al sentirlas en su propio cuerpo.

Mi pregunta queda en el aire, pero es probable que su respuesta sea la imaginada. No existen listas de oficiales de las *SS* de 1940 que me confirmen el destino de Oskar Lambrecht en febrero de ese año, mas su domicilio desde 1937 se halla en una de las calles más céntricas de Stettin, en cuyo directorio aparece como *Bezirksleiter,* cargo similar al de *Bezirksobman* ostentado en Stolp anteriormente. Y en la relación de oficiales de ese mismo año aparece ya como *Obersturmführer,* teniente de las *SS.*

No parece lógico que alguien con estos cargos pudiera mantenerse al margen del enorme despliegue necesario para detener y deportar en una sola noche a mil trescientas personas, casi toda la población judía de Stettin. Y lo mismo cabe decir de la noche del ocho al nueve de noviembre de 1938, la tristemente famosa *Kristallnacht,* en cuyo transcurso fue incendiada la sinagoga de la ciudad, que tenía cabida para mil ochocientas personas y cuyas ruinas fueron completamente demolidas en 1941.

Cuando María y yo viajamos a Szczecin para completar algunos detalles de estas páginas, en el lugar que ocupó la sinagoga, vemos una placa de bronce –escrita en polaco, alemán e inglés– donde leemos textualmente:

> *En recuerdo de la comunidad judía que vivió en Szczecin desde 1812 a 1940. En este lugar se hallaba su magnífica sinagoga. El 9 de noviembre de 1938, los nazis redujeron a cenizas ésta y otras sinagogas. En el invierno de 1940, los últimos judíos de Szczecin fueron enviados hacia el Este en una marcha de la muerte. Los que sobrevivieron fueron asesinados por los nazis en el campo de concentración de Belzec.*

Las marchas de la muerte llevadas a cabo por las *SS* durante la Segunda Guerra Mundial, aún no siendo las únicas de la Historia, son un ejemplo espeluznante de la brutalidad de las guerras y de la barbarie humana. De todas ellas, la más conocida y una de las más trágicas fue la que condujo a 60.000 prisioneros desde Auschwitz a Loslau en el crudo enero de 1945, a lo largo de 56 kilómetros en los que 15.000 personas, judíos en su mayoría, dejaron la vida por el agotamiento, por el frío, por los disparos efectuados contra quienes trataban de huir o contra quienes, simplemente, no tenían fuerzas para seguir el ritmo de la marcha.

Cinco años antes, en febrero de 1940, cuando se produjo la expulsión de los judíos de Stettin, el domicilio familiar de Oskar Lambrecht estaba allí. Pero su destino en esa fecha –primeros meses de la guerra– es una incógnita. La *SS-Dienstaltersliste* de 1942 indica que ha recibido una medalla por heridas, lo que hace suponer que sí fue movilizado al frente. Y lo cierto es que no existen evidencias que le impliquen en esa marcha de la muerte de los judíos de Stettin ni en otros actos abominables, como bien me recordaron en el Servicio Internacional de Búsqueda de Bad Arolsen. La sospecha, sin embargo, es inevitable. Como inevitable es la sospecha de que su pertenencia a las *SS* influyera en el destino terrible de su esposa y de sus hijos.

De nuevo cierro los ojos y de nuevo veo a Jenny Lambrecht postrada en un jergón mugriento del hospital de la calle Arkonska, improvisado sobre lo que hasta el fin de la guerra había sido un asilo de ancianos. La veo pálida y con grandes ojeras negras, como una máscara de la muerte. En el estupor de la fiebre siente la voz de Edelgard, que le avisa del repentino empeoramiento de Axel.

Jenny se incorpora con torpeza, tropezando a cada paso en la nube que enturbia sus ojos. Las piernas, que apenas la sostienen, se han ido punteando con las pequeñas manchas rojas que llenaban ya su tórax y su vientre. Cuando llega finalmente al jergón que comparten sus dos hijos varones, tirado en el suelo por falta de camas, descubre los ojos de Axel fijos en la nada, muy abiertos, hundidos como dos alfileres de azabache en el rostro de una estatua de cera.

—Axel, mi niño, ¿qué te pasa...? –acierta a decir con una voz que sabe a ceniza, pastosa y lenta, tan distinta de su voz.

Pero Axel no parece ni verla ni escucharla. Sólo abre la boca para buscar el aire que se resiste a entrar en sus pulmones, atrapado con un jadeo seco y breve, como si su mismo aliento le doliera.

—Axel, hijo mío... –insiste la madre, que ha caído de rodillas sobre el jergón de sus hijos, húmedo del sudor y los vómitos que Edelgard acaba de limpiar.

Pero Axel no responde. Axel parece absorto en las telarañas del techo, oscuras y pesadas, percudidas de un polvo negro que cae con las corrientes de aire cada vez que una enfermera abre las puertas de la sala.

—Axel, mi niño...

Axel, su niño, cumplió quince años en diciembre. Un bigotito pelirrojo había comenzado a crecerle en el último año, y cuando regresaba de cavar trincheras en su servicio de la *Volkssturm,* tras darse una ducha, se lo rasuraba con una de las maquinillas de su padre, enjabonándose toda la cara para hacerse la ilusión de afeitar una barba que aún no tenía. Ahora, su madre le acaricia las mejillas hundidas, salpicadas por una pelusilla rala que acentúa su demacración y la gravedad de su estado.

—Voy a buscar a un médico –dice Edelgard.

También las piernas de Edelgard flaquean, como si sólo tuvieran huesos y los huesos fueran de corcho, pero corre hasta la enfermería sorteando camas y jergones, atravesando puertas que gimen con su propio gemido hasta que una enfermera con aspecto de monja la detiene.

—Mi hermano se está muriendo...

—Tranquila, hija mía. Nadie se muere hasta que Dios no lo decide –protesta la enfermera, tratando de calmarla y dejándose arrastrar por Edelgard hasta el jergón donde su madre, de rodillas, oprime entre sus brazos el cuerpo de Axel.

La enfermera, que habla alemán con un fuerte acento polaco, pone su mano sobre el hombro de Jenny. Lleva en la cabeza una cofia blanca en cuyos bordes se percibe su pelo cortado casi al cero, como si fuese monja o acabara de llegar de un campo de concentración.

También Edelgard tiene el pelo rasurado, como su madre y sus hermanos, como Sigrid, como todos los enfermos de la sala. Se lo cortaron el día del ingreso, aun sabiendo que no son los piojos del cabello quienes transmiten el tifus, sino los del cuerpo y los vestidos. Quizá por eso ninguna enfermera, salvo ésta, tiene el cabello rapado, detalle que le hace a Edelgard sentirse más próxima a ella.

—Lo va a ahogar, ¿no se da cuenta? -le dice a Jenny la monja o enfermera, un instante antes de agacharse y comprobar que el niño ya no respira.

—¿Está muerto? -pregunta Edelgard.

Pero la enfermera no responde. Sólo separa a Axel de su madre e incorpora lentamente a ésta, que se deja conducir hasta su cama sin voluntad propia, como si el alma hubiera abandonado su cuerpo para acompañar al espíritu del hijo en su viaje a lo desconocido.

—Es la voluntad de Dios, contra la que nada se puede hacer -dice finalmente la enfermera.

Sigrid, en la cama de al lado, llora sin fuerzas, encerrada en un rebujo de sábanas mugrientas. Sólo el pequeño Klaus parece tranquilo, extrañamente sumido en el sopor de un sueño del que no ha logrado despertarle la muerte de su hermano. Y así permanece minutos más tarde, cuando dos hombres se llevan, en una camilla, el cuerpo de Axel.

Edelgard en la pequeña terraza de Marienhölzunsweg, 38. Su cara parece ensanchada por un posible tratamiento con corticosteroides. De esta vivienda, en una cuarta planta, se mudaron a una planta baja en la misma calle, más accesible para ambas hermanas.

Stettin, hacia 1920. Festsaal de Otto Kotz, en el 14 de Gutenbergstrasse, colindante con el Festsaal de Ida Greif, abuela materna de Edelgard.

Antigua tarjeta postal de Stettin enviada a José Fernández por el autor. Iglesia de San Pedro y San Pablo, donde Edelgard fue bautizada el 4 de abril de 1926.

Stettin, Pölitzerstrasse esquina a Prutzstrasse. En el tercer edificio por la izquierda vivió la familia Lambrecht desde 1937.

Stettin, Lisingenstrasse tras los bombardeos de 1943. La población, consternada, comenzaba a tener dudas sobre la victoria.

Berlín, Manfred-von-Richthofen-strasse, invierno de 1945. Dos hombres destazan un caballo muerto para paliar el hambre.

Stettin, Falkenwalderstrasse nº 39-40, donde se hallaba el cine Scala. En el número 45 se encontraba el apartamento de Ilse Lambrecht.

Huida y deportación. 15 millones de alemanes fueron expulsados para siempre de sus hogares en el Este alemán: Prusia, Silesia, los Sudetes y Pomerania.

Flensburg, (Engelsby). Casa adquirida por Oskar Lambrecht en 1954, en el 2 de la calle Twedt, posteriormente llamada Ernst-Jessen-Weg. Aquí vivieron Edelgard y Sigrid hasta el final de sus días.

Carta de Edelgard en la que se aprecia su cuidada caligrafía y una de las flores que aparecen con frecuencia en toda su correspondencia.

Nordertor, antigua puerta de Flensburg en una postal que José envía a Lolita el 24 de agosto de 1953.

Marienhölzungsweg, 34. Foto tomada por José en 1953, con el piano de Edelgard al fondo.

Oskar Lambrecht en una imagen del Flensburger Tageblatt de 1955.

OPERACIÓN GOLONDRINA

Con la frente apoyada en el cristal de la ventana, Edelgard observa la carreta donde unos hombres van echando los cadáveres de los enfermos que mueren cada día, para ser llevados al cercano cementerio de Nemitzer, donde serán enterrados en una fosa común. Entre esos cuerpos que ahora observa desde lejos, difuminados en sus ojos y en sus pensamientos por el vaho que fluye de su boca hacia el cristal helado, no está el de su hermano Axel, muerto el viernes de la semana pasada, ni el de Klaus, que murió el domingo, ni el de Jenny Lambrecht, muerta ayer, cuando la luna llena brillaba sobre los tejados de Stettin para decirles a ella y a Sigrid que allí, en el rostro de la luna, encontrarían siempre el rostro de su madre.

Jenny Lambrecht, nacida Jenny Greif bajo el signo de la luna ausente, les había prometido que nunca las dejaría solas, que siempre estaría con ellas en lo más hondo de sus corazones, a donde deberían mirar como se mira el reflejo de la luna en la profundidad de un lago.

Hoy, nublado el cielo, sin más luna o más estrellas que el recuerdo de esas palabras a las que necesitan agarrarse para seguir respirando, Edelgard y Sigrid miran a lo profundo de sus corazones y les parece imposible distinguir un solo reflejo plateado en la profundidad de su negrura. Están vivas, sin embargo. Están vivas y ni ellas mismas pueden comprender qué hilos imposibles las sujetan a la tierra. La fiebre ha cedido. Las pequeñas manchas púrpura que salpicaban sus cuerpos han comenzado a borrarse. El aire penetra ya sin peso en sus pulmones. Y la misma monja o enfermera que les dijo que nada podía hacerse contra la voluntad de Dios es quien ahora les dice que no deben rendirse, que en unos días saldrán del hospital y que ya está en marcha una operación internacional para repatriar a los últimos alemanes de Szczecin.

Repatriar. ¿Qué significa esa palabra, extraña a ellas? ¿En qué lugar del mundo está su patria? Ellas nacieron en Stettin. En Stettin nació su madre y nacieron sus hermanos. Allí están sus tumbas, la tierra que los cubre. Y la monja, sin embargo, les dice que pronto volverán a su patria.

—¿Seguirá vivo papá? –pregunta Sigrid.

No es la primera vez que formula esta pregunta, pero sí la primera vez que Edelgard no está segura de la respuesta.

—No lo sé –dice-. ¿Cómo podría saberlo?

Sigrid rompe a llorar. Nunca antes había sentido tanta amargura en la voz y las palabras de su hermana, caídas de sus labios como si fueran ceniza. Pero Edelgard, ausente, ni tan siquiera trata de consolarla. Sus pensamientos vagan sin rumbo y sin sentido. Van y vienen sin orden aparente, del cristal de la ventana a la carreta de los muertos, de la carreta de los muertos al carro de leña que su padre hacía traer cada otoño, del fuego de la chimenea en el invierno a los edificios en llamas que todavía la despiertan en medio de los sueños.

Así vagan sus pensamientos y así vagan los míos. Veo a Edelgard, apoyada en una ventana del destartalado hospital de la calle Arkonska, y me veo a mí mismo en la ventana de estas páginas, a las que su historia se asoma en el mismo caos, saltando de un tiempo a otro, de un lugar a otro lugar, errante como sus recuerdos, sin un guión al que atenerse, sin un plan preconcebido, lo mismo que la vida. Por primera vez veo a una Edelgard completamente desorientada, sin el apoyo de su madre y sin la esperanza o la fe de saber vivo a su padre. Cuando ella nació, todas las estrellas del cielo parecían haberse confabulado para hacer de su vida una vida feliz. Ahora, ninguna estrella brilla para ella. El cielo de la noche es una inmensa sima que engulle cada sueño antes de que nazca.

—Pronto estaréis mejor —le dice a Edelgard la enfermera que ha velado por ellas en los últimos días, conmovida por la muerte de sus hermanos y su madre—, pero ahora tienes que acostarte. Debes recuperar fuerzas. Tienes que cuidar a tu hermana. Y en cuanto estéis curadas podréis iros a Alemania.

—Si no morimos antes —dice Edelgard—, además ya estamos en Alemania.

—Te equivocas en las dos cosas –responde la enfermera sin acritud, pero con firmeza–. Ni estáis ya en Alemania ni vais a morir. Yo creo que en una o dos semanas recibiréis el alta.

Y no han pasado dos semanas, en efecto, cuando Edelgard y Sigrid abandonan el hospital. Sus ropas están limpias por primera vez en muchos meses. Han sido hervidas y desinfectadas, por lo que ya no presentan el aspecto de pordioseras que ambas tenían al ser ingresadas. Al despedirse, la monja o enfermera les ha entregado dos certificados médicos y una hoja de papel con un nombre escrito:

—Preguntad por esta persona en las oficinas municipales, os ayudará a salir –les ha dicho, y también les ha regalado sendos pañuelos para que cubran sus cabezas rasuradas–. Pronto os crecerá el cabello y volveréis a ser dos chicas preciosas. La vida sigue, no lo olvidéis.

La vida, al otro lado de las rejas del hospital de la calle Arkonska, es ahora un continuo ajetreo de trabajadores que no acaban de mitigar los destrozos de la guerra. Se cavan largas zanjas en las calles, para reparar las canalizaciones de agua y alcantarillado destrozadas por las bombas. Se derriban las ruinas de los edificios más inestables, cuyo desplome acaba no pocas veces en tragedia. Se recuperan las vías de los tranvías y los tendidos eléctricos.

En las calles más céntricas, que fueron las más castigadas por los bombardeos, es frecuente ver a mujeres y a niños trabajando entre los escombros, como ellas mismas trabajaron junto a su madre y sus hermanos en la tarea de recuperar los ladrillos de los muros, que iban amontonando en largas y ordenadas pilas al borde de las fincas hundidas.

«Quien no trabaja, no come». Ésa era la consigna publicada en un bando municipal quince días después de la caída de Stettin, pero la realidad era que tampoco los que trabajaban comían. El hambre, más que el miedo, se convirtió en el principal motor de la vida ciudadana.

Pero no es el hambre quien ahora, en marzo de 1946, empuja fuera de Stettin a la población alemana. El hambre sólo ayuda, porque la verdadera causa del éxodo que se está produciendo desde febrero es el acuerdo al que han llegado el ejército británico y el gobierno de Polonia. Aunque «éxodo» es un término inexacto para este caso. «Deportación» es la palabra. El acuerdo, firmado en Berlín el 14 de febrero, establece que a partir del día 20 de ese mes, toda la población alemana de Polonia deberá ser «reubicada». Toda la población alemana, al margen de su cuna, de sus ideas, de su religión, de su raza. Nada de eso importa ni se llega a mencionar. Incluso los dirigentes comunistas del gobierno de Erich Wiesner han sido ya deportados. El único requisito, la única culpa, el único estigma que impide su vida en la nueva Polonia, es ser alemán. Históricos territorios germánicos como Prusia o Pomerania ya no podrán ser habitados por alemanes, aunque en ellos estén sus hogares y sus bienes, aunque en ellos hayan nacido sus padres y los padres de sus padres. A partir del 20 de febrero, todos sin excepción deberán ser deportados a la zona de ocupación británica. Excepto los enfermos.

Por ello, de no haber estado al borde de la muerte, ni Edelgard ni Sigrid estarían ya allí. Ni su madre, ni sus hermanos. El acuerdo establece que la deportación será «humanitaria», que las familias no deberán romperse, que las mujeres embarazadas no serán expulsadas durante las seis semanas anteriores y posteriores al parto. Incluso se ha bautizado a todo este proceso con el poético y cínico nombre de «Operación Golondrina», como si los deportados regresaran a sus nidos en primavera. También establece el acuerdo que los primeros en salir serán aquellos que estén «perfectamente sanos», que a todos los deportados se les fumigará con DDT en presencia de funcionarios británicos, que cada uno de ellos puede llevar consigo quinientos marcos y todo el equipaje que sea capaz de sujetar en sus manos, que cada tren debe portar un listado de pasajeros especificando que todos están libres de enfermedades contagiosas, que las familias que tengan algún enfermo no podrán ser evacuadas hasta que todos sus miembros puedan viajar juntos.

Ésta es la razón por la que Edelgard y Sigrid siguen en Stettin a primeros de abril, un año después de que las tropas rusas entraran en su casa. Ya desde octubre, las autoridades polacas de Szczecin alentaban a toda costa la salida voluntaria de la población alemana. Pero entonces aún vivía su abuela Ida... Además, a pesar del hambre y de las calamidades, no eran muchos los alemanes que deseaban abandonar sus casas. Y aún serían menos cuando se conoció el resultado de esa primera deportación «voluntaria», cuando muchos de sus protagonistas vieron cómo sus equipajes eran abiertos y desvalijados en la estación de ferrocarril, a veces por la propia milicia encargada de protegerlos. Y no fue esto lo peor, porque incluso en esos momentos previos a la expulsión definitiva, algunas mujeres fueron sacadas por la fuerza de los grupos que aguardaban en los andenes, a los que sólo regresaron después de ser violadas por última vez en alguno de los túneles o almacenes de la estación.

Ida Greif, la abuela materna de Edelgard y Sigrid, murió el día 6 de enero de 1946. Así me lo confirmaron hace días tras una nueva consulta a la oficina del Registro Civil de Szczecin. Se trata de un dato que avala muchas de mis suposiciones, sobre todo, la causa que sujetó a la familia Lambrecht en una ciudad que se desmoronaba durante los últimos meses de la guerra.

Así como los Rudel habían muerto abrazados en el sofá de su propia casa y enterrados en el socavón producido por una bomba en una finca colindante, la abuela Ida murió en su propia cama y enterrada en su jardín, sin más ceremonia que las lágrimas de su hija y el sudor helado de sus nietos, que se encargaron de cavar la tumba.

Aunque hoy resulte sorprendente, enterrar a los muertos en el jardín era una solución habitual en aquellos días de caos y desesperación. Sirva como ejemplo el diario de Günther Vandree, escrito en Stettin entre junio de 1945 y mayo de 1946, donde podemos leer: *

01.01.46 Hacia las tres de la noche, la señora Verges y el señor Radtke fueron asesinados a tiros por las bandas rusas. La señora Verges (disparo en la cabeza) y el señor Radtke (en el pulmón) han sido enterrados en el jardín.

---
* Tomado de «Stettin/Szczecin 1945 1946» Ed. Hinstorff Verlag. Rostock, 1994.

16.02.46 El Sr. Krutemut murió y está enterrado en el jardín.

15.03.46 La señora Giese ha muerto y está enterrada en el jardín.

01.04.46 El anciano señor Giese ha muerto y está enterrado en el jardín.

En cualquier caso, la muerte de Ida Greif habría sido providencial para que, finalmente, la familia Lambrecht pudiera abandonar Stettin en febrero de 1946 por cualquiera de las dos dos rutas principales que se habían establecido, una en barco, hasta Lübeck, y otra en tren, hasta Bad Segeberg.

Mas no fue así. Salvo la abuela Ida, todos habían sobrevivido a la guerra, a la derrota, al hambre. El caballo negro, el caballo blanco y el caballo rojo del Apocalipsis habían pasado sobre ellos dejando en sus corazones la marca de sus herraduras. Pero faltaba por llegar el jinete de la peste, montado sobre un corcel amarillento y escuálido. El tifus, contagiado a mediados de febrero, poco antes de que diera comienzo la «Operación Golondrina», les impidió tomar el barco o el tren que habría sido la salvación de toda la familia.

«No teníamos a nadie», escribió Edelgard a José.

Ahora, en esta mañana de abril, sólo tienen dos certificados médicos en los que puede leerse que están libres de tifus y otras enfermedades contagiosas. Y un papel doblado con un nombre polaco que apenas saben pronunciar.

LOS DOCUMENTOS DE ALEXANDRIA

La fecha de la muerte de Ida Greif completa el rompecabezas de la documentación sobre Oskar Lambrecht procedente de los archivos del Gobierno de Estados Unidos, recibida hace apenas dos semanas. Se trata de un amplio informe compuesto por 130 documentos, divididos en dos grandes expedientes: *SSOA* y *RuSHA*, siglas respectivas de *SS-Oberabschnitt* y *Rasse und Siedlungshauptamt*, «Sección Superior de las *SS*» y «Oficina de Raza y Ascendencia». El primero contiene los documentos relativos al historial administrativo y militar de Oskar Lambrecht en las *SS*. En el segundo está la documentación que le era exigida para probar el origen racial y geográfico de su familia –tanto de sus ancestros como de los ancestros de su esposa Jenny– y contiene un exhaustivo árbol genealógico que refleja lugares de origen, fechas de nacimientos y muertes, matrimonios, profesiones... En algunos casos, los datos se remontan hasta mediados del siglo XVIII. Como curiosidad, el año más antiguo reflejado en la genealogía de Jenny Lambrecht es 1742. Y con respecto a Oskar, la fecha más antigua que consta en su expediente *RuSHA* es 1785, año de nacimiento de uno de sus bisabuelos.

También resulta sorprendente y casi cómica la enorme cantidad de burocracia generada por la «Oficina de Raza y Ascendencia», con sus continuas demandas para que fuesen cumplimentados uno u otro casillero del árbol genealógico de Oskar Lambrecht, lleno ciertamente de lagunas que no logra rellenar. Requerimiento tras requerimiento, durante casi cuatro años, de 1935 a 1939, la «Oficina de Raza y Ascendencia» le atosiga con insistencia de plomo. Y a cada uno de tales requerimientos, encabezados todos con la misma línea: «Asunto: prueba de ascendencia aria», el padre de Edelgard responde pacientemente una y otra vez, adivinándose en alguna de sus respuestas la dimensión de su hartazgo. Así, por ejemplo, en su respuesta fechada en Stettin el 8 de junio de 1936, escribe:

Estoy de acuerdo en que es imposible para mí obtener más documentación que la que ya les he enviado.

Y en la última respuesta que consta en su expediente *RuSHA*, fechada en enero de 1939, parece percibirse cierto tono de queja:

Yo no soy capaz hasta la fecha de avanzar en mi genealogía. La Oficina Principal de Raza y Ascenden-

cia podría ayudarme algo, o facilitarme la ayuda de un investigador racial en la provincia de Posen.
Heil Hitler!
Oskar Lambrecht

En cualquier caso, los documentos aportados por el padre de Edelgard en su expediente *RuSHA* son más que suficientes, y aunque ninguno revela grandes sorpresas, sí que me dan alguna pista para seguir el hilo de la enfermedad compartida por sus hijas, enredado en las ramas maternas de su árbol genealógico.

Ida Greif, de soltera Ida Neubauer, figura en ese árbol como nacida en Wusterwitz el 3 de septiembre de 1875. Tenía, por tanto, setenta años el día de su muerte. A la vista de este dato, y contra lo que yo había supuesto hasta este momento, no parece probable que el gen enfermo procediera de la rama Neubauer. Pero el informe *RuSHA* también proporciona información sobre el abuelo materno, Conrad Greif, a quien Edelgard no llegó a conocer porque, según consta en dicho informe, murió en febrero de 1923, tres años antes de que ella naciera. Conrad Greif tenía al morir sólo cuarenta y tres años, lo que me hace pensar que en él pudiera estar la rama enferma del árbol familiar. Y es que el abanico de edades a las que fallecieron muchos miembros de la familia es estrecho y coincidente: Conrad Greif, 43 años. Jenny, su hija, 40 años. Edelgard, 44 años. Sigrid, 44 años.

Los datos resultan llamativos. Sé que la intensidad de los síntomas y la esperanza de vida para los afectados de distrofia facioescápulohumeral son muy variables, pero esta coincidencia de edades no me parece fortuita.

Con respecto al expediente *SSOA*, pequeñas sorpresas saltan ante mis ojos ya desde la primera página. Se inician estos documentos con una doble ficha que resume el historial militar y político de Oskar Lambrecht, cuyos números de afiliación al *NSDAP* y a las *SS* (430.323 y 24.717) ya eran conocidos por mí, aunque ignoraba las fechas correspondientes a tales números. Su afiliación a las *SS* de Himmler se realizó el 1 de septiembre de 1931, pero ya ocho meses antes era miembro del Partido Nazi, desde el 1 de enero, cuando todavía faltaban dos años para la llegada de Hitler al poder. De ahí que su número de carnet (430.323) sea relativamente bajo si lo comparamos con los ocho millones y medio de afiliados que llegaría a tener el Partido Nacionalsocialista.

En esta primera ficha del expediente *SSOA* constan asimismo algunos datos que no me eran desconocidos (fecha y lugar de nacimiento, profesión previa, ascensos en el escalafón de las *SS*) pero también otros completamente nuevos para mí. De éstos, algunos son intranscendentes y sólo los apunto como curiosidad, por ejemplo su estatura: 169'5 cm., su talla de calzado: 40, su perímetro cefálico: 55'5 cm. Otros, sin embargo, parecen más importantes, como el trabajo que Oskar Lambrecht desarrollaba en las *SS: Gauamtsleiter* de la *NSKOV* (jefe en Stettin de la «Oficina nacionalsocialista para ayuda a las víctimas de guerra»). La ficha refleja también su historial militar anterior al nazismo. Y así veo que perteneció al cuerpo de infantería durante las postrimerías de la Primera Guerra Mundial, sirviendo como fusilero en el Batallón 17 desde agosto de 1919 a septiembre de 1920, periodo en el que fue condecorado con la *Ritterkreuz*, Cruz de Caballero.

—¡La *Ritterkreuz*! -me digo, golpeándome la frente al recordar que ésa era la distinción mencionada por Edelgard en una de sus cartas.

Pero enseguida me doy cuenta de que estoy en un error... Algo de verdad tiene, no obstante, la afirmación de Edelgard sobre esta distinción obtenida por su padre, aunque Edelgard se refiera a la Segunda Guerra Mundial y a una condecoración de igual nombre, pero de muy distinta relevancia en la Alemania nacionalsocialista. Y acaso tampoco sea falso el comentario de Edelgard sobre la pertenencia de su padre a la *Luftwaffe*, porque ya en esa primera ficha de su expediente *SSOA* veo que durante varios meses de los años 1938 y 1939, justamente hasta diez días antes de la invasión de Polonia, sirvió en el Segundo Regimiento de Baterías Antiaéreas, dependiente de la *Luftwaffe*.

A este respecto, resulta muy significativo el último documento en la cronología de su expediente *SSOA*. Se trata de una pequeña tarjeta fechada el 1 de febrero de 1943 en la que puede leerse el código «L 49363 D Lg PA Posen», cuyo significado jamás habría descubierto sin la ayuda del doctor Pust:

L = *Luftfeldpost*
49363 = *Batterie Luftwaffen Artillerie Regiment 4 Stab IV (10.1. 1943 - 6.9.1943)*
D = *Dienstpost*
Lg = *Luftgau*
PA Posen = *Post Amt Posen*

Es decir, que la tarjeta fue enviada por correo aéreo desde la oficia postal de Posen y que su remitente combatía en esa fecha en una batería antiaérea perteneciente al Regimiento número 4 de la *Luftwaffe*, lo que ya no deja lugar a dudas sobre la vinculación del padre de Edelgard al ejército del aire. En el reverso de dicha tarjeta, enviada a la Oficina Principal de Personal de las *SS* en Berlín Charlottenburg, el propio Oskar Lambrecht escribe de su puño y letra:

Por la presente informo que con fecha 1.4.1942 he sido promovido al grado de teniente.
Heil Hitler!
Oskar Lambrecht

Siempre me perdí en las jerarquías militares –como a George Brassens, «la música militar nunca me supo levantar...»– y esta parte de la investigación me está resultando especialmente tediosa. Pero me llama la atención la discrepancia entre ese grado de teniente –*Oberleutnant*–, y el rango de *Obersturmbannführer* –teniente coronel– que ya Oskar Lambrecht ostentaba con esa misma fecha.

En casi todos los ejércitos, incluido el alemán, la distancia entre esos rangos es larga: teniente, capitán, comandante y, finalmente, teniente coronel.

Mas la paradoja de que una misma persona ostente en una misma fecha dos rangos tan alejados no resulta especialmente difícil de entender.

En 1942, la guerra ha dejado de ser para Alemania el paseo triunfal de sus inicios. Los soldados alemanes se baten en retirada a las puertas de Moscú. Un invierno especialmente crudo, con temperaturas de 50 grados bajo cero, está sembrando el frente ruso de soldados alemanes congelados. Kiel, Essen, Colonia, Lübeck, Stettin y otras muchas ciudades alemanas están siendo bombardeadas por la *RAF*. No hay lugar, por tanto, para que oficiales en la reserva sigan ocupando meros puestos burocráticos, como la oficina para ayuda a las víctimas de la guerra –*NSKOV*– que dirigía Oskar Lambrecht en Stettin con el rango de *SS-Obersturmbannführer,* inaplicable a las tropas regulares de la *Wehrmacht* en las que ahora combate.

Luego no mentía Edelgard al decirle a José que su padre había sido oficial de la *Luftwaffe,* y probablemente tampoco cuando se lamenta:

> *Por méritos en combate contra aeroplanos enemigos, mi padre había sido elegido para recibir la Cruz de Caballero («Ritterkreuz»), pero ¡ay! ¡este final de la guerra lo impidió...!*

Me llevará meses ir entresacando toda la información contenida en el expediente de Oskar Lambrecht, cuya ficha inicial también menciona que participó en el multitudinario congreso de Núremberg de 1933, primero de los muchos que el Partido Nazi utilizó para asombrar e intimidar al mundo, comenzando por los dos tercios de alemanes que no votaron a Hitler en 1932, últimas elecciones libres anteriores al nazismo.

Pero lo que más llama mi atención, al margen de otros datos militares que me cuesta comprender y para los que solicitaré la ayuda del doctor Pust, es el último campo de la ficha, que responde al epígrafe *Ahnennachweis,* término que aplicado a las razas caninas se traduciría como *pedigree,* pero que este caso debería traducirse como «Pruebas documentales de ascendencia aria».

Y la sorpresa es que el funcionario de las *SS* encargado de rellenar esta casilla, probablemente una secretaria por su letra redondeada y femenina, letra menuda y clara, escribió una palabra que hace volar mi imaginación hacia el territorio más turbio de las *SS,* una palabra que encierra uno de los «secretos» menos divulgados del *Tercer Reich,* una sola palabra: *Lebensborn.*

47

CORAZONADA Y SOSPECHA

Lebensborn... Un tropel de informaciones se acumula de pronto en mi cabeza al tropezar en el expediente de Oskar Lambrecht con esta palabra, cuya traducción literal es «Fuente de la vida».

Lebensborn fue un programa eugenésico promovido en persona por el propio Heinrich Himmler en diciembre de 1935. Su objetivo final era crear una élite de máxima pureza dentro de la raza aria, los más arios de los arios, el germen de la nueva Alemania. Para ello, se promovieron los encuentros sexuales entre miembros de las *SS,* que debían haber probado su ascendencia al menos hasta el mes de enero del año 1800, remontándose a sus tatarabuelos, y jóvenes arias de iguales características.

Los vínculos sentimentales entre los progenitores no tenían la menor importancia. Podían ser pareja, o matrimonio, o no ser nada. El vínculo esencial entre ellos era el deseo de contribuir con un hijo a la causa del *Reich,* un niño o una niña genéticamente perfectos.

Ahí terminaba su misión. Ni tan siquiera tenían que preocuparse por el cuidado de sus hijos, puesto que los bebés nacidos del programa *Lebensborn* se daban luego en adopción a oficiales de alto rango de las *SS,* que les educarían de acuerdo a los principios e ideales del nacionalsocialismo.

A lo largo y ancho de Alemania y de algunos países afines, especialmente Noruega, se establecieron modernas y bien dotadas casas de maternidad donde las jóvenes embarazadas daban a luz a sus bebés en las mejores circunstancias. La cifra de los niños *Lebensborn* nacidos en ambos países es incierta, pero se estima en unos ocho mil para Alemania y otros tantos para Noruega.

Los partos se mantenían en secreto, y se preservaba la confidencialidad de las madres solteras acogidas al programa, a las que se mantenía alejadas de sus domicilios y ciudades hasta varias semanas después del nacimiento de los niños. Mas no sólo las madres solteras eran atendidas en las instituciones *Lebensborn,* porque también muchas esposas de oficiales de las *SS* elegían sus confortables instalaciones para dar a luz a sus hijos.

Lebensborn... ¿Qué significado tiene esta palabra en el historial militar de Oskar Lambrecht? ¿Estará relacionada con alguno de sus hijos? De ser así, dada la fecha fundacional del programa Lebensborn –1935–, sólo el pequeño Klaus podría haber nacido en alguno de los centros *Lebensborn.* Pero la hipótesis me parece a mí mismo muy aventurada. No obstante, reviso las partidas de bautismo que me facilitó el pastor Reetz y me percato de varios detalles que resultan, me resultan, extraños cuando menos. Uno, ya comentado, es la ausencia de la familia Lambrecht en los bautizos de Edelgard y Sigrid, sólo arropados por los Greif y los Neubauer, la familia de la madre. Pero también hay entre los padrinos nombres que desconozco, cuyos apellidos no pertenecen ni al padre ni a la madre.

Así, entre los cinco padrinos de Sigrid figura, por ejemplo, alguien llamado Hans Riemer. Hago algunas indagaciones y descubro que este hombre (que en la guía de Stettin de 1931 figura como *Kaufman*, comerciante, lo mismo que Oskar Lambrecht) alcanzó también el rango de *Obersturmbannführer* de las *SS*, más tarde que su amigo Oskar aunque con historial más brillante: Medalla de oro del *NSDAP*, Cruz de Hierro de Segunda Clase, Cruz de Honor en el Combate, Cruz al Mérito de Guerra y, cómo no, Anillo de la Calavera.

Suboficial de las *SS* fue asimismo uno de los cuatro padrinos de Edelgard, Conrad Greif, que probablemente fuera hermano de la madre y que, un año más tarde, será también uno de los ocho padrinos de Axel.

Pero lo que más llama mi atención es la relación de padrinos del hijo pequeño, Klaus, nacido siete años después que su hermano Axel, el 29 de mayo de 1937. Entre los cinco padrinos que constan en el documento figuran Ilse Lambrecht, sobrina de Oskar, y dos personas que firman con su cargo oficial: *Regierungsmedicinalrat* Dr. Müller (Funcionario Médico del Gobierno Dr. Müller) y *Oberverwaltungssekretär* Zirbel (Secretario Administrativo Zirbel).

¿Hay algo fuera de lo común en estos datos? No lo sé, no lo puedo saber. Pero sospecho que sí, lo sospecho sin pruebas, como si de pronto se hubiera desarrollado en mi pituitaria el olfato del buscador de legajos..., o como si el barullo de informaciones parciales que voy acumulando estuviera conduciéndome a un delirio paranoide.

Nada puedo predecir. Nada puedo asegurar. Pero a mi cabeza viene de nuevo la palabra *Lebensborn*, «Fuente de la vida». Y una pequeña casilla en un voluminoso expediente burocrático: *Ahnennachweis*, «Pruebas documentales de ascendencia aria». ¿Qué significado tiene la palabra *Lebensborn* en la casilla *Ahnennachweis*...? La respuesta parece obvia. Si la persona cuyo historial se resume en esa ficha ha participado en el programa *Lebensborn,* se da por descontada la pureza de sus genes, sin la que nunca podría haber sido uno de los oficiales encargados de salvaguardar la raza aria. Pero cabe la posibilidad de un error, aunque su mención me sitúe en la posición de abogado del diablo. Cabe la posibilidad de que la secretaria encargada de cumplimentar el cuestionario identificara el programa *Lebensborn* con la *Rasse und Siedlungshauptamt* (Oficina de raza y ascendencia), de la que éste dependía. Su anotación, en tal caso, únicamente significaría que las pruebas de ascendencia aria estaban recogidas y estudiadas en su expediente *RuSHA*, nada más.

Es evidente que la hipótesis contraria resulta más llamativa y novelesca, pero me cuesta imaginar al padre de Edelgard en un programa de reproducción selectiva con jóvenes bellezas arias de rubia cabellera e inquebrantables convicciones nacionalsocialistas. Tampoco él, además, como sucedía con Himmler o con el propio Hitler, era un modelo perfecto de tipología aria. Más bien bajo de estatura, 169'5 cm. Cabello castaño. Talla pequeña de calzado, número 40.

Entre ambas hipótesis, no obstante, entre el simple error burocrático de una secretaria mal informada y la participación de Oskar Lambrecht en el semillero genético de las *SS,* hay un camino intermedio que explicaría muchas cosas... Y una corazonada se abre paso en el mar de mis dudas. Pero no tengo prueba alguna, e incluso me costará acotar la extensión e importancia de mi corazonada hasta que, días más tarde, Ulrich Reetz me escriba para decirme que por fin el *Flensburger Tageblatt* va a publicar el artículo sobre la historia de amor entre Edelgard y José que comenzó a gestarse meses atrás, durante mi primer viaje a Flensburg.

Cuando el artículo se publica, es Dieter Jensen el primero en enviarme una copia de su texto, en cuya última línea, como yo le pedí al redactor, se da una dirección de correo electrónico por si alguien que hubiese conocido a Edelgard o a cualquier miembro de su familia quisiera ponerse en contacto conmigo. ¿Lo hará alguien? Y si lo hace, ¿me aportará algún dato relevante, alguna aclaración a los misterios que rodean a esta familia, alguna pista sobre el significado de la palabra *Lebensborn* en el expediente de Oskar Lambrecht?

LA JOVEN ILSE

El artículo del Flensburger da pronto sus frutos. Su redactor, Frederic Wanders, lo ha titulado «Un amor de Flensburg a Madrid» y ha elegido por subtítulo «Una cinematográfica historia de amor en la posguerra». También lo ha ilustrado con una foto de Edelgard que yo le envié, tomada en 1949 en los jardines cercanos a la *Goethe Schule,* sobre el fiordo de Flensburg. La expulsión de Stettin, la enfermedad de Edelgard, el viaje en autoestop de José y una mención a esta historia que ahora estoy escribiendo se sintetizan en el artículo del *Flensburger Tageblatt,* que compara el amor entre Edelgard y José con los de Romeo y Julieta, Tristán e Isolda o Rhett Butler y Scarlett O'Hara en «Lo que el viento se llevó», *todas* -puntualiza el articulista- *historias de amor con un final trágico.*

No han pasado seis horas desde la publicación del artículo cuando recibo un breve mensaje en el que se me pregunta si la Edelgard mencionada en el mismo vivió en el número 30 de Ernst-Jessen-Weg. Firma la pregunta un doctor llamado Fritjof Weidner, que vive en esa misma calle, en una casa colindante con la antigua finca de Oskar Lambrecht.

Mi respuesta al doctor Weidner no se hace esperar. Edelgard, en efecto, vivió en ese domicilio desde 1954. La dirección de Ernst-Jessen-Weg, que es la que figura en su esquela mortuoria, corresponde a una denominación posterior de la calle Twedt, en la periferia de Flensburg, concretamente en un barrio de carácter rural denominado Engelsby, cuyo significado –así me lo explicará semanas más tarde Dieter Jensen– es «Villa de los ángeles».

Cualquier pequeño detalle sobre la vida de Edelgard o la de su familia, le escribo al doctor Weidner, es importante para mí. Y el doctor Weidner me responde que lleva viviendo en su actual casa, colindante con la que habitaron los Lambrecht, desde 1979, por lo que no llegó a conocer personalmente a ningún miembro de la familia, pero...

> ...pero he oído acerca de ellos. Los vecinos me dijeron que había algo misterioso en el 30 de Ernst-Jessen-Weg. Seguramente debido a la gran minusvalía física de sus hijas, Oskar pasó una vida muy retirada, y la casa y el jardín se fueron haciendo más y más asilvestrados, invadidos por árboles y plantas.
>
> Había un ama de llaves, la señora Raschke, que todavía vive, en Niebüll por lo que yo sé (a unos 50 kilómetros de aquí). También hay otros vecinos: la señora Petersen (de 82 años), la señora Christopher-

sen *(unos 85) y la señora Christensen (unos 84) que me van a decir más cosas.*

Es evidente que necesito viajar a Flensburg otra vez. Considero esencial entrevistarme con el doctor Pust, con la señora Raschke, con el doctor Weidner y, acaso... Veinticuatro horas después de recibir la respuesta de Fritjof Weidner, recibo otro mensaje en la dirección de correo electrónico publicada en el *Flensburger Tageblatt*. Se trata de una mujer mayor, y enferma, cuyo nombre deberé mantener en el anonimato por razones que luego se comprenderán.

Yo conocí a la señora Lambrecht cuando vivía en Marienhölzungsweg. Era una persona afable y conversadora, con la que llegué a mantener cierta amistad. Luego, cuando se mudaron a Engelsby, dejamos de frecuentarnos. El padre de la señora Lambrecht estaba enfermo, transtornado mentalmente a causa de la guerra y de otras circunstancias. Las dos hijas del señor Lambrecht también estaban enfermas y ella las cuidaba con un cariño no correspondido por las chicas, resentidas contra ella por la relación que mantenía con su padre desde hacía muchos años, antes de venir a Flensburg. No era una familia fácil. Y la desgracia se cebó en todos ellos al final de la guerra.

Yo tuve noticia de la visita del joven español a Edelgard en 1953. Algunas vecinas lo comentaron, pero todas sabíamos que era una relación imposible.

Quizá esté usted interesado en conocer algunas otras cosas. Yo soy demasiado vieja e incapaz de comprender el manejo de un ordenador, por lo cual he pedido a uno de mis nietos que le escriba en mi nombre. Mi estado de salud es además muy delicado, pero mi nieto le responderá si así lo desea.

Por supuesto que así lo deseo. Y al instante le respondo para anunciarle mi intención de viajar de nuevo a Flensburg y para solicitar una entrevista con ella, si su salud lo permite. Pero no obtengo respuesta, por lo que al cabo de tres días reenvío mi mensaje, escrito esta vez en inglés y en alemán. Estoy especialmente interesado, y así se lo digo, en saber más datos sobre Ilse y la relación que, según me dice, mantenía con el padre de Edelgard y Sigrid «desde hacía muchos años, antes de venir a Flensburg».

Esta información es esencial para poner orden en mis pensamientos. Yo ya sabía, pues el doctor Pust me lo había comentado, que Edelgard y Sigrid desaprobaban la relación entre su padre e Ilse, y que sólo a la muerte de ellas pudo celebrarse su matrimonio. Pero lo que no podía imaginar era que su relación sentimental se remontaba a tiempos lejanos, antes de su llegada a Flensburg.

Esta nueva e inesperada revelación da luz a muchas zonas de sombra, azuzando mi corazonada y mi sospecha. Es como la clave de un arco de medio punto, necesaria para que se sustenten el resto de las dovelas. Para levantar ese arco, y que sus piezas encajen y se complementen las unas con las otras, trato de ordenar los datos que he logrado reunir de modo fehaciente:

En 1935, Oskar Lambrecht es destinado a Stolp, donde viven su hermano Alexander y la hija de éste, Ilse. En

Stolp desempeña por vez primera un cargo de cierto brillo y relevancia social: *Bezirksobmann*, «Presidente de Distrito». Ilse, su sobrina, tiene entonces veintitrés años. Él, Oskar Lambrecht, es por aquel tiempo un joven y prometedor oficial de las *SS* de treinta y tres años.

En esos mismos días, la madre de Edelgard entra en la cuarta década de su vida y es muy probable que a tal edad haya dado muestras de la misma enfermedad que tenía su padre y que ella ha transmitido a sus hijas, cuyos principales síntomas son la inexpresividad facial y los dolores y debilidad de hombros y brazos, seguida a veces, como en el caso de Edelgard y Sigrid, por atrofia muscular en ambas piernas.

Por tales o parecidas fechas, el momento no puedo precisarlo, surge entre Oskar Lambrecht y su sobrina Ilse una relación sentimental que se mantiene contra viento y marea hasta la muerte de ambos, creando una conflictiva situación familiar que se pone de manifiesto por el rechazo de Edelgard y Sigrid, inamovible durante toda su vida.

En mayo de 1937, viene al mundo el pequeño Klaus Eberhard Oskar Lambrecht, cuyos hermanos habían nacido en 1930, 1929 y 1926. Entre los padrinos de su bautismo figuran un funcionario médico del gobierno nazi y un secretario administrativo que firman con sus respectivos cargos el documento bautismal.

Ilse Lambrecht, sobrina y amante de Oskar, es también madrina en el bautizo del pequeño Klaus, celebrado en el domicilio familiar de Stettin el 10 de octubre de 1937.

Treinta y ocho años más tarde, el 23 de enero de 1975, Oskar y su sobrina contraen finalmente matrimonio.

Tienen respectivamente 72 y 62 años. Oskar muere un año después e Ilse, que no logra superar su ausencia, le sobrevive solamente tres meses. Ha permanecido junto a él toda una vida, siempre rechazada por Edelgard y Sigrid, pero siempre allí, junto a ellas y junto a Oskar, expuesta a los comentarios en voz baja, a las miradas inquisitivas, a la incomprensión de todos, al silencio necesario.

¿Cómo no pensar que la palabra *Lebensborn* en la casilla *Ahnennachweis* tiene un significado que ordena y da sentido a todos estos datos? ¿Cómo no pensar en un vínculo que une a Oskar y a la hija de su hermano más allá del amor y de la culpa?

Nuevamente cierro los ojos para viajar mentalmente al año 1935 y tratar de vislumbrar al joven oficial Oskar Lambrecht y a su más joven sobrina Ilse. Todavía permanece en Stettin el resto de la familia. Su casa en Gutenbergstrasse, la casa de la abuela Ida, ha pasado a manos del Banco de Comercio y Bienes Raíces un año antes, lo que pone de manifiesto que la economía familiar no iba por buen camino. Ida Greif, la madre de Jenny, es entonces ingresada en una residencia dependiente de los servicios asistenciales de Stettin. Oskar, su esposa y sus tres hijos se ven obligados a mudarse por un breve periodo a una vivienda de propiedad municipal, en el 40 de Grünstrasse. Para entonces, él ya es un miembro que destaca en las SS locales por su capacidad de organización y de oratoria, lo que facilita su nombramiento como *Bezirksobmann* en la cercana ciudad de Stolp, donde viven su hermano y su sobrina.

Su hermano, Alexander, es 25 años mayor que él. Nació en 1877 y, a la vista del árbol genealógico del expediente *RuSHA*, se deduce que sólo es hermano de padre, puesto que la madre de Oskar, Augusta Ingwerth, nació en 1865 y contrajo matrimonio con el padre de ambos, Ludwig Lambrecht, en 1896.

Cuando Oskar es destinado a Stolp, su hermano Alexander desempeña el modesto cargo de secretario judicial en dicha ciudad. En Stolp había nacido su hija Ilse (1912) y en Stolp se casará en segundas nupcias (1928) con Marta Luise Fubol, que sale de esta historia con la misma rapidez con la que ha entrado, sin dejar otra huella que una duda sobre la relación con su hijastra, una adolescente de dieciséis años el día de su boda.

Voy pasando las páginas del expediente *RuSHA* y de nuevo estoy en 1935, junto a un Oskar Lambrecht que habita en el número 12 de la plaza Bismark, en una de las mejores zonas de Stolp, frente a un amplio paseo ajardinado, con parterres cuajados de tulipanes rojos, fuentes ornamentales y árboles que sobrevivieron a varias guerras y todavía hoy conservan su belleza y su vigor.

Ahora Stolp se llama Słupsk, y la plaza de Bismarck es la avenida de Henryk Sienkiewicz, premio Nobel de Literatura y autor de «Quo Vadis», obra cuya sola mención me devuelve a los días de mi infancia y a una de las películas preferidas por el nacionalcatolicismo, con un Robert Taylor enamorado de Deborah Kerr y un forzudo Ursus que en mi memoria de niño es el héroe de los héroes, capaz de romper el cuello a un toro bravo que a la postre, para decepción del niño que todo adulto lleva dentro, cuando veo de nuevo la película, sólo era una vaquilla desgalichada.

¿Qué toro o qué vaquilla se esconde en el número 12 de la plaza Bismarck?, me pregunto. ¿Se produjo en esa casa el primer encuentro amoroso entre Oskar Lambrecht y su sobrina Ilse...? Es probable que así fuera, y yo así lo imagino. Imagino a Oskar con su uniforme de las *SS,* con sus recién estrenados galones de *Sturmführer* y su Anillo de la Calavera. E imagino a una Ilse pequeña y vivaracha, harta de su padre, casi un viejo, harta de una madrastra rígida e insoportable.

Mi amigo José apenas recuerda a Ilse. Comió y cenó con ella varias veces en su viaje a Flensburg, pero sólo consignó en su diario que tenía unos cuarenta años y que se ocupaba de la casa. Dieter Pust, por el contrario, la recuerda perfectamente. Me escribe que sus ojos tenían una expresión impenetrable, que eran fríos, que le llegaban a producir una inevitable repulsión.

¿Eran éstos los ojos de la joven Ilse Lambrecht enamorada de su tío? No lo creo, no logro imaginarlos de ese modo. Veo unos ojos grises, pero no fríos. Veo unos ojos fascinados y brillantes, acaso con un brillo extraño, mezcla de lágrima y diamante. Veo a una Ilse seducida y seductora en la flor de sus veintitrés años. Y la veo rodar por el suelo de una casa deshabitada. La veo desnuda y vulnerable. La veo suspirando en un susurro, en un frágil balbuceo:

—Eres mi tío, estás casado...

¿Fueron ésas sus palabras? Hubieron de serlo, palabras como ésas o palabras parecidas, escapadas de los labios como quien gime y se traiciona en la mitad de un sueño.

Así la veo. La veo haciendo el amor con un hombre que le habla de su esposa enferma para aliviar la culpa de su traición. La veo acariciando el cabello sudoroso de su tío, recorriendo con sus dedos los 55'5 centímetros de su perímetro cefálico, diciéndole que nada importa, que nada le pide, que todo lo comprende.

—No sé lo que le pasa -insiste Oskar-. Tampoco los médicos los saben. Está débil y cansada. Le cuesta hacer las tareas más sencillas. Hace años que no sonríe. Sé que lo mismo le sucedía a su padre, pero eso es algo que nadie más debe saber...

—Calla..., nada importa -susurra en su oído Ilse, sellando con un beso los labios de su tío.

Cuando la familia de Oskar Lambrecht llega a Stolp, el daño está ya hecho. Edelgard y Sigrid besan a su prima y a su tío Alexander. Éste acaricia el cabello de Axel y le dice lo mucho que ha crecido. Edelgard tiene nueve años y unas largas trenzas que caen sobre su pecho como dos fuentes de cobre. Sigrid es una encantadora niña de seis años que no para de cantar, mitad niña y mitad pájaro. Axel, con cinco años, quiere ser soldado y desfilar por las calles con una bandera roja y unas botas de caña con cascabeles y espuelas. Así es la familia Lambrecht, amparada en los brazos delgados de una madre todavía joven y hermosa pero que apenas sonríe, porque sonreír le causa un esfuerzo doloroso o porque su sonrisa se veló para siempre días antes de su boda, temerosa de no ser conducida finalmente ante el altar, o de serlo y de parir bajo sus velas.

—¿Fui amada alguna vez? -se pregunta muchos días en silencio, sin el valor para dejar que las palabras afloren a su boca. Y la respuesta es un secreto que ni ella misma conoce.

—Querida tía –le dice Ilse a modo de bienvenida–, me alegro tanto de que estés en Stolp... Para mí será como tener una madre.

Jenny trata de encontrar su sonrisa y su palabra:

—Para mí será como tener una hermana.

—En los últimos meses está muy cansada –interviene Oskar dirigiéndose a su sobrina–. Quizá tú podrías ayudarnos algo en casa, con los niños.

Ilse asiente. Ilse está encantada de poder ayudar a sus tíos, recién llegados a Stolp. Paseará con sus primos mientras Jenny trata de hacer las tareas domésticas, o la reemplazará en alguna de esas tareas mientras Jenny juega con sus hijos en Rosengarten o pasea con ellos a la orilla del río, hasta llegar a los lagos de Waldkatze.

Para Jenny será un tiempo feliz. Las penurias y estrecheces de los últimos años en Stettin, culminadas con el cierre de la sala de fiestas y la posterior adquisición de su casa por el Banco de Comercio y Bienes Raíces, parecen superadas para siempre. Ya su esposo no tiene que compaginar sus tareas de comerciante en cereales con el trabajo en el partido, al que cada día dedicaba más tiempo y energía en detrimento de sus obligaciones como esposo y como padre. Ahora, por fin, tiene un cargo reconocido y remunerado. Stolp es además una ciudad preciosa y mucho más tranquila que Stettin. Le gustan especialmente los paseos junto al río, y siempre que puede se detiene en alguno de los puentes para observar los sauces que lloran silenciosos en el reflejo del agua, como ella en la baranda, bajo la torre de Klosterkirche.

Pero su destino en Stolp no será largo. Algo inquieta a su marido, que alterna periodos de buen y mal humor sin causa que lo justifique.

—El trabajo... –dice él–. Son muchos los problemas y muy pocas las ayudas. Y ya estoy harto de los continuos requerimientos de esa estúpida Oficina de Raza y Ascendencia. También tu hermano podría hacer algo...

El hermano de Jenny es Conrad Greif, miembro asimismo de las *SS*, aunque de menor graduación que Oskar, que vivía en la misma casa familiar de Gutenbergstrasse cuando Edelgard nació y que fue uno de los padrinos de la niña, lo mismo que de su hermano Axel.

Finalmente, a mediados de 1936, Oskar y su familia regresan a Stettin. En un informe personal de septiembre de 1935, sus superiores directos en las *SS* habían realizado una valoración negativa sobre su carácter y su promoción jerárquica:

> *Fuerte tendencia a la arrogancia. ¡Aires de cacique, se le deberían bajar los humos! A veces necesita afianzamiento ideológico. Comportamiento firme en el frente, pero su conducta no carece de altanería. Idoneidad para el ascenso: ¡No!*

¿Es éste el Oskar Lambrecht reflejado en las cartas de Edelgard, el ideal de un soldado prusiano, el Oskar Lambrecht bondadoso e idealista, el amigo de los niños? Quizá sí... Y el hecho de que sus superiores informen que es necesario reforzar a veces su ideología me sugiere un espíritu más independiente de lo que se presupondría en un oficial de las *SS*.

A este respecto, encuentro también muy significativas algunas de sus respuestas al cuestionario oficial que se le pasa en octubre de 1936:

—¿*Está casado?* -*Sí*
—¿*Está su esposa afiliada al Partido?* -*No.*
—¿*Envía a sus hijos a los Institutos Nacionales de Educación Política?* -*No.*

Cuando le pregunté a mi amigo José por el padre de Edelgard, me dijo que parecía un hombre amable, pero que no hablaba ni inglés ni francés, por lo que apenas podía entenderse con él.

—Me estaba esperando en la estación de Flensburg sin que yo le hubiera avisado cuándo iba a llegar porque ni yo mismo lo sabía.

—¿No le habrías telefoneado desde la estación de Düsseldorf, antes de tomar el tren?

—Ni tan siquiera sabía si tenía o no teléfono. Yo creo que Edelgard le diría la fecha aproximada y que él iría varios días a esperarme, y varias veces cada día, a la llegada de cada tren. Es lo único que se me ocurre. También para mí es un misterio que estuviera allí, en el andén de la estación.

Ese misterio, pequeño sin duda, me hace más próximo y humano al padre de Edelgard. Imaginarlo durante varios días en la estación de Flensburg, esperando a un viajero que no sabe si llegará, me dice mucho de su carácter y de su relación con su hija. También José escribió que el padre de Edelgard le pidió que durmiera en la cama de ella, que ella así lo quería. Y me imagino la escena. Un José que ha viajado durante tres semanas en autoestop, con su macuto al hombro. Un Oskar Lambrecht impecablemente trajeado. Una pequeña habitación con dos camas gemelas, de madera clara. Y el padre de Edelgard pidiéndole que duerma en la cama de su hija... ¿Cómo no sentir el nudo de su garganta al decir estas palabras, sin duda embarazosas para un padre? Pero las dijo, así lo hizo constar José en su diario. ¿Dónde estaba su arrogancia en esos instantes? ¿Cómo era en realidad ese hombre al que sus hijas veneraban?

En los últimos días, y especialmente desde la publicación del *Flensburger Tageblatt,* he estado pensando que debería volver a Flensburg para entrevistarme con quienes lo conocieron personalmente. A él, a Edelgard y a Sigrid, a Ilse. Pero aún no he recibido la respuesta de mi interlocutora anónima, la respuesta de su nieto que ella me prometió. Quizá, pienso, mis mensajes fueron precipitados e improcedentes. Quizá manifesté con demasiada claridad mi interés en saber más detalles sobre la relación sentimental entre Ilse y Oskar. Quizá ella piense que ya dijo demasiado, que algunas cosas no deberían ser rescatadas del olvido.

También yo he pensado en esto muchas veces. ¿Tengo derecho a entrometerme en el reposo de los muertos, quién soy yo para hurgar en heridas olvidadas, para sacar a la luz lo que hace décadas descansa a la sombra de la tierra?

La pregunta es esencial para seguir. Pienso en el expediente de Oskar Lambrecht desaparecido de los archivos de Schleswig, en su carácter reservado, en el estigma vergonzante que la enfermedad genética de sus hijas hubo de suponer para su orgullo nazi, en que probablemente dedicó mucho tiempo y mucho esfuerzo para ocultar lo que yo ahora estoy descubriendo.

La pregunta es esencial, sin duda. Y como todas las preguntas esenciales, carece de respuesta.

SEGUNDO VIAJE A FLENSBURG

La respuesta de mi corresponsal anónima sigue sin llegar, y esto me desasosiega. Me digo que acaso su estado de salud haya empeorado, que quizá no ha sido la torpeza de mis preguntas la causa de su silencio. En cualquier caso, decido hacer un tercer y último intento antes de partir de nuevo hacia Flensburg:

> *Estimada amiga:*
> *Espero y deseo que su salud se encuentre bien. Pero no he recibido respuesta a mis dos mensajes precedentes y eso me preocupa. En los próximos días viajaré a Flensburg y estaría en verdad encantado de poder conversar unos minutos con usted.*
> *En el ferviente deseo de que ese encuentro se produzca, reciba mi saludo más cordial.*

Mi breve mensaje, esta vez, sí obtiene respuesta. Pero es una respuesta que nunca habría deseado recibir:

Estimado Sr. Abella, lamento informarle de que mi abuela se encuentra actualmente ingresada en un hospital, por eso no habíamos respondido antes a sus mensajes. Tiene 92 años y su estado de salud es crítico en estos momentos, por lo que tanto mi madre como yo pensamos que su visita no es ahora aconsejable. Es también deseo de toda la familia que no utilice usted su nombre ni las informaciones que le proporcionó a través de mi persona. (...)

¡Dios mío! No puedo creerlo. Siento estas palabras como una puñalada inesperada, y no sé si me duele más el estado de mi anónima informante que el contratiempo que su previsible desenlace supone para mí. Así somos... El encuentro con esta mujer habría sido providencial, y este inesperado mensaje es un golpe de mazo a mis expectativas. ¿Qué responder ahora? Es evidente que no puedo hacer público el nombre de esta persona, como su nieto me pide. Pero la información previa proporcionada por ella es fundamental para mí, y no se trata de una información facilitada por su familia, sino por ella misma, cuando era libre de hablar o de guardar silencio. Así que respondo a su nieto expresándole mis más sinceros deseos de recuperación para su abuela, prometiéndole que no haré mención a su nombre y que sus valiosas informaciones quedarán diluidas en la trama de la novela, sin que ningún dato o circunstancia puedan relacionarles a ella o a su familia en el fluir de sus páginas.

Pero esta contrariedad marca los preparativos de nuestro segundo viaje a Flensburg. María piensa que debería suprimir toda mención a esta circunstancia y a la relación antigua entre Oskar Lambrecht y su sobrina Ilse. Pero yo no estoy seguro. Sólo sé que se ha producido un irresoluble contratiempo para mi búsqueda, que algunas especulaciones que podrían haber sido despejadas quedarán para siempre en los territorios nebulosos de la duda.

No obstante, la posible desaparición de mi informante viene a demostrarme que el tiempo corre a favor del olvido. Y esta realidad incuestionable me da ánimos para seguir. Incluso la pregunta sobre mi derecho a entrometerme en el descanso de los muertos parece vislumbrar alguna luz.

Cada uno es responsable de sus hechos ante el mundo, no sólo ante sí mismo. Tratar de ocultar el pasado propio es comprensible, pero no un derecho universal e incuestionable. El territorio de la intimidad se desvanece cuando uno mismo abre las puertas y ventanas de su casa a las miradas ajenas. Yo no he escrito la palabra *Lebensborn* en el expediente de Oskar Lambrecht ni he respondido en su lugar a la siguiente pregunta de un segundo cuestionario de las *SS* que se le pasa en agosto de 1938:

—*¿Afiliado a la Asociación «Lebensborn»? -Sí.*

Es él quien lo hizo público, no yo. Las palabras que yo escribo apenas son un débil eco de su voz sin fisuras. Él era quien satisfacía las cuotas que los *SS* afiliados al programa *Lebensborn* debían abonar hasta contribuir con cuatro hijos a la causa del *Reich*. Es su firma la que aparece en la carta enviada a los dirigentes de las *SS* el 9 de junio de 1937, incluida en su expediente *SSOA*:

A los dirigentes de las SS del Reich

Por la presente, pongo en su conocimiento que el 29 de mayo de 1937, mi cuarto hijo, un niño llamado Klaus Eberhard, ha nacido.

Heil Hitler!
Oskar Lambrecht

En cualquier caso, es ya tarde para abandonar. Son ya muchas las personas a las que he implicado en esta historia. Y no es mi intención airear posibles trapos sucios, ni juzgar hechos pasados cuya comprensión me resulta más sencilla de lo que yo mismo me habría imaginado. Escribir sobre la vida de Edelgard me obliga a escribir sobre la vida de su familia, simplemente. Y la vida de Edelgard merece ser escrita, ésa es mi convicción y la de todos aquellos que han tocado su alma bajo el tul vaporoso de sus cartas. Edelgard fue un sueño para José, y lo sigue siendo para todos aquellos que hemos conocido la hondura de sus sentimientos a través de sus palabras. A mi recuerdo viene ahora, como prueba de lo que digo, el texto que el poeta Luis Alberto de Cuenca escribió en el diario *ABC* tras la lectura de «Diario de un sueño»:

Edelgard es una joven alemana de Stettin que, brutalmente desalojada de su hogar por las tropas de liberación ruso polacas al finalizar la Segunda Guerra

Mundial (1945), consigue finalmente refugiarse en Flensburg (Schleswig-Holstein) en compañía de su padre y de su hermana Sigrid. Edelgard es también, a juzgar por las maravillosas e inolvidables cartas que dirige durante más de un lustro al autor de «Diario de un sueño», la personificación más delicada, tierna y exquisita de Ewigweiblich o «eterno femenino» que me he echado a mis ojos de lector compulsivo en los últimos años (por lo menos). Sólo si pienso en la dulcísima Margarita del Fausto goetheano o en la deslumbrante Inés de Santorcaz que Galdós nos regala en la primera serie de sus Episodios Nacionales, se me dibujan en la mente perfiles arquetípicos comparables al que representa Edelgard.

Así era ella y así la redescubro cada vez que releo sus cartas. Cuando pienso en el camino recorrido hasta este instante, me doy cuenta de lo mucho que se puede llegar a saber de una persona a través de las palabras que no desaparecen en el viento, que surgen como flores o raíces de las entrañas de la tierra, como la voz del polvo en el sueño de los muertos descrita por Quevedo en su «Amor constante más allá de la muerte»:

Serán ceniza, mas tendrá sentido;
polvo serán, mas polvo enamorado.

Las palabras enamoradas de Edelgard y de José son el sustento de este libro. Estamos hechos de palabras. Las palabras son las moléculas de nuestro ser, y mientras ellas vivan tendrá sentido la ceniza.

Mi viaje a Flensburg es un viaje en busca de palabras. Las de mi anónima corresponsal, tan necesarias, serán suplidas por las palabras de la señora Raschke, por las de Dieter Pust, por las de los vecinos del doctor Weidner, y acaso...

En la felicitación navideña que Edelgard envió a José en 1952, había un dibujo a color realizado por un niño de nombre Lutz, que también escribía unas letras de buenos deseos a José. Pero el apellido de Lutz, por desgracia, no figura en esa carta navideña. ¿Conocerían a este niño, de trece años entonces, algunas de las personas mencionadas por el doctor Weidner?

Es muy probable, pienso, que no encuentre en Flensburg nuevos datos importantes. Pero sería una impostura no rescatar las palabras de las personas que conocieron a Edelgard y a su familia. Quizá el eco de esas palabras, como la estela de un cometa, lleve consigo algo del polvo enamorado de las palabras de Edelgard. Así que preparamos las maletas y en una fría mañana de enero estamos María y yo volando de nuevo a Hamburgo, desde donde tomaremos el primer tren a Flensburg.

Durante el vuelo, mientras mis ojos se pierden en la inmensidad del mar de nubes que cubre, sin fronteras, las tierras de Europa, pienso en la guerra, en las guerras, en las innumerables batallas que asolaron a lo largo de la Historia estas tierras que sobrevolamos. Se trata de un pensamiento no querido ni buscado, que surge de pronto como la vela de un barco en el horizonte del mar. Y en el pensamiento aparece el segoviano Andrés Laguna, mi paisano, médico y escritor, que ya en el siglo XVI escribió una obra titulada *Europa heauten-*

timorumene, «Europa que a sí misma se atormenta». Sobre el mar sin fronteras de las nubes, inmaculado y brillante como un inmenso campo de nieve, me parece imposible que cada metro de tierra, bajo él, haya sido regado con sangre alguna vez. Pienso en la guerra, en Oskar Lambrecht, en Stettin, en los terribles campos de concentración nazis con sus millones de muertos y en los campos de prisioneros de los aliados, donde también un millón de soldados alemanes murió de hambre cuando ya la guerra había terminado. *Europa heautentimorumene.* Todo es terrible. Terrible y absurdo. Recuerdo a Andrés Laguna y recuerdo a Einstein cuando dijo que sólo hay dos cosas infinitas: el universo y la estupidez humana, y que de la primera no estaba seguro... Sutil sabiduría de la duda, en cuyo nombre nadie mata. Si aprendiéramos en la escuela que el hombre es un ser que duda, ningún tirano visionario sería capaz de empujarnos a su guerra. La fe nos enfrenta, la duda nos hermana.

En estas cosas pienso mientras el avión atraviesa el mar de nubes y se introduce en la niebla para reaparecer sobre las luces de Hamburgo, bombardeada sin piedad durante la última gran guerra.

Ya estamos en Hamburgo, en la estación central, en un tren congelado que nos conducirá en medio de la noche a nuestro destino en Flensburg.

Cuando el tren de José llegaba a Flensburg, él se preguntaba si alguien le estaría aguardando. Yo sé que nos esperan Dieter y Wiebke Jensen, y enseguida los descubrimos en el andén, abiertos sus brazos en la noche invernal como si fuésemos ya los viejos amigos que hemos comenzado a ser. En su casa de Jarplund, una botella de champán aguarda para darnos la bienvenida. Hablamos del viaje, de la crisis económica en Europa, del programa que nos tienen preparado para los días sucesivos.

Se trata de un programa denso y sin fisuras. El primer día, entrevista con la señora Raschke y su familia, acompañados por Silke Roggenbrodt y el doctor Reetz. El segundo día, visita matinal al doctor Weidner y, por la tarde, entrevista con Dieter Pust... Todo lo tienen medido y calculado para siete jornadas con precisión germánica, incluido un concierto nocturno en la Academia Naval de Mürwik –sede del último y fugaz gobierno nazi del almirante Dönitz– y una fiesta de despedida que nos han organizado para el último día.

Tras la cena, en la sobremesa, yo les muestro la mucha documentación que he ido recopilando en estos meses, en especial los expedientes sobre Oskar Lambrecht que aún no he terminado de estudiar, por la enorme dificultad que entrañan para mí los documentos escritos en la enrevesada tipografía gótica imperante en el nazismo y, especialmente, las páginas manuscritas en alemán, cuya interpretación me resulta del todo imposible.

Pero es ya tarde y todos estamos cansados. Sobre el cielo de Flensburg brillan las estrellas de un modo que no logramos ver durante nuestra estancia veraniega, en la que ni un sólo día dejó de llover. Llovía sobre Flensburg, escribí al inicio de estas páginas, recordando también el viaje de José. Ahora, sobre Flensburg, las estrellas del firmamento se entremezclan con las estrellitas de escarcha que aparecen pegadas a las ventanas, del otro lado de los cristales, como si el cielo mismo nos enviara un mensaje de bienvenida invernal a través de estas diminutas estrellas de hielo.

50

LA FAMILIA RASCHKE

En la mañana, los árboles y setos del jardín están cubiertos por una gruesa capa de escarcha, como una estampa navideña. Pero brilla el sol en un cielo sin nubes, como un augurio de que todo será fácil. Y lo será, en efecto. Poco después del mediodía, tras una frugal comida en horario alemán, llegan a Jarplund el pastor Reetz y Silke Roggenbrodt, que ha preparado una excelente tarta de manzana para llevar a casa de la señora Raschke y en cuyo coche iremos a Niebüll, donde vive.

Durante el viaje, María y Silke conversan en francés. Ulrich Reetz y yo podemos hacerlo en español, lo que supone para mí un enorme desahogo. Le digo a Ulrich que José, además del inglés y del francés, llegó a dominar el alemán, y que durante muchos años fue profesor de esperanto, la lengua universal, de la que incluso publicó un sencillo y entretenido método titulado «*Parolu E-on:* Método autodidacta de lenguaje internacional esperanto».

La casa de los Raschke es una de esas típicas casas alemanas de ladrillo rojo y tejados casi verticales, rodeadas por un pequeño y cuidado jardín. Nos abren la puerta el señor y la señora Raschke, quienes con una sonrisa tan acogedora como sus palabras nos invitan a pasar al salón, en cuya mesa está dispuesto un mantel blanco con una franja central de flores bordadas, tazas para el té y pequeños candelabros de cerámica con velas encendidas. Esta costumbre de las velas, que en la mayoría de las casas españolas sólo se utilizan cuando se va la electricidad o en fiestas muy señaladas, no deja de sorprenderme y agradarme por la calidez que representan y propician, creando una atmósfera de cordialidad que predispone a la compañía amable y la palabra sosegada, tan difícil muchas veces en las mesetarias tierras de Castilla. «Un intratable pueblo de cabreros», dice con frecuencia el poeta Luis Javier Moreno, común amigo de José Fernández y mío, citando un verso de Jaime Gil de Biedma.

La señora Raschke ha sobrepasado tres cuartos de siglo, pero nadie lo diría al verla. En las paredes del salón hay también muchas fotografías familiares. Hijos. Nietos. El señor Raschke, algo más mayor y reservado que su esposa, me observa mientras miro las fotografías y me va diciendo, uno a uno, los nombres de sus nietos. Nos sentamos a la mesa finalmente. Frente a mí, entre un reloj de péndulo y un sencillo cuadro con siete amapolas rojas, la señora Raschke sonríe con curiosidad y una punta de incertidumbre ante las preguntas que voy a formularle. Tomamos té y café. La tarta preparada por Silke está exquisita. Llega Ragna, una de las hijas, y el señor Raschke aprovecha para levantarse y volver a sus tareas y a su cotidiano paseo vespertino. Recuerda menos cosas que su esposa y prefiere no intervenir en la conversación. Ragna es una mujer simpática y sonriente, con la misma juventud engañosa que su madre. Nos dice que cinco de los nietos que hemos visto en las fotos son hijos suyos, algo que a María y a mí nos resulta sorprendente. Su presencia es importante en esta mesa. Ella nació el mismo año en que la familia Raschke comenzó a trabajar para los Lambrecht y en la casa de éstos pasó su primera infancia, hasta la edad de siete años. Aunque era muy niña, recuerda con claridad muchas cosas. La casa, por ejemplo.

—Era una casa grande, con dos plantas bajo el tejado -nos dice-. Nosotros vivíamos en la primera de esas plantas, que tenía ventanas pequeñas y muy poca luz. La planta principal, donde vivían ellos, era muy alegre y luminosa, con grandes ventanales y una terraza al mediodía.

—Había, a la derecha, una habitación grande y deshabitada, llena de muebles antiguos, a modo de almacén o de trastero -interviene su madre.

Yo saco de mi cartera un portafolios lleno de documentos, entre ellos una foto de la casa que me envió meses atrás Dieter Jensen:

—¿Era ésta? -pregunto.

—Sí, exactamente -dice Ragna, que busca papel y bolígrafo para dibujarme el plano de la planta baja con una minuciosa precisión que podré comprobar al día siguiente, cuando el doctor Pust, jefe de los archivos de Flensburg, me entregue una fotocopia de los planos originales de la casa-: Aquí estaba la entrada, aquí la cocina. Éste era el dormitorio de las hermanas. Aquí dormía la señora Ilse. Aquí estaba la sala de estar...

—En la sala de estar dormía el señor Lambrecht –interviene la madre.

—¿En la sala de estar? –pregunto, sorprendido.

—Sí, en la sala de estar, en el sofá –responde ella con una sonrisa, abriendo los ojos y alzando los hombros con un gesto de comprender y compartir mi sorpresa.

—¿Siempre dormía en la sala de estar, en el sofá?

—Siempre –insiste ella, prolongando su sonrisa con ese gesto en el que leo unos puntos suspensivos, como si me estuviera diciendo que, al menos, allí era donde se acostaba.

Tal afirmación me resulta tan sorprendente como esclarecedora. Imaginar a un Oskar Lambrecht, siempre pulcramente trajeado, durmiendo en el sofá del salón día tras día me resulta tan inverosímil y descabellado que no puedo sino creer al pie de la letra esa confidencia, imposible de ser inventada.

Tras la referida sorpresa, pienso por un momento que nuestra conversación podría ahondar en la relación sentimental entre Oskar y su sobrina, pero creo que ya la señora Raschke me ha dicho demasiado con esa revelación. Es el turno, sin embargo, de iniciar mis preguntas:

—Antes de comenzar –prosigo mirando a Ulrich, que traduce pausadamente mis palabras–, me gustaría mostrarles un vídeo.

Mientras abro mi maletín y pongo sobre la mesa el pequeño ordenador donde ahora escribo, veo la extrañeza y la curiosidad en las caras de todos los asistentes. Días antes he descargado de internet un vídeo que muestra un día en la vida cotidiana de una joven con distrofia muscular facioescápulohumeral, y parecida edad a la que tenían Edelgard y Sigrid cuando recibían los cuidados de la familia Raschke.

—Me gustaría saber si las imágenes y síntomas que van a ver les resultan familiares -les digo, y más que mirar el vídeo miro sus caras.

En un momento del breve documental que les estoy mostrando, la enferma alisa con un cepillo su cabello ayudándose con ambas manos, la mano derecha sujetando el antebrazo de la izquierda.

—Sí, es exacto -dice la señora Raschke con una lágrima en los ojos.

También la mujer de la película tiene lágrimas en los ojos. Explica que siempre parece seria, que no puede sonreír, que a veces no tiene fuerzas para subir un peldaño. Y el vídeo la muestra a las espaldas de su marido, montada a caballito, como los niños, para subir las escaleras de su casa.

—Mi marido las subía así muchas veces -exclama la señora Raschke, sorprendida por las imágenes que está viendo y por los recuerdos que despiertan en su interior.

Yo señalo en la pantalla la ausencia de sonrisa, la inexpresividad de la cara, su aspecto de seriedad infranqueable:

—¿Están seguras de que es la misma enfermedad?

La pregunta es importante para mí. No es fácil tener completa certeza en un diagnóstico retrospectivo, sin otros datos que la descripción de algunos síntomas en unas cartas y un diario escritos hace sesenta años.

—La misma, sí..., es impresionante -dice la señora Raschke sin la menor sombra de duda, sorprendida por las imágenes que ha visto y avalada por un gesto afirmativo de su hija Ragna.

—¿Cómo era la vida cotidiana de las dos hermanas? -pregunto-. ¿Leían, escuchaban música...? ¿Cómo era un día normal para ellas?

—Se levantaban tarde, hacia las once. Había que ayudarlas para todo, para salir de la cama, para bañarlas. No desayunaban. Comían a las doce. Cuando hacía buen tiempo, les gustaba tomar el sol en la terraza. Leían mucho y eran muy cultas. Me enseñaron muchas cosas. A Sigrid le gustaba cantar y lo hacía muy bien. Llegó a tener actuaciones públicas en Flensburg, en los encuentros de la gente de Pomerania. Por las noches se acostaban muy tarde. Cuando el señor Lambrecht compró un televisor, se quedaban viéndolo hasta el final de la programación, les encantaba el patinaje artístico sobre hielo.

—¿Tocaba Edelgard el piano? ¿Acompañaba a Sigrid con la música?

—En las actuaciones públicas, no. En casa sí, algunas veces. Edelgard estaba más enferma y no era mucho el tiempo que tocaba el piano. Estaba muy delgada y casi no tenía fuerzas.

—Mi amigo José pintó un retrato al óleo de Edelgard -les digo mientras señalo la foto que sirvió de modelo para el cuadro-, ¿recuerdan haberlo visto alguna vez?

—Sí, claro, todos los días. Ese cuadro estuvo siempre en la sala de estar.

La respuesta me complace, y pienso que José se alegrará cuando se lo diga. Me da pie, además, para preguntar por la herencia de los Lambrecht y el destino de sus cosas personales, ese cuadro, por ejemplo. Pero no es mucho lo que sabe a este respecto la señora Raschke.

—Tenían un primo llamado Arno –les digo.

—Sólo le vimos una vez. Sé que tenían familia en el sur de Alemania y que ellos fueron quienes heredaron a la muerte de Ilse. Nosotros dejamos de trabajar para los Lambrecht en 1964.

Pregunto si Arno pertenecía a la familia del padre o de la madre, pero eso es algo que también la señora Raschke ignora.

—¿Cómo era Oskar? ¿Sabían ustedes que había sido oficial de las *SS*?

—Él era muy reservado. Sabíamos que había pertenecido a las *SS*, pero de eso nunca se hablaba. Alguna vez le oímos decir acaloradamente que Alemania había perdido la guerra porque había sido traicionada.

—¿Algún otro detalle que recuerden?

—Fumaba mucho y tenía asma. Cuando estaba más ahogado, usaba inhaladores.

—¿Cómo era su relación con Ilse?

—Era tensa. Era una relación tensa a causa de las hijas.

—¿Y la relación con sus vecinos?

—Muy escasa. Ya le he dicho que era muy reservado. Antes de que él comprara la casa, los vecinos podían atravesar libremente la finca. Pero él la cerró con un seto y una puerta y no dejaba pasar a nadie por su propiedad.

—¿Trabajaba él en la finca? –pregunto, y les enseño el obituario del *Flensburger Tageblatt* donde se decía que de 1945 a 1948 trabajó en una granja.

La señora Raschke sonríe. Me responde que no logra imaginarse a Oskar Lambrecht trabajando en una granja, algo que confirma mi impresión, basada en la fotografía tomada por José en 1953 y en el comentario que me hizo por correo el doctor Pust, que siempre iba elegantemente trajeado y que en su opinión fue siempre un gran señor.

—¿Le parece a usted que el señor Lambrecht tenía mucho dinero?

Es ésta una pregunta delicada pero importante. Sus trajes, la ropa elegante que muestra Edelgard en las fotos, el Mercedes, los cigarros de igual marca, la casa con su enorme finca, el servicio doméstico..., todo induce a pensar que Oskar Lambrecht disponía de una pequeña o gran fortuna, algo extraño en un refugiado, en alguien que lo ha perdido todo y que vive de su pensión como oficial retirado y de las pensiones de enfermedad de sus hijas. Pero la respuesta de la señora Raschke desmiente todas mis suposiciones.

—No. Yo creo que no tenía mucho dinero. En cierta ocasión, cuando la cosecha de manzanas, yo había cogido una cesta para mis hijos y él me dijo que no, que devolviera las manzanas a su sitio... Trabajábamos mucho y nos pagaba poco. Cuando nosotros nos fuimos, contrató a otras personas, pero trabajaban dos meses y se iban. Alquiló la planta superior a una familia que no pudo pagarle la renta, una mujer con dos hijos, y les echó a la calle, pero se quedó con la nevera de ellos a cambio del dinero que no le habían pagado. Más tarde necesitó ayuda para Edelgard, que estaba cada vez peor, y nos pidió que volviésemos para echarle una mano, pero nos dijo que no podía pagarnos...

Parece claro, a la vista de estas curiosidades que la señora Raschke nos cuenta, que ni la generosidad marcaba el carácter de Oskar Lambrecht ni su situación económica era precisamente desahogada. Quizá nunca lo fue. Los diferentes domicilios de Stettin siempre fueron de alquiler. La casa que había sido propiedad de su suegra fue adquirida o embargada por un banco... A través del retrato esbozado por las palabras de Gerda Raschke, veo a un Oskar Lambrecht preocupado en cubrir las apariencias, viviendo por encima de sus posibilidades reales, pero midiendo y sopesando cada céntimo. Busca lo mejor para sus hijas, las mejores ropas, el mejor médico... Cuando le hablo de las operaciones sufridas por Edelgard y Sigrid, la señora Raschke me dice que no volvieron a ser operadas mientras ella trabajó para los Lambrecht, pero que el famoso doctor Küntscher las visitaba en casa algunas veces. Luego hace un comentario en voz baja a Silke, y Silke me dice que Gerhard Küntscher había pertenecido también a las SS y que parece que mantenía cierta amistad con Oskar. Ningún tesoro nazi escondido, en cualquier caso, alimentaba las arcas de la familia Lambrecht. Eso es algo que parece claro tras la entrevista con Gerda Raschke y su hija Ragna, que nos despiden a la puerta de su casa con la misma amabilidad que han tenido a lo largo de toda la entrevista. El padre, que llega en ese instante de su largo paseo cotidiano, se une a la despedida preguntándonos si ha sido fructífero el encuentro. Lo ha sido, sin duda. Miro sus ojos, oscuros y cansados, y me parece estar viéndole mientras llevaba a Edelgard a sus espaldas. Sé que trabajó en el cuerpo de bomberos y pienso que hubo de ser un hombre fuerte y bondadoso, se le nota en las facciones y en las manos, grandes y curtidas. Edelgard, delgada hasta los huesos, parecería un pajarito en sus espaldas, un pajarito poco más grande que el que las hermanas tenían en una jaula, en el salón de la casa. Este mínimo detalle, olvidado por la señora Raschke en la entrevista, nos lo contará dos días más tarde Silke Roggenbrodt:

—Me telefoneó la señora Raschke para decirme que Edelgard tenía un periquito en una jaula, y que cuando el periquito murió, Edelgard estuvo diez días llorando...

DOS ENTREVISTAS

Amanece otro día frío y luminoso, con viento helado del Este, un viento siberiano. A las once y media tenemos una entrevista en la casa del doctor Weidner, colindante con la antigua propiedad de Oskar Lambrecht.

La casa del doctor Weidner es grande y hermosa, una gran casa de estilo rural, propia de un terrateniente acomodado, con los gruesos tejados de paja que caracterizaban a las viviendas campesinas del norte de Alemania en el siglo XIX. Frente al porche de su entrada, se alza un alto roble centenario de ramas tortuosas que dibujan, a contraluz, un tupido laberinto contra el azul del cielo. A cada lado del porche, hay tres ventanales casi idénticos a los que pueden verse en la antigua fotografía de la casa de Edelgard que me enviara Dieter Jensen. Y en el interior, con paredes pintadas en tonos llamativos y acogedores, azules y amarillos, unos espacios perfectamente decorados con muebles clásicos, cuadros antiguos y estanterías repletas de libros.

Tras la bienvenida de Fritjof Weidner y su esposa, comienza ya en el recibidor de la casa una animada conversación en la que sale a relucir continuamente el nombre de Oskar Lambrecht. Dieter y Wiebke Jensen, así como Ulrich Reetz, nos acompañan a María y a mí en esta entrevista.

El doctor Weidner, odontólogo jubilado, vive en esta casa desde 1979. Muchas han sido las veces que ha conversado con sus vecinos sobre la familia Lambrecht, y más aún desde que leyó el artículo del *Flensburger*. Nos dice que hace días visitó a la señora Editha Petersen, de 82 años, que fue vecina de los Lambrecht. La señora Petersen le confirmó que Oskar Lambrecht vivió en el 30 de Ernst-Jessen-Weg hasta 1970, y que a esa casa y a esa familia les rodeaba siempre un velo de misterio. Prácticamente nunca vio a sus hijas impedidas. Y tampoco los hijos de la señora Petersen las llegaron a ver, salvo en muy contadas ocasiones.

Me dice el doctor Weidner que la finca de los Lambrecht era grande, unos diez mil metros cuadrados. Que estaba rodeada por un seto y que tenía varias entradas, una al sur, frente a la casa de la señora Petersen, y otra frente al lugar donde ahora nos encontramos. La señora Petersen recuerda un granero o cobertizo grande, y ya ruinoso entonces, en uno de cuyos muros crecía un hermoso y asilvestrado rosal blanco. Entre ese cobertizo y la actual casa del doctor Weidner, había un camino de unos dos metros de anchura en torno al cual hubo una gran disputa. Parece ser que el entonces dueño de esta casa era un hombre intrigante y pendenciero. Había apostado en el camino a un perro grande que ladraba y saltaba sobre cualquier paseante, haciendo el paso intransitable para las bicis y los cochecitos de niño, así como para la gente que acudía a casa de Oskar Lambrecht.

La señora Editha Petersen le contó al doctor Weidner algo que ayer mismo nos contaba a nosotros la señora Raschke, que cuando ellos se fueron de la casa, Oskar buscó ayuda para sus hijas, completamente impedidas entonces. Y otra cosa, además, que confirma lo que ya me dijera mi desaparecida y anónima informante, que también ella había oído hablar de la visita del «español» y que también ella opinaba que era una relación imposible por la grave enfermedad de Edelgard, quien tampoco, por lo que ella sabe, había pretendido nunca ese enlace.

—Pero la familia de Edelgard no vivía aún aquí cuando fue visitada por mi amigo José –alego con cierta extrañeza por la difusión de las noticias, pensando que es mucha la distancia que separa esta zona de Flensburg del anterior domicilio de los Lambrecht en Marienhölzunsweg.

—Flensburg era entonces una ciudad pequeña y provinciana -me dice Fritjof Weidner- donde todos conocían la vida de todos. Es seguro que la visita de un español no pasaría desapercibida.

—¿Conocían los vecinos que Oskar Lambrecht había pertenecido a las *SS*?

—Por supuesto, eso es algo que todos sabían, aunque no se hablara de ello.

Nuevamente el enigma de la libertad de un alto oficial de las *SS* viene a mi cabeza y a mis labios:

—Pero él nunca fue hecho prisionero, al contrario que la mayoría de los mandos de las *SS*.

—En Schleswig-Holstein había muchos oficiales nazis en la misma situación. Quizá en otras zonas se les trató con mayor dureza. En la zona rusa, sin ninguna duda. Y acaso en la zona americana. Pero la zona de ocupación británica fue bastante más tolerante con los vencidos. Si Oskar Lambrecht no estuvo implicado directamente en crímenes de guerra, es muy probable que fuera puesto en libertad muy pronto, o que no fuera buscado tan siquiera.

—Él desempeñaba un puesto burocrático –puntualizo–, era el jefe de la oficina de atención a las víctimas de guerra en Stettin, conocida por las siglas *NSKOV.*

Fritjof Weidner asiente con un gesto, como dando por sentado que ésa hubo de ser la razón de su libertad. Es un hombre con el que no me resulta difícil entenderme, como si el hecho de pertenecer ambos a la profesión médica nos facilitara una misma forma de pensar.

En un momento de nuestra conversación, él habla de *poliomielitis* al referirse a la enfermedad de las hermanas Lambrecht, dato que yo le corrijo notando la atención que él presta a mi explicación sobre la dificultad diagnóstica y el origen genético de su enfermedad.

Al hilo de esta circunstancia, también sale a colación el ideal eugenésico del pensamiento nazi, no exclusivo de Alemania ni del periodo nacionalsocialista. Yo pongo el ejemplo de la esterilización forzosa a la que fueron sometidos muchos aborígenes australianos durante la primera mitad del siglo XX, y él me habla de las leyes eugenésicas aprobadas en Estados Unidos en 1927 y no derogadas en algunos estados hasta cincuenta años después.

—La barbarie del pensamiento eugenésico no fue patrimonio exclusivo de la Alemania nazi –digo–, sino que fue una corriente perversa que recorrió el mundo desde el siglo XIX.

No apostillo, porque no lo sé en ese momento, que el propio Winston Churchill fue un entusiasta defensor de las ideas eugenésicas, ni que el Primer Simposio de Eugenesia Española fue clausurado en plena Segunda República por el presidente Azaña, habiendo tenido entre sus asistentes a personalidades como Gregorio Marañón, Ramón J. Sender, Federico García Lorca o Rafael Alberti.

Mencionar aquí y ahora a estos escritores, a quienes admiro sin fisuras, me causa un cierto desasosiego. Y me obliga a decir que lo hago sólo para dejar constancia de que nadie está exento de lo que podría denominarse el *gen de su tiempo*, por infame y detestable que ahora nos parezca.

El doctor Weidner está de acuerdo con mi comentario, y siento que éste ha facilitado la comprensión entre ambos.

—Supongo que portar en la familia una enfermedad genética era una tragedia para un nazi –prosigo–, algo que se vería como un hecho vergonzoso y que probablemente explica el comportamiento de Oskar Lambrecht con sus vecinos.

También con esta apreciación está de acuerdo mi interlocutor, que insiste en el carácter fuertemente reservado que tenía el padre de Edelgard, y en la prohibición expresada a sus vecinos de que no pusieran un pie sobre su finca.

—Días después de hablar con la señora Petersen -me dice- visité en su casa al capitán de marina Wolfgang Prey, que habitó en esta casa hasta 1962. Me comentó que Ilse Lambrecht, sobrina de Oskar, era la única persona agradable de la familia y la única que mantenía contacto con sus vecinos.

Este comentario me resulta especialmente interesante, y no puedo sino contraponerlo a la mirada fría y al rechazo que sentía por Ilse el joven Dieter Pust, acaso influido -como él mismo reconocía en su mensaje- por la actitud de Edelgard y Sigrid hacia su prima.

Minutos después, sentados a la mesa de su sala de estar, Fritjof Weidner me muestra y me regala antiguos planos y fotografías en las que aparecen su casa y la finca de Oskar Lambrecht, actualmente transformada en parque público con columpios para niños y verdes praderas frecuentadas por la juventud de Engelsby en las noches de verano.

Con un breve paseo por este parque, en el que ya nada queda de la casa de los Lambrecht ni de los trescientos manzanos que había en la finca, finaliza nuestra visita al doctor Weidner y comienza una tarde no menos densa, en la que por fin conoceré personalmente a mi ya cotidiano corresponsal y asesor, vía internet, el historiador Dieter Pust.

A las cuatro y media, con puntualidad kantiana, suena el timbre de la casa de nuestros anfitriones y aparece en el vestíbulo el pastor Reetz, que nuevamente hará de traductor y para el que ni entonces ni ahora encuentro palabras de agradecimiento. Un minuto después vuelve a sonar el timbre del vestíbulo con su música de campanas volteadas. Frente a nosotros, sonriente y jovial, calado con una gorra marinera de color azul oscuro y la cara enrojecida por el viento siberiano que azota estos días el norte de Alemania, se presenta el doctor Pust.

La primera impresión me resulta desconcertante. Yo me había imaginado a un anciano venerable y encogido en las arrugas de su sabiduría y su timidez. Por el contrario, el doctor Pust aparenta una juventud que ya no tiene y una energía que se escapa por cada uno de sus poros como el torrente de refrigeración de un reactor nuclear. También su oratoria es desbordante, y el pastor Reetz hace esfuerzos por traducir su discurso fluido y sin pausas, en el que no puede sino apreciarse la extensión de sus conocimientos y la pasión que pone en cuanto le rodea. Cualquier tema relacionado con Flensburg es materia de su interés, desde la caza de ballenas en las aguas de Terranova hasta el más pequeño detalle del viaje de Himmler a Flensburg en mayo de 1945, poco antes de su captura.

Su amistad con Sigrid, nos dice, comenzó en 1951, cuando aún la familia Lambrecht vivía en el 38 de Marienhölzungsweg. Él era entonces un jovencito despierto y estudioso que residía en el campo de refugiados de Westerallee, al que la pequeña de las hermanas Lambrecht daba clases de inglés para ayudarle a superar las pruebas de entrada en el *Gymnasium*, instituto de bachillerato.

La vida en los barracones del campo de refugiados no era fácil, pero él la recuerda con el velo de cariño que pone a la memoria la distancia de los años y el territorio de la infancia.

Junto a su madre, Minna Pust, su abuela Emma y otros cuatro hermanos, llegó a Flensburg en la primavera de 1946, casi al mismo tiempo que Edelgard y Sigrid. Su familia procedía también de Pomerania, concretamente de Klein Silber, una pequeña localidad no mayor de quinientos habitantes, setenta kilómetros al este de Stettin...

Mas la historia familiar de Dieter Pust, emotiva y fascinante, merece un capítulo aparte. Baste ahora decir que durante una larga década, hasta 1956, vivió el joven Dieter Pust en alguno de los barracones de un campo de refugiados, primero en el de Kielseng y después en el de Westerallee, a las afueras de Flensburg.

—Llegamos sólo con la ropa puesta -nos explica-. Todo nuestro equipaje se fue perdiendo a lo largo del camino, o nos lo fueron robando de control en control y estación en estación.

Como símbolo de aquel tiempo, nos muestra Dieter Pust su antigua tarjeta de refugiado. En el encabezamiento de la misma hay una cita del escritor decimonónico Ernst Moritz Arndt, uno de los padres del nacionalismo alemán:

«Contigo la vida dura y la pobreza, mas nunca dejes de amar a tu tierra».

En la misma tarjeta, para mi sorpresa, bajo los datos personales del joven refugiado Dieter Pust y junto al sello estampado con el grifo rampante de Pomerania, aparece la firma de Oskar Lambrecht.

Y es que el padre de Edelgard, según nos cuenta el doctor Pust, desempeñó un papel relevante entre los desplazados del Este alemán en Flensburg, de cuya asociación fue presidente durante muchos años. Como ya quedó reflejado en páginas anteriores, a pesar del aislamiento y secretismo en su vida privada, su actividad política y social no fue nada desdeñable: además de presidir la Asociación de Refugiados de Pomerania en Flensburg, fue presidente de la *KvD* (Asociación de Alemanes Expulsados), concejal del Ayuntamiento entre 1955 y 1959, y candidato al Bundestag en 1961.

—Yo estaba impresionado por su participación pública y su labor en el Ayuntamiento –comenta Dieter Pust–, incluso reconozco que fue para mí un ejemplo a seguir en mi posterior trabajo en la política local y la historia de la ciudad.

Además de su tarjeta de refugiado, el doctor Pust ha traído consigo una fotografía suya de aquella época, en la que aparece un muchachito rubio de unos trece años, con el rostro pícaro y una sonrisa inteligente que hubo de cautivar al concejal Lambrecht, cuyas hijas no podían sonreír. También las heridas de su propia historia, imagino, le harían ver en ese muchacho sonriente a sus dos hijos perdidos. Y acaso lo mismo sucedía con el joven Dieter Pust, que probablemente vería en Oskar Lambrecht un reflejo del padre que le fue sustraído por la guerra.

Quizá por eso, cuando abro el expediente de las *SS* que he fotocopiado para él y pongo mi dedo sobre la palabra *Lebensborn,* la sonrisa de Dieter Pust se desvanece y su discurso se detiene.

—¿Qué piensa de esto? –le pregunto.

Una pausa larga sucede a mi pregunta. La expresión de mi interlocutor es preocupada, y su silencio, tan elocuente como sus explicaciones previas, me resulta difícil y embarazoso.

—*Lebensborn* —dice despacio— era un programa de las *SS* que...

—Sí, creo conocer lo que era *Lebensborn* —le interrumpo, tratando de dar a mis palabras el tono más amable—. Lo que me gustaría saber es si le parece posible que Oskar Lambrecht tuviera alguna relación con el programa *Lebensborn*.

Mi pregunta es estúpida, pues la sola mención de esa palabra en el expediente de las *SS* demuestra la existencia de tal relación. Sin embargo, Dieter Pust sigue sin encontrar las palabras para responderme y el silencio se prolonga durante segundos lentos y espesos.

—¿Qué opinas tú? —me pregunta él finalmente.

—Me cuesta imaginar a Oskar Lambrecht en un programa eugenésico —le digo—. Más bien creo que su relación con *Lebensborn* tiene su origen en otras circunstancias.

Me cuesta hablar de este asunto con el doctor Pust. En primer lugar no tengo pruebas, sólo piezas que encajan en mi hipótesis. En segundo lugar, veo que es un tema incómodo para él. No obstante, muestro en la ficha de Oskar Lambrecht el nacimiento de su hijo pequeño en 1937, señalado en la ficha con una cruz mientras que todos sus hermanos están marcados con un asterisco.

—Edelgard, Sigrid y Axel nacieron con muy poca diferencia de edad entre ellos —digo—. Klaus, sin embargo, nació siete años después que Axel.

—No veo problema en ello —alega con sobrada razón el doctor Pust.

—En ese año, es muy probable que Jenny Lambrecht estuviera ya bastante enferma. Y también es muy probable que la relación sentimental entre Oskar y su sobrina ya hubiese comenzado, acaso durante sus días en Stolp.

Soy consciente de que me faltan las pruebas para confirmar tal suposición. Y no puedo desvelar la fuente que me ha conducido a ella. Simplemente, por esto, me limito a mostrar los nombres de los padrinos de Klaus, deteniéndome en el secretario administrativo y en el funcionario médico del gobierno que firman la partida de bautismo.

—También Ilse figura como madrina del niño —añado, sin atreverme a concluir mi sospecha.

El doctor Pust aprieta los labios y encoge levemente sus hombros.

—Pensaré en ello —me dice—, dando el tema por zanjado en ese instante.

Yo también doy por zanjado el tema, incómodo para todos. En su lugar, le pregunto si sabe cómo se produjo el reencuentro de Edelgard y Sigrid con su padre. Mas no lo sabe. Sabe que las dos chicas llegaron a Flensburg, como él, en el transcurso de la «Operación Golondrina». E imagina que su prima Ilse vendría con ellas. Pero yo discrepo de esa suposición:

—Edelgard escribió que estaban solas —digo, y cito de memoria un párrafo de sus cartas leído decenas de veces:

En abril de 1946 los rusos y los polacos nos expulsaron a mi hermana y a mí de Stettin. No teníamos a nadie, hasta que en junio encontramos a nuestro padre en Flensburg.

—Es decir —recalco—, que estaban solas, que entre su expulsión y el encuentro pasaron unos dos meses, y que fueron ellas quienes encontraron a su padre, no al revés.

—Pero no parece fácil que dos chicas casi inválidas pudieran valerse por sí mismas.

—No creo que ellas estuvieran casi inválidas entonces. Su enfermedad comienza a dar síntomas en esa edad, pero progresa despacio. Incluso a través de las cartas de Edelgard puede apreciarse su deterioro progresivo. Al principio todavía tiene muchas esperanzas de recuperación que luego, poco a poco, va perdiendo... En fin, yo creo a Edelgard cuando dice que no tenían a nadie, o lo que es lo mismo, que estaban solas. Además —insisto—, un amigo de un amigo de José que las visitó en septiembre de 1950, Claude Mathière, dijo que fue la Cruz Roja Sueca quien se hizo cargo de ellas. Así que parece lógico pensar que también fue la Cruz Roja quien hizo posible el reencuentro.

—Puede ser —asiente mi interlocutor—. En aquella época, por todas partes se veían cartelitos pegados en las paredes y en los árboles con direcciones y mensajes de búsqueda: busco a mi hijo, busco a mi esposo, busco a mi madre...

Aparcado el tema *Lebensborn*, la conversación ha retornado a un territorio más amable.

—Hay una cosa que me ha resultado extraña —prosigue Pust— y es por qué no me has preguntado en ningún momento por Lutz, cuyo nombre aparece en el diario de José.

—¿Conoces a Lutz? —le digo, sorprendido, y ante su respuesta afirmativa añado que si no le pregunté por él era porque me parecía imposible dar con su paradero:

—No tenía ni su apellido ni su domicilio. Sólo el dibujo navideño de un niño.

—Lutz era amigo mío. También él frecuentaba la casa de los Lambrecht. Yo recibía clases de Sigrid y él, de Edelgard.

Se ha ido haciendo tarde. El doctor Pust se ofrece amablemente para acompañarnos dos días después en una visita guiada por la ciudad. Me obsequia con algunos de los documentos que ha traído, copias de los planos de la casa de Edelgard, artículos de prensa y monografías sobre Flensburg escritas por él.

Yo le doy las gracias por todo ello, y las gracias por su impresionante historia familiar, que enseguida escribiré. No le digo, pero se lo diré días más tarde, que su historia, como la de Edelgard, es también una pequeña síntesis de la historia de Alemania. Entre el Dieter Pust que dirige los archivos de Flensburg y el muchachito que se buscaba la vida en los barracones del campo de Westerallee ha pasado más de medio siglo, pero no cuesta reconocerle en la foto que nos ha mostrado.

Tampoco cuesta reconocer en los modernos edificios que salpican las ciudades alemanas, si se mira con atención, las heridas de los bombardeos, las calles convertidas en campos de ruinas.

La reconstrucción de Alemania parece un milagro. Pero no lo fue. Un milagro no es sino una cadena de sucesos cuyos eslabones hemos perdido. Pero las cadenas de la Historia son demasiado numerosas y pesadas para el común de los mortales, entre cuyas legiones vago por el mundo. Analizar la Historia es adentrarse en un intrincado laberinto salpicado de puertas y de túneles que conducen a otras puertas y otros túneles.

Cómo avanzar en ese laberinto, encadenados además por los dogmas y los prejuicios (recuerdo en este instante a mi profesor de Psiquiatría, Benito Arranz, diciendo con voz pausada y gutural: «Prejuicio no es lo que antecede al juicio, sino aquello que lo sustituye») es una cuestión que me devuelve a los principios de mi formación médica y al trabajo de uno de los grandes maestros de la neurofisiología, Ramón y Cajal.

Para comprender el milagroso funcionamiento del cerebro, con su complejísima maraña de redes neuronales, Santiago Ramón y Cajal recurrió a una argucia que le conduciría al Premio Nobel de Medicina. Su idea, luminosa por sencilla, fue estudiar las neuronas en una fase previa al desarrollo de esa tupida e inextricable red: las neuronas de un humilde embrión de pollo. Del mismo modo, para avanzar en el laberinto de la Historia, podemos seguir el hilo de las pequeñas historias que la sustentan e iluminan, un hilo dorado que nos ayude a encontrar la salida de sus túneles oscuros, cegados a veces por los derrumbes de toneladas de erudición, o embarrados por interpretaciones resbaladizas, siempre necesitados de luz.

52

LA HISTORIA DE MINNA PUST

EN FEBRERO DE 1945, el carpintero Franz Ewald Pust, destinado entonces en Berlín, llega con un breve permiso a su casa, en una remota aldea de Pomerania. Sabe que la guerra está perdida y que su familia puede correr la misma suerte, pues ya las tropas rusas combaten a pocos kilómetros de Klein Silber, la pequeña aldea donde él nació en 1907 y donde, bajo el mismo techo familiar, viven su esposa Minna, sus seis hijos –Waldtraut, Edith, Dieter, Christel, Hans y Brigitte–, y los dos abuelos que sobrevivieron a la guerra del 14, a la gripe del 18 y a la terrible inflación del 23: Wilhelm, su padre, y Emma, la madre de Minna.

El día que Franz Pust llega a su aldea y a su casa, procedente de Berlín, todos los caminos están cubiertos de nieve. El tren lo había dejado en el apeadero de Konraden, tres kilómetros al sur de Klein Silber. A lo largo del camino, durante esos tres kilómetros que recorre a pie, con medio metro de nieve helada y un cielo encapotado sobre su cabeza, no deja de pensar en sus seis hijos y en su joven esposa Minna, que cumplió treinta años en diciembre y está ahora en los primeros meses de su séptimo embarazo.

Peleando con la nieve que aprisiona sus botas, casi le cuesta recordar los cumpleaños de sus hijos, con edades comprendidas entre los nueve años de Waldtraut y los ocho meses de Brigitte. Mas no parece ése el pensamiento que le desasosiega. Sabe que Alemania se debate en los estertores finales de la guerra. No es ya ningún secreto. Lo saben en Berlín y lo saben igualmente en el remoto apeadero de Konraden, perdido en el corazón rural de Pomerania. Incluso aquí, como le han dicho apenas bajar del tren, alejados de los incesantes bombardeos que castigan Berlín noche tras noche, pueden oírse cuando el viento es propicio los lejanos cañonazos del frente, más cercanos cada día.

Por supuesto, no son éstas las cosas que les cuenta a sus hijos en el momento de los abrazos, pero sí las confidencias que esa noche comparte con su esposa Minna.

—¿Qué hacer? -se preguntan ambos esposos al calor de las sábanas. Y sólo hay una misma respuesta detrás de cada beso. La suya es una familia grande y unida, cuyo sacrificio no va a detener el avance del Ejército Rojo.

Así que el carpintero Franz Pust dispone a los pocos días un carro lleno de provisiones y apareja un caballo fuerte y joven para escapar de un infierno anunciado, previsiblemente igual a los infiernos en que se habían convertido las aldeas y ciudades de Prusia y de Silesia.

Unos pocos kilómetros al sur, en las cercanas poblaciones de Reetz y Konraden, se escuchan ya los tiroteos cuando la familia Pust inicia su marcha en dirección opuesta, hacia Nörenberg, diecisite kilómetros al norte. Allí nació la abuela Emma, madre de Minna, y allí se conserva todavía la vieja casa familiar, ahora ocupada por la joven y risueña tía Käthe, que sólo tiene veinticinco años.

Nörenberg es en esos días una aldea deshabitada, o lo parece. Por las calles vagan los cerdos y las vacas, que salen y entran de sus cuadras por voluntad propia, sin que nadie los controle. Se diría que todos sus moradores han huido dejando abiertas las puertas de los establos, para que el ganado tenga una oportunidad de sobrevivir a su ausencia.

La abuela Emma quiere quedarse allí, en la casa donde ha nacido. Argumenta que la cuna y el ataúd deberían estar hechos con la madera del mismo árbol. Y que allí estuvo su cuna. Pero ni su yerno ni su hija opinan de igual modo, aunque sí la tía Käthe.

—Descansamos un par de días y seguimos nuestro camino –dice el carpintero Pust, que lleva los párpados ennegrecidos de hollín y el cabello blanqueado de cal, para aparentar una vejez que no tiene.

En cualquier caso, las primeras avanzadillas del Ejército Rojo llegan a Nörenberg antes de haberse reiniciado su marcha. Y una de las primeras cosas que hacen es violar a la pobre tía Käthe.

Minna Pust, rodeada por sus seis hijos en una habitación contigua, tiene en ese instante un pensamiento rápido y afortunado:

—Si entran los soldados, gritad, gritad con todas vuestras fuerzas y no paréis hasta que se vayan...

El plan surte efecto. Dos soldados abren la puerta de una patada, pero no llegan siquiera a pronunciar las tres palabras terribles tantas veces repetidas –¡Mujer, ven aquí!– porque el chillido repentino de cinco chiquillos aterrorizados les congela el alma, o despierta en ella la pizca de compasión que hace ya inviable su propósito. De cualquier modo, poca importancia tiene para ellos una violación de más o de menos. Incluso llega a parecerles graciosa la situación, y aún tienen tiempo de reírse un rato con el terror de los niños, haciendo la cruel y estúpida broma de amagar que les clavan las bayonetas en la cara, después de acariciarles el cabello.

Por fortuna, no está en casa el padre cuando esto sucede. Ha salido en busca de comida y al regresar, apenas enterarse de lo sucedido, decide que no deben demorar su huida ni tan siquiera una hora más. Así que de nuevo pertrecha carro y caballo para proseguir su marcha hacia el noroeste, pensando acaso en las evacuaciones marítimas de las que ha tenido noticias en Berlín.

Son los primeros días de marzo de 1945 y todavía el invierno reina en Pomerania con todo su poder, extremadamente crudo en este año. Tras varias jornadas de marcha por los caminos menos transitados, aunque a ratos coinciden con otros refugiados o columnas de la *Wehrmacht* que se repliegan hacia el oeste, una patrulla de soldados rusos les da el alto, cerca de Gräfenbrück.

Franz y Minna Pust, la abuela Emma y el abuelo Wilhelm van sentados en el pescante del carro. Dentro están los hijos, con la pequeña Brigitte arropada en su moisés de mimbre.

—¡Abajo, rápido! –les gritan los soldados.

Todos acatan la orden sin rechistar. Sólo la abuela permanece sentada en el pescante, protestando mientras los soldados suben al carro y responden a su protesta golpeándola en la cabeza con la culata de un fusil.

Sin mediar más palabras, los rusos comienzan a revolverlo todo, tirando mantas y otras ropas al camino, apropiándose de algunos alimentos y de los pocos objetos de valor que encuentran en los fardos y paquetes del equipaje.

Cuando finalmente dan por concluida su rapiña, mientras los chicos y los abuelos recogen algunas pertenencias de escaso valor esparcidas en el camino, Franz y Minna Pust suben al carro para rescatar al bebé que duerme en su canastillo, bajo un revoltijo de ropas y una pesada maleta que le han echado encima los soldados. La pequeña Brigitte, en efecto, con sus ocho meses sonrosados y sus grandes ojos abiertos como un cielo sin nubes, parece tranquila en su moisés de mimbre, dormida en la mitad de un sueño del que jamás despertará.

Sofocada bajo el peso del maletón y las botas de los soldados rusos, ha muerto asfixiada mientras éstos revolvían el carro en busca de un reloj de plata o un candelabro de bronce. Pero a Minna Pust le cuesta comprenderlo. Por eso no grita. Por eso zarandea a su niña, que ha olvidado despertar.

En vano tratan los padres de reanimar a su bebé, frotándole el pecho, soplando en su boca, lavándolo en lágrimas. ¿Cómo ha sido posible?, se preguntan. ¿Dónde estaba Dios hace un instante?

A la orilla de un camino sin nombre, en el vértice de un dolor inmenso que señala el centro del mundo, el carpintero Pust y su mujer arañan el suelo con los dedos para cavar un hoyo donde enterrar a su niña, arropada en una manta y acunada por las oraciones de los abuelos y el llanto de sus cinco hermanos.

A lo lejos, la patrulla de soldados rusos debe de percibir algo extraño, pues el carro tarda en reiniciar su marcha. Así que vuelven sobre sus pasos para ver lo que sucede. Y lo que descubren es que los alemanes acaban de enterrar algo, quizá los candelabros o los relojes de plata que ellos no habían logrado encontrar.

El odio, en ese instante, ha borrado las lágrimas de Minna Pust y de su esposo. Los soldados, apuntándoles con sus fusiles, les ordenan que desentierren lo que acaban de esconder allí mismo, bajo esa piedra blanca que parece colocada para marcar el suelo, sin duda para reconocer el escondrijo y poder recuperar meses más tarde las joyas, los relojes, lo que sea eso que acaban de ocultar.

—¡Ahí, cava!- le ordenan los soldados al carpintero Pust sin que de nada sirvan las explicaciones desesperadas de Minna y de la abuela, pronunciadas en el inextricable idioma de los enemigos alemanes.

De rodillas en el suelo empapado por el aguachirle de la nieve, apartando la piedra que señalaba el lugar y volviendo a excavar la tierra con sus manos, Franz y Minna Pust desentierran el cadáver de su hija y se lo muestran sin una lágrima a los soldados rusos, escupiendo al suelo y desafiándolos con una mirada de odio más afilada que las bayonetas de sus fusiles.

Ésta es la historia, que necesita un minuto para tomar aliento y que no termina aquí, en este camino sin nombre donde unos padres anestesiados por el dolor entierran por segunda vez a su hija muerta.

Reanudada la marcha en un silencio sólo roto por las herraduras del caballo y las ruedas del carro, la familia Pust llega a la aldea de Gräfenbrück, donde el padre será detenido a los pocos días: las ojeras de hollín y las canas de cal no logran ocultar que es demasiado joven para no haber sido soldado, y enemigo por tanto. De nada sirven esta vez el llanto de la esposa y los gritos de los niños, que ven cómo los soldados rusos encañonan a su padre y se lo llevan con ellos. Durante algunos días, siempre que se lo permiten, Minna y sus hijos acuden a visitarlo a la prisión de la cercana ciudad de Naugard. Pero una semana después les impiden el paso. Oyen decir que van a vaciar la cárcel, y aguardan a sus puertas. Al cabo de una hora, los niños ven salir a su padre. También Minna lo ve ahora, aunque cuesta distinguirlo entre tantos cuerpos demacrados y andrajosos. Su esposo forma parte de una larga columna de cautivos que abandona la prisión con un destino más que incierto. Durante los primeros metros, los niños del pueblo corren al lado de los prisioneros. La hija mayor, Edith, intenta darle a su padre unas botas, pero los soldados que custodian la columna se lo impiden. Alguien dice que los llevan a Siberia, pero también hay otros que lo niegan. Son presos de guerra, dicen. Les amparan las leyes internacionales. Regresarán pronto. Eso es lo que dicen. Durante muchos años, en cualquier caso, ni Minna ni sus hijos conocerán su paradero, ninguna carta, ni la más breve noticia.

El abuelo Wilhelm, que tiene ya setenta y siete años, no será capaz de sobrevivir a la deportación de su hijo.

Pero tampoco para el resto de la familia resultará fácil la supervivencia. Agotadas las provisiones del carro y muerto de agotamiento el caballo, Minna y sus hijos son conducidos a la aldea de Meesow, donde ella y la abuela Emma trabajarán en el campo sin otro salario que una comida miserable. Pero, al menos, allí se les deja una casa vacía, pronto acondicionada con algunos jergones y unos pocos muebles que la hacen mínimamente habitable.

Pasan los días, las semanas. Minna y la abuela trabajan en el campo. Siegan el trigo. Sacan patatas. Airean el estiércol de las cuadras. Las dos hermanas, Edith y Christel, ayudan a algunas familias polacas en las tareas domésticas. A veces, como pago, les dan un poco de miel y ese día es una fiesta. También, a veces, roban algunas manzanas para ellas y sus hermanos. O vigilan en la noche, cuando es su madre quien roba un poco de harina, porque en la finca sólo se hace pan cada dos semanas, y las raciones se agotan en tres días.

La vida es dura, aunque todo parece encarrilado entre los férreos raíles de la subsistencia. Pero una nueva tragedia se cierne sobre la familia del carpintero Pust, deportado en algún lugar de Siberia. El 16 de octubre, Minna trae al mundo a su séptimo hijo, bautizado con el nombre de Hartmut. Mas en el mundo, en ese mundo áspero y negro de Meesow, no parece haber sitio para él. El pequeño Hartmut no llegará a cumplir dos meses de vida. Muere el siete de diciembre, nueve días antes de que su madre cumpla treinta y un años.

La esperanza, sin embargo, es obstinada. Y en ese tiempo, la esperanza de Minna Pust es regresar a su casa de Klein Silber, donde aguardará la liberación y la llegada de su esposo. A ese pensamiento feliz se agarra cada noche para conciliar el sueño, en un tiempo tan poco propicio para los sueños. Regresar a su casa, regresar. Una idea terca y obsesiva que choca día tras día con la realidad, con el trabajo extenuante, con las palabras de quienes le aseguran que no hay vuelta posible.

Por decisiones que no alcanza a comprender, ni su casa es ya su casa ni su tierra es ya su tierra. Tampoco en la aldea de Meesow habrá finalmente un lugar para ella y su familia. Como en el resto de las familias alemanas de Pomerania y de Silesia, de Prusia y los Sudetes, su corazón es el documento donde se garabatea la rúbrica afilada de quienes rigen los destinos del mundo.

En enero de 1946 deberán irse de Meesow. Como se fueron de Nörenberg. Como tuvieron que marcharse de Klein Silber. Con su vuelta sin retorno a los caminos helados, empujados de aldea en aldea y de ciudad en ciudad, se dará cumplimiento a la conferencia de Yalta y a los acuerdos de Postdam.

De Meesow a Naugard. De Naugard a Schnittriege. De Schnittriege al campo de refugiados de Scheune, cercado por alambradas, en la periferia de Stettin. Finalmente, un barco atestado de refugiados les conducirá a la Zona de Ocupación Británica, primero a Lübeck, después a los campos de refugiados de Kielseng y Westerallee, ya en Flensburg.

Ésta es la historia familiar de Dieter Pust. Una pequeña historia que no formará parte de los libros de Historia, abarrotados de acontecimientos y de cifras donde las enormes tragedias familiares sólo llegan a diminutas desgracias estadísticas, poco más que anécdotas en el tumulto de los grandes números.

De los quince millones de alemanes expulsados de sus hogares, fueron más de dos millones quienes no sobrevivieron a la expulsión, como el recién nacido Hartmut, como el abuelo Wilhelm, como la pequeña Brigitte Pust, enterrada y desenterrada y vuelta a enterrar a la orilla de un camino sin nombre.

Tampoco su padre, el carpintero Franz Ewald Pust, sobrevivió a la tierra helada de Siberia. Cuando fue deportado tenía treinta y ocho años, y a esa misma edad murió. Pero hubieron de pasar cincuenta y tres años, cincuenta y tres largos años de espera e incertidumbre para que su familia, a través de la Cruz Roja, recibiese la primera noticia sobre su vida, que fue precisamente la noticia de su muerte. La carta, cuya copia tengo ante mis manos, está fechada el 16 de noviembre de 1998 y dice textualmente:

CRUZ ROJA ALEMANA
  Secretaría General

SERVICIO DE BÚSQUEDA DE MUNICH
  Centro de información y documentación

  Estimado Sr. Pust:

El servicio de búsqueda de la Cruz Roja Alemana ha recibido de los archivos de la Comunidad de Estados Independientes (CEI), los informes con los nombres de los prisioneros civiles alemanes fallecidos en el territorio de la antigua Unión Soviética.

El nombre de su ser querido, Franz Ewald Pust, figura en estos documentos como prisionero de guerra en el campo de Kemerovo (WS) / 3, donde murió el día 1 de agosto de 1945.

Lamentamos tener que transmitirle esta noticia que, incluso después de tantos años, le resultará dolorosa. Sin embargo, estamos seguros de que será recibida por usted como un alivio a la incertidumbre mantenida durante tanto tiempo.

Atentamente,

Dr. H. Kalcyk,
Jefe del Departamento.

53

UNA CUESTIÓN MORAL

El drama familiar de Minna Pust, como el de Edelgard, como el de los millones de familias alemanas expulsadas de sus hogares en la posguerra, no debería quedar en el olvido, nunca. Sin embargo, tengo la impresión de que éstos son temas incómodos en Alemania, o así me lo parece. Siento que a nadie le gusta hablar de ello, como si la voluntad de olvidar fuera un pacto sin palabras y un bálsamo posible.

Días antes de nuestro segundo viaje a Flensburg, tuvimos María y yo la oportunidad de conversar brevemente con Manuel Vicent, que acababa de participar en nuestra tertulia de Segovia, la Tertulia de los Martes. Hablábamos de la memoria histórica en España y Manuel Vicent recordaba una frase de Antígona: «Mientras los muertos no están bien enterrados, su espíritu vaga intranquilo por el mundo».

—Enterrar a los muertos –decía– es el primer acto religioso en los orígenes del ser humano. Recuperar los cadáveres tirados en una cuneta o en una fosa sin nombre, no debería ser un problema político, sino una cuestión moral.

No puedo estar más de acuerdo con esas palabras, y pienso que en Alemania son muchos los muertos mal enterrados, cubiertos apenas con una cita a pie de página y abundantes paladas de olvido.

Acaso, pienso, el silencio ha sido fruto de un pacto con la subsistencia. Una necesidad de limpiar el aire para seguir respirando sin miedo a que el hedor de la culpa o de la venganza emponzoñe los pulmones y haga imposible la supervivencia.

Algo así me confirmaron el pastor Reetz y Silke Roggenbrodt. Y me lo confirma de nuevo uno de los dos mensajes de correo electrónico que acabo de recibir, colofón perfecto de un día denso y fructífero.

El primero de estos mensajes procede de los Estados Unidos, a cuyos archivos en Alexandria volví a solicitar un nuevo informe, ahora de Ilse Lambrecht.

Mike Constandy, que ha realizado esta búsqueda en mi nombre, me dice que sólo ha sido posible encontrar un documento relativo a la afiliación de Ilse al *NSDAP*. Y me envía un archivo de imagen en el que se ve la ficha de Ilse Margaret, nacida en Stolp el 24 de abril de 1912, de profesión estenotipista, con solicitud de afiliación al Partido Nazi el 4 de marzo de 1940 y número de afiliada 7.658.863. Se trata de un documento que no tiene en sí mucha importancia, salvo por la confirmación de que Ilse Lambrecht era integrante del grupo local de Stettin, donde vivía en esa fecha, lejos de su padre pero cerca de Oskar.

El segundo mensaje es del doctor Weidner:

Estimado Sr. Abella, esta mañana ha sido un gran placer para nosotros poder hablar, intercambiar opiniones y generar una tormenta de ideas sobre el señor Lambrecht y sus hijas.

Hoy por la tarde he conversado por teléfono con la señora Schweichler, de soltera Christophersen. Ella nació en 1951 en la granja de Christophersen, Twedt 6, colindante con el jardín de Oskar Lambrecht, y está casada con un capitán retirado de la marina de guerra alemana. Creció y vivió en ese lugar, más tarde con su marido, hasta el año 2010. Ahora reside en Wees, cerca de aquí.

Ella me dijo que cuando eran niños tenían completamente prohibido pisar el suelo de Ernst-Jessen-Weg 30, aunque a veces lo hacían para acortar el camino de su casa a Engelsby. Cada vez que O.L. los pillaba, eran expulsados del jardín y tenían un gran problema.

Ella recuerda una terraza hacia el sur, donde las dos hermanas permanecían sentadas en sus sillas de ruedas cada vez que el sol brillaba.

Entre O.L. y su padre, el señor Christophersen, jamás hubo contacto, a pesar de que éste había sido soldado y de que participó en la Segunda Guerra Mundial hasta 1945, en Rusia, en la península de Krimea.

Sus propias palabras han sido: «En aquellos tiempos la gente no hablaba de las cosas pasadas, sólo miraban hacia el futuro para intentar dar estabilidad y seguridad a sus vidas».

> *Ella sabía que las hijas de Lambrecht tenían graves problemas físicos, pero más tarde oyó también decir que habían sido víctimas de violencia sexual por parte de los polacos, antes de que fueran expulsadas de su patria. Entre otras cosas, me explicó, ésta podría haber sido la razón de su vida retirada y en apariencia misteriosa para la gente.*
>
> *En mi propia familia hubo casos similares, en Berlín, con una prima que tenía en aquel tiempo veinte años.*
>
> *Ha sido muy interesante conocerle.*
> *Saludos cordiales,*
> *F. Weidner*

Este mensaje, coincidente en lo esencial con nuestra conversación de la mañana y con la entrevista del día anterior con la señora Raschke y con su hija, aporta varios datos interesantes. Me confirma, en primer lugar, la voluntad de olvido y el pacto con la supervivencia de toda una generación, percepción que casi resulta inevitable a poco que uno acerca los dedos a heridas sin cerrar, aunque tapadas. También es la primera vez que alguien me hace saber algo que parecía lógico pero de lo que nadie estaba seguro: que tanto Edelgard como Sigrid necesitaron sillas de ruedas en la última etapa de su enfermedad y de sus vidas, sillas que no utilizaban cuando la familia Raschke estuvo a su cuidado. El tercer dato de interés es el carácter hosco de Oskar Lambrecht, propiciado entre otras cosas por el afán de ocultar a sus hijas de miradas indiscretas, aunque esto propiciase rumores y habladurías por parte de sus vecinos. Finalmente, es también la primera vez que alguien habla sin tapujos de las agresiones sexuales que las hermanas Lambrecht, muy probablemente, padecieron en Stettin.

Apago el ordenador. Me acuesto. Cierro los ojos y un tumulto de imágenes aparece en el escenario negro de mis párpados. Estoy terriblemente cansado, y es el propio cansancio quien me impide conciliar el sueño. En mi duermevela reviven las conversaciones con Pust y Weidner, las fotografías que me han enseñado, la historia de Minna Pust, los documentos que me ha fotocopiado su hijo, entre los que hay un artículo sobre los campos de refugiados en el que menciona también su experiencia en la «Operación Golondrina»:

En Stettin, él y su familia fueron conducidos a un barco británico de nombre «Isar», junto a un sinfín de refugiados. Tomaban de ese modo la ruta del norte, que los llevaría hasta Lübeck. Desde aquí, en un vagón de ganado, viajarían finalmente a su destino en Flensburg.

Un viaje parecido debió de ser el efectuado por Edelgard y Sigrid en abril de 1946. Pero ningún dato poseo sobre él, salvo la constancia del mismo dejada por la propia Edelgard cuando José le pregunta si ha viajado en barco alguna vez:

Mi viaje más largo duró tres días y tres noches, pero aquél no fue un buen viaje...

En la caótica sucesión de imágenes generadas por el agotamiento y el insomnio, veo a Edelgard y a Sigrid en el puerto de Stettin, apoyadas en la baranda de un barco cuyo destino ignoran. Les han dicho que el barco se dirige a Lübeck, pero otros pasajeros dicen que Lübeck es una ciudad en ruinas y atestada de refugiados, por lo que el barco irá a la costa danesa o a las islas de Bornholm o de Rügen, como al final de la guerra. En cualquier caso, salir del infierno de Stettin es lo importante para ellas. Y encontrar a su padre, si es que su padre vive. Hace ya casi dos años que no tienen noticias de él. Les escribió desde Posen para decirles que había sido ascendido a teniente de la Luftwaffe, y aunque algunas veces regresaba al hogar con un breve permiso, no era mucho lo que hablaba ni mucho, en realidad, lo que sabía.

—Tened confianza -ése parecía su único mensaje-. Alemania no perderá la guerra. Se están desarrollando armas terribles, cohetes que alcanzarán Londres en pocos minutos, bombas capaces de destruir un país entero.

Pero ni esas terribles armas llegaban para salvar a Alemania ni, cuando su padre regresaba a Posen, persistía en ellas la confianza que había tratado de inocularles, como una inútil vacuna contra la desesperanza.

Posen -ahora Poznan- es una ciudad situada 240 kilómetros al sureste de Stettin, a mitad de camino en la ruta principal entre Varsovia y Berlín. En enero de 1945, Posen fue declarada *Festung,* fortaleza. De los cuarenta mil soldados alemanes que defendían la ciudad, sitiada durante un mes por el ejército ruso del general Chuikov, veintitrés mil fueron hechos prisioneros, seis mil murieron y el resto, en el que tal vez se hallaba el padre de Edelgard...

Mas ningún dato avala suposición alguna. No existe documento, o no he sabido encontrarlo, que dé pistas sobre el paradero de Oskar Lambrecht entre su destino en las baterías antiaéreas de Posen y su presencia en Flensburg, ya constatada en la primavera de 1945.

—¿Escaparía de la fortaleza Posen? ¿Llegaría a Flensburg en el séquito de Himmler? –se pregunta y me pregunta Dieter Pust en uno de sus mensajes.

Nunca lo sabremos, como tampoco lo saben Edelgard y Sigrid esa tarde de abril de 1946, mientras contemplan por última vez el perfil de Stettin bajo la lluvia de primavera.

La ciudad, ante sus ojos, es el escenario desolado de su ya irreconocible e irrecuperable paraíso. Los puentes levadizos sobre el Oder son ahora un esqueleto de hierros que se asoman a la corriente como un roto salvavidas en la espalda de un ahogado. Muchos de los elegantes edificios de la Hakenterrasse son ya sólo un cúmulo de ruinas recortadas contra el cielo. Nada queda de la ciudad medieval, reducida a escombros y cenizas por los incendios y los bombardeos. Los puntiagudos campanarios de Santiago y de San Juan Bautista son ahora un desmochado esqueleto de vigas requemadas. El imponente castillo de los Duques de Pomerania se mantiene en pie, pero es sólo un cascarón de gruesos muros abiertos al vacío.

Ni tan siquiera las calles conservan sus nombres. La ciudad que dejan, acaso para siempre, es sólo el recuerdo de la ciudad que amaron. Y también el recuerdo del dolor que nubla sus corazones y su voluntad, demasiado débiles para seguir luchando por la vida.

Estar muertas, como lo están su madre, su abuela, sus hermanos, sería para ellas el mejor de los destinos. O así lo sienten en ese instante, perdida la mirada en algún punto de las ruinas que emergen de la neblina, o acaso en el mismo centro de su propia desolación.

Violadas, golpeadas, desnutridas, enfermas, sucias, con el pelo rapado y el alma congelada, apenas son cadáveres apretujados entre una multitud de hombres y mujeres con historias parecidas. Ni tan siquiera son excepciones dolorosas de un destino común.

En una fotografía que detuviera para la posteridad ese momento, sus rostros no podrían apenas diferenciarse de otros rostros. Todos dejan cadáveres en las ruinas de Stettin, en las fosas sin nombre, en las cunetas de alguna carretera que no volverán a pisar.

Se van del infierno, mas ni esa marcha se produce por su propio deseo. Son expulsadas, como todos los que viajan en ese barco y en los barcos que le precedieron, como todos los que llenaron los trenes de ganado y los caminos cubiertos de nieve. Expulsadas como leprosas o apestadas, elementos indeseables para el resto de la humanidad.

Incluso las ratas tienen el derecho a quedarse en las alcantarillas y los sótanos en ruinas, pero no ellas, que habitaron los mismos sótanos y las mismas alcantarillas. En los taludes de la Hakenterrase, antaño ajardinados y floridos, se aprecian todavía las guaridas excavadas por quienes no tenían otro lugar para vivir. ¿Habrá en el mundo un lugar para ellas? Ésa es la pregunta que se formulan sin palabras, la pregunta que todos se formulan.

Cuando al fin el costado del barco se separa de las piedras del muelle, unas pocas lágrimas mudas ruedan por alguno de los rostros vueltos hacia la ciudad. Pero ni Edelgard ni Sigrid lloran, e incluso sienten un leve alivio que no nace de esperanza alguna.

Adentrarse en el mar sería ya un consuelo, como lo sería introducirse en la bruma o desaparecer en la nada. Pero falta mucho para el mar. Lentamente, muy lentamente, el barco avanza por el canal del Oder.

De los históricos astilleros Vulcan, donde se fabricaron enormes trasatlánticos como el «George Washington» o el «Berengaria», además de un sinfín de buques de guerra, apenas queda nada, salvo las reiteradas escombreras de hierros retorcidos y ruinas calcinadas. Y ése es el paisaje que se repite a lo largo del canal, antaño salpicado de fábricas y grúas. Sólo la naturaleza parece haberse recuperado entre tanta desolación, como si las guerras de los hombres no fueran sino breves páginas arrancadas del libro de la Creación. En ambas orillas, los árboles se siguen inclinando sobre el cauce hasta tocar con las ramas su corriente ancha y profunda, detenida entre junqueras y carrizales donde algunos patos y garcetas alzan el vuelo al paso del barco.

A la izquierda, llegados a la altura de Pölitz, nuevamente la desolación se adueña por completo del paisaje, ennegrecido aún por el humo y las cenizas adheridos como costras de carbunco a los troncos de los árboles muertos.

En Pölitz, una pequeña ciudad al noroeste de Stettin, se hallaban algunas de las más poderosas industrias químicas de Alemania, y una de sus mayores plantas de combustible, especializada en la fabricación de gasolina sintética. Intensamente bombardeada entre 1943 y 1945, algunos de los enormes incendios desatados en esta planta iluminaban por la noche el cielo de Stettin. Desde la cubierta del barco, que navega muy lentamente en esta hora del atardecer, pueden verse grises montañas de residuos químicos que sobresalen de las copas de los árboles quemados, amenazando con derrumbarse en un alud de veneno sobre el canal.

Finalmente, cuando llegan a la laguna de Stettin, separada del Báltico por una faja costera en la que se abre el canal de Kaiserfahrt, es ya noche cerrada y el capitán ordena detener las máquinas para evitar cualquier colisión. Con la luz del día entrarán en el canal para llegar a Swinemünde y alcanzar el mar Báltico. Pero ahora, de noche, prefiere esperar. Sabe que bajo las aguas someras hay muchos esqueletos de navíos hundidos hacia el final de la guerra, como el crucero pesado Lützow, que siguió en combate durante casi tres semanas después de ser alcanzado y hundido por un bombardero de la RAF, pues la escasa profundidad del canal permitió que la cubierta y los cañones del barco permanecieran sobre el agua.

Edelgard y Sigrid buscan un lugar seco y tranquilo donde pasar la noche. Lo encuentran en un camarote de popa, ya ocupado por una familia procedente del sur de Prusia, dos abuelos y una madre con tres hijos que parecen un calco de la familia Pust.

—Tanto Sigrid como Edelgard –me escribió en uno de sus mensajes Dieter Pust– sentían un profundo respeto y admiración por mi madre, dedicada por completo al cuidado de sus cinco hijos, en la que sin duda veían un ejemplo de abnegación y en la que acaso recordaban a su madre fallecida.

—Si estáis solas, hay sitio para dos –dice la madre de los tres chicos.

El camarote tiene seis literas, pero la mujer lleva al hijo pequeño a la suya y pide a los otros dos que compartan una entre ambos, cosa que hacen sin rechistar.

—Quizá mi hermana y yo podríamos dormir juntas –dice Sigrid.

—Estos dos son más pequeños que vosotras, les sobra sitio.

Es cierto que les sobra sitio. Los dos hermanos tendrán cinco o seis años y, sin que nadie se lo diga, se han colocado uno en la cabecera y otro a los pies de la litera como si estuvieran acostumbrados a compartir cama y estrecheces. Pero en medio de la noche uno de ellos comienza a dar gritos y a patalear:

—¡Yo no he sido, dejadme! –gime sin que nadie, salvo Edelgard y Sigrid, parezcan despertarse con sus gritos.

Durante varios minutos, las tres noches que comparten camarote antes de llegar a Lübeck, la misma escena y parecidos gritos se repiten sin que nadie intente sacar al niño de su pesadilla. Sólo en la mañana del tercer día, la madre se ve forzada a dar una explicación:

—Es peor despertarlo –dice–. Sigue soñando con los ojos abiertos y la pesadilla se hace más larga y angustiosa.

Edelgard asiente tratando de forzar una sonrisa que apenas es un rictus en sus labios:

—Lo sabemos –dice–, también a nuestro hermano pequeño le pasaba. El médico le explicó a nuestra madre que eran terrores nocturnos, pero que no tenían importancia y desaparecerían al crecer.

—¿Desaparecieron? –pregunta la madre del niño, ajeno por completo a la conversación, como si nada recordara de su pesadilla.

Edelgard y Sigrid se miran entre sí. Apenas han hablado de ellas y de su familia con sus compañeros de camarote. En respuesta a una pregunta inevitable, dijeron que su madre y sus dos hermanos habían muerto, sin precisar la edad ni la causa. Por eso se miran, porque es como si no las hubieran escuchado, como si cada cual tuviera sitio únicamente para sus propias pérdidas y sus propios dolores.

—Desaparecieron, sí –dice Edelgard.

Es lo que habría dicho en cualquier caso, aunque su hermano siguiera gritando cada noche en el seno de la tierra. Pero la conversación se interrumpe bruscamente y para siempre. Un rumor creciente se apodera de los pasillos del barco. Parece ser que están llegando a tierra y todos quieren subir a cubierta, donde el sol de la mañana luce sin atisbo de niebla.

La travesía ha sido lenta, con un Báltico sembrado de minas que obligaba a dar largos rodeos para elegir los itinerarios más seguros. De Swinemünde hacia la isla de Bornholm. De Bornholm hacia Rügen. Y de Rügen, finalmente, hacia su destino en Lübeck, en la ribera del Trave, cuya desembocadura se muestra en el horizonte como una muesca plateada en la línea verde de la vegetación costera. Una emoción extraña, mezcla de alivio e incertidumbre, se percibe en cuantos contemplan el panorama desde la proa del barco. Sólo los niños parecen felices sin fisuras, abiertos a la aventura de una tierra nueva sin percibir el lastre de la que dejaron atrás. Pronto están en el canal de Travemünde, con su gran puerto lleno de navíos. Suena la sirena del barco y otras sirenas responden en señal de bienvenida. Mas el barco no se detiene. A la altura de Stülper Huk, ven dunas con gaviotas y estrechas playas de arena blanca, con algunos pescadores y niños que se bañan, como si nunca hubiese habido una guerra.

—El Trave –recuerda Sigrid de sus clases de geografía– marca en su desembocadura la frontera entre Schleswig-Holstein y Mecklenburg.

En ese instante, mientras el barco avanza por la desembocadura del Trave, Mecklenburg pertenece a la zona de ocupación soviética y Schleswig-Holstein a la zona británica, con Lübeck como ciudad fronteriza.

Edelgard conoce Lübeck de una excursión realizada siete años antes con las chicas de la *BDM,* pero no recuerda muchas cosas de la ciudad, salvo un perfil de altos pináculos y la maciza Puerta de Holsten, donde se hicieron una de las fotografías que su madre quemó dos días antes de la caída de Stettin. De los altos pináculos de Santa María, de San Pedro y de la Catedral, ahora no queda nada. Como la foto de las chicas de la *BDM,* con sus camisolas blancas y un aleteo de cruces gamadas en las banderitas que agitaban frente a la cámara fotográfica, se redujeron a cenizas tras el bombardeo británico efectuado el Domingo de Ramos de 1942, como represalia por el ignominioso bombardeo alemán de Coventry.

El premio Nobel Thomas Mann, nacido en Lübeck y exiliado en California, grababa en aquellos días una serie de alocuciones radiofónicas que, desde Los Ángeles, era enviadas por avión a Nueva York y, desde allí, por vía telefónica, a los estudios de la BBC en Londres, donde eran retransmitidas para el pueblo alemán, una de cuyas muchas prohibiciones –que incluso llegó a estar castigada con pena de muerte- era escuchar las emisiones de radio de los aliados:

> «*Pienso en Coventry* -decía Thomas Mann en una de esas alocuciones, tras el bombardeo de Lübeck-, *y nada puedo objetar a la idea de que todo hay que pagarlo. Habrá otras gentes de Lübeck o de Hamburgo, de Düsseldorf o de Colonia, que tampoco tendrán nada que objetar y que, al oír sobre sus cabezas el zumbido de los aviones británicos, les desearán buena suerte*».

Entre esas gentes, por razones obvias, jamás habrían estado Edelgard o Sigrid Lambrecht. Tampoco yo, por otras razones. Ni millones de ciudadanos alemanes de entonces o de ahora. Pienso en Coventry y en Lübeck, pienso en Stettin, en Hamburgo, en Düsseldorf, en Dresde..., y son muchas las cosas que puedo objetar al pago del ojo por ojo y diente por diente, especialmente cuando el desequilibrio en el fiel de la balanza escapa a todas las leyes de la proporción y la mesura.

Ante la locura infinita de la guerra, prefiero pensar como Ghandi: «Ojo por ojo, y todo el mundo acabará ciego».

54

ALGUNOS HOMBRES BUENOS

Lübeck, a pesar de la destrucción, sigue siendo una ciudad hermosa en la primavera de 1946. Se diría que las ruinas amontonadas en las calles, entre las que aparecen aquí o allá, iluminados por el sol de abril, un roto capitel o una gárgola pensativa, son ruinas esperanzadas, ruinas con voluntad de recuperar su sitio en la columna de la nave o la cornisa de la torre. Además, algunos grandes edificios han logrado escapar a la ceguera de los bombardeos, como la iglesia de Santiago, cuya torre de ladrillo, coronada con un verde pináculo de cobre, parece un faro que marcara una ruta en mitad de un mar de ruinas. Mas ni Edelgard ni Sigrid tienen ahora ni la esperanza ni la capacidad de imaginar la ciudad reconstruida, como tampoco son capaces de imaginarse a sí mismas en otro tiempo feliz que no sea el de su infancia perdida. También ellas son parte de las ruinas de Alemania, y no sólo en sentido metafórico, sino también en la medida exacta de su carne apaleada y desnutrida.

Éste es el estado de ánimo con el que desembarcan en el puerto de Lübeck y con el que, tras un plato de sopa caliente servida en un barracón de la Cruz Roja, suben al camión que las traslada al campo de tránsito de Pöppendorf, unos pocos kilómetros al norte de la ciudad.

El campo de Pöppendorf es un hervidero de gente sin destino, pero su estado y organización nada tienen que ver con las penosas condicciones de los campos de Stettin que Edelgard y Sigrid conocieron, tanto el de Braunsfelde, rodeado por alambradas de espino, como el tristemente famoso campo de Scheune, donde las violaciones, las palizas y el saqueo a los deportados eran el único y amargo pan de cada día.

En Pöppendorf todo es distinto. Para comenzar, no existen alambradas todavía, o ellas no las recuerdan. Las recordarán con amargura, meses más tarde, los emigrantes judíos que buscaban una patria en Palestina y a quienes el Alto Mando británico decide recluir en ese campo. Pero en este mes de marzo de 1946, parece que no hacen falta. Los alemanes son un pueblo disciplinado y manso, un pueblo que cumple sin rechistar las leyes y las órdenes, procedan éstas de un ejército de ocupación o de la mente iluminada de un *Führer* demente. Ya esta palabra -*Führer,* guía; *mein Führer,* mi guía- dice mucho sobre el dócil carácter alemán, necesitado de una normativa que acatar y un jefe al que seguir. Quizá por eso, y no sólo por la sangría y el hastío de la guerra, no hubo resistencia por parte del pueblo alemán. Contra lo que americanos y británicos esperaban, apenas existieron mínimos atisbos de guerrilla urbana en la Alemania ocupada, algo muy distinto a lo que sucedía en ese tiempo en la Palestina británica, donde los atentados cometidos por comandos sionistas contra los soldados de su Graciosa Majestad eran hechos cotidianos, entre los que destacan los noventa y un muertos causados el 22 de julio de 1946 por la voladura del hotel Rey David, sede del Gobierno Militar británico en Jerusalén.

En cualquier caso, con alambradas o sin ellas, el campo de tránsito de Pöppendorf era un momentáneo oasis para los alemanes deportados del Este. Sufrir otra vez el ritual del despioje colectivo, mediante nuevas fumigaciones con DDT, resultaba para las mujeres menos humillante que en Szczecin, donde a muchas se les arrancaba la blusa con total indiferencia a su pudor, ya maltrecho de por sí. «Por favor» era ya una expresión extraña a sus oídos. Y ésas eran las palabras que precedían ahora a cualquier orden.

—Por favor, suban al camión.

—Por favor, pasen por aquí.

—Por favor, tenemos que desinfectar.

Acostumbrados al hambre y el maltrato sufridos en los campos de la nueva Polonia, escuchar unas palabras amables ya era un lujo. Y otro lujo, inimaginable, era recibir una sopa de verdura seguida por un plato de carne guisada. Pero el campo de Lübeck-Pöppendorf era sólo una estación de tránsito, en cuyos grandes barracones de chapa ondulada los deportados no solían pernoctar más de dos días, tiempo en el que recibían su nueva tarjeta de identidad que acreditaba su condición de refugiados y en el que, si no tenían familiares o un lugar al que dirigirse, se les asignaba un campo de destino o una casa de acogida.

Mi falta de documentación relativa a este momento de las vidas de Edelgard y Sigrid es completa, pero las referencias y testimonios de otros refugiados me hacen suponer que esta segunda posibilidad fuese la aplicada en su caso. Dos chicas solas, de veinte y diecisiete años, rotas en cuerpo y alma.

A falta de otros documentos, de nuevo viene a mi recuerdo la carta que Claude Mathière escribe a José Fernández:

Sigrid y Edelgard fueron recogidas por la Cruz Roja Sueca y tardaron mucho tiempo en recuperarse de sus heridas. Desde su juventud, estas chicas han debido sufrir mucho y presenciar cosas espantosas.

En vano he tratado de localizar a Claude Mathière. Ni José Fernández conserva su dirección ni aquellas personas de nombre parecido, a quienes he enviado mis mensajes, tienen relación con el joven francés que visitó a Edelgard y a Sigrid en el verano de 1950.

De haber podido encontrarlo, me habría gustado preguntarle si recordaba algún detalle o conservaba escritos o fotos de aquel encuentro. A juzgar por el breve comentario sobre la Cruz Roja Sueca contenido en su carta, él habló con las hermanas Lambrecht de asuntos que jamás fueron hablados entre Edelgard y José. Pero mis esfuerzos, insisto, han sido en vano.

Distinta suerte tuve, gracias a la mediación de Dieter Pust, con el muchachito alemán que escribió a José en la navidad de 1952, bajo el dibujo de un paisaje nevado: Lutz.

«¿Quién será este Lutz?», se preguntaba en su diario mi amigo José Fernández.

Este Lutz es ahora un hombre de pelo gris, mirada tímida, sonrisa amable. Nos lo presenta Dieter Pust una mañana soleada pero fría, arrinconados por el viento siberiano a la puerta de Klosterhof, antiguo monasterio del Espíritu Santo. Lutz Neumann tiene el don de la cercanía, es de esas personas a cuyo lado uno se siente bien, sin que él haga nada para obtener ese resultado. Su voz es suave, y habla con las palabras justas, nunca demasiadas. El secreto está en sus ojos, inteligentes y limpios. De alguna manera, sus ojos me recuerdan a los de José. Observo varias semanas después las fotografías tomadas ese día ventoso, con los ojos de Lutz brillando bajo la capucha de su anorak, y no puedo sino recordar las palabras de Edelgard frente a uno de los retratos de José, muy poco tiempo después de haber comenzado su relación epistolar:

> *Gracias mil veces por tu foto, que me ha alegrado muchísimo. Así es: tu fotografía me perfecciona la imagen que ya tus cartas me habían revelado: tú eres bueno, amable, afable, radiante, alegre, sensible, delicado, sencillo; todo lo bello te inflama; se puede tener confianza en ti y creo que se puede venir con todas las tristezas y todas las alegrías a mi buen José; has nacido para ser médico, has nacido para socorrer y servir a los hombres; serás un buen marido y un buen padre...*

No sé nada de Lutz en el momento de conocernos, si fue médico o arquitecto, si estuvo o está casado, si fue o no fue un buen padre. Pero creo que las palabras de Edelgard hacia José le podrían ser aplicadas también a él.

Así como Dieter Pust recibía clases de inglés por parte de Sigrid, Lutz las recibía de francés por parte de Edelgard. Mas ella no se refiere a él como a un alumno, sino como a un amigo: *«Lutz est mon petit ami»*. Y así como Sigrid fue el sueño adolescente de Dieter Pust, estoy casi seguro de que Edelgard fue también un breve sueño adolescente para Lutz Neumann.

—En la casa de Edelgard –me dice Lutz en un receso de nuestro paseo por Flensburg, guiados por el doctor Pust y sus explicaciones eruditas sobre la historia de la ciudad–, todo era distinto al mundo que yo conocía. Fuera estaban los juegos, los deportes, lo cotidiano... Dentro reinaban la música, la poesía, lo extraordinario. Aquella casa era otro mundo. Entrar en ella era como entrar en un templo secreto.

Estas palabras de Lutz, pronunciadas en voz baja, como una confidencia, me revelan y confirman el universo ya intuido a través de las cartas de Edelgard. Y me transportan a los minutos más felices de su vida en Flensburg, como los reflejados en la misma carta en que aparece el nombre de Lutz, que comienza de este modo:

Flensburg, 2 de enero de 1953.

¡Mi querido José!

¡Ah, soy tan feliz! Gracias, gracias, gracias por tu amor tan maravilloso. Todo mi ser está lleno de TI.

Siempre y en todas partes TE siento. ¡No puedes saber cuántas veces TE deseo ardientemente! ¡José, mi amado José, ven y tómame en tus brazos..., después todo será bueno!

Te quiero, José, y quisiera darte todo lo que tengo, todo lo que soy, para que tú seas feliz. ¡Te amo, José, debes creerlo! Mi corazón te llama noche y día. José, José... ah, todas mis fibras desean nuestra unión real, sin embargo, perdóname, tengo miedo. No, hoy no quiero pensar en este miedo, quiero creer que todo será bueno un día, quiero creer en nuestra felicidad. ¡Yo te quiero, José!

El 23 de diciembre una joven señora trajo tu paquete de Kiel. Se lo entregó a Sigrid, que lo guardó hasta la víspera de Navidad. Verdaderamente, querido, no puedes imaginarte mi alegría inmensa cuando Sigrid me lo entregó. ¡Qué encantador regalo! Tus líneas tan afectuosas, el pequeño piano de cola lleno de golosinas, los perfumes para Sigrid y para mí, los cigarrillos para papá. ¡Has pensado en todos, querido, querido José! ¡Recibe por ello mil besos!

Con todo mi corazón, te agradezco también tu carta de Navidad, con las bonitas felicitaciones dibujadas para mi hermana y para mí. ¡Me siento maravillosamente feliz! Ah, José, ven y bésame...

Por otra parte, mi padre me ha regalado, como regalo de Navidad, un medallón de oro que encierra TU foto. ¿Qué te parece eso, querido?

El medallón de oro con el retrato de José aparece en una de las fotografías de Edelgard que tengo ante mis ojos, sujeto a su cuello con una cinta de seda negra. Pero en esta imagen ella parece más triste de lo habitual, ya con los estragos de la enfermedad deformando su rostro, perdida la mirada en el vacío, como si la inmensa alegría de sus cartas se nublara por el envés de los sueños.

¿Qué habrá sido de ese medallón? ¿Qué habrá sido de las cartas de José?, me pregunto nuevamente. ¿Intuiría Edelgard la lucha interna que mantenía él en aquellos momentos, perfectamente reflejada en sus diarios pero ausente, sin duda, de sus cartas apasionadas, cartas en las que confesaba una y otra vez su necesidad de verla y de estrecharla entre sus brazos?

Creo que no. Y cuando le pregunto a Lutz Neumann por estas cosas, él me responde con la fuerza de la evidencia:

—Yo era muy joven entonces. Y ha pasado mucho tiempo. Mis recuerdos están en el fondo de una mina profunda y oscura. Pero creo que Edelgard no hablaba con nadie de estos asuntos.

El paseo por Flensburg de la mano de Dieter Pust está tocando a su fin. Antes de despedirnos, el doctor Pust busca un momento para hablar conmigo a solas. Extrae de su chaqueta una fotocopia de la ficha que inicia el expediente de Oskar Lambrecht en las *SS*, ante la que tanto se había desconcertado dos días antes, y da unos golpecitos con su dedo índice sobre la fecha de nacimiento de Klaus, el más pequeño de los hermanos Lambrecht.

—He pensado que sí -me dice en voz baja, como si ambos fuésemos ahora partícipes del mismo secreto-. Es posible que la palabra *Lebensborn* se refiera a Klaus.

Más por mi gesto que por mi palabra, es seguro que Dieter Pust se ha dado cuenta de la importancia que tiene su opinión para mí. Ni él ni yo podremos probar nunca la veracidad de esta hipótesis, aunque la lógica se imponga y todas las piezas encajen gracias a ella.

De cualquier modo, a pesar del descanso que me proporciona compartir con otros hombros el peso de mi sospecha, pienso ahora que lo más importante de esta historia no radica en los enigmas descubiertos o por descubrir. Lo verdaderamente importante y enigmático es el universo paralelo que resumían las palabras de Lutz Neumann, corroboradas por el mensaje que me envía semanas después de nuestro encuentro:

¿Me preguntas por Edelgard? ¡Hace ya tanto, tanto tiempo...!

Yo era entonces un estudiante de instituto de trece años, joven a más no poder. Ella era mi espíritu, mi bien: casi todo el tiempo estaba sentada, pero parecía flotar en el aire; era misteriosa, delicada, casi transparente, su cabeza y sus brazos se movían con lentitud... Aún hoy, sigo sin saber si aquello era una enfermedad o un destino.

Apenas podía andar y, si daba un par de pasos torpes, era con ayuda. Una vez, escaleras abajo, la llevé al coche; fue nuestra única excursión. Yo tenía entonces dieciocho años, estaba bien entrenado por la práctica del deporte y apenas sentía su peso. Ella era así: suave como un aliento, siempre amable, siempre paciente, siempre sabia. No enseñaba con la aridez de nuestros profesores, sino guiándote con delicade-

za, proponiendo retos que uno seguía siempre con gusto, aceptando encantado sus exigencias.

¡Qué contraste con la vida brutal del exterior, plagada de codazos, golpes, moretones y heridas, brutalidad y fanfarronería, irreflexión y vulgaridad! Fuera –en el deporte, en la escuela, ante las chicas– había que abrirse paso luchando. Allí, dentro, la única demostración de valía eran el espíritu y la bondad. Esto me protegió durante mucho tiempo.

Aquel joven de entonces es hoy un hombre viejo que mira hacia el pasado y que, gracias a Dios, aún es capaz de recordar y revivir cuidadosamente, como con ella, la enseñanza de esos años, infinitamente distantes. ¡Gracias, Edelgard!

EL REENCUENTRO

IMAGINAR EL VIAJE de Edelgard y Sigrid entre Lübeck y Flensburg me resulta sencillo. Casi todos los testimonios de los deportados del Este coinciden en las penosas condiciones de los trenes, incluido el testimonio de Dieter Pust:

—Esta última etapa del viaje la hicimos en un vagón cerrado, de los que se emplean para transportar ganado.

Muchas fotos de la época confirman estas circunstancias del transporte, hasta el punto de que algunas fotos tienen los pies tergiversados y hablan de prisioneros judíos en lugar de refugiados alemanes.

El escritor sueco Stig Dagerman, que recorrió Alemania en 1946 para documentar una serie de artículos publicados bajo el título «Otoño alemán», ha dejado en esta obra uno de los testimonios más independientes y lúcidos de la posguerra en Alemania. Anarquista de corazón y militancia, comprometido con la resistencia al franquismo de los anarquistas españoles y querido como un hijo por la propia Federica Montseny, nadie podrá acusar a Stig Dagerman de ser un escritor reaccionario, ni tan siquiera cuando se indigna al escuchar cómo un periodista anglo-americano efectúa una visita a una familia de refugiados y les pregunta si vivían mejor con Hitler. Los entrevistados, que sobreviven en un inmundo sótano con el agua hasta los tobillos, responden que sí, evidentemente.

> *La respuesta a esa pregunta* –escribe Dagerman– *hace que el visitante, con un movimiento de rabia, asco y desprecio, salga rápidamente a reculones de la habitación pestilente, se siente en su automóvil inglés o en su jeep norteamericano de alquiler para, media hora mas tarde, tomando una bebida o una buena cerveza alemana en el bar del hotel reservado a la prensa, escribir un artículo sobre el tema «El nazismo sobrevive en Alemania».**

En «Otoño alemán», Stig Dagerman habla también de los distintos trenes que cruzan el país en estos días de 1946, incluidos muchos convoyes de vagones marcados con unas pequeñas placas en las que puede leerse:

> «*Este vagón no sirve para el transporte de mercancías frágiles, pues no es estanco ante la humedad*». *Esto significa* –dice Dagerman– *que la lluvia penetra por el techo y que, por lo tanto, sólo puede ser usado*

---
* Stig Dagerman, Otoño alemán. Ed. Octaedro. Barcelona, 2001.

para el transporte de mercancías que no se oxiden o que, de una forma u otra, no sean susceptibles de ser dañadas por el agua, o que simplemente sean consideradas de tan poco valor que no importa si son dañadas por el agua (...)

Así eran los trenes destinados al transporte de los refugiados alemanes, y en uno de tales trenes cabe imaginar a Edelgard y a Sigrid cuando, gracias a la intervención de la Cruz Roja Sueca, supieron que su padre estaba en Flensburg.

Entretanto -prosigue Stig Dagerman hacia el final de su artículo- *han llegado unos representantes de la Cruz Roja sueca, con leche en polvo para los niños de este tren menores de cuatro años. Recorremos el tren seguidos de un grupo silencioso que, a pesar de ser bastante mayores, no pierden la esperanza por un rato. Alguien abre la puerta de un vagón cerrado y un patriarca andrajoso, con barba canosa, sale de la oscuridad.*
—No, aquí no hay niños -dice tartamudeando-, aquí sólo estamos mi esposa y yo. Pronto tendremos ochenta años. Vivimos aquí. Es nuestro destino.
Y cierra la puerta con dignidad. Pero en otro vagón una niña traumatizada está sentada en una silla de ruedas. El uniforme que percibe parece despertar en ella algún terrible recuerdo ya que de inmediato empieza a gritar, un grito desgarrado que repentinamente estalla como una bomba, y la chica empieza a gemir como un perro.

A pesar de las penosas condiciones del transporte, a pesar de su debilidad y sus ojeras, de la invalidez que amenaza sus músculos y de la niña descrita por Dagerman, no puedo sino imaginar a Edelgard y a Sigrid con un asomo de felicidad brillando en la tristeza de sus ojos. El infierno quedó atrás. Por fin van a encontrarse con su padre. Pasó el tiempo en que también ellas gemían como un perro.

Avanza el tren, cerrado, de estación en estación y vía muerta en vía muerta, con su carga resistente a la humedad encogida en el suelo o echada sobre jergones de paja. Pero es el mes de julio, con sus días largos y luminosos, contra los que el «vagón no apto para mercancías frágiles» sólo puede oponer la débil resistencia de su desvencijado maderamen, que los rayos del sol traspasan sin esfuerzo, llenando el aire de líneas de luz en las que juegan, ingrávidos, microscópicos caballitos de mar enjaezados con polvo de oro.

Cuando las compuertas del vagón de carga se abren en una vía muerta, y las verdes praderas salpicadas de flores amarillas penetran como un torrente en su penumbra acuchillada por las rendijas de luz, Edelgard y Sigrid no pueden sino sentirse vivas, inmensa y dolorosamente vivas, desconcertadas por el simple hecho de seguir respirando y de comprobar que los ciclos de la naturaleza han seguido su curso, ajenos a ellas.

—¿Tú crees que papá...? –pregunta Sigrid.

—Está allí, no lo dudes –responde su hermana, tan segura de su respuesta como si la imagen de su padre llegara en ese instante a sus párpados cerrados. Así ve a su padre, como en una película muda, de pie sobre el andén, tratando de reconocer el rostro de sus hijas entre la multitud desorientada que se baja de los vagones en la estación de Flensburg.

Y así es como se produce el encuentro unas horas después, entrada ya la tarde. Su padre en el andén. Una pequeña muchedumbre que desciende de los vagones con maletas atadas con cuerdas, con bebés en brazos, con cochecitos de niño cargados de fardos. O con nada, como ellas. Tan sólo con dos manos vacías para agarrarse a las compuertas del vagón y no caer de bruces al andén, aplastadas por su debilidad, por el peso de los recuerdos más terribles, por el miedo a que nadie las espere.

Pero su padre está allí. Su padre avanza entre la multitud de bultos harapientos y desorientados, llega hasta ellas como la sombra de un sueño y pronuncia sus nombres en voz baja, como si temiera estar equivocado:

—Edelgard, Sigrid...

Edelgard y Sigrid, quietas como palos, se dejan abrazar. Quietas como estacas abrazadas por el viento, dejan que sus nombres se repitan como una caricia ya olvidada, y que sus lágrimas rueden como lluvia por sus caras demacradas, ignorantes de que aún tenían lágrimas.

—Mis dos niñas... -dice el padre.

Y de repente, deformada en el cristal blando del llanto, sus dos niñas ven otra sombra que sale de la multitud y que avanza también hacia ellas, envuelta en un borroso tul de flores rosas.

—Edelgard, Sigrid... -dice la sombra cuando llega a su lado.

La voz de las hermanas Lambrecht tiembla en un mismo balbuceo. Las dos, por un instante, en el cristal deformado de las lágrimas, han creído ver a su madre en el vestido estampado de flores que las abraza y llora con su mismo llanto.

—¿Ilse...? -preguntan ambas como si ambas estuvieran ciegas, súbitamente presas en la negrura sin lágrimas de una realidad que regresara a sus cuerpos de palo seco, clavados en el andén de la estación de Flensburg como dos estacas en una playa azotada por la lluvia.

—Vuestra prima ha llegado hace varias semanas -dice el padre-, con el tío Alexander.

—Edelgard, Sigrid..., mis queridas primas -gime Ilse, incapaz de contener la pregunta que late en su boca-, ¿es cierto...?

¿Qué debe ser cierto? ¿A qué se refiere Ilse con esta pregunta bañada en lágrimas?

Ni Edelgard ni Sigrid responden en un primer momento, y sólo la insistencia de su prima les hace musitar una inaudible afirmación, abrazadas a su padre.

—¿Todos? -pregunta Ilse nuevamente, tapándose los ojos con las manos.

Todos, sí. Ésa es la respuesta que ni ella ni Oskar desearían haber escuchado jamás. Todos. Klaus, Axel, Jenny, la abuela Ida. Todos han muerto. La Cruz Roja Sueca les había anunciado la presencia en Lübeck de dos chicas enfermas que buscaban a su padre: Edelgard y Sigrid Lambrecht, 20 y 17 años, solas, sin más familia conocida, procedentes de Stettin.

—Los niños y mamá murieron en marzo, de tifus -dice Edelgard, que aún saca fuerzas para preguntar por el tío Alexander.

—También él está enfermo, en el hospital -dice el

padre–. La cabeza no le funciona. Todos hemos sufrido mucho: él, vosotras, vuestra prima... Pero ahora vamos a casa, tenéis que cenar algo y descansar.

—¿Tienes una casa? –pregunta Sigrid–. ¿Una casa de verdad?

—Una habitación en una casa. Ahora la veréis.

Entre la estación de Flensburg y el 23 de Mathildenstrasse, donde vive en esos días Oskar Lambrecht, hay apenas dos kilómetros de suave caminata, con algunas cuestas no excesivamente pronunciadas. Pero Edelgard y Sigrid se fatigan enseguida y se detienen varias veces, como visitantes que contemplan la ciudad por vez primera.

—Os gustará Flensburg –dice Oskar–. Es una ciudad tranquila, con bosques y jardines. El fiordo está lleno de barcos. Se parece un poco a Stettin.

Mas no parece que sus hijas le escuchen.

—Mamá también sufrió mucho, ¿sabes? –dice Sigrid, retomando el eco de la conversación anterior.

—Estoy seguro de ello. Todos hemos sufrido.

—Pero no del mismo modo.

—¡Sigrid, por favor! –interrumpe Edelgard a su hermana–. No es momento ahora.

La habitación de Mathildenstrasse es grande y ordenada, con una cama de matrimonio, mesas, sillas, una pequeña alacena con vasos y platos, un armario de madera oscura, un gran ventanal abierto a la calle y, sobre el cabecero de la cama, un cuadro con veleros blancos iluminados por la luna llena, en el fiordo de Flensburg.

—¿Dónde dormiremos? –pregunta Sigrid.

—La cama es grande. Dormiréis bien en ella. Ilse tiene su propia habitación en otra casa, cerca de aquí. Yo dormiré en el piso de un amigo.

—¿Viviremos separados?

—Sólo unos pocos días, y sólo para dormir –responde el padre–. Ya he buscado una casa más grande, donde todos podremos estar juntos.

La casa más grande son dos habitaciones en el 38 de Marienhölzungsweg, donde se mudarán a primeros de julio de 1946. La casa es propiedad de dos ancianas que han cedido esas habitaciones para alojamiento de refugiados. Son dos estancias grandes y soleadas, en el tercer piso de un edificio de cuatro plantas, con vistas al bosque de Marienhölzung. Un auténtico lujo para cualquiera de los miles de deportados que se hacinan en los campamentos cercanos, durmiendo en barracones que deben compartir varias familias, separadas entre ellas por sábanas tendidas sobre cuerdas, o por los cartones de los embalajes de la ayuda americana, abiertos y encolados a modo de paredes interiores que les permiten una mínima intimidad. Dos habitaciones de verdad en una casa de verdad son un lujo verdadero. Y un lujo todavía mayor es disponer del piano que languidecía en la mayor de aquellas habitaciones, donde Edelgard y Sigrid retomarán muy pronto sus lecciones de música y de canto. Desde esa casa, dos años y medio más tarde, escribirá Edelgard su primera carta a José Fernández. Y en ese piano tocará para él a través del espacio y de los sueños, sobre el «brillante puente de las estrellas».

Pero ésa será también la casa de Ilse Lambrecht, su prima, ignorada por Edelgard en cada una de sus cartas. La constancia de este dato, sorprendente para mí, fue obtenida en nuestro primer viaje a Flensburg, cuando todo lo que yo sabía de la familia Lambrecht era lo contado por Edelgard en su correspondencia con José. Buscando en el archivo municipal, dimos María y yo con el *Adressbuch* de Flensburg de 1949, primero publicado tras la guerra. Y en el 38 de Marienhölzungsweg figuraban por orden alfabético: Edelgard Lambrecht: estudiante. Ilse Lambrecht: estenotipista. Oskar Lambrecht: pensionista. Sigrid Lambrecht, sin constar profesión.

Quedaba, por tanto, muy poco margen para la duda. Excepto Alexander, hermanastro de Oskar y padre de Ilse, todos vivían en 1949 bajo el mismo techo, como seguirán viviendo más adelante, cuando en 1954 se trasladen a la casa de Engelsby, rodeada de manzanos, de praderas en flor, de vecinos que tenían prohibido poner sus pies en la propiedad del señor Lambrecht.

56

DESNAZIFICACIÓN Y CULPA

POR AQUELLOS DÍAS de 1946, un acontecimiento cotidiano e inexorable hubo de marcar la vida de Oskar Lambrecht y de toda su familia. Por decisión de las tropas de ocupación aliadas, Alemania estaba embarcada en un proceso de desnazificación de dudosa necesidad y más dudosa eficacia.

El final de la guerra, con su cohorte de hambre y enfermedades, con sus siete millones de soldados prisioneros y sus quince millones de personas expulsadas de sus hogares y su tierra, era ya de por sí una vacuna bastante efectiva contra la locura del nazismo. Y la evidencia de que con Hitler habían vivido mejor, como confesaban los habitantes del sótano inundado al periodista angloamericano, no podía cegar esa otra evidencia de que el agua que les llegaba a los tobillos y las ratas que constituían su almuerzo eran la consecuencia final de miles de calles engalanadas con cruces gamadas, de millones de brazos en alto, de millones de gargantas gritando estupideces al paso de un demente visionario.

El germen del nazismo que sobreviviría a Hitler no estaba, precisamente, en los campos de ruinas de las calles alemanas en 1946. Y la eficacia del proceso de desnazificación tampoco era previsible en la pantomima de los millones de cuestionarios que otros tantos millones de alemanes hubieron de rellenar en aquel tiempo, respondiendo a preguntas tan peregrinas como el número y título de los libros escritos por el encuestado desde 1923 hasta 1945 o los discursos pronunciados en el mismo periodo.

Pero cumplimentar las 131 preguntas del cuestionario de desnazificación y, en su caso, someterse a uno de los miles y miles de juicios públicos celebrados a lo largo y ancho de Alemania, era requisito obligatorio para todos los adultos que quisieran obtener el *Persilschein*, algo así como certificado de limpieza, o certificado *Persil*, irónicamente llamado de ese modo por la conocida marca de detergente, uno de cuyos históricos anuncios publicitarios puede verse todavía en el centro de Flensburg.

Sin el *Persilschein* en el bolsillo, era imposible obtener un puesto de trabajo o alquilar una vivienda, por lo que cabe suponer que Oskar Lambrecht obtuviera su certificado de ciudadano desnazificado sin excesiva dificultad, como sucedió con la inmensa mayoría de los alemanes que respondieron «*nein*» a todas las preguntas del cuestionario.

Para los *SS*, que durante su periodo de militancia habían respondido «*ja*» a parecidas preguntas en parecidos cuestionarios, la cuestión se complicaba, especialmente si debían acudir finalmente a los tribunales de justicia. Pero ninguna mancha es insoluble para el detergente *Persil*. Como escribe Stig Dagerman en «Otoño alemán», la mayoría de los acusados tenían un amigo judío que testificaba sus cualidades morales y el respeto demostrado a los hijos de Judá durante el nazismo; y si este amigo faltaba, era sencillo conseguirlo en las mismas puertas del tribunal al módico precio de doscientos marcos.

De no haber sido sustraído el expediente de Oskar Lambrecht de los archivos de desnazificación de Schleswig, el mecanismo utilizado para obtener su *Persilschein* nos daría nuevas pruebas de su astucia fuera de duda, y acaso también nos proporcionaría alguna pista de interés para esta historia. No obstante, bien mirado, el mismo robo del expediente es ya una pista. Basta pensar a quién beneficiaba su desaparición para saber quién es el responsable de la misma.

Tras concluir cada juicio de desnazificación, el acusado quedaba incluido en una de cinco posibles categorías: delincuentes mayores, delincuentes, delincuentes menores, seguidores y exonerados. Ser incluido en uno de los dos primeros grupos podía conllevar la pena de prisión por periodos variables entre diez y cuatro años, así como la confiscación de bienes, elevadas sanciones económicas y prohibición de ejercer cualquier trabajo salvo los de más baja categoría. En los grupos tercero y cuarto, las penas impuestas consistían en multas que oscilaban entre los 10.000 y los 2.000 marcos, permitiéndose cualquier ejercicio profesional en caso de ser estimada su necesidad. Los exonerados, finalmente, obtenían su *Persilschein* sin cargo alguno y podían trabajar sin restricciones de ningún tipo.

En cuál de estos cinco grupos sería incluido Oskar Lambrecht, de haber sido juzgado, forma parte del enigma irresoluble tras el robo de su expediente de desnazificación en los archivos de Schleswig, aunque es de suponer que en uno de los tres últimos. Su trabajo como responsable en Stettin de la *NSKOV*, la oficina nacionalsocialista de ayuda a las víctimas de guerra, parece muy alejado a cualquier posible implicación en los crímenes del nazismo. Y tampoco es descartable que la enfermedad de sus hijas jugara a su favor, especialmente cuando se dictaminó que sus males eran consecuencia directa de las privaciones y torturas padecidos al final de la guerra, siéndoles concedida por tal motivo una pensión de invalidez. Además, en la navidad de 1946, se decretó una amnistía para personas sin recursos o con discapacidad que no se hubieran beneficiado de su afiliación al Partido Nacionalsocialista.

En cualquier caso, parece seguro que la doble adscripción militar de Oskar Lambrecht, como miembro de las *SS* y de la *Wehrmacht,* fue providencial para él. El grado de capitán obtenido en la *Luftwaffe* le permitió disponer de una pensión de oficial retirado y de un currículo aceptable para su carrera política, que si no culminó años después con un escaño en el *Bundestag* no fue por falta de ganas o valía, sino por simple falta de votos.

Edelgard, en sus cartas a José, afirma que su padre es un idealista. Y yo la creo. Pero me interesa más creerla cuando dice, en dos ocasiones, que tiene un gran corazón. Ser un idealista no significa gran cosa. Se puede ser un idealista nazi, por ejemplo. O un idealista nazi reconvertido en demócrata a través de la *KvD,* asociación de alemanes desterrados que Oskar Lambrecht presidirá durante muchos años.

Temo a los idealistas, lo digo con frecuencia. Los ideales son las banderas de las ideas. Y los idealistas, los abanderados. Las peores barbaries de la historia de la humanidad han sido llevadas a cabo por idealistas, hombres imbuidos por el alto deber de transmitir al resto de la humanidad la verdad incuestionable de la que son depositarios. Su verdad, su fe, su dios. Entre la Primera Cruzada –cuando la sangre de los musulmanes acuchillados en la mezquita de Al-Aqsa llegaba hasta las rodillas de los cruzados– y las atrocidades nazis o soviéticas de la Segunda Guerra Mundial no existe gran diferencia. Todos creían ciegamente en sus ideales y en el bien de la humanidad.

Pero tener un gran corazón es otra cosa. Y aunque algunos detalles, como la cesta de manzanas que Oskar Lambrecht hace devolver a la señora Raschke, parecen contradecir la afirmación de Edelgard, yo sigo creyendo en la generosidad de este hombre que espera a José Fernández en la estación de Flensburg, sin saber ni el día ni la hora de su llegada.

Su carácter fuerte y rígido, arrogante según la descripción de sus jefes en las *SS,* incapaz de aceptar que un empleado suyo pudiera coger una de sus manzanas sin pedirle permiso, no le impidió rogarle a José que durmiera en la cama de Edelgard, porque ella así lo quería.

Creo sinceramente que el íntimo dolor de sus hijas era sólo una parte de su propio dolor, acrecentado por el sentimiento de culpa. Cuidarlas, protegerlas, impedir que sufrieran era su principal deseo. Por eso impedía que los chicos del vecindario pisaran su jardín, para evitar que observaran a sus hijas inválidas como se mira a dos bichos raros, libélulas con las alas cortadas. Las inevitables habladurías de los vecinos, la curiosidad morbosa, el dedo que señalara sus brazos escuálidos y sus pies titubeantes no debería ser descubierto por ellas. La casa en Engelsby, villa de los ángeles, les proporcionaba a Edelgard y a Sigrid un reducto de paz alejado del trasiego de Flensburg, un pequeño paraíso. Y también allí quedaba más a salvo de miradas indiscretas la relación amorosa de él con su sobrina, ese amor prohibido y culpable que tanto dolor hubo de causar a su pobre esposa Jenny.

El traslado a Engelsby se produjo en 1954, sólo unos meses después de la visita de José. Acaso, pienso, la casa de Marienhölzungsweg había dejado de ser habitable para Edelgard... Y no creo equivocarme. En un añadido a la penúltima de sus cartas, comenzada en el hospital de Schleswig y terminada cuatro días después en esa casa Marienhölzungsweg, ella le escribe:

Flensburg, 1 de octubre de 1953

¡Mi querido José!

¡Heme aquí, de nuevo en Flensburg! Por fin, el Prof. Küntscher nos ha permitido volver a casa. Sin embargo, hemos tenido que prometerle que nos cuidaremos mucho y tendremos toda suerte de precau-

ciones, ya que nuestros muslos todavía están bastante mal. Y bien, por el momento, podemos estar en casa y esto nos hace inmensamente felices.

Cuando volví a nuestra casa, me invadía un sentimiento singular y milagroso. Mis ojos se cerraron y tuve la impresión de que salías a recibirnos. Luego, cuando me encontré en el salón rojo, te sentía por todos sitios. Por fin, cuando me acosté en mi cama, soñé un dulce sueño: soñé con el cumplimiento de nuestro amor. ¡Ah, José, ¿será realidad algún día este sueño?

Tu Edelgard

¿Cómo vivir más en esa casa cuando se sabe ya con certeza, con absoluta certeza, que el sueño no será nunca realidad? ¿Cómo sentarse en el mismo sillón donde él se ha sentado sin sentir que la desesperación desaloja el aire de sus pulmones? ¿Cómo acostarse en esa cama en la que él ha dormido y en la que ella ha soñado con el cumplimiento de su amor?

—Pídele, papá, por favor, que duerma en mi cama...

¿Entendió José la petición de Edelgard? ¿Entiende realmente lo que ella quiere decirle cuando le confiesa que ha soñado con el cumplimiento de su amor?

Creo que no.

Así lo creo.

José vive aquel tiempo en un sueño vaporoso, mucho más alejado de la realidad que la propia Edelgard. Vive en un sueño adolescente del que nunca llegó a despertar del todo.

—Después de tu viaje a Flensburg, Edelgard soñó que hacíais el amor en su cama –le digo con palabras transparentes en una de nuestras conversaciones. Y José, sorprendido, se queda mirándome como si hablara con un marciano.

—¡Pero qué dices! -me responde-. Lo nuestro fue siempre un amor platónico, sin el menor atisbo carnal.

—En su penúltima carta –le insisto- ella te dice que ha tenido un dulce sueño. Tú has dormido en su cama y ella siente tu presencia. Su cuerpo está arropado por las mismas sábanas que te arroparon. Respira tu olor en la almohada. Y sueña que vuestro amor se cumple. ¿Qué otra cosa significan esas palabras...?

José, perplejo, no sabe qué responderme. Pero se rebela contra lo que le digo. Por un momento le parece que estoy profanando el más bello y limpio de los sueños. Le cuesta aceptar que el «cumplimiento del amor» sea otra cosa que una expresión inocente.

—José, por favor, no hay palabras inocentes. Y menos en Edelgard, que aspira a escribir cada página como se esculpe una estatua. ¿Con qué otras palabras piensas que debería haberte explicado su sueño?

—Pero ella... -balbucea-, ella...

—Ella era una mujer madura. No una niña. Su cuerpo estaba inválido, pero su corazón rebosaba de vida. Incluso tú mencionas en tu diario sus besos apasionados, «sus pequeños labios insaciables».

Siento de pronto que mis palabras le hacen daño, que no debería haberlas pronunciado. Y decido cambiar de tema, pero él ya no me oye. Toda su vida ha llevado sobre los hombros un sentimiento de culpa por la promesa de matrimonio no cumplida. Y mis palabras no han hecho sino hurgar en la herida jamás cerrada. Quizá por eso calla. Quizá su pensamiento ha regresado al hospital de Schleswig, o al minuto en que leyó aquellas palabras que no supo entender.

El 8 de octubre, cuando recibió esa penúltima carta de Edelgard, José escribe en su diario:

Después de leerla me quedo largo rato abstraído de todo, pensando, dando miles de vueltas a tantos contradictorios y difíciles pensamientos en los que el recuerdo inevitable de Lolita empieza a suponer una seria preocupación, que no deja de producirme un hondo abatimiento.

Mi corazón me dice que no es posible renunciar a Edelgard, que no puedo destruir la fe y la esperanza que yo mismo le he dado, que no puedo defraudar esta ilusión –acaso la única– de su vida desgraciada y llena de sufrimientos. Hay algo dentro de mí que se rebela ante la sola idea de tal posibilidad. Sería la mayor traición, tanto a ella como a mí mismo. Sería como aniquilar lo que hay de bueno en mi corazón. Es preciso seguir adelante, hasta el cumplimiento del último destino, sea el que fuere, aunque en ello esté en juego incluso mi propia felicidad.

Pero, ¿y Lolita? ¡Santo Dios, qué difícil dilema! Siento que también ella ha entrado en mi corazón y que la quiero de una manera sincera y limpia. Sí, la quiero y sé que con ella podría ser feliz. A su lado me siento sereno, contento, satisfecho incluso de esta vida mía todavía sin frutos, casi vacía, pero que parece tomar sentido junto a ella. Sin embargo, y a pesar de todo, si en este momento me fuera preciso decidir... ¡Ah, sería terrible, difícil y dolorosa la elección...! Pero..., ¿cómo abandonar a Edelgard, enferma, tan frágil, tan desamparada como una criatura desvalida? Creo que me sería imposible. Por otra parte, ella ha sido durante estos cinco últimos años el eje de mi vida, ese algo ideal y maravilloso que ha prestado cierta ilusión a mi insulso vivir. ¡Y es algo que está ya tan dentro de mí....!

Me duele el dolor de mi amigo José. Siento que mis palabras han reavivado el sentimiento de traición que no ha logrado perdonarse a lo largo de toda su vida. Ahora, más viejo y más cansado que nunca, no tiene ya ni fuerzas ni argumentos para defenderse. Por eso soy yo mismo quien trato de consolarle sin faltar a la verdad.

—Hiciste lo correcto -le digo-, lo único que podías hacer. Edelgard sabía perfectamente que vuestro amor era imposible. Te lo dijo en sus cartas muchas veces. Ella veía más lejos y mejor que tú. También era más lista -bromeo sin bromear-. Simplemente, decidió romper a tiempo, antes de que el daño fuera irremediable.

—¿De verdad lo crees así? -me pregunta José.

Yo le respondo, sin mentir, que lo creo de verdad. El diario de Lolita me confirma que José había tomado la decisión de regresar a Flensburg para cumplir su promesa. Y es la misma Lolita, resignada a contemplar el final de su amor recién nacido, quien le pide a José que no le hable a Edelgard de ella.

—¿Mencionaste a Lolita en alguna de tus últimas cartas? -le pregunto.

—Creo que no -me dice-, pero ni de eso estoy seguro. De haberlo hecho, Edelgard no me habría perdonado. Ella tenía un alto sentido de la lealtad. Nada odiaba más que la traición.

—Había sido educada en la escuela nacionalsocialista -le digo con una sonrisa- y los nazis no perdonaban a los traidores. Pero yo tampoco creo que tú le hablaras de Lolita. Lolita te lo había prohibido. Así que hiciste lo correcto, no lo dudes. En aquella familia, además, no habrías podido vivir. Y eso le habría hecho a Edelgard más desgraciada todavía.

—¿Lo crees de verdad? -me vuelve a preguntar José.

Y yo le vuelvo a responder que sí, que lo creo de verdad. Pero le habría respondido lo mismo aunque no lo creyera.

57

EL ÁRBOL MUERTO

El tiempo de nuestro segundo viaje a Flensburg toca a su fin. Y tanto María como yo nos vamos con la sensación de haber vivido pocas veces unos días más intensos. Todo ha sido perfecto, germánicamente cuadriculado en cada detalle y cada encuentro. Incluso la meteorología ha estado de nuestra parte. A pesar del frío cortante del mes de enero, el sol ha brillado cada mañana, como queriendo negar que en Flensburg sólo hay lluvia detenida entre la ceniza del cielo y el musgo de la tierra.

—Es un tiempo extraño para enero —nos dice Silke, en cuya casa tomamos un té nocturno tras el concierto al que asistimos en la academia naval de Mürwik, sede del último gobierno nazi.

Cuando salimos de casa de Silke, para nuestra sorpresa, nieva de forma copiosa e inesperada. Pero de nuevo en la mañana luce un sol espléndido sobre los campos arropados en el edredón blanco de la nieve. ¡Y con la bandera de España ondeando sobre los tejados de Jarplund, en el jardín de los Jensen!

—Habéis traído el sol de España al invierno báltico —nos dice también Silke en la fiesta de despedida que Wiebke y Dieter han organizado en nuestro honor.

El tiempo ha sido inesperadamente bueno. Pero es el sol de la hospitalidad y de la eficacia lo que nosotros hemos visto brillar en estos días. Cada encuentro ha dado su fruto. El matrimonio Raschke y su hija Ragna. El doctor Weidner y su esposa. Silke. Dieter Pust. La inesperada aparición de Lutz Neumann. El pastor Ulrich Reetz y su esposa Swantje, en cuya casa tuvimos también una interesante conversación con su amigo Klaus Nikolas sobre los campos de concentración de los aliados, casi tan desconocidos en Alemania como en el resto del mundo. La cena con el escritor Jochen Missfeldt, amigo de los Jensen. La asistencia a la fiesta de despedida de Günter y Heike Kanstorf, cuya intervención fue providencial para localizar a la familia Raschke. Y por supuesto, la incondicional ayuda prestada por Wiebke y Dieter Jensen, que se desvivieron para que todo fuese perfecto durante nuestra estancia en su casa.

Ninguna conversación ha sido vana en estos días. Ahora, tras la fiesta de despedida, en esta última noche que escribo bajo las estrellas heladas que tintinean sobre el bosque de Marienhölzung y los tejados de Flensburg, pienso que cada una de las palabras escuchadas tendrá su hueco en la desdichada y triste historia de Edelgard Lambrecht.

Todo ha sido perfecto, sí. E incluso la imposibilidad del encuentro con mi anónima informante, cuyos mensajes he buscado inútilmente cada noche en mi buzón de correo electrónico, le prestan su punto de misterio a las páginas que se amontonan en los rincones de mi cabeza, empujadas hacia mí por el viento de la noche o, como diría José Fernández, por «el azar y los imponderables», palabras escritas, y luego tachadas, bajo el título del primer borrador de «Edelgard: diario de un sueño».

Destacar una palabra sobre otra me parece imposible, pero mientras el sueño acude a mi agotamiento en esta última noche en Flensburg, me vienen de improviso a la memoria unas de las pocas palabras que el señor Raschke pronunció cuando fuimos a su casa:

—Había un árbol grande y seco que Edelgard no permitió cortar.

Y recuerdo el gran roble que se alza frente a la mansión de los Weidner, colindante con la desaparecida casa de Oskar Lambrecht en Engelsby, cuyas ramas se entrelazan en una maraña de brazos y muñones que parecen atrapar, con sinuosa desesperación, un trozo de cielo.

Imagino que a un árbol parecido se refería el anciano señor Raschke, cuyas manos, anchas y nudosas, se parecen a ese árbol. Cuando le pregunté por qué no quería Edelgard que se cortara ese árbol muerto, el señor Raschke se encogió de hombros y yo di por terminado ese detalle intranscendente que ahora, de improviso, resurge en mi memoria como las hojas verdes del olmo de Machado, hendido por el rayo.

Quizá Edelgard, pienso, escribiese alguna vez la historia de ese árbol. Pero aunque no lo hiciera, sigo pensando, el simple hecho de no permitir que lo cortaran encierra ya una historia... Esta historia:

Había en la finca de Oskar Lambrecht un árbol muerto y desmochado, antaño grande y poderoso, en cuya copa frondosa anidaban infinidad de pájaros. Acaso un rayo, la propia vejez de la madera o una enfermedad de sus raíces fueron mustiando sus ramas y sus hojas, hasta dejar un esqueleto descortezado y blanco, apenas teñido por algunos líquenes amarillentos y ralos. El señor Lambrecht había decidido tiempo atrás cortarlo de raíz, que al menos sus astillas sirviesen para el fuego. Pero Edelgard se opuso con una determinación insospechada. Ni su hermana Sigrid, siempre tan cercana, conocía la razón de su negativa.

Y es que algunas tardes de invierno, con el cielo cubierto de nubes negras y un resquicio mínimo de luz en el horizonte, cuando el sol se ponía, durante unos breves instantes, el tronco del árbol aparecía envuelto en llamas detenidas, con un rojo tan vivo que se diría que trasudaba al mismo tiempo luz y sangre, como si la madera muerta fuese tocada por el dedo de Dios, ruborizada de amor.

También Edelgard se sentía en esos breves instantes tocada por el dedo de Dios, tan silenciosa y emocionada que las lágrimas afloraban en sus ojos, agradecidas por tanta belleza. Acaso pensara que ella misma estaba hecha de la misma madera muerta e inmóvil que el árbol de su jardín, que un destino común la hermanaba con él, que incluso en la muerte queda sitio para los milagros.

Murió Edelgard. Murió Sigrid. En pocos meses la vegetación fue adueñándose del jardín, que ya nadie se preocupaba de cuidar. Los trescientos manzanos de la finca se fueron asilvestrando lentamente. No habían sido podados en las últimas primaveras y sus frutos eran más numerosos pero más raquíticos año tras año, hasta el punto de que ya nadie se ocupaba de recoger las manzanas caídas, amontonadas en torno a los pies de los árboles como un festín en descomposición para las moscas y los gusanos.

—Anoche vi a las chicas –dijo Ilse una mañana, mientras se dirigía al tendedero del cobertizo para poner a secar la ropa recién lavada.

—¿A qué chicas?

A Edelgard y a Sigrid. Estaban en el árbol seco, bajo la luna, columpiándose.

—Hace ya cuatro años que enterramos a Edelgard. Y Sigrid murió hace un mes –dice Oskar Lambrecht señalando la esquela recortada que aún está sobre la mesa.

> De modo inesperado y repentino, con calma y en silencio, falleció el último de mis hijos, mi amor, mi siempre humilde hija
>
> ## Sigrid Lambrecht
>
> Afrontó su destino con valentía.
>
> Con profundo dolor,
> **Oskar Lambrecht**
>
> Flensburg, 5 de junio de 1974

—Las vi, te lo prometo.

—Las verías en un sueño. Y nunca hubo columpios en el árbol seco.

—Edelgard flotaba como un pájaro, como si estuviese agarrada a cuerdas invisibles, y Sigrid la empujaba.

—Fue un sueño, Ilse, no lo pienses más.

Ilse calla, y no vuelve a mencionar lo que vio en la noche pasada, a la luz de la luna. Mas esa misma tarde, cuando el sol se ponía, Oskar Lambrecht escuchó el canto de un pájaro entre las ramas descortezadas del árbol muerto. El pájaro, escondido a sus ojos, debía de ser un mirlo por lo agudo y melodioso de su voz, que poco a poco se fue mezclando con fragmentos inconexos de un canto de Schiller, acompañado por notas de piano que parecían salir del interior de su casa.

—¡Apaga el tocadiscos, por favor! -le ordena Oskar a Ilse, gritándole de un modo que llegan a escuchar los vecinos.

Pero Ilse está en el cobertizo, recogiendo la ropa puesta a secar en la mañana.

—¿Qué sucede? -pregunta, asustada.

—¿No escuchas nada?

—Sólo oía cantar a un mirlo.

—¿Y no escuchabas música dentro de casa, una voz parecida a la de Sigrid?

—¿La voz de Sigrid?

—Su voz, y el *Lied* de Schiller que solía cantar en el aniversario de Jenny.

De alguna parte del árbol seco se desprende un trozo de corteza. Los dos alzan los ojos y a los dos les parece ver a un pájaro blanco que arde con una llama roja en lo alto del tronco desmochado. La ilusión dura un segundo, el último bostezo del sol poniente sobre los líquenes amarillos del árbol muerto.

En algún lugar de la fronda asilvestrada que invade la finca de Oskar Lambrecht vuelve a cantar el mirlo. Suenan, a lo lejos, las campanadas de un reloj.

—¿Qué día es hoy? –pregunta Oskar, pero también Ilse ha perdido la cuenta de los días.

—Estamos a finales de septiembre, lo miraré en el calendario de la cocina.

—Finales de septiembre... No lo mires... -la voz de Oskar se resquebraja como las primeras hojas de otoño que crujen bajo sus pies-. Hoy es el aniversario de Jenny, y era Sigrid quien cantaba el *Lied* de Shchiller.

—Nos volveremos locos, como mi padre –dice Ilse–. Deberíamos dejar esta casa.

Oskar está de acuerdo. Hace ya tiempo que la casa está sufriendo los achaques de la ancianidad, como él. Nadie cuida del jardín. Nadie repara las tejas rotas. Nadie se siente ya con fuerzas para ordenar que alguien tale ese árbol muerto donde anidan los espíritus.

Se irán de allí. La decisión está tomada. Pocos meses después contraen finalmente matrimonio, un martes, el 21 de enero de 1975. Él tiene setenta y dos años. Ella cumplirá diez menos en abril. Llevan juntos cuarenta años. En mayo se mudan a Handewitt, lejos de Engelsby, en el otro extremo de Flensburg. Acaban de comprar una casa nueva y confortable, rodeada por un pequeño jardín que será fácil mantener cuidado. En la fachada principal han mandado poner una losa de piedra con tres cisnes esculpidos en bajorrelieve, tres cisnes negros levantando el vuelo.

Será la última casa de Oskar Lambrecht. Y no vivirá mucho en ella. El 5 de febrero de 1976 muere en un hospital de Flensburg. La urna con sus cenizas es enterrada en el cementerio Friedenshügel, junto a las de Edelgard y Sigrid.

El *Flensburger Tageblatt* publica la siguiente esquela de carácter institucional:

> El día 5 de febrero de 1976 ha fallecido el Presidente Honorario de la Asociación Nacional de Pomerania, Agrupación de la ciudad de Flensburg,
>
> ## Sr. Oskar Lambrecht
>
> A lo largo de su vida, el fallecido prestó un gran servicio en la defensa de los intereses de los expulsados y refugiados. Fue fundador de la Asociación de Distrito de los Deportados Alemanes en Flensburg, de la que fue vicepresidente por un extenso periodo. Durante 25 años ocupó el cargo de Presidente de la Asociación Nacional de Pomerania en Flensburg. En 1955, fue concejal en el Ayuntamiento de la ciudad de Flensburg, siendo el promotor del hermanamiento entre las ciudades de Flensburg y Swinemünde. También fue miembro durante muchos años de la Junta de Diputados de Pomerania.
>
> Todos los deportados, y especialmente los originarios de Pomerania, manifiestan su gratitud al fallecido y honran su memoria.
>
> **Asociación de Alemanes Deportados Distrito de Flensburg.**
>
> **Asociación Nacional de Pomerania Agrupación de la ciudad de Flensburg.**
>
> **Casa de la Comunidad de Swinemünde.**

Y ésta es la esquela familiar publicada en el mismo periódico:

> Tras larga y grave enfermedad, aunque repentina e inesperadamente, en el día de hoy falleció mi bondadoso marido
>
> ## Oskar Lambrecht
>
> Con callado dolor:
> **Ilse Lambrecht**

Apenas han vivido nueve meses en su nueva casa de Handewitt, en la que Ilse no podrá resistir la soledad. Unidos por el dolor y la culpa, han vivido juntos toda una vida. Juntos compartieron los secretos mejor guardados, el amor que no podía mostrarse a la luz del día, los cuidados de Edelgard y Sigrid, la herida incurable que dejó en sus almas la muerte de Klaus.

Sin esos lazos o cadenas que la atan a la existencia, Ilse ya no sabe respirar. Sin Oskar a su lado, se ahoga de soledad en su nueva casa de Handewitt. Muchos de sus recuerdos todavía están en cajas que no llegaron a ser abiertas tras la mudanza. Algunas de ellas van directamente al fuego de la chimenea, en la que arden viejas fotos, cuadernos, cartas. Pero la ausencia de Oskar es un aire doloroso que envenena sus pulmones. E Ilse se muda nuevamente a una residencia en el centro de Flensburg, donde tampoco es capaz de seguir viva tras la pérdida de quien ha sido su único amor, muerto pocos días después del primer aniversario de su boda.

Sólo han pasado tres meses desde que las cenizas de Oskar Lambrecht fueron enterradas en el cementerio Friedenshügel. Pero sobrevivirle por más tiempo es imposible. No se siente con fuerzas para conseguirlo. Tampoco lo desea. El 7 de mayo, Ilse Margaret Lambrecht muere en completa soledad en el hospital de San Francisco, donde también habían muerto Edelgard y Sigrid. Acababa de cumplir sesenta y cuatro años. En la pequeñísima esquela que publica el periódico local, nadie llora ya su pérdida:

> **Ilse Lambrecht**, geb. Lambrecht
> * 24.4.1912 † 7.5.1976

Sólo eso. En su antigua casa de Engelsby, los jardineros municipales se afanan por aquellos días en arrancar los trescientos manzanos asilvestrados y la maleza que ha invadido la finca donde Edelgard y Sigrid pasaron los últimos años de su vida. Oskar Lambrecht había cedido la propiedad al Ayuntamiento de Flensburg, que decide convertir los diez mil metros cuadrados de la finca en un parque público, con columpios y juegos para niños. El enorme árbol seco en cuyo tronco se despedía el sol de la tarde, fue el primero en ser talado.

Mientras el doctor Weidner nos mostraba este parque, colindante con su jardín, me fijé en los viejos y grandes árboles que fueron respetados por el hacha. La mayoría son hayas, pero también hay arces y otros árboles que desconozco. Y todos están sanos, incluidos los más viejos, los que vieron a Edelgard y a Sigrid tomar el sol en la terraza de su casa, o recoger las primeras «rompenieves» que anunciaban la llegada de la primavera. Varias de esas flores, recogidas años antes en el bosque de Marienhölzung, se hallan todavía entre las cartas de Edelgard, frágiles como la ceniza.

De la robusta casa donde ella y Sigrid vivieron el último periodo de su vida, no queda nada. Fue demolida por completo y su único recuerdo son los planos que me consiguió el doctor Pust y la foto amarillenta que ahora tengo entre mis manos. Se aprecia en ella la pared del cobertizo, una gallina, la puerta de entrada de la vivienda –con cinco escalones que ni Edelgard ni Sigrid podían subir por sí mismas, las subía a sus espaldas el señor Raschke–, las tres ventanas abiertas del salón, las tres ventanas cerradas de una dependencia idéntica que siempre se utilizó como trastero de muebles viejos, el empinado tejado de la segunda planta donde vivía la familia Raschke, apenas iluminada por unas pequeñas claraboyas.

El enorme rosal blanco que crecía en una de las paredes del cobertizo, no visible en la foto que yo tengo, dio en el verano de 1975 sus últimas flores. Al comenzar la demolición del cobertizo, aparecieron dos sillas de ruedas todavía en buen estado, sin apenas polvo en sus asientos de cuero ni trazas de óxido en el metal cromado, pues estaban cubiertas con sábanas y mantas a cuyo abrigo dormía un gato sin dueño.

Del árbol seco que Edelgard protegía, tocado por la mano de Dios en el sol rojo de la tarde, donde un mirlo invisible cantaba con la voz de Sigrid, sólo queda un tocón a la entrada del parque, frente a la casa de los Weidner, devorado por la podredumbre y los insectos, rodeado de espinos.

EL FANTASMA DE OSKAR LAMBRECHT

Nuestro vuelo de Hamburgo a Madrid sale a primera hora de la mañana y el tiempo amenaza con una nueva nevada, por lo que necesitaremos pernoctar en un hotel de Hamburgo para evitar contratiempos de última hora. Así que reservo por internet una habitación en un hotel cercano a la Estación Central, de modo que por la mañana sea sencillo tomar un tren al aeropuerto. El hotel es viejo y destartalado, pero sólo dormiremos allí una noche.

Durante la tarde, helada y oscura, paseamos de nuevo por el centro de Hamburgo. Supongo que, para la mayoría de los visitantes, ésta es una ciudad cosmopolita y feliz. También a nosotros nos lo parece, pero para mí se ha convertido ya en un hábito ir descubriendo las dentelladas de los bombardeos en el tejido urbano, con calles de arquitectura decimonónica salpicadas aquí y allá por modernos edificios que no nacieron de la piqueta caprichosa e insensible al pasado, sino de solares en ruinas y sótanos inundados donde los humanos y las ratas compartían la misma hambre.

Aunque el hotel resulta destartalado y frío, el edredón es cálido y el colchón mullido. El cansancio acumulado por una semana de intensa actividad parece presagiar un sueño profundo y reparador, pero duermo mal y me despierto varias veces en medio de un silencio que sólo se rompe, dos o tres habitaciones más allá, por el gemido herrumbroso de una cañería, o por unos tacones de mujer que suben y bajan en dos ocasiones las escaleras del hotel, como si hubiera olvidado la planta de su habitación.

Hacia el amanecer, siento frío en la mitad de un sueño espeso. Aún dormido y aún soñando, me parece que hay alguien más en la habitación. Y en la lógica aplastante de los sueños razono que el frío que estoy sintiendo es el aliento congelado de una presencia extraña frente a mi cama, mirándome en silencio, alargando hacia mí su mano. Pero no me despierto. Estoy profundamente dormido, soñando que sueño. Y entonces le veo, transparentado en la oscuridad. Es el padre de Edelgard. No tengo duda. Tiene el color sepia de las viejas fotografías descoloridas. Sus facciones son las mismas que mostraba en la foto de su obituario. Su traje también es el mismo que llevaba en la instantánea que le tomó José. Y ha venido a mi sueño para hacerme saber que no aprueba mi historia. Me transmite su malestar y su rechazo sin palabras, tocando mi brazo con su mano helada. Para eso ha venido a mi sueño. No quiere que salga a la luz todo aquello que él, durante media vida, trató de esconder. Pero también él está inseguro. Quiere, simplemente, que yo sepa lo que él siente. Se acerca a mí, despacio. Su cuerpo de aire quiere entrar en mi cuerpo de carne. Y en ese instante me despierto con un escalofrío, justo a tiempo de recibir su mensaje y de escuchar unas palabras que se desvanecen en la noche, como un eco:

—Ellas no saben, ellas no deben saber nunca...

El sueño, intensamente vívido, no me abandona al despertar y perdura en mí durante todo el día, como una nube que me siguiera en cada paso. Se lo cuento a María en el aeropuerto, mientras esperamos el embarque:

—Lo que más me ha impresionado del sueño -le digo- fueron dos cosas: Que el espíritu del padre de Edelgard quisiera penetrar en mi cuerpo, eso fue lo que me despertó, y que también él estuviera indeciso ante mí, como si en el fondo tampoco él supiese qué debería hacer.

—De estar vivo, seguro que no le gustaría que escribieras su historia.

—Sin duda. Y él me lo dejó claro cuando me tocó el brazo. Pero estaba indeciso, se le notaba. Y mientras desaparecía escuché con claridad unas palabras: «Ellas no saben, ellas no deben saber nunca...».

—¿Qué es lo que no deben saber? -me pregunta María.

—Pregúntaselo a él... -bromeo, tratando de quitar hierro al asunto y de no parecer un lunático que habla con fantasmas-. Quizá no quería que supieran lo de su hijo Klaus. O el asunto de la enfermedad genética, que acaso él conocía desde hace mucho tiempo.

—Para un nazi, éso debería ser algo insoportable.

—Estoy seguro. Y una de las cosas que mencionó el doctor Weidner es que Ilse había dicho a sus vecinos que el problema de las chicas se debía a un accidente de tráfico...

—¿Tú crees que ellas sabían que su enfermedad era genética?

—Al final de sus vidas, creo que sí. Cuando Pepe se lo pregunta a Edelgard en una de sus cartas, ella se molesta muchísimo. Pero tuvieron que acabar por enterarse. Y tuvo que ser terrible, no ya por la enfermedad, sino por ver cómo se derrumbaba todo aquello en lo que habían creído. La eugenesia era un principio esencial del nazismo, y saber que sus propias raíces estaban tocadas por aquello que los nazis habían querido extirpar del suelo alemán... No quiero ni pensarlo.

—¿Y el padre? También tuvo que ser terrible para él, algo así como si la vida tomara venganza en la carne de su carne...

—El sentimiento de culpa hubo de ser insoportable. Quizá por eso me dijo su fantasma esas palabras: «Ellas no saben, ellas no deben saber nunca...».

—¡Toda su vida tratando de que nadie supiera, y ahora vienes tú a desempolvar sus secretos...! -exclama María, siguiendo en la ficción de dar y no dar crédito a mi sueño.

—Así son las cosas -respondo-. Mas te puedo asegurar que él dudaba tanto como yo. No le gusta que se remueva su pasado, eso está claro, pero no sabe si tiene derecho a impedirlo. El matiz es importante.

—De alguna manera -dice María, tratando de poner las cosas en su sitio-, Edelgard ha vuelto a la vida gracias a esta historia. Hace años que nadie la recordaba y ahora su nombre se menciona de modo cotidiano por muchas personas de Flensburg.

—La cuestión es si ella querría ser recordada... Quizá preferiría el olvido, diluirse definitivamente en la nada.

María no responde. Los monitores de la sala de tránsito anuncian que acaba de abrirse nuestra puerta de embarque. Subimos al avión. En las ventanillas hay cristales de hielo y vemos que un operario del aeropuerto, subido a lo alto de una especie de coche-escalera, como los de los bomberos, apunta hacia nosotros con una manguera y comienza a rociar el fuselaje del avión con anticongelante. Un líquido de aspecto sucio y viscoso comienza a resbalar por las ventanillas ante la indiferencia de los pasajeros, ocupados en hojear las revistas de la compañía aérea.

—¿Tú estás seguro de que Klaus –me pregunta María– era hijo de Ilse?

—Nadie puede estar seguro de eso. Aunque mi sospecha parezca bien fundamentada, aunque el mismo doctor Pust haya terminado por pensar como yo, nadie podrá nunca confirmarlo. Parece que la vida se ha encargado de borrar todo rastro de la familia Lambrecht. Las cenizas de Edelgard y Sigrid, de Oskar y de Ilse, fueron finalmente enterradas en un rincón sin nombre del cementerio Friedenshügel, cuando ya nadie pagó el alquiler de un espacio y de una lápida que recordara sus nombres. Tampoco sería posible encontrar los restos de Klaus, de Axel, de la pobre Jenny Greif, todos enterrados en una fosa común.

—¿Y te extrañas de que las cenizas del padre de Edelgard se hayan removido en su tumba para venir a pedirte cuentas? –me pregunta María, de nuevo más en serio que de broma.

—No tenía intención de estrangularme –le digo en el mismo tono–. Sólo quería que yo sintiera lo que él siente...

Es curioso y sorprendente que, a lo largo de nuestra conversación, estemos dando por hecho que mi sueño tenía un punto de realidad, cuando los dos estamos enfermos de escepticismo hasta la médula.

En cualquier caso, nuestra conversación se interrumpe en este punto. Hace ya varios minutos que el avión sobrevuela el mar de nubes que cubre Europa como un manto de algodón. Viendo ese paisaje blanco e interminable, donde la mirada se pierde y la imaginación se desliza como un trineo en la nieve, me entran de pronto ganas de escribir un cuento para niños. «El Cuento del País de las Nubes», cuyos habitantes se deslizan en trineos por esos campos y montañas de algodón, invisibles a los humanos hasta el día en que los descubre un piloto extraordinario, capaz de ver universos paralelos donde los demás pilotos sólo ven nubes.

«Lo esencial es invisible a los ojos», escribió en su más hermoso libro ese piloto. Y acaso pronunciara esas mismas palabras cuando su avión cayó al Mediterráneo frente a las costas de Marsella y un pequeño príncipe de cabellos dorados nadó a su encuentro, haciendo ondear bajo las olas su capa de color aguamarina, bordada de estrellas y caballitos de mar, rodeado de sirenas.

Así me imagino yo a Klaus, con los ojos azules y el cabello dorado, como un niño de cuento, como los niños perfectos y desdichados del programa *Lebensborn*.

María, a mi lado, tiene los ojos cerrados. También ella acusa el cansancio de esta larga semana. También yo cierro los ojos. Del cuento del país de las nubes a los secretos que reposan a la sombra de la tierra. Como en una película en blanco y negro, veo a Edelgard y a Sigrid en la terraza de su casa, sentadas en sus sillas de ruedas, tratando de capturar el tibio sol de invierno que juega al escondite entre nubes deshiladas.

Y de nuevo las palabras deshiladas en la noche: «Ellas no saben...» De ser cierta mi hipótesis sobre la palabra *Lebensborn* en el expediente de Oskar Lambrecht ¿sabrían ellas quién era el padre de Klaus, quién la verdadera madre? ¿Lo sabría Jenny, que permitió a Ilse ser la madrina de su bautismo?

Quizá no. Mientras la sombra de nuestro avión se desliza por el brillante mar de nubes, tiendo a pensar que la sombra de esa duda planeó sobre ellas y sobre Jenny toda la vida, pero que jamás llegaron a tener constancia firme de tales circunstancias. Los niños del programa *Lebensborn* eran siempre adoptados por altos oficiales de las SS, ya fueran bebés nacidos al amparo del programa en las clínicas construidas al efecto, o simples niños arios de perfectos caracteres raciales, aunque no alemanes, robados a familias u orfanatos en los territorios ocupados por el avance nazi.

Cuando Klaus llegó al mundo, en mayo de 1937, Sigrid sólo tenía siete años, por lo que no parece muy probable que estuviera al tanto de ningún secreto. Acaso Edelgard, con once años, fuera ya capaz de razonar que su madre estaba enferma y que, por ello, adoptar a un hermanito era la única forma de que la familia se ampliara, colaborando al crecimiento de Alemania como exigía la doctrina del partido. El *Reich* necesitaba niños para garantizar su reinado de mil años, cuantos más niños mejor, niños arios educados en los principios sagrados del nacionalsocialismo. Con este fin, a todas las familias alemanas, y especialmente a todos los miembros de las *SS,* se les alentaba para que tuvieran, al menos, cuatro hijos.

Que ese cuarto hijo del que Oskar se enorgullece —hasta el punto de escribir y enviar por duplicado a los dirigentes del *Reich* la carta que anuncia su nacimiento, corrigiendo sólo una insignificante falta de ortografía—, procediera de padres desconocidos, pero arios, entraba en la realidad cotidiana del universo nazi. De ser Klaus un «*niño Lebensborn*», la esposa de Oskar Lambrecht no tenía por qué saber el nombre de sus padres biológicos. Y si la sobrina de su marido hubiera sido la madre, tampoco Jenny tendría por qué saberlo.

Al hilo de mi inverificable hipótesis, tener al niño al amparo del programa *Lebensborn* era la mejor opción. Lejos de casa, en una buena clínica, sin que nadie se enterara. Luego, simplemente, el niño sería adoptado por su padre verdadero. Todo era perfecto. De un mismo tiro se mataban muchos pájaros. La discreción en el embarazo. Los mejores cuidados en el parto. La familia que necesitaba un cuarto hijo para cumplir las demandas del *Reich.* La madre enferma, que ya difícilmente podía engendrarlo.

En agosto de 1938, Oskar Lambrecht responde afirmativamente a la pregunta sobre su afiliación al club *Lebensborn* formulada en el cuestionario de las *SS*:

—*Mitglied des Vereins «Lebensborn»?* —*Ja.*

¿Para qué necesitaba él ser un miembro afiliado al club o asociación *Lebensborn*? Serlo con otros fines distintos al de encubrir y proteger el embarazo de su sobrina me parecería infinitamente más perverso e inimaginable en el padre de Edelgard y Sigrid, a quien Dieter Pust veía como un perfecto caballero, el ideal de un militar prusiano para Edelgard, el esposo de buen corazón a quien Ilse no logró sobrevivir.

Es seguro que mis valoraciones morales son más laxas que las que constreñían a la sociedad europea de mediados del siglo XX, por no hablar de la moral heredada de siglos anteriores, ya sea la que deriva del rigor calvinista o la que nace del concilio de Trento. Dar un hijo al mundo –no a la causa nazi– está lejos para mí de toda idea de culpa o de pecado, sin que importe demasiado, más bien nada, si ha sido concebido en el lecho conyugal, si su cuna está arropada por la burocracia del Estado o si su culito fue lavado con agua bendita traída de la basílica de San Pedro.

Entiendo, no obstante, la tormenta que hubo de suponer la llegada del pequeño Klaus al seno de la familia Lambrecht, especialmente si la sombra de su concepción llegó a tomar cuerpo en la conciencia de Jenny y de sus hijas. Y es probable que así sucediera, o así me lo parece. «No se puede ocultar una luz en lo alto de una montaña» y el amor entre Oskar y su sobrina Ilse difícilmente pasaría desapercibido a los ojos de su esposa, primero, y después a los de sus hijas. Sólo así se entiende el profundo rechazo de éstas hacia Ilse, que pasó toda su vida cuidándolas a ellas y a su padre, y que era además, según el testimonio de sus vecinos, la única persona amable de toda la familia.

En estas cosas pienso una y otra vez mientras María, con una beatífica sonrisa en sus labios dormidos, ha dejado caer la cabeza sobre mi hombro, y se desperezan las nubes blancas en el camino hacia el Sur, y pasa una azafata risueña contoneando sus caderas en el estrecho pasillo del avión, y la tierra que se abre bajo las nubes parece un anticipo de la primavera.

Varias veces he pensado tras este viaje en la visita nocturna del fantasma de Oskar Lambrecht, o en el sueño de su visita. Lo razonable es decir que sólo fue un sueño, aunque un sueño muy intenso. Y pienso ahora, cuando escribo estas palabras, varios meses después, que también esa visita o ese sueño fue importante para entender la realidad, que las respuestas nacen en las preguntas mismas y que todo contacto entre dos almas es una vía de doble sentido. Acaso, cuando respiré su aliento helado, cuando el fantasma de Oskar Lambrecht tocó mi brazo con su mano para hacerme saber lo que él pensaba y sentía..., también él pudo llegar a sentir lo que yo siento. Quizá no sólo fue una parte de su espíritu lo que entró en mí, sino que también una parte de mi espíritu entró en él.

Y acaso quedó tranquilo.

Lo cierto es que no ha vuelto a regresar a mi sueño.

JAULAS DE CRISTAL

A FINALES DE LOS CINCUENTA y principios de los sesenta, la adquisición de un televisor era un acontecimiento en cualquier familia de clase media. La primera cadena pública de la televisión alemana –ARD– comenzó sus emisiones en 1952, pero hasta el final de la década no se convertiría en un medio de masas capaz de influir en la conciencia colectiva, unificando la forma en que la población percibe la realidad y determinando sutilmente su comportamiento ante la misma. La televisión, en Alemania como en todo el mundo, será el arma definitiva del siglo XX, infinitamente más desapercibida y eficaz que cualquier bomba.

En el maletero del mismo Mercedes 170-S que José llegó a conocer (el doctor Pust me proporciona la matrícula que tenía en agosto de 1956: FL A390) Oskar Lambrecht lleva a su casa de Engelsby un televisor que distraiga los días de sus hijas, uno de esos primeros aparatos en blanco y negro con pantalla de esquinas redondeadas y mueble de madera, vertical, con un gran altavoz en la parte de abajo y cuatro patas inclinadas, marca Telefunken.

Ilse, que ha visto llegar el coche y sabe ya lo que contiene su maletero, le pide al señor Raschke que ayude a Oskar con el pesado aparato, protegido por una gran caja de cartón que entre ambos, con sumo cuidado, llevan a la sala de estar, depositándola junto a la pared medianera con el cuarto de las hermanas, bajo el retrato de Edelgard pintado por José.

—Esto va a ser una gran alegría para las chicas –dice el señor Raschke cuando ya su patrono ha retirado la caja. Y se queda, como Ilse, mirando con curiosidad a la pantalla vacía, donde sólo se aprecia el reflejo de las ventanas.

También Edelgard y Sigrid llegan de algún punto del jardín. Están impacientes por ver cómo funciona el aparato.

—Primero tiene que venir un electricista para poner la antena en el tejado–les avisa su padre.

Pero Sigrid, siempre más impaciente que su hermana, conecta el televisor.

—A lo mejor ya se ve algo –dice, mas lo único que se ve es un chiporroteo de puntos blancos y negros que despierta en sus gargantas el ruido de la risa:

—Parece una tormenta de nieve.

—Es una pelea de hormigas.

—¡Son los perdigones del camarada Kruschev dando un discurso en el Kremlin!

El señor Lambrecht no puede sino contagiarse del repentino buen humor de sus hijas. La foto del presidente de la Unión Soviética aparece con frecuencia en las portadas de todos periódicos del mundo, incluida la del *Flensburger Tageblatt* que recibe a diario la familia Lambrecht. En adelante, además del periódico y de la radio, la televisión entrará en las vidas solitarias de Edelgard y Sigrid, creando en sus corazones el engaño de que el mundo, a través de esa ventana en blanco y negro, llega a ellas.

—Les gustaba mucho ver la televisión –nos dijo la señora Raschke-, sobre todo el patinaje artístico.

Cuando las dos hermanas están sentadas frente a la pantalla, viendo a Marika Kilius y a Hans-Jürgen Baümler deslizarse por la pista de hielo como dos ángeles enamorados, casi se diría que son felices. La danza sincronizada con la música, las espirales y piruetas que sus músculos enfermos no pueden ni soñar, son vividas por ellas como una representación del paraíso.

Están solas además. Ya ni sus jóvenes amigos Lutz y Dieter las visitan. Hace ya tiempo que ambos acabaron el bachillerato y que estudian sus respectivas carreras de Ingeniería e Historia lejos de Flensburg. Sigrid sigue cantando, pero a Edelgard cada día le cuesta más tocar el piano. Incluso sujetar un libro entre las manos acaba siendo una tarea dolorosa para sus músculos. La televisión, la música y el canto de los pájaros son ahora su única compañía. Dixie, el perrito lanudo de Sigrid, se ha ido haciendo malo al hacerse viejo. Un día mordió a Ragna, la hija pequeña de los Raschke, lo que supuso un gran disgusto para todos. Desde entonces pasa atado muchas horas, lo que ha terminado por empeorar su carácter. El periquito, por fortuna, sigue pareciendo un pájaro feliz. Nunca deja de saltar de un palo a otro y de emitir dos o tres trinos cada vez que Edelgard se acerca con una hoja de lechuga a los barrotes de su jaula, como si ésta hubiera acabado por ser aceptada por el periquito como su único mundo posible.

También para Edelgard y Sigrid la casa de Engelsby ha terminado por ser el único mundo posible, ampliado solamente por la pequeña ventana del televisor.

En marzo de 1960, como muchos millones de alemanes, comienzan a ver en la ARD la serie *Am grünen Strand der Spree:* «En la playa del verde río Spree». En el primero de los capítulos –«El diario de Jürgen Wilms»–, una escena de casi veinte minutos muestra a las SS perpetrando una atroz matanza de cientos de judíos en una fosa común.

Tanto Edelgard como Sigrid tienen lágrimas en los ojos, un nudo en la garganta, seca la boca. Lo que aflora en sus labios es una sensación indefinible de rabia, de incredulidad, de compasión, de amargura, de recelo, de culpa.

—¿Pudo ser posible algo así?

La saliva de su padre es agria y espesa:

—Yo estuve en Rusia -dice- y el ejército alemán no mataba a civiles indefensos.

Ellas no se atreven a responder. Hay cuestiones de las que nunca han hablado. Tampoco han hablado nunca con su padre de las violaciones y torturas que sufrieron en Stettin. Hay cosas que se saben sin palabras, y que las palabras no curan. Hablar de ellas sería como hurgar en una herida con la punta de una tijera. Pero incluso el recuerdo de las vejaciones y sevicias sufridas en Stettin no logra equilibrar la balanza de sus almas. Aunque nunca se haya hablado en su casa de ello, saben que durante la guerra sucedieron cosas terribles, y también antes. Que mientras ellas asistían a las fiestas de la *BDM* y agitaban en el aire banderitas con la cruz gamada, otros chicos y chicas de su misma edad salían de sus casas con una maleta en la mano y una estrella amarilla en el abrigo. Algunos asistían a su mismo colegio y a su misma clase. Se fueron sin despedirse. Simplemente, una mañana no estaban sentados en sus pupitres, a los que nunca volvieron.

Pero entre esas ausencias y la fosa de cadáveres que su televisor les ha mostrado hay un abismo infranqueable. Conocer la verdad obliga a cruzar ese abismo caminando sobre una cuerda floja, algo que ni ellas ni millones de compatriotas se atreven a hacer.

Apagar el televisor es más sencillo. Y eso es lo que hace Ilse en este momento, la prima Ilse, relegada al silencio tantas veces:

—Sólo era una película –dice– y ya va siendo hora de acostarse.

Verse tratada de ese modo, como si fuera una niña pequeña, es algo que encrespa el ánimo de Sigrid:

—No era sólo una película, era la imagen de lo que no supimos ver, o la memoria de lo que no queremos recordar.

—Déjalo ahora, Sigrid –dice su hermana en voz baja–. Quizá no es el momento.

—¿Cuándo será el momento?– pregunta Sigrid, pero nadie responde.

En los meses sucesivos, un juicio convertido en espectáculo de masas será portada de todos los periódicos y de todas las televisiones del mundo, que retransmitirán sus sesiones como si de un evento deportivo se tratase, con sus comentaristas especializados y sus correspondientes pausas publicitarias. El 11 de mayo de 1960, agentes del Mosad secuestran en Buenos Aires a Adolf Eichmann y lo trasladan a Israel, violando la soberanía de Argentina y un buen puñado de leyes internacionales. Un mes después, el 11 de abril, comienza un proceso cuya sentencia era conocida desde el principio, al menos así lo afirma la filósofa judeo-alemana Hanna Arendt, que asistió a todas las sesiones del juicio, descrito y analizado profusamente en su obra, ya clásica, «Eichmann en Jerusalén: un estudio sobre la banalidad del mal». A lo largo de todo el juicio, Eichmann aparece en una cabina de cristal, y así se le ve en las televisiones de todo el mundo, delgado y frágil, con unos auriculares en los que oye la traducción simultánea del juicio, tan deficiente que el propio juez tiene que corregir varias veces al traductor. Así le verá también la familia Lambrecht en la sala de estar de su casa en Engelsby, siguiendo el juicio con una atención bastante mayor que la despertada en Alemania, acostumbrada a desconectar los televisores para evitar la cuerda floja sobre el abismo.

Pero la situación es diferente para Oskar Lambrecht. Eichmann, como él, era *Obersturmbannführer* de las *SS*. Como él, tenía un historial militar sin excesivo brillo. Como él, desempeñaba un cargo esencialmente organizativo y burocrático. Como él, procuraba cumplir su trabajo de la manera más eficiente... Les diferenciaban algunas cosas. La afiliación de Lambrecht al Partido Nazi era bastante más antigua que la de Eichmann (430.323 *versus* 899.895) y lo mismo sucedía en el escalafón de las *SS* (24.717 *versus* 45.326). Ambos poseían el Anillo de la Calavera, pero Eichmann poseía también la

Cruz al Mérito de Guerra de segunda clase mientras que él sólo contaba con una Medalla de Herido, en negro. Y la mayor diferencia: Eichmann estaba destinado en la Oficina Principal de Seguridad del *Reich,* donde dirigía la Sección de Asuntos Judíos *-Judenreferat-*, mientras que el destino de Oskar Lambrecht era el Estado Mayor de las *SS* del distrito del Mar Báltico, al cargo de la Oficina de Ayuda a las Víctimas de Guerra, *NSKOV.*

Pero ambos eran funcionarios disciplinados y minuciosos con su trabajo. A este respecto, resulta significativo el informe que los superiores de Oskar Lambrecht emiten en febrero de 1938, pidiendo su promoción:

Lambrecht posee habilidades que le capacitan como líder de la Unidad. Pertenece al grupo de los miembros antiguos de las SS y en todo momento ha estado dispuesto a luchar para nuestro Movimiento y para la Schutzstaffel sin tener en cuenta su propia persona. Desde su puesto oficial en el Distrito de Pomerania, siempre ha representado los intereses de las SS y se ha comprometido con sus objetivos. Su promoción sería particularmente deseable para todos los eventos públicos de importancia en los que debe aparecer con su uniforme de las SS.

En su calidad de jefe de la NSKOV, debe efectuar con frecuencia negociaciones con los líderes del «Kyffhäuserbund».* Todos los líderes de esta orga-

---

* Organización que agrupa al conjunto de asociaciones de veteranos de guerra y reservistas de Alemania. Debe su nombre al Monumento «Kyffhäuser», levantado en la cima de la montaña de igual nombre, en el estado de Turingia. Ya antes de la Primera Guerra Mundial, esta organización contaba con 2,8 millones de afiliados, siendo una de las mayores organizaciones de Alemania.

nización, elegidos conforme a las disposiciones del Reichsführer de las SS, llevan uniformes de mucha mayor graduación que Lambrecht y muestran una actitud que está determinada por un punto de vista puramente militar. Para ellos, por lo tanto, medido de este modo, el teniente y Gauamtsleiter Lambrecht es siempre un subordinado. En todos estos líderes, de edad avanzada, no es previsible un cambio de actitud. Ante ellos, Lambrecht se presenta con su uniforme de Jefe de Oficina y no como un dirigente de las SS, lo que puede conducir a un fracaso de las negociaciones imputable a la actitud de los dirigentes del «Kyffhäuserbund», no a Lambrecht.

Como ya se destacó anteriormente, Lambrecht representa a las SS en numerosas oportunidades, y siempre actúa de acuerdo a los principios de la Schutzstaffel. En consecuencia, un rango de capitán de las SS sería preferible, y también un merecido reconocimiento a la labor realizada para la Schutzstaffel.

Difícilmente se pueden recibir mejores elogios de un superior. Y sólo cabe agradecer a la buena suerte que dichos elogios no procedieran de Reinhard Heydrich, superior jerárquico de Eichmann en la Oficina Principal de Seguridad del *Reich*.

¿Pensaría en estas circunstancias Oskar Lambrecht mientras contemplaba en la pantalla del televisor a su colega de las *SS*, trajeado de negro, cariacontecido, expuesto al mundo como un monstruo? De haber sido otra su suerte, ¿no podría ser él quien estuviera encerrado como un monstruo en esa jaula de vidrio?

Coincidiendo con el juicio a Eichmann, cuya sentencia será la previsible, las televisiones de todo el mundo vuelven a mostrar una vez más las terribles escenas grabadas por los aliados al final de la guerra. Rostros famélicos en las alambradas de los campos de concentración. Hornos crematorios. Montañas de pelo, de zapatos, de gafas. Montañas de cadáveres desparramados en enormes fosas colectivas.

El infierno no puede ser peor. Y aunque un infierno semejante haya sido sufrido por millones de alemanes, las imágenes que muestran los televisores son coincidentes y unánimes al dictaminar quiénes fueron las víctimas y quiénes los verdugos.

Poco importa, por tanto, que para encerrar a Eichmann en esa jaula de cristal se hayan vulnerado leyes internacionales y pasado por alto la resolución del Consejo de Seguridad de las Naciones Unidas. Cuando el presidente Ben Gurión ordena su secuestro, nadie en Israel tiene dudas sobre la sentencia del juicio.

Tampoco Oskar Lambrecht, sentado junto a Edelgard frente al televisor, tiene dudas sobre ello:

—Está condenado desde el minuto que ordenaron su secuestro -dice-. Después del escándalo internacional que han montado, harían el ridículo más espantoso si lo absolvieran.

El argumento es convincente, al menos para Edelgard. Más que a un hombre, lo que se pretende juzgar es aquello que ese hombre representa. Y sólo la suerte ha dictaminado que quien está en esa jaula de cristal sea Eichmann y no cualquier otro, su padre por ejemplo. Poco importa que el hombre allí sentado sea un asesino responsable de crímenes horrendos, un funcionario acobardado pero eficiente en su trabajo, o una mezcla homogénea de ambas posibilidades.

Los noticiarios alternan la imagen de Eichmann en su jaula de cristal con viejas fotografías en las que aparece sonriente, luciendo el mismo uniforme de *Obersturmbannführer* que Edelgard y Sigrid recuerdan en fotos parecidas, quemadas por su madre al final de la guerra. Y todo las confunde. Imaginan a su padre en esa jaula, sujeto a las miradas del mundo, y sienten una compasión inmensa por ese hombre que se declara inocente de todas las acusaciones, sólo culpable de haber obedecido órdenes superiores. Pero también sienten una terrible repugnancia por las imágenes que no pueden borrar de sus ojos. Sus antiguos ideales son ahora un puñado de ceniza mojada, fango negro que emponzoña sus almas. No están seguras de nada. Cada día, contra su voluntad, crecen las dudas y menguan las certezas. Noche a noche, las imágenes de la televisión vuelven a sus ojos como esqueletos de humo, cadáveres que se resisten a morir. No puede ser, se dicen. En el aroma de los recuerdos, en los felices días de su infancia en Stettin, jamás imaginaron que monstruosidades como ésas pudieran coexistir con las canciones escolares, las exhibiciones gimnásticas, las hogueras bajo las estrellas o los desfiles juveniles que inundaban de banderas al viento el corazón de Alemania. No puede ser. Es imposible que sea cierto. No. No puede ser... Y, sin embargo, la evidencia transmitida por la pantalla del televisor acaba imponiéndose con terquedad de plomo.

Apagar el aparato es la única defensa. Y sin embargo, por su propia experiencia, ambas saben que cerrar los ojos no es un antídoto contra la realidad.

Dos años después, el día que Eichmann fue ahorcado y sus cenizas arrojadas al Mediterráneo, lejos de las aguas jurisdiccionales israelíes, Edelgard y Sigrid se hicieron la ilusión de que todo, finalmente, había terminado. Muerto el perro, se acabó la rabia. A los ojos del mundo se había hecho justicia y quizá ahora pudieran respirar sin el peso de la culpa, abandonar para siempre el lado del verdugo para regresar al territorio de las víctimas.

Pero todo era una ilusión, como las «rompenieves» que vencían al invierno, como la mano de Dios en el tronco del árbol muerto. No era suficiente asumir la culpa para alcanzar la paz. El mismo Eichmann había confesado en el juicio: «Me ahorcaría con mis propias manos, en público, para dar un ejemplo a todos los antisemitas del mundo». También ellas se ahorcarían algunas noches para impedir el tormento de sus pesadillas. Y una de esas noches llega el 6 de mayo de 1965, cuando la *ARD* emite el documental de Egon Monk titulado «Un día: Relato de un campo de concentración».

Esa noche, es su padre quien trata de apagar el televisor:

—Todo es mentira —dice, como tantas otras veces—, pornografía de charcutero para envenenarnos y poner al mundo contra nosotros.

—¿Contra nosotros? —pregunta Sigrid.

—Contra nosotros. Contra Alemania. Contra todo aquello por lo que dimos lo mejor de nuestras vidas.

—Aunque sea mentira, hoy quiero verlo –dice Edelgard en un tono que no admite réplica, y conecta de nuevo el televisor mientras su padre da un portazo y sale al jardín, donde sus hijas le ven encender un cigarrillo y sentarse en una de las sillas de aluminio, bajo la noche inmensa.

En ese instante, en la pantalla del televisor, un cuerpo cuelga de una alambrada de espino, muerto a tiros en la noche, cuando trataba de escapar del campo de concentración de Sachsenhausen.

—Tiene razón vuestro padre –dice Ilse–, ver estas cosas no es bueno para nadie. Las cosas fueron como fueron y ya no tienen remedio.

—Sí, eso es cierto, ya no se puede volver a ahorcar a Eichmann –exclama Sigrid con amarga ironía–. A lo mejor tienen que ahorcarnos a nosotras.

La respuesta molesta a Ilse.

—Sois insoportables –dice, y se encierra en la cocina para terminar de fregar y recoger los platos de la cena, dando un portazo.

El padre, en el jardín, ha encendido otro cigarro. Edelgard apaga el televisor y un silencio glacial se extiende por la sala de estar. La respiración de Edelgard, la respiración de Sigrid, son témpanos de hielo que sobrenadan el silencio en olas breves. Incluso las lágrimas que han asomado a sus ojos parecen detenerse como un rocío helado.

—Deberíamos llamar a papá –dice Edelgard–, hará frío en el jardín.

La noche, en el jardín, es menos fría que las agujas de hielo clavadas en el corazón de ambas hermanas. Pero Sigrid asiente con la cabeza y se dirige hacia la puerta:

—Papá, por favor...

El padre entra, y con él, pegado a su ropa, entra el frío de la noche.

—¿Contentas? -pregunta-. ¿Habéis visto ya lo que queríais ver?

—¿Qué queríamos ver, papá? ¿Qué crees tú que queríamos ver?

El padre calla, y se sienta en su sillón orejero con un aire derrotado que no es usual en él y que sus hijas nunca han visto.

—Las guerras -dice finalmente- son siempre una calamidad, creo que en esta familia deberíamos saberlo mejor que nadie.

Edelgard remueve las brasas de la estufa. Su mano tiembla, tiembla su voz:

—Lo que hemos visto no es fruto de la guerra. Eran esqueletos cubiertos de piel, no les había matado una bala en una trinchera.

—¿Esqueletos cubiertos de piel...? ¿Es que ya no recordáis? ¿Qué erais vosotras cuando llegasteis a Flensburg? ¿Cuánto pesabais? ¿Qué comíais en Stettin cuando acabó la guerra? ¿De qué murieron vuestra madre y vuestros hermanos?

Crepitan las brasas de la estufa, ensanchando el silencio que se hace tras cada pregunta.

—¿Conocéis a mi amigo Kurt? ¿Sabéis cuántos prisioneros estaban con él en Rheinberg, en Heidesheim, en Núremberg...? ¿Sabéis cuántos murieron de hambre...? Y ya no había guerra. Ya no había un ejército. Ya ningún soldado alemán tenía una pistola con la que pegarse un tiro. Sólo hambre. Los almacenes de los americanos estaban llenos de víveres y a nuestros soldados se les negaba un trozo de pan.

—Pero tú no estuviste allí.

—Tampoco vosotras estuvisteis en Auschwitz o en Sachsenhausen y creéis lo que os dicen. Yo estuve en Rusia y sé lo que vi. Kurt fue prisionero en Heidesheim y en Rheinberg, y sabe lo que vio. Antes de escapar de aquel infierno, vio morir a cientos de buenos soldados, pero fueron cientos de miles los que murieron en los campos de concentración de los aliados... De hambre, de frío, de disentería. Y no hablo de Siberia. Hablo de soldados alemanes prisioneros en suelo alemán. No había comida, ni más agua que la lluvia, ni un maldito barracón donde protegerse del hielo. Para dormir excavaban agujeros en el suelo. Comían hierba. Bebían su propia orina... ¿Es eso lo que habéis visto? ¿Es eso lo que queríais ver?

—No estamos hablando de eso, papá -Edelgard se ha sentado junto a su padre, en el brazo del sillón, y acaricia su cabeza en un gesto breve-. No hablamos ahora de los crímenes cometidos contra nosotros, sino de los que nosotros cometimos.

—¿Nosotros? ¿Quiénes somos nosotros? ¿Tú cometiste algún crimen? ¿Lo cometió Sigrid? ¿Lo cometieron tu madre o tus hermanos? ¿Crees que yo he sido un criminal?

—Yo, papá, no creo nada. No estoy segura de nada. Sé que tú eres un hombre bueno, un idealista. Sé que soñábamos un futuro mejor para Alemania, otro mundo. Sin embargo...

Las palabras de Edelgard quedan en el aire, como si huyeran de su boca, como si no encontraran un átomo de materia donde cobijarse para ser más que palabras.

—¿Sin embargo? -pregunta el padre.

Edelgard sigue en silencio, y sólo al cabo de muchos segundos es Sigrid quien responde:

—Es horroroso lo que hemos visto, papá.

—¿Horroroso...? ¿Cómo murió mamá, cómo murieron vuestros hermanos?

—No hablamos de eso, papá -insiste Edelgard-. Nosotras sabemos cómo murieron. Soportamos un infierno no más pequeño que el tuyo o el de tu amigo Kurt, pero no hablamos de eso. Hablamos del infierno que hicimos padecer a otras personas. Seis millones de judíos..., papá.

—Estáis locas -dice el padre-. ¡Seis millones de judíos! ¿Cuándo hubo en Alemania seis millones de judíos?

—¡Pues en Europa...! -grita Sigrid-. ¡Nosotras no llevamos la cuenta de los judíos asesinados en Europa!

—Parece que nadie quiere llevar esa cuenta. Seis millones era el número total de los judíos que había en toda Europa. En 1940, la población judía mundial era algo superior a quince millones... ¡Casi los mismos que al acabar la guerra! ¿Dónde están entonces los seis millones de judíos asesinados?

—Pero, papá... ¿Qué estás diciendo? -protesta Edelgard-. Incluso yo me acuerdo que los judíos de Stettin desaparecieron de la noche a la mañana. La sinagoga fue incendiada. ¿Cómo vamos a negar aquello de lo que fuimos testigos?

—Yo no lo estoy negando. Sólo cuestiono las cifras.

—Fuimos testigos y fuimos responsables. Lo importante, más que las cifras, es el hecho en sí mismo.

—Un millón de soldados alemanes murió en los

campos de concentración de los americanos y de los ingleses. ¿La cifra no es importante? Quince millones de alemanes fuimos expulsados de nuestros hogares. ¿Esa cifra tampoco es importante? Dos millones de civiles murieron durante la deportación. ¿Tampoco esa cifra te parece suficientemente grande?

Ilse, secándose las manos con el delantal, ha salido de la cocina y trata de poner calma:

—Esta discusión no conduce a nada –dice, mirando fijamente a Edelgard y a Sigrid–. Los muertos están muertos y nadie los va a resucitar asumiendo culpas o dejándolas de asumir. Hablar de estas cosas sólo nos hace daño, y bastante daño hemos sufrido, ¿no os parece? Señalar a los culpables no va a devolveros a vuestra madre ni vuestros hermanos... Os he oído decir que lo importante no son las cifras, y en eso estoy de acuerdo. Lo importante es olvidar. Y si no se puede olvidar, vivir como si se hubiera olvidado.

Crepitan las brasas en el silencio que se extiende tras las palabras de Ilse. Sigrid, llorando, se levanta de su silla con dificultad para abrazarse a su padre. También Edelgard llora. Todos lloran. Todos saben que sin el olvido la vida es imposible. Y también saben lo difícil que resulta el olvido.

Nunca, en adelante, volverán a hablar de este tema. Cambiarán de cadena o apagarán el televisor cada vez que una imagen del Holocausto aparezca en las pantallas. Vivirán en una jaula de cristal no muy distinta a la de Eichmann. Los poetas antiguos, la música, las románticas novelas de amor del siglo XIX serán el alimento de su espíritu. Y el silencio suplirá al olvido.

60

SOBRE LA MUERTE

Siento que la vida de Edelgard, como esta historia de su vida, se aproxima a su final. La muerte, en sus cartas, es apenas un susurro que ni cesa ni se oye, una palabra que aflora pocas veces y que, cuando lo hace, aparece como un deseo nacido de la desesperación o, con más frecuencia, sublimado por sus ideas sobre Dios, la vida, la eternidad. Así, el 22 de junio de 1950, le escribe a José:

> *Cada muerte es causa de una nueva creación. El nacimiento y la tumba; es como un mar eterno, un tejido cambiante, una vida ardiente. Todo es una sola y perpetua circulación: el universo, la naturaleza, la vida, el alma, la sangre, el nitrógeno, el agua, las estaciones, el día, la noche, la poesía, etc., etc., todo transcurre, todo es una transformación y una duración en el cambio y en ese cambio conocemos su duración. El genio de Dios planea sobre todo y*

lo mantiene todo en actividad, pues Él mismo está en eterna frescura y en eterna transformación. Por consiguiente: la Naturaleza –el símbolo de la vida, la manifestación de la Divinidad– es inmortal.

Todo, José, es una circulación; ¡sí, todo! Considera el agua. ¡Verdaderamente, el agua es una parábola! Es una transformación y una duración en el cambio. Nosotros reconocemos en ella los símbolos eternos. El océano es el fin y el origen: una nube delicada, plateada, se eleva del seno del océano y se reúne con un sombrío ejército; más y más nubes se van amontonando en las montañas, se empujan, se oprimen y cuando el trueno rueda sobre las nubes gigantescas, se precipitan como en un diluvio, como una catarata sobre la tierra. Y la tierra abre sus poros, sus bocas, y bebe y mama. Después hace brotar los manantiales en agradecimiento. Del manantial nace el arroyo y del arroyo el río y del río el gran río, cuyo aliento se mezcla con el soplo de la bruma del próximo mar. Las gotas se deslizan de arriba abajo y de abajo arriba, y envuelven las torres, y los paisajes son suaves velos de niebla. En algún sitio, tras las dunas, ruge el océano, el fin, el origen. Del manantial a la desembocadura hay únicamente un círculo.

En ese círculo, para José, la muerte es una presencia explícita y continua, a la que regresan una y otra vez sus reflexiones hasta convertirse en una obsesión que le persigue a lo largo de su vida. Incluso la idea del suicidio, que jamás aparece en las cartas de Edelgard, se repite con frecuencia en los escritos de José, de manera más cruda y descarnada en el segundo de sus diarios. Así, en fecha imprecisa, después de unas plácidas vacaciones en Bali, José escribe:

> *Pienso en la muerte. Creo que, con mayor o menor asiduidad, siempre he pensado en mi muerte, la he deseado en muchas ocasiones, la intenté incluso, en una ocasión, en mi juventud (cuya página arranqué después de mi diario) y me parece que nunca la he temido. Ahora, desde el viaje de vacaciones de este verano a la isla de Bali, me parece haber encontrado el lugar ideal para morir. Para morir de muerte propia y pura desaparición. Me gustaría volver allí y encontrar un lugar solitario, junto a la selva y cerca del mar, donde ir poco a poco adentrándome en una total y absoluta consunción, en una desaparición anónima y completa. O bien, me gustaría ser incinerado y que mis cenizas fueran esparcidas con el viento. No quisiera morir de muerte «natural», es decir, de enfermedad, dolor y vejez. Mejor escoger la propia muerte y, a ser posible, desintegrarse después. En el mar, disuelto entre las algas o alimentando peces. Pero no dejar rastro, ni fecha, ni recuerdo.*

Para Edelgard, por el contrario, a pesar de su enfermedad y de sus muchos dolores –que llegan a impedirle lo que más ansía: escribir, tocar el piano, pasear por el bosque, tener un hijo– la vida sigue siendo un torrente en el que zambullirse, una llama en la que arder. En una de sus primeras cartas le había escrito a José: «mi único deseo es recorrer el bosque cercano y beber a copa llena esta belleza arrebatadora que la primavera ha extendido por todas partes». Vivir. Sólo vivir. Vivir a pesar de todo. Vivir porque «no hay nada que no tenga sentido en la vida de una persona». Vivir porque «cada época, ya sea feliz o llena de tristeza, construye y enriquece al hombre, le hace crecer y madurar».

En 1970, cuando Edelgard muere, ninguna luz roja se enciende al otro lado del puente de las estrellas. José no presiente su muerte. En realidad, hace tiempo que no aparecen en su diario esas tres sílabas del nombre que tanto amó, con las que medía sus pasos en las carreteras de Bélgica. No la ha olvidado ni nunca la olvidará. Pero sólo en muy contadas ocasiones vuelve a escribir sobre ella:

Esta mañana –escribe el 30 de diciembre de 1955– he estado, por casualidad, echando un vistazo a los cuadernos de mi diario. He leído casi todo el correspondiente al año 1953, sobre todo las impresiones de mi viaje a Alemania. He releído las cartas de Edelgard. Otra vez, de repente, me he sentido sumergido en todo aquel maravilloso y extraordinario encanto. He recordado poderosamente a Edelgard y he pensado mucho en ella. Al releer sus cartas he comprendido otra vez que todo aquello fue maravillosamente hermoso e ideal. Hubiera querido que todo hubiera continuado, que no se hubiera perdido. Hubiera deseado tener noticias suyas, saber de ella, de su vida, de cómo está, de si es feliz... He sentido deseos de volver a escribirle. ¿Cómo habrían sido las cosas si me hubiera ido a Alemania y me hubiera casado con

> ella? ¿Habría sido ella feliz, habríamos sido felices los dos?...
>
> He comprendido que aquello fue algo hermoso e ideal que pasó por mi vida y que nunca olvidaré, y he sentido remordimientos por haberlo perdido. ¡Pobre Edelgard! ¿Qué será de ella? Daría algo por tener noticias suyas y saber que es feliz. Daría algo por volver a verla, por que no me guardase rencor, por que aún conservase de mí un grato recuerdo, una chispa de amor tal vez. Yo siento dentro de mi corazón que todavía la quiero y deseo desde lo profundo de mi alma que sea feliz y que el Buen Dios la proteja.

En 1956, Edelgard aparece dos veces más en los diarios de José, cuando, ya casado con Lolita, malvive y mal trabaja en unos grandes almacenes de París. En la Nochebuena de ese año, como una vaga añoranza, resurge en su alma

> el recuerdo de Edelgard, un poco triste, un poco doloroso, y también un poco consolador. ¡Pobre Edelgard! ¿Qué será de ella?... Y una ligerísima sombra de ensoñación, amargura y remordimiento pasó rozándome lo más sensible del corazón, allí donde siempre permanecerá un cálido rescoldo de amor a su memoria.

Luego, el nombre de Edelgard desaparece durante veinte años. Dos enormes décadas de silencio, en la segunda de las cuales muere toda la familia Lambrecht.

En todo ese tiempo, José apenas escribe. Sólo, de vez en cuando, algún poema, algún desahogo en su diario, las correcciones a los dos libros de poesía que se publican en 1959 y 1960, «Tratado de cosas alegres» y «Especie pensativa», escritos años antes. A partir de 1961, la nada. Años enteros sin escribir una página. En 1970, año de la muerte de Edelgard, efectúa una sola incursión en su diario para lamentarse vagamente del paso del tiempo y de las «esperanzas que en sí mismas albergan la resignación con su inutilidad».

Ninguna referencia a Edelgard. Ninguna luz de alarma encendida bajo el puente de las estrellas, donde la vida de José transcurre en la rutina cotidiana del trabajo, de los hijos, de una felicidad sin pena ni gloria contra la que no cabe rebelión alguna. Edelgard ha terminado por ser una parte ignorada de su alma, desapercibida por su propia y constante permanencia.

Hasta mayo de 1976, no regresa su nombre al diario de José, cuando intuye que Edelgard ha muerto. Otra vez, como hace siempre que el vacío cotidiano le resulta insoportable, vuelve a leer sus viejos cuadernos, como si en ellos pudiera retomar el hilo perdido de lo que pudo ser y no fue:

> *Durante estos días pasados, he estado releyendo, desde el principio, desde el primero, todos aquellos cuadernos de mis diarios en los que iba volcando mis inquietudes, mis angustias, mis ambiciones y esperanzas y mis alegrías de juventud. Y me ha resultado curioso observar en ellos mi transformación, poco a poco, de aquel muchacho profundamente religioso,*

cándido, idealista y soñador del primer cuaderno, en este hombre casi desesperanzado, casi desilusionado, casi totalmente incrédulo y quizás racionalmente desengañado de tantas cosas, que ahora soy.

De todo mi pasado, consignado en todas esas páginas y páginas monótonas, insustanciales y puede que aburridas, que han ido dibujando mi vida sin relieves, lo único bello, ideal y puro fue mi enamoramiento de Edelgard, los cinco años que viví prendido en el encanto precioso de su amor y de sus cartas. ¡Cómo he sentido en mi corazón el recuerdo de Edelgard durante esta lectura! ¡Cómo he sentido el sincero dolor del remordimiento atenazarme un poco el corazón! ¡Que mundo maravilloso el que me crearon sus cartas, qué momentos aquéllos de las tardes sentado en el borde de su cama del hospital de Schleswig! ¡Cuánto daría por volver a saber de ella, por saber qué ha sido de su vida y si ha sido feliz! No sé por qué, tengo la impresión de que ha muerto. ¡Qué tremendo giro hubiera experimentado mi vida de haber llevado adelante aquel impulso heroico y aquellas promesas que traía de Flensburg! Creo ahora que obré de modo absolutamente egoísta y todavía lo lamento en el fondo de mi corazón. Aunque, quién sabe si, después de todo, yo hubiera conseguido hacerla verdaderamente feliz. Era un ser que no pertenecía a este mundo.

Y de nuevo el silencio, seis años esta vez. Hasta la noche de 1982 en que Edelgard, por dos veces, le visita en sus sueños.

—No te puedes imaginar la impresión que me causó ese sueño, más real que la vida -me llegó a decir José.

Todavía bajo esa impresión, escribe un bello poema en esperanto, lengua de hermandad universal a la que se dedicará en cuerpo y alma durante más de una década. El poema, que no se encuentra en la edición de su «Poesía Completa», forma parte de un librito titulado *Verda Fumo,* «El humo verde». Su rareza, tanto por la dificultad de la rima consonante en esperanto como por la escasísima difusión que tuvo el libro, me tienta a transcribir la primera estrofa en su lengua original, seguida de la traducción íntegra del poema, que por fuerza pierde en mis palabras mucho de su aroma y su frescura:

Ĉinokte, kvazau vera, dufoje mi ŝin vidis,
dufoje mi kisadis plore sian vizagon.
Kaj vekigo dufoje mian songon disigis
Dum la ombroj forvisis sian helan vestajon.

* * *

Anoche, como en sueños, dos veces la veía,
Por dos veces, besaba yo su rostro llorando.
Y el despertar, dos veces mi sueño deshacía
y su claro vestido la sombra iba apagando.
¿Por qué tan bellos sueños tras los años reviven?
¿Por qué, tras tantos años, esta nostalgia siento,
esta ansiedad extraña que de nuevo me sigue
como un perfume amado en las ondas del viento?
Tras su desesperanza, vi que hacia mí venía:
una paz infinita se extendía a su paso,

se iluminaba el aire, su mano me tendía
y su clara presencia inundaba el espacio.
Comprensión muda, sólo. Sin gesto, sin palabra.
Con caricia dulcísima la besaban mis labios.
Una dicha indulgente le iluminó la cara
y la maldad humana sus ojos olvidaron.
Mas de nuevo en las sombras el sueño se deshace
mientras queda en mi pecho una imagen tan viva
que una amargura triste, nostálgica, me invade
al ver tras la ventana la nueva luz del día.

A veces, tras los años, ya tantos transcurridos,
tan grises ya mis sienes, cuánto desearía
regresar al pasado de los sueños perdidos
y allí quedar por siempre, mientras pasa la vida...

Ese deseo final expresado en el poema, volver hacia atrás y quedarse para siempre en el país de los sueños perdidos −el país donde Edelgard vivió toda su vida−, está expresado antes de saber con certeza que ella ha muerto. Luego, cuando José recibe la respuesta a la carta que ha enviado al Ayuntamiento de Flensburg, cuando la señora Bugdoll le da detalles sobre el triste fin de Edelgard y de toda su familia, José vuelve a sumergirse en un pozo donde las ideas de la muerte son constantes.

La muerte, sí, la muerte, que no descansa nunca, que siempre está presente. Como ahora, hace unos días, cuando murió mi hermano, cuando llegué a su lecho al exhalar sus últimos alientos, con los ojos ya turbios y el silencioso corazón apenas trabajando con sus últimas fuerzas. Luego, en un instante, la palidez, el azulado velo, el todo terminó, el cuerpo como un trapo que poco a poco se endurece y al que hay que cerrar los ojos y componerlo todo en actitud de sueño. El sueño de la muerte. Y las preguntas, y los desparramados pensamientos que no encuentran apoyo ni respuesta. Y el dolor y las lágrimas y la vida nuestra que, al lado de la suya ya parada, todavía prosigue. Hasta aquí. Nunca más. Jamás lo volveremos a ver entre nosotros y esto es lo que sorprende, la gran ausencia. Pero seguirá vivo en nosotros mientras lo recordemos.

Como tantos amigos que sucesivamente fueron ausentándose y de los cuales sólo unos recuerdos perviven y los mantienen vivos en nuestro corazón. Como Edelgard, muerta hace ya doce años. Y, sin embargo, la siento ahora tan viva en mi interior, que me parece que en un instante puede surgir en el aire, con sus labios tan pequeños y tristes y sus ojos penetrando más allá de las cosas. Pobre Edelgard, ¡cuánto la quise y cómo todavía la guardo en mi corazón! Comprendo bien ahora por qué las religiones, los cultos a los muertos, el afán implacable de creer que hay algo que no muere, que no puede morir, que no es posible el nunca más, que es necesario que algo de los que amamos sobreviva flotando a nuestro lado y no nos abandone. Tenemos que creer en el espíritu. Tiene que haber al otro lado un reino de la luz donde las almas se amen. Hay que inventar un paraíso donde tantas preguntas sin respuesta no sean ya necesarias, donde la fe no exista y todo ante una *luz se justifique. El reino de las almas, donde todo sea limpio y puro y feliz para siempre. Y es preciso también que, alguna vez, las almas vuelvan por un instante a nuestras vidas y nos susurren su mensaje, que se nos muestren en apariciones, que nos dejen su signo, una señal, un eco, la apenas sombra de su imagen, el aliento fugaz de unas palabras que sugieran la imposible certeza de su amor.*

UN PLAZO ACORDADO

Edelgard, mein Traum. El sueño de José convertido en mi propio sueño... A lo largo de tres años he intentado encontrar alguna huella de su paso por el mundo. Sin las fotos y las cartas que José guardó celosamente toda su vida, nada quedaría de ella. En vano he intentado a lo largo de estos tres años hallar alguno de sus otros escritos, algún cuento como «El violín del Rey», alguna otra carta.

Al comenzar mi búsqueda, cuando sólo tenía sus cartas, escribí a todas las personas de apellido Lambrecht cuyas direcciones pude conseguir, una en Szczecin, dos en Flensburg, cuarenta o cincuenta diseminadas a lo largo y ancho de Alemania. Brevemente les explicaba la historia de Edelgard y Sigrid en Flensburg y en Stettin y les preguntaba si habían tenido algún familiar con estos nombres y esta historia. Casi todos me respondieron. Algunos me confesaban que se habían emocionado con los padecimientos de «esas dos pobres chicas» y la mayoría me deseaba suerte en mi búsqueda, pero nadie formaba parte de su familia. Muchos meses después, en vísperas de Navidad, el servicio de búsqueda de la iglesia alemana me respondía asimismo que, tras mucho esfuerzo, no habían logrado encontrar a ningún familiar de Edelgard y Sigrid.

HöK
Servicio Eclesiástico de Búsqueda
Sede Central de Stuttgart

Búsqueda de familiares de Edelgard Lambrecht.

Estimado Sr. Abella:

Atendiendo a su deseo, hemos llevado a cabo la investigación sobre los miembros de la familia de Edelgard Lambrecht que pudieran existir.
Nuestros esfuerzos no han obtenido éxito. A pesar de que la investigación ha sido intensa, el destino de sus parientes no ha podido ser resuelto.
Nos habría gustado darle noticias positivas.
Las fiestas familiares de la Navidad están a las puertas. Les deseamos de corazón a usted y a su familia una feliz Navidad, con sus horas de reflexión y calma y también con sus muchos momentos alegres.

Un cordial saludo,

Hannelore Stuhlmüller y Gertrud Sander, secretarias.

La carta me desalienta, pero la felicitación navideña contenida en un escrito de este tipo me conmueve y no puedo sino recordar los mensajes navideños contenidos en la correspondencia de Edelgard. Así, cuando en 1949 José le pregunta con inocencia si también en Alemania se celebra la Navidad, ella le responde:

La víspera de la Navidad es el día más magnífico de estas fiestas: cuando brillan las innumerables bujías de nuestro árbol de Navidad, el «Weihnachtsmann» viene a nosotros y nos trae del cielo el mensaje de la Navidad, el mensaje del amor, del sol y de la paz y los cariñosos regalos. Cantamos nuestros hermosos «Weihnachtslieder» y, mirando las velas, soñamos maravillosos sueños. «Weihnacht» quiere decir «geweihte Nacht» (noche sagrada) y por ello los alemanes no celebramos esta fiesta con alegría ruidosa, sino con una alegría interior. Aquí «Weihnachten» es la fiesta del ensueño, de la devoción, la gratitud, la alegría, el amor y el profundo «Sehnsucht» que vuela hasta los seres lejanos que amamos. ¡Me gustaría que pudieras ver los ojos de las personas (especialmente los niños), que brillan como estrellas y parecen haber absorbido todo el encanto de un cuento de hadas! Alguna vez tienes que pasar una fiesta de Navidad en Alemania para conocer toda su belleza; quedarías encantado y no lo olvidarías nunca. Las chispeantes bujías son el signo de que la luz ha vencido a la oscuridad y el amor ha vencido al odio, la bondad a la maldad, la fidelidad a la infidelidad. ¡Ah, qué maravilloso es cuando las campanas anuncian la «Weihnacht» y llaman a las gentes a la «Weihnachtmesse»...! Ahora ha pasado ya la más hermosa de todas las fiestas, demasiado aprisa, me parece, pero así sucede con todas las cosas hermosas: se van volando como un sueño dejando en nosotros un ardiente «Sehnsucht»...

En cualquier caso, la carta navideña del Servicio Eclesiástico de Búsqueda con sede en Stuttgart me confirma que no queda ningún familiar de Edelgard, lo que significa que no encontraré ninguno de sus escritos y que mi trabajo, probablemente, ha llegado a su final. Pero que esa carta esté en mis manos, el simple hecho de que persista un servicio de búsqueda tantísimos años después de acabada la guerra, me confirma también la enorme dimensión de la tragedia que supuso expulsar de sus casas a quince millones de alemanes, un océano en el que Edelgard y Sigrid eran sólo dos lágrimas.

Expulsadas de Stettin, Flensburg acabó siendo su nueva patria, por más que Edelgard, en una de sus primeras cartas a José, dijera que esa nueva patria «no será nunca mi patria».

¿Quedará en su patria, en Pomerania, en el Stettin transformado en Szczecin, algún recuerdo de la familia Lambrecht?, me pregunto.

En Flensburg, todavía pude hallar la huella leve de su paso. Pero tengo la convicción de que en Stettin no existe huella alguna. Lo único que permanece, estoy seguro, son los datos que me fueron enviados desde el Registro Civil, los nombres de su madre y sus hermanos en la abrumadora relación de fallecidos en marzo de 1946. Eso es lo que queda. Unos nombres en un papel. Y unos huesos enterrados en una fosa anónima, probablemente en el antiguo cementerio de Nemitzer, cercano al hospital donde murieron.

Es como si toda la familia de Edelgard compartiera el destino soñado por José: «No dejar rastro, ni fecha, ni recuerdo». Ya en mi primer viaje a Flensburg pude comprobar que tampoco allí, en el cementerio Friedenshügel, existía una tumba con su nombre. Sólo, en un extenso listado informático, una anotación que indica el lugar donde se vació la urna que contenía sus cenizas. Pero, al menos, existe ese lugar, allí, bajo los árboles del norte. Un lugar donde es posible escuchar el silencio, donde los latidos de la tierra se transmiten a la mano que acaricia la hierba. Y pienso que no todo está perdido. Quizá nada se pierde. Hay puertas invisibles en las cosas más pequeñas, pasadizos de luz que nos acercan a los misterios que la palabra no puede explicar. Allí, en Friedenshügel, mientras ponía mi mano sobre la hierba, sentí que se abría una de esas puertas. Allí, sobre la tierra y la ceniza, crece ahora un árbol grande y frondoso, un haya en cuyas ramas tiritan, absorbidos por las raíces, algunos de los átomos que latieron en el corazón de Edelgard.

De regreso a España tras aquel primer viaje, cuando le llevé a José la ramita de ese haya que corté para él, apenas percibí en sus ojos una emoción distinta a la perplejidad y el desasosiego de no entender qué era aquello que le entregaba.

—Es una ramita del árbol que crece sobre las cenizas de Edelgard –le insistí varias veces, hasta que acabó por comprenderme.

Entonces asomaron las lágrimas a sus ojos y la lucidez a su boca. Lolita, en la cocina, preparaba el café que yo le había pedido.

—¿Qué piensas? -le pregunté.

—Ya casi me he olvidado de pensar -me respondió-, empiezo a ser como una piedra en el borde de un camino, como el aire donde se perdieron todas las palabras.

—No está mal eso que dices, has comenzado a ser el poema del poeta.

José me sonrió con benevolencia:

—Si algo pienso ahora, es que nos queda poco tiempo. Te prometí dos años de mi vida, ¿lo has olvidado?

No lo había olvidado, pero durante los dos últimos años había preferido no pensar en ello, dejar pasar el tiempo y que fuera José quien lo olvidara.

—Me temo que necesitaré una prórroga -le dije.

—¿De cuánto? -me respondió él, pero en ese instante apareció Lolita con la bandeja del café y nuestra conversación quedó en el aire, barrida por las preguntas y explicaciones sobre mi experiencia en Flensburg...

Dos años antes, en uno de los primeros viajes que yo hacía a Madrid para entrevistarme con él y tratar de resolver alguna de mis muchas dudas, José me había confesado que lo único que le ataba a la vida eran Lolita y el deseo de leer estas páginas que ahora concluyen.

—¿Cuánto tardarás en terminarla? -me preguntó.

—Unos dos años -le respondí.

—Pues dos años es el regalo que me haces -me dijo-. No quisiera morir sin haberla leído. Pero no tardes mucho más... De no ser por Lolita, hace ya tiempo que no estaría aquí.

—Pues ahora tendrás que estar.
—Estaré, te lo prometo.

Pasaron esos dos años. Pasó la conversación en la que él me recordaba mi plazo y su promesa. Pasó el tiempo en que la lucidez y la confusión se alternaban en su mente. Pasó la prórroga tácitamente concedida y ya comenzaba yo a imprimir las páginas del primer borrador de esta novela cuando Lolita me telefoneó para decirme que José estaba muy mal, que la cabeza le dolía a menudo, que decía cosas raras, que una mañana, cuando ella regresaba de la compra, le vio extrañamente dormido en el sofá. En la mesa había un vaso de agua y una caja de píldoras completamente vacía.

En un arranque de lucidez o de locura, José había intentado suicidarse. Pero la dosis del ansiolítico que habitualmente utilizaba para dormir no había sido suficiente, y sólo consiguió sumirle en un estado de estupor que le duró varios días, al cabo de los cuales Lolita le descubrió extrayendo de su envase y juntando sobre la mesa todas las pastillas del antidepresivo que, meses atrás, yo mismo le había prescrito.

Es entonces cuando ella me llama. Le tiembla la voz al otro lado del teléfono. No sabe qué hacer.

—Debe verle un psiquiatra cuanto antes -le digo-. Adminístrale tú los medicamentos y guarda las cajas donde no pueda encontrarlas.

Al día siguiente tomo el tren hacia Madrid. Llevo conmigo el primer borrador de esta novela, pero no estoy seguro de si José podrá leerla. La ojeo durante el viaje y me percato de algunas erratas, de párrafos que deberé cambiar por completo. Llego a la estación de

Chamartín. Llego a la casa de José, y Lolita me abre la puerta con su sonrisa más triste:

—Está en la cocina, muy mal.

En la cocina, con la luz apagada, sentado en una silla y la frente apoyada sobre la mesa, cubierta la cabeza con ambas manos, José presenta, en efecto, un aspecto deplorable.

—Mira quién ha venido a verte -le dice Lolita.

José levanta la vista y yo puedo descubrir cómo brilla la desesperación en sus ojos. Un quejido agónico balbucea en sus labios:

—Estoy en las últimas -acierta a decirme finalmente-, me duele enormemente la cabeza... Esto ya no tiene remedio...

—¿Has tomado algo para el dolor? -le pregunto, viendo que hay sobre la mesa un envase de ibuprofeno.

—Ahora mismo le iba a dar un comprimido -interviene Lolita.

—Está bien -le digo-, ahora mismo te vas a tomar ese comprimido. Te aliviará. Y luego te voy a enseñar una cosa que he traído para ti...

José traga el medicamento y bebe unos sorbos de agua entre gemido y gemido, hasta que Lolita le ayuda a levantarse y nos conduce al salón, todavía iluminado por el sol de la tarde, que se refleja sobre la estantería de libros donde Bambi, el cervato de peluche, lleva sesenta años esperando su regreso a Flensburg.

—La novela está casi terminada -le digo a José, entregándole un grueso volumen de cuartillas impresas-. Es todavía un borrador lleno de erratas -añado-, pero lo esencial está ya escrito.

José no da crédito a mis palabras. A pesar de tener el borrador entre sus manos, me pregunta una y otra vez si es cierto lo que le digo, como si estuviera en un sueño.

—¿De verdad? ¿No me engañas? ¿De verdad que está terminada?

—¿Pero es que no la estás viendo? ¿Qué es lo que tienes en las manos?

Las lágrimas afloran a los ojos de José, pero la desesperación se ha borrado de su mirada. Me da las gracias. Tartamudea. Me abraza. Me dice que arde en deseos de comenzar la lectura.

—¿Qué tal el dolor de cabeza?

—Ahora no importa el dolor. Ahora lo que importa es esto, ¿verdad, Polo?

Una luz roja se enciende ante mí: Polo era el nombre de la hermana de José, fallecida varios años antes.

—¿Polo...? -le digo, haciendo como que bromeo-. Entonces..., ¿quién es ésta?

—Es Polo, mi hermana -me responde, sorprendido por mi pregunta.

—Pero José..., ésta es Lolita.

Él me mira extrañado, como si le estuviese hablando en un idioma incomprensible.

—A veces nos confunde, pero enseguida se da cuenta -me explica Lolita con una sonrisa de aceptación, dirigiéndose luego a José-: Polo está muerta, cariñejo, ¿ya no te acuerdas?

«Cariñejo» es la fórmula que siempre les he oído utilizar para interpelarse el uno al otro. José tarda unos segundos en responder, y luego se enfada consigo mismo:

—Es cierto —gime finalmente, hundido de nuevo—, si Polo está muerta, tú no puedes ser Polo... —y se dirige a mí, como implorando mi comprensión—: ¿Ves como estoy mal, muy mal, lo ves?

—Bueno..., todos tenemos despistes —le digo—. Ahora lo que importa es que te pongas en las manos de un buen psiquiatra.

—Lo mío no es un problema de locura, sino de ruina completa... Nunca hubiera querido llegar a este punto.

—No he dicho que estés loco, sólo que tu cabeza necesita de una pequeña ayuda. Y de no haber llegado a este punto, tampoco podrías leer ahora la novela... ¿Ya tendrás fuerzas para terminarla?

—Su lectura me dará las fuerzas que ningún psiquiatra puede darme —dice, en un halago que le agradezco pero de cuya veracidad tengo bastantes dudas.

—Así lo espero... Tú intenta zambullirte en ella. Ya ves que es larga, y verás que todavía faltan algunos detalles para concluirla. En un par de meses, María y yo viajaremos a Stettin. Quiero conocer los lugares donde transcurrió la infancia y juventud de Edelgard. Si es que queda algo tras la guerra.

—Tras la guerra y tras la paz —me interrumpe José, cuya mente sigue teniendo momentos de lucidez que contradicen su pesimismo y que no dejan de sorprenderme.

—Sí, es cierto —le digo—: a veces la paz destruye lo que la guerra no fue capaz de destruir.

—Me gustaría viajar contigo a Stettin, pero ya ves cómo estoy. Sólo me queda un viaje por hacer.

—No digas eso... Estás mejor de lo que dices. Y me parece que con los años te estás volviendo un poco quejica.

—Eso le digo yo –interviene Lolita–. Quejarse sólo sirve para engordar los dolores. Si uno se dice a sí mismo que está bien, acaba estando bien.

Seguimos hablando un largo rato de asuntos diversos, de la novela, del deterioro de la vejez, de mi próximo viaje a Stettin. Y comienza a atardecer. El sol se ha ocultado tras un bloque de viviendas y Bambi ha regresado a la penumbra de la estantería dormida. Yo debo tomar el tren de vuelta a Segovia y me despido de José y de Lolita con un fuerte abrazo:

—Os escribiré una postal desde Stettin.

«CHATKA PUCHATKA»

Viajar a Stetin era una necesidad ineludible. Como le dije a José, no podía terminar esta novela sin haber visto con mis propios ojos los lugares donde transcurrieron los primeros años de Edelgard y Sigrid, los años felices de su infancia y los doce meses trágicos que precedieron a su expulsión. Por eso estamos María y yo, ahora, de atardecida, tras el vuelo de Madrid a Berlín, en este tren que recorre los noventa kilómetros que separan las estaciones centrales de Berlín y Szczecin. Me siento cansado por el ajetreo del viaje, como María, pero la ansiedad me impide cerrar los ojos. Por la ventanilla del tren pasan árboles fugaces, campos encharcados, bosquecillos que se confunden con la bruma del horizonte. Sólo un destello cobrizo en la ventanilla me lleva por un instante al territorio de los ensueños. Lo que la ventanilla refleja, sobre el paisaje horizontal y la bruma del atardecer, es una transparencia dorada que me hace imaginar a Edelgard viajando con nosotros al reencuentro con su patria. Pero sólo es el reflejo de una joven, también pelirroja, que viaja en el mismo vagón y que nada se parece a Edelgard.

Tampoco la estación central de Szczecin se parece a la imagen que tengo en mi cabeza, prestada de las viejas fotografías que he mirado tantas veces. A fuerza de consultar planos del Stettin de los años treinta y de mirar multitud de viejas fotografías y postales, tengo una idea bastante precisa de la ciudad natal de Edelgard. Pero la imagen real no se acomoda a mis esquemas mentales. Tras los intensos bombardeos e incendios sufridos en la guerra, la reconstrucción posterior acabó por destruir el Stettin que yo había recreado en mi imaginación de muy distinto modo. Inánimes edificios de cemento y ladrillo, levantados deprisa y en desorden por la necesidad de acoger a las familias de colonos llegadas de todos los rincones de Polonia, surgieron de los barrios medievales y de las calles y bulevares con sabor a burguesía del siglo XIX que caracterizaban a la capital de Pomerania, convertidos en ruinas. A pesar del tiempo transcurrido desde el final de la guerra, en cada rincón de la ciudad son todavía patentes las huellas de la destrucción. Ya en la estación, al otro lado de los andenes, en las naves o almacenes que resistieron a los incendios y bombardeos por estar excavados en una ladera, los viejos muros mantienen la costra de humo que penetró en sus ladrillos macizos como una lepra permanente.

En los días sucesivos, veremos que esa huella de la guerra es una constante en la ciudad. A poco que se busque, aparecen por doquier fachadas ennegrecidas por el humo de las bombas incendiarias. También, entre ellas, y entre los pobres edificios colmeneros de la posguerra, aparecen fachadas revocadas con la elegancia decimonónica de su pasado esplendor. O monumentos reconstruidos de acuerdo a su trazado original, como la catedral de San Jacobo que se alza frente a nuestro hotel, en la avenida Wyszynkiego, que poco se parece a las viejas fotografías de Breite Strasse, de la que nada se conserva.

Esa primera tarde de nuestra estancia, tras dejar las maletas en el hotel, María y yo paseamos por las orillas del Oder cogidos de la mano, como dos adolescentes enamorados. Le hablo de los puentes levadizos que cruzaban el río, flanqueados cada uno por cuatro torres de piedra desde las que se controlaban los ingenios mecánicos para elevar la calzada y permitir el paso de los grandes barcos. Le hablo de estos barcos, de los astilleros Vulcan, de los antiguos veleros que todavía en el primer tercio del siglo XX aparecían anclados en los muelles de la Hakenterrasse, hacia donde ahora nos encaminamos.

De los puentes levadizos, nada queda. Son simples puentes de hormigón y asfalto. Pero en los muelles de la Hakenterrasse (ahora llamada Wały Chrobrego) algún velero blanco y pequeños barcos para turistas pueden verse todavía. Allí, ante la panorámica del Museo Nacional y los edificios del Gobierno, completamente reconstruidos, resulta difícil imaginar las ruinas de Stettin en 1945. Ascendemos por una escalinata bordeada de parterres hasta lo alto de la Hakenterrasse y nos detenemos ante una gran estatua de piedra que representa a Hércules luchando con un centauro. Un mismo pensamiento acude a los labios de María y a los míos:

—Parece un símbolo de la lucha titánica que hubo de suponer la reconstrucción de estos edificios.

Desde aquí, en este instante, mientras el sol de la tarde tiñe de rosa las paredes del Museo Nacional, Szczecin se muestra ante nuestros ojos como una ciudad agradable, llena de árboles y parques públicos, con muchos de sus edificios históricos reconstruidos con respeto y elegancia.

Mas al día siguiente, por desgracia, no sucede lo mismo con las calles que busco y que a duras penas logramos encontrar.

Prutzstrasse, un lugar ahora sin nombre, al sur de Borysza, ni tan siquiera es ya una calle. Del triángulo que formaba con Grabowerstrasse y Pölitzerstrasse, nada queda. El solar de la casa donde vivió la familia Lambrecht desde 1937 hasta casi el final de la guerra se halla en un triángulo de altos edificios de cristal y acero: la sede de un banco, un gran centro comercial, las cinco plantas elevadas de un aparcamiento. Un lugar irreconocible pero esperado, que no llega a sorprenderme pues ya en una fotografía de los años sesenta que pude conseguir en internet, Borysza era una gran explanada surgida de edificios demolidos y ruinas digeridas por las excavadoras.

A mi recuerdo vienen de nuevo las palabras con que José acunaba la ensoñación de su propia muerte. «No dejar rastro, ni fecha, ni recuerdo». Como Edelgard en Stettin. Nada. Ni las piedras de las casas donde nació, donde vivió, donde los sueños se convirtieron en tragedia.

—Gutenbergstrasse, donde estaba la casa de su abuela y donde ella vino al mundo –le digo a María–, quedaba un poco más al norte, pero no lejos.

Gutenbergstrasse aparece en el plano de mi recuerdo como uno de los límites entre la ciudad burguesa y las pequeñas villas de la periferia urbana. En una de las aceras de Gutenbergstrasse, la del sur, se levantaban edificios de cuatro plantas, decimonónicos, con adornos en las cornisas y en los dinteles de las ventanas. En la acera del norte, modestas villas de planta baja o de dos plantas, con jardines utilizados –al menos en tres casos– como restaurantes al aire libre donde los comensales disfrutaban al mismo tiempo de las viandas y de la música. Uno de estos lugares era el *Festsaal* de Ida Greif, situado en el número 13 de la calle, entre el Königsberg *Festsaal* del número 12 y el antiguo *Koncertgarten* de Otto Kotz, en el número 14. De estos dos últimos tengo viejas fotografías, pero no así de la casa donde Edelgard nació. Y esas fotografías son el único recuerdo de aquellos años lejanos, porque también Gutenbergstrasse ha desaparecido como calle.

Muy cerca, sin poder precisar de momento el punto exacto en el plano que llevo en el bolsillo –la reproducción a idéntica escala de un antiguo mapa urbano de 1936–, crecen cinco grandes edificios de viviendas paralelos entre sí, todos grises y todos moteados de rectángulos rojos. Pienso que a Edelgard no le habría gustado vivir en esos edificios, hacia los que María y yo cruzamos sorteando el tráfico de la calle Jacka Malczewsksiego, impronunciable para nosotros.

Entonces, como un pequeño milagro entre el cemento y los motores, escuchamos un griterío infantil que parece llegar de entre los árboles de un parque cercano, semejante a una algarabía de pájaros. Y hacia allí nos dirigimos. El parquecillo es pequeño y anodino, poco más que unos parterres de hierba rodeados de coches aparcados. Y en realidad los gritos y las risas no llegan de allí, sino del patio de una escuela de niños que juegan a esta hora soleada en toboganes y columpios. Una estampa sencilla que sin embargo, tanto a María como a mí, nos deja mudos.

Me da la impresión de que ambos hemos tenido la misma corazonada. Y una pregunta de sólo dos palabras se escapa de mi boca:

—¿Será posible?

Ni María ni yo somos capaces de responder, mas ambos hemos creído, al menos por un momento, estar ante uno de esos milagros invisibles que sólo pueden percibirse con los ojos del corazón. Ante nosotros, en el jardín del parvulario, sólo hay niños jugando. Pero varios de estos niños van en sillas de ruedas. Niños y niñas pequeños, de unos tres o cuatro años, en sus pequeñas sillas de ruedas, que parecen de juguete. Nos fijamos en ellos con detenimiento, y en otros niños con signos evidentes de discapacidad intelectual. Todos parecen felices y su felicidad nos contagia.

Entre el parvulario y nosotros, pintada de verde, hay una verja metálica que rodeamos para acercarnos al porche de la entrada. Junto a ésta, bajo el escudo de Polonia -un águila blanca con las alas desplegadas y la cabeza de perfil, con una corona dorada-, hay un rojo cartel de chapa cuyas dos primeras palabras no resultan de difícil traducción, aunque las dos últimas nos parecen inextricables:

> PRZEDSZKOLE PUBLICZNE Nr 21
> «CHATKA PUCHATKA»

Del otro lado del patio escolar, un hombre y una mujer jóvenes se han percatado de nuestro interés y se acercan a nosotros. Probablemente son dos de los maestros del centro.

—Buenos días -les digo en inglés, señalando con la mano el cartel-, ¿podrían explicarnos qué significa *«Chatka Puchatka»*?

—*«Chatka Puchatka» is «The house at Pooh Corner»* -me responde la mujer con una sonrisa intrigada-. *Do you understand?*

—*Pooh Corner...?*

—*Pooh Corner, yes. The second book of «Winnie the Pooh».*

Le doy las gracias. Me parece haber comprendido que se trata del título de un libro para niños, pero no estoy seguro.

—Creo que hay una película de Walt Disney con ese título -interviene María.

El hombre asiente -*Walt Disney, yes*-, y amablemente trata de explicarnos en una dificultosa mezcla de inglés y de polaco que el libro es anterior a la película y que probablemente nosotros hubimos de leerlo cuando éramos niños.

—De eso hace ya mucho tiempo -le digo en un batiburrillo de inglés y de español, tan extraño a sus oídos como su jerigonza a los míos-, pero me temo que ese libro no se hallaba entre las lecturas infantiles de los niños españoles de nuestra época.

—¿Españoles? Yo hablo un poquito de español —exclama la mujer con una sonrisa.

También su compañero nos sonríe amablemente, pero se despide de nosotros para ir a atender a los niños tras intercambiar con la joven unas palabras en polaco.

—Mi compañero ha dicho —nos aclara ella— que no son ustedes tan *antiguos*, pues Alan Milne publicó *«Winnie the Pooh»* en 1926, seguido por *«Chatka Puchatka»* (*«The house at Pooh Corner»*) en 1928.

La puntualización de su compañero me halaga, en cuanto a que no somos tan *antiguos*, pero me avergüenza un poco al subrayar mi ignorancia en lo referente a estos dos libros, tan populares en el mundo anglosajón como la Alicia de Lewis Carroll. Y ni tan siquiera puedo alegar en mi defensa, porque en ese momento no lo sé, que ambos libros no fueron traducidos al español hasta muchos años después de mi niñez. Tal vez por esta cadena de pensamientos, no me doy cuenta en ese instante de una curiosa circunstancia referente al comentario de su colega: Edelgard Lambrecht y José Fernández nacieron al tiempo que estos libros: Edelgard en 1926, José en 1928.

—La escuela —pregunto a la joven maestra, ya sin duda sobre su oficio— ¿es para niños minusválidos?

—Sí, ya lo está viendo —me responde ella en un castellano casi perfecto—, pero la palabra «minusválidos» no es del todo apropiada. ¿Se vale menos por no poder caminar...?

—No he querido decir esto —trato de disculparme mientras en mi cabeza caracolean las cifras 1926 y 1928.

—Lo sé, no se preocupe. Contra eso tratamos de luchar en *«Chatka Puchatka»*. Sólo Dios puede medir lo que vale cada uno. Piense, por ejemplo, en Stephen Hawking, una persona *terrorosamente* discapacitada pero uno de los mayores científicos de nuestro tiempo. Nuestro objetivo es precisamente hacer entender que las personas discapacitadas tienen los mismos derechos que el resto de la sociedad. Luego, cada uno llegará hasta donde pueda.

El inesperado discurso de la maestra me deja un poco anonadado. Veo, además, que también ella debe volver a sus tareas, por lo que me apresuro a intervenir:

—Me gustaría hacerle una pregunta que quizá le resulte un poco extraña.

—Sí, por supuesto –dice ella.

—Me gustaría saber si esta calle se llamaba antiguamente Gutenbergstrasse.

Tras un par de segundos de perplejidad, nuestra interlocutora se encoge de hombros y abre sus manos en un gesto inconfundible:

—Lamento no poder ayudarle –me dice.

Entiendo su extrañeza y me siento obligado a una breve explicación, por lo que abro ante ella el viejo plano de Stettin de 1936.

—Aquí, en Gutenbergstrasse –señalo con el dedo–, nació una persona a la que conocí...

—Es un plano muy antiguo –dice ella, señalando a su vez el heptágono de las manzanas de edificios en torno a la plaza del Kaiser Guillermo, ahora llamada plaza Grunwaldzki, y llevando su dedo a la zona aproximada en la que nos encontramos–. Y sí..., tal vez podría ser..., pero no se lo puedo asegurar.

—De todos modos, muchas gracias, ha sido usted muy amable –le digo, y tanto María como yo nos despedimos de ella porque no queremos robarle más tiempo y porque está claro que no puede ayudarnos.

—Así que llegaste a conocer a Edelgard -me dice María, tomándome el pelo.

—Bueno, no iba a contarle toda la historia -me defiendo.

María, en ese instante, tiene una idea luminosa:

—¿Qué escala tiene el plano? -me pregunta.

—¿Para qué quieres saberlo?

—Pues muy sencillo -dice-, si compramos un plano actual de la misma escala...

—¡Sí, eso es! -la interrumpo, apresurándome a desplegar de nuevo el plano de 1936 para comprobar que está dibujado a escala 1:5000.

La idea de María es perfecta. Y me hace recordar que minutos antes, no muy lejos, hemos visto un kiosko de prensa con postales turísticas donde acaso puedan tener un plano a igual escala... Pero no lo tienen. El kiosquero, con quien apenas consigo entenderme, únicamente me muestra un plano turístico a escala 1:25.000 en el que ni tan siquiera aparecen los números de las calles.

—Lo comprobaré esta noche en internet -le digo a María-, pero ahora vamos a visitar el cementerio Nemitzer, donde seguramente están enterrados la madre y los hermanos de Edelgard.

Según mi viejo plano de 1936, el cementerio Nemitzer está al noroeste del sitio donde nos encontramos. No demasiado lejos. Pero cuando yo digo «no demasiado lejos», María se pone a temblar.

—No está lejos, de verdad -insisto señalándolo en el plano, pero sin lograr convencerla.

En cualquier caso, ella cede a mi propuesta. Y en menos de veinte minutos estamos a la orilla de un pequeño lago que también figura en mi plano, en el límite sur del cementerio... ¡pero con el problema de que allí no vemos ningún cementerio! Lo que se extiende ante nosotros es un parque grande y cuidado, densamente poblado por árboles de copas frondosas, todo él cubierto de césped y surcado por caminos de grava jalonados de bancos verdes, en uno de los cuales nos sentamos. Quiero comprobar en el mapa que no me he equivocado de sitio.

No me he equivocado, en efecto. Pero prefiero asegurarme preguntándole a una chica que pasea a su perrito de lanas con aire distraído.

—No, aquí no hay ningún cementerio —me dice la chica, o eso creo entender, y añade y repite en perfecto polaco—: *Ogród Dendrologiczny, Ogród Dendrologiczny.*

—No entiendo lo que me dice —le confieso a María con gesto de impotencia.

La chica tampoco entiende lo que yo digo, pero sí mi gesto de impotencia, por lo que se esfuerza en traducirme al inglés:

—*Dendrological garden...*

—*Oh, thank you* —le digo sin salir de mi ignorancia, y la chica se va tan feliz con su perrito lanudo, que comienza a ladrar en el idioma universal de los perros de todas la razas y todos los pelajes.

—Jardín dendrológico —le traduzco a María—. ¿Tú sabes lo que significa dendrológico?

—Me suena que la dendrología es una rama de la botánica.

—Vale, pues estamos en el jardín botánico —concluyo al tiempo que veo venir por el caminito que lleva a nuestro banco a dos señoras mayores y sin perro.

—*Nemitzer cemetery?* —les pregunto en un inglés que ellas no entienden, aunque la palabra cementerio no parece tan distinta en polaco, porque enseguida me dicen:

—*Cmentarz?*

—*Yes, cmentarz. Nemitzer cmentarz.*

—*Nie... Cmentarzem Majdańskim.*

Traducir a idioma alguno la conversación posterior resulta imposible, lo que sólo hace crecer mi admiración por el trabajo esperantista de José y por el oftalmólogo polaco Zamenhof, padre del esperanto, idioma sin fronteras que el nazismo persiguió y las democracias enterraron.

En cualquier caso, mediante muecas, signos, pantomimas diversas y una enorme dosis de buena voluntad, nuestras interlocutoras polacas nos vienen a decir que sí, que en ese lugar había un antiguo cementerio del que nada queda, porque a mediados de los setenta se quitaron todas las lápidas para transformarlo en el *Ogród Dendrologiczny* que ahora es. Y las dos señoras, sonrientes y satisfechas, dan por concluida su explicación y prosiguen su paseo cuchicheando entre ellas, volviéndose en un par de ocasiones para mirarnos.

También nosotros decidimos proseguir nuestro paseo. Bajo nuestros pies, la tierra húmeda y oscura parece bostezar en su epidermis de césped y musgo. Incluso a veces, en algunos claros iluminados por el sol, el suelo exhala un vaho triste y soñoliento, como si un mundo subterráneo respirara en las ocultas tumbas del cementerio Nemitzer. Y así llegamos ante dos pequeños casetones que parecen surgir de la tierra como puños de cemento. Son las puertas de un viejo refugio antiaéreo: dos bocas tapiadas con cemento y ladrillo, pero con sendos boquetes que permiten vislumbrar dos empinadas escaleras que conducen a las profundidades de la tierra. Los boquetes, apenas franqueables, no permiten más. Acaso algunos vagabundos son capaces de colarse por ellos, pues las escaleras acumulan latas de cerveza y otras basuras, entre las que consigo distinguir, muy al fondo, una colchoneta de espuma sucia y enmohecida.

En las jornadas sucesivas comprobaremos que estas bocas o respiraderos no son excepcionales en Szczecin, y en diversos jardines, patios de vecindad y otros espacios comunales iremos descubriendo chimeneas de aireación y puertecillas selladas que nos hablan de aquellos días en los que el cielo se desplomaba en tormentas de fuego.

—Creo que el refugio de la estación se puede visitar -le digo a María-, deberíamos preguntar en una oficina de turismo.

Ella está de acuerdo. Intentaremos hacer esa visita. Pero ahora, bajo los magníficos árboles que hunden sus raíces en las olvidadas tumbas del cementerio Nemitzer, decidimos regresar sobre nuestros pasos en dirección al centro de la ciudad, dando un pequeño rodeo que nos acerque de nuevo a la escuela *«Chatka Puchatka»*. Y de nuevo estamos allí, junto a la verja verde, frente al jardín donde algunos niños pequeños con sus pequeñas sillas de ruedas siguen jugando y donde tanto María como yo volvemos a pensar que sería maravilloso si ese lugar de Szczecin, en efecto, fuera el lugar del mundo donde Edelgard nació.

De algún modo, imposible de explicar con silogismos y argucias lógicas, las sillas de ruedas donde las hermanas Lambrecht tomaban el sol en la terraza de su casa en Engelsby y las sillitas de ruedas de esos niños que juegan en el jardín de *«Chatka Puchatka»* cierran un círculo donde la vida parece revestirse de un sentido invisible, pero cierto.

—Edelgard estaría encantada... –dice María.

Ya de noche, en el hotel, mientras mi esposa lee en la cama, yo me afano en descargar en mi ordenador mapas de Google, en los que aparece con claridad el parvulario *«Chatka Puchatka»*. El trabajo es ahora lento, pero fácil. En el ordenador guardo también la imagen del plano de Stettin de 1936, a escala 1:5000. Sólo tengo que ir modificando el tamaño del mapa de *Google* hasta hacer que se igualen las escalas. Luego superpongo ambas imágenes mediante un programa de retoque fotográfico, al 50% de transparencia, y deslizo una sobre otra hasta hacer que coincidan calle a calle y plaza a plaza.

—María, por favor, mira esto...

El resultado me emociona, y María se contagia con mi emoción.

—Edelgard estaría encantada –digo, repitiendo las palabras que ha pronunciado ella unas horas antes.

—Parece un milagro, casi cuesta creerlo.

Cuesta creerlo, sí. Pero el resultado no deja ni un resquicio para la duda. Bajo el parvulario *«Chatka Puchatka»*, coincidiendo de modo milimétrico, se halla el número 13 de Gutenbergstrasse, donde Edelgard nació...

En los días sucesivos visitamos el Museo Nacional, la reconstruida catedral de San Jacobo, la también reconstruida iglesia de San Pedro y San Pablo, donde Edelgard fue bautizada. En una mañana soleada tomamos un barco para viajar por el canal del Oder hasta Swinemünde y recrear ante nuestros ojos los paisajes que Edelgard y Sigrid contemplaron en el periplo amargo de su expulsión de Pomerania.

Al día siguiente de este viaje, como habíamos acordado, visitamos también el refugio antiaéreo de la estación de Szczecin. Es ésta una visita extraña, un poco marginal, en la que habríamos estado solos con el guía de no ser por un grupo de escolares que llega en el último momento. El guía nos invita a ponernos un casco de protección para recorrer la red de túneles que parten de la puerta metálica ante la que nos encontramos, al fondo del pasillo subterráneo que comunica los andenes de la estación. Como las explicaciones pertinentes se efectuarán en polaco, el guía nos facilita un manojillo de folios en inglés y en español. Y lo primero que leemos en ellos es una cita de Benjamín Franklin con la que no puedo estar más de acuerdo: «Nunca hubo una buena guerra ni una mala paz». Seguimos leyendo que ese refugio fue construido en 1941, y que de los seis refugios que en abril de ese año había en la ciudad se pasó en 1944 a la cifra de 788. Leemos también que muchísimos sótanos de casas y edificios privados fueron acondicionados para esta función: ¡17.000 en total!

A veces, entre las explicaciones en polaco para el grupo de escolares, el guía hace algunos breves incisos en inglés destinados a María y a mí.

—Este refugio tiene una superficie de 2500 m² y podía albergar a unas 2500 personas —nos dice, dibujando con las manos un cuadrado en torno a él para indicarnos que ése era el espacio por refugiado—. Entre todos los refugios de la ciudad podían alojarse unas cien mil personas.

El guía se detiene ahora ante las esclusas del refugio, que sellaban herméticamente la entrada para evitar ataques con gas. Nos dice que existía un sistema autónomo de ventilación y otro de agua, con tanques de 1200 litros. Un cartel de chapa bien conservado sigue advirtiendo que el mal uso o daños causados a los filtros de aire será castigado como sabotaje. Prosigue explicando que todas las paredes estaban recubiertas con pintura fluorescente, para facilitar así los desalojos cuando el suministro de electricidad quedaba interrumpido por los bombardeos. Y nos hace una prueba que acelera el corazón de los escolares: apaga la luz de la estancia donde nos encontramos y una penumbra lechosa, en efecto, permite distinguir las siluetas de los cuerpos, incluso reconocer las caras a medida que la vista se acostumbra a la oscuridad. El guía enciende entonces la luz de la sala y acerca el haz de su linterna a lo alto de la pared, donde parece dibujar algo. Luego apaga de nuevo ambas luces y un ¡oh! sorprendido brota al unísono de las bocas de los escolares al tiempo que un corazón fantasmagórico surge de la oscuridad, fosforescente y quieto, suspendido sobre nuestras cabezas.

Poco antes de concluir la visita al refugio de la Estación Central, el guía nos muestra las escaleras que conducen a la boca de evacuación en la plaza Zawisza,

Kirchplatz en su antigua denominación alemana. La escalera, enrejada ahora, y con una malla metálica a nivel de la calle, sólo permite ver un resplandor azul por encima de nuestros ojos, interrumpido por la sombra de los coches que circulan junto a ella.

Cuando salimos finalmente al exterior, una sensación de alivio nos invade, pero aún no somos capaces de respirar a pulmón abierto, como si el aire de los túneles que acabamos de recorrer siguiera en nuestras bocas con su aliento de plomo. Se diría que ese refugio enorme y bien conservado cumple ahora una función para la que no fue construido: recordarnos que todo fue real, que las guerras se escriben con sangre y no con tinta, que nunca hubo una buena guerra ni una mala paz, como decía la frase de Benjamin Franklin.

Se va acercando ya la fecha de abandonar Szczecin, donde la memoria de Edelgard ha sido un fantasma transparente que ha guiado nuestros pasos, invisible a todos. Nada de ella, tan orgullosa de su ciudad, queda en las calles recorridas y los lugares visitados. Lo que de ella permanece es lo que viaja con nosotros, una leve vibración del aire en el silencio de las palabras no dichas, un corazón fosforescente que ilumina de pronto la oscuridad de un refugio, la espuma de unas olas con sabor a lágrimas en el canal del Oder, un aroma de incienso en la iglesia de San Pedro y San Pablo, la huella efímera de nuestros pasos en el musgo del olvidado cementerio Nemitzer. Y, sobre todo, la emoción sentida en la pequeña escuela *Chatka Puchatka*, a cuya algarabía de risas infantiles nos hemos acercado en otras dos ocasiones y en cuyo nombre, como en un inesperado y feliz abracadabra, nos parece haber hallado la mágica palabra que Edelgard buscaba en los versos de Joseph von Eichendorff:

> *Duerme en todo una canción*
> *que hace cantar al mundo...*

Desde mi última visita a José y a Lolita en su casa de Madrid han pasado dos meses. Prometí entonces enviarles una postal desde Stettin. Ahora, en estas horas finales de nuestro viaje, sentados María y yo en la terraza de una cafetería en la Hakenterrasse, con vistas al Oder, me dispongo a escribirles la postal prometida. Es una vieja tarjeta que hemos comprado en una tienda de antigüedades cercana a Königsplatz, ahora llamada *Plac Zołnierza Polskiego*, plaza del Soldado Polaco. En el anverso, amarillento por el paso del tiempo, se ve la iglesia de San Pedro y San Pablo, en una imagen que debió de ser tomada hacia 1930, antes de la guerra en cualquier caso. Y en el reverso, con una letra no menos apretada que la que Edelgard utilizaba en sus cartas, comienzo a escribir unas palabras que podrían servir de final para esta historia:

> *Querido José, querida Lolita:*

> *Siento que es Edelgard, no yo, quien os envía esta vieja postal de Stettin, con una foto de la iglesia donde fue bautizada. Tú, Lolita, eres la chica que Edelgard había imaginado para José:* «...*amarás a una encantadora joven española y pensarás en mí, la jo-*

ven alemana, con una sonrisa soñadora». Tú, José, eres el hombre bueno que Edelgard soñó, fiel a su recuerdo durante toda una vida, como ella sabía: «...hay una cosa de la que estoy completamente segura: ¡tú no me olvidarás jamás y una parte de tu corazón me pertenecerá para siempre!»

Esto es lo que yo quería deciros desde Stettin, o lo que Edelgard quiere deciros por mi boca. En la otra orilla de los sueños, hay un lugar sin sombra donde todos los amores son posibles. Más cerca, a nuestro lado, duerme la palabra que hace cantar al mundo.

Un fuerte y emocionado abrazo,
José Antonio Abella

AL OTRO LADO

Un lugar al otro lado de la muerte donde la luz no proyecta sombra alguna. Ése ha sido el lugar soñado por José la última noche. Un lugar donde los sueños no son sueños. Todo lo que allí habita tiene una luz propia que va de dentro afuera, como una niebla luminosa que nace del propio aliento y todo lo envuelve.

José sueña que nada se ha perdido en ese mundo de luz, que todos los amores son posibles en él, los que fueron, los que se soñaron, los que ni pudieron llegar a ser un sueño.

También Edelgard ha soñado con ese mismo lugar. Muchas veces a lo largo de su vida ha sonado con él, y también, como José, al despertar en la mañana, un regusto de felicidad quedaba en sus labios.

Todas las mañanas me despierta un mirlo. Y siempre, cuando escucho su dulce canto, junto con sus notas penetra en mi corazón una profunda felicidad. En esos momentos solamente siento el sol, la felicidad y... ¡tu proximidad! En seguida vuelvo a cerrar los ojos y, dejándome acariciar por esas suaves melodías, sueño que el mirlo es tu alma y su canto, tu canto de amor para mí. Todo esto es como un milagro y algunas veces es un sentimiento tan poderoso, que tengo que arrodillarme y, mirando al sol, dar gracias a Dios y orar por ti.

Este fragmento de la carta que Edelgard escribe en el verano de 1950 muestra que la felicidad es más que un sueño para ella. La felicidad es un milagro nacido de José, y al recuerdo de ese milagro volverá muchas veces a lo largo de los años, para poder seguir viviendo.

Ella, que ha conocido la amargura y el sufrimiento en todas sus formas, también ha conocido la felicidad gracias a él. Lo piensa cuando el sol acaricia sus párpados cerrados en la terraza de su casa en Engelsby. Lo piensa cada vez que algún mirlo canta en el árbol muerto del jardín. Lo piensa para que el deseo de una cápsula de cianuro no prevalezca sobre su deseo de vivir. Y lo piensa en el hospital de San Francisco mientras va cayendo la tarde del 19 de septiembre y un mirlo invisible, al otro lado de la luz que se extingue, canta en sus oídos con la voz de Sigrid.

Ahora, casi ya de noche, el mirlo está cantando *Heideröslein* con música de Schubert, pero en su corazón ya la rosa no quiere defenderse. Ahora, cuando el mirlo abre sus alas negras y el silencio se transforma en esa leve música que apenas acaricia sus oídos, cuando su padre le cierra los párpados con mano temblorosa, cuando Sigrid empapa en lágrimas su camisón blanco, ella se despierta nuevamente en ese mundo donde la luz no proyecta sombra alguna. Pero le cuesta abrir los ojos. Siente bajo las sábanas una mano que aprieta con suavidad su mano. Y quiere permanecer allí, en el minuto casi eterno de dos manos apretadas.

—*Je t'aime, je t'aime tellement!* –dice en su oído una voz que sólo su corazón escucha.

—*Je t'aime! Je t'aime beaucoup!* –responde ella sin que nadie pueda oírla, y añade en el mismo silencio–: *Quiero que este anillo, que era de mi madre y ha sido siempre mi talismán, sea para ti.*

Sigrid, a su lado, bajo el cristal borroso de las lágrimas, ha creído percibir un levísimo temblor en la mano de Edelgard.

—Todavía tiene un hilo de vida –gime ante el médico que acaba de entrar en la habitación, pero éste comprueba el monitor colocado sobre la cabecera de la cama y niega con la cabeza:

—Lo lamento, lo lamento mucho –dice el doctor, y apaga la pantalla atravesada una y otra vez por un punto de fósforo verde, horizontal y pertinaz. El corazón de Edelgard se ha parado a las 19 horas y diez minutos del día 19 de septiembre de 1970.

Sigrid, sin embargo, sigue apretando su mano, todavía caliente. En la yema de sus dedos siente latir su propio pulso, como si estuviera transmitiendo a su hermana ese hilo de vida que ella ha creído percibir y el médico niega.

—Querida Edelgard –susurra en el oído de su hermana–, me quedaré tan sola sin ti...

El padre coloca una mano sobre el hombro de Sigrid, y su presión se transmite brazo abajo, hasta las manos enlazadas.

—Quítale el anillo de mamá —dice con miedo, como si no debiera decirlo.

Sigrid obedece. Los dedos de Edelgard, tan delgados, no ofrecen la menor resistencia, pero parecen aún más frágiles e indefensos sin el anillo de su madre.

—*Un día, volveré junto a ti y traeré un anillo para ponerlo en tu mano...* —es la voz de José resonando en el corazón de Edelgard. Y es también José quien escucha su propia voz en la mitad de un sueño salpicado de relojes blandos, como los de los cuadros de Dalí.

En los relojes blandos del sueño de José, el tiempo se deforma como un líquido viscoso, como un aceite perfumado que ha caído en la cuadrícula de un calendario y que se extiende en todas las direcciones. Ayer, mañana, hoy... Todo es lo mismo. En el cómputo de la eternidad, un parpadeo de Dios puede durar setenta años, o un día, o tres segundos.

—*Un día, volveré junto a ti...*

En el sueño de José, hoy es el día. La noche fue su viaje, sobre un puente de estrellas. Y una luz sin sombra ilumina el mundo cuando regresa a Flensburg con su anillo en la mano. En el fiordo, flotando en la niebla más que en el agua, hay una larga hilera de veleros blancos. También la niebla emana de los grandes árboles de Marienhölzung, como si la catedral del bosque respirase un aliento de incienso. Más abajo, a la derecha, una bandada de estorninos blancos abandona de pronto la torre de San Nicolás, asustados por el repicar de una campana de cristal. Pero nada le resulta extraño a José, que avanza decidido por un puente de niebla trenzada en gruesos haces, capaz de sostener una carroza de plata tirada por seis caballos. Mas él no viaja en carroza alguna. Camina por el puente con los pies descalzos y su mochila al hombro, bajo una bóveda de estrellas que nace o finaliza en el hospital de San Francisco, junto a la cama de Edelgard.

Allí, junto a la cama de Edelgard, están Sigrid y su padre. Allí está la prima Ilse. Y dos niños, de unos nueve y quince años, a los que José no conoce. Y una mujer delgada que se parece mucho a Edelgard, apoyada la mejilla en el hombro de Oskar Lambrecht, que la sujeta por la cintura como si fueran a iniciar un baile. Y la señora Bugdoll, fiel a sus visitas vespertinas. Y la señora Ewers, con sus grandes manos de masajista. Y Lolita, también está Lolita, tan joven como la conoció en la escuela de idiomas, sentada en el borde de la cama sin que José comprenda la razón, ni cómo ha llegado hasta allí, ni por qué se dirige a Edelgard llamándola «mi hermana», «mi pequeña y dulce hermanita».

—Tengo frío –dice Edelgard–, abrid la ventana para que pueda entrar el sol.

Oskar se acerca a su hija:

—Está anocheciendo –razona–, si abrimos la ventana se meterán las estrellas.

—Las estrellas son soles lejanos, tú me lo enseñaste.

El padre asiente. Se acerca a la ventana. La abre y observa cómo una bandada de estorninos blancos cae del cielo para posarse en los árboles y parterres del jardín del hospital, que de pronto parecen completamente nevados.

José, desde la puerta de la habitación, ve a Edelgard en la misma postura y con la misma expresión que tenía en el hospital de Schleswig. Todos se han vuelto para mirarle y todos le dicen que pase, que Edelgard le está esperando. Pero José, en la puerta, parece una estatua de cera. Duda. No sabe qué decir y dice que los estorninos han salido de la torre de San Nicolás, que los ha visto con sus ojos desde el puente.

—¿Qué estorninos? —pregunta el padre.

—Los estorninos blancos.

—No hay estorninos blancos, sólo es nieve —asegura—, nieve de otoño que cae de las estrellas.

Los dos hermanos pequeños de Edelgard se han asomado a la ventana abierta:

—Sí, está nevando —dice Klaus—. Salgamos a caminar en la nieve.

—A mí también me gustaría caminar en la nieve —dice Lolita—, en mi país sólo nieva cuando lloran los ángeles, y los ángeles casi nunca lloran.

Parece que todos, de repente, tienen ganas de caminar sobre la nieve. En la habitación sólo quedan Edelgard y José, que mira sus ojos grandes y oscuros, sus ojeras, sus mejillas redondas, sus labios chiquitos, infantiles, su pequeña barbilla, su pelo rojizo sobre el blanco de la almohada... Y de nuevo le parece una niña, una criatura débil y delicada. Y de nuevo las palabras se detienen en su lengua, como aquella primera vez en el hospital de Schleswig.

—He vuelto —dice finalmente. Y abre su mano. Y toma el anillo que guardaba en ella desde hace más de medio siglo, entre un montón de hormigas asustadas que corren por su palma y por sus dedos, como si el anillo de oro fuera el pretil de un pozo colocado en la boca de su hormiguero.

—Ya no tengo el anillo que fue mi talismán -suspira Edelgard-, mi padre se lo ha dado a Sigrid.

—Yo te pondré mi anillo.

—¿De verdad? -pregunta Edelgard-. ¡Oh, eso sería maravilloso!

Al otro lado de la ventana, en el jardín del hospital, se oyen las risas y los gritos de los hermanos de Edelgard, jugando en la nieve. También, entre las risas, se oye la voz pausada de Lolita conversando con Oskar Lambrecht:

—Añoro a mis hijos -dice ella-, un niño y una niña. Los hijos son el premio que la vida nos regala y que nosotros le regalamos a la vida.

—Yo dejé que la muerte se llevara a mis dos hijos más pequeños -se lamenta el padre de Edelgard-. Incluso le di una bandera para que los amortajara. Esto es algo que nunca les dije a mis hijas. Ellas no saben... Ellas no deben saber nunca... Nadie debe saber...

Cruje la nieve bajo las botas de Oskar Lambrecht, viejas botas militares, negras y pesadas, que dejan una borrosa cruz gamada en cada huella. Cruje la nieve bajo sus botas, crujen sus huesos gastados, su lengua, sus palabras en los quicios de las ventanas y las puertas.

—Cierra la ventana -dice Edelgard-. Mi padre no quiere... Y él tenía razón, pueden entrar las estrellas...

José obedece. Tras la ventana, ve remolinos de nieve que le siguen pareciendo estorninos blancos. Luego se sienta en la cama, junto a Edelgard.

—Tus ojos son claros y tus manos hermosas –dice ella–. Me gustaría tanto haber tenido un hijo tuyo...

—Todos somos hijos de todos –le dice José–, yo tengo dos hijos que también son tus hijos, un hijo y una hija.

—Me prometiste que a tu primera hija le pondrías por nombre Edelgard.

—Tampoco cumplí esa promesa. No podía. Llamarla Edelgard hubiera sido llamarte a todas horas. Le pusimos Rosa María.

—Es un nombre muy hermoso. Me habría gustado tener una hija con ese nombre.

—Al niño le pusimos Carlos.

—Carlos era el nombre de un abuelo de mi abuelo. Mi abuelo se llamaba Conrad, pero yo no le conocí. Murió dos años antes de que yo naciera. Mucha gente en mi familia muere joven.

—Es mejor morir joven, sin llegar a sufrir los estragos de la vejez. Fíjate en mí, por ejemplo. Pierdo el equilibrio. Me falla el oído. Mis recuerdos son una bruma donde todo se confunde. Ni sé ya en qué día vivo. Casi no sé quién soy.

—Si sabes quién soy yo, sabrás siempre quién eres.

—Tú eres Edelgard, eso nunca podré olvidarlo.

—Acuéstate a mi lado, por favor.

José obedece de nuevo. Al lado de Edelgard, tapado con la misma sábana, es él quien parece el enfermo. Tiene los rasgos avejentados, más por el cansancio de vivir que por el paso de la vida. Fuera de la sábana han quedado sus pies descalzos, con los que recorrió en la última noche el puente de las estrellas.

—Fíjate en mí –prosigue José–. Dios se lleva consigo a los mejores y sólo deja en la Tierra a los inútiles. Así nos va... ¿No ves cómo me tiembla la voz? Mira mis pies... Están fríos e hinchados, azules, como si no les llegara la sangre.

La nieve se arremolina en los cristales. Se abre la puerta de la habitación del hospital. Entra Lolita:

—¿Con quién hablas? –pregunta.

José, perplejo, no responde al instante. Las preguntas de su mujer le desconciertan muchas veces. ¿Por qué ha de cuestionarse lo evidente?

—Decía –dice–, que tengo los pies hinchados.

—Es que parecía que hablabas con alguien.

José extiende su mano derecha bajo la sábana blanca. Todavía siente el vacío del cuerpo de Edelgard. Sigue caliente el espacio que ocupaba, lo nota en la punta de los dedos, allí mismo.

—Van a venir Carlos y Rosa María –me lo acaban de decir por teléfono.

—Está bien –dice él, que cierra los ojos y parece no tener ganas de hablar.

—¿Han pasado ya los médicos? –pregunta Lolita.

—Vino uno y desconectó el monitor. Dijo que lo lamentaba mucho. ¿No estabas tú aquí, sentada en la cama?

—Yo acabo de llegar, ¿es que no me has visto?

José queda pensativo, como si no acabaran de cuadrarle las cuentas en el balance de la vida:

—Sí que estabas, yo te vi. Estabas desde antes, desde siempre. Antes de que te conociera, ya estabas. Todos estábamos. Edelgard. Su padre. Sigrid. Tú. Yo mismo.

Ahora es Lolita quien no sabe qué hacer ni qué decir. Ella quien se queda junto a la puerta de la habitación como una estatua de cera.

—Todos —prosigue José—. Todos estamos. Todo es lo mismo.

Lolita se sienta en el borde de la cama y toma la mano de José entre sus manos. Vagamente, al escuchar estas últimas palabras, ha recordado una de las páginas de José, recogida en «El tiempo, la palabra y el olvido», último volumen de sus poemas.

TODO ES LO MISMO

No quieras ver a un tiempo y ni siquiera sucesivamente, por detrás, por delante, las caras de las cosas, por el haz y el envés; cómo lo que pasó pudo haber sido si hubiera sido diferente, no habiendo sido, incluso, o siendo en otro tiempo, en un incierto espacio, cómo sería todo diferente de haberlo hecho, quizás, de otra manera y aún qué harías si no lo hubieras hecho. No quieras ver por detrás de las palabras ni entre líneas leer lo que no dicen, ni ver lo que hay detrás mirando al frente y no quieras saber y no saber, querer y no querer, al mismo tiempo. Todo es lo mismo al fin, pase o no pase, haya o no sucedido, lo mismo da, todo sucede al fin como ha de suceder: las cosas siempre son como han de ser porque no puede ser de otra manera.

Un repiqueteo de nudillos en la puerta de la habitación saca a Lolita de su ensimismamiento. Son sus hijos, Carlos y Rosa María.

—Hola, papá... ¿Qué tal estás? –pregunta Carlos mientras Rosa María se inclina sobre la cama para darle un beso.

—Si vosotros estáis bien, yo estoy bien.

—Cuando veníamos –dice Carlos– hemos visto algo portentoso. El cielo se ha llenado de pronto de estorninos que volaban de aquí para allá, todos al tiempo y en la misma dirección, haciendo los mismos quiebros, a la derecha, a la izquierda, como si todos respondieran a una sola voluntad...

—¿Y cómo eran? –le pregunta su padre con los ojos cerrados.

—Eran muchísimos, una bandada enorme que cubría la mitad del cielo.

—Te he preguntado *cómo*, no *cuántos*...

—Pues estorninos, una bandada enorme...

—¿Eran blancos?

—No hay estorninos blancos, papá. Los estorninos son siempre negros.

—No siempre...

José ha pronunciado estas dos últimas palabras en voz muy baja, cerrando los ojos que había entreabierto por un instante para ver a sus hijos.

En la ventana de la habitación del hospital hay un rectángulo de cielo que se va oscureciendo con la caída de la tarde. Poco a poco, la penumbra se adueña de las paredes blancas, pobladas de sombras tornasoladas que se mueven lentamente, misteriosas como espectros. Parece que José está dormido. Nadie habla. Nadie enciende la luz. La penumbra y el silencio crean una atmósfera mágica que nadie se atreve a romper. No se ve ya un pájaro en el cielo, sólo un puñado de estrellas, las más brillantes. En la calle, a la luz de las farolas, el viento de la noche arremolina las primeras hojas del otoño.

—Tengo frío –dice José–, abrid la ventana para que pueda entrar el sol.

AGRADECIMIENTOS

Esta obra ha sido escrita con la ayuda de muchas personas, sin la que nunca hubiera podido concluirla. Dar las gracias a todas ellas no es sólo una cuestión de cortesía, sino el reconocimiento público de una deuda contraída.

Gracias, en primer lugar, a José Fernández-Arroyo y a Lolita Juan Merino, que pusieron en mis manos toda su confianza y su cariño.

Gracias a Dieter y Wiebke Jensen, que me abrieron las puertas de su casa y las de Flensburg. Gracias a todos los amigos que me ayudaron en esta ciudad, que ahora también es, un poco, mi ciudad: Gracias muy especialmente a Ulrich Reetz y a su esposa Swantje, al historiador Dieter Pust, al matrimonio Raschke y a su hija Ragna, a Silke Roggenbrodt, a Helle Petersen, a Lutz Neumann, al doctor Fritjof Weidner y a su esposa, a Heike y Günter Kanstorf, a su hermano Wolfgang, a Jochen Missfeldt, a Klaus-Peter Hansen y, finalmente, a Frederic Wanders, redactor del Flensburger Tageblatt.

Gracias también a Anna Caballé, directora de la Unidad de Estudios Biográficos de la Universidad de Barcelona; a Eliza Maszało, del Registro Civil de Szczecin; a Mike Constandy, de Westmoreland Research; a Sandra Webers, del International Tracing Service de Bad Arolsen; a Hannhelore Stuhlmüller y Gertrud Sander, del Kirlicher Suchdienst de Stuttgart; a Klaus Rolvering; a Alberto Martín Baró, Claudia Schaefer y Andrej Skandera, que me ayudaron en las traducciones del alemán y del polaco; a Óscar Abella, Ignacio Sanz y Héctor Abella, por sus valiosas sugerencias tras la lectura del manuscrito; a Carlos Fernández-Arroyo, que me sirvió de puente y mensajero en múltiples ocasiones.

Gracias asimismo a Arkadiusz Bis, Stanislav Zharkov y Helmut Martensen por su ayuda con las fotografías procedentes de sedina.pl, waralbum.ru y adelby.com.

Y gracias sobre todo a María Jesús Martín, mi esposa, que sufrió mi ausencia del mundo durante los miles de horas que empleé en preparar, investigar y escribir esta novela.

ÍNDICE

1 - El viaje 11
2 - Diario de un sueño 20
3 - La jaula de seda 28
4 - Una cápsula de cianuro 33
5 - El puente de las estrellas 38
6 - Polillas de la luz 47
7 - Música y «Sehnsucht» 57
8 - El ruido de la risa 66
9 - Rosa de Pomerania 74
10 - Preludio 82
11 - El sótano 89
12 - Lilí Marlén 100
13 - La benevolencia de Dios 106
14 - Una carta ignorada 116
15 - El nombre del padre 125
16 - «Gott mit uns» 137
17 - Botín legítimo 144
18 - El Anillo de la Calavera 155
19 - El triunfo de la libertad 162
20 - Ven y bésame 169
21 - Núremberg 176
22 - Ruinas 183
23 - Las carboneras 207
24 - Yunques en la noche 218
25 - El archivo de Flensburg 224
26 - Friedenshügel 231
27 - Gente de Pomerania 238
28 - Bombardeos 249

29 - Adoquines ardiendo 257
30 - Indicios 265
31 - Un zapato rojo 275
32 - El comisario 285
33 - Un extraño mal 293
34 - El informe Wiesner 304
35 - Frau Ewers 312
36 - Azar y destino 316
37 - La voz de José 324
38 - Una canción de amor 333
39 - La decisión de José 342
40 - Diagnóstico 350
41 - La patria no perdona 357
42 - Pequeños misterios 367
43 - Tragedia en el mar 375
44 - Preguntas en el hospital 385
45 - Operación Golondrina 403
46 - Los documentos de Alexandria 411
47 - Corazonada y sospecha 419
48 - La joven Ilse 424
49 - Segundo viaje a Flensburg 438
50 - La familia Raschke 447
51 - Dos entrevistas 457
52 - La historia de Minna Pust 471
53 - Una cuestión moral 482
54 - Algunos hombres buenos 496
55 - El reencuentro 506
56 - Desnazificación y culpa 515

57 - El árbol muerto 526
58 - El fantasma de Oskar Lambrecht 538
59 - Jaulas de cristal 548
60 - Sobre la muerte 564
61 - Un plazo acordado 575
62 - «Chatka Puchatka» 586
63 - Al otro lado 605

Agradecimientos 617

La pequeña editorial de la
Isla del Náufrago
agradece a todos sus lectores que esta obra no sea fotocopiada ni reproducida total o parcialmente por ningún medio, incluida la distribución en internet, sin la autorización por escrito de sus titulares. Sin embargo, desde la soledad de nuestra isla, toda difusión de este libro y de esta editorial merecerá nuestra más sincera gratitud. Si a ti te ha gustado, recomiéndaselo a quien creas que puede disfrutar con su lectura.

Adquisición exclusiva por Internet:
www.isladelnaufrago.com

ESTE LIBRO SE TERMINÓ DE IMPRIMIR
EL DÍA 30 DE ENERO DE 2013,
87º ANIVERSARIO DEL
NACIMIENTO DE
EDELGARD

LA SONRISA ROBADA

©José Antonio Abella
De la presente edición:
©A.C. Isla del Náufrago
Primera edición: enero de 2013
ISBN: 978-84-937965-6-3
Depósito legal: SG-231/2012
Colección: Isla del Náufrago, novela
Diseño editorial: Isla del Náufrago, ediciones
Diseño de portada: Isla del Náufrago, ediciones
   sobre fotos cedidas por J.F.Arroyo y Bundesarchiv
Procedencia de las fotografías de páginas interiores:
   José Fernández-Arroyo: *Pág. 199, 200, 201, 205, 395, 396-b, 400, 401, 402-a*
   Arkady Shaikhet, con autorización de waralbum.ru: *Pág. 202, 203*
   Sedina.pl: *Pág. 204, 396-a, 397, 398-b*
   Dieter Pust: *Pág. 206*
   Bundesarchiv: *Pág.398-a, 399-a*
   Adelby.com: *Pág. 399-b*
   Flensburger Tageblatt: *Pág. 402-b*
Edita: A.C. Isla del Náufrago
   San Marcos, 13 40003 Segovia (España)
   www.isladelnaufrago.com
   E-mail: isladelnaufrago@gmail.com
Imprime: Publidisa
Impreso en España /Printed is Spain